# Victoria Clayton

Née en Angleterre, mariée et mère de deux enfants, Victoria Clayton a fait ses études à Cambridge. Elle a déjà publié deux livres pour enfants lorsque paraît son premier roman, *L'amie de Daisy* (Belfond, 1998). *Un mariage trop parfait*, son deuxième roman, a obtenu un immense succès en Angleterre.

# UN MARIAGE
# TROP PARFAIT

## DU MÊME AUTEUR
### *CHEZ POCKET*

*L'AMIE DE DAISY*

# VICTORIA CLAYTON

# UN MARIAGE
# TROP PARFAIT

*Traduit de l'anglais
par Régina Langer*

**BELFOND**

Titre original :
*PAST MISCHIEF*

publié par Orion,
an imprint of Orion Books Ltd, Londres.

© Victoria Clayton Ltd 1998. Tous droits réservés.
© Belfond 2000 pour la traduction française.

ISBN 2-266-11112-4

la cérémonie. Pendant les obsèques, la plupart des fidèles ne peuvent s'empêcher d'imaginer le jour où ils se retrouveront à leur tour prisonniers d'un cercueil sous un parterre de fleurs. J'espérais qu'il y aurait assez d'Amontillado. Jack m'en aurait terriblement voulu si j'avais distribué inconsidérément les précieuses bouteilles de sa cave, ces bouteilles qu'il chérissait tant, à tous ces gens pour lesquels il n'éprouvait que mépris. Il ne me vint même pas à l'esprit qu'il n'en saurait rien. Je ne parvenais pas à me persuader de sa mort.

Un homme dont j'avais oublié le nom et qui avait travaillé avec Jack à la City me barra le chemin. Il respirait le contentement de soi.

— Quelle bouillie, ce sermon ! Impossible d'y comprendre quoi que ce soit !

— Je l'ai trouvé très intéressant, rétorquai-je en apercevant M. Molebank, le vicaire, tout près de là.

Je mentais. Molebank était un homme profondément bon et tolérant, mais il n'avait rien d'un grand orateur. Il avait pourtant commencé de façon prometteuse en comparant Jack au Roland furieux, ce preux et héroïque chevalier de Charlemagne fauché en pleine jeunesse. Malheureusement, il s'était ensuite laissé emporter par des associations d'idées plutôt saugrenues. Après s'être égaré dans d'interminables digressions sur les mérites poétiques de l'Arioste, le reste de son prêche avait sombré dans l'incohérence, et l'assemblée avait cessé d'écouter. Après plus de vingt minutes de divagations sur les difficultés de la versification épique au XVIe siècle, tous les fidèles avaient tant perdu patience que j'avais craint un instant une mutinerie.

— Un peu long, quand même, insista le financier, indifférent aux coups d'œil inquiets que je lançais en direction de M. Molebank. Quel poète a-t-il évoqué, déjà ? Harry Austin, non ? J'ai connu un type qui s'appelait comme ça, autrefois. On était ensemble dans les gardes. Sûrement pas le même.

M. Molebank vint nous rejoindre.

— Le rituel des cérémonies funèbres m'a toujours paru fort poétique, dit-il.

— Nous, dans la famille, nous sommes méthodistes, claironna l'une des tantes de Jack sur le même ton triomphant qu'elle aurait employé pour se proclamer adoratrice d'Amon-Râ...

— N'est-ce pas Emerson qui disait que l'un des grands avantages de l'Église anglicane est de vous laisser tomber quand on la laisse tomber ?

M. Molebank fut le seul à sourire de ma pauvre tentative d'humour. L'homme de la City et la tante de Jack restèrent de marbre.

— Je ferais mieux de m'occuper du déjeuner, ajoutai-je en battant promptement en retraite.

Je traversais le hall lorsque la porte d'entrée s'ouvrit pour laisser le passage à Béatrice, ma sœur. Elle se jeta aussitôt à mon cou.

— Miranda, ma chérie ! Seigneur, j'ai fait un voyage épouvantable ! La camionnette est tombée en panne à la sortie de Maidenhead et il m'a fallu des heures pour la faire repartir. Je sais que tu ne pourras jamais me pardonner d'avoir raté l'enterrement de Jack !

— Bien sûr que si ! répliquai-je en la serrant avec chaleur contre moi. Je suis si heureuse de t'avoir ici. Tu n'imagines pas à quel point je me sens soulagée ! Comment vas-tu ?

— Très bien. Mais toi, mon pauvre, pauvre trésor ?

Je l'embrassai encore une fois. Quelle chance d'avoir une sœur comme Béatrice. J'étais si heureuse de la voir là, en chair et en os devant moi. Elle vivait dans le Devon, moi dans le Kent, et le bonheur de ces rencontres ne se produisait pas aussi souvent que je l'aurais souhaité. Je m'inquiétais toujours pour elle. Maeve, une amie très proche – enfin, disons, une amie –, affirmait que se faire constamment du souci pour les autres, ou encore les prendre en pitié, était une façon de se donner un air de supériorité. Pourtant,

10

je ne voyais pas comment faire autrement. Dès que je pensais à Béatrice, je ressentais aussitôt une vive inquiétude, presque aussi irrépressible que mon amour pour elle. Aujourd'hui, au moins, je pouvais vérifier qu'elle était en bonne santé, même si – Seigneur ! – elle avait plus grossi que jamais. Depuis quelque temps, elle s'adonnait avec Roger, son mari, à la pratique d'un strict végétarisme dont je me demandais s'il n'était pas surtout une conséquence de l'extrême pauvreté dans laquelle tous deux vivaient. D'après ce que m'avait raconté Béatrice, ils se nourrissaient essentiellement de pommes de terre et de pain fait maison, le tout agrémenté de quelques lentilles, de noix et de légumes. Si j'approuvais sincèrement ces principes de vie, je ne pouvais que déplorer leurs effets sur la silhouette de ma sœur. Avec son chandail rouge tricoté à la main et son pantalon de stretch marron, elle ressemblait à une sorte de gros rouge-gorge qui aurait passé sa journée à dévorer des vers.

— Ça va, je crois, lui répondis-je. En fait, je n'en sais trop rien… J'ai eu tellement à faire depuis que c'est arrivé, j'ai dû parler à tant de gens que je me sens dans une sorte de brouillard, traversée de sensations impalpables qui disparaissent avant même que j'aie eu le temps de les identifier.

Debout dans ce hall, le bras réconfortant de Béatrice autour de ma taille, je laissais mon esprit reprendre le cours obsessionnel des pensées qui ne m'avaient pas quittée depuis la mort de Jack. Comme je l'avais déjà fait à maintes reprises au cours de la journée, je repassai mentalement le film douloureux des événements.

Lorsque Jack s'est tué, je me trouvais dans le colombier, une petite construction hexagonale de deux étages aux proportions parfaites, datant du XVe siècle, tout comme notre maison. Je crois bien que je ne serai plus jamais la même, à présent. C'était une claire journée d'octobre. Hauts dans le ciel, de fins nuages s'animaient sous une brise prometteuse. Appuyée contre l'échelle, j'observais les rayons de lumière oblique filtrer à travers les boulins tout en écoutant le roucoulement des oiseaux. Je n'étais qu'à une vingtaine de mètres de la porte arrière quand la détonation retentit. Affolés, les pigeons se mirent à battre des ailes, et leurs plumes blanches tourbillonnèrent dans les airs et vinrent s'échouer sur mon visage levé vers le ciel.

Travaillant non loin de là, Ivor entendit lui aussi car nous nous retrouvâmes devant la porte, échangeant des regards tendus avant de nous précipiter dans la maison. J'ouvris la porte de la salle des armes tandis qu'Ivor retenait son souffle. Et là, sur le seuil, nous demeurâmes interdits pendant de longues secondes, fixant d'un regard écarquillé le spectacle qui s'offrait à nous.

Jack était étendu sur le sol, la tête reposant légèrement sur l'armoire de rangement des armes. Ses yeux et sa bouche étaient entrouverts. Je me souviens qu'à cet instant précis la beauté de son visage me frappa, une pensée qui ne m'avait pas effleurée depuis longtemps. Étrange comme des impressions frivoles peuvent nous assaillir aux moments les plus importants de notre vie. La fenêtre de l'armurerie était ouverte, et je pensai à ne pas oublier de la refermer avant de me coucher, au cas où il pleuvrait. Mes oreilles tintaient ainsi que cela arrive toujours lorsque le silence suit un bruit retentissant et se transforme en un long écho, une sorte de chant intérieur.

Je me sentais extraordinairement calme. Puis quelque chose m'intrigua dans le visage de Jack. Il s'était mis à boire ces dernières années, et ses joues avaient pris une coloration un peu rubiconde. À présent, elles étaient d'un blanc jaunâtre inhabituel. Le devant de son chandail était maculé d'une horrible tache visqueuse et rougeâtre.

— Mon Dieu ! articula enfin Ivor en claquant des dents sous le choc. Nous ferions mieux… Est-ce qu'il faut que je… ? Oh ! Seigneur ! Je n'arrive pas à penser.

12

Je suis très attachée à Ivor, mais c'est la dernière personne que j'aurais voulu trouver près de moi en période de crise. Pendant une seconde, un sentiment de terreur absolue me déchira, comme si un poing s'était enfoncé brutalement dans mes entrailles. Ivor posa la main sur mon bras et, à l'instant même, je sentis tout mon corps se raidir et mon cuir chevelu commencer à picoter. Quelque chose se frotta contre ma jambe. Jasper, notre épagneul à poil noir, me regardait de ses bons yeux humides tout en gémissant et en agitant la queue. Par habitude, je me penchai pour lui passer la main sur la tête ; ce geste me permit de reprendre une fragile contenance.

— Ne bouge pas d'ici, Ivor, ordonnai-je en le poussant dehors et en fermant la porte. Je vais téléphoner au Dr Kenton.

Je n'avais aucune idée de ce que le Dr Kenton pouvait faire. Dans la confusion mentale qui m'habitait, je venais malgré tout de prendre conscience que Jack était mort. Le Dr Kenton avait mis au monde et soigné mes enfants depuis toujours. Ses soixante-dix ans ne l'empêchaient pas de travailler avec la vigueur d'un jeune homme, et son quotidien était tissé de naissances, de souffrances et de morts. Lui seul était à même de comprendre les énigmes et les complexités du cœur humain.

J'allai téléphoner dans le hall. Mes doigts tremblaient si fort que je dus m'y reprendre à plusieurs fois pour composer le numéro sur le cadran, mon crâne paraissait sur le point d'éclater. La sonnerie retentit interminablement avant qu'une voix inconnue, froide et affectée, se décide enfin à répondre :

— Je regrette, le Dr Kenton n'est pas disponible pour le moment.

— Pardonnez-moi d'appeler à cette heure, mais c'est très important. Voudriez-vous dire au Dr Kenton que Miranda Stowe souhaite lui parler de toute urgence ?

— Il y a un service de garde, vous savez, si vous ne vous sentez pas bien. De quoi s'agit-il ?

La voix avait réagi à mon ton tranchant par un surcroît d'affectation.

— Même si cela ne vous concerne pas, sachez que mon mari vient de se tuer.

J'entendis un hoquet de surprise à l'autre bout de la ligne.

— Voudriez-vous rester en ligne un moment, s'il vous plaît ?

Je patientai en pensant qu'il me faudrait régler un jour une bonne fois pour toutes la question des courants d'air dans ce fichu hall d'entrée. Je grelottais de froid. Le récepteur se mit à crachoter, et la même voix déplaisante et maniérée susurra :

— S'agit-il de Mme Sto-we de Westray Ma-nor ?

— Oui.

— Quelqu'un va vous prendre au téléphone dans un instant.

Je posai l'appareil au moment où Mme Goss descendait l'escalier.

— Nous allons manquer d'encaustique, madame Stowe. Cette cire ne vaut rien. Ces vieilles chaises l'absorbent à une vitesse folle.

Mme Goss détestait tout ce qui était vieux. Elle parlait tout le temps des améliorations que son mari et elle avaient apportées à leur villa. Aux dernières nouvelles, M. Goss venait de terminer l'installation d'un « boudoir » pour son épouse. À regarder les cheveux sales de celle-ci, sa face revêche et porcine, je comprenais l'utilité de ces travaux.

— Il vient d'arriver un terrible accident, madame Goss.

Mes jambes me lâchaient, les picotements qui les traversaient devenaient insupportables. Mme Goss croisa les bras sur sa poitrine. Elle rejeta sa tête en arrière ainsi qu'elle le faisait chaque fois que je commençais à lui dire quelque chose de désagréable… généralement des remarques sur le fait qu'une chaussette bleue s'était retrouvée mélangée au blanc pendant la lessive ou que la porte du placard à vaisselle était restée ouverte, permettant au chat d'y exercer des ravages.

— M. Stowe s'est... Il a...

La chambre tourbillonna soudain et le sol se souleva pour heurter mon visage de plein fouet. Ivor était penché au-dessus de ma tête lorsque je revins à moi. Il tenait un verre de cognac dans sa main. L'alcool me brûla la gorge et me fit tousser. Je finis par reprendre mes esprits. Étendue sur le canapé de la bibliothèque, je me sentais horriblement malade. C'était sans doute Ivor qui m'y avait portée. Je tentai faiblement de rabattre ma jupe qui s'était entortillée autour de ma taille. Une sueur froide coulait le long de mon cou. Ivor tremblait si fort qu'il éclaboussa de cognac mon chemisier.

— Ma pauvre chérie. Ma pauvre, pauvre enfant, murmurait-il. Allons, allons, ma petite fleur des champs.

Ceux qui ne connaissent pas Ivor et les liens qui nous unissent auraient pu penser que cette attitude était rien moins que compromettante. Ils auraient eu tort. Ivor est notre jardinier depuis quinze ans. Auparavant, il avait tenté en vain de s'adapter au monde et de réussir sa vie. Il avait fait un petit tour en prison, suivi d'un séjour plus long dans un hôpital psychiatrique. Cela avait été sa période noire. Sa souffrance avait été d'autant plus vive qu'il était très supérieur en intelligence et en savoir à ceux qui étaient supposés le soigner. Doté d'une extrême sensibilité, chaque ver qu'il blesse dans le jardin avec sa pelle lui arrache des larmes. Je l'ai surpris sanglotant devant le cadavre d'un bébé lapin que notre chat avait tué. Depuis qu'il est à Westray, notre bois ressemble à un cimetière miniature truffé de rangées de petits monticules signalés par des étiquettes de plastique blanc où l'on peut lire : « Hérisson trouvé écrasé », « Poisson repêché dans les douves », ou encore : « Musaraigne tuée par

Dinkie ». Si une telle sensibilité est rare et précieuse chez un homme, Ivor ne se révélait d'aucun secours devant le corps de Jack gisant sur le sol, damné pour l'éternité.

Ivor et Jack avaient été à l'école ensemble. Ils n'étaient pas vraiment amis car, déjà à cette époque, le comportement d'Ivor paraissait étrange. J'ai oublié de dire qu'il est également poète à ses heures. Comme chacun sait, il y a peu d'argent à espérer de cette activité, et Ivor était bien trop désorganisé pour recueillir les fruits de ses versifications. Cependant, nous partagions le même goût pour le jardinage, et il travaillait dur. En retour, il jouissait d'un salaire correct, d'un cottage dans les bois – une sorte de folie de style gothique –, et il partageait notre déjeuner quotidien. Il affirmait qu'il n'avait jamais été aussi heureux de sa vie. L'idée de ce que son existence avait dû être auparavant m'emplissait parfois de tristesse.

Nous nous entendions très bien. Ivor se montrait assez cachottier sur ses activités littéraires. Cela ne l'empêchait pas de m'adresser à l'occasion de petits poèmes, que je trouvais épinglés sur un tronc d'arbre, parés d'une guirlande de mousse, ou pliés dans la coquille évidée d'un œuf de poule. On pourrait aisément en déduire que sa poésie ne devait guère être très bonne, elle ne manquait toutefois pas de profondeur, et bien que je ne sois pas particulièrement spécialiste en la matière elle savait éveiller mon intérêt. Avec soin, je mettais de côté ces poèmes dans l'espoir de les faire parvenir à un éditeur le jour où ils atteindraient la taille d'un « mince volume ».

Ivor me déclarait tout le temps qu'il m'aimait, je savais qu'il s'agissait d'un amour purement romanesque… J'étais la muse, une image idéalisée qui lui permettait de rêver, de soupirer. Il me baisait la main, m'offrait un nid de roitelet garni de violettes sauvages, ou encore de beaux coquillages ramassés sur la plage. J'étais persuadée que ces chastes manifestations le satisfaisaient pleinement. Jack, bien sûr, n'éprouvait que mépris pour ce comportement asexué. Quant à moi, j'y trouvais un certain soulagement. Non que je me désintéresse des choses du corps, loin de là, mais, s'agissant de sexualité masculine, j'ai de bonnes raisons de savoir qu'elle ne s'immisce que trop dans tout.

Il n'en demeurait pas moins que ceux qui ignoraient tout du passé d'Ivor et de notre relation auraient pu s'étonner de l'entendre m'appeler sa « petite fleur des champs ». Malheureusement, ce fut ce moment précis que choisit Mme Goss pour ouvrir la porte de la bibliothèque.

— C'est le docteur, madame Stowe, annonça-t-elle. Elle accompagna ces mots de ce reniflement humide dont elle s'était fait une spécialité.

Un homme assez jeune, grand, aux cheveux noirs et bouclés, se tenait sur le seuil. Il semblait fatigué et de fort méchante humeur.

— Excusez-moi... je... Où est le Dr Kenton ? balbutiai-je en essayant de reprendre une position plus digne, consciente de l'image plutôt ambiguë qu'offrait ma jupe remontée jusqu'en haut des cuisses.

— Le Dr Kenton est souffrant. Je suis son suppléant, Rory McCleod.

Il s'avança pour me serrer la main. Je réalisai que je devais sentir le cognac à plein nez.

— Comment allez-vous ? Je crains que le choc d'avoir trouvé mon mari dans... dans cet état... Alors je... j'ai dû perdre conscience... Je suis Miranda Stowe.

Ivor s'effondra en larmes sur le canapé que je venais de quitter.

— Pauvre petite chérie... gémit-il en sanglotant. Tu étais – inconsciente – telle Madeleine sommeillant derrière ses paupières azurées. Pauvre Jack ! Quel démon a bien pu s'emparer de lui ? Il possédait tout ce qu'un homme peut désirer ! Combien de fois ai-je songé à tout quitter... mais je n'en ai jamais eu le courage. Lâche ! reprit-il en se martelant furieusement la poitrine.

Les poètes sont avant tout de grands égocentriques. J'imagine qu'ils doivent l'être pour sonder les âmes ainsi qu'ils le font. Je lui tendis le verre de cognac, qu'il sirota en essuyant ses yeux ruisselants.

— Je vous présente Ivor Bastable… un ami de la famille, dis-je au Dr McCleod.

— Et aussi le jardinier, précisa Ivor. Dis-moi la vérité, Miranda. Comment te sens-tu ?

Le médecin serra la large main maculée de terre que lui présentait Ivor avant de sortir son mouchoir et de s'essuyer la paume avec vigueur. Son visage reflétait un mélange de mauvaise humeur et de stupéfaction.

— On m'a parlé d'un accident ? S'agit-il de votre mari, madame Stowe ?

— Oh, mon Dieu ! m'écriai-je en portant la main à mon front. Non, Ivor, ne t'inquiète pas, je… je vais bien. Il faut… il faut simplement que je me ressaisisse. Venez avec moi, docteur, je vais vous montrer où se trouve mon mari. Ivor, va dire à Rose ce qui est arrivé, mais essaie de le lui annoncer avec délicatesse.

Incapable de porter à nouveau les yeux sur Jack, je laissai le Dr McCleod pénétrer seul dans l'armurerie et me rendis à la cuisine en repassant par le hall.

Rose avait été autrefois ma nourrice. Avec mes trois enfants et ma sœur Béatrice, elle représente ce que j'ai de plus cher au monde. Aujourd'hui, elle est très âgée – bientôt quatre-vingt-six ans –, et l'arthrite a transformé son corps décharné en une silhouette de vieux chêne foudroyé. C'est pourtant toujours auprès d'elle que je vais chercher force et réconfort. Quand je vis l'expression tourmentée de son visage, je compris sur-le-champ que l'idée qu'Ivor se faisait de la délicatesse avait tourné à la confusion la plus totale.

— Miranda, ma chérie, cet âne bâté d'Ivor est en train de me raconter des histoires à dormir debout ! Dis-moi ce qui se passe !

Rose détestait les hommes et ne leur adressait la parole ou ne parlait d'eux qu'avec le plus grand mépris. D'une façon générale, d'ailleurs, elle ne condescendait à user de mots tendres avec nous que si les choses allaient vraiment mal. Je devais avoir l'air terriblement bouleversée pour qu'elle s'adressât ainsi à moi.

— Il y a eu un accident, Rose. Quelque chose d'épouvantable.

Jack s'est... Oh, mon Dieu, comment vais-je expliquer cela aux enfants ?

Je sentis que les murs recommençaient à tourner. Plus vite que l'éclair, Rose me fit asseoir, la tête sur les genoux.

— Là, ça va mieux, fit-elle doucement. Elle souleva mon visage et me passa un tissu humide et frais sur les tempes. Je m'aperçus plus tard qu'il s'agissait d'une chaussette de Jack que Rose était en train de raccommoder, trempée dans du thé. Jack affirmait toujours que porter des chaussettes reprisées par Rose ressemblait à un long pèlerinage avec des cailloux dans les chaussures. Maladroite en raison de son arthrite, Rose nous livrait bas et chaussettes en forme de creux et de bosses mais, malgré tous mes efforts de persuasion, elle s'entêtait à s'occuper de la lessive et du raccommodage. « Je veux me rendre utile », répétait-elle.

— Ivor, veux-tu mettre la bouilloire sur le feu et préparer un thé bien fort au lieu de rester planté là comme une potiche, la bouche ouverte ? Bon, maintenant, Miranda, raconte à ta vieille Rose ce qui ne va pas.

Elle saisit ma main dans sa paume noueuse en me couvrant d'un regard lourd de tendresse. Ses yeux à moitié cachés par ses paupières ridées rappelaient les rochers humides de son Stornoway natal.

— Oh, Rose ! murmurai-je.

J'aurais tant voulu pleurer, tant voulu que les larmes m'amènent à la pleine conscience de ce qui venait de se produire et mettent un terme au tintamarre qui envahissait ma pauvre tête. Ressentir une angoisse réelle, un sentiment de perte, au lieu de ce sinistre brouillard de pensées informes qui m'obscurcissait le cerveau. Mais il était dit que rien ne me serait épargné.

— Je crois que je vais être malade.

La nausée me terrassa. Ivor me tendit une cuvette, geste fort prévenant de sa part, mais ne put s'empêcher de pousser des gémissements plaintifs, ce qui me mit les nerfs encore plus à vif. Rose s'assit dans sa position favorite, jambes bien écartées et mains sur les genoux, attendant que tout se termine.

— Voilà qui est mieux. Maintenant, il faut avaler quelque chose pour te remettre l'estomac en place. Ivor, enlève cette cuvette, pour l'amour du ciel, et arrête de pleurnicher !

Ivor obéit avec docilité et prépara du thé et des toasts. Pour leur faire plaisir, je fis mine de grignoter quelque chose mais, trop faible, je me sentis de nouveau au bord de l'évanouissement. Seul le thé réussissait à passer.

— Jack vient de se tuer, Rose.

Adieu mes résolutions d'annoncer la nouvelle avec ménagement.

— Que Dieu lui pardonne ! gémit-elle en portant la main à sa joue. « L'homme est né pour le malheur », dit-on, et celui-là en a causé bien plus que d'autres !

Ce fut presque avec admiration que Rose prononça ces derniers mots. Sans doute se croyait-elle enfin autorisée à parler ainsi à présent que Jack était mort. Ils avaient été à couteaux tirés depuis la première minute. Face aux jugements impitoyables de Rose, la plupart des hommes choisissent de manifester une patience débonnaire… et évitent de croiser son chemin. Jack, lui, se contentait d'en rire, comme il faisait avec tous ceux qui tentaient de lui imposer leur personnalité. Ce n'était pas par manque d'intelligence, car il était tout à fait conscient des frontières dont chacun s'entoure pour se protéger. Simplement, il n'en tenait aucun compte et se comportait exactement comme il l'entendait. Si je n'approuvais pas ce manque de considération envers autrui, une partie de moi-même ne pouvait s'empêcher d'admirer – et même d'envier – une telle attitude. Les gens m'intimident souvent, même ceux pour lesquels je n'éprouve ni amour ni respect. Trop souvent, je me surprends à essayer d'entrer dans leurs bonnes grâces et, quand je m'en aperçois enfin, un profond sentiment de dégoût m'envahit.

La main de Rose tremblait en rangeant son fil à repriser ainsi que les tasses et les assiettes qui encombraient la table. Ranger ce qui traînait constituait son occupation favorite quand elle devait réfléchir. Mais elle conservait tout son calme. Elle possédait une endurance que Zénon lui-même lui aurait enviée. Rose était seule au monde depuis l'âge de dix-sept ans, le seul homme qu'elle eût jamais aimé était mort de la tuberculose peu de temps avant qu'elle vînt s'occuper de moi. C'était une femme solide comme un roc.

— Il faut penser à Elizabeth, dit-elle fermement. Elle va rentrer dans une heure. Tu vas avoir besoin de toutes tes forces. Avale ça.

Le désir de me faire pardonner me saisit dès que le Dr McCleod entra dans la cuisine. Ivor, comme toujours incapable d'agir avec modération, m'avait confectionné un énorme sandwich. Alors que le corps de mon mari gisait encore chaud dans l'armurerie, je me retrouvais tenant à la main cette chose informe de la taille d'une brique et offrais un spectacle de désinvolture peu conforme à mon soudain veuvage. Ivor portait encore à bout de bras la cuvette pleine de vomi comme s'il voulait l'offrir en libation aux dieux. J'eus l'impression que mon visage tournait au vert.

McCleod ne paraissait pas très sensible aux faiblesses humaines. Plus que jamais je me pris à regretter mon cher Dr Kenton. Je compris d'instinct que l'image que nous donnions ne plaidait assurément pas en notre faveur. Sans être grandiose, Westray Manor n'en offre pas moins une impression de richesse et de privilège. Et le personnel excentrique dont je m'entourais ne pouvait qu'accentuer cette apparence de fier isolement qui n'incitait pas les étrangers à la compassion.

— J'ai demandé une ambulance et prévenu la police, dit-il en m'observant d'un regard qui me parut inutilement sévère. Bien sûr, il faudra faire une autopsie.

Je remarquai qu'il roulait un peu les *r*, ce qui ne m'étonna pas vraiment. Avec un nom comme le sien, il ne pouvait être qu'écossais.

— Est-ce indispensable ? demandai-je avec stupidité, comme si j'espérais le faire revenir sur sa décision.

— Tout à fait. Votre mari a-t-il consulté un médecin récemment ?

— Euh… laissez-moi réfléchir. Il est allé voir le Dr Kenton pour une luxation de l'épaule juste avant Noël.

Le Dr McCleod poussa un soupir. Il avait l'air excédé.

— Je voulais dire, plus récemment, précisa-t-il d'un ton sec. Les luxations de l'épaule entraînent rarement une issue fatale.

Rose choisit ce moment pour mettre son grain de sel.

— Vous me paraissez bien ignorant, jeune homme. Vous devriez pourtant savoir que les premiers symptômes de maladie du cœur sont des douleurs dans le bras et les épaules. On voit bien que vous manquez d'expérience.

— Vous êtes… ? s'enquit McCleod en toisant Rose.

— Veuillez me pardonner, répondis-je vivement, de nouveau démangée par le besoin de me mortifier. Voici Miss Ingrams. Elle vit avec nous.

— Je vois.

— Tout cela ne vous concerne en rien, reprit Rose, offusquée par les manières un peu rudes de notre visiteur.

— Je vais être amené à témoigner. Et l'on vous

demandera sans doute si vous avez connaissance d'un quelconque événement ayant poussé le défunt à se donner la mort.

Il se tourna vers Ivor, probablement parce que notre jardinier venait d'être saisi d'un hoquet. Ce devait être le cognac. Il en avait ingurgité un second verre pendant qu'il préparait le thé.

— Vos sinistres insinuations ne méritent que mépris, affirma Ivor, hautain.

Avec son visage mince, son air sombre et son nez d'une étonnante longueur, Ivor ressemblait aux anciens Plantagenêts. Ses cheveux en bataille et la boue de ses bottes ne l'empêchaient pas de paraître ce qu'il était en réalité : le dernier représentant d'une noble lignée.

— Si vous imaginez un instant que j'ai pu donner à M. Stowe la moindre raison de penser que ma dévotion envers son épouse avait outrepassé les vœux sacrés du mariage, soyez damné pour la bassesse de ces calomnies ! reprit-il sur un ton mélodramatique.

Puis, de plus en plus emphatique, il se mit à déclamer : « Ô, l'amour qui n'a pu s'épanouir ici-bas ! Larmes et cœurs brisés ! »

J'étais au supplice.

— Je t'en prie, Ivor, tais-toi.

L'idée que Jack ait pu délibérément mettre fin à ses jours me paraissait si terrifiante que tout mon corps se glaça. Mon estomac se souleva une fois encore, et je dus me ruer sur l'évier.

Une main se posa sur mon bras.

— Vous venez de subir une rude épreuve, me dit le Dr McCleod d'une voix plus douce. Je vais vous donner quelque chose pour dormir.

— Il *faut* que ce soit un accident. Il le faut ! Jack était si… si sûr de lui !

Cette raison me parut bien ténue pour affirmer que Jack ne s'était pas donné la mort. Je ne parvenais pas à trouver les mots qui évoqueraient sa personnalité… son audace… le fait qu'il se moquait bien trop de tout pour penser à se tuer. Il n'était jamais déprimé – ou, du moins, je ne l'avais jamais remarqué au cours de nos dix-neuf ans de mariage. Je ne connaissais rien dont il eût peur. Mais, après tout, j'ignorais peut-être certains aspects de sa personnalité.

Des images remontèrent à ma mémoire. Je revis notre rencontre durant ma deuxième année à Oxford. Nous avions joué ensemble *La Tempête*, de Shakespeare. J'interprétais Miranda, mon rôle éponyme, et lui, Prospero. Son jeu m'avait paru absolument fascinant.

Je me rappelai l'exultation qui s'était emparée de lui le jour où il avait obtenu son premier emploi à la banque, quelques mois avant notre mariage. Puis, comme si c'était hier, je le vis glisser en barque le long des douves pour y ramasser des lentilles d'eau. Cela doit faire pourtant près de treize ans, maintenant. Il levait ses yeux rieurs vers moi, penchée à la fenêtre de la bibliothèque. Je lui avais crié que sa barque risquait de chavirer s'il persistait à s'y tenir debout. Il était tombé à l'eau une seconde plus tard, avait nagé jusqu'à la rive et remonté la pente des douves en riant aux éclats. Que je l'aimais, en ce temps-là ! Il s'était débarrassé de tous ses vêtements et les avait abandonnés près de l'eau. Rose l'avait croisé au moment où, nu comme un ver, il remontait l'escalier en courant. Elle était passée à côté de lui, les yeux au ciel, rouge de colère.

— Quel horrible spectacle, hein, Rose ? avait-il lâché en disparaissant derrière la porte de sa chambre.

J'avais emporté à la lingerie ses vêtements imprégnés d'eau fangeuse et les avais fait tremper dans l'évier. Puis j'étais montée lui reprocher d'avoir inutilement choqué ma chère vieille nourrice. Il était sorti de la douche, m'avait prise dans ses bras et poussée sur le lit. Nous avions fait l'amour. Nous étions si heureux alors. Le jour suivant, je découvris qu'il avait une aventure depuis un an avec Felicity Partridge, mon autre meilleure amie. Je n'avais plus jamais été parfaitement heureuse depuis lors.

## 2

— Maintenant, tu comprends pourquoi il m'est impossible de savoir s'il s'agit d'un accident ou si Jack a vraiment voulu mettre fin à ses jours.

Béatrice et moi n'avions toujours pas quitté le hall d'entrée. Les bruits en provenance du salon suivaient la courbe ascendante de la chaleur et des alcools qui imprégnaient peu à peu le métabolisme des invités.

— Ça me fait du bien de te parler, poursuivis-je, mais je ne peux plus supporter ces courants d'air. Allons dans la cuisine. D'ailleurs, je me sens coupable, j'ai laissé un de mes invités faire tout le travail.

Dans mon récit des faits qui avaient entouré la mort de Jack, je m'en étais tenue aux événements de l'après-midi, me gardant bien de mentionner l'aventure de mon défunt mari avec Lissie. Je n'avais d'ailleurs jamais évoqué ses infidélités devant Béatrice, non seulement par orgueil mais aussi parce que je ne voulais pas l'inquiéter inutilement.

La cuisine était délicieusement chaude. Nous trouvâmes Rose assise sur une chaise près du feu, un bras sur l'accoudoir. Appuyés sur le rebord de la fenêtre, James et Elizabeth discutaient. Ils se turent à notre arrivée et coururent embrasser Béatrice. Puis ce fut au tour de Rose de serrer ma sœur dans ses bras. Elle nous expliqua qu'elle avait fait une mauvaise chute le matin même, mais qu'elle se sentait à présent tout à fait remise. Heureusement, il y avait eu plus de peur que de mal… et elle ne déplorait qu'une simple contusion au poignet.

— Les enfants, est-ce que vous ne deviez pas aller discuter avec nos invités et faire circuler les boissons ? demandai-je.

— Henry voulait s'en occuper tout seul. Tu sais à quel point il aime se faire remarquer, répondit Elizabeth d'un ton méprisant. On s'ennuyait, James et moi. Et puis, je déteste parler aux adultes. Pardon, à l'exception de vous trois, bien sûr.

— Mais cela vous fera sans doute du bien d'apprendre, insistai-je imprudemment.

— Je te ferai remarquer que *tu* n'y es pas non plus, répliqua-t-elle d'un air renfrogné.

James lui donna une petite tape sur la tête.

— Tu en as du toupet, morveuse ! lança-t-il avec la morgue de ses tout juste dix-huit ans.

— D'ailleurs j'y étais, au salon, précisai-je. Je suis juste venue donner un coup de main à Diana.

— Oh, maman, tu nous racontes des histoires ! claironna Henry, qui venait de nous rejoindre dans la cuisine. Je t'ai vue bavarder dans le hall avec tante Béatrice pendant plus de dix minutes. En tout cas, l'atmosphère est plutôt sinistre là-bas. Je ne savais pas que papa avait tant de gens lugubres parmi ses relations.

— Ce sont les tiennes aussi, fit remarquer Elizabeth.

— Eh bien, je les renie sur-le-champ. M'man, est-ce que je peux les renier officiellement, comme quand on change son nom par acte matrimonial ?

— J'imagine que tu veux dire par acte unilatéral, mon chéri…

James et Elizabeth pouffèrent d'un rire moqueur.

— … d'ailleurs, tu n'auras pas besoin d'en arriver là, ajoutai-je. Nous ne les inviterons plus, voilà tout.

— De toute façon, je ne crois pas qu'ils souhaiteront revenir, observa James. Il fallait voir Fabia assise

26

sur le canapé, les yeux fermés et la tête renversée sur les coussins ! Elle avait l'air de souffrir le martyre à chaque fois que mamie lui adressait la parole.

Si Fabia était tout autant leur grand-mère que Dorothy, elle trouvait que « mamie » et « bonne-maman » faisaient un peu trop commun, et les enfants l'appelaient par son prénom depuis qu'ils étaient en âge de parler.

— Oh, mon Dieu, est-ce que je ne devrais pas… ?

— Laisse, m'interrompit Béatrice, je vais y aller. Tu as déjà bien assez de soucis comme ça.

— Merci, soupirai-je. Tiens, voici Diana Milne. Diana, je vous présente ma sœur, Béatrice, dis-je à une grande jeune fille d'une grâce saisissante qui arrivait de la salle à manger.

Son visage charmant et rieur était en nage, je lui tendis un mouchoir en papier.

— Savez-vous que vous ressemblez à une splendide Néréide ? Vous devez être épuisée. C'est si gentil de votre part de m'aider, ajoutai-je.

— Mais non, cela m'a amusée. Je n'ai pas souvent l'occasion de faire quelque chose sans être interrompue. Je vous assure que cela m'a fait plaisir. Il ne reste plus qu'à préparer la sauce de salade et tout sera prêt. Voulez-vous que je la fasse ?

— Non, non. Enlevez votre tablier et allez donc boire un verre.

Je pris l'huile d'olive et le vinaigre sur l'étagère. De loin, j'entendis Elizabeth et ses frères se chamailler encore pour des bêtises. L'anxiété qui n'avait cessé de se manifester insidieusement depuis la mort de Jack semblait remonter à la surface. Il était vrai que les enfants passaient leur temps à se disputer. Se pouvait-il que ces incessantes querelles soient le signe d'une grave dépression risquant de menacer l'un d'entre eux, ou même nous tous ?

Quand Elizabeth était rentrée de l'école le jour de la mort de Jack, j'avais eu la sensation que le courage allait me manquer, que je n'allais pas être capable de lui annoncer la vérité. Le visage à moitié caché derrière ses boucles blondes (elle a ma teinte de cheveux… seuls les garçons ont hérité de la rousseur de Jack), elle affichait ce jour-là son insouciance habituelle et son haleine sentait le tabac. Je devinai qu'elle avait dû s'arrêter à l'abri de bus pour griller une ou deux cigarettes avec Marlene Cooper. Ses cils étaient hérissés de mascara bleu foncé et ses lèvres recouvertes d'une épaisse couche de fard orangé. L'ensemble jurait affreusement avec le chemisier bleu pâle et la jupe plissée vert foncé de son uniforme d'écolière. Le rebord de son chapeau était relevé d'un air si crâne sur son front que je redoutai plus que jamais les minutes à venir.

— Qu'est-ce qu'on mange ? demanda-t-elle.

Sans même attendre ma réponse, elle délaça ses chaussures et, comme toujours, les abandonna à l'endroit même où tout le monde risquait de s'y prendre les pieds. Elizabeth avait passé des heures à les éculer pour leur faire perdre l'aspect du neuf et leur donner la patine des godillots de Van Gogh, même si personne n'avait encore eu l'idée de les immortaliser par une peinture à l'huile.

Je dénichai un bout de cake au fond d'une boîte et lui en coupai une tranche.

— Assieds-toi. Il y a quelque chose que je dois te dire. Tu vas devoir être très, très courageuse.

Je lui pris la main, mais elle la retira dès que j'eus commencé à parler. Aussi calmement que possible, je lui annonçai ce qui était arrivé. Le morceau de gâteau restait en équilibre au bord de ses lèvres. Sa respiration s'accéléra.

— Pourquoi ? demanda-t-elle enfin, la gorge trop serrée pour articuler autre chose.

— Peut-être a-t-il commis une maladresse en nettoyant son fusil ? Nous l'ignorons tous, ma chérie.

— Papa n'aurait jamais fait ce genre d'erreur.

Son visage se crispa, comme si la lumière s'était faite soudain trop vive. Je me souvins de ses difficultés à perdre l'habitude de nous appeler p'pa et m'man lorsqu'elle était entrée à l'école communale. À l'âge de onze ans, et contre mon avis, nous l'avions envoyée comme pensionnaire à Wiltshire, mon ancien établissement scolaire. Elle s'y était sentie affreusement abandonnée. Au bout d'une année, incapable de supporter davantage ses coups de téléphone en larmes, et au grand mécontentement de Jack, je l'avais retirée de là et placée comme externe à Bosworth High, l'école du canton. Je n'avais jamais regretté cette décision.

Elle tenait à présent sa tête dans ses mains, laissant échapper des soupirs et des sanglots à demi étouffés. J'entourai ses épaules de mon bras, mais tout son être semblait refuser le moindre réconfort. Elle avait juste quatorze ans, un âge beaucoup trop tendre pour supporter ce genre de douleur. Je sentis la colère monter en moi. Même si Jack s'était tué par accident, comment avait-il pu, avec trois enfants, se montrer aussi négligent ? Je savais bien que la rage n'était pas la bonne réponse à la situation, cependant elle m'envahissait chaque jour davantage depuis la mort de Jack.

Rose nous rejoignit avec une tasse de thé qu'elle tendit à Elizabeth.

— Bois ça, ma puce. Tu as besoin de sucre pour tenir le coup.

Elizabeth demeura la tête enfouie entre ses bras. Puis elle marmonna un vague merci, saisit la tasse et sortit de la pièce, les yeux baissés, évitant notre regard.

— Mon Dieu…, soupirai-je en regardant Rose.

— Tu n'as quand même pas cru que ça allait être facile ? Laisse-la. Elle t'appellera quand elle aura besoin de toi.

Je décidai de suivre son conseil. Après tout, j'avais déjà bien assez de mal à réfléchir par moi-même. Je passais mon temps à essayer de rassembler des bribes de pensées qui m'échappaient avant même que j'aie eu le temps de les saisir. Quelques minutes plus tard, l'écho plaintif d'un disque des Rolling Stones nous parvint du premier étage. *I can't get no-o-... sa-tis-faction.*

— Je m'étonne que personne ne se soit soucié de corriger leur grammaire, dit Rose, qui ne s'était jamais résignée à supporter les goûts rock des enfants.

Je sortis pour répondre à la sonnerie du téléphone.

— Oh, c'est toi, Lissie…

— Miranda ! Dis-moi que ça n'est pas vrai ! fit-elle en sanglotant. Je ne peux pas le supporter ! Je t'en supplie ! Dis-moi que ça n'est pas vrai !

— Je suis désolée, malheureusement, c'est la vérité. Comment l'as-tu su ?

Je parvins finalement à comprendre dans ce torrent de propos incohérents qu'elle avait appris la nouvelle en allant chercher les pilules de George à la pharmacie.

— La préparatrice en parlait au téléphone… Elle a mentionné Westray Manor… C'est ce qui m'a fait dresser l'oreille… Je n'arrive pas à le croire !

— C'est la vérité. Jack a… eh bien… il s'est tué.

En réalité, j'avais bien du mal à m'en persuader moi-même.

— Oh, mon Dieu, mon Dieu ! Comment réussis-tu à rester si calme ? Oh, pardonne-moi, ma chérie. Ce doit être horrible. Bien sûr, tu dois être horriblement bouleversée. J'arrive tout de suite. Ne faites rien tant que je ne suis pas là.

— Non, Lissie, ne…

Lissie – Felicity Partridge – m'était complètement sortie de l'esprit depuis des années, en fait depuis son aventure avec mon mari, treize ans plus tôt. C'était une femme petite, mince et plutôt jolie, dotée de charmantes fossettes et de cheveux blonds bouclés. Elle s'était jetée à la tête de Jack avec la fougue qui était la marque de son tempérament excessivement sentimental. Puis, un beau jour, je l'avais retrouvée, pâle et défaite, sur le seuil de la maison, elle m'avait avoué qu'elle ne supportait plus de me mentir et que Jack et elle étaient éperdument amoureux l'un de l'autre. Je fus si éberluée que je crus d'abord qu'elle plaisantait.

On peut me trouver très naïve, mais aucun soupçon ne m'avait effleurée jusque-là. J'avais bien remarqué qu'elle venait moins souvent me rendre visite au cours des derniers mois, et qu'elle paraissait plus pleurnicharde et nerveuse que jamais. Mais j'avais attribué ce comportement au fait que sa petite fille de deux ans dormait fort mal et passait ses nuits à pleurer. Quand elle m'avait annoncé sa liaison avec Jack, je l'avais dévisagée sans comprendre, incapable d'articuler autre chose qu'un : « Mais qu'est-ce que tu veux dire par là ? »

Elle m'avait fixée de ses grands yeux apeurés avant de répondre.

— Je l'aime, Miranda ! Si tu savais combien je suis désolée… Je me dégoûte de t'avoir fait une chose aussi épouvantable !

Un froid glacial s'était alors insinué dans tout mon corps, tel un serpent s'enroulant à l'ombre d'un rocher.

Toute femme qui s'aperçoit soudain que son mariage repose sur un mensonge doit éprouver les mêmes sentiments de désespoir et d'échec, j'imagine. Inutile, donc, de décrire la peine et l'humiliation qui suivirent cette découverte.

— Nous ne pouvons pas parler ici. Viens dans la bibliothèque.

Ses yeux s'emplirent de crainte devant l'expression de mon visage et le ton de ma voix. J'espérais d'ailleurs cette réaction. Dès que nous fûmes assises l'une en face de l'autre devant la cheminée éteinte, je l'attaquai sèchement d'un : « Je veux tout savoir ».

— Tout a débuté à votre soirée d'anniversaire. Enfin, ça avait probablement commencé bien avant. Je crois que je suis tombée amoureuse de Jack le jour où je l'ai rencontré… J'ai tellement honte.

J'eus droit au récit complet de la passion de Lissie. Elle aurait pu m'épargner tous les détails des dates et des lieux si un masochisme stupide ne m'avait poussée à exiger chaque fois plus de précisions. Son maquillage défait maculait son visage en larmes, les coins de sa bouche se relevaient, boudeurs, comme ceux d'un enfant. Mais ce repentir ne réussissait qu'à exacerber ma colère. J'avais du mal à contenir ma haine, même si je n'ignorais pas que Lissie était exempte de duplicité et qu'elle avait dû réellement se détester d'avoir à mentir ainsi à George, son mari, et à moi, sa meilleure amie. Savoir qu'elle avait eu sa part de souffrance n'était pourtant à mes yeux qu'une maigre consolation. Son aventure avec Jack durait depuis onze mois. Ils s'étaient bien moqués de moi.

Jack rentra une heure plus tard et trouva deux femmes épuisées et en pleurs qui le fixèrent avec réprobation de leurs yeux rougis. Il nous regarda l'une après l'autre, poussa un soupir et jeta sa serviette par terre.

— Je vais nous servir à boire. J'ai l'impression que l'addition va être sévère.

Cette remarque sonna désagréablement à mes oreilles. Cette addition, j'étais bien certaine que ce ne serait pas Jack qui la paierait.

— Voudrais-tu avoir l'obligeance de me dire où en sont les choses ? lançai-je dans une pauvre tentative de persiflage. J'ai l'impression d'avoir surestimé de beaucoup la valeur de notre relation.

— Ne me parle pas sur ce ton théâtral, Miranda, répliqua mon mari d'une voix très calme. Tu sais que je t'aime. Il se trouve que tu es la seule femme que j'aie jamais aimée, même si tu as sans doute du mal à me croire en ce moment. Mais je t'assure que c'est vrai. Cette histoire avec Lissie… c'était… comment dire… ? Une distraction. Plaisante, amusante, flatteuse… mais sans importance.

Alors que j'aurais dû le gifler pour son égoïsme et sa muflerie, ses protestations d'affection me remplirent d'une absurde gratitude. La pauvre Lissie le regardait avec stupeur. Puis elle se recroquevilla sur sa chaise et se blottit la tête dans les bras en poussant des petits cris plaintifs.

Jack alluma une cigarette et se servit un second verre de vin. Je n'avais pas touché au mien.

— Tu ne bois donc pas, Lissie ?

Devant son silence, les yeux de Jack se firent durs, impitoyables.

— Je suppose que tu es venue ici pour faire un scandale. Eh bien, te voilà satisfaite. Tu es une gentille fille, Lissie, mais tu ne devrais pas jouer à ces petits jeux si tu ne supportes pas la défaite. Je reconnais que je me suis fort mal comporté, et je vous présente à toutes deux mes excuses. Alors, maintenant, oublions toute cette affaire. L'incident est clos.

Lissie laissa tomber ses cheveux bouclés sur son visage. Je ne pus retenir une joie perverse de la voir ainsi humiliée, cependant l'insensibilité apparente de mon mari devant sa douleur ne manquait pas de me sidérer.

— Oh, je vous en prie, arrêtons cette scène dramatique ! dit Jack avec un sourire cynique. Es-tu en état de conduire, Lissie, ou préfères-tu que je te ramène chez toi ?

Lissie se leva et, pliée en deux comme si elle avait mal au ventre, sortit de la pièce en courant.

Je passai les trois jours suivants à pleurer toutes les larmes de mon corps tandis que Jack s'évertuait à plaider sa cause, jusqu'à ce que, la lassitude aidant, j'accepte de lui pardonner – ou, du moins, de le prétendre, ce qui n'était pas du tout la même chose. Je décidai également de rendre visite à Lissie sans trop savoir ce que j'espérais de cette nouvelle rencontre, qui s'annonçait aussi pénible que la précédente. Lissie était l'image même de la désolation, et les gracieusetés que j'avais prévu de lui assener me parurent soudain inutilement vindicatives. Notre entrevue se conclut sur des promesses larmoyantes de sa part et sur des mots de consolation de la mienne.

Il me fallut plusieurs mois pour que la vision désagréable et prégnante de Jack et Lissie partageant le même lit finisse par s'effacer peu à peu de mon esprit.

Je parvins progressivement à retrouver mon affection perdue pour mon ancienne amie. Elle était si malheureuse, si pleine de repentir et toujours si amoureuse de Jack, malgré la dureté qu'il lui avait manifestée, que ma colère finit par se dissiper.

Lissie était en réalité quelqu'un de généreux, de tendre et d'authentique. Une fille sans artifice, d'agréable compagnie et possédant un goût exquis. Qualités trop rares pour que je puisse me dispenser de son amitié. En fin de compte, cette singulière affaire avait paradoxalement contribué à nous rapprocher. Je fis de mon mieux pour lui faire comprendre à quel point Jack s'était comporté en mufle, mais je ne réussis pas à la convaincre. Elle n'était somme toute pas très futée. Et ce fut mon amour pour Jack qui vacilla sous le poids de mes propres arguments.

Treize ans plus tard, Lissie l'aimait toujours avec la même passion. Bien sûr, elle n'aurait pas admis ce fait pour un empire, mais c'était évident aux yeux de tous. Son visage s'éclairait lorsqu'elle le voyait ou lui parlait. Elle était profondément romanesque, et Jack, avec son assurance souvent proche de l'arrogance, son intelligence, son énergie, et probablement sa brutalité, représentait à ses yeux l'archétype parfait du patriarche victorien dominateur agrémenté d'une pointe d'extravagance qui rehaussait encore son charme déroutant.

Le soir de la mort de Jack, alors que je me préparais à aller prendre des nouvelles d'Elizabeth, Lissie surgit sur le seuil du hall d'entrée, se précipita dans mes bras dès qu'elle m'aperçut et éclata en sanglots. Au loin, devant la porte de la loge qu'elle avait omis de refermer, le moteur de sa voiture continuait à tourner. Je lui fis remarquer qu'elle était en train d'enfumer le jardin et qu'elle allait finir par tomber en panne d'essence.

— Comment peux-tu rester si calme ? geignit-elle. Après tout, qu'est-ce que cela peut faire, à présent ?

Encouragé par ces sanglots bruyants, Jasper se lança dans de sonores aboiements. Son pelage ruisselant d'eau était couvert de mauvaises herbes qu'il laissait traîner derrière lui sur le plancher ciré, je devinai qu'il était encore allé nager dans les douves. Je gardai Lissie serrée contre moi, mais mes yeux brûlants restaient secs. Tout mon corps me faisait mal alors que mon esprit semblait étrangement détaché du moment présent.

J'enfermai Jasper dans la cuisine en compagnie de Rose et d'Ivor, qui avait proposé de préparer le dîner. Notre jardinier ne manque pas d'imagination culinaire mais, faute de pratique, ses tentatives se révèlent généralement désastreuses. Quant à mes enfants, comme tous les gamins de leur âge, leur univers gastronomique se résumait à une liste d'une dizaine de plats dans laquelle ne figuraient ni les œufs marinés au vinaigre framboisé, ni le pain à la lavande qu'Ivor adorait tant confectionner.

J'ouvris une bouteille de vin et en versai un verre pour Lissie, que j'avais abandonnée dans le hall, agrippée à une boîte de mouchoirs en papier.

— Apporte ça dans le salon. Je n'en ai pas pour longtemps.

Je montai quatre à quatre les marches et frappai à la porte de la chambre de ma fille. Je n'avais guère de chance d'être entendue par-dessus les hurlements de *Hey, you, get off of my cloud* – nouvelle insulte à la grammaire. Poussant la porte, je trouvai Elizabeth assise par terre, affalée contre le rebord de son lit. Elle portait des lunettes de soleil et il était impossible de dire si elle avait les yeux ouverts ou fermés. Je l'observai pendant un moment, puis me baissai pour lui toucher la main. Elle la dégagea immédiatement. Elle ne dormait donc pas.

— Je voulais juste savoir…

— Laisse-moi… s'il te plaît, maman.

Docile, je quittai la chambre. Lissie était en train de se verser un autre verre de vin. Je mis le feu au papier journal et au petit bois, les flammes s'élancèrent le long des flancs de la cheminée. Tout en les contemplant, je pensai que la lueur du feu serait sans doute une bénédiction pour nos visages ravagés. La chaleur, l'odeur, les étincelles et le craquement des bûches étaient apaisants et nous réchauffaient le cœur.

J'eus honte de ces pensées. Comment osais-je me réjouir de choses aussi insignifiantes alors que Jack gisait dans son cercueil, définitivement privé des plaisirs terrestres ? Je ne savais même pas où l'on avait emmené son corps. Puis je tentai de me rassurer en pensant que son âme baignait peut-être dans une inconcevable luminescence.

Lissie leva vers moi un regard apeuré.

— Ma chérie, est-ce qu'il est… encore ici ?

— Non, une ambulance est venue le chercher. Je ne l'ai même pas vu partir. J'étais dans la cuisine.

— Ma pauvre ! Ce que tu as dû supporter ! Est-ce que c'est difficile d'en parler ?

— Non, c'est ça le plus curieux. J'ai ressenti quelque chose d'extrêmement violent pendant quelques secondes, comme quand on ouvre une porte sur une pièce étouffante, pleine de gens et de bruit, et puis tout s'est envolé à la façon d'un rêve évanescent.

— C'est le choc, ma chérie. Rien d'étonnant. Oh, mon Dieu, les pauvres enfants ! Est-ce qu'ils sont au courant ?

— Je l'ai dit à Elizabeth, mais j'ignore comment elle le vit, je la trouve dangereusement calme. Je vais prendre la voiture demain pour annoncer la nouvelle aux garçons. Et je les ramènerai ici, bien sûr. Mais je me suis dit que je ferais mieux de m'accorder une nuit de sommeil avant de me mettre au volant.

— Laisse George s'occuper de ça. Il ferait n'importe quoi pour rendre service, je t'assure. Il serait volontiers venu ce soir, mais je lui ai dit qu'il ne ferait que te gêner. Il sait très bien s'y prendre avec les enfants.

C'est vrai que George a bon cœur. On peut toujours compter sur lui et il se montre gentil envers tout le monde. Avec sa couronne de cheveux d'un blond roux, il a tout de Humpty Dumpty[1]. Je l'ai toujours bien aimé. Évidemment, il est loin de ressembler à Heath-cliff[2], et, si Lissie tient beaucoup à lui, elle ne peut s'empêcher de manifester une certaine impatience devant son comportement trop souvent compassé et soumis.

— Merci, répondis-je. Si je laissais quelqu'un d'autre s'occuper des enfants, ce serait sûrement George, mais c'est à moi de le faire. Tu sais bien que je l'adore.

— Oui. Mais…

À travers un flot de larmes, la respiration entrecoupée, elle tentait confusément de me faire comprendre la peine qu'elle ressentait et entreprit d'énumérer la liste des vertus de Jack, litanie qui se transforma rapidement en aveu d'amour.

— Je t'assure qu'il n'y avait plus rien entre nous depuis des années. Tu dois me croire ! Il t'était entièrement dévoué. Il ne m'a pas touchée depuis le jour où je t'ai tout avoué, tu sais, il y a si longtemps. Il t'a été tout à fait fidèle. Je t'en supplie, dis-moi que tu me crois !

— Bien sûr que je te crois.

— Je dois être parfaitement honnête. S'il avait voulu continuer – avec moi, je veux dire –, je ne suis pas certaine que j'aurais su lui résister. J'espère que oui, mais je ne suis pas sûre. C'est ignoble, je sais, et je m'en veux beaucoup. Mais je ne peux pas garder ça pour moi. J'aimerai Jack jusqu'à ma mort !

Je me levai et mis mon bras autour de ses épaules.

— Chère Lissie, tout va bien. Je sais que tu l'aimais. De tout ton cœur. Peut-être que… Enfin, quoi qu'il en soit, je te félicite pour ta franchise et je suis

---

1. Célèbre figure d'*Alice au pays des merveilles*, connue pour sa silhouette ovoïde. *(N.d.T.)*
2. Héros ténébreux et romantique du roman d'Emily Brontë : *Les Hauts de Hurlevent*. *(N.d.T.)*

désolée de te voir si malheureuse. Tiens, prends un autre mouchoir.

— C'est affreux, c'est moi qui devrais te réconforter. Jure-moi que tu ne m'en veux pas pour ce que je viens de te dire.

— Je te le promets. Bon, il faut que j'aille voir comment va Elizabeth. Veux-tu rester dîner ?

— Non, merci. Si tu n'as pas besoin de moi, il vaudrait mieux que je m'en aille. Je dois préparer le repas de George. Il est très à cheval sur l'heure du dîner et sur ce qu'il y a dans son assiette depuis son infarctus. Il veut souper à sept heures pile. Au menu, chaque soir, du poisson blanc bouilli avec des pommes de terre sans beurre. C'est d'un ennui, cette façon qu'il a de faire des chichis et de se donner de l'importance. Mais il faut que j'arrête de me plaindre. Quand je pense à tout ce que tu dois supporter. Oh, Jack ! gémit-elle en fondant une fois de plus en larmes. Est-ce que ça ferait plaisir à Elizabeth qu'Alice vienne la voir demain ? ajouta-t-elle lorsqu'elle put enfin reprendre son souffle.

Alice est la fille unique de Lissie, un sujet continuel d'anxiété pour sa mère, ce qui n'a pas manqué de me poser d'énormes difficultés. Le genre d'enfant que la plupart des grandes personnes adorent, mais que détestent ceux de sa génération. Elle est petite et jolie, avec les cheveux bouclés et dorés de sa mère retenus en arrière par un bandeau de velours noir. Facile à vivre, docile, elle s'habille encore de robes à rayures et à col marin qu'Elizabeth refuse de porter depuis l'âge de six ans.

Je dois reconnaître que bien des choses m'agacent moi aussi chez Alice, particulièrement cette manière coquette qu'elle a de pencher la tête et cette habitude de parler d'elle-même à la troisième personne. Elle se tient toujours les pieds tournés vers l'intérieur, attitude que ma grand-mère définissait comme une « cure de bêtise ». Henry prétend qu'elle porte encore des couches qui menacent de tomber à tout moment. Je m'efforce d'être gentille avec elle, je ne peux pas en dire autant d'Elizabeth.

Alice n'est pas très maligne, et j'ai le regret de dire que ma fille abuse de cette situation. Un jour, elle l'a attirée dans le cagibi sous l'escalier en lui faisant croire qu'elle pourrait y entendre miauler une pauvre petite chatte perdue. Dès qu'Alice eut mis son nez dans l'obscurité du réduit plein de toiles d'araignée, Elizabeth avait repoussé la porte et refermé le loquet derrière elle.

J'avais passé l'après-midi à jardiner, et ce n'est qu'au moment où Jack rentra à la maison que j'entendis les hurlements et que je pus libérer une Alice épouvantablement angoissée. Elle n'était pas seulement sale et assoiffée, elle bredouillait des propos rendus incohérents par la terreur. Je parvins difficilement à distinguer parmi quelques sons à peine articulés qu'elle essayait de me parler de « moine » et de « gâteau » – ce qui ne manqua pas de me laisser perplexe. Je fis chercher Elizabeth. Lorsqu'elle vit dans quel état se trouvait Alice, son visage s'empourpra de honte.

— Ce n'était qu'un jeu, Alice. Excuse-moi.

— Mais qu'est-ce que c'est que cette histoire de moine qui vient prendre le thé ? demandai-je.

Les joues de ma fille devinrent écarlates.

— Tu sais... la vieille histoire du fantôme qui habite dans le cagibi, marmonna-t-elle, embarrassée. Tout le monde sait qu'il n'existe pas vraiment. Je croyais qu'Alice l'avait compris.

— Tu as dit à Alice qu'elle devait rester dans le noir avec le vilain fantôme ! hurla Alice. C'est ce que tu as dit à Alice ! Alice a été enfermée dans le noir avec le moine qui devait lui arracher les cheveux pour se faire une barbe !

Je tentai de calmer la pauvre petite, mais, au bord de l'hystérie, elle insista pour être ramenée chez elle. Il fallut du temps avant qu'elle accepte de revenir à la maison. J'eus par ailleurs bien du mal à faire montre de sévérité envers ma fille et à éveiller en elle un vague sentiment de culpabilité, car Jack s'esclaffait chaque fois qu'on lui relatait cette histoire, tandis que les deux frères béaient d'admiration devant l'ingéniosité de leur sœur.

Et puis, il y avait eu une autre fois, certes moins pénible pour Alice, mais plus embarrassante pour moi, le jour où j'avais convié le comité des fêtes de la paroisse à prendre un verre après notre réunion mensuelle. Lissie et George étaient des habitués de ces occasions, Alice les avait accompagnés. J'étais persuadée que les enfants jouaient au Monopoly dans la cuisine, ainsi que je le leur avais demandé. Bien sûr, je leur avais formellement interdit toute allusion à des fantômes sous peine d'aller se coucher aussitôt après le dîner pendant une semaine. Alice entra alors dans le salon et vint tirer la manche de notre bon pasteur.

— Que se passe-t-il, jeune fille ? demanda le brave homme en se penchant vers le visage angélique de la jeune fille.

— S'il vous plaît, monsieur Molebank, Alice veut savoir quelque chose. C'est vrai que vous êtes une pensée ? Elizabeth a dit que son père l'a dit, et j'ai trouvé que c'était bien d'être une pensée. Les pensées sont les fleurs qu'Alice préfère parce qu'elles ont de jolis visages avec des moustaches. Elizabeth a dit que je devais aller vous le demander.

Des rires perfides éclatèrent derrière la porte. Tout le monde prit congé peu après, Elizabeth fut sévèrement réprimandée. Chacun peut comprendre qu'après ces événements Alice n'était pas la personne idéale pour consoler ma fille de la perte de son père.

— Merci, Lissie, mais je ne sais pas vraiment comment Elizabeth va se comporter dans les jours à venir.

Lissie me prit dans ses bras et m'embrassa. Sa joue était chaude et humide.

— Je passe quand tu veux. Si tu as besoin de quelque chose, promets-moi d'appeler.

40

Je montai à l'étage dès que Lissie fut partie et hésitai devant la chambre d'Elizabeth. La musique avait cessé. J'eus beau frapper, je n'obtins aucune réponse. Prenant mon courage à deux mains, je me décidai à entrer et la trouvai étendue sur son lit, les yeux fermés.

Je repensai à toutes les fois où je l'avais observée dans son sommeil depuis le jour de sa naissance. Aujourd'hui, plus que jamais, j'avais une envie folle de l'embrasser, mais il eût été cruel de la réveiller, le sommeil ayant toujours été son meilleur refuge. Je retirai avec précaution les lunettes de soleil qui pendaient à l'une de ses oreilles et les posai sur la table de nuit. Puis, sans bruit, je fermai les fenêtres. La brise agitant les rideaux était délicieusement rafraîchissante et sentait la fumée du feu allumé par Ivor.

Le téléphone se mit à sonner au moment où je me débattais avec la tourte confectionnée par Ivor, les pommes de terre ayant pris une répugnante coloration verte par l'étrange adjonction d'angélique. Pendant un instant, je crus que c'était Jack qui appelait pour prévenir de son retard. Puis la mémoire me revint subitement, et j'eus un bref mouvement d'impatience devant ce nouveau dérangement. Voyant que Rose esquissait le geste d'aller répondre, je l'arrêtai.

— Non, ne te fatigue pas, j'y vais. Pas la peine d'essayer d'éviter les gens.

C'était Patience. Nous sommes amies depuis nos treize ans. C'était grâce à elle que nous résidions ici.

Lorsque, quelques mois après mon mariage, j'avais appris que j'étais enceinte, nous décidâmes, Jack et moi, de nous installer à la campagne. Patience avait téléphoné afin de nous prévenir qu'un manoir entouré de douves était à vendre dans le Kent, dans un village voisin de celui où elle résidait. Westray Manor avait été construit au XVe siècle et avait subi peu de modifications depuis 1780. Il se dressait au milieu d'une dizaine d'hectares de bois et possédait une maison de gardien, un jardin clos de murs, deux cottages et une

41

petite rivière qui alimentait les douves. Pour agrémenter le tout, il se trouvait à moins de trois kilomètres de la mer.

J'étais tombée amoureuse de l'endroit le jour où je l'avais aperçu pour la première fois au bout de l'allée sinueuse qui traverse un épais bois de chênes, de hêtres et de pins. Avant même d'avoir franchi le petit pont qui enjambe les douves, avant même d'avoir ouvert la porte de la loge et vu la ravissante petite cour qu'elle refermait, j'avais su que cette demeure serait à moi. L'enceinte carrée est composée de brique, de pierre et de bois sur trois côtés. Le dernier, où se trouvait jadis le grand hall, fut abattu au XVIII$^e$ siècle, dégageant une vue superbe sur les bois et les collines cernant le manoir. La ligne asymétrique et discontinue des toits est ornée de cheminées, de crénelures et de pignons. Le style des fenêtres est un amalgame de gothique flamboyant auquel ont été ajoutés ultérieurement des vitraux. Depuis le XIII$^e$ siècle, période à laquelle ont été creusées les douves, jusqu'au règne de George III, les propriétaires qui se sont succédé ont ajouté, supprimé ou reconstruit un certain nombre d'ailes du bâtiment, mais l'ensemble n'en demeure pas moins le plus harmonieux mélange de styles que l'on puisse imaginer. Je reste persuadée qu'il s'agit de la plus belle maison que j'aie jamais vue, et rien de ce qui a pu arriver depuis le premier jour de notre installation n'a entamé cette conviction. Même si nous subissons fréquemment des problèmes d'éboulements, de tuyaux de cheminées, d'encadrements de fenêtres rongés par les pluies ou de peinture qui s'écaille, rien de tout cela ne nous a le moins du monde découragés.

Jack n'a jamais vibré de façon aussi intense pour cette maison que moi dès le premier abord, mais il a su néanmoins en apprécier la beauté. Il y a connu de grands bonheurs jusqu'à ce que Lissie y fasse pénétrer le serpent de la discorde.

Loyale, honnête et désintéressée, Patience est le genre d'amie que tout le monde rêve d'avoir. Jack a toujours prétendu qu'elle était un peu trop pesante, et j'imagine qu'elle fait cet effet à la plupart des hommes. Reconnaissons-le, elle est solidement bâtie. Déjà, à l'école, elle ne manquait pas de force et excellait dans l'art d'expédier des tirs imparables de ballon dans les buts. Elle a été capitaine de l'équipe sportive pendant deux ans et a connu là son heure de gloire. Avec ses cheveux bruns et brillants, sa peau d'un blanc laiteux, son nez large et son petit menton pointu, elle aurait pu être considérée comme une beauté à l'époque victorienne. Ce sont ses yeux qui retiennent le plus l'attention : deux triangles charmants d'un doux bleu pervenche qui lui donnent un air rieur même lorsqu'elle est sérieuse. Aujourd'hui, cependant, les canons de la mode ont changé, et Patience, avec son imposante poitrine et ses larges hanches, évoque plutôt une aimable matrone. Elle porte en permanence la même jupe de tweed surmontée de deux éternels pulls en jersey, l'un marron et l'autre vert, et se chausse de disgracieux souliers d'homme, car elle prétend qu'ils durent plus longtemps.

L'intelligence est la seule chose que Jack ait omis de prendre en compte chez Patience. Elle avait brillamment réussi dans le secondaire et aurait dû aller à l'université comme nous tous. Mais son père considérait que les études, et en particulier les études supérieures, étaient « de la blague » – l'une de ses expressions favorites. Il n'appréciait que les hommes qui chassent, pêchent, galopent à travers champs, boivent et fument sans modération et entretiennent une maîtresse en ville tandis que leur épouse s'occupe de leur résidence de campagne. La gent féminine était là à titre ornemental et pour faire des enfants, ainsi qu'il ne se lassait pas de le répéter à chaque femme qui avait le malheur de se trouver à portée de voix. Cette distance pouvait d'ailleurs être considérable, car il criait plus qu'il ne parlait. Non qu'il fût sourd – il n'était qu'une sinistre brute.

Pauvre Patience. Au lieu de l'autoriser à étudier les

mathématiques à Cambridge, on l'envoya en Suisse parfaire son éducation dans une école pour jeunes filles, où elle eut au moins l'occasion de parfaire son français. Elle y tomba amoureuse d'un moniteur de ski qui, m'avoua-t-elle plus tard, ne lui avait pas accordé un regard au cours des neuf mois de son séjour. Quant aux autres pensionnaires du collège, elles lui manifestèrent un semblable dédain. Toutes avaient apporté des malles pleines de vêtements français et de chaussures italiennes. Patience, orpheline de mère depuis l'âge de dix ans, avait fait ses valises toute seule, n'y mettant que ce qu'elle portait quotidiennement, à l'exception du panama à plume et du blazer, emblèmes de l'école Château-Vivienne. Ce séjour en Suisse n'avait été qu'une longue et décourageante succession d'humiliations et de moments solitaires. Un jour, pourtant, Patience m'avoua que, lorsqu'elle en avait par-dessus la tête de devoir vivre avec son père, ce souvenir la remplissait d'une douce nostalgie.

Aujourd'hui, j'étais heureuse d'entendre sa voix calme et apaisante à l'autre bout du fil.

— Miranda ! Père vient juste de revenir de sa promenade quotidienne. Dans le village, tout le monde ne parle que de ça – Jack s'est tué !

Patience écouta sans m'interrompre le peu d'informations que j'étais en mesure de lui fournir. Après un long silence, elle reprit d'une voix altérée par l'émotion :

— Je sais bien que tu as Rose, Ivor et Elizabeth à tes côtés mais, si cela peut te soulager, je suis tout à fait prête à venir passer la nuit chez toi.

— C'est très gentil de ta part, mais le docteur m'a donné des somnifères et je ne vais pas tarder à aller me coucher.

— Je t'admire, tu as l'air de maîtriser parfaitement la situation.

— Enfin, disons, plus ou moins.

— Voilà qui me rassure. Je te téléphone demain.

Elle sembla hésiter quelques instants.

— Miranda ?

— Oui.

— Je suis vraiment navrée.

Je savais qu'elle était sincère. Patience est incapable de mentir, même dans une situation comme celle-ci, et ce bien qu'elle ait appartenu à la poignée de gens qui n'aimaient pas Jack. Elle est bien trop droite et sans détour pour que la séduction de Jack ait eu quelque chance d'opérer sur elle. Mon mari avait pourtant tenté de créer entre eux une atmosphère de fausse complicité, mais Patience était trop persuadée de son propre manque de séduction pour succomber à des flatteries de cette sorte.

Quand Jack rencontrait une femme pour la première fois, il essayait d'abord de jauger sa personnalité. S'il la sentait sûre d'elle-même, il entreprenait sur-le-champ de saper les bases de cette confiance par sa froideur. Puis il décochait des flèches ironiques et déplaisantes destinées à la déstabiliser. Ses victimes, qu'il choisissait généralement parmi les plus jolies femmes, s'offusquaient évidemment de ce traitement infligé par un homme aussi beau que Jack et tentaient de parer aux coups. Puis, au moment même où elles allaient se laisser emporter par la colère ou le ressentiment, Jack décidait de leur faire son grand numéro de charme. Déconcertées, mais également soulagées et intriguées, elles succombaient alors sans peine à la fascination qu'il exerçait sur elles. Oh ! comme il savait se jouer avec une habileté diabolique des faiblesses de ses proies. Les coquettes en étaient réduites à implorer quelques miettes de son attention. Quant à celles qui manquaient d'assurance, cette soudaine sollicitude devenait rapidement une drogue dont elles ne pouvaient ensuite plus se passer.

Si je n'ai jamais pensé un instant qu'il ait une seule minute songé à coucher avec elle, son échec auprès de Patience n'avait pas manqué de chagriner mon mari. L'idée qu'une personne fréquentant assidûment notre demeure puisse échapper ainsi à sa volonté ne pouvait que le contrarier.

Je reposai le téléphone et gravis lentement les marches de l'escalier, inquiète de l'état dans lequel devait se trouver Elizabeth. Elle dormait toujours profondément. Je remontai l'édredon qui la recouvrait avant d'aller donner un coup de main à Rose. Elle menait une bataille perdue depuis longtemps contre les agrafes et les boutons de ses sous-vêtements d'un autre âge. Ses yeux d'ordinaire si perçants s'adoucirent à mon approche et m'observèrent avec chaleur.

— J'ai mis tes pilules et ton verre d'eau à côté de ton lit. J'étais sûre que tu allais les oublier.

— Oh, merci, ma Rose. C'est vrai, j'avais oublié. Mon Dieu, à propos, et Puck ?

Puck était le poney d'Elizabeth.

— Ivor s'en est occupé. Ainsi que de Jasper et Dinkie.

— Tant mieux. Je suis épuisée. Je crois bien que je ne vais pas avoir besoin de ces pilules, finalement.

— Prends-les, ma fille, sinon tu vas te réveiller en pleine nuit avec des cauchemars.

— D'accord, je les prendrai.

Je n'en fis rien. Allongée sur mon lit, je me mis à penser à Elizabeth et décidai d'attendre un peu avant de me laisser emporter par le sommeil. J'étais atteinte de surdité partielle à la suite d'un coup que j'avais reçu à l'âge de cinq ans et j'avais pris l'habitude depuis lors de dormir sur la seule oreille en état de marche, ce qui me procurait la délicieuse sensation d'être coupée du reste du monde. Assez curieusement, je me sentis en parfaite sécurité dans le silence, attentive aux battements de mon propre cœur. Petite, je m'étais souvent imaginé mes artères comme un long escalier en colimaçon le long duquel de petits pieds descendaient furtivement au rythme de mon sang. Tip, top, tip, top. Mais, ce soir, craignant qu'Elizabeth n'ait besoin de moi, je me couchai de l'autre côté. Toute la

46

structure du manoir semblait geindre telle une bête de somme après une dure et longue journée de labeur.

Dix minutes à peine venaient de s'écouler lorsque le visage ravagé d'Elizabeth parut sur le seuil de ma chambre. Elle se jeta en larmes dans mes bras, le corps agité d'incontrôlables soubresauts. « Papa ! Papa ! » gémit-elle, comme si elle espérait obtenir une réponse.

À cet instant, je réalisai enfin qu'il ne reviendrait jamais.

## 3

De ces quelques jours qui séparèrent la mort de Jack de son enterrement, il me reste des impressions contradictoires, d'épouvantables accès de prostration suivis de longs moments d'absence dont je ne gardais aucun souvenir. Le temps semblait aussi désarticulé que le cours de mes pensées. Quand vint le jour des obsèques, la sensation d'oppression qui m'étreignait était devenue presque insoutenable. Elizabeth, qui avait partagé mon lit tous ces derniers temps, était encore profondément endormie. J'observai avec tendresse son visage enfin détendu reposant sur l'oreiller, à moitié caché sous les boucles de ses cheveux, sa bouche entrouverte, ses sourcils un peu froncés. Nous avions passé de longues heures à parler de Jack au cours de la semaine, et j'avais l'impression qu'elle m'avait autant soutenue que je l'avais consolée. Elle s'était d'ailleurs montrée particulièrement courageuse, malgré ses quatorze ans, et j'avais admiré la manière dont, le premier choc passé, elle avait affronté la mort de son père.

Pourtant, accepter sa mort ne suffisait pas. Le plus dur restait de savoir si elle avait été intentionnelle ou accidentelle. McCleod, le premier, avait avancé l'hypothèse terrifiante du suicide. Puis ce fut au tour d'Elizabeth d'évoquer le sujet, et j'avais été bien incapable de lui fournir une réponse satisfaisante. Je lui avais affirmé que son père, pour autant que je le sache, avait été heureux et qu'il ne paraissait pas particulièrement angoissé. Cependant, l'idée que Jack ait pu se montrer aussi maladroit dans le maniement de son arme et qu'il ait fait preuve d'une telle incompétence, et même, en l'occurrence, d'une si grotesque maladresse, paraissait hautement improbable.

La réaction de mes fils avait été bien différente. Je m'étais rendue à l'école de James le jour suivant la mort de Jack. Le principal, après que nous eûmes échangé les formalités d'usage, m'avait laissée dans la salle d'attente pendant qu'il allait chercher mon fils. Surpris par mon arrivée imprévue, James avait immédiatement senti que quelque chose de grave avait dû se produire. Il nous avait rejoints. Le roux de ses cheveux se détachait plus que d'ordinaire sur l'extrême pâleur de son visage. À l'annonce de la mort de son père, il s'éloigna de moi et se planta devant la fenêtre, où il passa un long moment à contempler le jardin du collège. Je sentis que je devais respecter son silence. Il se retourna enfin vers moi : « Ce doit être affreux pour toi, maman », dit-il en me serrant très fort dans ses bras. Je savais, depuis le moment où j'avais vu le corps de mon mari, que les larmes me seraient pour toujours refusées, mais que je n'en serais plus jamais aussi proche qu'en ce moment.

Nous devions ensuite aller chercher Henry à son école, à une cinquantaine de kilomètres de Westray. Durant le trajet, nous parlâmes de tout et de rien, laissant parfois de longues minutes de silence s'installer entre nous. Quand James essaya fébrilement de rabaisser le pare-soleil afin de se protéger, je fus frappée par le tremblement de ses mains. Pour la seconde fois de la journée, je dus trouver les mots pour annoncer le drame à Henry. Je le fis avec le plus de délicatesse possible. Il poussa des cris d'animal blessé. Il me fallut plus d'une demi-heure pour le calmer et le faire monter dans la voiture. Il sanglota pendant tout le voyage de retour. Inquiètes, Rose et Elizabeth nous attendaient sur le seuil. Nous décidâmes de nous regrouper dans la cuisine pendant qu'Ivor préparait le thé en pleurant à chaudes larmes. Henry s'assit sur mes genoux en suçant son pouce, chose que je ne l'avais pas vu faire depuis des années. Je lui caressai doucement les cheveux, et il finit par sombrer dans un demi-sommeil. Mes yeux cherchaient à croiser ceux de Rose en une muette interrogation. Comment les enfants allaient-ils se rétablir de ce coup terrible ? Chaque fois, à mon grand soulagement, son regard se voulait rassurant, mettant provisoirement un terme à mon inquiétude.

J'avais une confiance inébranlable dans le jugement de Rose.

J'étais âgée de cinq ans à la naissance de ma sœur Béatrice. On était en 1940, mon père disparut de notre vie au même moment. La guerre demeurait pour moi une chose incompréhensible ; longtemps, j'avais cru que ma sœur nous avait été envoyée comme un pauvre substitut de la présence paternelle. Elle était si attendrissante, toute ronde et rose avec de charmantes petites fossettes, alors que moi, j'étais pâle et fluette. La nourrice que nous avions à l'époque lui vouait un amour sans bornes et, craignant que je ne lui fasse du mal, décourageait toutes mes tentatives de rejoindre le comité d'admiration qui s'agitait autour du bébé. Quant à notre mère, elle semblait trouver en Béatrice des charmes qui lui faisaient surmonter son aversion générale envers les enfants. Je ne faisais pas le poids devant ma jeune sœur, c'était clair.

Un jour – Béatrice était alors âgée de quelques mois –, j'avais imaginé de lui faire avaler un de ces bonbons à la menthe que Nanny cachait précieusement au fond d'une boîte en fer-blanc. J'espérais m'attirer les faveurs de cet être qui semblait jouir de l'affection de tous. Nanny avait retrouvé Béatrice à moitié étouffée, rouge comme une écrevisse, et avait dû la mettre sur le ventre pour lui faire recracher le bonbon. Ma sœur avait été sauvée, mais cette aventure s'était terminée pour moi par une sévère correction et un prompt renvoi dans ma chambre. Outrée par l'injustice de cette sanction alors que j'avais juste essayé de m'attirer les grâces de cet horrible petit être qui sentait la couche pas propre, je me vengeai en jetant dans la cheminée tous les meubles de ma maison de poupées. La rage fit bientôt place au plaisir, et j'observai, fascinée, le déploiement des flammes qui transformaient en une horrible mélasse informe mes jouets les plus chers.

Ce n'était là que le prodrome de l'épouvantable année à venir. La fureur éprouvée au cours de mon acte incendiaire me laissa terrifiée. Je devins nerveuse, maladroite. Nanny se persuada plus que jamais que je n'étais que méchanceté et perfidie. Si je perdais un gant dans le jardin, si je laissais tomber une tartine ou si je renversais un vase de céramique, tout était mis sur le compte de ma mauvaise volonté. Je subissais réprimandes et fessées. Je haïssais les soirs où Nanny, les yeux pleins d'une méchanceté jubilatoire, éteignait ma petite lampe de chevet au moment d'aller dormir. Figée par la terreur, j'attendais des heures dans le noir que le démon de la suie qui habitait dans le conduit de la cheminée se glisse sous la porte de ma chambre et insinue sa longue main maigre sous mes draps.

Je profitais de tous les instants où Béatrice se retrouvait sans surveillance pour m'approcher sans bruit de la poussette et pincer durement sa chair tendre. J'en retirais un sentiment de revanche pour toutes les louanges et les baisers dont je me sentais privée. Bien sûr, il m'arrivait de me faire prendre, et ma honte était alors rendue publique dans toute la maison. Je ressentais immédiatement le mépris dont m'accablait tout le petit monde qui gravitait autour de moi : ma mère, la cuisinière, les domestiques et Nanny. Je pouvais lire dans le regard de tous le dédain que j'inspirais, y compris dans celui de Danny, le concierge. Il me fallut attendre des années pour comprendre que ce terrifiant regard fixe n'était dû qu'à un strabisme bien innocent.

Un jour, on fit venir au salon une Béatrice âgée de dix-huit mois et plus jolie que jamais, afin de la faire admirer par des visiteurs. Et, pour l'occasion, il fut décidé de m'éloigner en m'abandonnant dans la nursery.

— Personne ne veut voir une méchante petite fille comme toi, déclara Nanny en embrassant les joues bien roses de ma sœur, laquelle leva ses petits bras dodus et plissés afin de caresser le visage velu de la nourrice. Ils pourraient te prendre pour la petite bohémienne qui mendie devant notre porte.

Cette gitane avait le don de me fasciner et de susciter ma pitié. Trois ou quatre fois par an, elle venait en ville vendre les quelques brins de bruyère qui remplissaient son panier. Horriblement sale et édentée, elle portait des vêtements en lambeaux qui ne recouvraient qu'en partie son corps décharné, laissant apparaître d'effrayantes traces de coups. Dans son regard, on pouvait lire la détresse de ceux ayant abandonné toute espérance depuis leur plus jeune âge.

Désespérée par les paroles blessantes de Nanny, je m'emparai avec rage de tous ses sous-vêtements qui encombraient le tiroir de sa commode et les jetai par la fenêtre de la nursery. Ses soutiens-gorge, ses culottes et ses porte-jarretelles d'un rose crasseux s'accrochèrent en guirlandes grotesques sur les voitures des invités et le long de l'allée de graviers, spectacle inattendu offert à ceux qui prenaient précisément congé au même moment. Pour faire bonne mesure, je lançai ensuite avec violence les épais rembourrages de coton et les ceintures de caoutchouc à crochets dont Nanny faisait un usage qui me demeurait mystérieux.

Nanny entra dans une colère proche de la démence et me frappa sur l'oreille avec une telle force que le sang coula. Il fallut appeler en hâte le médecin. Il diagnostiqua une perforation du tympan, et Nanny fut renvoyée sur-le-champ.

Une semaine plus tard, ma mère nous présenta Rose.

— Voici le bébé, lui dit-elle en désignant le berceau et Béatrice, souriante, le visage imprégné d'une rare douceur. Tout le monde m'affirme qu'elle est un véritable trésor. En vérité, le problème, c'est Miranda. Elle n'est pas sage du tout. Il vaut donc mieux que vous jugiez par vous-même ce que vous allez devoir affronter.

Rose ressemblait à ces sapins d'Écosse qui dominaient notre parc de Hampstead. Elle dégageait la même force impassible et formidable que rien ni personne ne paraît en mesure de braver. Je baissai la tête en signe de soumission, mon attention tomba sur d'énormes pieds charpentés engoncés dans de gros souliers noirs et lacés. D'une poigne ferme, Rose me releva le menton et m'obligea à rencontrer son regard. Ses yeux gris semblaient vouloir sonder le tréfonds de mon âme.

Son visage s'assombrit comme un ciel d'orage.

— Voyons, je crois que je parviens très bien à lire sur ce visage, martela-t-elle de sa voix rapide et menaçante. Et je peux voir qu'elle n'est pas si mauvaise, après tout. C'est même plutôt une gentille fille. Elle ressemblerait même... à ces jeunes et sages princesses qui peuplent les contes pour enfants.

Je la crus immédiatement. Il était impossible d'imaginer que Rose pût se tromper. Mon besoin de méchanceté s'envola dans l'instant et je me sentis incroyablement soulagée. Dès lors, pas une fois Rose n'eut à se mettre en colère contre moi. Mes fautes de conduite étaient d'abord examinées avec impartialité, puis expliquées et enfin corrigées avec une infinie patience. Mes qualités étaient en permanence recensées et appréciées. Béatrice, de son côté, faisait l'objet d'une même attention, mais j'ai toujours eu le sentiment que j'étais la plus chère au cœur de Rose.

Lorsque j'atteignis mes onze ans, il fut décidé de m'envoyer en pension. Quitter Rose avait été un déchirement, mais je recevais chaque semaine une lettre rédigée de cette superbe écriture dont elle tirait une légitime fierté. Et, par-dessus tout, les vacances étaient l'occasion de retrouvailles qui me remplissaient de joie. Deux ans plus tard, Fabia dut signifier à Rose son congé. Nous étions en 1948, la guerre s'était achevée deux ans auparavant et mon père avait été tué à Anzio en 1944.

Je n'ai pas le souvenir qu'on m'en ait informée. Lentement, je finis par accepter le fait qu'il ne reviendrait jamais. Ma mère, désireuse de se rendre à l'étranger, ferma la maison de Londres et Rose dut chercher du travail dans une autre famille. J'avais treize ans, et chacun estimait que j'étais en âge de me passer d'une nourrice. Pourtant, je me sentais orpheline. Seule l'abondante correspondance que Rose et moi échangions parvenait à soulager ce sentiment d'abandon. Je passais toutes les vacances avec ma mère en Italie. Nous résidions chez différents amis qui, tous, possédaient de magnifiques villas ou palais, accrochés à flanc de coteau sur des terres éloignées de toute civilisation. Les mois d'hiver étaient particulièrement éprouvants : il n'y avait absolument rien à faire, sinon grelotter en essayant en vain de trouver quelque chaleur devant les rares cheminées disséminées dans ces sombres et nobles demeures. Les mois d'été n'étaient guère plus cléments. Allongés sous la véranda, incapables de lire tant la chaleur était accablante, nous avions tout loisir d'observer des heures durant les cloques se former sur la peinture des fresques murales. Certains choisissaient parfois de se traîner jusqu'à la ville la plus proche pour courir les antiquaires.

À l'âge de dix-huit ans, reçue à Oxford pour y suivre un cursus d'histoire, je décrétai qu'il était grand temps de passer enfin des vacances dans le lieu de mon choix et retirai de mon compte postal la quasi-totalité de mes économies. Rose, Béatrice et moi vécûmes une semaine de rêve au bord de la mer à prendre des bains de soleil sur les dunes, à parcourir des kilomètres le long des plages et à dévorer des crevettes dans notre modeste pension de famille. Nous employions les soirées à nous faire la lecture ou à déambuler le long de l'esplanade, ou, plaisir suprême, à assister aux attractions proposées par un petit théâtre local situé au bout de la jetée. Nous y achetions des glaces et des sucres d'orge roses et mettions des tas de pièces dans les machines à sous pour voir *La Chambre à coucher hantée* (le préféré de Béatrice) ou *L'Exécution de Marie, reine d'Écosse* (j'en étais folle) pendant que Rose jetait des regards menaçants aux jeunes gens qui s'aventuraient à suivre notre sillage.

Rose se rendit à mon mariage six semaines après la fin des examens universitaires. Sur les photos prises ce jour-là, elle affiche un air revêche sous un grand chapeau bleu marine qui lui cache le front. Toute son attitude respire le mécontentement. Jack lui avait déplu dès le premier instant. Elle accepta néanmoins de venir vivre chez nous un an après notre mariage et une semaine après la naissance de James. Elizabeth vint au monde trois ans et demi plus tard et, après deux autres années, ce fut au tour d'Henry. Jusqu'au jour de la mort de Jack, nous avions donné l'image d'une famille parfaitement ordinaire. Mais cette légende se trouvait aujourd'hui à jamais ternie.

Henry passa la première nuit qui suivit la mort de son père dans la chambre de Rose. Celle-ci vint me dire le lendemain que mon fils s'était levé de bon matin en affirmant qu'il « mourait de faim ». Il avait dévalé l'escalier pour avaler un énorme bol de céréales agrémenté de la moitié d'un paquet de cassonade et d'un demi-litre de lait. Puis il était allé voir Puck. Quand je descendis, peu de temps après, je le vis en train de s'activer à mettre le bateau à l'eau, son attirail de pêche arrimé à la proue. James et lui passèrent la matinée à extraire des douves toutes sortes de choses invraisemblables, à l'exception notable de poissons, les carpes étant bien trop malignes pour se laisser attraper.

Je me tournai vers Patience, qui me tenait compagnie à la cuisine et observait les garçons entasser dans leur embarcation des piles d'os et de vieilles poêles sans fond.

— J'imagine que, dans l'ancien temps, les gens jetaient par la fenêtre les choses dont ils ne se servaient plus, dis-je. Les éboueurs ne passaient pas à cette époque-là, et il valait mieux allumer des feux très loin des habitations par peur des incendies. L'eau des douves va dégager une odeur pestilentielle maintenant qu'elle a été remuée.

— Ils ont l'air d'aller bien, affirma Patience.

Je compris qu'elle voulait parler de James et d'Henry.

— Oui, pour le moment. Mais je me demande ce que l'avenir nous réserve. C'est ridicule, je sais, pourtant je n'arrive pas à évoquer Jack en leur présence. Avec Elizabeth, les choses sont différentes. Nous avons parlé de lui pendant des heures, et cela nous a fait beaucoup de bien. Les garçons, eux, sont aussi déconcertants que les hommes… même si ce ne sont encore que des enfants. Je ne parviens pas à comprendre leur attitude, leur façon de se comporter comme si rien de désagréable n'était jamais arrivé. Que peuvent-ils bien cacher au fond de leur cœur ? Sont-ils tranquillement en train de régler le problème dans leur coin, ou le mettent-ils sous le boisseau en attendant que le temps décante les choses ?

— Je suis absolument incapable de te répondre. Le seul homme que j'aie jamais vraiment connu est mon père, et je me refuse à croire qu'il soit un représentant crédible du sexe fort.

Patience se permettait rarement de porter un jugement critique sur sir William. Je mis cela sur le compte de notre nervosité.

Ce jour-là, tout le monde parut se conduire de manière tout à fait étrange et inhabituelle. Je téléphonai à Florence, en Italie, pour informer ma mère des événements, d'ailleurs plus par politesse qu'autre chose. Elle n'avait jamais approuvé mon mariage avec Jack, et n'était pas le genre de femme à s'abaisser à des regrets hypocrites, même pour ménager les sentiments d'autrui.

— Comment ça « mort » ? Parle plus fort, Miranda, la ligne est épouvantable. Est-ce que tu aurais bu, par hasard ?

Je lui fis remarquer qu'il était onze heures du matin et que, comme elle ne pouvait l'ignorer, j'avais toujours été désespérément sobre. Quand elle eut enfin compris de quoi il retournait, je dus éloigner le téléphone de mon oreille. Il faut reconnaître que Mère a toujours eu une voix particulièrement forte. Elle n'a d'ailleurs jamais cessé de prétendre qu'elle avait passé sa vie entourée d'imbéciles, obligée d'employer son temps à hurler des ordres dans le vain espoir que les choses les plus simples soient enfin exécutées.

Je n'en ai pas parlé jusqu'ici, mais il se trouve que mon grand-père maternel était Christopher Chough, le grand poète de la Première Guerre mondiale. Dès que les gens l'apprennent, ils se mettent à me regarder d'un œil différent, et j'ai l'impression de me retrouver dans une position totalement fausse. À l'inverse, ma mère n'a guère été pendant toute son existence que la fille de Christopher Chough. Elle se moque donc complètement de savoir que les gens brûlent d'envie de l'inviter à dîner à seule fin de pouvoir dire à leurs amis : « Vous connaissez Fabia Trebor ? Vous savez, la fille de Christopher Chough ». Je déteste me retrouver dans cette situation, car j'ai toujours été persuadée que tous doivent s'interroger sur les mystères de l'hérédité dès que j'ai le dos tourné. Certaines personnes sont d'une telle flagornerie qu'elles seraient disposées à ramper à vos pieds même si vous leur disiez que leur cuisine est immangeable, leur conversation assommante et leur progéniture insupportable. D'autres ont si peur d'avoir l'air de vous lécher les bottes qu'elles préféreraient se faire piétiner plutôt que d'être aperçues en votre compagnie.

De toute manière, j'ai toujours exécré la célébrité, et je comprends très bien pourquoi certains rejetons d'hommes célèbres ont complètement gâché leur vie. Comment parvenir à croire en vos efforts personnels si on les compare en permanence aux réalisations de vos illustres géniteurs, qui, eux, jouissent du prestige de la grandeur reconnue ? Pourtant, aujourd'hui, nombre des poèmes de mon grand-père me paraissent un peu faibles. Alors comment comprendre que, malgré cela, même sa vieille capote de l'armée semble l'objet d'une invraisemblable vénération ?

Ma mère a toujours adoré enrichir les légendes et n'a pas manqué d'apporter quelques pierres de provenance douteuse au monument érigé à la gloire de son père. Par exemple, la prétendue adoration de mon grand-père pour ses propres enfants. Mon oncle Conrad, gentil mais d'intelligence plutôt faible, ce qui illustre mon opinion sur la progéniture des hommes célèbres, avait toute sa vie collectionné les emplois avant de terminer sa carrière en tant qu'associé d'une vague maison d'édition. Il m'avait avoué, au cours de la dernière visite que je lui rendis à l'hôpital avant sa mort, qu'il avait haï son père durant toute son existence. D'après lui, Christopher Chough était une brute sadique qui négligeait sa femme et hurlait lorsque ses enfants s'approchaient trop près de lui. Il semble qu'il ait également aimé procéder à des attouchements douteux sur de jeunes garçons. Je ne sais si cette dernière affirmation contient une part de vérité, car ma mère a toujours prétendu qu'oncle Conrad n'était qu'un ivrogne et un menteur. Menteur, je l'ignore, mais ivrogne, cela ne fait – hélas ! – aucun doute.

C'est ainsi que j'ai passé mon enfance dans l'ombre du génie de mon grand-père. Ma mère pense que la seule profession digne d'un homme est l'Art. Elle n'éprouve que mépris pour le commun des mortels qui sue sang et eau à fabriquer, réparer ou faire pousser des choses, ou encore pour ceux qui prennent soin des malades, font respecter la loi ou nettoient les canalisations du pays. Seuls comptent les artistes... peintres, écrivains, compositeurs. Et bien sûr les poètes. Certains, assez éloignés de ce pinacle, trouvaient malgré tout grâce à ses yeux, tels les architectes, les musiciens, les acteurs (de théâtre, exclusivement), les danseurs (de ballet) et les artisans, à condition qu'ils soient originaux et reconnus. Béatrice avait fait de son mieux pour plaire à notre mère en épousant un potier. Cette profession satisfaisait tout juste aux critères maternels et permettait à peine au mari de ma sœur de pénétrer par la petite porte dans le cercle des gens fréquentables.

Au risque de passer pour médisante, j'ai le regret de dire que Roger n'est pas un très bon potier. Il est vrai que la poterie moderne n'est pas à la portée du premier venu et qu'il faut posséder quelques connaissances esthétiques afin d'être sensible à la beauté de vases qui ressemblent à des rognons calcinés et dont les couleurs varient du vert moisi à la mûre blette, en passant par le noir bilieux. J'en ai une commode pleine, reçus à l'occasion de nombreux anniversaires et fêtes de Noël. Il ne faut pas y voir quelque intention malveillante de la part de ma sœur, c'est juste qu'ils manquent cruellement d'argent et ne vivent que des maigres subsides de ma mère. Car, si Fabia est fantasque en bien des points, elle l'est surtout sur les questions d'argent.

En dehors de sa beauté et de la fascination qu'il a pu exercer sur moi, je suis reconnaissante à Jack d'avoir su merveilleusement éveiller ma sensualité. Ce qui m'a également attirée chez lui, c'est l'absence du moindre atome de tendance artistique. Il aimait lire et écouter de la musique – ce n'était certes pas un philistin –, mais n'avait pas la moindre envie de créer. Jack n'était en rien un contemplatif et je ne l'en aimais que plus.

Je hais les artistes. J'ai eu à les supporter pendant les dix-huit premières années de ma vie, en dehors des périodes de scolarité, je peux donc en parler savamment. Ce sont les personnes les plus grossières et les plus égocentriques que vous puissiez imaginer. S'ils sont satisfaits de leur travail en cours, ils ne peuvent se retenir d'assommer tout le monde à ce sujet. Ce qui ne vous exempte en aucun cas de consacrer des heures à manifester votre enthousiasme pour l'article achevé, à bâiller sans fin à la lecture de la énième imitation de James Joyce ou de vous user les semelles dans une galerie d'art surchauffée, ployant sous le poids d'un catalogue plus lourd que dix encyclopédies. Sans parler de ces innombrables heures de louanges et de critiques qu'il faut écouter stoïquement en se triturant le cerveau pour trouver un quelconque commentaire approbateur sur un bloc de granite informe orné de deux petits trous symétriques.

S'ils ont des difficultés à mener à bien leur travail et subissent le vertige de la page blanche, ou s'ils viennent juste de détruire par maladresse le nez de la statue qu'ils ciselaient depuis six mois, vous devrez supporter leurs récriminations, leur morosité ou leur soudaine chute dans l'alcool. Ils gémissent sans cesse de n'être pas reconnus à leur juste valeur ni rémunérés à hauteur de leurs mérites. Ils sont terriblement jaloux de ceux qui, dans le même secteur d'activité, gagnent quelques sous de plus ou obtiennent les louanges qui leur ont été refusées. Ils sont presque toujours fauchés et d'une incroyable mesquinerie. Si vous commettez l'erreur de les inviter à boire un verre, ils arrivent plus vite que l'éclair, vident votre garde-manger et votre bar en deux temps trois mouvements, se rendent insupportables à toute votre famille et à vos amis et finissent par squatter votre meilleur lit pour y ronfler à leur aise.

— Je ne comprends absolument pas, poursuivit ma mère. Comment Jack a-t-il pu faire une chose pareille ? Ce n'était pourtant pas du tout son genre.

— Je ne sais pas. C'est sans doute un accident.

— Absurde ! Si je n'ai jamais approuvé votre mariage, je dois quand même reconnaître qu'il n'était pas bête au point de se tuer accidentellement. Jack était l'un des hommes les plus compétents que j'aie connus. Il savait *toujours* ce qu'il faisait.

C'était bien la première fois que j'entendais ma

mère dire du bien de Jack. Leur rivalité était de notoriété publique, et leur besoin respectif de dominer autrui avait suscité de pénibles confrontations.

— J'arrive, annonça-t-elle finalement. Quand a lieu l'enterrement ?

Je m'attendais peu à cette proposition.

— C'est très gentil de ta part. Mais l'exposition de Waldo ne doit-elle pas avoir lieu la semaine prochaine ?

Waldo était son amant en titre.

— C'est vrai. Mais, après tout, il peut très bien vivre deux jours sans moi, non ? On ne peut pas être *toujours* à la disposition des gens.

La dernière fois que j'avais vu Waldo, il m'avait donné l'impression de languir après une liberté qui excéderait deux jours.

— Est-ce que les Tallows ne doivent pas venir te rendre visite sous peu ? Je croyais que tu m'avais dit qu'ils débarquaient avec toute leur smala.

— Exact, et ça va sûrement être l'*enfer* ! Gilda, la sœur de Geoffrey Tallows, chante à Vérone. Elle passe toutes ses matinées, entièrement *nue*, à faire des vocalises. D'après elle, c'est la seule façon de travailler sa technique de respiration. Naturellement, tu imagines combien c'est pénible pour nous tous. Les domestiques ne peuvent faire sa chambre qu'après le déjeuner, juste au moment où ils ont l'habitude de s'adonner à leur sieste. En plus, elle a une voix de crécelle, et je suis sûre qu'elle va se faire huer par le public. Je sens que ce sera encore à moi de recoller les morceaux et de la consoler. Quant à Geoffrey, il passe son temps à se disputer avec Waldo. Il est même allé jusqu'à lui dire que ses peintures manquaient totalement de profondeur.

— Tu ferais peut-être mieux de ne pas les laisser seuls, alors.

— Dois-je comprendre que tu ne souhaites pas ma venue ?

Le résultat de cette conversation frustrante fut ce

que je redoutais : ma mère allait débarquer ce matin et, dès son arrivée, voudrait impérativement prendre son petit déjeuner. Ce qui me laissait... – je réussis à regarder ma montre sans réveiller Elizabeth –... à peu près deux heures. Et, naturellement, il me restait des millions de choses à faire entre-temps. Mme Goss avait téléphoné le soir précédent pour donner son congé, affirmant que la mort de Jack l'avait beaucoup choquée et qu'elle n'avait pas l'habitude de ce genre de choses.

— Parce que vous pensez que, moi, j'y suis habituée ? avais-je rétorqué, agacée. Vous croyez peut-être que j'ai déjà perdu une bonne centaine de maris de cette manière ?

Je l'entendis hoqueter d'indignation et raccrocher. J'étais furieuse. Il est certes bien difficile de trouver du personnel dans cette partie du monde, et je n'avais supporté Mme Goss jusqu'ici qu'à défaut de trouver mieux.

Tous les gens que je fréquentais et bien d'autres que je ne connaissais pas semblaient s'être donné le mot pour sacrifier avec grandeur d'âme une journée de travail afin de venir me présenter leurs condoléances. Je jugeai cela fort gentil de leur part mais, étant donné que le restaurant le plus proche se trouvait au diable, leur chagrin m'obligeait à assurer leur subsistance. Maudissant Mme Goss, je lavai tant bien que mal la vaisselle du petit déjeuner et dressai une liste des choses à faire en priorité.

Malheureusement, depuis la mort de Jack, mon cerveau n'était guère sorti de sa torpeur. Je ne parvenais ni à fixer mes idées, ni à les mener à leur terme. Pour finir, je me sentais épuisée et chaque geste me demandait un effort insurmontable. Mon mal de tête ne me lâchait pas et, telle Ophélie, je ne souhaitais qu'une chose : m'étendre dans une eau fraîche et me laisser emporter par le courant.

Rose était déjà levée et avait entrepris de compter les serviettes, les fourchettes et les couteaux. Puis Ivor fit son apparition et, sur mes instructions, entreprit d'éplucher les pommes de terre. Il travaillait vite et mettait beaucoup d'énergie dans son travail. Hélas ! il éclaboussait en même temps la cuisine de boue et d'eau. J'emportai des assiettes dans la salle à manger. Personne ne songerait à se rendre à un baptême ou à un mariage sans y être expressément invité. Pour un enterrement, les gens sont prêts à parcourir des distances incroyables, débarquent chez vous sans prévenir et, en plus, s'attendent à être abondamment nourris et abreuvés.

J'avais commandé un jambon chez le boucher et poché un saumon la veille. J'avais également préparé une énorme quantité de soupe de légumes. Le boulanger devait livrer dix miches de pain le matin même. Tout cela manquait singulièrement d'originalité, mais je ne me sentais pas en veine d'imagination.

Je traversais le hall afin de vérifier s'il y avait assez de serviettes propres et de savon dans la salle d'eau lorsqu'un sinistre craquement me parvint de la cuisine.

Rose venait juste de glisser sur l'eau boueuse dont Ivor avait éclaboussé le carrelage. Une seconde auparavant, elle tenait dans ses mains un bol de framboises, qui, dans la chute, avait volé à travers la pièce, son contenu maculant les murs. Au premier coup d'œil, je vis que Rose avait du mal à se remettre du choc, mais elle s'entêtait à répéter qu'elle n'était pas blessée. Nous l'aidâmes à s'asseoir sur une chaise. Sa souffrance était bien visible. Au bruit de la chute, Elizabeth s'était précipitée, et je lui confiai la tâche de ramasser les framboises et de les laver pendant qu'Ivor allait téléphoner au Dr Kenton.

Je préparai à Rose une tasse de thé tout en essayant de lui faire avouer où elle avait mal. Mais il restait tant à faire et elle avait si peur de retarder les préparatifs qu'elle ne voulut rien entendre. Elle affirma que c'était entièrement sa faute et que je ne devais penser qu'à une chose : les invités qui allaient arriver. J'épongeai le carrelage et mis les pommes de terre à cuire.

J'avais à peine commencé de couper les tomates en tranches que Jasper entra à toute allure dans la cuisine en aboyant furieusement. Il traînait avec lui des tas de mauvaises herbes qui s'éparpillèrent sur le sol juste lavé. Pour finir, il renversa le bol de framboises qu'Elizabeth venait de ramasser.

— Miranda ? Serait-ce trop te demander que d'accueillir ta mère ? claironna soudain une voix familière. On traverse la moitié de l'Europe au premier appel de ses enfants et voilà toute la reconnaissance que l'on obtient. Shakespeare a déjà tout dit sur le sujet, bien sûr… et d'une manière bien plus percutante encore.

L'image du roi Lear se tenait bien droite dans le hall pendant qu'un chauffeur de taxi manifestement exaspéré suait à grosses gouttes en transportant toute une théorie de luxueuses valises.

— Vous attendez un pourboire, je suppose ? Le prix de la course est déjà exorbitant, mais rien n'est jamais assez pour les gens, aujourd'hui. Je me demande où va notre pays.

— Bonjour, Fabia, dis-je en l'embrassant sur la joue.

Dans son tailleur de laine noir et sa toque de daim assortie, elle était superbe. Avec sa longue silhouette hautaine et son visage bien dessiné, personne n'aurait imaginé qu'elle avait passé la soixantaine. Sa coupe de cheveux d'un blond argenté pouvait seulement être l'œuvre d'un génie de la coiffure.

— Comment s'est passé ton voyage ? me crus-je obligée d'ajouter.

— Épouvantable ! Plein de vacanciers anglais rouges comme des écrevisses qui revenaient de ces horribles cabanes à lapin qu'ils louent en Méditerranée. Quant au pilote, il devait être soûl. J'ai eu l'impression que nous tournions bien inutilement en rond. Si vous faites une égratignure à cette valise, j'en référerai à vos supérieurs, annonça-t-elle sèchement à Freddy, le seul et unique taxi du coin, avec lequel nous avions, jusqu'à aujourd'hui, entretenu les meilleures relations.

Il laissa tomber sans ménagement la valise sur le sol.

— Freddy n'a pas de chef, il travaille comme artisan.

— Ça explique tout. Merci, ça ira.

Elle lui tendit une pièce d'un air princier tandis que, dans son dos, je suppliais par signes Freddy de m'excuser pour ce qu'il avait dû subir.

— Je vais me reposer une demi-heure. Qu'on m'apporte juste un petit Lapsang *très* léger, tu sais comment je l'aime. Et un toast très mince. Beurre *sans* sel.

Elle monta dans sa chambre en emportant juste son écharpe. Je priai Ivor de s'occuper de ses bagages et commençai à préparer le petit déjeuner de Fabia. À partir de ce moment, le téléphone ne cessa plus de sonner. Presque tous les invités se crurent obligés de laisser un message ou de donner des explications sur le voyage qu'ils allaient entreprendre pour assister aux obsèques. Ils allaient arriver en avance, ou en retard, ils prendraient l'autoroute A 143 si les travaux en cours le permettaient, ils venaient avec la grand-tante Julia, ils auraient besoin de prendre de l'essence, de l'aspirine, d'une carte de la côte car ils avaient l'intention de visiter les alentours après les funérailles, pourrais-je leur recommander un hôtel à Ramsgate ? Au fait, pouvaient-ils faire quelque chose pour moi ? Surtout que je ne me gêne pas pour leur demander *tout* ce que je voulais.

J'avais envie de hurler : « Raccrochez ce fichu téléphone et laissez-moi faire ce que j'ai à faire ! »

Naturellement, je n'en fis rien et, au contraire, m'efforçai de rassurer tout le monde : non, ils ne pouvaient rien faire pour moi et, oui, je ne manquerais pas de le leur dire dans le cas contraire.

Une odeur de toast calciné me parvint de la cuisine. J'étais sur le point de perdre mon sang-froid lorsque le Dr McCleod et Rollo arrivèrent en même temps. Mme Kenton m'avait téléphoné le lendemain de la mort de Jack pour s'apitoyer sur mon sort et m'expliquer que le Dr Kenton était cloué au lit par quelque mystérieuse maladie, mais qu'elle espérait pouvoir se rendre à l'enterrement. Cette conversation m'était complètement sortie de la tête quand j'avais demandé à Ivor d'appeler le médecin. C'est assez dire dans quel triste état je me trouvais. Aussi essayai-je de cacher mon irritation au Dr McCleod, qui opposa une parfaite indifférence à mon sourire poli. Je le fis entrer dans la cuisine, où Rose était toujours allongée sur le canapé, et retournai en vitesse dans le hall afin d'accueillir convenablement Rollo.

S'il est un homme pour lequel j'entretiens parfois de secrètes pensées romanesques, c'est bien lui. Nous avons été ensemble à Oxford. Jack, rencontré au cours de ma première année, m'avait immédiatement mise sous sa coupe, mais je n'avais pas cessé pour autant de m'intéresser à Rollo. Cette inclination est réciproque, je pense, mais, sachant que Jack et lui ont toujours été d'excellents amis et que Rollo, entre autres qualités, se trouve être un homme d'honneur, je n'ai jamais eu l'occasion de le vérifier.

Nous étions restés en contact de loin en loin au cours des dernières années, et Rollo était venu plusieurs fois séjourner à Westray. Nous nous rendions chaque année à Oxford pour assister aux fêtes qui s'y déroulaient en été. Ces soirées étaient toujours d'un goût parfait : on y rencontrait des gens intéressants ; de délicieux petits fours et des rafraîchissements étaient servis dans le séduisant décor du jardin du collège. Quatre ans auparavant, nous avions reçu une invitation qui annonçait de grands changements dans la vie de Rollo : il venait d'acquérir une maison, quelque part dans l'Oxfordshire, appelée Shinlake Manor.

Le jour où nous eûmes le plaisir de lui rendre visite et de voir sa nouvelle demeure, un peu délabrée mais pleine de souvenirs historiques et presque aussi belle que Westray, je fus si saisie d'enthousiasme que je pris Rollo dans mes bras avec ferveur. Il parut très heureux et me serra fort contre sa poitrine avant de se retourner vers quelqu'un.

— Miranda, je veux que tu fasses la connaissance de Diana Fairfax. Diana, voici Miranda Stowe, une de mes plus anciennes et plus chères amies.

Il me serra la main avec affection en prononçant ces mots et semblait si heureux que j'en fus tout émue. À la manière dont il couvait Diana des yeux, il était clair qu'il en était amoureux. Je compris à l'instant que mes pensées secrètes à son égard ne seraient désormais plus de mise.

La réception fut décevante. Tout était pourtant parfait, et Rollo se montra un hôte particulièrement attentif. Mais, dès qu'il m'apercevait, c'était pour me parler d'*elle*. Je n'eus en revanche aucune occasion de m'entretenir avec Diana, qui semblait connaître la plupart des invités. Les affaires de Jack paraissaient en bonne voie auprès d'une blonde jeune fille visiblement disposée à satisfaire tous les désirs de mon mari. Je me retrouvai coincée avec un vieil historien chauve comme un œuf, déjà passablement éméché, qui ne me lâcha pas d'une semelle et passa son temps à me proposer de venir visiter les chambres en sa compagnie. Je dus finalement me montrer grossière et entrer dans une dispute tout à fait indécente qui n'améliora pas ma mauvaise humeur. Sur le chemin du retour, je me souviens m'être dit que c'était la dernière fois que je me rendais à une réception et que j'allais désormais cesser tout contact futile et vain avec mes semblables.

En réalité, nous dûmes nous rendre au mariage de Rollo six mois plus tard. Diana était d'une extrême beauté, quoiqu'un peu froide. À près de trente-six ans, elle était d'une élégance vraiment parfaite dans son tailleur de crêpe ivoire, coiffée d'un charmant petit chapeau orné de fleurs. Je la trouvai pourtant exagérément hautaine et tentai d'expliquer ce comportement en le mettant sur le compte des nerfs. Mes préventions à son égard disparurent pour de bon quand j'observai sa gentillesse envers la mère de Rollo. Une femme extraordinaire, toute petite et mince comme un fil qui portait une époustouflante robe magenta, arborait une chevelure rose et dont personne n'aurait imaginé qu'elle pût être la mère de Rollo. Je dois ajouter que la mère de Diana fit également assaut d'excentricité : elle était ivre en arrivant à l'église, et il fallut la faire sortir pendant la bénédiction. Mais l'expression de bonheur qui se dégageait des visages de Diana et de Rollo me remplit de joie autant que d'envie.

C'était la dernière fois que je devais les voir. Rollo n'organisa plus jamais de réception, sans doute parce que Diana avait donné naissance à des jumeaux un an après leur mariage. Et voilà qu'il revenait à Westray. Il avait l'air en pleine forme. J'eus immédiatement honte de mes cheveux en désordre et de mon visage couvert de boue.

— Hello, ma chérie, dit-il en me serrant très fort dans ses bras. C'est affreux, n'est-ce pas ?

— Oui, vraiment affreux.

— Diana est en train de sortir les affaires de la voiture. Elle préférait que nous puissions bavarder seuls un moment.

— C'est très gentil.

— Tu sais à quel point je tenais à Jack.

— Oui, m'entendis-je répondre.

En réalité, je n'en savais rien. L'amitié entre hommes m'a toujours paru particulièrement impénétrable. Pour autant que je le sache, Jack s'était toujours fichu comme d'une guigne des gens dès qu'ils avaient le dos tourné et n'y pensait plus jusqu'à la prochaine rencontre. Rollo et lui n'avaient jamais eu de longues discussions téléphoniques ni échangé de confidences, ils ne s'étaient jamais offert de cadeaux, n'avaient pas pleuré dans les bras l'un de l'autre ni ri de leurs infortunes passées. Toutes les conversations que Jack m'avait rapportées semblaient sans intérêt et impersonnelles, du genre de celles que je pourrais avoir avec Mme Veal à la poste.

— C'était une personnalité hors du commun, poursuivit Rollo. Je ne crois pas avoir connu d'homme aussi plein d'énergie. En plus, terriblement… intelligent. Tout avait l'air si facile avec lui. Il n'était jamais imbu de lui-même ni suffisant, et pourtant sa personnalité en imposait à chaque instant. Le monde va paraître bien ennuyeux sans lui.

Ce cher Rollo. Il savait bien sûr que les gens dans l'affliction aiment qu'on fasse l'éloge de leurs disparus. Il le faisait magnifiquement, avec une totale sincérité.

Diana apparut, époustouflante dans son manteau et sa robe de soie gris clair.

— Tout cela est bien triste. Je suis *tellement* bouleversée.

Je me rappelai soudain que je ne m'étais toujours pas changée et que les obsèques devaient commencer dans moins d'une demi-heure. En outre, il restait encore beaucoup à faire si les invités voulaient déjeuner au retour de l'enterrement.

Je me rendis compte tout à coup qu'une affreuse odeur de brûlé émanait de la cuisine.

— Oh, mon Dieu ! Le toast de ma mère ! Zut !

Je me précipitai, suivie de Rollo et de Diana. Tandis que je jetais trois toasts calcinés à la poubelle, je vis leurs yeux parcourir d'un regard désolé le désordre régnant sur la table et le carrelage. Rose était assise sur une chaise près du feu, les yeux clos, apparemment assoupie. Quant à Jasper, couvert d'herbes et de saletés, il dormait à ses pieds.

— Cette sacrée femme de ménage m'a donné son congé, Rose s'est foulé le poignet et je suis trop fatiguée pour réfléchir. Près de quarante mille personnes viennent déjeuner et je n'ai même pas commencé à préparer les salades. Je suis au bord de l'implosion…

— Dites-moi ce que vous voulez que je fasse, proposa Diana.

Elle venait de retirer son manteau et d'attacher un tablier autour de ses hanches.

— Je ne peux pas vous demander…, commençai-je.

— Bien sûr que si. Je n'ai échangé que deux mots avec Jack dans toute ma vie. « Bonjour » et « Au revoir ». Je suis navrée, vraiment navrée, pour vous qu'il soit décédé, mais ma présence à l'église n'est absolument pas nécessaire. Je vais rester ici et préparer le déjeuner. Dites-moi juste ce que je dois faire et courez vous changer.

Au regard qu'elle jeta à mes vêtements maculés de boue et à mes cheveux en bataille, elle pensait de toute évidence qu'il me faudrait bien plus d'une demi-heure pour être à peine présentable. De mon côté, j'avais du mal à imaginer que cette élégante créature sache prendre en main les innombrables problèmes domestiques posés par l'organisation de ce déjeuner. Mais je lui fus infiniment reconnaissante d'accepter de me soulager ainsi de cette charge. Après lui avoir donné toutes les consignes, y compris la délicate question du petit déjeuner maternel, je me précipitai en haut.

Vingt minutes plus tard, je redescendis. Plusieurs personnes se trouvaient déjà dans le hall, les doigts étrangement ensanglantés. À les voir, on aurait dit qu'un horrible rite venait de se dérouler, fomenté par je ne sais quelle macabre société secrète. Un collègue de bureau de Jack éclaira ma lanterne. Il se trouve que les enfants ont baptisé notre chat Dinkie d'après le petit chaton si mignon et débrouillard des contes de l'ours Rupert. Le nôtre est également noir et brillant, mais la ressemblance s'arrête là. L'un des passe-temps favoris de notre cher Dinkie est de se rouler en boule et de faire semblant de dormir sur le parapet du pont qui enjambe les douves. Les gens qui ne nous connaissent pas, émus par ce tableau de beauté et de sérénité félines, s'empressent d'avancer la main pour lui prodiguer une affectueuse caresse. C'est alors que Dinkie se redresse, tel un cobra, et leur arrache un bout de peau avant même qu'ils aient eu le temps de le toucher. Puis il reprend sa pose angélique, dans l'attente de sa prochaine victime.

Diana sortit au même moment de la cuisine avec du sparadrap et des ciseaux.

— Je ne parviens pas à mettre la main sur le beurre sans sel. J'ai bien peur que votre mère ne doive se contenter de beurre normal.

— Nous n'en avons pas, soupirai-je. Ça m'était complètement sorti de la tête. Elle ne s'en apercevra sans doute pas. James, emmène Dinkie avec toi. Mais fais attention. Tu sais de quoi il est capable une fois qu'il a senti l'odeur du sang.

Je fis quelques pansements aussi vite que possible pendant qu'Henry répondait au téléphone.

— C'est Maeve, annonça-t-il en me tendant le combiné.

— Dis-lui que je suis désolée mais que je n'ai pas le temps de lui parler. Nous partons à l'église tout de suite.

Ma mère descendait les escaliers, portant son plateau d'un air réprobateur.

— Le sel est un véritable *poison* pour moi. Quant au thé, il est juste un peu *trop* fort.

Je suis certaine que ma mère se comporte ainsi délibérément. J'embrassai Henry et lui fis promettre de s'occuper de Rose. J'avais décidé qu'Elizabeth et lui étaient encore trop jeunes pour aller à l'enterrement. Ma mère m'approuva. Elle craignait qu'avec leurs mauvaises manières habituelles ils ne se laissent aller à des pleurs vulgaires.

De mon côté, je trouvais qu'ils en avaient déjà bien assez à supporter.

**4**

L'église de la paroisse n'était qu'à cinq minutes à pied en marchant d'un bon pas. Par la faute de Dinkie, nous risquions d'être en retard si nous ne nous dépêchions pas. Un vent violent s'engouffrait dans nos vêtements de deuil. Une pensée me frappa soudain comme une évidence : nous ressemblions tous à ces moines dominicains encapuchonnés de noir qui avaient résidé à Westray quatre cents ans auparavant. Retenant tant bien que mal nos chapeaux et nos écharpes qui menaçaient à tout moment de s'envoler vers la mer, nous nous éparpillâmes par petits groupes de deux ou trois le long de l'allée. Une ondée soudaine survint et nous obligea à nous égailler en une fuite peu compatible avec la solennité de la journée.

Le corbillard était déjà à l'arrêt devant l'église, entouré d'un nombre incroyable de voitures. À sa vue, un chagrin violent et inexplicable s'empara de moi. Je réalisai que Jack avait été aux mains des services municipaux depuis la minute où on l'avait emmené. Le district de Bosworth et l'hôpital général avaient pris possession de son corps, prêts à l'étendre nu sur une table et à le couper en morceaux si on leur en faisait la demande. Jack nous était maintenant rendu pour un dernier adieu selon les rituels requis par la société.

J'étais furieuse. Contre les médecins, les policiers,

les croque-morts, les coroners, l'ensemble des corps de métiers concernés par cette affaire. Mais, en réalité, j'éprouvais par-dessus tout une énorme colère contre Jack. Même si, je le devinais, cette réaction était sans doute propre à tous ceux qui venaient de subir un violent choc émotionnel, cette idée ne parvenait en rien à me calmer. Elle ne faisait au contraire qu'envenimer ma fureur. James me serra très fort le bras. De grosses larmes coulaient sur son visage d'adolescent à peine sorti des limbes de l'enfance. Il se frotta les joues pour les effacer. Oh, Jack, espèce de salaud !

— Tu veux retourner à la maison ? chuchotai-je. Tu peux parfaitement le faire, mon chéri, tu sais.

— Non, m'man, ça ira.

Tous ceux qui nous avaient accompagnés se précipitèrent pour rejoindre le groupe qui les avait précédés dans l'église. James et moi étions les seuls à mener le deuil. Les parents de Jack et Jeremy avaient décidé qu'ils seraient mieux assis à l'intérieur, « de peur qu'un mauvais vent ne vienne gâcher cette journée », comme Dorothy le disait si élégamment…

Ils avaient eu bien raison. Tandis que les employés des pompes funèbres s'efforçaient de charger le cercueil sur leurs épaules, le glas cessa brusquement de sonner au moment même où un soudain coup de vent rabattait des trombes d'eau sur nos visages. J'avais demandé que chacun s'en tienne à de simples fleurs blanches mais, tôt ce matin, on avait livré une immense croix d'œillets d'un rouge agressif envoyée par Mlle Horne, la secrétaire de Jack. J'avais demandé au coursier de la faire parvenir à l'entreprise de pompes funèbres avec ordre de la poser sur le cercueil à côté des fleurs de la famille. Je me félicitais de cette initiative lorsque j'aperçus Mlle Horne après le service. Son visage était ravagé par le chagrin et les larmes. Sans charmes et parfaitement ennuyeuse, elle vivait seule à Willesden et, durant toutes ces années, Jack avait représenté son unique univers. Il l'avait surnommée « Horny [1] » et, dans son extrême naïveté, elle en avait tiré une grande joie. Alors qu'aucun homme n'aurait jamais songé à lui faire la cour, elle avait pris cette ironie pour une extraordinaire marque d'affection. Il se moquait de ce surnom dans son dos et riait de sa dévotion à son égard. Encore un bel exemple de l'aptitude de Jack à la cruauté.

M. Molebank remonta le chemin en courant, son surplis volant comme une immense voile au-dessus de lui.

— Pardonnez mon retard, dit-il, haletant, un problème avec la chaudière – des flammes immenses. Je ne pouvais pas laisser les choses comme ça.

Notre pasteur vivait seul dans le grand presbytère, et sa vie n'était qu'une longue suite d'ennuis domestiques. Il était incapable d'assumer les problèmes matériels quotidiens, et ne pouvait s'offrir une aide ménagère avec ses maigres revenus. Pourtant, jamais il ne se plaignait des vicissitudes de son existence, même lorsque, comme l'hiver dernier, les engelures avaient transformé ses doigts en pauvres moignons d'un rouge écarlate et brillant qui ne lui permettaient plus de tenir correctement son livre de prières à l'église. Selon moi, M. Molebank – ou plutôt Aubrey, ainsi qu'il m'avait récemment prié de l'appeler – semblait en bon chemin vers la sainteté.

Essayant désespérément de reprendre son souffle, il se posta devant le cercueil, suivi de James et de moi-même. Nous dûmes nous arc-bouter contre les rafales de vent pour pénétrer dans les ténèbres de l'église. À notre arrivée, la congrégation se leva et des centaines de pieds raclèrent bruyamment le sol au milieu des voix étouffées.

C'était plus fort que moi. Je ne parvenais pas à croire que les restes de Jack gisaient dans ce cercueil que l'on posait à cet instant sur les tréteaux. Pourtant,

1. *Horny* signifie également « chaud lapin », « obsédé sexuel ». (*N.d.T.*)

j'avais parlé de sa mort avec plusieurs personnes, tenté au mieux de mes forces de faire face à la réalité et d'apporter un peu de réconfort à mes enfants. Mais je n'arrivais pas à me convaincre moi-même. À chaque seconde, il me semblait qu'il allait apparaître, s'esclaffer et lancer avec son ironie habituelle : « C'était juste une plaisanterie, ma chérie. Tu n'as quand même pas cru une seule seconde que tu pourrais te débarrasser de moi aussi facilement ? »

L'assemblée s'agenouilla. Perdue dans mes pensées, ce mouvement soudain me fit sursauter. Je posai devant moi le coussin que Rose avait cousu avant que ses mains abîmées ne lui en laissent plus le loisir et baissai la tête pour prier.

— Seigneur, ayez pitié de nous.

— Jésus, pardonnez-nous.

J'avais beau mêler ma voix aux répons, mes pensées n'étaient pas dirigées vers le ciel. Je regardais fixement les panneaux de mosaïque du retable. C'était une belle église de style baroque recouverte de superbes fresques peintes entre les moulures de stuc doré. Elle avait fait fonction de chapelle privée pour une gigantesque demeure du XVIIIᵉ siècle : Wychford. Dans le passé, cette noble maison avait souvent reçu la visite de têtes couronnées, en particulier celle d'Édouard VII alors qu'il n'était encore que prince de Galles. Après quoi, les propriétaires avaient connu des revers de fortune. Les bâtiments furent en partie détruits par un gigantesque incendie, et les ruines magnifiques se retrouvèrent désormais offertes à tous les vents. De grandes fontaines dont les bassins disparaissaient sous une végétation décomposée étaient désormais les seuls éléments décoratifs d'une vaste étendue de broussailles, vestige des parterres raffinés de jadis. La chapelle avait été transformée en église paroissiale de Westray. Jack avait déclaré un jour que sa beauté permettrait de supporter d'un cœur plus léger les interminables services du dimanche. Il est vrai qu'il s'était toujours moqué des idées chrétiennes.

Il devait connaître les réponses à tous les mystères de l'au-delà, aujourd'hui.

Le niveau sonore que peut atteindre un groupe de près de quatre-vingts personnes n'a jamais cessé de m'étonner. Reniflant, toussant, se mouchant bruyamment, la moitié de l'assemblée semblait atteinte de consomption pulmonaire. L'autre moitié laissait tomber qui des livres de messe, qui des gants ou des clés de voiture avec une régularité digne d'une meilleure cause. Un vacarme de pieds impatients et de chuchotements couvrit en partie la fin de l'allocution de M. Molebank.

L'office prit fin dix minutes plus tard, et le cercueil fut à nouveau soulevé. James et moi le suivîmes vers la sortie, marchant, sans même nous en rendre compte, d'un pas calqué sur celui des porteurs. La scène était à la fois dramatique et irréelle, nous défilions, telles des ombres pleurant sur la dépouille d'Hamlet sur les terrasses d'Elseneur. Un oiseau s'engouffra par la porte ouverte de l'église et survola la procession. Il me fit penser au moineau du Vénérable Bède [1]. Comme un oiseau qui traverse une maison de part en part, nous ne savons ni d'où nous venons, ni où nous allons. Entre le début et la fin, une courte période de lumière, de chaleur et de bruit, que l'on appelle la vie. Douze siècles après que le vieux moine érudit eut imaginé cette métaphore, la brève existence de Jack venait de s'achever à son tour. À présent, il était… mais où donc était-il ?

Je fus soulagée de constater qu'aucune flamme ni fumée ne s'élevait du toit du presbytère, visible derrière les arbres. James pleura doucement lorsque le cercueil fut descendu dans la fosse. Il était presque un homme à présent et gardait désormais ses pensées secrètes. Moi qui avais été sa confidente depuis toujours, je devais maintenant essayer de deviner ce qu'il

---

1. Moine du VIII$^e$ siècle considéré comme le premier historien de Grande-Bretagne. *(N.d.T.)*

pouvait bien ressentir. Je remerciai le ciel qu'il pût pleurer.

J'aperçus Dorothy. Bien emmitouflée dans son manteau, elle reniflait, le nez dans son mouchoir, son maquillage tout barbouillé de larmes. Je me sentis désolée pour elle. Donald, le père de Jack, était rouge de froid, son visage écarlate jurant étrangement avec ses cheveux, désormais clairsemés mais toujours aussi roux, comme l'étaient ceux de son fils. Très calme entre ses parents, les mains jointes et les yeux baissés, Jeremy n'avait pas du tout l'air triste, ce qui avait au moins l'avantage de la franchise.

Lors de notre première rencontre, Jack m'avait décrit ses parents comme les « prototypes de la petite bourgeoisie de la seconde moitié du XX$^e$ siècle ». Il ne les méprisait pas, ne les prenait pas en pitié. Simplement, ils ne présentaient aucun intérêt à ses yeux et il ne pensait jamais à eux.

Les ultimes mots du cérémonial furent prononcés, et les dernières pelletées jetées dans la fosse. James et moi allâmes embrasser Dorothy et Donald. Dans la mesure du possible, j'évitais d'avoir à faire de même avec Jeremy, car il avait souvent les mains baladeuses, et ses lèvres s'approchaient toujours dangereusement des miennes. Je n'étais pas mécontente de la présence protectrice de planches et de cordes entre nous. Dorothy me tendit sa joue trop fardée. Nous avions bien sûr déjà parlé au téléphone depuis la mort de Jack, mais je songeai qu'une marque renouvelée de sympathie pour son deuil serait la bienvenue. Je savais bien que, si c'était James, Henry ou Elizabeth qui gisait à nos pieds dans cette fosse, je serais folle de douleur, inaccessible à toute parole de consolation. Dorothy était évidemment d'une autre trempe, mais je me sentais obligée de faire un effort.

— Quelle affreuse journée, commençai-je.

— Comment, ma chère ? demanda Dorothy en ôtant les boules de coton dont elle se bouchait les oreilles. Mes tympans me font terriblement souffrir lorsque je reste en plein vent. Que disiez-vous ?

Je répétai ma remarque. Elle haussa les épaules.

— Comme je le dis toujours, une petite brise ne contourne pas les obstacles, elle les traverse de part en part.

Je l'avais souvent entendue répéter cela sans jamais bien comprendre ce qu'elle voulait dire par là.

— J'ai bien fait de mettre une petite laine en plus ce matin, poursuivit-elle. Ces vents d'octobre sont d'un traître ! Bon, ne restons pas plantés comme des piquets, au risque d'attraper la mort. Vous devez être pressée de préparer le déjeuner, Miranda. Je n'ai pas mangé la moindre chose depuis le petit déjeuner et la tête me tourne lorsque je suis affamée.

L'agrippant chacun par un bras, Donald et Jeremy la soulevèrent jusqu'à la Rover grise, garée juste devant la porte d'entrée du cimetière, au grand dam des porteurs. Ce fut comme un signal : tous les membres de l'assemblée s'approchèrent de moi, arborant les mimiques qui leur paraissaient les plus appropriées à la situation – respect, affliction ou consolation. Ce rituel, déjà éprouvant dans des circonstances ordinaires, devint un véritable calvaire quand la pluie se remit à tomber avec plus d'obstination que jamais. Maeve, le visage défait, se rua sur moi et m'embrassa, faisant choir mon chapeau dans la bagarre, ce qui obligea un vaillant vieillard qui avait travaillé dans la même banque que Jack à se lancer à sa poursuite.

— Ma chérie, pardonne-nous d'être arrivés en retard !

Elle portait un long manteau noir dont les pans traînaient dans la boue ainsi qu'un chapeau de velours imperméable, relevé sur le front et orné d'une rose de soie d'un rouge cramoisi. Ses cheveux auburn étaient teints et coupés en pointes courtes. Son rouge à lèvres couleur aubergine donnait l'impression qu'elle venait de manger des mûres mais ne retirait rien à la beauté érotique de son visage.

78

— Les garçons ne se sont pas réveillés et la voiture refusait de démarrer, reprit-elle. Nous avons dû prendre un taxi. Quel superbe office funèbre ! Presque toutes les femmes présentes avaient été amoureuses de Jack ! Comme c'est romantique !

Le vieil homme qui avait rapporté mon chapeau, à présent tout mouillé et sali, jeta à Maeve un regard de profonde désapprobation et, grommelant, s'éloigna en claudiquant avant même que j'aie pu le remercier. Les personnes qui faisaient la queue pour présenter leurs condoléances commencèrent à regarder Maeve de travers. Elle n'en tint d'ailleurs aucun compte.

— Le plus extraordinaire, reprit-elle, c'est que, pendant un court instant, j'ai eu l'impression d'apercevoir Jack, comme une ombre diaphane à côté du cercueil. Je pouvais même sentir les effluves de son eau de Cologne. Épicée et sensuelle. Quelque chose semblait le faire rire... peut-être était-ce de nous voir agenouillés là... à prier pour lui. Il disait toujours que la religion n'était qu'une blague. Et puis, soudain, j'ai eu très froid. C'est toujours le signe de la présence d'une forme astrale, tu sais.

— Bon, eh bien, rentrons à la maison, dis-je précipitamment.

Maeve s'était toujours targuée de ses dons de voyance. Par malheur, ils ne lui permettaient pas de s'apercevoir de la réaction des gens à ses discours aussi incompréhensibles qu'emphatiques. J'aperçus Sebastian et Florian, ses deux fils, qui se tenaient à quelque distance. Florian se baissa pour ramasser une fleur sur l'une des tombes et la mettre à la boutonnière de son costume de velours. Sebastian, chaussé de rangers de l'armée de taille 45, donna un coup de pied à un vase. Ils partirent tous deux en s'esclaffant.

Tel un capitaine menant ses troupes à la bataille, je conduisis tout ce petit monde en direction de la maison, et le reste de la troupe suivit tant bien que mal. Un groupe de curieux attendait devant l'entrée du cimetière. C'étaient des villageois qui n'avaient pas voulu prendre place à l'église mais souhaitaient néanmoins participer à l'événement le plus intéressant arrivé à Westray depuis que la femme de l'aubergiste s'était enfuie avec le brasseur.

Je leur adressai un petit signe de tête et affichai l'air le plus endeuillé possible. Je reconnus Mme Veal, la postière, tapotant ses yeux durs et inquisiteurs à l'aide de son mouchoir. Une jeune fille que je n'avais encore jamais vue se tenait près d'Horace Birt, un gros homme au visage empourpré qui exploitait une ferme à côté de Westray. Je ne l'appréciais guère et il nous le rendait bien depuis que Jack l'avait plusieurs fois réprimandé pour sa mauvaise gestion. Je ne savais pas qu'il était marié. Au moment où je me disposais à lui adresser un salut de circonstance, sa bouche se tordit en un sourire goguenard et il s'éloigna en tenant ostensiblement la jeune fille par la taille.

Quel bonheur de retrouver la chaleur de la maison ! Un Esquimau regagnant son igloo après une harassante journée de chasse par un froid polaire devait éprouver ce même sentiment de délivrance. Si seulement j'avais pu avoir l'igloo pour moi toute seule. Je préparai une grande saucière de vinaigrette avant d'aller voir si tout se passait bien dans la salle à manger. Diana avait visiblement fait des prouesses. Le saumon était divinement apprêté et décoré d'aneth, de concombres et de bourrache. Le jambon trônait sur son plat à côté du couteau à découper bien aiguisé. Il y avait des pommes de terre, des tomates et des salades vertes élégamment disposées et garnies d'oignons, de persil et de livèche. Les miches de pain étaient enveloppées dans des serviettes en tissu afin de les conserver bien chaudes. Un morceau de cheddar, que j'avais acheté trois jours auparavant et totalement oublié, reposait, dépouillé de son enveloppe de mousseline, sur un charmant plateau bleu et blanc de porcelaine de Worcester. Une grande soupière fumait sur une petite table. Dans un vase, les pétales des roses se reflétaient sur le blanc ivoire du plateau de la table.

Je me dirigeai vers le salon pour inviter tout le monde à déjeuner. Plongées dans une discussion animée sur l'avenir de la céramique moderne, Béatrice et Diana étaient assises sur les marches de l'escalier, à l'écart des autres invités. D'après ce que je pus surprendre de leur conversation, Diana affirmait ses opinions avec modération tandis que Béatrice ne pouvait se retenir de s'enflammer sur la question. J'ouvris la porte toute grande, dévoilant leur présence à l'assemblée. À la vue de Béatrice, ma mère s'éloigna de Dorothy, qui n'en continua pas moins à parler, imperturbable.

— Béatrice ! Je me demandais justement où tu étais. Qu'est-ce que tu as bien pu fabriquer ? Toujours occupée à te bâfrer, je suppose. Tu es pourtant déjà assez grosse !

— À table, tout le monde ! lançai-je à la ronde, espérant ainsi distraire l'attention de ma mère.

Béatrice, bouleversée, semblait au bord des larmes, comme chaque fois que Fabia lui faisait des réflexions. Notre chère mère produisait toujours cet effet désastreux sur elle – et sur bien d'autres aussi, sans aucun doute.

— Pour l'amour du ciel, Elizabeth, arrête de te *vautrer* ainsi ! gronda Fabia. Et enlève-moi ces *ridicules* lunettes fumées. Il ne te manque plus qu'une canne blanche. James, sors tes mains de tes poches ! Miranda, j'espère que rien n'a été salé d'avance ?

Je murmurai un vague grognement qui aurait aussi bien pu passer pour un agrément. C'est alors que je fus repoussée avec violence contre le battant de la porte par une Dorothy qui se ruait toutes voiles dehors pour atteindre la première la salle à manger. Ivor entreprit de désosser le jambon tandis que je préparais des tranches de saumon et que Patience servait le potage avec la louche. Les gens se précipitèrent sur la nourriture comme s'ils venaient de subir un long siège.

Sebastian et Florian s'étaient servis copieusement de tout. Maeve, fervente adepte d'une nourriture macrobiotique exigeant de savants calculs de *yin* et de *yang* – consistant pour l'essentiel en d'énormes et monotones quantités de riz brun –, semblait pourtant s'accommoder du menu du jour. Jasper et Dinkie s'éclipsèrent dès qu'ils virent Sebastian. Il faut dire que le garçon n'était pas très sympathique. Avec son crâne rasé comme une boule de billard et aplati sur le dessus, son cou plus large que sa tête, il avait bien l'air de ce qu'il était : un adepte du néonazisme. Quelque temps auparavant, Ivor avait dû passer deux jours à effacer une svastika peinte sur le mur de la façade. Je demandai à James de le surveiller discrètement. Il accepta à condition de pouvoir rester à une certaine distance. James et Sebastian étaient du même âge, mais n'avaient jamais été proches depuis qu'à sept ans Sebastian avait tenté de noyer mon fils dans les douves. Florian, lui, était différent mais pas plus équilibré. Un jour, je l'avais surpris en train d'essayer mes produits de maquillage devant la glace de ma coiffeuse.

— Vous allez avoir du pain sur la planche pour élever ces enfants toute seule, me dit Donald en fixant Elizabeth, qui, appuyée contre le mur, parlait à un homme dont j'ignorais le nom.

Plus que jamais, ses cheveux ressemblaient à ceux de Veronika Lake. Elle portait une jupe très courte avec des bottes montantes. Je ne me souvenais pas les avoir aperçues auparavant. Ne serais-je pas en train de lui donner trop d'argent de poche ? Je la vis sortir ses lunettes fumées de sa poche et les mettre avec une lenteur volontairement aguicheuse. J'espérais que l'homme allait comprendre qu'il s'adressait à une jeune fille de quatorze ans.

— Jack ne correspondait pas exactement à l'idée qu'on se fait d'un père de famille, j'imagine, poursuivit Donald. (Je me gardai bien de lui répondre.) Pas de raison qu'un type de sa trempe veuille rester dans ses pantoufles. Mais je sais que ses enfants étaient tout pour lui. Et vous aussi, ma chère.

J'essayai d'avoir l'air ravie tandis qu'il reprenait :

— Elizabeth est vraiment votre portrait craché. Et Henry ! On dirait tout à fait son père. Espérons qu'il aura aussi son intelligence. (Je m'ennuyais ferme, mais me forçai à sourire). Quant à James, je reste un peu dans l'expectative à son égard. Brillant, sans doute, mais un peu trop calme à mon goût.

Je me sentis froissée par cette dernière remarque. Je me souvins alors que Donald, autrefois, avait emmené James voir un match de football. Mon fils était encore trop jeune à l'époque pour cacher son profond ennui et son aversion pour ce jeu. Depuis lors, leur relation était demeurée au point mort.

Donald alluma sa pipe.

— Cela ne vous gêne pas si je fume, ma chère ?

Il tira sur le tuyau encrassé de goudron et me souffla un gros nuage de fumée à la figure.

— Dorothy n'aime pas que je fume à la maison, elle dit que ça s'incruste dans les rideaux. C'est une femme merveilleuse.

Nous nous tournâmes vers Dorothy, qui poussait d'un air méfiant quelques bouts de tomate au fond de son assiette.

— Je ne peux pas manger toute cette huile, ma chère. Ça me rend malade. Je vais prendre une tomate avec un peu de mayonnaise.

Elle retira avec soin la bourrache qui ornait sa tranche de saumon, la tint délicatement entre deux doigts comme un insecte venimeux et la laissa retomber dans son assiette.

Je me rendis à la cuisine. Rose était endormie sur le canapé, une couverture sur les genoux. Elle avait repris quelques couleurs et respirait profondément. J'étais soulagée de la voir ainsi se reposer et m'approchai du réfrigérateur sur la pointe des pieds. Par chance, il restait encore des tomates, certes un peu ratatinées, néanmoins il faudrait s'en contenter. Il n'y avait plus de mayonnaise maison, mais il en restait un pot acheté à l'épicerie. Au moment où je me penchais pour le saisir, j'entendis des pas derrière moi et me retournai vivement. Jeremy, visiblement échauffé par la boisson, se tenait tout contre moi.

— Je vous ai vue venir ici, Miranda. Voilà un bon moment que je voulais vous parler.

Large, costaud, Jeremy arborait des cheveux roux et frisés, comme tous ceux des hommes de la famille Stowe. Avec sa face ronde et son nez camus, il ressemblait à un gros bébé, ce qu'accentuaient de manière assez sinistre ses petits yeux gris et plissés cachés derrière des lunettes de forme hexagonale. Ses mains grasses aux ongles rongés avaient tendance à s'égarer à l'excès en toute occasion. J'aurais bien voulu ne pas être l'objet de ces pratiques douteuses, car je trouvais le personnage assez repoussant.

— Comme c'est aimable, dis-je à voix basse. Je vais vous donner une assiette. Vous pourrez l'apporter à votre mère.

— Une minute, poursuivit-il en gloussant comme une vieille poule. Vous savez, cela fait une éternité que je voulais vous le dire : je vous ai toujours beaucoup admirée, Miranda. Je pourrais même aller plus loin...

Sa voix doucereuse resta comme suspendue pendant un instant. Je profitai de cette occasion pour prendre l'air le plus décourageant possible.

— ... Mon frère se croyait malin, mais il ne savait pas apprécier les bonnes choses, insista-t-il. Je ne suis pas comme lui. Moi, je saurais vous rendre très heureuse, Miranda.

Il pointait son doigt raide dans ma direction.

— Jeremy, tout cela est parfaitement absurde. Mettons-le sur le compte de la boisson et n'en parlons plus...

Avant même que j'aie pu esquisser un pas de retraite, il se jeta sur moi et plaqua à grand bruit ses lèvres sur les miennes. Quelque chose de mou et de visqueux s'écrasa sous mon pied tandis que j'essayais

84

désespérément de desserrer son étreinte : la tomate de Dorothy.

— Je vous prie d'excuser mon intrusion, articula une voix derrière nous.

Jeremy me relâcha. Le Dr McCleod, les sourcils en accent circonflexe, raide comme la justice, se tenait sur le seuil de la cuisine. Stew Harker, chargé des livraisons de tous les commerces du village, était posté à ses côtés, le visage tordu de colère.

— Oh, mais non, vous ne nous dérangez pas ! balbutiai-je, les joues en feu, tout en cherchant mon mouchoir dans ma poche. Ce n'est pas… nous ne… je vous présente mon beau-frère…

Le visage me brûlait. Jeremy ramassa la seule tomate encore intacte et se replia lâchement sur la salle à manger.

— Je suis revenu pour emmener Miss Ingrams à l'hôpital, reprit le Dr McCleod. Il faut lui faire une radio du poignet. J'ai pensé que vous seriez bien trop occupée pour le faire vous-même.

Je fus blessée par son ton froid et sarcastique. Je sentais bien que les apparences ne jouaient pas en ma faveur, mais j'étais trop furieuse contre Jeremy et trop épuisée pour tenter de m'expliquer.

— Elle est en train de dormir. Faut-il vraiment la réveiller ?

Je m'approchai du fauteuil où elle s'était assoupie et me penchai sur elle. Elle avait l'air si vieille et si fragile que j'en fus bouleversée. Imaginer la vie sans Rose m'était insupportable.

— Je crois que oui. Le service de radiologie a beaucoup de travail, mais j'ai réussi à obtenir un rendez-vous. Miss Ingrams ? demanda-t-il en lui tapotant gentiment le bras.

Rose se redressa, vexée de s'être laissée aller à dormir sous les yeux de tant de monde. Le Dr McCleod essaya de lui prendre le bras, mais elle refusa avec énergie. J'allai chercher sa canne, son manteau et son chapeau.

— Cet examen est tout à fait inutile, si vous voulez mon avis, protesta Rose. Vous, les hommes, vous croyez toujours que vous savez tout mieux que les autres.

— C'est très gentil de votre part de l'accompagner, dis-je au Dr McCleod.

— C'est mon travail de m'occuper de mes patients, répondit-il d'un ton sec, repoussant avec dédain mon élan de gratitude.

Je fis mine d'ignorer sa froideur et me tournai vers Stew Harker.

— Qu'est-ce que tu voulais, Stewart ?

Il me sourit d'un air si insolent que je fus prise d'une soudaine envie de lui botter les fesses.

— Un télégramme pour vous, madame Stowe. M. Bastable m'a dit que vous étiez dans la cuisine.

Je lui arrachai l'enveloppe des mains et l'ouvris fébrilement. C'était un message de tante Nancy : « *Un peu cible vernis au fils Stop Serrez avant vous en pincez Stop Arrivée mardi lys ronds Stop.* »

Pendant quelques minutes, je clignai des yeux, incapable de comprendre les mots sans suite imprimés sur la feuille bleue. Je me perdis en conjectures, puis tout s'éclaira enfin. Nancy vivait en Virginie, et il y avait fort à parier que la téléphoniste qui avait transmis le message à Mme Veal avait dicté le texte avec un fort accent américain. Après quelques efforts de concentration, je rétablis alors le sens initial du message : « *Impossible venir office. Serai avec vous en pensée. Arrivée mardi Heathrow.* »

C'étaient là d'excellentes nouvelles. Tante Nancy était, après Béatrice, celle que je chérissais le plus dans ma famille, même si, en fait, nous n'étions pas liées par le sang. Nancy avait épousé le frère de mon père, qui avait coulé avec son destroyer au milieu de l'Atlantique. Après quoi, elle avait convolé avec un sympathique Américain originaire de Virginie, un homme invraisemblablement riche qui dépensait son argent avec un bonheur infatigable. En y réfléchissant, je fus heureuse de constater que j'étais encore capable de me réjouir d'événements à venir.

Le déjeuner n'en finissait pas. Sans doute était-ce le froid à affronter dehors qui dissuadait mes invités de s'arracher aux bonheurs de la table. Je parvins enfin à faire signe à Dorothy, Donald et Jeremy de se lever. Jeremy, profitant de la moindre occasion, réussit à me serrer subrepticement la main de ses doigts moites, mais je trouvai vite un prétexte pour m'enfuir avant qu'il n'y porte les lèvres. Après quoi, il fallut préparer des sandwichs au jambon à l'intention de Dorothy, au cas où elle se sentirait mal pendant son retour à Basildon. Tout en beurrant le pain, je trouvai quelque réconfort à l'idée que je n'allais sûrement pas les revoir avant un bon moment. Mes beaux-parents n'avaient jamais fait le moindre effort pour s'intéresser aux enfants, indifférence que ces derniers leur rendaient avec usure.

— J'ai raccompagné Père à la maison, annonça Patience, que je retrouvai devant l'évier avec un tablier et des gants en caoutchouc. Il va dormir pendant des heures. Laisse-moi juste te laver ces verres. Je me demande comment vous allez vous débarrasser de tous ces gens. Sir Brigham est allé dans la bibliothèque avec Lissie, je préfère que ce soit elle que moi.

Il fallait prendre des mesures draconiennes.

J'allai donc chercher George pour lui demander de faire semblant de vérifier si les fenêtres de la bibliothèque étaient bien fermées et revins avec une bouteille du meilleur chablis de Jack.

— Voilà qui devrait régler le problème de notre parlementaire, fis-je, rassurée. Étrange, n'est-ce pas, comment le seul fait d'avoir été élu à la Chambre des communes semble libérer un taux incontrôlable de testostérone ? Où donc Lissie a-t-elle la tête ?

— Je crois qu'elle ne sait pas dire non, répondit Patience.

Elle rougit aussitôt en pensant que cette inaptitude avait parfaitement fonctionné en faveur de Jack.

— Vous ne pouvez pas savoir quelle horrible expérience je viens de vivre ! s'exclama Lissie, qui arrivait au même instant. Qu'est-ce qui prend aux vieux messieurs flageolants de croire qu'ils peuvent avoir toutes les filles en claquant des doigts ?

Lissie était très séduisante dans sa robe de chez Harvey Nichols d'un noir profond. C'est la seule femme de ma connaissance qui n'ait pas une tête épouvantable après avoir pleuré. Elle avait poussé de véritables hurlements au cours de l'office. J'avais même craint que George n'éprouve quelques soupçons devant un tel étalage de douleur.

— Je crois que sir Brigham a atteint l'âge où les facultés de jugement se trouvent réduites à la taille d'une cacahuète.

Patience parlait sur un ton anormalement exaspéré. Wacko avait dû être odieux avec elle.

— Essayons de ne pas nous transformer en un comité de détestation des hommes, dis-je en commençant à essuyer les verres que Patience venait de laver.

Lissie s'empara d'un autre torchon.

— Je ne vois pas ce qui pourrait nous en empêcher, répliqua-t-elle, puisque nous n'en attendons rien de bon. Il y avait un article sur le MLF ce matin dans le *Times*. Mais la photographie de l'auteur gâchait tout. Il fallait la voir avec son horrible robe taille 52 et son menton qui lui tombait sur les genoux. Même sir Brigham n'en aurait pas voulu. Ça l'aurait dégoûté.

— Lissie ! Tu fais le jeu des hommes en disant cela ! protesta Patience d'une voix indignée. Une vraie femme a le droit de dire ce qu'elle pense sans se faire insulter ni voir ses intentions tournées en dérision.

— Oh, je le sais bien. Mais où est-ce que tout ça nous a menées, finalement ? On continue à nous juger sur notre apparence physique bien plus que sur notre intelligence…

Je voulus intervenir.

— Oui, mais nous venons de loin. Pense à Caroline Morton et à l'Acte de propriété des femmes mariées.

Avant de résister, les femmes n'avaient aucun droit de regard sur leurs enfants ni sur leur argent. Et c'était il y a moins de deux siècles. Rappelle-toi ce qu'Elizabeth Blackwell [1] et Florence Nightingale [2] ont réussi à accomplir ! Et Emma Goldman [3] ? Et toutes les autres ? Nous devrions chanter leurs louanges à chaque seconde de notre vie pour les remercier de ce qu'elles ont fait pour nous. C'est sûr que les choses sont loin d'être parfaites, mais c'est en partie notre faute. Notre lâcheté et notre apathie nous ont laissées à la merci de la lubricité d'hommes assoiffés de pouvoir.

— Ça fait plaisir de te retrouver comme autrefois.

Patience me sourit en allant chercher un autre plateau de verres sales sur la table.

— Je suppose que tu as raison, dit Lissie d'un ton conciliant.

— Miranda, nous devons partir, annonça Diana en entrant dans la cuisine, suivie de Rollo. Les bébés sont incontrôlables juste avant d'aller au lit, et nous avions promis d'être rentrés avant sept heures. J'aurais aimé rester pour vous donner un coup de main.

— Vous avez déjà beaucoup fait et, d'ailleurs, je ne vous en ai pas encore remerciée. Revenez avec les enfants bientôt, promis ? Choisissez un jour où il fera

1. Elizabeth Blackwell (1821-1910) fut la première femme américaine à exercer la profession de médecin. Elle rencontra tout au long de ses études de nombreuses résistances, mais réussit à franchir tous les obstacles malgré un œil perdu. Elle ouvrit de nombreux centres de soins pour les femmes et les enfants, ainsi que pour les blessés de la guerre de Sécession. *(N.d.T.)*
2. Florence Nightingale (1820-1910). Née en Angleterre, elle suivit des études d'infirmière en Égypte et en Europe, puis soigna les soldats pendant la guerre de Crimée. Elle consacra le reste de sa vie à améliorer le sort des blessés de guerre et créa de très nombreuses écoles d'infirmières à travers le monde. *(N.d.T.)*
3. Née en Lituanie, Emma Goldman (1869-1940) émigra aux États-Unis à l'âge de seize ans. D'abord liée au mouvement anarchiste, elle devint une figure essentielle du féminisme américain et se battit pour l'égalité des droits des femmes et le droit à l'avortement. Elle fonda l'ACLU, l'Union américaine des libertés citoyennes. *(N.d.T.)*

beau pour que nous puissions nous promener sur la plage.

Diana affirma qu'elle en serait ravie, et nous nous embrassâmes avec chaleur. J'étais sincèrement désolée de les voir partir, elle et Rollo.

— Où est donc Nanny Trebor ? claironna ma mère de son ton impérieux.

Elle refusait d'appeler Rose autrement. C'était sa manière à elle de lui rappeler son précédent statut de domestique. Elle me trouvait d'ailleurs ridicule de garder encore Rose sous mon toit, considérant que celle-ci n'était plus en état de remplir ses fonctions comme autrefois. Quand elle résidait chez moi, elle passait son temps à essayer de lui trouver une occupation quelconque.

— Je vois que mes valises n'ont pas encore été défaites. Elle pourrait repasser ma robe de soie marron. J'ai l'intention de la porter pour dîner, ce soir.

— Pour commencer, Rose est à l'hôpital, où elle subit des examens radiologiques, et ensuite, nous dînerons tous à la cuisine ce soir avec les restes du déjeuner. Ce que tu portes là fera très bien l'affaire.

— Il n'y a *aucune* raison de laisser les bonnes manières se dégrader. Même pendant le *blitz* nous nous habillions pour le dîner, et le repas a toujours eu quatre services. Où est Goss ?

Je me rendais parfaitement compte que je faisais preuve d'une coupable faiblesse et qu'il me fallait me montrer plus ferme avec ma mère. Mais elle adorait discuter et, quand bien même nous finissions par capituler autant par ennui que par fatigue, elle revenait inlassablement au sujet de la dispute, comme pour faire payer à son interlocuteur l'audace d'avoir osé manifester le plus léger désaccord avec elle.

— Mme Goss a donné son congé hier.

— Permets-moi de te dire, Miranda, que tu gères très mal tes affaires. Tu te retrouves à t'occuper de cette grande maison lourde et inconfortable et à élever trois enfants très difficiles – Elizabeth a été particulièrement insolente envers moi lorsque je lui ai dit qu'elle ne devrait pas laisser le chien entrer. Et tout ce dont tu disposes pour t'aider est une vieille femme sénile et boiteuse ainsi qu'un parfait idiot congénital, dangereux de surcroît. Mais où as-tu donc la tête ?

— Vous semblez oublier que je suis là pour aider Miranda, affirma Ivor, qui venait d'arriver.

Il avait sans doute entendu les dernières paroles de ma mère mais, avec sa naïveté coutumière, ne s'était pas reconnu dans cette fort désobligeante description.

Ma mère quitta la pièce en reniflant avec bruit pour bien marquer son exaspération. En passant, elle frôla Patience, qui tenait un plateau chargé d'assiettes, de couteaux et de fourchettes. Un bout d'arête de saumon s'accrocha à la frange de son élégant châle tabac et y resta pendu comme la queue d'une chimère.

— Si nous commencions à tout débarrasser, est-ce que vous croyez que ça inciterait les gens à rentrer chez eux ? demandai-je à la cantonade.

Les invités étaient confortablement assis dans tous les coins de la maison, bavardant avec ceux qui acceptaient encore de les écouter. Aucun signe des enfants. Par la fenêtre du salon, je regardais avec inquiétude s'ils pouvaient se trouver dans le jardin lorsque la tante de Jack, celle qui était méthodiste, choisit ce moment pour me parler de son propre jardin.

— Il faudrait que vous voyiez nos clématites. J'en ai une à rayures qui grandit merveilleusement bien. Celle que vous avez devant votre porte a l'air bien triste. On dirait qu'elle ne veut pas pousser.

Les carreaux des vieilles fenêtres déformaient tout ce qu'on voyait au travers, et les corps prenaient des allures étrangement distordues et fantomatiques. À ma grande consternation, j'aperçus Béatrice et les enfants qui, avec des cordes, grimpaient le long des berges des douves. Le poney d'Elizabeth venait encore de s'échapper de son enclos et se tenait sur ses quatre fers au milieu des roseaux. La dernière fois qu'il avait décidé de prendre ainsi un bain, il nous avait fallu consacrer un après-midi entier à le sortir de là.

— Oh, la barbe, ce Puck ! m'exclamai-je.

Je crois que la tante méthodiste prit cette remarque pour elle-même car, après une profonde inspiration, elle se redressa de toute sa hauteur et quitta la pièce, raide comme la justice.

Toutes les assiettes sales arrivèrent enfin à la cuisine, et les restes de nourriture encore consommables furent entreposés avec soin dans le garde-manger. Une poignée d'invités s'incrustaient, mais je décidai de me montrer inflexible et de ne plus rien leur servir. Ils avaient bu d'innombrables tasses de thé accompagnées de tranches d'un gâteau que j'avais déniché au fond d'une boîte. Lissie, Patience et Maeve terminèrent la vaisselle pendant que Béatrice m'aidait à mettre Rose au lit. La radio avait décelé une fracture qui aurait besoin d'au moins six semaines de repos pour réduire. On lui avait replacé l'os et fixé un plâtre autour du poignet. Les médecins auraient voulu qu'elle passât la nuit à l'hôpital, mais Rose, fidèle à elle-même, leur avait tenu tête et avait insisté pour rentrer à la maison. Le Dr McCleod et Ivor s'étaient vus obligés de la porter dans sa chambre car elle était encore sous l'effet des anesthésiques.

— Je sais bien que je suis une vieille femme assommante, articula Rose d'une voix anormalement faible. Mais, lorsqu'on prend de l'âge, on aime se retrouver dans les lieux et avec les gens qu'on connaît le mieux. C'est tout ce dont j'ai envie pour le moment. Être avec Miranda et les enfants.

Je l'embrassai, attendrie de voir que son esprit impérieux pliait au point de donner dans le sentimentalisme.

— Tu peux faire sortir ces deux-là, poursuivit-elle avec la plus parfaite ingratitude, car elle pesait son poids et le docteur et Ivor avaient du mal à reprendre leur souffle. Aucun homme n'est jamais entré dans ma chambre et il est bien trop tard pour commencer.

Elle ferma les yeux et se tourna vers le mur.

— Quelqu'un a fait sortir Puck exprès, affirma Elizabeth, qui venait d'apparaître sur le seuil, couverte de boue jusqu'à la taille.

— Où sont Sebastian et Florian ? demandai-je immédiatement.

Mes joues s'empourprèrent lorsque je croisai le regard de Maeve.

— Ils ont dit qu'ils allaient jouer aux cartes dans la bibliothèque pendant que je faisais la vaisselle.

Maeve avait toujours été réticente à reconnaître les défauts de son fils aîné. Chacun de ses manquements, chaque mauvais coup était systématiquement interprétés comme le résultat d'un foyer brisé. Il est vrai que les deux divorces de Maeve s'étaient révélés très pénibles. Ce n'était pas sa faute, si ce n'est d'avoir particulièrement mal choisi par deux fois ses maris. Le père de Sebastian, officier dans l'armée polonaise, avait déserté son régiment et trouvé refuge en Angleterre. Il s'était empressé d'épouser Maeve pour éviter d'être expulsé et avait fort mal traité sa femme, exigeant d'elle une soumission totale et l'application à la lettre du devoir conjugal – ce qui signifiait des fantasmes sexuels inavouables. Rapidement, Maeve s'était mise à haïr tout contact physique avec lui. Il menait aujourd'hui une vie de nomade dans une caravane quelque part dans la forêt de Sherwood.

Je rejoignis la bibliothèque. Sebastian et Florian étaient là, un jeu de cartes étalé devant eux sur la table. Je remarquai aussitôt que leurs bottes étaient couvertes de boue et que Sebastian arborait un air de visible satisfaction. Je me retirai, en songeant à prier Ivor de vérifier que les poules n'avaient subi aucun dommage.

Tout cela méritait un bon verre de vin, sans oublier celles qui terminaient péniblement la vaisselle.

— James, aurais-tu croisé Ivor ? m'inquiétai-je.

— Ça fait bien dix minutes que je ne l'ai pas vu. Désolé de ne pas avoir mieux surveillé ces deux voyous. Fabia m'avait demandé d'aller lui chercher un livre. Ils ont dû en profiter pour s'éclipser...

James avait l'air d'en avoir assez de tout.

— ... J'ai envie de retourner à l'école le plus vite possible. J'ai un examen dans six mois et ce n'est vraiment pas le moment de rater les cours.

— Entendu, mon chéri, tout ce que tu veux. Je t'emmènerai demain, si tu en as envie.

— Merci.

— C'était quoi le livre que Fabia voulait ?

— *Anatomy of Melancholy*, de Burton. Il m'a fallu un temps fou pour le dénicher. Elle a dit que ce serait plus drôle que de bavarder avec les amis de papa. Tiens, voilà Ivor.

Ivor était en train de fredonner l'air du dernier acte de *Don Juan*. Je reconnus le passage où le héros disparaît dans une trappe pour aller brûler dans les flammes de l'enfer.

— Es-tu allé fermer le poulailler ? questionnai-je. Je m'inquiète pour les poules.

— Ne te fais pas de souci, ma tulipe. En tout cas, pas pour les poules. « Ne te tourmente pas, de crainte d'être amené sur les voies du mal », comme il est dit dans les Psaumes.

Son manteau exhalait une odeur de fumée.

— Est-ce que tu as encore allumé un feu ? demandai-je en reniflant.

Il prit un air coupable. Il avait été poursuivi pour incendie volontaire avant de venir à Westray et soigné pour pyromanie après sa sortie de prison. Nous l'avions toujours autorisé à faire un feu par semaine afin qu'il puisse assouvir sa compulsion sans perdre le contrôle, du moins l'espérions-nous. Le problème, c'est que je savais qu'il en avait déjà allumé un la veille.

— Juste un tout petit, protesta-t-il en voyant mon

expression. L'enterrement a été éprouvant, tu ne trouves pas ?

Ses yeux étaient noyés de larmes.

Je soupirai. Le conseil des Psaumes était certes fort sage, pensai-je sombrement. Pour l'heure, je ne me sentais guère en état de le suivre.

5

— J'ai les pieds trempés ! Il faut que j'enlève mes
chaussures, décréta Béatrice en se baissant pour nouer
les lacets de ses baskets.

Nous nous tenions dans le jardin en quinconce, en
ce lendemain matin de l'enterrement de Jack.

— Tu vas te geler les pieds. Tu aurais dû emprunter
les bottes d'Elizabeth.

L'herbe était encore humide de la pluie de la veille,
une douce odeur de feuilles et de terre embaumait tout
le jardin. L'ombre des arbres gagnait les branches
couvertes de rosée des pommiers sauvages que j'avais
plantés dix ans auparavant. Ils étaient particulièrement
charmants au printemps, mais je les appréciais aussi
en cette saison avec leurs pommes pendant lourdement
en grappes jaune et rouge. En dessous pointaient déjà
de jeunes pousses de crocus bleus et des colchiques
blancs. Nous nous mîmes à chercher des champignons.
Béatrice en repéra dans un coin et courut les ramasser.

— Comme c'est amusant ! s'exclama-t-elle en les
déposant dans le panier que j'avais apporté. Ce sont
des têtes de moine, n'est-ce pas ? Est-ce qu'il y a
encore des bleuets dans l'enclos de Puck ? Tu devrais
ôter tes chaussures. Je me sens redevenir une enfant à
cueillir les fruits de la terre pieds nus.

Elle prit soudain un air solennel.

— Désolée. J'ai oublié. Je suppose que rien ne

t'amuse vraiment dans de telles circonstances. Jack doit beaucoup te manquer. Je n'arrive pas à imaginer ce qui m'arriverait si Roger mourait, ajouta-t-elle les sourcils froncés.

— Comment va-t-il, à propos ?

— Un peu maussade en ce moment. D'ailleurs, pour tout dire, je trouve que nous n'allons pas si bien que ça. Nous nous querellons pas mal, toujours pour des questions d'argent. À mon avis, il devrait se trouver un travail, peut-être comme professeur d'art dans l'une des écoles de la région. Quand je le lui ai suggéré, il l'a pris de haut comme si je lui proposais de devenir sorcier ou gardien de camp de concentration. J'essaie de ne pas avoir l'air trop frustrée, mais c'est difficile de tirer tout le temps le diable par la queue. En plus, si nous n'avons pas d'enfant sous peu, je serai bientôt trop vieille.

Elle soupira.

— Comme la vie est injuste ! Ton mariage était parfait, non ? Un vrai modèle. Aujourd'hui, presque tous mes amis sont divorcés et malheureux. À part toi et tante Nancy, je n'arrive pas à trouver quelqu'un qui ait épousé la personne qu'il lui fallait. Et maintenant, cet accident stupide est arrivé et a tout détruit ! C'est vraiment trop dur !

Je ne m'étais jamais rendu compte à quel point Béatrice entretenait une vision aussi idéalisée de ma relation avec Jack. Il est vrai que j'avais toujours adopté une attitude protectrice envers ma jeune sœur et que nous ne nous voyions guère qu'une ou deux fois par an, pas assez pour risquer de gâcher ces rares bons moments de retrouvailles à me plaindre de mes problèmes conjugaux. Il entrait peut-être aussi un peu d'orgueil de ma part dans cette manière que j'avais d'éviter de mentionner les infidélités de Jack ; enfin, pour être vraiment honnête, disons une bonne part.

— J'imagine que ce sont les nuits qui doivent être les plus pénibles, poursuivit Béatrice en se méprenant sur mon silence.

Elle me prit le panier des mains et glissa son bras sous le mien.

— Pauvre chérie ! Ce doit être terrible de se lever le matin et de voir qu'il n'est plus là.

— Jack et moi faisions chambre à part depuis plus de quatre ans, lui avouai-je calmement.

Je ne pus m'empêcher de rire à l'expression de stupeur qui se dessina sur le visage de ma sœur.

— Désolée de te faire perdre tes illusions, il ne nous reste plus que Nancy pour incarner encore les vertus de l'institution du mariage.

Puisque j'avais commencé à avouer la vérité sur mon couple, autant aller jusqu'au bout. Nos chaussures formaient, sous nos pas, de jolis dessins dans l'herbe étincelante de pluie. Le vent était frais et humide, le soleil, caressant les boucles brunes de Béatrice, y faisait miroiter des reflets d'or.

Le jour où j'avais décidé de quitter la chambre que nous avions partagée pendant quatorze ans, Jack était entré dans une terrible fureur. Lorsque, il y a bien longtemps, j'avais découvert son aventure avec Lissie, il avait fait de gros efforts pour se faire pardonner, ne cessant de me répéter que j'étais la seule femme qu'il ait jamais aimée. Le pire, c'est que je savais qu'il était sincère.

C'était lui qui avait souhaité que nous ayons Henry. De mon côté, je ne m'étais pas montrée aussi enthousiaste car Elizabeth n'avait encore que quatorze mois et commençait juste à faire ses nuits. J'avais bien envie d'en profiter pour me reposer et jouir enfin un peu de mon temps. Mais Jack était si persuadé qu'un enfant allait arranger les choses que je me laissai convaincre à mon tour. Toujours cette manie de croire que les autres ont raison. Et puis, Jack était la seule autorité masculine que j'aie connue.

Ma grossesse fut très différente des deux précédentes. Je commençai à me sentir horriblement mal dès le sixième mois. Il y eut un jour où je fus incapable de me lever tant la tête me tournait. Tout mon corps semblait tourbillonner au rythme de mon estomac. Le Dr Kenton diagnostiqua un état prééclamptique et je dus passer six éprouvantes semaines à la clinique, sans presque jamais sortir de mon lit, avant de subir une césarienne. J'attrapai une pneumonie deux jours après l'accouchement. J'étais bien trop malade pour nourrir Henry au sein et n'eus presque pas l'occasion de le voir au cours du premier mois.

De manière totalement inattendue, Jack se montra pour une fois à la hauteur des circonstances. Rose passait tout son temps à s'occuper de James et d'Elizabeth et, tandis que je reprenais des forces à l'hôpital, Jack demanda trois semaines de congé pour veiller sur Henry, le nourrir, le baigner et changer ses couches. Le bébé poussait des cris si furieux dès qu'on le laissait seul que Jack devait le prendre avec lui tous les soirs. Ce fut également la seule période où Jack et Rose furent en bons termes. Elle vint me voir à l'hôpital et me déclara qu'elle était prête à beaucoup lui pardonner quand elle le voyait couché, profondément endormi, son enfant étendu de tout son long sur la poitrine.

Le retour à la maison fut particulièrement pénible car je continuais à me sentir très faible. Jack avait dû reprendre son travail, et une jeune fille du village vint s'occuper d'Henry. C'est peut-être la raison pour laquelle je n'ai jamais éprouvé envers mon fils cadet les mêmes sentiments maternels qu'envers mes autres enfants. Rose et moi nous en étions occupées ensemble, mais elle avait eu la délicatesse de s'effacer quand il le fallait. C'était d'abord vers moi qu'ils venaient pour se faire consoler, à moi qu'ils confiaient leurs soucis quand ils furent assez grands pour en avoir, sur moi qu'ils déversaient le trop-plein d'amour que tous les petits enfants réservent à ceux qui leur assurent sécurité et réconfort.

Mes liens avec James se resserrèrent encore lorsqu'il grandit. Il se mit à ressembler de plus en plus à Jack avec ses cheveux roux, sa peau blanche et ses yeux verts. À seize ans, il était déjà aussi grand que mon mari, mais la ressemblance s'arrêtait là. James était sérieux et introverti. Il portait des lunettes et détestait tous les jeux. J'ai toujours pensé qu'il était plus intelligent que Jack, même si tout le monde semblait persuadé que cette qualité se retrouvait au plus haut point chez mon mari. Pourtant, si Jack possédait un esprit vif et brillant, James, lui, manifeste un tempérament beaucoup plus profond et réfléchit à des tas de choses. Il a bon cœur, se montre remarquablement sensible et sait être drôle quand il le veut. Tout le monde l'aura deviné : je le trouve merveilleux.

Jack n'avait jamais compris son fils aîné et passait son temps à le taquiner, ce que James, bien entendu, avait en horreur. Je tremblais de rage chaque fois que mon mari le ridiculisait devant autrui. C'était là le principal défaut de Jack : il ne pouvait s'empêcher de rivaliser avec les autres hommes, même s'il s'agissait de ses propres fils. Un jour qu'il venait d'essuyer de nouvelles railleries, j'entendis James lui répliquer de sa voix calme et posée : « Papa, est-ce qu'il ne t'est jamais venu à l'esprit que les gens pouvaient en avoir un peu marre de tes sempiternelles plaisanteries ? Eh bien, c'est mon cas. »

Mon mari avait essayé de s'en sortir par une pirouette, mais j'avais eu le temps de surprendre un éclair de dépit dans ses yeux. Il avait été piqué au vif. Dès lors, leurs rapports s'apaisèrent et Jack laissa son fils tranquille.

Elizabeth partageait équitablement son affection entre Rose et ses parents. Malgré cela, je n'ai pas l'impression que son attachement pour nous ait jamais égalé en ardeur celui qu'elle éprouvait pour Puck et Jasper. Quant à Henry, il vouait à son père une sorte de culte qui ne laissait pas de m'inquiéter. Peut-être prenais-je un peu ombrage de cette passion dont je me sentais exclue. Je suis d'une nature jalouse et, lorsque je découvris que Jack m'avait trompée pour la deuxième fois avec une de ses collègues de la banque, ce sentiment me tourmenta plus que jamais.

C'était par un beau matin de mai. Quelques mois s'étaient écoulés depuis la naissance d'Henry et je commençais peu à peu à me sentir mieux. Encouragée par Rose, je décidai d'aller faire quelques courses en ville. Elle m'assura qu'elle arriverait bien à s'occuper des enfants avec l'aide d'Eileen, la jeune fille du village, et ajouta que j'avais absolument besoin de m'acheter de nouveaux vêtements et de me faire couper les cheveux. Troublée par ces remarques, je m'étais précipitée sur le premier miroir à ma portée. Il me renvoya une image que j'eus du mal à reconnaître. J'avais une tête à faire peur, avec mon visage décharné et mes longs cheveux hirsutes. Beaucoup étaient tombés après la naissance d'Henry, et ils commençaient juste à repousser en mèches désordonnées. Mes yeux, d'un bleu désormais délavé, me fixèrent avec reproche. Je devais ressembler à Lon Chaney dans *Le Retour de la momie.*

Chez le coiffeur, tout le personnel y alla de son couplet sur mes cernes, mon air de chien battu et ma chevelure en capilotade. « Regardez, Janice, les cheveux de Mme Stowe ! Jamais rien vu de pareil ! » Ces remarques ne parvinrent pourtant pas à entamer ma bonne humeur retrouvée, et c'est toute pimpante que je sortis une demi-heure plus tard avec un nouveau chignon qui me rajeunissait de dix ans. Je me rendis à ma boutique préférée de Beauchamp Place et m'achetai un tailleur très seyant, que je décidai de porter sur-le-champ. Une idée me traversa alors : pourquoi ne pas déjeuner avec Jack s'il pouvait se libérer ? Je téléphonai à Mlle Horne, sa secrétaire, qui m'annonça que mon mari était indisponible mais qu'elle ne manquerait pas de lui faire part de mon appel dès son retour.

La journée était particulièrement agréable. Je pris un taxi pour me rendre à la City et m'assis dans le jardin d'une petite église du XVIII$^e$ siècle, admirant les cerisiers en fleur qui se détachaient sur le bleu du ciel. Je me sentais enfin revivre, en harmonie avec le monde et la nature. Et Jack n'allait sans doute pas tarder à rentrer.

Puis, le cœur toujours aussi joyeux, je me dirigeai vers la banque.

Une jolie brune en tailleur jaune se tenait devant l'entrée. Je la remarquai aussitôt, d'abord parce qu'elle était très séduisante, ensuite parce qu'elle affichait une impatience touchante. Elle passait son temps à regarder sa montre et à frotter ses mains l'une contre l'autre avec nervosité. Prenant un miroir dans sa poche, elle détailla son maquillage et sa coiffure avec inquiétude. Jack descendit alors les marches de l'entrée, rayonnant de bonheur. Il la prit dans ses bras, l'embrassa sur les lèvres et lui murmura quelque chose qui la fit éclater de rire. Puis il héla un taxi. Je me dissimulai à l'ombre d'une porte cochère, le cœur battant de crainte d'être vue. J'avais l'impression de faire quelque chose de répréhensible, de les espionner honteusement. Incapable de bouger, je les regardai disparaître dans le tumulte du trafic.

L'idée de les suivre m'effleura un instant, mais j'y renonçai vite. À quoi bon ? Pourquoi me mettre dans la situation d'avoir à leur faire une scène humiliante et ridicule ? Après tout, qui me disait que ce n'était pas une cliente avec laquelle il avait un déjeuner d'affaires ? Tout le monde passe son temps à s'embrasser comme du bon pain de nos jours, ne cessais-je de me répéter pour me rassurer. Moi-même, au cours de soirées, il m'arrivait de le faire à des gens que je n'ai jamais rencontrés auparavant. À ce rythme-là, nous finirons par embrasser les facteurs et, pourquoi pas, Benny Sykes, le laitier, en espérant que d'ici là il se sera débarrassé de son acné.

Tout de même, Jack avait embrassé cette jeune fille sur les lèvres. C'était autre chose. Je me sentis horriblement faible et malade. D'un pas lent, je pris le chemin de la gare de Charing Cross et montai comme un automate dans le premier train. Mon égarement était tel que j'en oubliai mon tailleur sur la banquette du compartiment. À mon arrivée, Rose m'envoya directement au lit. Les enfants se ruèrent dans ma chambre, se mirent à sauter en riant sur mon lit et à se grimer avec mes produits de maquillage. Leurs visages innocents couverts de rouge à lèvres et de crème de beauté eurent la grâce d'apaiser fugitivement ma souffrance, et mon amour pour eux me submergea. Cependant, en même temps, je sentis que j'étais en train de m'éloigner de façon implacable de mon mari. Il devenait une menace contre laquelle je devais me protéger.

Lorsqu'il rentra le soir à la maison, Jack semblait très en forme.

— Chérie, Horny m'a dit que tu étais en ville lorsque je suis revenu de déjeuner. Tu ne devrais pas faire tant de secrets. Elle avait évidemment oublié que je devais rencontrer quelqu'un pour discuter de contrats d'assurances. Il faut dire que j'avais moi-même omis de le noter sur mon carnet de rendez-vous. C'était d'un ennui ! Tu penses bien que j'aurais de beaucoup préféré déjeuner quelque part avec toi. Au fait, qu'est-ce que tu as fait à tes cheveux ? Ils sont superbes.

— Merci. Où êtes-vous allés déjeuner ? articulai-je de ma voix la plus naturelle.

— Chez « Simpson ». Très bon, mais Alan Penberton – c'est le nom du type avec lequel j'avais rendez-vous – ne parle que boulot et enfants. Est-ce que tu vas bien ? Tu as l'air éreintée.

— J'en ai peut-être un peu trop fait aujourd'hui pour une première sortie. Je vais aller me coucher tout de suite après le dîner. Veux-tu demander à Rose de me préparer un œuf ?

— Bien sûr. Repose-toi, ma chérie. Je vais voir si Ivor a commencé de tailler la nouvelle haie. Je parie qu'il est en train de lui parler pour lui expliquer que, s'il lui fait du mal, c'est pour son bien...

Je dus me forcer pour esquisser un faible sourire, et Jack se pencha pour m'embrasser sur le front. Il sentait à plein nez le Chanel n° 5 de Mlle Tailleur jaune. J'en reconnus aussitôt l'odeur car j'en avais fait usage moi-même lors de mon séjour à Oxford. Je laissai ma tête retomber sur l'oreiller et fermai les yeux, envahie par une douloureuse impatience de le voir partir : sa seule vue me rendait malade.

J'ignore pourquoi je ne profitai pas de cette occasion pour mettre les choses au clair. Peut-être attendais-je de me sentir plus calme. Je ne voulais surtout pas lui offrir la satisfaction de me voir blessée. C'était la seconde fois qu'il m'était infidèle, et ma réaction s'en trouvait affaiblie et comme éventée. On ne peut pas être indignée et furieuse à chaque fois, et je m'étais déjà beaucoup épuisée avec Lissie. Je remarquai aussi avec un mélancolique soulagement que j'attachais en fait moins d'importance à cette histoire que je ne l'aurais cru de prime abord. J'étais en train de me détacher de Jack. Ce qui m'animait aujourd'hui, c'était un sentiment de fierté blessée, d'humiliation de me voir une fois de plus trompée. Et, par-dessus tout, cette incertitude qui me rongeait. Je mourais d'envie de lui faire les poches et d'y trouver quelque chose qui transformât mes doutes en réponses implacables. Toute preuve serait une douleur, mais également un soulagement. L'espoir fou d'apprendre que je m'étais fourvoyée et qu'il avait bel et bien déjeuné avec un assureur pouvait peut-être encore se confirmer. Mon instinct m'avertissait cependant que cette obstination à espérer ne pouvait rien donner de bon et que, si j'avais le courage de regarder la situation en face, je verrais que bien des attitudes désinvoltes de Jack ne faisaient que renforcer mes soupçons. Mes illusions avaient déjà beaucoup souffert.

On peut connaître de nombreuses épreuves tout au long de son existence, les leçons que l'on en retire ne sont jamais les mêmes. Cette évidence m'apporte chaque fois un certain réconfort et me donne la force

104

d'affronter de nouveau les vicissitudes de la vie. Je sais que les choses ne se répètent jamais de la même manière et que l'on peut explorer de nouvelles sensations et en tirer des conclusions inédites.

Il n'y a qu'une seule alternative : soit l'on devient fou de désespoir, soit l'on décide de ne plus s'en inquiéter. Il n'existe pas d'autre choix. Je me donnai quelques jours de réflexion afin de reprendre le contrôle de moi-même avant d'annoncer à Jack que j'étais au courant de tout.

En réalité, les choses ne se révélèrent pas simples. Je passai de nombreuses heures à pleurer, généralement dans ma salle de bains. J'étais si accablée de douleur que j'errais dans toute la maison comme une âme en peine à la recherche d'une épaule compatissante. La jalousie ne cessait de me tourmenter. Elle était comme une pierre au fond de mon estomac, m'empêchant de manger et me menant doucement à la boisson.

Au retour d'un déjeuner en compagnie de Lissie, j'avais failli un jour emboutir ma voiture contre le parapet d'un pont. J'ai honte de l'avouer. J'avais plusieurs fois été à deux doigts de tout lui dire, souhaitant au fond qu'elle en serait autant blessée que moi, et mes efforts pour paraître enjouée au cours du repas m'avaient poussée à boire plus que de raison.

Je pris un virage un peu trop rapidement et dus freiner, éraflant au passage l'aile de la voiture. Je sortis vérifier les dégâts puis m'accoudai au parapet, fascinée par l'agitation des eaux sombres, tout en procédant à un examen de conscience. Il ne fallait pas que Jack et mon stupide orgueil gâchent la vie des enfants. Après tout, ce genre de situation est devenue d'une extrême banalité de nos jours. En aucun cas je ne devais me laisser aller à des comportements dangereux et inconsidérés. Il était temps de se montrer raisonnable. Quelques larmes coulèrent sur mes joues et se mêlèrent aux eaux de la rivière pour rejoindre la mer.

Le samedi qui suivit la découverte de l'infidélité de

mon mari, je me trouvais agenouillée dans le jardin, en train d'arracher les mauvaises herbes autour des buissons de lavande que j'avais plantés en forme de lacs d'amour. Patience venait déjeuner. Un pâté de gibier cuisait au four, accompagné de salade, de fromage et d'une bonne bouteille de sauvignon. Le soleil me caressait agréablement le dos et les senteurs de la haie de romarin me chatouillaient les narines. Lorsque j'entendis quelqu'un franchir la porte ouvrant sur le pont qui enjambait les douves, je levai les yeux, croyant voir Patience. C'était Mlle Tailleur jaune.

Ce jour-là, elle portait un jean et un T-shirt rose moulant. Elle avait l'air jeune, dans les vingt, vingt-cinq ans, et nerveuse, si l'on en jugeait par les tics qui agitaient ses lèvres.

— Excusez-moi. Où est la sonnette ? Seriez-vous Mme Stowe ? Je travaille dans le bureau de Jack, je suis sa nouvelle assistante, je lui ai apporté des papiers à signer, dit-elle en rougissant comme une pivoine.

— Vous travaillez vraiment beaucoup, fis-je d'un ton sarcastique. Vous oblige-t-on toujours à sacrifier ainsi vos week-ends ?

Ma froideur ironique ne lui échappa pas, et elle évita mon regard. J'eus à peine le temps de voir un éclair de rage jaillir de ses yeux. Je compris toute la situation en un instant et l'imaginai assise près de son téléphone dans l'attente d'un improbable coup de fil de Jack, encore sous le charme de leur dernière rencontre, rêvant au jour où il se libérerait de ses liens matrimoniaux et serait enfin *à elle*. Bref, un scénario que tout le monde connaît par cœur depuis la nuit des temps. Toujours les mêmes ingrédients, un mélange de crédulité, d'illusions et de sentiments souvent moins honorables qu'on ne le croit, tels l'égoïsme et la vanité. Mais les acteurs jouent chaque fois comme s'il s'agissait d'une première. Il était clair que cette fille était malheureuse.

Je me redressai.

— Je suis Miranda. Voulez-vous rester à déjeuner ?

106

Si cela ne vous gêne pas de prendre le repas dans la cuisine, naturellement. Jack est parti acheter des piquets pour la clôture. Je pense qu'il n'en a pas pour longtemps.

Je n'avais pas de plan particulier en tête, je voulais juste montrer à cette femme, et donc me convaincre moi-même, que je maîtrisais la situation. Je me refusais à avoir peur d'elle. Je remarquai son teint légèrement brouillé, le genre de peau qui vieillit mal.

— Merci, répondit-elle en me tendant la main…

Il faisait chaud et humide, ce jour-là, et la sueur perlait sur sa lèvre supérieure.

— … Je m'appelle Justine St Clair.

Dieu du ciel ! On aurait dit le nom d'une héroïne de roman-photo. Je la fis entrer, lui servis un verre et la présentai à Rose. À la manière dont elle observa les tétons qui pointaient sous le T-shirt moulant de Justine, je compris que Rose la jugeait d'emblée antipathique. « C'est à la mode ? » furent les seules paroles qu'elle lui adressa, accompagnées d'un regard de désapprobation et de méfiance, tout en continuant à ranger les couteaux et les fourchettes.

Patience arriva au même instant et je dus poursuivre le rite des présentations. Avec la longue habitude qu'offre une parfaite éducation, elle s'engagea aussitôt dans un bavardage frivole, sur des sujets aussi divers que le meilleur moment pour élaguer les clématites (Justine ne connaissait rien au jardinage) ou le dernier roman d'Angela Thrift (Justine n'en avait jamais entendu parler). L'assistante de Jack se tordait convulsivement les mains tandis que ses yeux ne cessaient de fixer la porte avec inquiétude.

Henry dormait dans son berceau sous le cognassier du Portugal dans le petit bout de terrain qui nous servait à faire sécher le linge, coincé entre la cuisine et la blanchisserie. Le regard de Justine se posa sur le berceau puis revint vers moi avec une expression de peine intense. Je compris que cette fille croyait vivre une grande histoire d'amour avec Jack. Elle souhaitait désespérément provoquer une situation, quelles qu'en soient les conséquences, qui lui permette de sortir du cycle infernal des doutes, des espoirs et des craintes qu'elle avait dû affronter en venant ici. Je savais aussi que l'espérance l'emportait souvent sur l'expérience. N'avais-je pas moi-même cru que l'aventure de Jack avec Lissie n'était qu'une folie passagère ? Il m'était facile d'imaginer la frustration que Justine devait ressentir devant les lubies égoïstes de mon mari. Elle et moi luttions pour la même chose : au lieu de rester sur la défensive, nous tentions de posséder à nouveau quelque emprise sur nos propres vies.

— Allons-y, dis-je en disposant les assiettes.

Et je me mis à couper des tranches de pâté de gibier.

Justine semblait avoir le plus grand mal à ingurgiter la moindre bouchée. L'arrivée d'Ivor lui causa une telle surprise qu'elle sursauta. Croyant sans doute que c'était Jack, elle faillit en avaler sa fourchette. Rose l'observait de ses yeux perçants, et je sentais qu'elle commençait à deviner de quoi il retournait. Lorsque Justine reposa ses couverts en abandonnant sans y toucher presque tout ce qu'on lui avait servi, Rose ne put retenir quelques « Tsss » de désapprobation. Aux yeux de Rose, le comportement de Justine relevait du plus inqualifiable manque de savoir-vivre.

Ivor était dans l'un de ses jours romantiques. Il posa une feuille de papier enroulée à côté de mon assiette en me lançant des regards éperdument amoureux. Le papier était lié par des feuilles de clématite.

— J'ai fait des essais de métrique asclépiade [1].

Cet effort semblait l'avoir épuisé, tant son visage long et fin reflétait une immense fatigue.

— Asclépiade... est-ce que ce n'est pas quand il y a une césure au milieu ? demanda Patience avec beaucoup d'à-propos.

1. Rythmique du vers selon Asclépiade, poète grec. *(N.d.T.)*

108

Je la regardai avec affection. C'était vraiment une brave fille.

— Mais oui ! Un spondée, deux ou trois choriambes et un iambe ! claironna Ivor, au comble du ravissement.

Pendant que Patience et Ivor se plongeaient avec délice dans les difficultés de la première ode d'Horace, je me mis à remuer la salade et Justine à observer la cuisine.

C'est une belle pièce, vaste, dotée de poutres au plafond et éclairée par la lumière qui se reflète dans les douves, dont l'eau murmurante s'écoule sous les fenêtres de cette partie du bâtiment. À notre arrivée, nous avions fait retirer le décor édouardien et réparer la cheminée. Haute de près de deux mètres et large de trois, elle permet de chauffer toute la pièce, même en plein hiver. Nous avons trouvé une hotte dans une grange et un tournebroche dans une autre. La hotte se fixe sur le conduit de cheminée de telle sorte que l'air chaud ascendant en pousse les pales comme un moulin à vent. Une série de chaînes et de poulies actionne la broche. Ainsi, plus le feu est chaud, plus la viande tourne et rôtit rapidement. Il nous arrivait d'y cuire de grosses pièces de viande, mais la graisse fondue faisait énormément de saleté et nous y avons renoncé. Aujourd'hui, tout cet appareillage sert surtout à faire couleur locale. La chaise personnelle de Rose se trouve d'un côté de cette cheminée, et un confortable canapé trône de l'autre côté.

Le regard de Justine se posa successivement sur tous ces objets avec une expression d'intense abattement.

De retour d'une promenade avec Eileen, Elizabeth et James arrivèrent en courant. Ils me tendirent leurs joues fraîches avant de regarder timidement notre invitée. Rose leur fit aussitôt signe de s'asseoir à côté d'elle, comme si Justine était atteinte de quelque maladie contagieuse, et commença avec fébrilité à rouler des morceaux de plasticine en boulettes, de même que s'il s'agissait de la tête de notre invitée.

Des pas se firent soudain entendre à travers le hall.

— Désolé d'être en retard, chérie, mais je suis tombé sur ce vieux Budger et il a insisté pour m'offrir un verre…

Jack s'interrompit brusquement. Le voir ainsi désemparé est une expérience trop rare pour ne pas en savourer chaque seconde. Je ne me privai pas de ce plaisir. Son air se durcit, ses lèvres blêmirent.

— Salut, Patience. Bonjour, Justine. En voilà une surprise.

Son ton glacial démentait ses paroles de bienvenue.

— Justine t'a apporté des papiers à signer, dis-je, satisfaite du calme de ma voix.

Le visage de Justine était d'une pâleur mortelle, elle fixait Jack avec désespoir. Rose leva les yeux au ciel.

Jack sentit à l'instant que sa meilleure tactique résidait dans la rapidité.

— Vous n'avez pas l'air de manger grand-chose. Prenez les papiers et venez me rejoindre dans mon bureau. J'imagine que vous êtes pressée de repartir.

Patience me jeta un regard d'incompréhension. Jack prenait rarement la peine de se préoccuper des autres, et son empressement auprès de Justine n'en paraissait que plus étonnant. Je lui fis un clin d'œil.

— J'ai toujours dit que le mois de mai est le plus agréable dans le Kent, commença-t-elle courageusement après avoir pris une profonde inspiration.

Justine se mordit les lèvres et je remarquai que ses yeux étaient pleins de larmes.

— Pourquoi est-ce que la dame pleure ? demanda James en s'approchant de la chaise de Justine pour l'observer avec son intensité habituelle. Est-ce que *mon* nez devient rouge comme ça quand je pleure ?

— Je ne peux pas supporter ça, déclara Jack en sortant de la cuisine.

— C'est sans doute à cause des orchidées, poursuivit Patience. Tout est rose et blanc. Les aubépines et le cerfeuil…

Patience ne put achever sa récitation. Justine se levait, nous regardant d'un air égaré. Les larmes coulaient sur son visage.

— Allons-y, dis-je en me levant aussi. Et finissons-en une bonne fois pour toutes avec cette histoire. Je reviens dans une minute, Patience.

— « Et dans la verdure des sous-bois, fleur après fleur, le printemps naît », murmura Ivor, apparemment inconscient de l'embarras général.

Je lui fis traverser le hall. Ma jalousie s'était dissipée en voyant que Justine était bien plus vulnérable que moi. Par ailleurs, si l'on y regardait de près, elle était loin d'être aussi jolie que je l'avais cru. Une porte claqua. Jack nous rejoignit, il semblait hors de lui.

— Justine est bouleversée, dis-je d'un ton hautain. Je crois que tu ferais mieux de lui parler.

— Et qu'est-ce que je suis supposé lui dire ? répliqua mon mari en enfonçant ses mains dans ses poches. – Son regard brillait de colère. – Je ne lui ai pas demandé de venir.

Il était extrêmement pâle. Et très beau. Je ne pus m'empêcher de trouver étrange qu'il le soit en particulier au moment où il se comportait de manière si ignoble.

— Oh, Jack ! balbutia Justine. Je suis désolée, tellement désolée, de te mettre en colère.

Une nouvelle larme coula le long de sa joue.

— Je n'arrivais pas à supporter l'idée d'un autre week-end sans toi et…

— Ça suffit ! coupa Jack d'un ton sec, levant les bras au ciel en signe d'exaspération. Cette fille est complètement névrosée, je vais m'en débarrasser. Désolé, chérie.

— Non, Jack, tu ne peux pas faire ça. Elle mérite un peu de gentillesse.

Justine se tourna vers moi, laissant libre cours à sa fureur.

— Je n'ai pas besoin de votre bonté ! J'aime Jack ! Et il m'aime ! Dis-lui ! Dis-lui pour nous !

Jack sembla hésiter, puis ses yeux se mirent à briller d'un éclat que je ne connaissais que trop bien. Ignorant Justine, il se tourna vers moi :

— Bon, puisque tu insistes. La vérité, Miranda, c'est que je me suis très mal comporté. Justine m'a fait comprendre qu'elle voulait coucher avec moi. Et comme tu ne… Enfin, ça fait si longtemps que tu es malade… Excuse-moi, chérie, tout ça est particulièrement sordide, je le reconnais. Mais, tu sais… l'occasion fait le larron… rien de plus. Je reconnais que j'ai été d'une grande faiblesse et que tu as toutes les raisons d'être furieuse. Mais, rassure-toi, tout est terminé à présent. Ce n'était qu'une passade.

— Jack ! hurla Justine en se frappant la poitrine comme si elle venait de recevoir un coup de poignard. Je sais que tu n'es pas sincère ! C'est juste parce qu'*elle* est là. Il faut que je te parle en privé.

Je me disposais à quitter la pièce, mais Jack me barra le chemin.

— Ne pars pas, Miranda. Je n'ai rien à dire que tu ne puisses entendre.

Puis, se tournant vers Justine, un pli cruel aux lèvres, il ajouta, implacable :

— Écoute, je n'aurais pas dû coucher avec toi, d'accord. Mais tu sais ce que c'est quand quelqu'un se jette à votre tête. Les hommes ont bien du mal à résister. Mais c'est fini. Fini, tu saisis ? Tu auras deux mois de salaire comme préavis. La prochaine fois, ne confonds pas histoire de fesses et grande passion. Tu as voulu te donner en spectacle, eh bien, c'est réussi ! Alors, puisque tu as eu ce que tu voulais…

Il se dirigea à grandes enjambées vers la porte et l'ouvrit toute grande.

Je n'avais jamais vu personne subir une telle humiliation. La pauvre fille voyait s'effondrer toutes ses illusions et son rêve amoureux réduit à une simple histoire d'alcôve. Elle rougit violemment, puis pâlit et exhala un vague son de protestation, quelque chose entre un soupir et un sanglot. Elle se traîna ensuite vers la porte, lançant à Jack un regard de souffrance horrible auquel il n'opposa qu'un cruel sourire d'indifférence.

Un paquet arriva par la poste une semaine plus tard. Je l'ouvris moi-même, croyant qu'il s'agissait des deux taies d'oreillers que j'avais commandées. Il ne contenait en fait qu'une cravate de Jack, coupée en petits morceaux. J'en fus chagrinée, car c'était une jolie cravate de soie que je lui avais offerte au Noël précédent.

Cette fois, Jack eut la sagesse de ne pas me proposer de faire un enfant. Il m'offrit des vacances à Venise. Le temps y était couvert, au diapason de mon humeur. Le troisième jour, un après-midi, alors que la pluie tombait sur la ville, nous retournâmes à l'hôtel pour y faire l'amour. Je savais que je ne pouvais pas faire autrement. Si je m'étais refusée, Jack n'aurait pas manqué de se servir de cette excuse pour justifier son infidélité. Il manifesta ensuite une immense allégresse, comme s'il pensait que cet acte avait permis de réparer les blessures subies par notre mariage. Mais je savais que mon amour pour lui ne tenait plus qu'à un fil.

Il serait trop long d'énumérer les infidélités qui suivirent l'aventure avec Justine St Clair. J'ai l'impression que Jack lui-même finissait par s'en lasser. Curieusement, il semblait en revanche tirer le plus grand plaisir du moment où il rompait avec ses maîtresses d'un jour. Il aimait que j'en sois informée… peut-être pour faire étalage de ses pouvoirs de séduction, je ne sais pas. Il y avait toujours cet éclat dans son regard. Il trouvait sans doute que cela pimentait un peu notre réconciliation. Je songeais souvent que je ferais mieux de briser là et de le quitter. Je rêvais d'emmener les enfants et d'aller vivre avec ma mère en Italie, ou de louer un petit cottage et de me trouver un travail quelconque. Je me disais que ma dignité aurait exigé que je m'élève contre cet état de fait, que je lance un ultimatum, que je refuse de me plier à ce qui, malgré tous mes efforts, me causait une peine immense.

Bien des choses s'opposaient à ces projets. Il y avait d'abord le bonheur des enfants. Ayant subi moi-même la douloureuse absence de mon père, je savais à quel point il est dur de vivre sans amour paternel.

Le seul souvenir qui me reliait au mien était un recueil de contes pour enfants. On pouvait y lire, sur la page de garde, quelques mots rédigés d'une écriture très reconnaissable : « À ma fille chérie, Miranda, pour son quatrième anniversaire, avec tout mon amour. Papa. » Je gardais toujours ce livre sur ma table de chevet. J'en connaissais par cœur chaque boucle, chaque plein et chaque délié. Les T ressemblaient à des épées et les I à des fouets. Le dos de l'ouvrage était usé et j'avais dû le réparer à maintes reprises. J'en parcourais quelques pages de temps en temps.

Petite, j'avais surtout aimé le texte qui disait : « *Si le monde entier était une tarte aux pommes / Et la mer faite d'encre, / Si les arbres étaient en pain et en beurre, / Qu'est-ce qu'il y aurait à boire ?* » Ce monde, illustré par une immense croûte jaune fourrée de pommes vertes et rouges, plantée d'arbres en forme de baguette de pain et baignant dans une nuit brillante, avait représenté pour moi l'image de la plus complète sécurité. Enfant, lorsque j'étais malheureuse, je me retirais en rêve dans ce royaume de tarte aux pommes où je sentais que mon père vivait en esprit.

Comment pourrais-je priver mes enfants de leur père ? Bien sûr, si je l'avais quitté, ils auraient pu le voir pendant les week-ends, recevoir des cadeaux, partir en vacances avec lui, lui écrire… Mais je n'oubliais pas combien Jack pouvait être insouciant et égoïste. J'aurais parié que ces petits témoignages d'affection paternelle n'auraient pas manqué de décroître avec le temps pour, peut-être, disparaître définitivement.

Et puis, il y avait Westray Manor. J'en étais en réalité l'unique propriétaire, puisque nous l'avions acquis avec l'argent que m'avait laissé Christopher Chough. Le salaire de Jack assurait son entretien et toutes les dépenses quotidiennes. En fait, je n'avais pas un sou à moi. Si nous décidions de nous séparer, il faudrait vendre Westray. Et Westray était ma force, mon réconfort, mon inspiration. C'était quelque chose de vivant au riche passé historique et à la beauté si présente.

J'envisageai aussi l'éventualité de prendre un amant. J'en eus même quelque temps fermement l'intention. Mes exigences étaient assez modestes. Qu'il ne soit pas trop laid, qu'il sache aborder des sujets autres que lui-même et qu'il ne s'adonne à aucun vice. Surtout, qu'il soit libre de tout lien. C'est assez dire à quel point j'étais naïve. J'aurais aussi bien pu exiger un prince avec des oreilles d'âne. J'abandonnai d'ailleurs ces rêveries au bout d'un certain temps.

J'en restai à ce que j'avais déjà... les enfants, mes amis, la maison et le jardin, Rose et Ivor. Je m'aperçus que tout cela composait une existence digne d'être vécue, pleine de satisfactions et de choses agréables. Le temps passant, je me préoccupai de moins en moins des infidélités de Jack. Mais, plus j'y étais indifférente, plus l'idée de faire l'amour avec lui me faisait horreur. Le jour vint où, après une rupture particulièrement sordide où l'une de ses maîtresses avait tenté de mettre fin à ses jours, je lui fis savoir que les choses étaient allées trop loin et décidai de m'installer dans la salle d'audience.

C'était depuis toujours ma pièce préférée. Après l'expulsion de la communauté religieuse en 1538, le prieuré de Westray avait été cédé à Simon le Bec, un baron de la région, pour bons et loyaux services rendus à la Couronne. Ayant pouvoir de justice sur ses gens, Simon le Bec avait transformé les lieux en tribunal. Tous les petits litiges locaux étaient jugés à Westray. En raison de son importance, la pièce était lambrissée et, avec le temps, le bois avait pris une belle patine. Une fenêtre en encorbellement, du même style que celle de la bibliothèque de l'étage en dessous, donnait

sur les bois d'où s'élevait le toit conique du pigeonnier, brillant de toutes ses tuiles rouges et grises telle
une tente rayée médiévale. La salle d'audience possédait une cheminée aussi grande que celle du salon. Les
nuits d'hiver, j'aimais m'allonger dans ma chambre
d'apparat, à l'écoute du vent qui soufflait dehors et du
sifflement des bûches dans l'âtre... heureuse... du
moins comme peuvent l'être ceux qui souffrent de
solitude.

# 6

Béatrice et moi étions seules dans la cuisine, ce lundi à huit heures du matin. Trempées au retour d'une expédition de cueillette de champignons, nous tentions de sécher nos vêtements imprégnés de la rosée du jardin. Il restait une heure à perdre avant que Freddy vienne chercher ma mère pour la conduire à l'aéroport.

À dire vrai, je me sentais infiniment soulagée de voir Fabia quitter enfin la maison. Son caractère autoritaire et ses perpétuelles exigences m'avaient pourtant distraite pendant son séjour. C'est ainsi que je n'avais pas manqué d'allumer le feu de sa chambre à six heures et demie, de telle sorte que la température soit à sa convenance dès son réveil. Elle avait pris l'habitude de ces petites attentions au cours des longues nuits d'hiver italiennes, et il ne lui venait pas à l'esprit qu'elle aurait très bien pu me les épargner pendant les quatre jours qu'elle passait à Westray.

— Ces champignons sont un vrai délice, déclara Béatrice en faisant de larges incursions dans le grand plat que je venais de préparer pour le petit déjeuner collectif. Je n'ai jamais rien mangé d'aussi bon de toute ma vie. Et cette belle couleur violette ! Comment as-tu dit qu'on les appelait ?

— Ce sont des têtes de moine améthyste, répondis-je d'une voix étouffée, car j'avais la tête à moitié dans le four pour vérifier la cuisson des *œufs cocotte*[1] de Fabia.

Ma mère ne consommait *jamais* de champignons, de quelque sorte que ce soit. J'y voyais là un signe supplémentaire de son laborieux snobisme. Les Italiens en sont fous, et ma mère a toujours détesté faire partie de la masse. Elle m'avait interrogée en détail sur le régime de mes poules avant de consentir à en manger les œufs. Pour ce qui est d'embêter tout le monde, Fabia est d'une habileté proche du génie.

— Je voudrais pouvoir rester plus longtemps, marmonna Béatrice, la bouche pleine. Je sais que tu as des amis qui peuvent t'aider et je ne ferais que te gêner. Pourtant, crois-moi, je préférerais mille fois rester près de toi.

— Tu ne me gênerais pas du tout, répliquai-je.

Fabia avait commandé des toasts avec ses œufs, et j'en étais au difficile moment où il fallait les couper par le milieu.

— Tu m'as déjà beaucoup aidée, de toute façon.

— Vraiment ? Tu es sûre ?

Béatrice avait l'air si contente que je ne pus me retenir de sourire. Sa modestie me charmait toujours. Elle tranchait agréablement avec le comportement auquel Jack m'avait depuis si longtemps habituée.

— Tout à fait. Parler du passé est douloureux mais, en même temps, cela me soulage. J'essaie de regarder l'avenir en face, et pourtant je n'arrive pas à deviner ce qu'il me réserve. Je crois que j'en ai un peu peur.

— Au moins, tu n'as plus besoin de faire semblant, dit Béatrice.

— Faire semblant de quoi ?

— De faire comme si tu te moquais pas mal de ses infidélités.

Cette idée me déconcerta. Était-ce ainsi que je m'étais comportée, que j'apparaissais à autrui ?

1. Les expressions ou mots en italique suivis d'un astérisque sont en français dans le texte. *(N.d.T.)*

— Tu devrais peut-être en parler à quelqu'un, suggéra Béatrice. J'imagine que ça coûte une fortune, mais ça pourrait te faire du bien d'aller voir un psy.

— En quoi cela lui ferait-il du bien ?

Fabia venait d'arriver au moment où Béatrice terminait sa phrase.

— Waldo a un psy, poursuivit ma mère, et, pour autant que je sache, ça n'a contribué qu'à le rendre encore plus préoccupé de lui-même. Il n'arrête pas de parler de sa névrose obsessionnelle. J'ai parfois l'impression que nous vivons une sorte de *ménage à trois**. Il y a quelque temps, c'était très à la mode de passer une heure sur un divan hors de prix de Harley Street, à raconter des rêves parfaitement stupides. J'ai l'impression que c'est plutôt *vieux jeu** à présent. Quel est donc ce vêtement extraordinaire que tu portes, Béatrice ? On dirait un fauteuil recouvert de toile de Hollande.

— Ça s'appelle un burnous, l'informa Béatrice d'un ton blessé. Les Arabes en portent pour rester au chaud durant les nuits glaciales dans le désert.

Fabia contempla l'énorme silhouette de ma sœur.

— Il est certain que cela donne une idée très spéciale des grands espaces…

Elle portait un manteau bien coupé de couleur taupe et une jupe qui, avec son étole de vison, avait dû coûter le revenu annuel de Béatrice. Sur ces entrefaites, Rose fit son entrée, suivie d'Elizabeth et d'Henry. Je les avais envoyés tous deux en bas pour lui donner un coup de main. Elle avait encore du mal à tenir sur ses jambes mais affirmait que son poignet ne la faisait plus souffrir.

— Bonjour, Nanny Trebor, dit Fabia d'une voix pour une fois excessivement douce.

Elle s'adressait en général à Rose comme si cette dernière était sourde, alors qu'elle entend très bien. Puis elle ajouta sèchement :

— Henry, tes cheveux sont beaucoup trop longs.

— J'aurais pu monter et descendre les marches une

centaine de fois pendant que vous traîniez en bas de l'escalier, affirma Henry, plus vantard que jamais. Est-ce que cet œuf est encore mollet ? demanda-t-il en transperçant de son doigt, avant que j'aie pu l'en empêcher, la mince pellicule qui recouvrait celui de Fabia.

Le jaune inonda le ramequin.

— Oups, lâcha-t-il, désolé, m'man.

Je lui jetai un regard peu amène puis, me souvenant de Jack, me forçai à sourire tout en m'emparant d'un autre œuf dans le bol.

Elizabeth était en train d'aider Rose à s'asseoir sur sa chaise, aussi gentille qu'Henry était désobéissant. Ces deux comportements, si différents, ne laissaient pas de m'inquiéter. Je regrettais d'être si ignorante en psychologie. Elizabeth portait un chandail de mohair noir sur une jupe qui semblait taillée dans un dessus-de-lit indien. Pieds nus, les ongles recouverts d'un vernis violet, on aurait dit qu'elle s'était coincé les orteils dans une porte particulièrement lourde.

— Pourquoi Miranda a-t-elle besoin d'un psy ? reprit Fabia, qui n'abandonnait pas le fond de son idée. J'imagine que, de nos jours, les femmes peuvent perdre leur mari sans devenir folles. Les hommes mouraient comme des mouches pendant la guerre. Quand votre père a disparu, j'ai continué comme si de rien n'était et, moi, je n'avais pas de mère susceptible de tout laisser tomber et de tout sacrifier pour venir me soutenir. Je voudrais du café fraîchement moulu, Miranda. Le café réchauffé est très mauvais pour la digestion.

Je croisai le regard de Béatrice et lui fis un clin d'œil que, malheureusement, surprit ma mère.

— Si tu continues à faire des grimaces, Miranda, je vais finir par croire que Béatrice a raison et que tu devrais vraiment voir un psychiatre. Ce qui est bien quand on devient veuve, c'est que cela met un terme à toutes ces ennuyeuses histoires de coucheries.

Fabia aurait été une exquise interprète de l'amour

courtois si elle avait vécu il y a quelques siècles. Elle voulait être adorée avec la plus humble des assiduités, sans avoir à donner quoi que ce soit en retour. Elle considérait que le sexe était une chose pour laquelle les hommes étaient disposés à faire les pires folies. Quant aux femmes, à elles de s'en accommoder si elles voulaient profiter de la présence et de la conversation de la gent masculine. Chacun se perdait en conjectures sur ce que Fabia pouvait bien gagner dans cette affaire.

— Je dois pourtant avouer que votre père n'était pas de ceux qui ne pensent qu'à ça, dit-elle d'un ton satisfait. C'était un *artiste* avant d'être un homme. Que n'aurait-il réalisé s'il n'était pas mort si jeune !

Elle s'assit un instant, la tête rejetée en arrière, dans l'une de ses poses à la Mary Shelley, la veuve éplorée assise sur le rivage de La Spezia, réfléchissant au funeste destin de ceux que la Grande Faucheuse vint prématurément cueillir dans un cruel accident. Shelley et mon père étaient tous deux morts de façon violente, et Fabia adorait s'adonner à ce genre de comparaisons, aussi fragiles fussent-elles. Elle consacrait une pièce de sa résidence italienne aux quelques toiles de mon père qui subsistaient encore. Il s'agissait de peintures très abstraites – peut-être bien cubistes, mais je n'en suis pas certaine – dans des dégradés de la même couleur. J'aurais été incapable de dire si elles manifestaient ou non un talent quelconque. Que ma mère ait décidé de les offrir à un musée me laissait parfaitement indifférente.

— Jack m'a toujours paru bien trop préoccupé par le sexe, poursuivit ma mère.

Elizabeth et Henry arrêtèrent de manger leurs champignons.

— J'ai lu l'autre jour une chose intéressante à propos de Picasso…

Je glissai un second œuf dans l'assiette de Fabia et entrepris de couper de fines tranches de bacon pour Rose afin qu'elle puisse les manger plus facilement avec sa fourchette.

— ... Il disait qu'il y a des peintres qui transforment le soleil en un point jaune et d'autres qui, grâce à leur art et à leur intelligence, transforment le point jaune en un soleil.

— C'est complètement idiot, déclara Henry, déçu par le tour que prenait la conversation. Moi aussi, j'aurais pu dire ça si j'avais voulu.

— J'espère que tu ne vas pas faire une bêtise, Miranda, continua Fabia. Prendre un amant ou quelque chose de ce genre. Tu dois apprendre à être seule comme *moi*, j'ai dû le faire. Qu'est-ce que vous avez dit, Nanny Trebor ?

Elle se tourna vivement vers Rose, qui venait de laisser échapper un son étrange, ressemblant à « chah ».

— Cette pauvre créature a l'esprit de plus en plus confus, me glissa Fabia en baissant la voix, assez fort toutefois pour que tout un chacun puisse l'entendre. Miranda, j'ai bien peur que les choses ne soient pas aussi faciles qu'elles l'ont été jusqu'ici.

Ce n'est pas sans un certain soulagement que je pus enfin dire adieu à ma mère, mais ce fut avec regret que je vis la camionnette de Béatrice s'éloigner le long de l'allée.

Je décidai de dresser une liste des choses à faire en priorité. En tête, il y avait : « Afficher une petite annonce demandant une aide ménagère sur la vitrine de Mme Veal ». Puis : « Téléphoner au principal de James ». Après réflexion, je jugeai préférable de choisir cette dernière tâche en premier. Je voulais m'assurer que James ne subissait pas trop de désordres émotionnels, même si les proviseurs ne sont pas les mieux placés pour répondre à ce genre de problème.

En dernier sur ma liste, j'inscrivis : « Imaginer quelque chose pour le déjeuner de Patience. »

Le téléphone se mit à sonner.

C'est seulement une demi-heure plus tard que je pus enfin reposer l'écouteur. Jusqu'ici, je n'avais jamais apprécié mon banquier pour la simple raison

122

qu'il était insupportablement suffisant et intellectuellement limité. J'avais désormais de bonnes raisons de le haïr encore plus, car il était porteur de mauvaises nouvelles. Notre conversation annonçait de façon implicite des désastres à venir.

Jack et moi avions toujours été prodigues. Nous dépensions tout son salaire pour les enfants, la maison et le jardin, les livres, les tableaux, les vacances et les voitures. Jamais l'idée de faire des économies ne nous avait effleurés. Et voilà que le directeur de ma banque souhaitait me rencontrer la prochaine fois que je me rendrais à Londres afin de « mettre les choses au clair ». Mon notaire m'avait fait la même demande la veille. J'ajoutai à ma liste : « Prendre rendez-vous avec la banque et le notaire. » Après réflexion, il ne me parut pas inutile de coiffer ce mémorandum d'une nouvelle et urgente résolution, que je rédigeai en gros caractères : « GAGNER DE L'ARGENT. »

— Elle n'a pas l'air d'aller très fort, observa Patience après que Rose fut remontée se reposer dans sa chambre.

Rose insistait toujours pour déjeuner avant tout le monde, afin de pouvoir se retirer quand les invités arrivaient. Elle prétendait qu'elle ne voulait pas avoir à entendre les ragots proférés par toutes les femmes. C'est pour ce genre de petits détails pleins de tact que je l'apprécie à ces moments-là.

— Je lui trouve le teint gris et la démarche mal assurée, insista Patience.

— Ces événements l'ont secouée. Elle a quatre-vingt-six ans, tu sais. C'est déjà un bel âge. Je me demande si je ne devrais pas demander au docteur de repasser.

— Attends d'abord quelques jours. Toi non plus, tu n'as pas l'air au mieux de ta forme. Tu as des poches sous les yeux. Tu dors bien ?

— Ça va. Je me lève un peu trop tôt, c'est tout. Allons, il est temps de déjeuner. J'imagine que tu dois reprendre ton travail à deux heures ?

— À la demie. Oh, à propos, j'ai croisé Lissie en chemin. Elle a failli rentrer dans ma bicyclette près de Mill Corner. Elle a dit qu'elle passerait ici après être allée à la bibliothèque.

Je sortis une autre assiette et un verre. Cinq minutes plus tard, Lissie faisait son apparition, immaculée dans sa jupe de laine bleu pâle et son chemisier de soie. Je fus heureuse de constater qu'elle montrait un peu moins de signes d'affliction.

— Je serai ravie de déjeuner à condition d'être sûre que je ne dérange pas. J'ai apporté une bouteille de dom pérignon tout droit sorti de la cave de George. Il faut faire contre mauvaise fortune bon cœur.

Que les événements soient comiques ou tragiques, la réaction habituelle de Lissie était toujours de voir les choses du bon côté.

Nous en étions à notre premier verre – Patience n'avait rempli le sien qu'à moitié – lorsque la porte d'entrée claqua, annonçant l'arrivée de Maeve.

— Je me suis dit que je devais venir te tenir compagnie, déclara-t-elle en pénétrant dans la cuisine. Oh ! Moi qui croyais te trouver seule et abandonnée, ployant sous le chagrin de ton nouveau veuvage, et te voilà en train de donner une fête.

Elle avait l'air sincèrement choquée.

Imperturbable, je sortis une autre assiette et un verre.

— Je suis très contente que tu sois venue, la rassurai-je. Je dois penser à l'avenir et j'ai particulièrement besoin de tes conseils.

Maeve reprit son *sang-froid** et posa sur la table une bouteille pleine d'un liquide d'un gris particulièrement répugnant.

— C'est un élixir chinois composé d'herbes que j'ai rapporté de mon dernier périple londonien. J'ai songé que nous en aurions tous besoin. Ce truc possède des pouvoirs régénérants absolument miraculeux. Je vous assure, ça vous fait rajeunir de dix ans ! L'homme qui me l'a vendu a prétendu que sa belle-mère avait été grabataire jusqu'à ce qu'elle en boive et qu'à présent elle se balade à mobylette dans Hounslow. Il semblerait que cela améliore l'érection chez l'homme et lui permette de faire l'amour pendant quatre heures d'affilée. Ça guérit aussi de l'épilepsie, paraît-il.

— Ça m'a l'air un peu fort, objecta Lissie en enveloppant la bouteille d'un œil méfiant.

— Quatre heures, dis-tu ? murmura pensivement Patience. Elle devint toute rouge lorsqu'elle nous vit la fixer avec perplexité.

— Oh, allons-y ! s'impatienta Maeve. Ma devise a toujours été :

« Il faut tout essayer une fois. »

Un ange passa : nous savions toutes à quels errements ce genre de philosophie l'avait menée, mais chacune était bien trop polie pour le dire tout haut. Je sortis quatre verres, parmi les plus petits que nous ayons, cadeau de mariage qui n'avait encore jamais servi parce que je les trouvais particulièrement laids avec leurs dorures et leur reproduction de chalet suisse.

— Super, les verres ! ironisa Maeve. Vraiment géants.

— Si je dois supporter pendant tout le repas ton vocabulaire de joueur de jazz défoncé et alcoolique, je ferais mieux de me servir tout de suite une grande coupe de champagne ! s'exclama Patience en tendant la main vers la bouteille. Oh, mon Dieu, qu'est-il arrivé à tes mains ?

Les doigts de Maeve semblaient couverts de contusions dont la couleur passait du jaune au violet, puis au noir.

— J'ai fait de la teinture. Regardez ! On appelle ça du batik. Il faut faire des tas de nœuds avec le tissu et ensuite le tremper dans toutes sortes de couleurs.

Elle enleva son manteau et exhiba un chemisier étrangement bigarré qui me rappela le type de peinture que faisait Waldo… en particulier, une orgie de sinistres rayures intitulées *Après la débâcle* ou *Tempête sur les quais de Liverpool.*

— Est-ce qu'il ne faudrait pas le repasser après l'avoir teint ? demanda Lissie.

— C'est vrai, ce serait peut-être plus joli. Oh, Miranda, du risotto de champignons ! Ça c'est du nanan !

Le rappel à l'ordre de mon banquier continuait à me préoccuper. Je connaissais bien cette espèce d'abattement dans lequel je tombe toujours après avoir subi ce genre d'admonestation : il m'arrive dans ces cas-là de passer vingt-quatre heures sans dépenser le moindre penny, de me mettre à ranger précieusement les bouts de savons usagés dans des bols horriblement gluants et de réutiliser les vieilles enveloppes. J'abandonne en général au bout de deux jours pour reprendre mes anciennes habitudes. Je me remets à acheter des livres, des plantes et du savon sans me demander si mes finances me le permettent. Toujours sous l'emprise de cette frénésie de modération, j'avais décidé ce jour-là de servir pour le repas du soir les champignons et les mûres dont regorgeait notre jardin. Il n'y a pas de petites économies !

— Désolée d'interrompre cette conversation, dis-je en passant à Patience le saladier de laitue cueillie dans le potager, mais j'aimerais vous demander votre avis concernant mon avenir. Je sais que mon notaire va me dire de vendre Westray, d'acheter une petite maison bon marché et d'investir ce qui restera de mon malheureux argent. Franchement, cette idée me rend malade.

— Voilà bien les hommes ! s'exclama Maeve. Comme si les femmes étaient incapables de gagner de l'argent toutes seules ! (Elle venait de lire *La Femme eunuque* [1] et en avait tiré une nouvelle ardeur combative dès qu'il s'agissait de défendre la cause féministe.)

1. Célèbre essai féministe publié en 1971 par l'auteur australien Germaine Greer. *(N.d.T.)*

Selon Germaine Greer, sur neuf millions de femmes qui travaillent dans ce pays, seules deux pour cent occupent des postes de direction et cinq pour cent exercent une profession libérale. Les autres ne sont que des esclaves au service des travailleurs mâles. Nous gaspillons nos ambitions, notre talent, notre esprit d'entreprise et nos aptitudes à nous réaliser, pour courir après les hommes et faire à leur place tout ce qui ne les intéresse pas. Le pire, c'est que nous chérissons nos propres chaînes. Nous aimons que les hommes représentent la figure de l'autorité. Dans les romans qui nous fascinent, c'est le héros, en réalité une brute épaisse, qui écrase une pauvre et faible héroïne. Et pourquoi s'intéresse-t-il à elle ? Tout simplement parce qu'elle est jeune et jolie et qu'il veut la baiser. Nous savons très bien qu'il ne va pas se fatiguer à la conquérir pour son intelligence, son esprit ou sa sensibilité.

Nous restâmes silencieuses un long moment, ruminant ce que nous venions d'entendre. Je devais reconnaître que je retrouvais là certains aspects assez précis de ma relation avec Jack.

— Que peut-on y faire ? demanda Patience. Je n'ai aucune envie de confectionner des rideaux jusqu'à la fin de ma vie. Mais comment pourrais-je me payer les études qui me permettraient de faire quelque chose de plus intéressant ? Je dois subvenir à mes besoins et à ceux de mon père. Je ne vois pas de quelle façon j'échapperais à la dure condition des femmes.

— Je dois avouer que je n'ai pas envie d'avoir un emploi, déclara Lissie. Du moins travailler comme garagiste ou orthopédiste, par exemple. Lorsque George me parle de sa journée au bureau, je le plains sincèrement. Ma vie est bien plus agréable que la sienne. Enfin, peut-être que ça m'amuserait de tenir une boutique de mode.

Maeve se prit la tête dans les mains en poussant un soupir d'exaspération.

Je décidai d'intervenir au plus tôt.

— Il n'en demeure pas moins que je suis mal préparée pour gagner honnêtement ma vie, sauf peut-être comme jardinière à une demi-livre de l'heure, ce qui ne paierait pas les factures de téléphone, sans parler de la nourriture, de l'essence, des vêtements, des réparations dans la maison et du reste.

— Et les frais de scolarité des enfants ? s'enquit Patience.

— Je n'ai pas à m'en soucier, Jack a heureusement pris une assurance qui couvre ce type de dépenses.

— Tu es la seule d'entre nous a avoir fait des études, reprit Maeve, ça devrait quand même servir à quelque chose.

Maeve avait entrepris des études de sociologie dans le Kent, mais les avait abandonnées en deuxième année pour épouser son fameux officier de l'armée polonaise.

— C'est vrai, des études d'histoire. On ne peut guère imaginer plus inutile. Mes diplômes ne m'autoriseraient même pas à enseigner en maternelle.

— Tu sais très bien coudre, suggéra Patience. Je suis sûre que je pourrais convaincre Grace de te trouver du travail.

Lady Grace Cockaigne était l'employeur de Patience. Elles s'étaient rencontrées à l'école pour jeunes filles, seul avantage qu'elles aient retiré de cette expérience. Grace débordait d'énergie et d'aptitudes. Elle aurait très bien pu être Premier ministre mais se contentait de diriger une affaire de décoration intérieure du dernier chic. Son entreprise avait son siège à Londres, cependant elle employait de la main-d'œuvre à bon marché en province. Voilà pourquoi Patience s'était retrouvée à travailler pour lady Cockaigne. Je connaissais un peu Grace, pour autant qu'on puisse la connaître étant donné qu'elle n'était pas femme à perdre son temps en conversations futiles. En compagnie de trois autres femmes, Patience travaillait avec acharnement toute la journée dans une grange mal chauffée à coudre des ourlets et des points croisés jusqu'à ce que la tête lui tourne et que ses doigts en deviennent douloureux. À midi et le soir, elle préparait pour son père des soupes et des ragoûts cuisinés à l'aide des viandes les moins chères et de légumes achetés en promotion. Patience, pourtant, ne se plaignait que rarement et je l'en admirais beaucoup. Je dois avouer, non sans un sentiment de honte, que, si je devais vivre un seul mois son existence, cela me rendrait folle.

— Je pourrais t'apprendre à faire des bijoux, proposa Maeve, ce qui était particulièrement gentil de sa part car je savais qu'elle avait déjà bien du mal à écouler sa propre production et à assurer ses fins de mois.

— Avec ton physique, Miranda, je suis sûre que tu vas bientôt te remarier, prophétisa Lissie.

— Là n'est pas la question, coupa Maeve d'une voix exaspérée. Miranda ne *veut* pas dépendre d'un type. Elle doit trouver un moyen d'explorer toutes les facettes de sa personnalité. Elle veut être autonome, libre d'aller pagayer dans l'Irrawaddy ou de traverser le désert des déserts avec une bande de Bédouins sans avoir à en demander la permission à personne.

— C'est vrai, ça ? me demanda Lissie d'un ton incrédule.

— Eh bien, je…, commençai-je d'une voix mal assurée. C'est quelque chose à quoi nous devrions toutes tendre… plus de confiance en soi et, disons, de sens des responsabilités.

— Je crois surtout que tu devrais souffler un peu quelque temps, sans soucis et sans émotions brutales, dit Patience avec son admirable bon sens. Tu dois d'abord te remettre de la mort de Jack et ça va prendre du temps.

— Une chance que tu n'aies plus à porter pendant deux années ces affreux crêpes noirs et ces voiles comme dans le passé, fit observer Lissie. Imagine ce que ça devait coûter pour équiper toute la famille. Dans l'ancien temps, quand tu avais une grande famille avec plein de cousins, de tantes et tout ça, tu passais la moitié de ta vie en noir. Je ne trouve pas que cette couleur m'aille.

— Je suppose que les pauvres teignaient simplement leurs vêtements, suggérai-je. Dans l'Antiquité, à Rome et à Sparte, les femmes portaient du blanc en signe de deuil, ce qui, convenez-en, devait être encore plus problématique. En Perse, la couleur du chagrin est le marron clair, comme les feuilles mortes. Et je crois qu'on porte du bleu en Syrie.

— C'est fou tout ce que tu sais, dit Patience. Mais je me demande à quoi ça pourrait bien servir.

— Tu pourrais gagner plein d'argent à un jeu télévisé, avança Maeve.

— J'ai l'impression qu'on s'éloigne pas mal des nobles idéaux de tout à l'heure, répliquai-je. De toute manière, je n'ai pas très bonne mémoire et j'ai tendance à oublier les choses juste au moment où j'ai besoin de me les rappeler.

Des idées d'emploi fusèrent de toutes les directions. J'allai chercher un supplément de mûres dans le réfrigérateur et préparai du café. Il était clair que chacune de mes amies proposait ce qu'elle aurait aimé faire elle-même. Lissie pensait que je devrais devenir dessinatrice de mode ou décoratrice d'intérieur. Patience penchait plutôt pour m'inscrire au barreau. De son côté, Maeve me voyait bien chanter dans une boîte de nuit ou tirer les cartes, ou encore louer un appartement à Londres et m'y adonner à la prostitution de luxe.

— Désolée, les filles, coupai-je en attrapant un cendrier pour Maeve. Soit l'apprentissage serait trop long, comme dans le cas du barreau ou de la mode, soit je n'aurais aucune disposition, comme pour la prostitution. Je dois faire quelque chose qui me rapporte de l'argent sur-le-champ.

Au même moment, un rayon de soleil perça les nuages et forma une longue ligne dorée sur le sol jusqu'au fourneau devant lequel Dinkie était étendu, assoupi, toutes griffes dehors, apparemment perdu dans un rêve de chasse et de carnage.

— Je sais ! s'écria soudain Maeve. Ton meilleur atout, c'est Westray. Les gens adoreraient y venir. Des vacances au bord de la mer dans un manoir merveilleusement romantique cerné de douves, dirigé par l'élégante et jolie petite-fille d'un génie de la poésie. Magnifiques jardins, exquise cuisine, lit à quatre places dans lequel Elizabeth I$^{re}$ a passé la nuit…

— Tu ne m'avais jamais dit ça, interrompit Lissie.

— Maeve ! m'exclamai-je, frappée par ce soudain étalage de bon sens. Tu es vraiment futée ! C'est toi qui as trouvé ! Je vais accueillir des hôtes payants !

— Je crois aussi que c'est la solution, approuva Patience après avoir soupesé la suggestion. En voilà une bonne idée !

— J'aurais voulu y penser moi-même, dit Lissie. Ça va être si amusant ! Pense à tous les gens passionnants que tu vas rencontrer ! Tu veux me prendre comme femme de ménage ?

— Nous pourrions t'aider en cuisine, proposa Maeve. Je parie que tes futurs clients adoreraient rentrer chez eux avec leur *yin* et leur *yang* parfaitement équilibrés.

— Peut-être bien, répondis-je d'un ton un peu dubitatif.

— Portons un toast à cette idée, décida Maeve en débouchant la bouteille d'élixir chinois, dont elle emplit nos verres à ras bord. À l'hôtel « Westray Manor » !

— On dirait le nom d'une de ces horribles pensions de famille qu'on trouve à King's Cross, objecta Patience. Trinquons plutôt à l'avenir !

Nos quatre voix réunies obéirent comme un écho.

— À l'avenir !

Nous bûmes de concert.

Le goût faisait d'abord penser à ces petites burettes d'huile de bicyclette. C'était terriblement onctueux, comme du lard fondu. Au bout de quelques secondes, nos papilles furent surprises par une saveur de prunelles écrasées mêlée à de la noix de coco. L'effet fut immédiat : nous nous mîmes à tirer des langues toutes desséchées comme si nous venions de passer quatre heures en plein soleil la bouche ouverte.

— Oh ! là là ! C'est absolument épouvantable ! s'exclama Lissie en secouant la tête après avoir éternué à plusieurs reprises.

— Hum. Intéressant, susurra Maeve, qui venait d'en ingurgiter une bonne lampée. Pour être violent, c'est violent ! Je me sens déjà revivre. Toute ragaillardie. (En fait, son visage pâlissait à vue d'œil). Tu devrais peut-être en prendre, Lissie. Après tout, tu es la seule d'entre nous à avoir un homme dans ta vie.

Elle gloussa. Je remarquai que ses yeux semblaient injectés de sang, mais c'était peut-être mon imagination. Sa tête s'affaissa avec brutalité vers la table, si bas que ses boucles d'oreilles d'argent se mélangèrent aux restes de crème rose de son assiette de pudding à demi terminée. Elle resta inhabituellement silencieuse pendant que nous continuions à discuter de chambres à coucher, de salles de bains, de menus, de la publicité qu'il faudrait faire et, surtout, des prix que l'on pourrait raisonnablement demander.

Lorsque tout le monde fut parti, Patience à son travail, Lissie faire des courses à Marshgate et Maeve se reposer – c'est du moins ce que je soupçonnais –, je décidai de me rendre à la poste coller ma petite annonce pour une aide ménagère. C'était plus urgent que jamais. Ivor avait eu la gentillesse d'emmener Elizabeth et Henry au cinéma, et j'avais une bonne demi-heure devant moi.

J'enfilai un imperméable, pris la laisse et sifflai Jasper. En toute saison, le chemin qui mène au village est très agréable, avec ses petites routes bordées d'arbres et l'absence presque totale de trafic. À cette époque, les mûres envahissaient les haies, qui offraient une palette de couleurs allant du vert au rose en passant par le rouge et le noir. Voilà qui ferait de merveilleuses confitures pour les futurs clients ! Peut-être aussi des tartes aux pommes et aux mûres. Mais ne souhaiteraient-ils pas quelque chose de plus raffiné ? Il me fallait absolument trouver quelqu'un qui sache faire la cuisine.

Deux papillons tortues m'accompagnèrent en virevoltant autour de moi pendant quelques mètres avant de s'envoler vers les fleurs de chèvrefeuille sauvage qui survivaient encore à cette saison. Des buissons de sureau et de rosiers sauvages scintillaient parmi les noisetiers comme une composition de Fabergé.

Le soleil était chaud et, pendant un bref instant, je me sentis presque heureuse. Apparut alors le pin coupé que je connaissais si bien. L'image de Jack resurgit aussitôt dans ma mémoire.

Le pin avait été fendu par la foudre de nombreuses années auparavant, et, au fil du temps, les deux moitiés s'étaient ouvertes pour former un grand V. La première fois que nous étions venus à Westray, Jack l'avait remarqué. Je l'entends encore me dire : « Ce sera notre sapin fendu. Un bon présage. Mais où se trouve donc l'indispensable Ariel ? » Depuis que nous avions joué ensemble *La Tempête*, et parce que je m'appelle Miranda, nous avions pris l'habitude idiote de rapporter tous les événements de notre vie à cette pièce.

Lorsque Ivor était venu rejoindre notre foyer, Jack s'était exclamé que nous avions enfin trouvé notre Ariel. Il y avait certes entre les deux hommes quelque chose de la relation qu'entretiennent Prospero et son serviteur grincheux. Ivor reconnaissait la supériorité de Jack et l'admirait, mais il ne pouvait s'empêcher de s'irriter de cet esclavage. Quand j'avais fait remarquer à Jack que, de plein droit, il aurait dû être Ferdinand plutôt que Prospero, il avait répliqué qu'il n'aimait pas les amoureux transis. Tout ce qui l'intéressait, c'était d'exercer son pouvoir avec indulgence.

Avait-il réellement fait preuve de mansuétude ? me demandai-je en poursuivant ma marche, tandis que Jasper courait à quelques mètres devant moi. La colère qui m'avait submergée dans les jours ayant suivi le décès de Jack se transforma soudain en un accès de culpabilité. Une fois encore, je repassai dans ma tête le fil des événements de ce matin-là. Je fus très troublée de m'apercevoir que je ne me souvenais absolument de rien. Nous étions-nous disputés ? Quelle importance ? L'idée même que Jack pût être affecté par quelqu'un ou quelque chose au point de se suicider était absurde. Aurait-il été suffisamment bouleversé pour manquer de vigilance ?

J'avais parfois surpris chez lui des élans inattendus de tendresse. Il y avait eu la période qui avait suivi la naissance d'Henry, ainsi que je l'ai déjà mentionné. Il y avait également le jour où il avait trouvé un clochard étendu devant chez Magpie et Stump. L'homme était ivre, couvert de vomissures et, je dois le reconnaître, parfaitement répugnant. Il s'était blessé à la tête, et le sang qui coulait sur son front avait maculé ses haillons. Jack avait tenté de le retirer de la route, où il risquait de se faire écraser, mais l'homme avait hurlé à mon mari de foutre le camp. D'autorité, Jack l'avait alors jeté dans sa voiture et emmené à l'Armée du Salut. Mieux encore, il avait offert à cet homme de venir à Westray pour ratisser les feuilles du parc et couper du bois à condition de ne jamais le surprendre ivre à son travail. Cet accord avait été respecté pendant un bon moment, et Stocky – c'était le nom du clochard – venait travailler avec ponctualité, gagnant ainsi ses cinq shillings par matinée. Il préférait dormir « dehors », comme il disait, mais ses revenus réguliers lui permettaient de paraître à peu près propre. Nous avions eu le regret de le perdre un jour où, sans doute sous l'emprise de l'alcool, il avait glissé sur le chemin de la falaise pour aller s'écraser plusieurs mètres plus bas sur les rochers. Il s'était toujours montré particulièrement gentil avec les enfants, surtout avec Henry, qui lui était très attaché et resta longtemps inconsolable après sa mort.

Je gardais en mémoire d'autres exemples de tels actes de charité, et il aurait été injuste de les attribuer

134

à une simple bienveillance tyrannique. Je me rappelais le jour où, me voyant souffrir d'un douloureux abcès dentaire, Jack était resté éveillé toute la nuit pour me parler, jouer aux cartes avec moi et me faire la lecture, avant de m'emmener à Londres le lendemain à la première heure pour mon rendez-vous chez le dentiste.

Ces souvenirs réveillèrent chez moi une culpabilité bien plus pénible que la rage qui l'avait précédée. N'avais-je pas eu tort de m'éloigner de lui, affectivement et sexuellement ? Ses infidélités pouvaient-elles, à elles seules, expliquer une pareille désaffection de ma part ? Et toutes ces liaisons... avaient-elles été, ainsi que Jack l'affirmait, réellement insignifiantes ? La tête me tournait, et je sentis une morsure cruelle me broyer le cœur. À moins, pensai-je, que cette culpabilité ne s'inscrive, elle aussi, dans le processus classique du deuil...

La vue du haut mur de brique annonçant la première maison du village fut un véritable soulagement. J'avais décidément bien du mal à supporter ma propre compagnie ces derniers temps.

Après avoir attaché Jasper, j'entrai dans le bureau de poste. Deux femmes se tenaient au comptoir en grande conversation avec Mme Veal. Le lourd silence qui s'installa à mon entrée me fit monter le rouge aux joues. Étaient-elles en train de parler de moi avant mon arrivée, ou étais-je la proie d'une maladie de la persécution ? Mon esprit était si confus depuis les derniers événements ! L'une des deux femmes, que je connaissais vaguement et saluais de temps à autre, quitta le bureau sans dire un mot, évitant avec soin mon regard. L'autre s'éloigna et parut s'absorber dans une minutieuse analyse des avantages comparés d'une boîte de Rich Tea et d'un paquet de biscuits Marie. (Le bureau de poste fait également office de petite épicerie, bien utile dans ce village éloigné de tout.)

Je tendis ma petite annonce pour une « aide ménagère cinq jours par semaine » à Mme Veal et prononçai quelques commentaires sur le mauvais temps qui menaçait. Mme Veal saisit le bout de papier par un coin, le petit doigt en l'air, avec une expression de *profond* dégoût.

— Je m'assurerai que ce sera bien affiché sur la vitrine, madame Stowe. Désirez-vous autre chose ?

Son regard me croisa enfin, insolent, puis elle détourna les yeux et fit mine de s'affairer à classer une pile de livrets d'épargne. Peu soucieuse de prolonger cet affront, je quittai le bureau, l'esprit troublé. Jusqu'ici, Mme Veal s'était toujours comportée avec une extrême flagornerie, se précipitant sur moi pour me servir quelle que soit la file de personnes qui me précédait. J'avais souvent entendu dire que les gens fuient les affligés parce qu'ils se sentent mal à l'aise et ne savent pas quelle attitude adopter. Mais il s'agissait ici de bien autre chose que d'un simple embarras.

Mme Kenton traversait la rue au moment où je franchissais la porte du bureau de poste.

— Hello, Miranda ! Hello, Jasper ! Comment vous sentez-vous, chère amie ? demanda-t-elle en m'observant avec sollicitude.

— Ma foi, pas trop mal, en réalité. Tout le monde a été extrêmement gentil.

Puis, me souvenant soudain de Mme Veal, je poursuivis :

— Quoique certaines personnes semblent considérer qu'il est déshonorant de perdre son mari.

Je prononçai ces mots en riant pour ne pas avoir l'air de m'appesantir sur le sujet.

— Ne tenez aucun compte de ce que disent ces femmes à l'esprit étroit. Elles sont incapables de comprendre les sentiments de ceux qui ont subi un choc comme le vôtre. De misérables commères, voilà tout.

— À vrai dire, je ne sais pas trop quoi en penser, dis-je, un peu décontenancée par le ton de conspiratrice de Mme Kenton. Comment va le Dr Kenton ?

— C'est aimable de votre part de me le demander,

chère amie. Pas trop bien, à vrai dire. C'est la maladie d'Alzheimer. Exactement ce qu'il craignait.

— De quoi s'agit-il ?

— Une sorte de démence sénile, en fait. Détérioration des facultés intellectuelles. Il n'existe pas de traitement, et mon mari est au bord du suicide. Oh, excusez-moi pour ce manque de tact. On pourrait croire que la longue fréquentation de la maladie aurait pu le préparer à accepter les choses avec plus de philosophie que la moyenne des gens, mais il refuse désormais de sortir et ne veut voir personne. Il reste assis à se morfondre dans son bureau.

— Je suis vraiment désolée. Faites-moi néanmoins savoir quand il acceptera de recevoir des visites. Je me ferai un plaisir de venir bavarder un moment avec lui. Il a tant fait pour nous dans le passé !

— C'est très gentil, chère amie, mais vous avez vos propres problèmes. Prenez votre temps et ne brusquez rien.

Cette conversation ne manqua pas de me déprimer. C'est avec soulagement que je vis approcher la voiture d'Ivor. Elizabeth et Henry me faisaient de grands signes par la portière.

— Le film était super, m'man ! cria Elizabeth. Anne Boleyn a eu la tête tranchée, ce que j'ai trouvé très méchant de la part d'Henri VIII. Elle était bien plus jolie que Jane Seymour, qui avait des dents comme des chasse-neige.

— On voyait le sang couler le long de la hache, renchérit Henry. Et les bouts de chair qui sortaient de son cou. C'était le meilleur moment du film.

— C'est pas vrai ! protesta Elizabeth. Tu inventes. Il invente, m'man. Il y avait juste un petit peu de sang, c'est tout.

— Tu ne regardais pas ! J'ai vu les artères qui pendaient le long du cou.

— Ce que tu dis est stupide ! De toute manière, il n'y a qu'une seule artère. Tu n'es qu'un imbécile !

Je refusai de monter avec eux car je sentais que

Jasper avait besoin de faire encore un peu d'exercice, et je laissai la voiture s'éloigner. Les enfants continuèrent à se chamailler, puis leurs voix s'évanouirent après le virage. Je rentrai à la maison en marchant aussi vite que la côte me le permettait et arrivai complètement essoufflée et en nage. La vieille Hillman du Dr McCleod était garée près du pont. Je me précipitai, redoutant que quelque chose ne soit arrivé à Rose.

— Je voulais juste vérifier la tension de Miss Ingrams, me rassura-t-il, penché sur le bras de Rose, qui avait retroussé sa manche.

— Très gentil de votre part, haletai-je.

J'étais persuadée que mon visage rouge devait manquer de séduction.

— Gentil ? Il ne s'agit absolument pas de ça, répliqua-t-il d'un ton sec. Je ne suis pas une sœur de charité ni une dame patronnesse. Je fais mon travail, et il y a des protocoles que je suis obligé de respecter.

— Désolée, répondis-je d'une voix mourante.

— Que d'agitation pour pas grand-chose, bougonna Rose en étirant son avant-bras noueux. Enfin, si vous n'avez rien de mieux à faire.

J'accrochai mon imperméable et sortis le mixer. Sur le chemin du retour, j'avais décidé de laisser tomber les champignons, du moins pour le thé de cinq heures, et de préparer un gâteau au chocolat. Je choisis d'ignorer le Dr McCleod et entrepris de mélanger le beurre et le sucre. La cuisine était chaude et calme. J'arrêtai un instant mon travail pour laisser sortir un papillon qui battait des ailes contre la vitre. Par la fenêtre, j'apercevais les enfants qui jouaient dans le jardin avec Jasper à l'autre extrémité des douves. Westray m'était toujours apparu comme un sanctuaire, protecteur et bienveillant.

— Bien, miss Ingrams. La tension est un peu faible, mais rien d'inquiétant.

— Moi, je ne suis pas inquiète. J'ai des choses plus importantes à penser, coupa Rose. (Elle avait pourtant l'air épuisée.) Laissez-moi donc me débrouiller toute seule ! grogna-t-elle tandis que le Dr McCleod essayait de l'aider à rabattre sa manche. Vous êtes aussi maladroit qu'un jeune chiot !

Le médecin sourit comme s'il ne pouvait s'empêcher de trouver un certain charme à sa rudesse.

Je le raccompagnai à la porte.

— Comment est-elle ? *Vraiment*, je veux dire... Son teint blafard me tracasse beaucoup.

— C'est une lutteuse. Je suis sûr qu'elle va très bien se remettre sur pied. De toute manière, je vais continuer à la surveiller de près.

Je faillis le remercier avant de me souvenir qu'il détestait la *politesse**. Mais je n'arrivais pas à me résoudre à être aussi grossière que Rose. Je ne pus m'empêcher de dire :

— Je viens de rencontrer Mme Kenton devant la poste. J'ai été navrée d'apprendre ce qui arrivait à son mari.

— Oui. Il connaît exactement le processus de sa maladie. Il vaut parfois mieux ne rien savoir. D'un point de vue égoïste, j'en suis moi-même désolé, car cela signifie que je vais devoir rester ici bien plus longtemps que je ne l'avais escompté. En tout cas jusqu'à ce que l'on trouve quelqu'un qui veuille bien reprendre sa clientèle.

— Vous ne vous plaisez donc pas ici ? demandai-je sans pouvoir cacher mon étonnement.

— Oh, le paysage est tout à fait charmant à regarder, c'est certain.

Son ton avait quelque chose d'ironique. Je remarquai la finesse de sa peau, sauf entre les sourcils, où elle se plissait en rides profondes. Ses yeux gris étaient bordés de cils d'une longueur presque féminine.

— Je n'ai pas fait toutes ces années d'études pour m'occuper des foies surchargés des riches, ajouta-t-il brutalement.

— Riche ou pauvre, je crois que tout un chacun a droit à l'assistance médicale, rétorquai-je avec véhémence. Et, en l'occurrence, grâce à l'impôt, les riches paient pour les pauvres.

— Vous vous faites une haute opinion de vous-même, n'est-ce pas ? Mais, pour commencer, je trouve que l'écart entre les riches et les pauvres ne devrait pas être si important. J'ai passé la moitié de mes consultations de ce matin à prendre des rendez-vous chirurgicaux pour des femmes qui n'ont besoin d'aucune intervention et à essayer de guérir leurs maris de maux superficiels. En réalité, tout cela se résoudrait s'ils acceptaient de faire un peu d'exercice, comme marcher davantage que le petit bout de chemin séparant leur voiture du bureau ou de la maison.

Sa voix s'était peu à peu enflée sous l'indignation.

— Vous voulez travailler dans des zones déshéritées, c'est ça ? répliquai-je d'une voix acide. Et n'accorder votre attention qu'aux cas désespérés ? Pardonnez-moi, mais je trouve cette attitude parfaitement arrogante.

— Vous osez me dire en face que je suis arrogant ? protesta-t-il en faisant rouler les *r* d'un ton ennuyé.

— Écoutez, si vous avez le culot de m'accuser d'avoir une trop bonne opinion de moi-même, je ne vois pas pourquoi je ne serais pas autorisée à me défendre.

— Vous n'avez pas la moindre idée de ce dont je veux parler. D'ailleurs, comment pourrait-il en être autrement ?

Il éclata d'un rire cassant qui eut le don de me mettre en fureur, surtout parce que je sentais bien que sa position morale était mieux étayée que la mienne. De quel droit possédais-je Westray Manor alors que Stocky n'avait eu pour tout bien qu'un vieux tronc d'arbre ? J'imaginai soudain le Dr McCleod avec une casquette d'ouvrier sur le crâne et une barbiche à la Lénine au menton. Cette image saugrenue suscita en moi une hilarité que je tentai de dissimuler. Elle me permit surtout de reprendre possession de moi-même et de mieux affronter le praticien.

— Vous avez probablement passé toute votre vie bien à l'abri du froid, de la faim et de la laideur, reprit-il, la bouche mauvaise. Il vous semble donc naturel de jouir de toutes sortes de privilèges tandis que le reste du monde croupit dans la pauvreté à votre porte. Je suis sûr que vous devez penser que vous en faites bien assez comme ça.

Je décidai qu'il était temps de contre-attaquer.

— S'ils sont devant ma porte, j'en suis désolée pour eux puisque, apparemment, ils sont dans un lieu où ils ne méritent pas votre attention. La prochaine fois que je leur apporterai la soupe et des couvertures, je ne manquerai pas de leur conseiller de se rendre au plus vite dans un taudis afin de bénéficier des soins du bon et charitable Dr McCleod.

Absorbés par notre dispute, nous avions traversé la cour sans nous en rendre compte et nous trouvions à présent devant le portail. Par malchance, ce fut le moment que choisit Ivor pour ranger la voiture dans la remise. McCleod put ainsi admirer à loisir la superbe Aston Martin Volante argent métallisé de Jack (mon mari avait toujours adoré les voitures). En comparaison, la petite Hillman paraissait ridiculement misérable. Il était dit que mon calvaire ne devait pas en rester là. Ivor tenta de négocier un virage un peu trop court pour s'engager dans l'allée menant au garage, et soudain un sinistre craquement de tôle parvint à nos oreilles. Stupéfaits, nous vîmes la Hillman de McCleod se mettre à tanguer dangereusement. Ivor s'arrêta net et sortit en trombe de l'automobile de Jack. Il brandissait un morceau de l'aile de la Hillman.

— Je suis confus, lança-t-il. On dirait bien que j'ai arraché ce truc avec le pare-chocs de l'Aston. Remarquez, j'ai l'impression que ce devait déjà être bien rouillé. Tenez, regardez ! Cette aile est pourrie jusqu'à la moelle…

— Emmène la voiture du docteur au garage de Bob, rétorquai-je aussitôt. Et dis-lui de mettre la facture sur notre compte.

— Vous pensez vraiment que l'argent apporte la réponse à tout, n'est-ce pas ? jeta McCleod avec mépris. Bien sûr, il ne vous est même pas venu à l'esprit que cette voiture m'était indispensable pour faire la tournée de mes patients.

— Je dois avouer que non.

Il émit une série de sons allant du rire grinçant au grognement et, traversant le pont à grandes enjambées pour rejoindre son véhicule, s'acharna à coups de pied sur la portière pour l'ouvrir. Le moteur crachota de longues secondes avant d'accepter de démarrer. McCleod appuya nerveusement sur le champignon et remonta l'allée à pleine vitesse. Tandis que je le regardais s'éloigner, je ne pus m'empêcher – et ce n'était d'ailleurs pas la première fois – de penser avec une certaine sympathie aux pauvres têtes poudrées tombées dans le panier de M. Guillotin. Les apparences sont parfois trompeuses.

Ce soir-là, je trouvai Henry particulièrement attendrissant dans son pyjama et sa robe de chambre, les cheveux mouillés et tout collés après le bain.

— M'man… Est-ce que tu es trop occupée pour me parler ?

Nous étions seuls dans la chambre. Souffrant d'un affreux mal de tête, je me sentais très déprimée et m'étais traînée en haut pour m'allonger quelques instants avant de commencer la vaisselle. À la vérité, je me faisais du souci pour le Dr Kenton et pour moi-même. Même si j'avais souvent détesté Jack de son vivant, je ressentais à présent avec douleur l'absence de toute protection masculine. Jack m'avait offert cette sécurité parce qu'il n'avait peur de rien. J'avais été si longtemps sa femme que je ne savais guère ce que signifiait vivre sans lui. Et, si je me sentais en danger, cela devait être bien pire pour les enfants.

— Bien sûr que non, mon chéri.

J'appuyai ma tête sur la paume d'une main tout en tapotant le lit de l'autre.

— Viens t'asseoir à côté de moi et bavardons un peu.

— Il y a quelque chose à quoi j'ai pensé aujourd'hui et dont je voulais absolument te parler. Je ne sais plus ce que c'était.

Perdu dans ses pensées, Henry fit courir sa pantoufle le long du dessin du tapis. Je redoutais ce qui pouvait venir. La journée avait été longue, avec son lot d'émotions diverses. Je savais que je devais répondre avec le plus de sincérité possible aux questions des enfants et ne pas biaiser si je voulais qu'ils affrontent en position de force la mort de leur père.

— Oui, mon ange ? dis-je sur un ton qui se voulait engageant.

Je pris une profonde inspiration, m'armant de courage pour faire face à la pénible discussion que je sentais poindre.

— Ça y est, je me rappelle, articula lentement Henry, les sourcils froncés. Qu'est-ce que tu ferais si une soucoupe volante atterrissait dans le pré de Puck ?

## 7

— Miranda, ma chérie, tu as l'air superbe, même
si tu es un peu mince à mon goût, déclara ma tante
en me serrant dans ses bras à sa descente d'avion.

Nancy portait un tailleur couleur canari de chez
Givenchy et, en dépit de ses soixante-cinq ans, attirait
le regard de tous les hommes de l'aéroport. Nous
parcourûmes à toute vitesse le chemin du retour. Je
conduisais l'Aston Martin pour en profiter une dernière fois, car un acheteur passait la prendre cet après-
midi. Le rendez-vous avec le directeur de ma banque
s'était révélé aussi déprimant que je l'avais imaginé,
et j'avais compris qu'il me fallait sérieusement réduire
mon train de vie.

Le temps était particulièrement doux pour la saison.
J'avais baissé la capote et nous nous sentions fringan-
tes et aventureuses chaque fois que nous dépassions
les autres voitures.

— C'est une idée magnifique ! s'enthousiasma
Nancy lorsque je lui eus révélé mon projet de recevoir
des hôtes payants à Westray. Beaucoup de travail en
perspective, mais ça n'a jamais fait de mal à personne.

Nous étions en train de déjeuner dans la cuisine,
prêtes à enfourner une soupe de champignons, suivie
d'une omelette et de salade de pissenlits cueillis par
Ivor. C'était là un menu digne de la meilleure tradition
de l'économie paysanne.

144

Nancy n'avait probablement pas gagné plus de trois francs six sous de toute sa vie mais, si elle jouissait d'une nombreuse domesticité, elle ne restait jamais inactive. Mes enfants avaient toujours été fascinés par son luxueux train de vie.

— Est-ce que tous les gens qui travaillent pour toi ont la peau vraiment noire, tante Nancy ? demanda Henry tout en jouant avec son omelette, à laquelle il reprochait de contenir trop de jaune d'œuf.

— Absolument tous. Noirs comme ton chapeau.

— Tu ne trouves pas que tu devrais les libérer ? (Elizabeth venait juste de commencer à étudier la guerre de Sécession en classe). Je suis du côté des Yankees, bien que les *carpet-baggers*[1] me répugnent. Je suis sûre que, si tu lisais *La Case de l'oncle Tom*[2], tu voudrais leur donner la liberté, mais je dois avouer que ce livre est très ennuyeux. Mlle Betts nous en a fait lire des passages en classe. Tu imagines, être arraché à sa famille pour être vendu, battu et forcé de travailler même quand on est malade !

— Laisse-moi te rassurer, ma chérie : tous ceux qui travaillent pour nous sont parfaitement libres. Ils peuvent nous quitter lorsqu'ils le veulent et aller travailler où ils le souhaitent. Mais Blue Ridge est leur foyer, partir leur briserait le cœur. Et ce n'est pas seulement la maison et la terre qu'ils aiment, mais toute la famille d'oncle Robin. Tu sais, c'est comme avec les domestiques en Angleterre. Lorsque Robin était petit, Lisa Pearl, sa nourrice, attrapait des lucioles et les mettait

1. Littéralement « porteurs de tapis et de sacs ». Avides de profits rapides, ces aventuriers descendus du nord des États-Unis avec pour seul bagage un tapis et un sac étaient venus faire des affaires dans les États du Sud, dont l'économie avait été totalement dévastée après la guerre de Sécession. *(N.d.T.)*
2. Très célèbre roman américain antiraciste publié en 1851 par Harriet Beecher-Stowe. Il souleva à l'époque un débat si vif que le président Abraham Lincoln, à qui l'on présenta l'auteur en 1862, la salua par ces mots : « Ainsi, voilà le petit bout de femme qui, par son si beau livre, déchaîna une si grande guerre… » *(N.d.T.)*

dans un pot près de son lit le soir. Puis elle lui chantait de vieilles chansons du temps des esclaves jusqu'à ce qu'il s'endorme.

— « La luciole s'éveille, éveille-toi avec moi », déclara Ivor avec emphase.

Nancy connaissait suffisamment Ivor pour ne pas se formaliser de cette impertinente invitation.

— Hier, Lisa Pearl est venue à la maison pour me souhaiter bon voyage, reprit-elle. Nous nous sommes assises devant le porche. En buvant un verre de whisky, nous avons évoqué les bons moments du passé jusqu'à la tombée de la nuit. Robin affirme toujours qu'il doit son goût de la vie au fait d'avoir été élevé par des serviteurs noirs... et d'avoir appris par leur intermédiaire à ne pas prendre les choses trop au sérieux.

— M'man dit qu'on ne doit pas dire « noir », déclara Henry d'un air solennel. Il faut dire « de couleur ».

— Oui mais, tu sais, les choses bougent lentement dans le Sud. Il y fait chaud. Tu ne peux pas t'imaginer à quel point c'est différent.

Elle continua à parler aux enfants de chevaux, de tennis, de natation et de plats de palourdes, de punch à la menthe et de cerises à l'eau-de-vie. Ils se montrèrent particulièrement intéressés par sa description de la vieille cabane appelée *Johnny House* – un mot d'argot de Virginie qui signifiait « toilettes » – avec ses planches de bois et ses huit trous.

— Il faut avoir une sacrée grande famille pour voir huit personnes aller aux toilettes au même moment, dit Henry pensif. À moins qu'ils aient tous mangé des pissenlits au déjeuner.

Lorsque Henry eut épuisé le sujet, passionnant à ses yeux, des toilettes, nous pûmes enfin décider à quoi nous allions occuper notre après-midi. Nancy proposa d'aller sur-le-champ à Marshgate, où se trouvait le plus proche magasin de décoration d'intérieur, pour en rapporter des catalogues d'échantillons. Deux ou trois des chambres prévues pour les hôtes payants avaient besoin d'être meublées de neuf.

— Nous irons tous boire un thé à l'« Excelsior »… c'est ma tournée, insista Nancy. Et nous pourrons même être de retour à temps pour ton acheteur, Miranda. Tu as bien dit qu'il serait là à six heures ? Et vous, Rose, voulez-vous vous joindre à nous ? Nous vous déposerons à l'« Excelsior » pendant que nous irons regarder les tissus. Cela vous changera les idées.

Rose ne se laissa pas convaincre. Nancy lui avait apporté en cadeau un merveilleux châle de cachemire d'une exquise couleur rose. On aurait dit un ciel d'aurore. J'avais l'impression que Rose n'attendait qu'une chose, s'en couvrir les épaules et faire une bonne sieste. De mon côté, j'avais reçu une chemise de nuit en crêpe de Chine d'une tendre nuance bleu canard et ourlée de dentelle crème si fine que, comme dans les contes, on aurait pu la glisser à travers un anneau de mariage. Nancy n'était pas seulement riche, elle était aussi très généreuse. Ces deux qualités vont rarement de pair.

Nous passâmes un très agréable après-midi. Les enfants firent des tours sur tous les manèges de la foire et s'empiffrèrent d'énormes Banana Splits dans les salons de l'« Excelsior ». À les voir, on aurait cru que rien n'était jamais venu troubler leurs paisibles existences. Henry était ravi que la grande roue soit restée coincée alors qu'ils se trouvaient tout en haut. Je sentais que cette histoire allait faire le tour de l'école.

— En fait, la roue était si petite que nous aurions très bien pu sauter en bas sans nous faire mal, affirma Elizabeth d'un ton méprisant.

Elle avait gagné une bouteille de parfum au jeu des anneaux. J'avais d'ailleurs remarqué que les autres clients regardaient autour d'eux en reniflant, cherchant visiblement l'origine de cette odeur déplaisante, mélange de chou et de patchouli. À côté de nous, une femme accusa même son chien dachshund de s'être « roulé dans quelque chose ».

De retour à la maison, nous aperçûmes une rutilante Jaguar qui nous avait précédés. Un homme tout aussi flamboyant était en train de s'en extraire. Ce devait être mon acheteur. En prévision de sa visite, nous avions pris ma voiture pour nous rendre à Marshgate afin qu'Ivor ait le temps de nettoyer l'Aston Martin. Je me hâtai de rentrer les tissus et les rouleaux de papier peint à l'intérieur, avant de conduire le nouvel arrivant, lequel répondait au nom de Dereck French, voir la voiture garée dans la remise. Extrêmement élégant dans son costume rayé blanc et ses chaussures bien cirées, c'était un homme aux cheveux bruns et luisants surmontant un visage ombré d'une barbe naissante.

— Désolé d'apprendre ce qui est arrivé à votre mari, madame Stowe. Voilà quelques semaines, il était justement venu nous voir pour choisir une nouvelle capote pour la Volante. Mon Dieu, mon Dieu… Qui aurait pu imaginer ? ajouta-t-il d'un ton désolé en hochant la tête.

Je murmurai quelques remerciements. La remise se trouve à moins de deux cents mètres de la maison, à l'abri des arbres, mais je pouvais voir que M. French se montrait fort ennuyé par la poussière qui s'accumulait sur ses souliers. L'air dégageait une forte odeur de feu de bois, et Ivor semblait s'être volatilisé.

La remise est un assez joli bâtiment sans prétention construit à la fin du XVIIIe siècle et composé de trois niches pour les voitures et de six box inutilisés. Un clocher avec une horloge se dresse sur le toit. Cette horloge d'un bleu profond possède un carillon légèrement désaccordé qui sonne toutes les trois heures. Lorsque je travaille dans le jardin, je ne manque jamais de m'arrêter au son de la cloche afin de m'octroyer un moment de réflexion sur les aléas de notre fragile condition humaine. Sous le remontoir, gravés dans la pierre, on peut lire ces mots : « *Tel est le temps, Qui prend tout, / Notre jeunesse, nos joies et tout ce que nous possédons, / Et ne nous laisse que vieillesse et poussière.* » J'avais découvert que ces vers avaient été rédigés par sir Walter Raleigh[1] à la veille de son exécution. On ne peut qu'admirer sa présence d'esprit.

— Une beauté ! s'exclama M. French en apercevant la voiture.

— Je vous laisse la regarder tranquillement, dis-je en lui abandonnant les clés.

Nancy, Rose et les enfants jouaient à cache-cache dans la bibliothèque, d'où montaient des hurlements d'excitation. Il était temps de préparer le dîner. Cédant aux supplications de mes enfants, qui refusaient de manger une fois encore des champignons, j'avais rapporté un gigot d'agneau. Farci d'ail et de romarin et mis au four, il commençait à diffuser d'agréables senteurs dans toute la cuisine pendant que j'épluchais les pommes de terre en attendant le retour de M. French.

— Tout est nickel, madame Stowe, à part la capote, affirma-t-il en jetant un œil concupiscent sur mon verre de vin. Je peux vous faire une offre.

J'avais demandé à Bob, qui tenait le garage du village, de vérifier les prix pratiqués et j'étais bien décidée à ne pas accepter un sou de moins. J'eus le temps de finir les légumes et de confectionner un soufflé aux framboises tandis que nous négociions âprement.

— Vous êtes dure en affaires, madame Stowe ! s'exclama M. French en s'essuyant le front avec son mouchoir.

Il faisait chaud dans la cuisine, son regard glissa une nouvelle fois sur mon verre.

— Si vous croyez que cette occasion n'est pas intéressante, je trouverai un autre acheteur.

— Bon, bon, d'accord ! lança-t-il d'un air furieux.

Il était clair qu'il s'était imaginé qu'une femme, et

1. Sir Walter Raleigh (1552-1618) fut une figure célèbre de l'Angleterre du XVIe siècle. Tour à tour soldat, courtisan, explorateur, homme d'État, poète et historien, il mourut sous la hache du bourreau pour haute trahison. *(N.d.T.)*

en particulier une femme veuve depuis peu, se ferait facilement arnaquer d'une centaine de livres, voire plus. Il finit par céder. Je décidai seulement alors de lui offrir le verre de vin tant convoité pendant qu'il remplissait le chèque.

Il se radoucit après avoir fini la dernière gorgée.

— Vous avez une bien jolie maison, madame Stowe. J'ai l'impression que votre mari a eu tout ce qu'un homme peut désirer dans la vie.

Son regard s'appesantit sur le tablier qui recouvrait mes hanches, puis remonta vers mon visage. Il se lissa les cheveux des deux mains et rentra le ventre.

— Vous devez vous sentir bien seule sans lui, poursuivit-il tandis que je battais les blancs en neige avec vigueur. Vous avez des enfants, je crois ?

— Trois, répondis-je d'un ton sec.

Je languissais de le voir partir, mais il n'avait toujours pas signé le chèque.

— Trois ! Ce doit être dur de les élever toute seule.

Je sentais bien que M. French commençait à se faire trop familier, pourtant je ne savais pas comment l'arrêter. Je continuai donc à battre furieusement mes œufs et à sourire, quoiqu'avec moins de conviction.

— Vous savez quoi, madame Stowe ? Je ne crois pas qu'une femme soit faite pour vivre seule. Je n'aime pas l'idée de vous voir batailler pour survivre dans cette campagne à moitié déserte. Il me semble que vous avez besoin de vous appuyer sur une épaule solide. Et si nous allions tous les deux nous mettre quelque chose sous la dent dans un endroit agréable ?

Je savais très bien ce qu'il souhaitait se mettre sous la dent. Il n'était que temps de mettre un terme à cette situation ridicule.

— Comme vous pouvez le constater, monsieur French, je suis très occupée.

— Dereck. Appelez-moi Dereck. Allons voir ce que l'auberge du coin a à nous proposer, insista-t-il en s'approchant dangereusement de moi.

150

— Il n'en est pas question, affirmai-je sèchement ; je commençais sérieusement à m'énerver.

Il se trouvait à présent si près de moi que je pouvais sentir son souffle dans mon cou.

— S'il vous plaît, veuillez signer ce chèque et finissons-en avec cette affaire. Merci d'avoir fait tout ce chemin pour voir cette voiture. À présent, je dois…

C'est alors qu'il passa son bras autour de ma taille avec un curieux claquement des lèvres, tel celui que fait Jasper lorsqu'on lui tend un biscuit.

— Oh, excusez-moi !

Je me figeai et tournai les yeux vers la porte. Comme dans une vision de cauchemar, le Dr McCleod se dressa sur le seuil.

— Docteur McCleod ! J'avais oublié que vous deviez passer. Je vais tout de suite vous conduire auprès de Miss Ingrams. Au revoir, monsieur French. Vous saurez retrouver votre chemin, n'est-ce pas ?

Dès que nous nous retrouvâmes dans le hall, je m'empressai de balbutier :

— Dieu merci, vous êtes arrivé au bon moment. Cet homme commençait à m'importuner.

Je me sentis mortifiée par le regard lourd d'incrédulité que me lança le médecin. Je déteste les gens qui jugent sans savoir, je trouve ça malhonnête. Quoi que vous disiez ou fassiez, ils voient le mal partout, parce qu'ils préfèrent jouir du plaisir de la médisance plutôt que d'essayer de savoir ce qu'il en est en réalité.

La bibliothèque est particulièrement belle à la lumière du soir, et je ne manquai pas de noter que la scène qui s'offrait à nos yeux donnait une image de confort et de privilège. J'étais d'ailleurs persuadée que le Dr McCleod se faisait la même réflexion de son côté. Cette pièce, réservée à l'origine aux serviteurs, avait été transformée en bibliothèque au XIXe siècle. Les premiers propriétaires de Westray, comme presque toute la noblesse terrienne de leur époque, ne s'intéressaient pas beaucoup à la culture ni à la littérature. Les murs sont couverts de rayonnages en bois d'acajou à frontons protégés par un grillage de cuivre. Un magnifique bureau, également en acajou et acheté avec la maison, trône au centre. On peut aussi y admirer une majestueuse cheminée dont le manteau est gravé aux armes des propriétaires de l'époque victorienne. De confortables canapés et fauteuils recouverts de tissu indien, des lampes, des porte-revues, mon travail de tapisserie et tout ce qui caractérise une vie agréable consacrée aux loisirs prêtent à cette pièce une atmosphère chaude et accueillante. Elle est moins guindée que le salon, et nous nous y tenons souvent en hiver car, avec son unique fenêtre en encorbellement semblable à celle de ma chambre, située à l'étage au-dessus, elle garde délicieusement la chaleur.

— Oh, non ! éclata Rose. Ne peut-on laisser mon corps se remettre en paix ? Vous n'avez donc rien de mieux à faire que de tourmenter vos patients ?

— Ainsi donc, vous êtes écossaise, miss Ingrams ? dit le Dr McCleod en riant.

D'ordinaire, Rose se montrait très à cheval en matière d'accent et ne laissait pas transparaître ses origines écossaises, considérant cela comme du dernier commun. Elle devait être vraiment furieuse pour s'être ainsi oubliée.

Je fis passer tout le monde dans la cuisine pour laisser le Dr McCleod examiner Rose tout à loisir. Je constatai avec soulagement que M. French avait disparu et qu'il avait signé le chèque en partant.

— Ouah ! s'exclama Henry, nous sommes aussi riches que dans nos rêves les plus fous ! Je t'en *prie*, maman, achète une télé couleur. Je suis le seul de ma classe à ne pas en avoir.

— Désolée, mon chéri. Tu n'imagines pas avec quelle rapidité tout cet argent va être dépensé. Avec cette somme, je dois payer les impôts locaux, faire refaire le dessus-de-lit de la chambre bleue et transformer le placard de la chambre rouge en salle d'eau. Tu en auras une l'année prochaine si je parviens à gagner de l'argent avec mes hôtes payants. Nancy, tu ne devineras jamais ce qu'a fait cet horrible type.

Tout le monde fut d'accord pour trouver très drôle le comportement de M. French. Henry passa d'ailleurs le reste de la soirée à glousser à chaque fois qu'il y repensait. Comme il le déclara avec son élégance habituelle, c'était l'idée de deux vieux en train de s'embrasser qui le mettait en joie.

— Tu vas devoir t'y habituer, annonça Nancy. Les hommes trouvent les veuves irrésistibles. Ils s'imaginent qu'elles rêvent toutes désespérément que quelqu'un les courtise. Lorsque ton oncle est décédé, même ses meilleurs amis m'ont fait des avances. N'en deviens pas désabusée pour autant.

J'eus maintes fois l'occasion de me souvenir de ces bons conseils au cours des mois qui suivirent car, pendant cette période, tous les hommes capables de tenir sur deux jambes et de faire des grimaces semblèrent s'être donné le mot pour me faire un brin de cour. À l'exception du Dr McCleod et d'Aubrey Molebank.

Le vendredi suivant, accompagnée de Jasper, je me rendis au presbytère. En début de semaine, j'avais promis à M. Molebank de venir prendre le thé chez lui. Je le soupçonnais de se préoccuper un peu trop du salut de mon âme, mais, après tout, ce qui pouvait contribuer à me changer les idées était bienvenu en ces rudes moments. Tôt ce matin-là, de retour de l'aéroport où je venais de conduire Nancy, un grand vide et une immense lassitude s'étaient emparés de moi. Ma tante avait le don d'égayer tous les petits moments de l'existence et, durant ces quatre derniers jours, grâce à sa présence, tout le monde m'était apparu bien plus détendu et gai que je ne l'aurais espéré. Après son départ, hélas ! les enfants avaient recommencé à montrer des signes d'agitation et d'ennui, surtout Elizabeth. Elle venait d'emmener Puck à la plage pour le faire galoper sur le sable. J'espérais que cet exercice lui permettait d'oublier un peu sa peine et ses soucis. Henry était resté à la maison, occupé à construire le nouveau modèle d'avion que Nancy lui avait offert. Je lui avais bien recommandé de prendre soin de Rose.

Ce jour-là, la colère le disputait en moi à l'épuisement. Je n'arrivais même pas à m'intéresser à l'extraordinaire beauté de cette journée, ni au soleil qui perçait à travers de noirs nuages, baignant toute chose d'une fluorescence orangée. Maeve m'avait passé un coup de téléphone à l'heure du déjeuner. J'étais heureuse de lui annoncer que les ouvriers commençaient leur chantier dès lundi. D'après leurs dires, il faudrait compter dix jours pour installer une petite baignoire, un lavabo et des toilettes. Le travail ne serait pas trop compliqué puisqu'il leur suffirait de retirer les lambris afin d'installer la plomberie, et de les remettre ensuite sans avoir à se préoccuper de décoration.

— La seule chose qui m'inquiète, déclarai-je à Maeve, c'est que personne n'a répondu à ma petite annonce pour une aide ménagère. J'ai pourtant proposé des gages supérieurs à ceux pratiqués dans la région dans l'espoir de trouver quelqu'un de bien.

— Je suis sûre que les commérages ont dissuadé les gens, affirma Maeve avec une désinvolture qui m'irrita.

— Des commérages ? Qu'est-ce que tu veux dire ?

— Simplement que tout le village prétend que Jack s'est tué parce que tu le trompais.

— Quoi ?

Je faillis m'étrangler de stupeur.

— Pas plus tard qu'hier, Mme Veal m'a demandé si c'était vrai. Il semblerait que Stew Harker t'ait surprise en train de faire l'amour avec un homme sur la table de la cuisine le jour de l'enterrement de Jack.

L'image de Jeremy me revint en mémoire, et je me sentis envahie par une rage incontrôlable.

— Qu'est-ce que tu as répondu ?

— Que cela me paraissait très improbable.

— Merci beaucoup.

154

Je trouvais que Maeve ne prenait pas ma cause très à cœur et qu'elle aurait pu me défendre avec plus de chaleur.

— Il faut dire que j'ai été surprise, cela ne te ressemblait pas du tout. Et pourquoi la table de la cuisine quand tu as plusieurs chambres en haut qui feraient très bien l'affaire ?

Cette déplaisante révélation eut au moins une conséquence positive. Après avoir un peu fraîchement mis un terme à ma conversation avec Maeve, je m'empressai de passer commande par téléphone au supermarché de Bosworth. Jusqu'ici, je m'étais sentie dans l'obligation morale de soutenir le petit commerce d'épicerie que Mme Veal faisait marcher parallèlement à ses activités de demoiselle des postes, alors que la qualité de Mead's Provision lui était de beaucoup supérieure, aussi bien dans le choix des produits que dans la célérité des livraisons. Je me demandai de façon fugitive si c'était par lâcheté que j'avais décidé de ne plus jamais mettre les pieds dans le magasin de Mme Veal. Ne devrais-je pas plutôt lui parler en face et faire ainsi justice des ragots de mes calomniateurs ? Et, d'ailleurs, me croirait-elle ? J'essayai d'imaginer ce que Nancy aurait bien pu me conseiller. Elle trouverait sans doute tout cela très drôle et me dirait de ne pas m'en préoccuper. J'étais peut-être en train de devenir ridiculement sensible.

La porte du presbytère se révéla difficile à ouvrir, à moitié bloquée par une pile de courrier éparpillée sur le sol. Je le ramassai et le posai sur la petite table de l'entrée. On aurait pu écrire son nom dans la poussière du hall et se tailler une robe de fée avec les toiles d'araignées qui envahissaient l'escalier.

— Hello ? Il y a quelqu'un ? cria M. Molebank en sortant de son bureau.

Son regard doux et bienveillant avait le don de rendre immédiatement heureux.

— Madame Stowe, en voilà une délicieuse surprise !

— Avez-vous donc oublié votre invitation à prendre le thé ?

— Oh, oui… non ! Oh, mon Dieu ! Nous devons être vendredi. Je suis si distrait. Entrez, entrez, bafouilla-t-il, rose de confusion. Que devez-vous penser de moi ? Pour dire la vérité, je suis perdu dans ma comptabilité. Je n'ai aucun goût pour les chiffres, et les totaux auxquels j'arrive me paraissent astronomiques. Je vous en prie, asseyez-vous.

Il enleva des papiers qui encombraient un siège défoncé recouvert de velours marron. Des taches de graisse émaillaient les bras de ce fauteuil de fortune ainsi que le repose-tête. Jasper obligé de rester à l'intérieur se coucha dans un coin en poussant un grognement de contrariété.

— Je vais nous faire du thé.

Pendant qu'il s'activait, j'allai prendre de vieux journaux et du fagot dans le panier à bois et ranimai un feu mourant qui ne diffusait plus qu'une pâle lumière rougeâtre. Le presbytère était terriblement humide et froid, même en été. Je dus consacrer de longues minutes à la recherche d'allumettes avant de m'apercevoir qu'elles servaient de signet à un ouvrage intitulé *The Canon of Residence*, de Victor L. Whitechurch, que je crus tout d'abord très bien-pensant et ennuyeux. Jetant un coup d'œil aux premières pages pendant que le feu reprenait vie, je ne pus m'empêcher d'éclater de rire.

— Comme c'est bon de vous voir si gaie, madame Stowe, dit M. Molebank, enfin revenu avec le thé. Pardonnez-moi d'avoir été si long, je n'arrivais pas à retrouver le pot de lait. Je me suis rappelé que je m'en étais servi pour mettre du désinfectant dans les canalisations. N'est-ce pas que ce roman est merveilleux ? Voulez-vous que je vous le prête ?

— Mais non. Vous êtes en train de le lire.

— Je l'ai déjà lu des dizaines de fois. Je serais tellement heureux si vous le preniez, j'aurais l'impression de faire une bonne action.

156

— Je vous remercie, c'est entendu. Au fait, je vous en prie, appelez-moi Miranda.

— Avec plaisir. Mais ce sera difficile de m'habituer après si longtemps… Vous prenez du lait avec votre thé ?

— Non, merci, dis-je en attrapant un biscuit au gingembre dans l'assiette qu'il me tendait.

Il était si rassis que je faillis me casser une dent dessus.

Avec discrétion, je glissai ce qu'il en restait dans ma poche pour Jasper pendant qu'Aubrey ne regardait pas. Ce n'était pas le moment de dépenser de l'argent chez le dentiste.

— J'imagine que notre vie ici doit paraître terriblement démodée aux yeux de ceux qui n'y habitent pas, commença-t-il, mais c'est ça que j'aime dans la campagne.

Aubrey avait l'air très mal à l'aise et n'arrêtait pas de jeter des coups d'œil inquiets aux papiers qui se trouvaient près de lui. Devais-je lui demander ce qui le préoccupait ou trouverait-il cela impoli ? Je décidai d'en prendre le risque.

— De quels comptes s'agit-il ? Puis-je vous aider en quelque chose ?

— Oh, ce serait si gentil de votre part ! Je dois reconnaître que je n'ai aucun don pour les chiffres. Je n'arrive même pas à les additionner correctement. Il semble y avoir un déficit de huit cents livres et je dois présenter un bilan vendredi prochain au conseil de la paroisse. Il manquait déjà une centaine de livres l'année dernière, et personne n'avait été capable de trouver l'erreur. Je ne voudrais pas avoir l'air de dramatiser, mais je crains qu'on ne finisse par me soupçonner de mauvaise gestion… au mieux de négligence et au pire de détournement. Il s'agit d'une très grosse somme. Mme Scranton-Jones, l'une de nos paroissiennes, se montre extrêmement sévère à ce sujet et me sermonne chaque fois qu'elle trouve des taches de soupe sur mes livres de comptes.

Je me penchai sur les documents. Je sentais ses yeux fixés sur moi, comme si je représentais le Sauveur, tandis que j'essayais de m'y retrouver dans d'interminables colonnes de chiffres. Ce pauvre Aubrey n'avait certainement pas plus de quarante-cinq ans mais ses cheveux se faisaient déjà rares et il avait l'air accablé de soucis. Le presbytère renfermait neuf ou dix chambres à coucher, il aurait fallu quelqu'un à plein temps juste pour les garder à peu près propres. Toutes les pièces du bas étaient vastes, avec de hauts plafonds et peu de meubles. L'endroit était déprimant.

— Je crois que vous vous êtes trompé par ici, dis-je en montrant une des feuilles, couverte de rajouts et de ratures. Je n'arrive pourtant pas à trouver exactement l'erreur.

Les derniers espoirs d'Aubrey parurent s'envoler, et il retomba lourdement dans son fauteuil, image vivante du découragement.

— Pourquoi ne viendriez-vous pas dîner à Westray Manor mardi ? Je demanderai à Patience Wakeham-Tutt de se joindre à nous. Vous la connaissez ? Elle habite Withington, la paroisse d'à côté. Nous étions à l'école ensemble. Elle est très forte en maths, je suis sûre qu'elle saura débrouiller tout ça.

— Comme c'est gentil de votre part ! Ce serait vraiment parfait. Je ne crois pas avoir jamais rencontré Mlle Wakeham-Tutt mais j'ai croisé plusieurs fois sir William. La Légion anglaise et tout ça. Un homme d'une grande… hum… force de caractère. Et un magnifique soldat, j'en suis persuadé.

Il paraissait si heureux que j'en conclus qu'il sautait sur toutes les occasions d'échapper à l'inconfort de sa maison. J'aurais dû l'inviter à Westray plus souvent, mais Jack et lui avaient si peu de choses en commun que j'avais renoncé jusque-là.

Sentant qu'on allait le sortir de ce mauvais pas, Aubrey parut enfin se détendre. Il voulut absolument me montrer les dernières œuvres qu'il venait de réaliser sur la presse d'imprimerie trônant dans la salle à manger. Il s'agissait d'une très jolie édition de poèmes de George Herbert imprimée sur un beau papier couché orné de charmantes gravures sur bois exécutées par l'un de ses amis.

L'imprimerie était sa grande passion, et il consacrait toutes ses pauvres économies à l'achat de papiers et d'encres.

— Où en êtes-vous de votre histoire de Westray Manor ? Je suis impatient de la lire. Je ne voudrais pas avoir l'air de vous bousculer, vous êtes déjà si bonne de me confier ce travail, mais n'oubliez pas qu'il me faudra bien deux ou trois mois pour composer les caractères.

Des années auparavant, j'avais accepté de rédiger un texte de dix mille mots consacré à mes recherches sur l'histoire de Westray Manor afin qu'Aubrey puisse l'imprimer et le vendre au profit du fonds pour la restauration du toit de la chapelle de Wychford. Le Comité de restauration de l'église, dont Jack et moi étions membres, projetait de présenter un spectacle illustrant les grandes heures de l'histoire du Kent. Il devait avoir lieu à Wychford Hall la veille de la Saint-Jean. Mon petit essai serait vendu ce jour-là au cours de la foire du village. J'avais du mal à croire que les gens du coin se précipiteraient pour l'acheter, mais Aubrey se montrait si enthousiaste que je me sentais obligée de ne pas le décevoir.

— Que penseriez-vous de faire jouer l'exécution de la dame du Kent[1] ? Devons-nous l'inclure dans le spectacle ? Ne craignez-vous pas que cela risque d'effrayer les jeunes ? reprit Aubrey, visiblement peu au fait des goûts de la jeune génération.

— Si nous parvenons à en faire quelque chose de spectaculaire et de terrifiant, je peux vous assurer que ce sera le clou du programme.

1. Joan Wake (1328-1385), appelée communément « The Fair Maid of Kent », épousa en troisièmes noces le célèbre Prince Noir et devint la mère du futur Richard II, roi d'Angleterre. (N.d.T.)

— Vraiment ? Je crois que nous devrions aussi montrer la rébellion de sir Thomas Wyatt en 1554[1]. Nous ne réussirons pas, évidemment, à réunir les trois mille « gentlemen du Kent », mais nous pourrions donner l'illusion du nombre avec une vingtaine de figurants.

— Il est vrai que ce serait bien d'avoir une deuxième exécution. Et même une troisième, si nous ajoutons celle de lady Jane Grey[2]. Les gens adoreront assister à plusieurs morts différentes. Il faudra trouver comment parvenir à créer l'illusion de l'ouverture de la trappe.

— Ça me paraît un peu dangereux, murmura pensivement Aubrey en suçant son stylo-bille.

Je me demandais si nous nous connaissions assez pour me permettre de lui faire remarquer que de l'encre était en train de maculer ses lèvres. Pour finir, je décidai de n'en rien faire.

— La terrasse de la vieille maison fera une scène parfaite, poursuivit-il. J'imagine que nous commencerons par nos amis anglo-saxons, Hengist et Horsa[3].

— L'avantage, c'est que les costumes ne coûteront pas cher. De grossiers manteaux de laine et des jarretières. Je pourrais peut-être fabriquer des boucliers saxons en *papier mâché**.

Il y avait beaucoup de jeunes filles et de femmes qui souhaitaient jouer, mais bien peu de rôles féminins. J'avais donc proposé de faire les costumes. Aubrey et moi continuâmes de discuter avec entrain du spectacle

1. Thomas Wyatt (1520-1554) fut l'instigateur d'une rébellion qui porte son nom et que Marie Tudor noya dans le sang. *(N.d.T.)*
2. Jane Grey (1537-1554) était la petite-nièce d'Henri VIII. Accusée à tort d'avoir participé à la rébellion de sir Thomas Wyatt, elle fut exécutée à dix-sept ans sur ordre d'Elizabeth Ire. *(N.d.T.)*
3. Selon une vieille tradition, Hengist et son frère Horsa, issus de la tribu germanique des Jutes, envahirent le sud de l'Angleterre au Ve siècle et participèrent notamment à la bataille de Vortigern (455), au cours de laquelle Horsa trouva la mort. Ils sont considérés comme les premiers fondateurs du royaume du Kent. *(N.d.T.)*

pendant une bonne heure, jusqu'à ce que les grognements de Jasper me rappellent qu'il était temps de rentrer.

— Oh, mon Dieu ! J'ai complètement oublié de vous demander comment vous alliez, vous et les vôtres ! s'écria le vicaire d'un ton désolé.

Il continuait à sucer son stylo-bille et sa barbiche était à présent toute barbouillée d'encre bleue.

— J'étais si absorbé par notre conversation ! C'est très égoïste de ma part.

Il soupira.

— Décidément, je fais un bien mauvais chef de paroisse. Lorsque je lui ai demandé pourquoi il ne venait plus prendre le petit déjeuner avec moi, le vieux Tom, l'étameur, m'a révélé qu'il en avait assez de manger de la soupe à la tomate.

— C'est assez inhabituel au petit déjeuner, en effet, ne pus-je m'empêcher de remarquer en retenant un sourire.

— Le problème, voyez-vous, c'est que je me nourris presque exclusivement de cette soupe, car c'est la seule chose que je sache cuisiner. J'ai proposé à Tom de lui servir de la soupe de queue de bœuf, mais il m'a dit de laisser tomber. J'ai l'impression que je manque de talent pour aider les gens.

— Bien au contraire ! m'écriai-je avec sincérité. Cela m'a fait un bien fou de bavarder avec vous. Je me sentais horriblement déprimée avant de venir, alors que, maintenant, je peux vous assurer que mon moral est plus vaillant.

— Vous êtes très aimable. Permettez-moi de vous raccompagner. Oh, mon Dieu, tout ce courrier ! Ça doit bien faire une semaine. Une lettre de mon évêque ! s'exclama-t-il.

Il vit soudain son reflet dans la glace du hall et sursauta.

— Oh, là, là ! Au revoir, madame... euh, Miranda. J'attends lundi avec grande impatience.

Il commençait à pleuvoir, et j'accélérai le pas pour

regagner la maison, jouissant néanmoins de la caresse fraîche des gouttes sur mon visage. Jasper tirait comme un fou sur sa laisse. Il avait été si sage pendant tout ce temps que j'acceptai de le détacher et de le laisser courir. Il arrive que notre cher chien se comporte comme un champion de concours canin, emboîtant le pas de son maître et obéissant au doigt et à l'œil. Mais, en d'autres occasions, on a beau siffler et s'égosiller, il nous ignorera avec superbe. Tout dépend de son humeur. Cet après-midi-là, il dévala la route à toute vitesse, passa derrière une haie impénétrable et disparut de ma vue en quelques secondes.

Je traversai le village sans plus m'inquiéter de Jasper et vis que Mme Bulle m'observait par sa fenêtre. En temps normal, elle m'aurait fait un petit signe, mais elle recula avec indifférence au moment où je m'apprêtais à la saluer. Il aurait été idiot de m'en formaliser : je savais bien que, dans quelques semaines, un autre pauvre diable serait l'objet de commérages et qu'on m'aurait complètement oubliée.

On pouvait entendre Jasper aboyer au loin. À un tournant, je le vis assis sur le bord de la route, en train de hurler en direction de l'abri de bus. Un enfant pleurait.

— Silence, Jasper ! criai-je. Vilain chien ! Couché !

Comprenant au ton de ma voix que je ne plaisantais pas, Jasper se coucha dans l'herbe en haletant.

— Je suis vraiment désolée, dis-je en m'approchant de l'abri. Pour une raison inconnue, mon chien n'aime pas les bébés. J'espère qu'il ne l'a pas réveillée ?

Le bébé ressemblait comme deux gouttes d'eau à Charles Laughton, mais, comme il était entièrement vêtu de rose saumon, je crus ne pas trop m'avancer en supposant qu'il s'agissait d'une fille. Cette pauvre petite était rouge écarlate d'avoir tant crié et chauve comme une boule de billard. Je ne reconnus pas immédiatement la jeune fille qui tentait en vain de calmer l'enfant geignant dans ses bras. Il me fallut quelques instants pour me rappeler où je l'avais rencontrée.

162

— Ne seriez-vous pas Mme Birt, par hasard ? Il me semble vous avoir aperçue devant l'église avec votre mari.

— C'est vrai, nous y étions. Je me souviens de vous avoir vue, répondit-elle avec un pauvre sourire.

Je remarquai alors seulement que son visage était noyé de larmes. En dehors de cela, elle était plutôt quelconque, couverte d'acné et très jeune, à peine sortie de l'enfance.

— Vous avez l'air fatiguée. Voulez-vous que je prenne votre bébé quelques minutes ?

J'ignore ce qui m'a poussée à offrir ainsi mes services, peut-être son extrême jeunesse et l'épuisement se lisant sur ses traits. C'était étrange, et en même temps très agréable, de tenir de nouveau dans mes bras un bébé doux et chaud.

— Elle n'a pas arrêté de pleurer toute la sainte journée ! gémit la jeune fille. Je ne sais pas ce qu'elle a. Elle a pleuré aussi toute la nuit, alors qu'elle ne le fait pas en général. Je suis très inquiète.

Je serrai l'enfant contre moi. Il se mit aussitôt à me sucer bruyamment la joue.

— Elle a faim, c'est ça son problème.

La jeune fille fondit en larmes de plus belle.

— Je ne sais pas quoi faire ! J'ai travaillé si dur que mon lait s'est tari. Et maintenant, elle va mourir de faim !

— Mais non, affirmai-je, navrée de la voir si désespérée. Il faut lui donner un biberon de plus, c'est tout. Et, si vous vous reposez et buvez beaucoup, votre lait reviendra.

— Je ne peux pas me reposer ! sanglota-t-elle, si fort que j'eus du mal à saisir ses paroles. Il me fait travailler toute la journée, et la nuit...

Elle se tut tandis que ses pleurs redoublaient. Cette histoire était affligeante, je ne pus retenir mes propres larmes.

— Est-ce que votre mari vous traite mal ? demandai-je en donnant à son bébé agité mon doigt à téter.

— Ce n'est pas mon mari, j'ai juste répondu à une annonce. J'étais à bout. Le père Declan m'a dit que c'était la meilleure chose à faire.

— Une annonce ?

— Oui, dans le *Weekly Furrow*. On demandait une gouvernante. Logée et nourrie et sans travail de ferme. J'ai téléphoné et il m'a déclaré que ça n'avait pas d'importance que j'aie un bébé, tant qu'elle ne faisait pas de bruit. Je n'avais pas d'endroit où aller. Le foyer pour mères célibataires où j'étais avait besoin de récupérer ma chambre.

— Vous n'avez pas de famille ? Et le père de cette enfant ?

— Je n'ai plus que ma mère. Elle est très croyante. J'ai été élevée dans la religion catholique. C'était un péché mais je n'ai pas pu résister, je sais que c'est mal.

— Oh, mon Dieu ! Je vous en prie… essayez de ne pas pleurer. Vous êtes si jeune. En quoi serait-ce un péché ? Une erreur, peut-être, c'est tout. Il faut nourrir votre bébé. Avez-vous un biberon chez vous ?

— Non, je n'ai rien pour elle, je n'ai que les deux jeux de vêtements que le foyer m'a donnés. Ils disaient que j'allaitais parfaitement au sein et que je n'avais pas besoin de biberon. Au début c'est vrai, il y avait plein de lait, mais maintenant il me fait travailler toute la journée. Et puis le soir… (Sa voix se transforma en un murmure à peine audible.)… il vient le faire, vous savez… je ne… je n'aurais pas pensé que c'est ça qu'il voulait… mais je n'avais nulle part où aller, alors je le laissais faire. Je n'ai pas d'argent et il ne me paiera pas avant la fin du mois.

— Vous voulez dire qu'il vous force à… faire l'amour avec lui ?

Elle baissa la tête en rougissant.

— J'imagine que vous devez penser que je suis une mauvaise fille, murmura-t-elle d'une voix mourante.

— Je pense que c'est lui qui est méchant ! articulai-je avec fureur. En attendant, c'est vous qui avez besoin d'aide, la première chose à faire, c'est de nourrir cet enfant. Allons, venez.

— Je n'ai pas d'argent, répéta la jeune fille en se levant.

— Ne vous inquiétez pas. Je vous en prêterai.

— C'est tellement gentil à vous, fit-elle en redoublant de sanglots tandis que nous parcourions la centaine de mètres nous séparant du bureau de poste.

Je me fichais à présent éperdument de ce qu'allait penser Mme Veal lorsque je lui demanderais deux biberons, deux tétines de rechange et du produit stérilisant. Elle écarquilla d'ailleurs les yeux à la vue du bébé en larmes et de la mère qui reniflait tout ce qu'elle pouvait derrière moi.

— Pauvre petite ! s'exclama-t-elle, comme si elle avait décidé d'oublier toutes ses préventions.

Mais mon cœur était endurci et je n'étais pas d'humeur à pardonner. Nos achats effectués, nous quittâmes la boutique pour nous dépêcher de remonter la côte d'un pas vif, moi portant le bébé et Jasper obligé de courir pour ne pas se faire distancer. J'avais visiblement oublié que les bébés pèsent leur poids, et je dus bientôt ralentir ma cadence.

— Où allons-nous ? s'enquit la fille.

— Chez moi, répondis-je, haletante. Ce n'est pas loin. Comment vous appelez-vous ?

Elle s'appelait Jenny et son bébé, Bridie.

— En fait, son nom de baptême est Bridget, comme la sainte, mais je préfère l'appeler Bridie, c'est plus tendre. Le père Declan a dit que je devais lui donner le nom d'une sainte. Laissez-moi la porter maintenant, vous avez l'air vraiment fatiguée.

— Qu'est-ce que nous avons là ? s'étonna Rose en nous voyant entrer dans la cuisine.

— Je te présente Jenny, je l'ai rencontrée à la station de bus. Son bébé a faim. Mets la bouilloire à chauffer, Henry. Asseyez-vous, Jenny.

— Laisse-moi tenir ce bébé, dit Rose en prenant Bridie sur ses genoux.

L'enfant cessa de pleurer et se mit à observer avec attention le visage de cette vieille dame qui s'occupait si gentiment d'elle. Rose la serra plus fort et lui chanta quelque chose pendant que je préparais le biberon en le faisant refroidir dans un pot d'eau tiède. Il y avait si longtemps que je m'étais adonnée à ce type d'activité que je dus consulter la notice du paquet.

— Voulez-vous le lui donner vous-même ? demandai-je à Jenny.

Elle secoua la tête, visiblement épuisée, le visage maculé de poussière et de larmes. Je plaçai un coussin sous le poignet plâtré de Rose et lui tendis le biberon. La bouche de Bridie se referma aussitôt sur la tétine. Son visage devint tout rouge, puis tout blanc sous le choc du bonheur. Elle écarta les bras tout en serrant et desserrant les paumes, ses yeux semblèrent rouler dans leurs orbites tant elle se consacrait avec application à ce plaisir si longtemps attendu.

— Elle n'est pas très jolie, n'est-ce pas ? déclara Henry, qui observait la scène avec grand intérêt. Ses cheveux ont besoin de pousser, je trouve.

— Quel âge a-t-elle ? demandai-je à Jenny, tout en faisant discrètement signe à Henry de se taire.

— Neuf semaines demain. Est-ce que vous trouvez qu'elle est petite pour son âge ? Je ne connais rien aux bébés, sauf ce qu'on m'a appris au foyer.

— C'est un très joli bébé, affirma Rose, qui n'aimait pas les chichis. Il n'y a pas de bon poids ou de bon moment pour faire les choses. Elle a l'air vif et c'est tout ce qui compte. Les bébés sont tous différents, exactement comme les adultes.

Je servis à Jenny une tasse de thé et des biscuits que le supermarché Mead venait juste de livrer. Puis je préparai le second biberon. Jenny dévora comme si elle mourait de faim.

— Est-ce que cet homme ne vous nourrissait pas non plus correctement ? questionnai-je.

— Je n'avais pas toujours le temps. Pendant le

166

repas d'aujourd'hui, j'ai dû aller curer les vaches. Quand je suis revenue, il avait déjà tout mangé.

— Je croyais que la petite annonce disait qu'il n'y aurait pas de travail à la ferme.

— Moi aussi, mais il a dû se rendre compte que je n'avais nulle part où aller. Je devais faire tout ce qu'il me demandait.

J'expliquai à Rose dans quelle situation se trouvait Jenny.

— Elle ne peut pas retourner là-bas, affirma Rose comme s'il n'y avait pas à revenir là-dessus.

Elle retira le biberon vide de la bouche de Bridie et me la passa pour lui tapoter le dos et lui faire faire son rot.

— Il faudra bien que j'y retourne, non ? répliqua Jenny d'un air malheureux. Il m'avait juste dit d'emmener mon enfant parce qu'elle pleurait et lui tapait sur les nerfs. Il m'attend, je dois préparer le thé à six heures.

— Il n'en est pas question, ni maintenant, ni jamais ! insista Rose avec sévérité. Vous pouvez rester ici jusqu'à ce que vous trouviez un endroit convenable où habiter.

— Oh, mademoiselle, vous êtes si gentille ! s'écria Jenny en fondant de nouveau en larmes. Je vous suis tellement reconnaissante ! Je travaillerai très dur si vous me laissez vivre chez vous un certain temps ! Au foyer, ils disaient que j'étais une bonne petite travailleuse, la meilleure qu'ils aient eue. Nous faisions toutes le ménage à tour de rôle et, comme j'aime ça, je remplaçais souvent les autres filles. Il y en avait qui préféraient lire des revues et fumer.

— Tout ira bien, arrêtez de pleurer. Ne faudrait-il pas changer Bridie avant de la mettre au lit ? Elle est un peu somnolente. Henry, monte chercher la pile de couches qui se trouve dans l'armoire à linge, sur l'étagère du haut.

J'ôtai la robe de laine de Bridie ainsi que son bavoir.

— Elle a de vilaines rougeurs aux fesses, remarqua Rose.

Jenny renifla :

— Je sais. Je n'avais aucun endroit où mettre à sécher les couches. Je devais les laisser sur le dossier de la chaise de ma chambre, et il y faisait si froid qu'elles ne séchaient jamais complètement. J'ai fait de mon mieux pour prendre soin d'elle, mais les choses ont été dures...

Henry, trop délicat pour supporter la vision d'un enfant en train d'être changé et lavé, ressortit de la pièce aussitôt après avoir apporté les couches. Nous décidâmes de faire dormir Jenny dans la salle de repassage, située à côté de la cuisine. Il y avait déjà un lit, qu'on avait installé à l'époque où James s'était cassé la jambe et ne pouvait ni monter ni descendre les escaliers. Le lit d'enfant de Bridie, qu'Henry et moi avions rapporté du grenier, était un joli berceau français dans lequel tous mes enfants avaient couché quand ils étaient bébés. Nous le remîmes à sa place dans un coin chaud de la cuisine. Jenny pourrait ainsi immédiatement entendre Bridie si celle-ci se réveillait. Elle fut tout excitée à la vue des préparatifs pour son enfant.

— Elle va être super bien là-dedans ! Ah, mon petit trésor ! s'exclama-t-elle en couchant dans le berceau le bébé déjà profondément endormi.

Elle la contempla un long moment, éperdue d'admiration devant la broderie et la dentelle que ma mère m'avait envoyées de Florence à la naissance de James.

— Maintenant, il va falloir nous occuper de ce M. Birt. Vous avez besoin de vos affaires pour ce soir.

Devant son air affolé, je repris :

— Il n'est pas nécessaire que vous m'accompagniez, Ivor viendra avec moi comme soutien moral. Vous, restez ici et faites votre lit.

Je passai un coup de fil à M. Birt avant de partir. Il entra dans une grande fureur lorsqu'il apprit que

Jenny venait vivre sous mon toit et m'accusa de lui voler son personnel.

— Vous ne lui avez jamais versé de salaire, elle a donc travaillé pour vous gratuitement, sans parler de certaines choses que nous déciderons de passer sous silence. Vous devriez avoir honte. Je ne suis pas certaine qu'une cour d'assises ne vous inculperait pas de viol. En tout cas, vous pourriez avoir de sérieux ennuis.

Il tempêta de plus belle à ces mots, mais je sentis à sa voix qu'il était inquiet.

— Si vous ne voulez pas que j'appelle mon avocat pour en savoir plus sur ce sujet, déposez toutes ses affaires personnelles sur le seuil de votre porte et je passerai les récupérer dans dix minutes.

Je raccrochai au milieu d'un flot d'injures.

À Mill Farm, Ivor et moi vîmes un misérable petit tas de choses empaquetées dans un sac de voyage devant la porte, mais pas un signe de M. Birt.

Elizabeth, qui venait de détacher Puck, arriva au moment où nous rentrions.

— Un bébé ! s'exclama-t-elle avec horreur. Je déteste les bébés. Ne le laissez surtout pas s'approcher de moi !

— Ne sois pas bête, ma chérie. Elle n'a que quelques semaines, elle ne bouge pas de là où on la met. Tu n'es pas obligée de t'occuper d'elle, mais je te prie de ne rien dire de désagréable devant Jenny.

— Je ne suis pas complètement idiote, tu sais, m'man, répliqua-t-elle d'un ton aigre.

La conversation fut un peu languissante au cours du dîner. Jenny semblait très timide et, de surcroît, inquiète de paraître ne pas savoir se tenir à table selon les usages. Nous étions pourtant tous en train de manger des spaghettis, et mes deux enfants se tenaient vautrés sur leur chaise et parlaient la bouche pleine, ce qui revenait à dire qu'ils se comportaient aussi mal que d'habitude. Jenny observa attentivement tout ce que chacun faisait avant de se décider à commencer son repas. À présent que ses larmes étaient séchées et son visage propre, elle me parut beaucoup moins quelconque. Elle avait un front haut couvert de points noirs, à moitié caché sous des cheveux sombres et bouclés, très gras et ramenés en queue-de-cheval. Ses yeux étaient également sombres, avec une expression de réserve assez séduisante. J'avais demandé à Ivor de rester dîner avec nous pour le remercier de m'avoir accompagnée et de s'être tenu prêt à casser la figure de M. Birt s'il avait fait des difficultés. Malgré cela, Jenny semblait avoir peur d'Ivor. Il passa pourtant le repas à lui sourire avec gentillesse.

Bridie se réveilla au milieu du dîner et réclama son biberon. Le spectacle offert par Jenny, son bébé dans les bras, semblait fasciner Ivor. Il se mit à citer Swinburne, son auteur favori, tout en agitant sa fourchette jusqu'à faire tomber un morceau de tomate sur les genoux d'Elizabeth :

— « Le monde ne possède nulle part de fleur aussi belle, déclama-t-il, jamais une perle n'a autant resplendi au fond des golfes, non, rien n'est aussi splendide qu'un bébé sur les genoux de sa mère. »

Je crois bien que c'est à partir de cet instant que Jenny se mit à considérer Ivor comme un illuminé.

## 8

— Es-tu certaine que ce soit raisonnable ? Deux bouches de plus à nourrir, au moment où tu as tellement besoin d'argent ?

Ce lundi soir, Patience et moi étions en train de siroter un verre de vin dans la bibliothèque en attendant l'arrivée d'Aubrey Molebank. Elle portait son jersey vert, que j'avais toujours trouvé plus seyant sur elle que le marron. Un peu plus tôt, je lui avais raconté l'histoire du sauvetage de Jenny des griffes du libidineux M. Birt.

— Je ne vois pas ce que j'aurais pu faire d'autre, dis-je pour conclure. La pauvre enfant n'a que dix-sept ans, elle est sans le sou et sans amis. Je lui ai demandé hier s'il y avait quelqu'un à qui elle souhaitait téléphoner pour prévenir qu'elle était en sécurité – sa mère par exemple –, elle m'a répondu qu'elle lui avait envoyé une carte du foyer après la naissance de Bridie et qu'elle n'avait jamais reçu de réponse. Je trouve tout cela si cruel ! Il semble que son confesseur lui ait demandé de rester en contact, mais elle n'avait pas de quoi écrire. Elle m'a paru si troublée hier après lui avoir parlé au téléphone que j'ai commencé à nourrir des doutes sur ce père Declan. Elle parle sans arrêt de lui dans la conversation comme si c'était le Tout-Puissant. Et elle ne m'a rien dit sur le père du bébé. Il se peut que je tire des conclusions un peu trop hâtives, pourtant toute cette histoire me semble plutôt étrange.

— Pauvre petite ! Ce genre de choses arrive plus souvent qu'on ne le croit, j'imagine. C'est vraiment triste. Quelle horreur, ce fermier qui l'oblige à faire des choses dégoûtantes ! Non, tu ne pouvais vraiment rien faire d'autre.

— Par chance, elle m'aide merveilleusement. Hier matin, par exemple, lorsque je suis descendue prendre mon petit déjeuner, elle avait déjà fait la vaisselle de la veille, lavé par terre, astiqué toutes les surfaces accessibles et nourri Jasper. Elle m'observe avec attention et copie méticuleusement tout ce que je fais. Hier, elle a terminé tout le repassage mieux que je ne l'aurais fait moi-même. J'ai d'ailleurs dû lui dire à plusieurs reprises au cours de la journée de s'asseoir et de prendre une minute de repos. Je n'aime pas beaucoup l'idée qu'elle se tue au travail parce qu'elle se sent une obligation envers moi. Cela me met mal à l'aise, surtout quand je vois que mes propres enfants ne sont qu'une bande de paresseux. J'ai tenté de lui expliquer qu'elle doit se reposer si elle veut nourrir son bébé au sein.

— Et qu'a-t-elle répondu ?

— Qu'elle préférait le nourrir au biberon. Elle pense que c'est plus hygiénique. En réalité, je crois qu'allaiter lui paraît un peu impudique et qu'il vaut mieux l'éviter. Rose et moi avons tenté de la convaincre des bienfaits de l'allaitement au sein, mais elle ne veut rien entendre. En revanche, sur tous les autres sujets, mes moindres suggestions sont pour elle paroles d'Évangile.

— Où est-elle en ce moment ? J'aimerais beaucoup la rencontrer.

— En haut, en train de se laver les cheveux. Elle est d'une propreté maladive. J'avais d'abord été surprise de voir ses cheveux si gras et mal entretenus, puis j'ai compris qu'elle n'avait tout simplement pas de shampooing. À propos, ce soir, nous dînerons dans la salle à manger. Comme tous les enfants, ce bébé est un despote souriant qui s'est approprié la cuisine et en a fait son domaine. J'ai donc pensé que tout le monde préférerait dîner en paix. Je n'aurais jamais imaginé que Rose réagirait aussi bien. Elle semble remise et se retrouve totalement dans son élément avec la petite. Tu sais combien les enfants ont besoin de compagnie. Alors Rose prend Bridie dans ses bras, l'embrasse, lui parle et consacre tout son temps à d'intenses échanges de clignements de paupières et de grognements. S'il est vrai que la stimulation est à la base de tout, cet enfant va devenir un génie.

— Je ne sais absolument rien sur les bébés, soupira Patience. Je crois même qu'ils me font un peu peur…

— Elizabeth n'en est pas coiffée non plus, sans doute pour la même raison. Assez curieusement, les garçons ont l'air de l'avoir beaucoup mieux acceptée. Il est vrai que James a toujours été enclin à protéger les faibles. Quant à Henry, il voit en elle le moyen d'accroître la dimension de son auditoire.

— Comment s'est comporté James ce week-end ?

— Assez bien, je crois. Il travaille dur à l'école, d'après ce que me dit son principal. Il m'a demandé gentiment hier comment je réagissais à la mort de Jack. Il se montre très attentif, et même paternel, avec nous tous, ce qui est très réconfortant. Mais je ne peux pas m'empêcher de me demander s'il n'est pas en train de trop réprimer ses propres sentiments.

— Possible. Est-ce pour autant dangereux ? Je ne suis pas certaine d'être en accord avec cette nouvelle mode qui consiste à disséquer en permanence la moindre de nos émotions. Est-il vraiment indispensable de découvrir qu'on a depuis toujours voulu tuer sa mère et coucher avec son père ?

— Ce que je remarque avec les psychothérapies, c'est que les gens n'en sortent pas en se frappant la poitrine pour expier leur égoïsme et leur cupidité. Bien au contraire, ils découvrent que, depuis leur naissance, ils ont été les victimes d'une mère égocentrique et manipulatrice et d'un père sadique et misogyne. Ils ont subi les rebuffades de frères ou de sœurs jaloux, ou ont été broyés par un monde de nourrices castratrices, de professeurs rigides, d'employeurs autocrates, d'amants, d'époux et d'amis. Tout cela ne tient pas compte du fait qu'eux-mêmes sont loin d'être parfaits. Il est évident qu'il est important de retrouver sa propre estime, mais il n'est pas bon, à mon avis, de ne voir qu'un côté des choses. En ce qui me concerne, j'ai bien trop peur de sonder mes propres abîmes. Je préfère trébucher à la lumière de ma pauvre lampe en espérant que le temps fera son travail et qu'il arrangera tout.

Quand il arriva une demi-heure plus tard, Aubrey me parut au bord de l'effondrement nerveux. Il nous expliqua en détail ses problèmes de chemise : celle qu'il avait portée toute la journée étant maculée d'encre, il avait voulu en changer pour nous faire honneur, et la quête d'une chemise propre dans le désordre de sa maison l'avait terriblement retardé. Je suis certaine que Patience avait remarqué, comme moi, que la chemise « propre » était trempée et que, toute la soirée, elle sembla dégager de la vapeur comme sous l'effet d'une combustion spontanée.

Ainsi que nous en étions convenus, il avait apporté sa comptabilité. Pendant que je m'activais à la cuisine pour les préparatifs de dernière minute, Patience et lui y jetèrent un coup d'œil. Tout semblait aller le mieux du monde entre eux lorsque je revins pour annoncer que le dîner était prêt.

— Mlle Wakeham-Tutt est un vrai génie de la finance ! s'exclama Aubrey. Il ne manque pas huit cents livres ainsi que je le craignais mais, au contraire, il y a cinquante pence de trop ! Je ne sais comment vous remercier toutes les deux. J'étais si inquiet ! J'avais l'impression que je n'oserais jamais affronter Mme Scranton-Jones après ses remarques acerbes de la dernière fois. Ah, ce que c'est que d'avoir la bosse des mathématiques !

Tout annonçait que cette soirée allait se passer sous les meilleurs auspices. Le soulagement semblait avoir tourné la tête d'Aubrey. Rose, qui vint nous rejoindre lorsque Henry eut frappé sur le gong, avait toujours apprécié Patience, qu'elle tenait pour une femme de bon sens. Quant à Aubrey, elle le tolérait et l'aurait volontiers couronné femme à titre honorifique pour sa non-violence, son absence d'autoritarisme et sa chasteté.

Henry se montrait d'une humeur charmante depuis que Bridie, prise d'une soudaine intuition enfantine, avait décidé de lui décocher le plus superbe de ses sourires édentés.

— C'est à moi seul qu'elle sourit, affirma-t-il en s'asseyant à table. Bonjour Patience, bonjour, monsieur Molebank. Vous avez vu ? J'ai réussi à la faire sourire.

— Ridicule ! s'exclama Elizabeth, qui venait de se joindre à nous. Avec cette façon qu'ont les bébés de loucher, elle était peut-être en train de sourire à la bouilloire ou aux poutres du plafond. Ou même aux deux. Il est probable qu'elle pousserait des hurlements de terreur si elle pouvait voir de près ta binette couverte de taches de rousseur.

— Je n'ai pas de taches de rousseur ! protesta Henry.

— Vous êtes un beau garçon, il n'y a pas de doute, affirma Jenny en apportant les pommes de terre. (Elle avait bien deviné le caractère d'Henry.)

— « La beauté se flétrit, seul le charme est durable », déclara Rose.

Elle nous avait seriné cette phrase, à Béatrice et à moi, pendant toute notre adolescence, à l'époque où nos rondeurs et nos points noirs nous dissuadaient totalement de croire en notre pouvoir de séduction. Je comprenais aujourd'hui à quel point ces mots avaient valeur de consolation.

J'eus un mouvement de surprise quand mes yeux se posèrent pour la seconde fois sur Jenny. Sa chevelure fraîchement lavée tombait en douces volutes sombres sur ses épaules. Son teint s'était beaucoup amélioré après deux jours de lavage, de repos et de nourriture saine. Elle me faisait penser à Elizabeth Siddal, la femme de Dante Gabriel Rossetti [1]. Son visage anguleux, encadré par ses cheveux et illuminé de bonheur, n'était certes pas réellement séduisant, mais il ne manquait pas de dégager une véritable impression de force et de beauté.

Seule Elizabeth ne semblait pas en phase avec cette joyeuse et paisible soirée et répondait aux questions d'une voix traînante, ce qui était inhabituel de sa part et que je jugeai tout à fait irritant. Elle portait une minuscule jupe noire qui cachait à peine son slip et un jersey pourpre qui pendait de manière provocante sur l'une de ses épaules. Les cheveux noués par un ruban, elle avait tartiné ses cils de mascara et ressemblait à une poupée peinturlurée.

— Comment vont les choses pour vous, Jenny ? demanda Patience avec sollicitude. J'ai entendu dire que vous aviez un joli bébé.

— Très bien, merci, mademoiselle. C'est superbe d'être ici, tout le monde est si gentil. Il faut que je me pince de temps en temps pour être sûre de ne pas rêver. Cette magnifique maison, une chambre à moi et tout ça. Et Mlle Rose est très bonne avec Bridie. Je n'ai jamais été si heureuse. C'est même encore mieux que l'école.

— Vous aimiez l'école ?

L'incrédulité sembla un instant sortir Elizabeth de sa torpeur maussade.

1. Gabriel Charles Rossetti (1828-1882), peintre et poète né à Londres et fils d'un patriote italien, adopta le nom de Dante par admiration pour le grand poète et, plus tard, consacra une part importante de son œuvre à l'idylle de Dante et de Béatrice. Fondateur en 1848 avec d'autres artistes d'un mouvement pictural néo-classique et préraphaélite. Son épouse, Elizabeth Siddal, lui servit de modèle et fut elle-même poète. Elle mourut d'une overdose de laudanum. (N.d.T.)

— Oh, oui ! Les maîtres étaient gentils et j'aimais être avec les autres filles. J'ai vraiment regretté l'école, quand ma mère m'a dit que je devais arrêter mes études et me mettre à travailler.

Elizabeth eut une expression de dégoût et de mépris.

— Je quitterais l'école demain si je le pouvais.

— Je comprends. C'est que vous avez plaisir à rentrer dans une jolie maison, fit doucement Jenny. La nôtre était froide et j'étais seule avec ma mère, qui travaillait toute la journée. Et puis, je détestais les rats dans l'arrière-cuisine, j'en avais une peur bleue.

Elizabeth eut le bon goût de paraître un peu embarrassée. Aubrey écoutait, intéressé, et, avec une sensibilité louable, encouragea Jenny à nous parler de sa vie. Lorsqu'il apprit les mauvais agissements de M. Birt – à tout le moins une version édulcorée à l'intention des enfants –, il me lança un regard de si chaude approbation que j'en fus toute remuée.

La sonnerie du téléphone interrompit cette conversation.

— Est-ce que Lizzie est là ?

C'était une voix masculine, jeune et affectée de cette même intonation traînante qui m'avait déjà tant irritée chez ma fille. Elizabeth revint dix minutes plus tard, apparemment de bien meilleure humeur.

— Jasper ne vous mordra pas, vous savez. Il ne le fait jamais, dit-elle à Jenny d'un ton radouci.

Peut-être à la suite de ses horribles expériences avec les rats, Jenny était terrifiée par les animaux. Ce comportement avait le don d'exaspérer Elizabeth. Quant à Jasper, il sentait bien que Jenny ne l'aimait pas, et il avait tendance à la fixer avec un regard de reproche et à émettre de sinistres grognements chaque fois qu'elle s'approchait de lui. La pauvre Jenny avait été prise de panique quand, la première nuit, Dinkie avait grimpé sur son lit. Effrayée, elle s'était réfugiée sous ses draps jusqu'à ce que le chat, frustré, consente enfin à se retirer.

— Tout de même, ma chérie, crois-tu vraiment que

la place de Jasper soit dans la salle à manger ? Il sent terriblement l'eau croupie.

— Tu sais bien qu'il va se mettre à aboyer si je l'enferme dans la cuisine.

— Comme le monde de la nature est extraordinaire, déclara Aubrey en reprenant du *porc à la dijonnaise*\* accompagné de purée de pommes de terre et de haricots verts. Saviez-vous que si un homme pouvait sauter aussi haut qu'une puce – à proportion de son poids – il irait plus haut que la basilique Saint-Paul ?

— Tout le monde sait cela, affirma Elizabeth avec grossièreté.

— Pas moi, s'empressa de répliquer Henry.

— Mais si. Tu cherches juste à faire de la lèche. Je me souviens très bien que papa nous le disait déjà il y a des années.

Je me retrouvais une fois de plus dans cet état d'indécision dont j'ai déjà parlé : j'avais très envie de remettre Elizabeth à sa place pour son insolence ; en même temps, j'hésitais à le faire de peur de mettre tout le monde mal à l'aise. En outre, je ne souhaitais pas gâcher la bonne entente qui régnait depuis peu entre ma fille et moi. La douleur due à la perte de son père réclamait quelques accommodements de notre part à tous pendant un certain temps, il ne fallait pourtant pas qu'elle en abuse. Le résultat de toutes ces réflexions fut, comme d'habitude, que je ne décidai rien. Par chance, Aubrey fut un hôte parfait et poursuivit la conversation comme si de rien n'était.

— Une chenille, enchaîna-t-il, est capable de porter chaque jour dix mille fois l'équivalent de son poids. Combien pèses-tu, Henry ?

— Environ cinquante kilos, je crois.

— Donc, si tu as porté dix mille fois ton propre poids dans ta journée, tu te retrouves… voyons… avec huit cents tonnes. Non, j'ai dû me tromper.

— Cinq cents tonnes, rectifia Patience.

— Je vous remercie, mademoiselle Wakeham-Tutt.

— Je vous en prie, appelez-moi Patience.

— C'est très aimable à vous.

La conversation d'Aubrey était à l'image de ses sermons, anarchique et tournant en rond.

— Il y a une espèce d'oiseau, poursuivit-il, imperturbable, qui construit un nid très étrange. La femelle est emmurée dans une coquille ronde formée de brindilles et de feuilles, retenues ensemble par une sorte de plâtre sécrété par le mâle. Seul son bec peut en sortir. Elle demeure dans cette prison jusqu'à ce que ses petits soient prêts à voler de leurs propres ailes. Le mâle la nourrit de morceaux de fruits et de lézards roulés en boulettes. S'il lui arrive un accident – qu'il soit tué par des chasseurs ou toute autre raison –, les autres mâles arrivent et prennent en charge la nourriture de la veuve.

— Voilà qui est très généreux de leur part, fit Jenny.

— En fait, ce n'est pas par gentillesse. C'est juste qu'ils sont génétiquement programmés en vue d'assurer la survie de l'espèce. Leur instinct les pousse à se reproduire, quel qu'en soit le prix.

Je me demandai si tous les comportements pouvaient s'expliquer de la sorte. Je pensais à Jeremy, à M. French et à l'homme qui nous livrait le poisson tous les vendredis. La semaine dernière, profitant du moment où j'étais penchée sur le compartiment à glace de son estafette pour y choisir du haddock fumé, il m'avait passé la main sur les fesses avec la plus extrême désinvolture.

— Quel homme passionnant ! s'exclama Patience en montant dans sa voiture pour rentrer chez elle.

Aubrey m'avait déjà remerciée avec effusion avant de partir dans sa Morris Oxford pétaradante.

— Il sait tant de choses… et, en même temps, reste si modeste et effacé. Je n'ai jamais vu personne avec des yeux aussi extraordinaires : jaune doré au centre, vert éclatant tout autour.

Je dois avouer que je n'avais jamais observé les

yeux d'Aubrey aussi en détail. Le lendemain, je tombai sur lui à la quincaillerie de Bosworth. Il se répandit de nouveau en remerciements pour ce qu'il décrivait comme une soirée de plaisir sans mélange.

— Je suis aussi extrêmement redevable envers votre amie. Grâce à elle, j'ai dormi comme un loir pour la première fois de la semaine. L'esprit et la beauté sont admirablement réunis chez cette femme superbe ! Et je ne parle pas de ses merveilleux yeux bleus... si doux qu'on les imaginerait de la couleur de la robe de la Madone. Oh, là ! Vous allez sans doute trouver que cette comparaison évoque un peu trop l'Église anglicane ! ajouta-t-il en riant. J'espère qu'aucun de mes paroissiens ne peut m'entendre.

Il gloussa dans sa barbiche, ravi de sa propre audace, et continua à disserter sur l'excellence du souper. Mais mon esprit s'était évadé et je n'écoutais plus un mot de ce qu'il disait. D'autres préoccupations m'agitaient. Une idée venait de germer dans mon esprit, que je souhaitais mettre au plus vite à exécution. J'y pensai pendant tout le retour. Elle ne me lâcha pas pendant que je vérifiais l'état des travaux de la nouvelle salle de bains et donnais aux ouvriers les robinets dont je venais de faire l'acquisition à Bosworth. Je passai un coup de fil à Patience sous prétexte de l'informer que le tissu commandé pour le lit à colonnes de la chambre bleue était arrivé. Elle avait aimablement proposé de faire les couvre-lits elle-même dans son atelier, entre deux autres travaux, afin de les finir au plus vite.

— J'ai une autre grande faveur à te demander, lui dis-je. Ce pauvre Aubrey ne sera jamais capable de tenir sa comptabilité correctement. Pourrais-tu envisager de t'en occuper de façon régulière, disons, une fois par semaine ? Je crois qu'à partir du moment où ses livres de comptes seront à jour le travail hebdomadaire ne prendra pas trop de temps. Je sais que je demande beaucoup...

— Mais non ! protesta aussitôt Patience. Bien

volontiers. Cela ne me prendra guère que dix ou quinze minutes. Tu es sûre que ça ne le gênera pas que je mette le nez dans ses affaires ?

— Je suis certaine que non. Il m'a fait grand compliment de toi cet après-midi.

— Ah bon ? Et crois-tu qu'il pourrait m'apporter ses cahiers chez moi ?

— J'ai réfléchi. Wacko risquerait d'être un peu trop embarrassant pour un homme de la sensibilité d'Aubrey. Je pense qu'il vaudrait mieux que tu te rendes toi-même au presbytère, si ce n'est pas trop exiger de toi, bien sûr. Tous les reçus sont là-bas. Au fait, ne t'émeus pas trop du désordre et de la crasse que tu trouveras chez lui ! Le ménage, pas plus que la comptabilité, ne semble relever de ses compétences !

— Ne t'inquiète pas, m'affirma Patience d'une voix calme.

Je m'empressai d'informer Aubrey par téléphone de ces excellentes nouvelles, un peu inquiète tout de même de sa réaction.

— J'espère que vous ne trouvez pas cette initiative trop intempestive, Aubrey ?

— Bien sûr que non ! Absolument pas ! Vous êtes la gentillesse même, chère Miranda ! Quel soulagement pour moi ! Croyez-vous que Mlle Wakeham-Tutt acceptera de prendre le thé avec moi ? Est-ce qu'elle aime les biscuits au gingembre ?

J'étais particulièrement contente de moi en raccrochant. Même si je croulais sous mes propres problèmes, j'étais en mesure de m'occuper de ceux des autres.

Comme d'habitude, Henry était vautré sur son fauteuil à un mètre de la télévision. Sur l'écran, deux invités au sourire idiot tentaient de réussir un tour débile avec des fourchettes pour l'émission *Opportunity Knocks* [1].

1. Émission de télévision populaire consistant à surprendre des téléspectateurs chez eux. *(N.d.T.)*

Il était clair que je devrais faire preuve de fermeté si je voulais tirer mon fils de cette torpeur.

— Mon chéri, je te rappelle que Puck risque de s'empoisonner si tu n'arraches pas cette herbe de Saint-Jacques qui envahit le pré.

Je venais précisément de remarquer ces dangereuses fleurs jaunes le matin même depuis la fenêtre de la cuisine. Puck se garde bien d'y toucher tant qu'elles sont encore vertes, mais, dès qu'elles commencent à sécher, rien d'autre n'a plus d'intérêt à ses yeux. J'avais bien demandé à Elizabeth de s'en charger à son retour de l'école, mais elle m'avait déclaré qu'elle rentrerait tard, après son cours de hockey.

— Du hockey ? avais-je répété stupidement. Mais je croyais que tu m'avais dit le trimestre dernier que tu détestais ça.

Elizabeth afficha cet air maussade qu'elle prenait chaque fois qu'elle se trouvait en difficulté.

— Nous avons déjà fait l'Inquisition espagnole l'année dernière, alors, je t'en prie, n'en rajoute pas ! lança-t-elle en s'emparant de son sac. Elle partit prendre son bus d'un pas lourd.

Consternée, je me tournai vers Rose et l'interrogeai du regard.

— C'est un âge difficile pour tous les enfants, objecta-t-elle.

Je compris qu'elle cherchait à me rassurer.

— Et alors ? soupirai-je en secouant la tête. Est-ce que chaque âge n'est pas difficile ? Voilà bien le problème !

— Pauvre petite ! C'est dur pour elle. C'est normal qu'elle soit un peu de mauvaise humeur.

— Ce qui m'inquiète le plus, c'est que j'ai si peur de lui faire du mal que je ne parviens plus à me comporter de façon naturelle avec elle. Nous étions pourtant plus proches que jamais juste après la mort de Jack. Désormais, j'ai l'impression qu'un abîme s'ouvre entre nous, et je me sens en même temps trop lâche pour tenter d'y remédier.

182

— Il est certain qu'il y a de durs moments en perspective. Dans ces cas-là, il vaut mieux en dire moins que trop.

Je la serrai dans mes bras et l'embrassai, rassurée par sa chaleur et sa compréhension.

— Tu me fais tant de bien, Rose. J'ai vraiment de la chance de t'avoir.

— Tsss ! Ne dis pas de bêtises ! Tu vas réveiller le bébé.

Rose se pencha vers l'enfant endormie sur ses genoux. Elle avait beau prendre un air sévère, je savais qu'elle était parfaitement heureuse.

Nous nous rendîmes dans le jardin et commençâmes à planter nos pelles dans le sol compact et crayeux.

— Qu'est-ce que cela fait aux chevaux de manger de l'herbe de Saint-Jacques ? demanda Henry. Cette histoire ne ressemble pas du tout à cette image d'une nature intelligente que M. Molebank nous a rabâchée hier soir.

— Je crois que c'est une de ces plantes que les Romains ont apportées ici avec eux dans l'Antiquité. Elle pousse sur les collines autour de Rome et, sans le savoir, les légions en ont introduit des graines accrochées aux semelles de leurs sandales...

Henry s'était dirigé vers un autre côté du champ et n'écoutait plus du tout ce que je lui racontais. Décidément, je semblais perdre toute autorité sur mes enfants ces derniers temps.

Il nous fallut près d'une heure pour arracher les racines et en remplir une brouette afin d'alimenter le dernier feu de bois d'Ivor. Henry eut d'ailleurs bien du mal à nous aider, car Puck s'obstinait à lui lécher le cou chaque fois qu'il se penchait.

— Vous avez vu ? s'exclama-t-il, radieux. Il m'aime !

Je préférai ne pas gâcher sa joie en lui expliquant que ce qui attirait Puck, bien plus que son amour pour Henry, c'était le goût salé de sa peau, sur laquelle l'eau, hélas !, avait peu d'occasions de couler.

— Tu ne trouves pas que ce feu est un peu trop proche de la remise ? m'inquiétai-je en regardant Ivor. Une étincelle pourrait atteindre le bâtiment. En plus, le vent se lève.

Ivor m'assura qu'il penserait à l'éteindre avant d'aller se coucher. Il paraissait tout excité, fébrile même. Fallait-il imputer ce comportement aux multiples activités qui avaient occupé sa journée ? Je savais qu'il avait dû se rendre à Londres pour vendre les fusils de Jack dans une boutique chic de Piccadilly. J'avais pris cette décision car ils me rappelaient trop les circonstances macabres de la mort de mon mari, et je ne voulais plus les voir dans la maison. Ni James ni Henry n'avaient jamais eu la moindre velléité d'apprendre à tirer. Ce refus n'avait d'ailleurs pas manqué de susciter de graves disputes avec Jack sur le problème moral que soulevait l'idée de tuer pour le plaisir, un sujet brûlant qui s'achevait en général par des cris et des hurlements.

J'avais l'intention de transformer l'armurerie en salle de télévision pour les enfants. Nous avions jusqu'ici cantonné le poste dans une petite chambre glaciale au-dessus de l'entrée. Non que Jack et moi méprisions ce loisir, bien au contraire. Nous ne savions que trop combien l'écran cathodique exerçait sur nous une fascination incontrôlable. Souvent, nous nous étions retrouvés affalés devant *Take Your Pick* et *Double Your Money*[1] dans un état semi-cataleptique, sans même la volonté de faire quoi que ce soit d'utile ou de simplement amusant. Pour finir, dégoûtés de nous-mêmes, nous avions décidé de reléguer le poste dans un endroit difficile d'accès.

Je rentrai par la porte de derrière, essoufflée et en nage après tous ces efforts de jardinage, pour découvrir le Dr McCleod sur le seuil. Le téléphone se mit à

1. Jeux télévisés très populaires en Grande-Bretagne. *(N.d.T.)*

184

sonner au même instant tandis qu'on livrait une énorme caisse à la porte d'entrée.

— M'man ! hurlait Henry. Il y a un camion de livraison de Londres dehors ! Il est gigantesque !

— Voulez-vous aller dans la cuisine, docteur McCleod ? balbutiai-je, hors d'haleine. Je vous rejoins dans une minute.

Je décrochai.

— Allô, Miranda ? C'est Maeve. Écoute, j'ai un client pour toi ! Pour le samedi 10. Pas ce week-end, le suivant. Je suis géniale, non ?

— Vraiment géniale ! Mais je ne suis pas sûre d'être prête – les ouvriers n'auront peut-être pas terminé…

— Allons, ne fais pas de chichis. Janòs se moque comme de l'an quarante de tes ouvriers. Il a juste besoin d'un lit.

— Ya-noch ?

— C'est ça, Janòs. Il est hongrois. Un rêve. L'homme le plus séduisant que j'aie jamais rencontré. Et en plus, formidablement brillant. Je l'ai trouvé hier au club artistique de Chelsea. Pas besoin de te dire que j'ai déjà des vues sur lui. Alors, pas de mauvais coups dans mon dos, hein ?

— S'il est aussi bien que tu le dis et qu'il n'a besoin que d'un lit, pourquoi n'est-ce pas *toi* qui le loges ?

— Parce que, ma chérie, plus que d'un lit, c'est d'un bon piano qu'il a réellement besoin. Or, moi, je n'ai qu'un petit instrument d'appartement dont toutes les touches ont perdu leur ivoire. Sebastian les a arrachées quand il était plus jeune pour mettre des dents à l'armée de bonshommes de neige qu'il bâtissait dans le jardin. À l'époque, j'avais trouvé ça si créatif que j'en avais oublié de me fâcher.

— Oui, je me souviens.

Je me rappelais en effet cette journée mémorable. Sebastian et Florian s'étaient activés pendant une semaine à fabriquer dix bonshommes grandeur nature avec des bâtons en guise de fusils et des chapeaux à cocarde ornés de plumes. J'avais commencé à m'inquiéter lorsque, comme touche finale, du sang était apparu sur les anatomies glacées de cette petite armée. Maeve m'avait affirmé qu'il s'agissait d'encre, mais je n'en étais pas convaincue.

— Pourquoi veut-il un piano ?

— Oh, je ne t'ai pas dit ? Il est concertiste et va jouer dans le Kent, au festival de Titchmarsh.

Le festival de Titchmarsh se tient quatre fois par an à Titchmarsh Hall, une énorme bâtisse pleine de coins et de recoins située à une quarantaine de kilomètres au sud de Westray. J'en ai rencontré deux ou trois fois la propriétaire, lady Alice Vavasour alors que, fraîchement installée dans le Kent, je me rendais à des déjeuners de charité. Jack souhaitait à l'époque que je connaisse de nouvelles têtes dans la région et m'avait conseillé de participer à une association caritative. Je fus vite rebutée par les disputes qui suivaient généralement les réunions. Certains membres voulaient toujours en remontrer à l'assemblée, d'autres fondaient en larmes. D'autres encore passaient d'incessants coups de téléphone afin de vérifier qu'ils tenaient bien en main leurs petites factions respectives. Je n'étais pas non plus satisfaite des résultats obtenus.

J'ai toujours considéré qu'il faut être affecté d'un certain masochisme pour prendre quelque plaisir à un bal de charité. L'idée de devoir s'asseoir à l'abri incertain d'affreuses marquises en toile sur des chaises branlantes aussi inconfortables que la Vierge de Fer de Nuremberg[1], de voir ses escarpins de soirée se transformer en babouches sous l'effet de l'humidité et de batailler avec des cuisses de poulet douteuses arrosées d'une horrible piquette m'a toujours paru du plus

1. Sarcophage muni à l'intérieur de pointes en fer et servant d'instrument de torture au Moyen Âge. *(N.d.T.)*

186

parfait ridicule. Si le but était de rencontrer des amis, on pouvait aussi bien mettre leurs photos chez soi sur la table de la salle à manger, car toute conversation, lors de ces réunions mondaines, se révélait impossible. Une musique insupportable s'écoulait des haut-parleurs à un volume tel que nos oreilles bourdonnaient ensuite douloureusement pendant des semaines. Jack lui-même dut reconnaître, après deux tentatives plus que décevantes, que le jeu n'en valait pas la chandelle.

— Tu as un Steinway, n'est-ce pas ? poursuivit Maeve. C'est bien ce que je pensais. Janòs veut pouvoir se délier les doigts quelques heures samedi après-midi. Il prétend que le piano sur lequel il joue en ce moment ne lui convient pas du tout et qu'il est en train de devenir fou. D'ailleurs, à mon humble avis, il l'est déjà.

— Ah, bon ?

Une petite sonnette d'alarme tinta désagréablement à mes oreilles. Je voulais bien diriger une pension, pas un asile de fous.

— Mais non, pas comme tu l'entends. Je veux juste dire que… qu'il est totalement voué à son art. Il donne l'impression d'être à part. Ça ne veut pas dire qu'il est vraiment cinglé. Tu vas voir, il va te plaire. J'espère seulement qu'il ne va pas *trop* te plaire. (Je protestai avec vivacité qu'il n'y avait pas le moindre danger.) Je le conduirai moi-même à Titchmarsh, il n'a pas son permis.

— Bon, eh bien, d'accord. Il vaudrait mieux que tu lui annonces les prix que je pratique pour la chambre et le petit déjeuner. Il est clair qu'il ne dînera pas.

Patience et moi avions longuement étudié ces prix. Au plus juste, mais me laissant un bénéfice raisonnable.

— Ça ira. De toute façon, c'est le festival qui paie. Je l'amènerai chez toi directement de la gare samedi, un peu après le déjeuner.

Je retournai, pensive, à la cuisine. Catastrophe ! Le

Dr McCleod m'y attendait toujours. Je l'avais complètement oublié. En passant devant la glace, je ne pus éviter de jeter un rapide coup d'œil à mon reflet. Quelle erreur ! Mon visage était maculé de boue et une touffe d'herbe restait encore accrochée à mes cheveux. J'essayai de m'arranger un peu pendant que McCleod terminait de prendre la tension de Rose.

— J'ai le plaisir de voir que vous allez beaucoup mieux, mademoiselle Ingrams. C'est jeudi, je crois, qu'on vous change votre plâtre, n'est-ce pas ?

— M'man ! C'est une télé ! hurla Henry en s'engouffrant dans la cuisine. La plus grande que j'aie jamais vue !

— Voyons, Henry ! protesta Rose. Tu as réveillé le bébé.

— C'est toi qui as commandé une télévision, m'man ? Il y a mon nom sur l'étiquette. Viens voir !

Je le suivis dans le hall. Il avait raison, l'étiquette était bien adressée à Henry, ainsi qu'à Elizabeth et James. Il y avait également une carte sur laquelle on pouvait lire : « Merci pour tous ces merveilleux moments, affectueux baisers. Nancy. »

Le Dr McCleod nous avait rejoints pendant qu'Henry déchirait le paquet pour découvrir un énorme poste de télévision. Persuadée que McCleod, adepte des malentendus, devait me trouver particulièrement frivole et dépensière d'avoir acheté une chose pareille à mes enfants, je fus fière de pouvoir dire qu'il s'agissait d'un cadeau.

— Serez-vous en mesure d'emmener Miss Ingrams à l'hôpital jeudi ?

— Très certainement.

Il approuva de la tête et nous quitta sans même dire au revoir. Je commençais à en avoir assez de me retrouver à chaque fois dans des situations compromettantes devant lui. Que ce soit dans les griffes d'un homme ou en admiration devant des biens matériels. Je me serais giflée. Mais, aussi, pourquoi accordais-je tant d'importance à l'opinion d'un parfait étranger, fort désagréable de surcroît ? J'envoyai Henry chercher Ivor. Nous aurions bien besoin d'un coup de main pour soulever ce monstre.

Il était temps de remonter dans ma chambre afin d'y calmer ma mauvaise humeur.

9

Ce fameux samedi qui devait voir l'inauguration triomphale de ma carrière d'hôtesse, le temps se gâta soudain et des nuages noirs comme la suie s'amoncelèrent. La douce température dont nous avions bénéficié, plutôt rare en cette saison, s'était singulièrement refroidie pendant la nuit. Je m'éveillai, frissonnante, dans un lit humide et glacé et m'habillai en hâte pour retrouver avec bonheur la douce chaleur de la cuisine. Pour une fois, j'avais réussi à me lever avant Jenny. Depuis deux semaines qu'elle partageait notre existence, je n'avais eu qu'à me féliciter de la décision de la prendre parmi nous. Elle nous rendait au centuple l'aide que nous lui apportions. Elle était si pleine de bonne volonté, si dure à la tâche, si désireuse d'apprendre comment je voulais que les choses soient exécutées que je craignais à tout instant d'en faire une esclave.

Je m'inquiétais aussi du fait que Bridie semblait provisoirement confiée à d'autres mains que les siennes. Quatre jours après son arrivée, alors que nous la promenions dans la vieille poussette des enfants, nous avions rencontré Lissie devant le bureau de poste. « Un bébé ! » s'était-elle écriée, comme transportée. Il faut dire que Lissie a toujours été folle des enfants. Un des plus grands regrets de sa vie – hormis son amour malheureux avec Jack – a toujours été de ne pas avoir eu un second enfant. Je m'étais souvent fait la réflexion qu'elle préférait persister à aimer mon mari sans espoir de retour plutôt que de regretter les bébés qu'elle avait perdus au cours de ses nombreuses fausses couches.

— Quel trésor ! roucoula-t-elle. Comme elle est mignonne ! C'est le plus beau bébé que j'aie jamais vu !

Il est vrai que Bridie, si elle ressemblait toujours à l'interprète d'Henry VIII, semblait particulièrement à son avantage ce jour-là avec la petite robe brodée couleur saumon qui avait appartenu à Elizabeth. Son crâne chauve en forme de dôme était gracieusement camouflé sous un bonnet blanc retenu par des rubans roses. Elle eut la grâce d'offrir à Lissie un sourire jusqu'aux oreilles et en fit ainsi la conquête définitive. Dès lors, Lissie trouva toutes sortes d'excuses pour nous rendre visite chaque jour. Elle se mit soudain à vouloir nous rapporter des livres qu'elle avait empruntés des années auparavant et à nous envahir de vieilles layettes d'Alice. Elle finit par renoncer à ces prétextes et par reconnaître qu'elle ne venait que pour donner le biberon à Bridie, la changer, lui faire prendre son bain et l'embrasser.

Rose put enfin se reposer. Il faut dire qu'entre elle et Lissie la petite Bridie était si entourée et choyée que sa mère n'avait guère l'occasion de s'en approcher dans la journée. D'ailleurs, il était clair que Jenny préférait de beaucoup les activités ménagères.

— Elle s'y fera, m'assura Rose. N'oublie pas que ses débuts ont été très difficiles. Aucun soutien. À dix-sept ans, on est bien trop jeune pour ne pas être un peu égoïste. C'est naturel, laisse-lui du temps.

Je crus entrevoir un éclair de culpabilité au coin des yeux gris de Rose et notai qu'à la suite de cette conversation elle appelait plus souvent Jenny pour lui demander de prendre le biberon et de nourrir sa fille elle-même. Qui n'a remarqué que les enfants, avec leur innocence et leur promesse d'avenir, sont le meilleur réconfort contre l'adversité ? J'étais parfaitement consciente que, sans les miens, je n'aurais jamais eu la force, après la mort de Jack, de poursuivre mon existence avec tant de sérénité. Je ne pouvais donc pas me permettre de reprocher quoi que ce soit à Rose ou à Lissie.

Après avoir terminé de préparer le déjeuner pour cinq personnes – James avait choisi de rester à l'école ce week-end-là pour se rendre à une soirée à Londres –, je retournai me changer dans ma chambre. Le président de la banque de Jack m'avait invitée à sortir. Il était à New York au moment de l'enterrement de mon mari et se disait, selon les termes de sa secrétaire, affreusement désolé que ses obligations liées aux affaires monétaires internationales l'aient empêché de se rendre à cette cérémonie. Jetant un regard dans le miroir, je me félicitais d'avoir choisi pour cette occasion un élégant tailleur en laine couleur *café noir**  lorsque je le vis arriver dans une somptueuse Rolls-Royce. C'était un homme un peu compassé et plutôt imbu de sa personne. Un chauffeur à l'uniforme impeccable nous conduisit en grande pompe le long des berges du fleuve jusqu'à Marshgate.

Les habitants de Marshgate, peu habitués à tant de distinction ostentatoire, s'étaient massés sur la chaussée pour nous regarder franchir la *porte cochère** de l'« Excelsior ». Le chauffeur m'aida à descendre en me tenant fermement le coude, comme si j'étais une vieille douairière imbibée de gin. Bien que petit et empâté, M. Defresnier – c'était le nom du banquier – se redressa de tout son mètre soixante au moment où nous nous présentions devant l'entrée de la salle à manger. Le maître d'hôtel se rua sur nous depuis l'autre extrémité de la pièce et nous conduisit à la meilleure table, celle qui donnait sur la mer. Deux serveurs s'empressèrent de nous tendre de gigantesques menus.

Née avant la guerre, j'avais été habituée de bonne heure à absorber des nourritures assez médiocres. Le

192

rationnement et, au cours de mon adolescence, les cuisines des pensions m'avaient accoutumée à des régimes ascétiques et peu appétissants. Aujourd'hui, ces temps difficiles sont heureusement révolus. Un épicurien gourmand et fortuné peut, s'il est doué d'un minimum d'obstination, dîner correctement à Londres. Hélas ! ces progrès de la civilisation n'ont pas encore avantagé nos provinces reculées. Au premier regard, pourtant, le menu proposé par le restaurant ne laissait pas d'être tentant avec ses *coquilles Saint-Jacques** et autres préparations à base de crustacés. Cependant, je savais qu'ici tous les produits sortaient directement de boîtes de conserve et avaient séjourné plus ou moins longtemps au congélateur. Croyant bien faire, j'en avertis mon hôte *sotto voce*, mais cet avertissement n'eut pas le résultat escompté. M. Defresnier appela le maître d'hôtel d'un ton décidé et voulut savoir ce qu'il y avait de frais car, précisa-t-il en me désignant d'un signe de tête, « Mme Stowe semblait savoir que la plupart des plats indiqués sur la carte étaient congelés. »

Le maître d'hôtel, que je connaissais depuis de nombreuses années sous le nom de Luis, se tourna vers moi en me lançant le même regard que César avait dû réserver à Brutus le jour de son assassinat. Nous passâmes commande – ou plutôt M. Defresnier choisit en mon nom – pour un *bortsch à la Tsarina**, suivi d'un *fricandeau à l'oseille** accompagné de pommes de terre Excelsior et d'épinards au beurre. Mon hôte, qui n'avait pas prononcé un mot depuis que nous avions pris place à table, étudia la carte des vins en silence, les sourcils froncés, ses lèvres épaisses étroitement serrées. Tandis que le sommelier s'approchait, la pointe de son stylo posée sur son carnet, la tension devint intolérable. Un chariot pivotant fit son apparition, couvert de petits ramequins de porcelaine remplis de *hors-d'œuvre** plus spectaculaires qu'appétissants. À première vue, les entrées paraissaient fraîches et variées, mais un examen plus attentif permettait d'identifier des flageolets, des sardines en boîte et l'une des nourritures les plus immangeables que l'homme ait imaginé, quelque chose appelé salade russe, une *macédoine** de carottes et de navets avec des petits pois jaunâtres baignant dans une infâme mayonnaise.

M. Defresnier finit par se décider à commander le vin dans un français affreusement écorché et demanda au serveur d'emporter le cendrier. Il se trouve, par le plus grand des hasards, que je ne fume pas, mais je n'en fus pas moins tentée de réclamer derechef un énorme cigare. Defresnier posa ses mains bien à plat sur la table, me fixa de ses petits yeux topaze et commença à parler. Il me raconta que, s'il avait vécu, Jack aurait été nommé directeur avant la fin de l'année. Puis il ajouta que sa mort l'avait beaucoup affecté et que les talents de mon mari étaient irremplaçables. Sans même me laisser le temps de le remercier pour tant de compliments, il changea de sujet et se lança dans une longue diatribe sur les difficultés de trouver des employés non seulement intelligents (à l'entendre, ils se ramassaient à la pelle) mais capables de recevoir avec souplesse les ordres de leurs supérieurs, de se montrer courtois envers leurs collègues et désireux de contribuer à la bonne marche de la banque, et cela vingt-quatre heures sur vingt-quatre. Je ne pus m'empêcher de penser que, s'il y avait un homme auquel ces qualités ne s'appliquaient pas, c'était bien Jack. Mon mari s'était toujours montré arrogant, paresseux et tout à fait grossier avec ceux qui avaient le malheur de lui déplaire.

La soupe fut enfin servie, à mon grand soulagement. Aromatisée au gingembre et au vin de Xérès, elle avait un horrible goût de consommé de bœuf dans lequel quelques fibres de betterave surnageaient sans conviction. M. Defresnier en ingurgita la moitié, puis repoussa son assiette et reprit son sujet favori : la banque. Les lambeaux de betteraves se révélèrent immangeables, surtout sous les yeux perçants de Defresnier, qui me fixaient sans ciller. Je reposai ma cuillère et Luis claqua des doigts. Il resta pendant tout le déjeuner à quatre pas de nous, le buste légèrement incliné en signe de respect, attitude qui aurait mis dans l'embarras toute autre personne que M. Defresnier. De mon côté, je devais fournir de constants efforts pour croiser le regard de mon hôte.

Une batterie de plats en acier inoxydable arrivèrent par les portes battantes, scintillants comme l'âne chargé d'argent de Philippe de Macédoine. Le *fricandeau** était un ramassis de bouts de viande informes et d'origine mystérieuse. Je soupçonnai néanmoins qu'il s'agissait de veau et bénis le ciel qu'Elizabeth ne fût pas là car nous lui avions tous juré de ne jamais en manger. Pour agrémenter la viande, des carottes, des oignons, des pommes frites trop grasses et des épinards bouillis (encore imbibés d'eau) trempaient dans une lavasse émétique. Ce triste menu correspondait à ce que j'avais annoncé, mais Defresnier parut déçu. Il tritura avec dégoût le contenu de son assiette et mastiqua en silence, la mine réprobatrice. Puis, abandonnant ses couverts, il s'adossa à sa chaise et reprit la parole. Il s'exprimait avec majesté, dans un style soutenu, comme s'il lisait un texte.

J'avais malheureusement faim et continuai à manger, ne répondant que par des signes de tête et des sourires, ou écarquillant les yeux lorsqu'il insistait sur un point. De temps à autre, il me posait quelques questions mais, si je m'avisais de vouloir lui répondre, il s'empressait d'appeler Luis pour exiger que l'on ferme une fenêtre, que l'on change un verre, que l'on apporte de l'eau ou que l'on place le vin dans un seau à glace. Rapidement, je compris que je n'aurais d'autre rôle que celui d'écouter.

J'avais à peine eu le temps de poser ma fourchette et mon couteau que Luis ordonnait à un subalterne de débarrasser mon assiette. Il consentit à nous apporter ensuite en personne la carte des desserts, ce qui était la marque de la plus grande déférence. M. Defresnier choisit deux *crèmes à l'Excelsior\**, je savais par expérience qu'il ne s'agissait en réalité que de gâteau de riz agrémenté de morceaux d'abricots en boîte. Je rappelai donc le serveur pour commander du fromage. M. Defresnier tressaillit devant cette incroyable manifestation d'indépendance. Il se mit à m'observer plus intensément encore, avec une expression qui me déplut. Puis il alla chercher une enveloppe dans la poche de son manteau.

— Sans doute êtes-vous informée que votre époux n'avait pas réuni suffisamment de points pour prétendre à une pension ?

Je le savais, hélas ! parfaitement. Mon banquier et mon notaire m'avaient éclairée sur ce point si douloureux.

— Un homme de son âge ne songe pas à la mort, reprit-il. Vous trouverez un chèque dans cette enveloppe. Il représente la reconnaissance de ses services au sein de notre banque et le témoignage de nos condoléances.

Je fus surprise et plutôt touchée. Il ne me serait pas venu à l'idée que la banque pût ainsi volontairement se séparer de quelque argent. J'étais impatiente d'ouvrir cette enveloppe et de savoir combien elle contenait, cependant Defresnier continuait à la serrer fermement entre ses gros doigts manucurés. Il me fixa encore d'un air pensif, puis réclama la boîte à cigares.

— Je ne fume en général pas dans la journée mais, pour une fois, je crois bien que je vais m'octroyer ce plaisir.

Le simple choix du cigare fut un long cérémonial irritant pour les nerfs. Il les roula sous ses doigts, écoutant avec attention le bruit de la feuille à son oreille, les reniflant, les pinçant. Puis il s'adonna au rite plus conventionnel de couper celui qu'il avait sélectionné et de l'allumer. Je mourais d'envie de rentrer chez moi, mais rien ne semblait pouvoir presser cet homme, et sûrement pas une quelconque considération envers autrui. Il se pencha vers moi et me souffla une spirale de fumée à la figure.

— Vous devez vous sentir bien seule, madame Stowe, sans votre mari.

Je songeai à Westray et aux cinq personnes qui, à cet instant, mangeaient dans la cuisine la tarte à l'oignon et aux champignons que j'avais préparée à leur intention. Peut-être même six, si Lissie avait décidé de rester.

— Pas vraiment. Je…

— Il est clair que vous êtes une femme très intelligente.

S'il le pensait, il devait partager avec Maeve cette extraordinaire faculté de perception extrasensorielle, car je n'avais guère prononcé plus de vingt mots au cours de la soirée, lesquels se résumaient pour l'essentiel à des déclarations aussi pertinentes que « oui », « non » ou encore, « non, merci, je ne veux plus de pommes de terre ».

— L'argent n'est pas tout, je suis le premier à le savoir, reprit Defresnier.

Il se pencha encore plus près de moi et posa sa main sèche et glacée sur la mienne.

Je savais qu'il mentait et retirai ma main.

— Vous êtes très aimable. Il est temps pour moi de rentrer, à présent. J'attends des invités qui doivent arriver cet après-midi.

Il ne s'agissait en réalité que d'un seul hôte payant, mais je trouvais que le pluriel ajoutait au caractère d'urgence.

— Bien sûr, bien sûr, approuva Defresnier en hochant la tête d'un air entendu. Quelle femme remarquable vous êtes, ma chère !

Il sourit pour la première fois, découvrant, hélas !, une rangée de dents gris sale. Je comprenais mieux pourquoi il préférait garder les lèvres serrées et une mine solennelle.

— J'aimerais vous venir en aide d'une manière un peu plus… personnelle, ajouta-t-il.

J'avais remarqué que plusieurs nouveaux serveurs amorçaient un mouvement d'approche vers notre table, attirés par une force irrésistible. L'un alla même jusqu'à laisser tomber le contenu de son plateau. Cette scène étrange me rappela les légendes médiévales de la montagne magnétique capable de retirer les clous de tous les navires qui s'en approchaient. Je sais qu'il devrait être aisé de dire aux gens de rester à distance respectueuse, mais je n'ai jamais su le faire. Je me levai et entrepris de traverser cette longue salle à manger, presque vide à présent. J'entendais le bruit de pas trottant dans mon dos sur l'épais tapis rouge. Au vestiaire, M. Defresnier, malgré ses petites jambes, réussit à se glisser entre la porte et moi.

— Eh bien, madame Stowe ? Quelle est votre réponse ? insista-t-il en posant une main sur mon bras.

Il exhala la lourde fumée de son cigare par les narines et je reculai imperceptiblement.

L'instant devenait périlleux. Par bonheur, Hilary Scranton-Jones, la *bête noire** d'Aubrey, franchit la porte battante.

— Miranda ! Quelle chance ! J'entre juste pour donner un coup de téléphone. Figurez-vous que j'ai dû abandonner ma voiture au garage. Une fuite d'huile. Comme c'est ennuyeux ! J'allais demander à Guy de venir me chercher. (Ses yeux se posèrent sur M. Defresnier, qui s'empressa de retirer sa main.) Oh, peut-être ne pouvez-vous pas me raccompagner ? Êtes-vous terriblement occupée ?

— Pas du tout, mais je ne suis pas venue avec ma voiture.

Je présentai Hilary à Defresnier, qui s'inclina, puis fit mine de s'absorber dans la contemplation d'un présentoir de cartes postales près de la réception. Je savais qu'il n'attendait qu'une seule chose : le départ d'Hilary. Je n'allais pas lui laisser une pareille chance.

— Pensez-vous que nous pourrions ramener Mme Scranton-Jones chez elle ? demandai-je, suave. Son domicile se trouve justement sur le chemin.

Defresnier s'inclina de nouveau et, le visage impassible, se dirigea vers la porte sans nous accorder un seul regard.

— Oh, que vois-je ? Une Rolls ! s'exclama Hilary d'une voix d'adolescente hystérique. Vous êtes une petite cachottière, Miranda !

Je dus expliquer que je déjeunais avec l'ancien patron de Jack et qu'il n'y avait aucun mystère làdessous. Mais je savais qu'elle avait vu la main du banquier posée sur mon bras. Hilary Scranton-Jones était une cancanière de la pire espèce, vous gratifiant de ses plus radieux sourires puis s'empressant de vous démolir dans votre dos. Pendant le retour, son regard soupçonneux ne cessait de se porter sur moi et sur Defresnier. Celui-ci, qui prenait à lui seul plus de la moitié de la banquette arrière, ne prononça pas un mot, les yeux obstinément fixés sur la route et soufflant de telles quantités de fumée que les larmes nous en vinrent aux yeux. Quant à moi, je fis de mon mieux pour soutenir l'incessant bavardage d'Hilary.

Par malheur, le chauffeur rata un carrefour mal indiqué. Ce contretemps ne manqua pas de m'irriter, car il signifiait que nous allions atteindre Westray avant de passer devant la villa *Bella Vista* d'Hilary, située à l'autre extrémité du village. Au moment où je sortais de la voiture, Defresnier exhuma l'enveloppe de sa poche et me la tendit sans un mot. Les yeux d'Hilary, perdue en conjectures, semblaient lui sortir de la tête. Tandis que je remerciais mon hôte pour cet excellent déjeuner, il releva le menton avec nervosité, ce que je décidai de considérer comme un geste d'adieu. La voiture s'éloigna en ronronnant, lui regardant toujours droit devant et elle me faisant de grands signes par la portière, les yeux brillant de malice.

— M'man ! Quatre mille livres ! Nous roulons sur l'or ! s'écria Henry en lisant par-dessus mon épaule le montant du chèque.

— Je vais pouvoir acheter une nouvelle selle, alors ? demanda Elizabeth.

— Nous verrons, ma chérie. Tiens, voilà justement les impôts locaux que je m'attendais à recevoir, répondis-je en saisissant la première lettre posée sur la pile de courrier qui venait d'arriver. Ah, et ça, c'est la facture du garage. Je regrette, nous allons devoir conserver cet argent pour les dépenses d'entretien. Sauf si tu réussis à dénicher toute seule une selle d'occasion.

Elizabeth me jeta un regard furieux de ses yeux cernés de khôl et claqua avec violence la porte en sortant.

— Comment s'est passé ton déjeuner ? me demanda gentiment Lissie, qui repassait une minuscule chaussette de laine.

— Épouvantable. Même pour quatre mille livres.

— À ce point ?

Le tableau que je lui peignis lui fit vite comprendre à quel point.

— À quelle heure ce pianiste doit-il arriver ?

— Dans une demi-heure, si son train n'a pas de retard.

— Il a l'air de plaire à Maeve, dit Lissie.

— Comme ce serait bien si tous les hommes pouvaient me plaire de la même façon, soupirai-je. Tu sais, Lissie, je commence à me sentir de plus en plus revêche et bégueule. Je passe mon temps à repousser les avances de tous les hommes que je rencontre.

— Ça va être difficile de rencontrer quelqu'un après un homme comme Jack, articula Lissie d'une voix rêveuse tandis qu'une odeur de laine brûlée se répandait dans la pièce. Zut ! J'ai failli brûler cette chaussette. Jack était si drôle... si irrésistible.

Réalisant soudain son manque de tact, elle rougit violemment.

Je me demandai un instant si je devais lui dire que je lui avais résisté quatre ans, mais préférai renoncer. À quoi bon ? Elle serait trop blessée d'apprendre qu'elle n'était que la première d'une interminable série d'aventures. Il valait mieux qu'elle conserve ses illusions romanesques à l'égard d'un homme qui venait de mourir. Désormais, Jack ne représentait plus une menace pour son mariage avec George.

— Tu as entendu ça ? reprit Lissie. On prévoit de la neige sur le Kent.

— Ma foi, non. Remarque, je me disais aussi pendant notre retour de Marshgate que le ciel était bien menaçant. Les routes risquent d'être embourbées. Maeve ferait bien d'emporter une pelle si elle se rend à Titchmarsh. Je ne sais pas si je dois la laisser conduire ma voiture, la sienne est en très bon état.

— Je ne le ferais pas, à ta place, fit Lissie d'un air entendu. Tu sais que Maeve détruit tout ce qu'elle touche.

— Non, je crois plutôt que ce sont ses enfants qui cassent tout, elle préfère ne rien dire et se laisser accuser à leur place.

— Tu as raison.

— Tiens, quelqu'un… dis-je en entendant des pas dans le hall. Je suis sûre que c'est elle. Et son fameux pianiste. Allons donc rencontrer M. Wonderman… À ton avis, comment dit-on « merveilleux » en hongrois ?

— Qui donc est merveilleux ? demanda Maeve, qui avait de toute évidence entendu ma dernière remarque.

Nous la trouvâmes tremblante près de la porte d'entrée, les épaules emmitouflées sous une vieille couverture maculée de boue et de poils de chien, qui puait à vingt pas. Son nez, rouge comme une tomate, disparaissait à moitié derrière un gigantesque mouchoir.

— Maeve, tu n'as vraiment pas l'air en forme ! m'écriai-je.

Ce qui était un euphémisme, car elle semblait presque nue, tant les vêtements qu'elle portait sous cette couverture paraissaient réduits au plus strict minimum.

— C'est le moins qu'on puisse dire, rétorqua-t-elle en claquant des dents. Je me suis levée ce matin avec un début de grippe. Quand Janòs m'a entendue renifler, il a insisté pour laisser les fenêtres de la voiture ouvertes pendant tout le trajet de retour depuis la gare. Il prétendait qu'il fallait permettre aux microbes de s'échapper et qu'il ne pouvait pas prendre le risque d'attraper un rhume alors qu'il avait un récital la semaine prochaine.

— C'est la vérité, confirma un homme qui se tenait à son côté.

Je tournai les yeux dans sa direction et compris sur-le-champ pourquoi Maeve avait mis le grappin sur lui. Il avait l'air d'une publicité pour la vie au grand air. Sa peau était d'un joli brun clair, ses cheveux d'un noir brillant, ses grands yeux sombres splendides sous les épais sourcils. Derrière son regard pétillant, il avait plus l'air d'un corsaire ou d'un perceur de coffre-fort que d'un virtuose. De taille moyenne, mais bien proportionné, les épaules larges, il portait avec élégance un manteau de cuir et une écharpe en cachemire qui s'enroulait douillettement autour de son cou. Quant à Maeve, elle arborait, non sans arrière-pensées, un haut de gaze arachnéen et terriblement décolleté.

Je fis disparaître la repoussante couverture et rapportai en échange un de mes jerseys. J'envoyai Maeve se réchauffer dans la cuisine tandis que Lissie annonçait à la ronde qu'elle allait préparer un bon thé.

— Où se trouve votre piano ? s'enquit Janòs, visiblement peu affecté par le regard réprobateur que nous lui lançâmes après que nous eûmes appris le traitement peu courtois qu'il venait d'infliger à Maeve.

Pour toute réponse, je le conduisis au salon.

— Il n'est pas mal ! dit-il en parcourant le clavier de ses doigts fins.

— Pas mal ? Je le trouve même très bon, répliquai-je, piquée au vif. Je l'ai fait accorder il y a quelques semaines.

— Exact, il tient l'accord.

Son anglais était assez bon et son accent, je devais le reconnaître, des plus séduisants.

202

— Mais le toucher n'est pas régulier. Vous voyez, reprit-il en faisant quelques arpèges. Les touches sont un peu lourdes, et trop lentes. Je vais examiner l'intérieur.

Il ouvrit le piano, passa la tête dedans et commença à tripoter les étouffoirs. J'en profitai pour observer ses fesses et ses jambes bien dessinées sous ses jeans, ainsi que ses bottines de prix, en cuir marron. Je reconnus en lui l'Artiste et me remémorai ce que je savais sur le comportement de cette catégorie d'individus. Si l'Artiste était de sensibilité politique tirant sur la gauche, la politesse n'était pour lui qu'une vaste niaiserie bourgeoise. S'il était de droite, un abaissement des plus vils. Bref, rien ne devait jamais gêner la poursuite de l'Art – majuscule oblige.

Réprimant un soupir, je regagnai la cuisine pour y trouver Maeve et Lissie.

— Tu devrais aller te coucher, conseillai-je à Maeve, qui tremblait de froid.

— Tu as raison. Je crois même que je vais y aller tout de suite. Espérons que ça s'arrangera avant ce soir.

Elle me jeta un regard peu amène, pour ne pas dire sinistre.

— Qu'est-ce que tu as, Maeve ?

— Je m'inquiète pour toi et Janòs. J'ai eu l'impression qu'il te faisait du gringue dans le hall d'entrée.

— Vraiment ? Alors, qu'est-ce que ça doit être quand il n'aime pas quelqu'un ! C'est quoi, le contraire du parfait dédain ?

Maeve partit d'un grand éclat de rire.

— Je t'adore, Miranda. Tu parais si douce et innocente alors que tu es en réalité un vrai coq de combat ! Mettons ma mauvaise humeur sur le compte de la pneumonie qui, j'en suis certaine, ne va pas tarder à me terrasser… Il faut absolument que je me sente mieux ce soir. J'ai prévu une si jolie robe.

— Chaude, j'espère. Tu sais qu'on attend de la neige ?

— Non, c'est vrai ? La barbe ! Eh bien, elle est en velours, assez chaude, je crois, sauf qu'elle est ouverte dans le dos jusqu'aux fesses.

— Alors, porte un manteau par-dessus.

— Certainement pas. Mon derrière est mon meilleur atout.

Finalement, le grand monde n'eut pas l'occasion d'en juger. Maeve devait me téléphoner à six heures pour m'annoncer qu'elle avait une fièvre de cheval et ne pouvait même pas tenir debout.

— Veux-tu que je vienne te tenir compagnie ?

Elle semblait horriblement malade.

— Non, Florian est là. Et tout ce que je veux, c'est dormir. Tu es gentille. Mais toi, il faut que tu conduises Janòs à Titchmarsh. Il doit y être à huit heures. Comment ça va avec lui ?

— Magnifiquement bien. Je ne l'ai pas vu depuis que tu es partie. Jenny lui a apporté du thé à quatre heures et il lui a dit qu'il ne voulait rien manger. S'il a bu le thé, ça ne peut être que d'une main, parce qu'il n'a pas cessé de faire des gammes. Je me demande si le public ne va pas avoir une grosse surprise, je n'ai encore rien entendu qui ressemble à une mélodie.

— Il m'a dit qu'il n'aime pas s'exercer avec les morceaux qu'il doit jouer le jour même, il veut juste entraîner ses doigts et son esprit. Il semble d'ailleurs qu'il soit entré en conflit avec les gens du festival sur ce point. Ils voulaient répéter cet après-midi, mais Janòs leur a fait comprendre qu'il n'y aurait pas de répétition. Ils lui en veulent un peu, j'imagine.

— Si j'en juge par la seconde et demie durant laquelle j'ai pu l'observer, j'ai l'impression qu'il s'en moque. Je vais lui appeler un taxi, je déteste conduire dans la neige.

Pas de chance, Freddy n'était pas libre, ce qu'il me fit savoir, d'ailleurs, des plus froidement. Il était évident que le passage de ma mère avait laissé des traces. Bien à contrecœur, je dus me résoudre à jouer le rôle d'assistante d'artiste. Il ne me restait plus qu'à aller

me changer. Après mûre réflexion, je choisis une longue robe noire sans coutures dont la sévérité était
relevée par un triple rang de perles autour du cou et
par une paire de boucles d'oreilles assorties. Dans
l'éventualité, très improbable, où le Titchmarsh Hall
aurait été chauffé, j'aurais au moins l'air *soignée**.
Dans le cas contraire, je devrais garder sur mes épaules
le manteau de velours rouge foncé que j'avais emporté
par précaution.

Tout était calme dans la maison lorsque je descendis
à sept heures pour me rendre au salon. Janòs s'y
trouvait, endormi sur le canapé. Il avait tout de même
enlevé ses bottes, et mon opinion à son égard y gagna
quelques points.

— Désolée de devoir vous réveiller, murmurai-je
en lui tapotant le bras.

Il écarquilla les yeux, instantanément sur le pied de
guerre.

— Vous devriez aller vous changer. Il faut que
nous soyons partis dans un quart d'heure.

Voyant qu'il continuait à me dévisager fixement, je
précisai :

— Maeve est souffrante, c'est donc moi qui vais
vous conduire là-bas.

— Bien. Très bien, dit-il en se levant enfin. Où
sont mes affaires ?

— Je les ai mises dans votre chambre. Je vais vous
y conduire.

— D'accord, allons-y.

Il me précéda, escaladant les escaliers quatre à
quatre. J'étais impressionnée : cet homme était passé
du sommeil à la veille avec la rapidité et l'énergie
d'un adolescent. Il observa la chambre d'un œil approbateur.

— C'est bien. Une salle de bains. Très bien. Laissez-moi dix minutes pour me changer.

En queue-de-pie noir et cravate blanche, son allure
était des plus impressionnantes. Plus sérieuses aussi.
Les sourcils froncés par la concentration, il semblait

205

s'abstraire du monde environnant. Je faillis lui demander s'il pensait à emporter sa musique mais, par chance, j'eus la présence d'esprit de m'en abstenir : ce n'était pas un enfant.

Ivor avait noblement proposé de préparer le souper. Il était en train de battre des blancs d'œufs dans un bol de cuivre quand je vins lui dire au revoir. Ce n'était pas son genre de se servir d'un batteur électrique, bien trop rapide et commode. Le bouquet de roses posé sur la table de la cuisine donnait à tout cela un petit air champêtre et poétique.

J'espérais que les enfants seraient sages en mon absence.

— Adieu, douce Églantine, déclama Ivor en me lançant un sourire approbateur. « Oh, tu es plus belle que l'air du soir… » Ne te fais aucun souci. J'ai garé la voiture devant l'entrée et mis une couverture dans le coffre, au cas où. La neige n'est pas encore tombée. Tout ira bien.

Le trajet se déroula dans un profond silence. Nous avions chacun nos préoccupations. Janòs devait penser au récital à venir. Quant à moi, je réfléchissais pour savoir quel serait le meilleur itinéraire. Sur la carte, le chemin le plus rapide passait par de petites routes secondaires sillonnant la campagne. Par malchance, l'obscurité ne permettait pas de lire distinctement les panneaux de signalisation. Je me gardai pourtant bien de demander à Janòs de vérifier sur la carte, de peur d'interrompre sa méditation.

Nous arrivâmes néanmoins sans encombre à Titchmarsh Hall à l'heure prévue. La nuit sombre interdisait de distinguer la structure du bâtiment, cependant j'avais le souvenir qu'avec ses curieuses briques jaunes il tenait autant d'une espèce de villa italienne que de la plus sinistre des prisons. L'ensemble était flanqué de quatre énormes tours qui s'élevaient vers le ciel comme autant d'inquiétants miradors. Titchmarsh Hall appartenait à John Vavasour, l'époux de lady Alice. On racontait que sa famille considérait qu'elle avait épousé un homme indigne d'elle puisque sans titre et sans revenus. Il était de notoriété publique qu'ils ne survivaient qu'en vendant leurs terres par petits bouts et que leurs deux enfants menaient des vies de bâton de chaise.

Constatant que le parking était déjà plein, je fus saisie d'inquiétude, sachant qu'on ne pouvait pas compter sur Maeve pour tout ce qui concernait les horaires. Je me décidai donc à frapper doucement à la porte d'entrée. Pas de réaction. Ce ne fut qu'à ma seconde tentative que la porte accepta de s'entrouvrir.

— Chut ! Le concert a commencé, annonça un homme en habit de soirée sur le ton de la plus vive contrariété.

Son nez paraissait plus gros que celui du duc de Fer, et son crâne chauve en pointe émergeait comme le sommet d'une montagne d'une couronne de cheveux d'un blanc de neige. Un coup d'œil au badge qu'il portait au revers de sa veste m'apprit qu'il s'agissait du commandant Bernard Kitterbell.

— Avez-vous vos tickets ? Sinon, j'ai le regret de vous dire que nous sommes complets pour ce soir. Tout le monde a affronté le froid pour venir écouter ce nouveau pianiste hongrois, mais ce petit salaud ne s'est pas présenté. Dans une minute, je vais être dans l'obligation d'annoncer qu'il n'est pas là et...

— Doucement, doucement, soupirai-je. Le voilà, le petit salaud.

Je fis les présentations. Le commandant Kitterbell essaya de rentrer en grâce auprès de Janòs pendant que j'examinais les lieux. Le hall était immense et glacé. Pourtant, une déplaisante odeur de poussière en combustion indiquait que le chauffage central avait été allumé pour l'occasion. Sur une table de réfectoire victorienne, géante, aux pieds bulbeux de faux style Tudor, trônait un hideux vase de cuivre de Bénarès rempli de fleurs flétries et desséchées. Deux immenses vasques de terre cuite qui avaient dû contenir des plantes grasses le flanquaient de chaque côté. Un ours naturalisé, dont les crocs étaient tombés depuis des siècles, servait de porte-chapeaux.

— Oh, mon Dieu ! C'est terrible ! Ce n'est pas de la musique ! s'écria Janòs en se bouchant les oreilles pour se protéger de la cacophonie qui nous parvenait de la salle.

— Ils ne sont peut-être pas de votre niveau, monsieur Decksie, répondit le commandant Kitterbell, mais je puis vous assurer que ce quatuor à cordes jouit dans notre région d'une excellente réputation et que...

— Decsi, coupa Janòs. Mon nom est Janòs Decsi, ça se prononce « Ya-Noch Daichi ».

— Oh, veuillez me pardonner. Je comprends. Daichi, c'est entendu. Eh bien, comme je le disais, nous sommes particulièrement fiers à Titchmarsh...

Il usait en vain sa salive car, déjà, Janòs s'était éloigné. À la droite du hall se trouvait une serre peuplée de palmiers géants et de fougères. Janòs fit une halte pour allumer une cigarette, puis disparut tel un fantôme derrière les plantes exotiques.

— Eh bien ! Ça, alors... !

Le commandant Kitterbell faillit laisser éclater son indignation mais se ravisa, se contentant de me jeter un regard sombre avant de rentrer précipitamment dans la salle de concert. Je le suivis sur la pointe des pieds et réussis à dénicher un fauteuil libre au dernier rang. Les musiciens étaient en train d'en finir avec une version entraînante du *Second Quatuor à cordes* de Borodine, que l'auditoire semblait d'ailleurs apprécier si l'on en jugeait pas les balancements et les tapements de pied de la foule, qui accompagnait les musiciens en fredonnant. Ils auraient sans doute préféré se retrouver dans un cinéma bien chauffé, assis dans des fauteuils confortables, à regarder *Kismet*. Ce n'était pas une brillante exécution, et il était parfois difficile de reconnaître certains passages, mais l'orchestre semblait prendre plaisir à ce qu'il faisait et parvint à garder la mesure jusqu'au bout.

Le commandant Kitterbell monta sur la scène pendant que le quatuor saluait le public pour le remercier de ses applaudissements chaleureux.

— Après un court entracte, mesdames et messieurs, nous allons écouter M. Jaynoss Dexy, qui va nous interpréter le *Troisième Concerto pour piano* de Rachmaninov.

Le public manifesta une satisfaction polie à cette perspective avant de se ruer sur le bar, situé dans le salon sur des tables dressées à cet effet. Je pris ma place dans la file des buveurs pour commander un verre de vin, car je sentais le besoin de me remettre de toutes ces émotions.

Je m'avisai soudain, et ce n'était pas la première fois depuis la mort de Jack, que je n'avais jamais apprécié à sa juste valeur la présence d'un mari à mes côtés. Certes, les hommes se révèlent souvent fort utiles pour les petites choses, telles qu'aller chercher les boissons ou un taxi sous la pluie, mais ils servent surtout à asseoir votre réputation. J'avais l'impression d'être la seule femme non accompagnée dans le public, et j'eus la sensation que les gens, les hommes en particulier, me dévisageaient désagréablement. Je commençai à me sentir mal à l'aise. Dans un grand élan d'optimisme, j'avais d'abord enlevé mon manteau. Je compris vite mon erreur. Ma poitrine et mes épaules me parurent soudain affreusement dénudées. Je croisai le regard d'un homme moustachu et, avant même d'avoir eu le temps de détourner les yeux, je le vis se frayer un chemin vers moi à travers la foule tout en frisant ses moustaches d'un air conquérant. En hâte, je cherchai une échappatoire. Par chance, le second violon du quatuor se trouvait dans la queue devant moi, assez âgé et grisonnant. Je sentis que je serais en parfaite sécurité avec lui et qu'il allait me tirer de ce mauvais pas.

Je commençai par le féliciter de son interprétation.

— Je dois malgré tout reconnaître que j'ai un peu perdu le *tempo* au milieu du morceau mais, Dieu merci, nous sommes parvenus à rétablir la situation.

Je suis heureux que cela vous ait plu. Tous les ans, je me dis que ce sera la dernière fois – je me fais vieux, vous savez –, mais à chaque fois je me laisse persuader.

C'était vrai qu'il avait l'air d'une antiquité. Son smoking noir avait pris des reflets verts avec le temps, et il ne semblait pas rouler sur l'or. Je demandai à mon nouvel ami depuis quand il pratiquait le violon, il me parla avec chaleur de son profond désir d'adolescent de devenir un jour professionnel. Son père avait mis un terme à ces ambitions et fait de lui un paysan.

— Et même pas un bon, chère madame. Trop rêveur. Le cœur n'y était pas. J'ai toujours voulu faire quelque chose de créatif, vous comprenez ?

Oui, je comprenais. Je lui racontai que mon adolescence avait cependant été gâchée par la présence d'artistes autour de moi. Visiblement enchanté de cette conversation, le vieil homme s'esclaffait à mes moindres mots d'esprit, m'encourageant à poursuivre. Je commençais à me détendre et à prendre plaisir à cette soirée lorsque lady Alice fit une apparition remarquée, fendant la foule de son imposante poitrine couverte de taches de rousseur. On aurait dit la proue de quelque énorme navire. Le regard de ses yeux pâles et protubérants traversait la foule comme si elle n'existait pas. Sa voix était celle d'une grande patricienne, péremptoire et définitive.

— Trop fort ! Nous risquons de rouler par terre avant que la soirée ne soit terminée ! fit-elle en versant une grande rasade de limonade dans son verre de vin.

Puis, sans même jeter un regard ni adresser la parole à quiconque, elle s'évapora à travers le petit attroupement qui s'était formé autour d'elle.

— Je ne vais pas reprendre de cette piquette, dis-je avec une grimace de dégoût. Même une mauviette ne pourrait pas se soûler avec ça. À propos, je remarque que nous n'avons pas bénéficié de sourires ni de paroles de bienvenue.

— Vous avez trouvé cela un peu cavalier ? demanda le vieux musicien. Je crois que c'est dans le sang, cet air de morgue insouciante. Elle a bon cœur, en réalité. Si vous étiez dans le besoin ou malade, vous la verriez sous son meilleur jour.

— Le prix d'un tel privilège me paraît bien élevé, affirmai-je à mon nouvel ami violoniste, qui eut le bon goût de rire de ce bien faible trait d'humour. Quoi qu'il en soit, poursuivis-je, encouragée par son admiration, ne s'agit-il pas plus de condescendance que de réelle bienveillance ? Et je ne vois pas non plus pourquoi les gens en parfaite santé comme moi ne recevraient pas quelques marques ordinaires de politesse.

— Vous avez sans doute raison. Mais, dans le cas qui nous intéresse, je ne crois pas qu'il s'agisse réellement d'arrogance. Ce sont plutôt des restes des manières de l'ancien temps. Il ne fait pas de doute qu'en tant qu'institution elle appartient à l'*ancien régime*\* et bénéficie de certains privilèges en retour de ses importantes responsabilités.

— Il est en effet peut-être préférable qu'une personne qui possède le charme et la corpulence d'un char d'assaut se montre insensible à l'opinion d'autrui ! m'écriai-je, incapable de retenir plus longtemps mon indignation.

Mon compagnon partit d'un tel éclat de rire que la foule dirigea vers nous des regards intéressés, espérant peut-être profiter de la plaisanterie. Je me sentis un peu coupable. On ne doit pas se laisser aller à ces sortes de rosseries en public, il vaut mieux les réserver à ses intimes.

— Je regrette un peu mes paroles. Elle a probablement des tas de problèmes dont nous ne savons rien. Et ça ne doit pas être très amusant de vivre dans une maison bien trop grande, dont le personnel diminue chaque année pendant que les factures s'amoncellent. Au bout d'un moment, la maison se met à sentir le rance et les tapis à s'effilocher.

211

Le vieux musicien se disposait à répondre lorsque nous fûmes interrompus.

— Miranda ! Ma chérie ! Vous m'avez terriblement manqué ! Vous vous cachiez, avouez-le !

Une femme que je connaissais à peine se jeta dans mes bras, m'enveloppant dans un nuage d'*Arpège*. Ses yeux luisaient de curiosité. Je savais bien que tous ces salamalecs n'avaient qu'un but : tout savoir sur la mort de Jack. Je ne fus donc pas fâchée d'apercevoir le commandant Kitterbell qui faisait de grands gestes depuis la porte.

— Mesdames et messieurs, veuillez reprendre vos places ! La seconde partie va bientôt commencer.

Le public applaudit avec chaleur l'arrivée de l'orchestre philharmonique de l'East Kent. Le premier violon monta sur la scène et les musiciens entreprirent d'accorder leurs instruments. Puis un long silence s'installa. Le public, impatient, commença à s'agiter et à chuchoter. La nervosité me gagnait. Où était donc Janòs ? Me retournant avec anxiété, je le vis descendre à grands pas le couloir central. Quelques maigres applaudissements saluèrent son arrivée, s'intensifiant heureusement au moment où le chef d'orchestre vint prendre place devant son pupitre.

Janòs consacra une longue minute à l'installation de son tabouret, puis quelques secondes de plus à chauffer ses doigts, à remettre sa queue-de-pie en place et à tirer sur ses manchettes. Il lança un regard furibond à la salle pour lui imposer le silence avant de fixer gravement le clavier. J'eus à cet instant une peur terrible qu'il n'ait oublié les notes des premières mesures. Je me sentais aussi mal à l'aise que lors des petits concerts publics annuels de mes propres enfants. Enfin, alors que la tension devenait intolérable, il fit signe au chef d'orchestre, jeta sa tête en arrière dans un geste qui commençait à me devenir familier, et commença à jouer.

## 10

Dès les premières notes, la salle fut sous le charme et même dans un état proche de l'extase. Les oreilles les moins exercées ne pouvaient qu'être captivées par la passion et la perfection du jeu de l'artiste. Les virtuoses sont toujours entourés d'une aura romantique. La beauté de Janòs était telle, à la fois si austère et inaccessible, que dans cette salle chaque femme, j'en étais convaincue, ne pouvait que se laisser emporter par des rêveries plus ou moins érotiques en le regardant. Quant aux hommes, je n'avais aucune idée de ce que pouvait être leur réaction. Ceux qui n'attendaient pas simplement la fin du concert pour rentrer chez eux fumer une bonne pipe, caresser leur chien et savourer leur whisky étaient *peut-être* en train de vivre un intense moment d'émotion artistique et intellectuelle.

Shakespeare a affirmé que « même les êtres les plus obtus et les plus brutaux peuvent oublier leur triste nature sous l'effet de la musique ». Si je croyais déjà connaître les vertus cathartiques de l'art, je n'en fus pas moins surprise. En un instant, je ne sentis plus la fraîcheur de la salle et, bien au contraire, ma peau se mit à me brûler, comme caressée par un feu trop vif.

Jack s'était toujours gaussé de la musique de Rachmaninov, l'accusant de n'être que bruit et emphase. Janòs sut mettre dans ce morceau une éloquence qui transcendait tout sensationnalisme. La *cadenza* du premier mouvement me fit frissonner d'une déchirante émotion. La délicieuse mélodie russe de l'*adagio* me fit trembler d'un indicible et ardent désir. L'intrépidité du troisième mouvement fut si exaltante qu'il paraissait impossible que le soliste pût conserver une telle concentration impassible. Son corps n'épousait qu'à peine la course de ses doigts agiles, et seule sa tête, qu'il rejetait par moments en arrière, indiquait la reprise de l'orchestre. L'économie des moyens physiques mise en œuvre permettait d'autant mieux d'apprécier la perfection de l'exécution. L'intense et brillante beauté de la *coda* résonna en moi jusqu'à ce que chaque parcelle de mon corps ne fût plus que vibration et musique. Je restai immobile de longs instants, comme si tout mouvement risquait de rompre le charme.

Il y eut un interminable silence. Puis le public jaillit sur ses pieds et commença à applaudir. Les moins timides crièrent : « Bravo ! ». L'orchestre se leva spontanément comme un seul homme et se joignit à la frénésie des applaudissements. Janòs quitta son siège pour saluer à droite et à gauche. Son visage, demeuré jusqu'ici imperturbable et même sévère, s'illumina d'un bref sourire. Il serra les mains du chef d'orchestre et du premier violon avant de descendre de la scène. J'eus le sentiment de m'éveiller d'un long rêve enchanteur.

— Mesdames et messieurs, commença le commandant Kitterbell en agitant son programme pour obtenir un peu de silence. À la suite de cette superbe interprétation de Rachmaninov, je suis sûr d'exprimer le sentiment général en remerciant M. Janice Deckers de nous avoir fait l'honneur de jouer devant nous ce soir et d'avoir fait de ce concert le plus grand moment de la saison. (On entendit quelques « Bravo ! » suivis d'une nouvelle tempête d'applaudissements.) Nous allons donc écouter à présent l'habituel discours de clôture de notre hôte, auquel j'adresse, comme à chaque fois, toute notre reconnaissance. On me demande de vous informer que la neige commence à tomber et que chacun devra donc partir au plus vite après la fin de cette allocution. Mesdames et messieurs, notre président, M. John Vavasour.

Une ovation bon enfant ponctua cette déclaration. C'est alors, horreur suprême, que l'homme avec lequel j'avais échangé au cours de l'entracte de si agréables et si acerbes propos sur lady Alice monta sur la scène.

— Chers amis, membres et invités de la Société de musique de Titchmarsh, je serai bref car je devine que vous êtes tous impatients de rentrer chez vous. Je voudrais simplement remercier l'orchestre pour la chaleur de son exécution (il y eut encore des « Bravo ! Bravo ! ») et, bien sûr, M. Janòs Decsi, qui a réussi, pendant près de quarante minutes, à changer ma vision du monde. Je suis un vieil homme qui a entendu beaucoup de musique au cours de sa vie, mais je peux dire que rien ne surpasse ce qu'il m'a été donné d'écouter aujourd'hui (nouveaux applaudissements). Je tiens également à remercier mon épouse pour le rôle capital qu'elle a joué dans l'organisation de cet événement.

Lady Alice s'inclina avec une majesté royale tandis que le public battait encore des mains, bien qu'avec moins d'enthousiasme. Je tremblais devant l'irrattrapable gravité de ma bévue. Il fallait que je fusse descendue bien bas pour me laisser aller à des remarques malveillantes à l'égard d'une femme que je connaissais à peine. La honte me terrassa.

Je me traînais avec un certain accablement vers le fond de la salle lorsqu'un bel homme brun s'interposa en me gratifiant d'un chaleureux : « Bonsoir, madame Stowe », avant de disparaître aussitôt dans la foule sans même que j'aie eu le temps de le reconnaître.

Janòs était debout devant la porte d'entrée, les mains dans les poches. Le commandant Kitterbell conversait avec lui, mais, dès que le pianiste hongrois me vit, il abandonna l'officier au beau milieu d'une phrase et vint à ma rencontre :

— Allons-y, dit-il en m'agrippant le bras. J'ai faim. Avez-vous quelque chose à manger chez vous ?

— Plein de choses. Si nous y arrivons. Le temps m'inquiète. Bonsoir, commandant.

Les dernières effusions du commandant Kitterbell se perdirent dans la foule qui se hâtait vers le parking. Janòs m'entraînait en bas des escaliers. La neige tombait en rafales sur les buissons qui entouraient le bâtiment. Des plaques de verglas glissaient déjà sous nos pieds.

— Allons-y, courons ! s'écria Janòs en me prenant la main.

Mes semelles se transformaient en patins et je faillis plusieurs fois m'étaler dans la neige. Je fouillais dans mon sac à la recherche de mes clés quand un flocon s'insinua dans le col de mon manteau et glissa le long de mon échine. Je fus tellement saisie par le froid que j'eus bien du mal ensuite à mettre le contact. Enfin, le rugissement du moteur et l'éclair des phares me firent reprendre mon calme.

— Une chance que la voiture veuille bien démarrer. Regardez-moi ce temps !

Les essuie-glaces crissèrent en signe de protestation contre la neige glacée qui s'accumulait sur le pare-brise. Nous nous mîmes à suivre la longue procession de voitures, qui se sépara en deux groupes à l'intersection de la route principale.

— Ne vous inquiétez pas, dit Janòs avec une confiance que je trouvai bien injustifiée. (Il se pencha pour essuyer l'intérieur du pare-brise.) Nous ne sommes pas pressés. Nous avons toute la nuit devant nous.

— Je serai néanmoins très déçue si je n'en passe pas une bonne moitié bien au chaud dans mon lit.

— Vous êtes une personne anxieuse, n'est-ce pas ?

J'étais bien trop occupée à essayer de voir à plus de dix mètres devant moi et à tenter de déchiffrer les panneaux pour avoir le temps de m'élever contre cette affirmation désobligeante. La neige tombait à présent à l'horizontale sur le pare-brise, formant d'étranges et fascinantes lignes de pointillés qui émaillaient la vitre de dessins semblables aux toiles de Seurat et de Signac. Les feux de croisement constituaient les seuls points de repère sur le long et ennuyeux ruban de la route, éclairant fugitivement les arbres du bas-côté couverts de neige et de givre. Nous empruntâmes finalement une route secondaire qui me laissa sans la plus petite visibilité. Je n'eus soudain guère plus d'acuité visuelle qu'une taupe. En outre, l'effet hypnotisant des flocons de neige sur le pare-brise ne faisait qu'aggraver la situation.

— Cette voiture est très confortable, affirma Janòs en se calant dans son siège avec toutes les apparences de la plus extrême satisfaction.

— Heureuse que tout aille bien pour vous, fis-je d'une voix grinçante.

Puis je décidai d'abandonner les sarcasmes pour ce soir. Ils ne m'avaient pas vraiment profité jusqu'ici.

— Vous avez joué merveilleusement, repris-je, plus calme. Je n'oublierai jamais ce moment, jamais !

— Chaque fois, après un concert, je suis comme grisé. C'est fait et bien fait. Certaines soirées sont meilleures que d'autres, naturellement. Je ne peux l'empêcher. Ce soir n'était pas la meilleure, tout s'est bien déroulé malgré tout. Vous avez assez chaud ? demanda-t-il, la main sur l'interrupteur du chauffage.

— Non. Il est même probable que mon sang soit en train de congeler dans mes veines. Et notre heureux retour dépend en grande partie de la capacité de mon cœur à leur fournir le sang dont elles ont besoin. Si vous laissez ce chauffage tranquille et les fenêtres fermées, il nous reste peut-être une chance.

— Vous me jugez mal parce que j'ai laissé Maeve conduire dans le froid ?

— Elle a peut-être une double pneumonie à cause de vous.

— J'espère que non. Laissez-moi vous expliquer.

Je ne souhaite pas, chère madame Stowe, que nos relations partent du mauvais pied. Comprenez-moi. Il y a plein de bons pianistes, et peu d'occasions de jouer. Je suis bon, c'est vrai. Je mentirais si j'affirmais le contraire. Il existe dix, peut-être vingt ou même trente bons pianistes dans le monde, et tous convoitent le même piédestal. Comment puis-je m'élever au-dessus du lot ? En mettant tout ce que j'ai dans ce travail ? Mais ces dix, vingt ou trente, que croyez-vous qu'ils font pendant ce temps ? Alors, je dois en faire encore plus. Je dois aller encore plus loin que je ne croyais en être capable. Vous comprenez ? Rien ne doit se mettre en travers de ma route. Si je me repose ne serait-ce qu'un instant, quelqu'un viendra prendre ma place. Je ne suis rien si je ne joue pas. Moins que rien. Un raté. Si j'avais laissé les microbes de Maeve s'insinuer en moi, j'aurais risqué de jouer un tout petit peu moins bien. Et un petit peu moins bien, ça veut dire que je suis un homme mort.

— Bonté divine ! Est-ce que ça mérite tant d'efforts ?

— À mes yeux, oui. Pour ceux qui s'arrêtent en chemin et finissent comme professeurs, c'est vrai que ça n'en vaut pas la peine. Lorsque j'étais enfant, en Hongrie, je me suis juré que, si je survivais, je me battrais pour être bon… pour être grand… pour être le meilleur. J'ai fait un pacte – c'est comme cela qu'on dit ? – avec Dieu ou avec le diable. Peut-être avec les deux.

— J'imagine que les choses étaient très dures, alors, à l'époque ? demandai-je sans pouvoir réprimer un mouvement spontané de compassion malgré mes réserves à l'égard de la monomanie artistique. J'ai bien peur de ne pas savoir grand-chose de l'histoire moderne. Ce soulèvement hongrois, c'était en… hum… 1956, n'est-ce pas ?

— Oui, les choses allaient mal. Très mal. J'avais quinze ans en 1956. (Je fis un rapide calcul dans ma tête : il avait donc trente-trois ans, six de moins que

218

moi.) J'étais déjà musicien, mais je devais prendre les armes et tuer. Mon frère avait dix ans et lui aussi est allé se battre dans les rues. Deux cent mille Hongrois sont parvenus à fuir par la frontière autrichienne, et j'étais l'un d'entre eux. J'ai été blessé à l'épaule, des amis se sont occupés de moi. Je n'ai jamais revu ma famille. Mon père a été tué en janvier 1957 après la répression de la prétendue contre-révolution. Ma mère est morte deux ans après.

— Oh, mon Dieu, comme c'est triste. Je suis vraiment désolée.

J'avais entendu une brisure dans sa voix quand il avait mentionné son frère, et je n'osai pas demander ce qu'il était advenu de lui.

— Triste, en effet. C'est aujourd'hui que ça paraît triste. À l'époque, c'était… *rémisztö*… terrifiant, on pourrait dire. Nous n'avions rien à manger. Nous buvions dans des mares répugnantes, nous nourrissant d'herbe, de boue, de rats et de chats. Mon épaule s'est infectée, la fièvre me fit délirer pendant longtemps. J'avais abandonné tout espoir.

Je restai longtemps silencieuse, essayant de reconstituer les événements dans ma tête. Il était donc plus jeune que James, à l'époque.

— J'imagine qu'on ne peut jamais oublier de telles choses, dis-je enfin, mais j'espère que vous parvenez de temps en temps à une certaine… paix de l'âme.

Je n'avais pas fini de prononcer ces mots qu'une voiture se matérialisa soudain à travers l'écran enneigé du pare-brise. Je braquai violemment le volant à gauche tout en exécutant une élégante embardée sur la chaussée. La peur que nous venions d'éprouver nous fit éclater d'un rire nerveux.

— Mon âme est tout à fait en paix, sauf lorsque vous conduisez comme ça.

— Excusez-moi, j'ai les nerfs à vif.

— Pas la peine de vous excuser. C'est si gentil de me servir de chauffeur. (Il resta silencieux un instant avant de poser sa main sur mon bras.) Vous aussi, madame Stowe, vous avez eu votre part de malheurs. Maeve m'a dit que votre mari était mort il y a peu. J'en suis vraiment navré.

— Merci. À propos, appelez-moi donc Miranda.

Il n'était plus nécessaire de parler, un silence profond s'installa dans la voiture. La paume de sa main, toujours sur mon bras, diffusait lentement une douce chaleur qui finit par traverser la manche de mon manteau. Je me sentis détendue, mais terriblement fatiguée. La concentration exigée par cette difficile conduite de nuit était épuisante. Je ne pus retenir un bâillement qui me fit venir les larmes aux yeux. J'avais l'impression de me retrouver coupée du monde, isolée dans une cave sombre… Il fallait se ressaisir : j'avais bien failli m'endormir.

— Nous ne sommes plus très loin, grâce à Dieu, annonçai-je. Encore deux kilomètres et nous pourrons enfin grignoter quelque chose et nous mettre au lit. J'ai hâte de…

Ce que je me disposais à dire se perdit dans un hurlement au moment où la voiture quittait la route et plongeait dans le fossé.

— Ça va ? parvins-je à demander lorsque ma respiration fut revenue et que mon cœur eut cessé de battre la chamade.

— Oui, ça va. Et vous ?

— Un peu remuée. Je me suis cogné le genou.

— Quelle aventure, hein ? Eh bien, madame Stowe, que faisons-nous ?

Je passai la marche arrière et accélérai. Des crissements sinistres se firent entendre, la voiture sembla pousser un gémissement et fit une embardée qui nous enfonça encore plus dans notre ornière.

— Aucune chance de rencontrer quelqu'un par ici, fis-je en regardant ma montre à la lueur du plafonnier. Minuit moins vingt. Déjà que cette route est plutôt déserte en temps ordinaire. En plus, je ne crois pas qu'il y ait de cabine téléphonique dans le coin. Nous allons devoir nous débrouiller par nos propres moyens.

— Vous voulez dire qu'il faut quitter la voiture et marcher ? Alors, allons-y. Deux kilomètres, c'est bien ça ? Ce ne sera pas bien long.

Je coupai le moteur, enlevai la clé de contact et pris la torche qui se trouvait dans la boîte à gants. Je bénis Ivor d'avoir pensé à nous laisser une couverture.

— J'espère que vous allez avoir assez chaud avec votre manteau, s'inquiéta-t-il.

— Parfaitement, aussi chaud qu'une caille.

— Vous voulez dire, qu'une poule ?

— Non, ce sont les cailles qui sont chaudes.

— Bon, bon, ne nous disputons pas…

J'ouvris la portière et posai un pied prudent sur le sol. Ma jambe s'enfonça dans la neige jusqu'au genou.

— Nous ferions mieux de partir tout de suite. Ça ne va pas être une partie de plaisir.

Nous nous hissâmes en trébuchant pour rejoindre la chaussée. Là, Dieu merci, la couche de neige n'était plus que de quelques centimètres. Je pouvais néanmoins dire adieu à mes escarpins de soirée auxquels je tenais tant. Le rayon blafard de la torche électrique transperça la dense obscurité qui nous enveloppait. Le vent gémissait dans les branches d'arbres presque invisibles, réduits à l'état de spectres sur lesquels de légers flocons de neige s'amassaient inexorablement. Je sentis la chaleur bienfaisante de la couverture sur ma tête et sur mes épaules. Janòs s'élança d'un pas rapide et saisit la torche pour me permettre de glisser mes mains sous mes manches. Aucun de nous deux n'avait pensé à emporter de gants, et nos extrémités étaient les premières à souffrir des effets du froid.

— Vous connaissez le capitaine Scott ? lançai-je tout à coup. Vous savez, la conquête de l'Antarctique…

— Non.

— Il voulait se rendre à pied jusqu'au pôle Sud. Vers 1900.

— Pour quoi faire ?

— Pour être le premier. Au même moment, il y

221

avait un Norvégien qui faisait comme lui, un certain Amundsen. Et ça s'est transformé en une sorte de course.

— Une course ? Vous, les Anglais, vous êtes de sacrés colonisateurs.

— Il s'agit juste d'être le premier.

— Ah, d'accord. Nous sommes tous un peu fous, à notre manière.

— Il existe un récit de leur équipée sous le titre *Le Pire Voyage du monde*, écrit par l'un des hommes qui ont participé à l'expédition. Bien sûr, l'hiver dans l'Antarctique est une nuit perpétuelle et il y fait généralement moins quarante degrés. La transpiration se met à geler, ce qui fait que les vêtements deviennent durs comme du carton. Les voyageurs passent leurs journées penchés en avant à tirer leurs traîneaux. Leurs doigts sont couverts d'engelures dont les suintements gèlent aussi et finissent par prendre la dureté du marbre. Leurs dents éclatent sous le gel et leurs ongles de pieds se détachent.

— Vous croyez vraiment que tout cela va nous arriver ce soir ? ricana Janòs, qui semblait trouver toute cette histoire très amusante.

— Écoutez, je commence déjà à ne plus sentir mes pieds. Est-ce que vous aviez des échasses quand vous étiez petit ? Moi, oui. Eh bien, c'est exactement comme si j'étais sur des échasses.

— Je suis allé en Russie. Là-bas, il faut se frotter le nez sans arrêt avec de la neige pour éviter les engelures. Ici, ce n'est rien, juste un peu frais, peut-être. Qui est arrivé le premier ?

— Comment ? Ah, oui ! Scott. Non, Amundsen est arrivé le premier parce qu'il avait des chiens pour tirer ses traîneaux. Scott avait pensé que ce serait trop dur pour les chiens, il s'était fait construire spécialement des traîneaux motorisés. Mais ils n'étaient pas très bons et tombaient tout le temps en panne.

— Oh, là, là ! Vous êtes fous, vous, les Anglais.

— Je ne le pense pas, je trouve qu'il avait raison.

J'étais indignée. Le froid qui me transperçait les os et m'embrumait l'esprit m'avait fait oublier un instant le côté léger de notre conversation. Un grand rire sonore me le rappela. Ce n'était plus le grand virtuose hautain que j'avais à côté de moi.

— Ils savaient très bien que les conditions climatiques seraient terribles, poursuivis-je. C'est une chose de se les imposer à soi-même et une autre d'y contraindre d'autres créatures.

— D'accord, d'accord, ne vous mettez pas en colère.

— C'est vrai qu'ils ont emmené quelques poneys, dus-je reconnaître. Je ne vois d'ailleurs pas la différence. De toute façon, ils durent les tuer au pied d'un glacier parce que les pauvres bêtes ne parvenaient pas à le franchir. Je détestais entendre cette histoire quand j'étais petite. Cela me paraissait le *nec plus ultra* de l'ingratitude.

— Et ces hommes ont enduré tout cela pour finalement se faire – quelle est donc l'expression ? – couper les cheveux à l'arrivée ? C'est comme ça que vous dites ?

— « Coiffer » à l'arrivée, plutôt. En fait, leur fin a été bien pire. Ils sont morts tous les cinq.

Janòs poussa un soupir en levant les bras au ciel, peut-être en signe de regret pour ce tragique dénouement ou d'étonnement devant la folie humaine. Il continuait à marcher au même rythme, la tête bien relevée, les épaules en arrière, comme pour une promenade d'agrément par une douce journée d'été. J'aurais bien voulu m'arrêter un instant et reprendre mon souffle, mais je savais que ce froid intense empirerait si je restais immobile ne serait-ce que quelques secondes. Je décidai donc de retirer mes belles chaussures auxquelles j'avais tant tenu, à présent en piteux état, et de continuer mon chemin en essayant de ne pas penser à mes pieds. Ma bouche, à force d'avaler de la neige, ne me permettait plus de parler. Scott et Amundsen disparurent dans les glaces de l'Antarctique et je me transformai en soldat de l'armée napoléonienne participant à la terrible retraite de Russie, traversant des kilomètres de forêts de bouleaux et de steppe glacée.

— Ah ! La neige vient de s'arrêter, annonça Janòs en posant sa main sur mon épaule. Regardez comme c'est beau !

Rien de plus vrai. Magnifique même. Pendant un instant, la lune perça les nuages. Sous sa clarté, les arbres et la chaussée se parèrent de reflets argentés. Pas un seul ululement de hibou, pas un glapissement de renard… le vent lui-même s'était calmé en un doux murmure.

— Ravissant, déclara Janòs en me fixant si intensément de ses yeux sombres que je dus faire un effort pour détourner le regard. C'est encore loin ? Vous avez l'air d'avoir vraiment très, *très* froid, pauvre madame Stowe…

Je fis signe que cela allait. Pas question d'écarter, ne fût-ce qu'un instant, la couverture qui protégeait à peine mon nez et mon menton. Nous approchions de l'allée de ma maison. Il était temps ! Seuls le crissement de la neige sous nos pas, le poids de mes vêtements et la rugosité moite de la couverture me permettaient de rester consciente. Les yeux me brûlaient. Je dus les fermer et me laisser guider par le bras ferme de Janòs jusqu'à l'entrée, glissant, trébuchant, au bord de l'évanouissement.

— Voilà ! Notre calvaire est terminé, nous sommes arrivés, fit Janòs.

Les lumières des fenêtres du hall d'entrée diffusaient leur pâle clarté sur les parterres de fleurs du perron. Janòs poussa la porte, laissant échapper un Jasper frétillant et gémissant à la joie de me revoir. Un profond silence régnait dans le reste de la maison. Spectacle enchanteur, sur la table du vestibule, une bouteille de whisky, une Thermos, des bols, des verres et une assiette recouverte d'une serviette.

— Des sandwichs ! s'exclama Janòs. Fantastique ! Il faut que je mange. Et vous aussi. Asseyez-vous là.

Il me fit asseoir sur les marches de l'escalier et je me retrouvai un bol de café brûlant aux lèvres. Le liquide bouillant faillit me brûler la gorge et la poitrine.

— Bien. Mangez, à présent.

J'avais du mal à mâcher. Chaque muscle de mon visage n'était qu'une atroce douleur. Janòs, que toutes ces aventures avaient apparemment mis en forme, eut le temps d'avaler quatre sandwichs avant que je puisse achever mon premier toast. J'eus l'impression qu'ils étaient garnis d'œufs et de cresson. Je donnai le reste du mien à Jasper et passai la main sur sa tête douce et chaude. Du vestibule venait une lumière ambrée qui se mêlait à la couleur du whisky de Janòs. Mes paupières se fermèrent lentement.

— Venez. Il faut aller vous coucher.

Monter les escaliers fut l'une des plus dures épreuves de toute ma vie. J'étais bien trop faible pour tenir mes jambes droites.

— Où est votre chambre ?

— C'est celle-là.

Janòs ouvrit la porte, alluma la lumière et me porta jusqu'au lit. Les yeux fermés, j'eus vaguement conscience qu'on grattait une allumette, puis que les ressorts du lit grinçaient. Je fus saisie d'une pénible crise de frissons.

— Allons. Buvez encore un peu de café.

Je lui trouvai un goût étrange. Mes papilles, éprouvées par le froid, ne paraissaient plus capables de reconnaître quoi que ce soit.

— Voilà. J'éteins la lumière, il reste celle du feu de la cheminée. Vous aurez bientôt chaud. Je vais vous débarrasser de vos vêtements, il faut que vous m'aidiez. Mais non, ne faites pas l'idiote, ce n'est pas le moment de jouer les effarouchées. Vous risquez d'attraper la mort si vous ne vous mettez pas sous les couvertures.

J'essayai de coopérer, mais mes doigts engourdis refusaient de m'obéir. Un bruit de tissu déchiré accompagna le glissement de ma robe, qu'il était en train de retirer. J'étais bien trop épuisée pour m'en soucier et laissai Janòs remonter sur moi les couvertures et l'édredon. Ouvrant de nouveau péniblement les yeux, je le vis assis au pied du lit, occupé à me frictionner les jambes. La sensation de la peau qui revenait doucement à la vie était à la fois très douloureuse et reposante. Puis ses mains remontèrent jusqu'à mon dos pour le masser avec délicatesse. Je me sentais délicieusement bien.

Je m'aperçus alors qu'il était en train de se déshabiller.

— Mais qu'est-ce que vous faites ? Ce n'est pas vraiment une bonne idée.

— Je vais vous réchauffer à la chaleur de mon corps tout en terminant les sandwichs. J'espère que quelques miettes ne vous gêneront pas. Je vais faire attention, mais on ne sait jamais.

Il entra dans le lit. Sa chaleur était si douce et apaisante que je n'eus pas le courage de m'écarter.

— Ah, voilà qui est mieux !

Il passa un bras sous mes épaules et je posai la tête sur sa poitrine pendant qu'il continuait à manger. Relevant un peu les yeux vers lui, je croisai un regard où luisait un éclair ironique. Il continua à mastiquer le reste de son sandwich avec une expression d'intense satisfaction.

— Je crois que je vais finir le whisky.

— Vous êtes sûr ? murmurai-je en me rappelant que nous avions entamé une bouteille entière.

— Vous, les Anglais… toujours aussi collet monté. Je vous signale que vous en avez bu un tiers à vous toute seule. Je l'avais versé dans votre café.

Voilà qui expliquait le goût bizarre dans la bouche et les brûlures d'estomac que je ressentais depuis un moment. Moi qui détestais la simple odeur du whisky et n'en buvais jamais !

— Vous vous sentez mieux à présent ?

226

— Beaucoup mieux. Encore un peu frissonnante, mais ça va.

— Je vais finir le café, si vous n'en voulez plus.

Je secouai la tête et fermai les yeux. Je n'étais pas assez ivre ni épuisée pour ne pas me rendre compte que j'étais nue au lit avec un homme qui se trouvait lui aussi dans le plus simple appareil, un homme que j'avais rencontré pour la première fois dans l'après-midi. Il était probable que l'alcool et l'épuisement n'étaient pas pour rien dans cet événement. Je m'abandonnai aux rêves les plus doux.

Je dansais, ou plutôt je me laissais bercer par la plus merveilleuse musique. Quelque chose m'interdisait de tourner la tête pour voir qui pouvait bien être mon partenaire. Je ne pouvais distinguer que les magnifiques boutons en perle de sa somptueuse chemise. Je m'aperçus qu'au lieu d'un smoking il portait une capote de l'armée, maculée de boue. Comme toujours dans les rêves, je ne fus absolument pas surprise de me retrouver à la bataille de Borodino. À ma droite s'élevait la redoute Chevardino. Des nuages de poudre à canon flottaient dans les airs. Mon partenaire resserra sa pression autour de ma taille et je dus lutter pour prendre mon souffle. Le vacarme de la bataille était assourdissant, les canons tonnaient sans arrêt. L'étreinte autour de ma taille devint insupportable. Le crépitement d'une fusillade éclata à mes oreilles. Un point rouge apparut sur la poitrine de mon partenaire et s'étendit rapidement. Je ne pouvais en détacher mon regard. La pression qu'il exerçait sur moi se relâcha et je parvins enfin à voir son visage. C'était celui de Jack.

— Quelle heure est-il ? marmonnai-je en ouvrant les yeux. Mon cou, qui n'avait pas quitté la chaude protection du bras de Janòs, était raide. C'étaient sans doute les battements de son cœur qui m'avaient fait rêver de batailles. D'ailleurs, le mien aussi battait très fort.

— Deux heures. Je viens d'entendre le carillon.

— C'est celui de la remise.

— Il y a des carrosses dedans ?

— Non, rien que des voitures. J'aurais l'air un peu idiote de me promener en calèche, vous ne trouvez pas ? En plus, les voyages seraient terriblement longs.

— Vous devriez dire « automobile », vous savez ? J'ai beaucoup étudié la culture anglaise. Petit garçon déjà, je lisais tous les livres anglais qui me tombaient sous la main. Mon maître d'école possédait de nombreux ouvrages rédigés par une femme appelée Gertrude Rince. Vous avez entendu parler d'elle ? (Je fis signe que non). Tous ses personnages, des ducs et des comtesses, vivaient heureux dans de grandes maisons et jouaient au billard le soir en buvant du cognac. Ils avaient plein de domestiques, plein d'argent et plein de terres. Leurs amours étaient contrariées, mais ils oubliaient leurs soucis au cours d'interminables parties de tennis et lors de somptueux repas où les mets les plus exquis étaient servis à profusion. Les ducs étaient méchants, mais il y avait toujours une intéressante secrétaire, un évêque plein d'esprit et un adorable maître d'hôtel. (Je me mis à nourrir un profond respect pour l'imagination de cette Mme Rince). J'adorais ces livres. Alors, imaginez ma déception lorsque j'ai atterri à Heathrow à l'âge de dix-neuf ans. À la place des superbes pelouses, des lacs et des paons, il n'y avait qu'une terrible *hiba* d'ennui, d'horribles maisons, des rues noires et un trafic assourdissant.

— J'imagine en effet que vous avez dû avoir un choc, approuvai-je en souriant, maintenant que mon cauchemar commençait à se dissiper. Vous vous imaginiez vraiment que tout le monde vivait comme cela ?

— Mais oui. Dans ces livres, même la belle jeune fille pauvre qui tombe amoureuse du maître de maison au physique ravageur habite un charmant bungalow…

— Cottage, je pense que c'est ça que vous voulez dire.

— Vous avez raison. Un cottage, avec des petits

228

chatons et des almées. Vous riez. C'est bien, vous êtes particulièrement belle lorsque vous riez.

— Des alcées. Ces fleurs s'appellent des alcées.

— Et vous ne trouvez pas que c'est un mot amusant ? Il me semble un peu ridicule.

— Je suis navrée que l'Angleterre vous ait tant déçu.

— Vous savez, c'était il y a quatorze ans. Depuis cette première fois, je suis revenu à quinze reprises en Angleterre. J'ai rencontré des lords et des ladies. J'ai été reçu dans leurs belles demeures. En fin de compte, ils ressemblent à tout le monde, souvent laids et mal habillés, et totalement ignorants. Dans mes livres, ils étaient beaux, tous férus de poésie et de musique. Cette lady Alice, par exemple, si froide et déprimante ! Vous savez ce qu'elle m'a dit après le concert ? « Très joli, monsieur Dresky. » Joli ! En plus de ressembler à un bâton de chaise, cette femme est stupide ! D'ailleurs, vous aussi, madame Stowe, vous êtes un peu mince. Étiez-vous trop triste pour vous nourrir après la mort de votre mari ? demanda-t-il en passant sa main le long de mon corps avant de l'arrêter sur ma hanche.

— Vous ne croyez pas que vous devriez retourner dans votre chambre ? suggérai-je, le cœur un peu battant. Je suis sûre que vous avez besoin de dormir.

— Comment pourrais-je penser au sommeil avec une fille si magnifique dans mes bras ? En outre, je ne dors jamais après un concert. Je suis trop – comment dites-vous ? – remonté ? Alors, si vous m'y autorisez, je vais vous faire l'amour. J'ai estimé que vous aviez besoin de vous reposer et de vous réchauffer d'abord. J'ai patiemment attendu, à présent je sens que vous êtes tout à fait bien.

— Attendez une seconde ! m'écriai-je en m'asseyant sur le lit pour chercher des yeux ma chemise de nuit. Je vous trouve bien sûr de vous !

— Je ne vous plais donc pas ?

— Si. Non. Ce n'est pas ça. Je ne vous connais pas.

229

— Mais que voulez-vous de plus ? Nous avons tant parlé. Et je sais que nous avons encore beaucoup de choses à nous dire. C'est peut-être le plus important. Vous étiez si charmante, assoupie dans mes bras. Vous voulez que je vous courtise pendant des mois, comme dans les livres ? Entendu, si c'est ainsi que vous le voyez, mais ce serait bien dommage.

— Je ne veux pas qu'on me fasse l'amour par commodité, juste parce que vous avez des rêves de femmes anglaises et que vous n'arrivez pas à dormir après un concert. J'ai besoin de quelque chose de plus… personnel.

— Oh, je vois. Mais permettez-moi de vous dire que vous avez tort. Je ne veux pas vous faire l'amour par commodité. Si j'étais étendu dans le lit de lady Alice à cet instant même, je lui dirais poliment bonne nuit en espérant qu'elle ne tirerait pas à elle toutes les couvertures.

Je ne pus me retenir de rire.

— C'est possible. Mais le fait que vous ne me trouviez pas repoussante me paraît insuffisant.

— Vous vous comportez stupidement pour une fille intelligente. À la seconde où je vous ai vue, j'ai été frappé par votre beauté, j'ai eu envie de vous. Vous faire l'amour est ce que je souhaite le plus au monde.

— Vous vous êtes dit tout cela dans le quart de seconde que vous m'avez accordé avant d'attaquer votre piano ? m'étonnai-je. Vous pensez sacrément vite.

— Je me suis dit bien plus que ça, femme de peu de foi, mais il ne serait pas décent d'avouer tout ce qui m'est passé par la tête. Maintenant que je vous connais, c'est étrange. Il ne s'agit pas seulement de désir physique. Bien qu'il soit fort, terriblement fort. Mais c'est aussi quelque chose d'autre. Bien que nos vies et nos expériences soient très différentes, je me sens en harmonie avec vous. Le sentez-vous ? dit-il en me regardant avec gravité.

C'est vrai qu'il me plaisait. Et, si j'étais encore sous

230

le *schwärm* de sa musique, je devais également reconnaître qu'il était l'homme le plus séduisant que j'aie jamais rencontré.

— Ce n'est pas aussi simple que cela..., commençai-je. Il y a les enfants, et puis Maeve.

— Les enfants sont en train de dormir. Et puis, excusez-moi, mais je ne vois pas le rapport. Est-ce que vous avez l'habitude de leur demander la permission de faire l'amour avec un homme ?

— Non. Bien sûr que non.

— Et qu'est-ce que Maeve vient faire là-dedans ?

— Eh bien...

Tout cela était très embarrassant. Je ne pouvais pas trahir l'amitié en révélant qu'elle avait des vues sur lui.

— ... elle a peut-être le sentiment que vous êtes *son ami* et...

Janòs continuait à me dévisager fixement, le sourcil interrogateur.

— Est-ce parce que votre mari vous manque ? Vous avez peur de regretter que ça ne soit pas lui ? Ça, je peux le comprendre.

J'avais l'impression que ce serait une bonne échappatoire. Je savais que la plupart des hommes seraient blessés dans leur orgueil. Mais je ne pus me résoudre à mentir et continuai à bafouiller de façon assez lamentable.

— Non. Honnêtement, ce n'est pas ça. Je n'arrive pas à expliquer...

— Moi oui : vous réfléchissez trop. Vous avez souffert et maintenant vous avez peur. Vous ne voulez pas vous laisser aller à aimer de peur d'être vulnérable.

Ces mots éveillèrent une telle douleur en moi que je ne pus retenir mes larmes. Il avait su, avec beaucoup d'intuition, aller directement au cœur des choses. Il se pencha pour embrasser mes paupières.

— Ne pleurez pas, chère madame Stowe, ce n'est pas nécessaire. Vous verrez, tout ira bien.

Il posa ses lèvres sur les miennes et je lui rendis

son baiser. Toute résistance était impossible à présent. Et, pourtant, Jack avait été mon premier et unique amant. J'avais toujours été persuadée qu'il était le meilleur puisque j'aimais éperdument ses caresses et que tant de femmes étaient prêtes à tout pour l'amener dans leur lit. Lorsqu'il me faisait l'amour, Jack restait toujours un peu distant, menant le jeu à sa guise. J'avais parfois l'impression, avec lui, d'être comme un moteur qu'on désosse.

Avec Janòs, tout fut merveilleusement et radicalement différent. Je fus étonnée par sa tendresse et sa générosité. L'intensité de son art se retrouvait dans ses caresses. Il me parla, d'abord en anglais, puis, lorsque le désir nous emporta, en hongrois. J'oubliai alors la douleur de mes pieds gelés, la présence d'autres personnes dans la maison et le prix que j'aurais peut-être à payer pour ce moment de folie. Mais, surtout, j'oubliai Jack.

Plus tard, il poussa un profond soupir et reposa sa tête sur mon bras étendu.

— C'était magnifique ! Merci, ma chère, ma douce Miranda. Crois-moi, je t'en conjure, je n'ai jamais fait l'amour ainsi avec une femme avant toi.

— C'était... oh, c'était le paradis ! balbutiai-je.

— Oui ? Je savais bien que tu y prendrais plaisir. Ça, on peut toujours le deviner. Alors, finalement, il était bien, M. *Csodálatos* ? M. Merveilleux ? Tu sais, c'est si bon de t'entendre rire !

Un profond désespoir put se lire sur les traits d'Elizabeth.

### 11

Au matin, une lumière aveuglante inonda ma chambre, me tirant brutalement des vapeurs de la nuit.
Tout me revint en un instant, et un immense bonheur
m'envahit. J'étendis la main pour toucher le corps de
Janòs.

— M'man...

C'était la voix d'Elizabeth, debout sur le seuil.

Je me redressai en sursaut et contemplai avec stupeur la place vide à côté de moi.

Ma fille, le visage couvert de blanc, me gratifia d'un
regard peu amène.

— Qu'est-ce que tu as ? On dirait que tu as peur
de quelque chose.

— Ce n'est rien, ma chérie, j'étais encore à moitié
endormie. Oh, regarde comme la lumière brille sur le
neige ! Qu'est-ce que tu t'es mis sur la figure ?

— Ça s'appelle « Teint de porcelaine ». Tante
Nancy en a laissé dans la salle de bains. Un pot très
chic.

— Ce n'est pas mauvais pour la peau, j'espère.

— Tu crois toujours que les choses ne sont pas bien
pour moi, rétorqua-t-elle avec impatience. Tu devrais
pourtant savoir que ça mine ma confiance en moi. Si
je sors, tu crois que je vais me faire écraser par un
bus, que Puck va m'éjecter des étriers, ou que je vais
passer sous un train. Si je reste à la maison, je vais

233

m'étouffer avec le capuchon de mon stylo ou tomber dans la cheminée, ou boire par accident une bouteille d'eau de Javel. C'est un miracle que je sois encore en vie et pas à l'hôpital couverte de bandes Velpeau.

— Excuse-moi, chérie. Je suis peut-être un peu trop protectrice. C'est juste parce que je t'aime.

Un profond dégoût put se lire sur les traits d'Elizabeth.

— Très franchement, je préférerais que tu m'aimes un peu moins et que tu m'accordes un peu plus de liberté. La mère de Marlene dit que sa fille est plus mûre que ses propres parents. Elle la laisse faire ce qu'elle veut.

— Eh bien, pour autant que je connaisse les parents de Marlene, c'est tout à fait possible, en effet.

Je ne pouvais m'empêcher d'évoquer M. et Mme Cooper qui, à en croire une rumeur persistante, avaient mis à plusieurs reprises le feu à leur maison en fumant au lit et se battaient comme des chiffonniers le samedi soir devant Magpie et Stump.

— Je ne vois pas pourquoi je réglerais ma vie sur le modèle des Cooper, conclus-je.

— Tu n'es qu'une épouvantable snob, m'man. Si ça continue, je vais me retrouver la dernière de ma classe parce que je n'aurai pas participé aux matchs interscolaires de hockey.

— Bon, si tu veux vraiment y aller... Quand cela aura-t-il lieu ?

C'était probablement d'un ennui mortel, mais sans danger, à première vue. Peut-être, au fond, me montrais-je excessivement stricte avec les enfants, pensai-je. D'ailleurs, Jack m'avait souvent accusée de trop m'inquiéter à leur sujet. Et puis, ce n'était pas le moment de me disputer avec Elizabeth. Mieux valait parvenir à créer un climat de confiance si je voulais que mes enfants continuent de communiquer en toute liberté avec moi.

— Samedi, de sept à dix heures.

— Drôle d'horaire pour jouer, remarquai-je. Est-ce qu'il ne fera pas trop sombre à cette heure-là ?

Elizabeth laissa échapper un soupir d'exaspération.

— Le terrain sera éclairé, é-vi-demment.

Elle traîna sur le dernier mot avec une telle insolence que je fus prise d'une folle envie de lui botter le derrière. Ce n'était pourtant pas dans mes principes, et Jack n'avait jamais recouru non plus à ce genre d'arguments.

— Bon. Alors, je vais pouvoir m'inscrire, fit-elle en disparaissant derrière la porte.

Deux secondes plus tard, sa frimousse réapparut à travers l'entrebâillement.

— À propos, le pianiste est en train de prendre son petit déjeuner en bas. Il est craquant, non ? J'ai remarqué que Jenny avait mis la robe que tu lui as donnée et qu'elle fait de véritables bonds dans la cuisine.

Au moment où elle claquait la porte, je compris soudain que toute cette conversation n'avait eu pour objet que de me soutirer la permission d'aller à ce maudit match de hockey. Ne vaudrait-il pas mieux examiner la question d'un peu plus près en passant un coup de fil à Mme Westin-Waite ? me demandai-je. Mon Dieu, je devenais vraiment trop soupçonneuse. Elizabeth avait peut-être raison de m'accuser de miner sa confiance en elle.

L'horloge de la remise sonna neuf coups. J'enfilai ma robe, me précipitai en bas et téléphonai au garagiste du village, qui me promit de s'occuper sur-le-champ de ma voiture. Puis j'allai rendre visite à Rose dans sa chambre. Elle était assise et m'attendait patiemment. Je fus heureuse de voir que Jenny avait pensé à lui apporter une tasse de thé.

— Excuse-moi de descendre si tard, Rose chérie. La nuit dernière, la voiture est tombée dans le fossé et nous avons dû faire un bout de chemin à pied.

Je ramassai son spencer et sa jupe.

— L'exercice semble t'avoir fait un bien fou, dit

Rose en m'examinant des pieds à la tête. Ça fait longtemps que je ne t'ai pas vue en si grande forme.

— Le concert était merveilleux.

Un silence chargé d'ironie s'installa, que je mis à profit pour ranger les bas de Rose.

— J'espère que tu n'as rien fait que tu pourrais regretter, ma fille.

Je ne pus m'empêcher d'éclater de rire.

— Je ne sais pas à quoi tu fais allusion, mais tu n'as pas besoin de t'inquiéter.

— En le voyant hier, je me suis dit tout de suite qu'il était bien trop beau.

Janòs, assis à la table de la cuisine à côté d'Henry, se leva avec politesse à notre entrée. Rose le salua plutôt fraîchement pendant que je me penchais pour donner une petite tape à Jasper. J'avais besoin de quelques secondes pour me donner une contenance. Lorsque je me relevai, le regard de Janòs était posé sur moi. Je sentis mes jambes flageoler. J'eus bien du mal à m'arracher un sourire crispé, qui suscita chez Rose un grognement irrité.

Jenny posa devant Janòs une assiette de saucisses, d'œufs et de bacon, avec un empressement tel qu'elle eut l'air d'effectuer un pas de danse autour de lui. Il la remercia d'un sourire. Elle en fit tomber le torchon qu'elle avait en main.

— Laissez-moi vous servir, dis-je en saisissant la cafetière.

— M'man, gloussa Henry, tu as l'air bizarre ce matin. D'habitude, tu ne portes pas de jupe le dimanche, sauf si quelqu'un vient déjeuner. Pourquoi as-tu mis du rouge à lèvres ?

Les difficultés d'avoir une liaison – j'hésitais à évoquer l'idée d'une « histoire d'amour » – dans une grande maison comme celle-ci me sautèrent au visage. Elizabeth vint s'asseoir en face de Janòs, qui, grand prince, se leva courtoisement pour la saluer. Je remarquai qu'elle en fut troublée. Tout en mâchant ses toasts et sa confiture, elle ne cessait de poser les yeux sur le visage de notre hôte. J'espérais que ce regard scrutateur dissimulé derrière des cils lourdement maquillés ne l'indisposerait pas.

— Est-ce que je dois vraiment retourner à l'école ce soir, m'man ? demanda Henry d'une voix plaintive.

Il semblait le seul à rester insensible au charme de Janòs.

— Tu sais, mon chéri, tu as déjà beaucoup manqué. Tu ne crois pas que ce serait préférable ?

— Bien sûr qu'il peut, maugréa Elizabeth. Après tout, James et moi avons repris les cours depuis des semaines. Qu'est-ce qu'il y a de différent ?

— Toi, tu es externe et James est presque un adulte, répliqua Henry avant que je puisse parler. En plus, j'ai une nature impériale. C'est ce que mon maître d'école a dit. Il me faut plus de temps pour me remettre.

— Peut-être qu'il veut dire « impressionnable », suggérai-je à Elizabeth, qui venait d'émettre un de ces reniflements de mépris dont elle avait le secret. Est-ce que ton maître a réellement dit ça ? Plus que les autres garçons ? Je me demande bien pourquoi.

Je trouve que, si les enseignants savaient à quel point le moindre de leurs commentaires prenait de l'importance, ils s'abstiendraient souvent de tenir des propos hasardeux devant leurs élèves.

— Elizabeth chérie, veux-tu te moucher, s'il te plaît ? Je crois vraiment, Henry, qu'il est temps que tu reprennes la classe. Nous devons tous faire de gros efforts et être courageux…

— Ah, non ! Pas encore un sermon ! interrompit Elizabeth. On nous en fait déjà assez à l'école !

— Elizabeth ! coupa Rose, extrêmement choquée. On ne parle pas comme ça à table !

— Eh bien, si tout le monde ici se sent le droit de me rabrouer à tout propos, je crois que je vais aller faire un tour du côté de l'écurie. Quant à toi, Henry, je me demande bien pourquoi tu veux absolument rester à la maison alors que tout le monde est si désagréable.

Elle entreprit avec ostentation de beurrer deux toasts, les barbouilla de confiture, adressa à Janòs une petite moue aguicheuse et quitta la pièce.

— Oh, là, là ! fis-je en la regardant partir. Je suis désolée, Rose. Tu sais bien à quel point elle t'aime.

— Mais oui. Elle me rappelle sa mère à l'âge de quatorze ans, ce ne sont pas quelques petites grossiè-retés d'adolescente qui vont me troubler. D'ailleurs, c'est surtout à elle-même qu'elle veut faire du mal.

— J'espère que tu diras ça quand j'aurai le même âge, dit Henry. Selon moi, quand ce sera mon tour, je suis sûr que vous tous en aurez assez d'être tolérants et compréhensifs et que je paierai les pots cassés.

Cette sortie mélodramatique ne rencontra qu'une hilarité générale.

— Vous vous tirerez de toutes les situations, jeune homme, affirma Jenny d'un ton admiratif. Beau et intelligent comme vous êtes. Oh, j'entends Bridie crier. Je vais vous la chercher, miss Ingrams. Il vau-drait peut-être mieux que je me mette à la vaisselle.

— Je la ferai avec Henry, dis-je précipitamment. Rose a l'air fatiguée.

— J'en étais sûr ! s'indigna Henry. Juste parce que je ne sors pas de la cuisine en claquant la porte, on me colle le sale boulot. Eh bien, je vais voir si Eliza-beth a besoin d'un coup de main avec Puck.

Janòs demeurait impassible devant ces querelles domestiques. Il mangeait son petit déjeuner et buvait son café d'un air de parfaite indifférence. Mais, à la seconde où Rose se leva pour aller s'asseoir dans son fauteuil favori près du feu, il saisit ma main de l'autre côté de la table et la porta à ses lèvres. Un incontrô-lable frémissement de plaisir ébranla chaque parcelle de mon corps.

— Je n'ai pas vraiment besoin de partir aujour-d'hui, murmura-t-il d'une voix douce. Je peux très bien rester jusqu'à demain.

238

— Pas la peine de chuchoter, monsieur Dexie, interrompit Rose d'un ton sévère. Je peux quitter la pièce si vous avez des choses à vous dire.

— Janòs reste un jour de plus, dis-je du ton le plus détaché alors que j'aurais voulu hurler de joie. C'est pour lui une merveilleuse occasion de se reposer et de visiter un peu le Kent.

— Ah, il est inutile d'essayer d'embobiner Miss Ingrams, vous savez, ma chère, fit Janòs. « Embobiner » est l'un des mots favoris de Gertrude Rince. Est-ce que je l'ai prononcé correctement ? C'est bien Mme Stowe qui est la grande attraction du Kent, ainsi que la fine Miss Ingrams l'a tout de suite deviné. À présent, si vous me permettez de faire usage de votre piano, j'aimerais pratiquer quelques exercices pendant la matinée.

— Certainement. Voulez-vous que je vous apporte du café dans une heure ou deux ?

— La vision de votre visage me donnera le courage de poursuivre. Ah ! Ce sont les femmes qui nous distraient de notre ouvrage, les hommes ont bien du mal à ne pas se laisser entraîner à de coupables errements.

Au moment où il quittait la pièce, son sourire me fit comprendre que c'était Rose qui faisait les frais de sa taquinerie.

— Miranda, ma fille, tu devrais faire attention à toi. Cet homme est dangereux ! s'exclama-t-elle d'un air hérissé.

— Dangereux ? Que veux-tu dire par là ? demandai-je en me dirigeant vers l'évier pour commencer la vaisselle… et surtout pour dissimuler à Rose l'expression de mon visage et quelques larmes roulant le long de mes joues.

— Il est trop jeune, trop beau et trop – trop insaisissable. Un homme doit être un peu faible pour faire un bon mari. Et avec un peu de chance, c'est la femme qui sera cette faiblesse. Les hommes n'aspirent pas à l'état de grâce, il faut qu'il leur tombe dessus par hasard.

— Mon Dieu, Rose ! Est-ce que tu ne vas pas un peu vite en besogne ? J'ai rencontré Janòs pour la première fois hier après-midi.

— Beaucoup de choses peuvent arriver en moins d'une journée. Pas besoin de me faire un dessin, ma petite, j'ai des yeux pour voir. Je sais combien cet homme t'a rendue malheureuse. (Je compris qu'elle faisait allusion à Jack). Tu n'en es que plus à la merci d'une nouvelle erreur. Je suis vieille et je vais bientôt quitter ce monde. Alors, prends garde à toi et laisse-moi mourir en paix.

Ces paroles me laissèrent d'abord interdite, puis, sans réfléchir, j'allai l'embrasser.

— Maintenant, tu me mouilles avec tes larmes. Je crois que je vais fermer les yeux quelques minutes.

J'achevai de nettoyer la cuisine et allai enfiler mon manteau dans le hall d'entrée. Des rafales de notes crépitaient dans le salon. Je me glissai hors de la maison, envahie par un bonheur voilé d'un soupçon de culpabilité. La voiture était garée dans l'allée, apparemment en bon état, à l'exception d'une petite éraflure sur le côté. Je traversai le village enneigé pour gagner le joli cottage de Maeve, isolé près de son petit torrent. Même l'idée d'avoir à faire une confession désagréable ne parvenait pas à calmer mon excitation.

Maeve m'ouvrit. Elle portait une chemise de nuit blanche bordée de dentelles et une robe de chambre rose crasseuse bizarrement ornée de plumes d'autruche. Affreusement pâle, les yeux cernés, elle me dévisagea un long moment, étudiant de près mon expression compassée et un peu trop solennelle.

— Oh, Seigneur ! C'est arrivé, hein ? Pas besoin de me faire des aveux ! Et en plus, je parie que tu as dû trouver ça extraordinaire. Bon, eh bien, entre quand même. Je savais que ça allait se produire. Chienne de vie !

— Oh, Maeve ! Je suis désolée !

— Tu parles ! Je n'ai jamais vu personne qui ait l'air aussi peu désolé que toi de toute mon existence. Assieds-toi là, fit-elle en me désignant le canapé recouvert de tentures indiennes sur lesquelles dormaient ses deux chats. Je dus enlever quelques restes de poisson avant de pouvoir me glisser entre eux.

Une cheminée occupait presque toute la longueur de l'un des murs. Des piles de bûches s'entassaient dans l'âtre, brûlant d'un feu ardent. La chaleur était étouffante. Un vieux tourne-disque grinçant diffusait une musique *raga* et de lourds effluves d'encens saturaient l'atmosphère.

— Comment te sens-tu ? Je t'ai apporté un petit remontant, dis-je en lui tendant une boîte remplie d'œufs de ma poule d'Araucanie, qu'elle aimait particulièrement.

— Il faudra plus qu'une demi-douzaine d'œufs pour te faire pardonner cette immense traîtrise.

— Je suis vraiment désolée…

— Ne dis pas de bêtises, je plaisante, bien sûr. De toute façon, je n'aurais pu coucher avec personne hier soir. J'étais malade à en crever. Et puis, je n'ai aucun droit sur lui. Je savais que je l'avais perdu à la minute où j'ai renoncé à aller au concert.

Je me sentais un peu vexée que Maeve puisse ainsi me prendre pour une séductrice patentée. Mais, après tout, je le méritais un peu.

— Tu sais, protestai-je, je n'avais nullement l'intention que cela arrive. La voiture est tombée dans un fossé et nous avons dû marcher. Arrivée à la maison, j'étais gelée de la tête aux pieds et Janòs m'a gentiment aidée à me réchauffer.

Maeve eut un haut-le-cœur.

— Merci, mon imagination me suffit, pas la peine d'entrer dans les détails. Je suis assez jalouse comme cela.

— Je me sens coupable. En plus, tu as l'air affreusement malade.

— En fait, je me sens un peu mieux aujourd'hui,

241

je serai remise dans quelques jours. Ce sera peut-être mon tour d'accompagner Janòs à une soirée. Je sais qu'il ne peut pas dormir après un concert sans avoir fait l'amour.

Elle sortit une cigarette française d'un paquet et l'alluma en m'observant d'un air malicieux. Je dus me retenir de lui dire de ne pas fumer tant qu'elle était souffrante.

— C'est Janòs qui te l'a dit ? Je ne savais pas que vous vous connaissiez si bien.

Maeve partit d'un grand rire, qui s'acheva en une toux douloureuse.

— Ça a vraiment mauvais goût, fit-elle en écrasant sa cigarette dans une vieille boîte de conserve débordant de mégots posée à côté d'elle.

— Ça t'épate, hein ? Mais non, trésor. En réalité, Janòs et moi n'avons jamais discuté de sujets aussi scabreux. J'ai juste dit cela parce que je connais les musiciens, et c'est vrai pour la plupart d'entre eux. Le mélange d'angoisse et d'intensité qu'ils vivent pendant leurs concerts les pousse à un tel état d'exaltation que, comme des drogués, ils doivent redescendre lentement sur terre. Et ce qui est vrai pour les autres ne peut que l'être pour Janòs. Il est à croquer, n'est-ce pas ? Ma-gni-fique.

— Hmm…

— Inutile de faire semblant de ne pas en être coiffée. C'est écrit sur ton visage, ma chère.

Je trouvai assez désagréable de savoir que tout pouvait se lire si aisément sur mes traits.

— Tu dois te dire que je n'ai même pas attendu que l'enterrement soit terminé pour…

— Oh, ne t'inquiète pas pour ça ! s'écria Maeve en écartant avec mépris mes piètres tentatives pour sauver la face. Je sais très bien que les choses n'allaient pas du tout entre Jack et toi depuis des années.

— Ça alors ! Je me demande bien comment…

— Pas la peine de monter sur tes grands chevaux,

Miranda. Personne n'ignore que Jack courait après tous les jupons, non ?

Suprême humiliation, je sentis mes yeux se mouiller. Ce devait encore être cette sacrée musique de Janòs qui me faisait verser dans la sensiblerie. Comme si elle avait ouvert les vannes de mes émotions et me laissait sans défense.

Comprenant qu'elle était allée trop loin, Maeve s'assit à côté de moi. Elle sentait la fumée de cigarette et le sirop pour la toux.

— Pardonne-moi, c'était idiot de ma part. Je ne voulais pas te blesser. Jack était le plus parfait imbécile que j'aie connu. Il t'avait et ça aurait suffi à n'importe quel homme cent fois mieux que lui. C'est ça le problème, Miranda chérie, il ne te méritait pas. Tu es une fille jolie, intelligente, et je ne peux pas en vouloir à Janòs de t'avoir trouvée à son goût. Je sais parfaitement que je n'avais aucune chance face à toi.

Il était impossible de résister à la générosité de Maeve. Elle était excentrique et exaspérante, mais aussi d'une infinie gentillesse, et pas bête du tout. Tout allait donc pour le mieux, si ce n'est que j'étais à présent persuadée d'avoir attrapé son rhume. Je l'embrassai sur la joue en lui disant que tout cela n'était pas grave.

— Bon, alors, nous ne sommes pas fâchées ? Je ne suis pas furieuse que tu aies pris du bon temps avec Janòs et tu ne m'en veux pas d'avoir été grossière.

Je la rassurai, puis je lui demandai si elle voulait venir déjeuner à Westray.

— Je ne crois pas, mais je te remercie quand même. Je préfère ne pas sortir avec la tête que j'ai. Cela risquerait de me faire perdre mes dernières chances auprès de Janòs. Après tout, rien ne s'oppose à ce que nous le partagions, n'est-ce pas ?

J'approuvai lâchement. Au fond de moi, je savais bien que tout s'y opposait. Je quittai l'atmosphère étouffante du cottage et retrouvai avec bonheur la fraîcheur de ma campagne. Comme je franchissais le seuil du hall d'entrée, j'aperçus Elizabeth appuyée contre la porte du salon, écoutant Janòs en train d'interpréter le prélude de Schubert en *ut* mineur. Le pâle visage de ma fille était figé en une expression qui me remua au plus profond. Il était visible qu'elle était touchée par le romantisme et l'âme de la musique. J'essayai de passer devant elle sur la pointe des pieds pour aller suspendre mon manteau au vestiaire, mais elle ouvrit les yeux et, à ma vue, s'éloigna en affichant un air de parfaite nonchalance.

— N'est-ce pas qu'il joue bien ? dit Jenny, assise dans la cuisine, Bridie assoupie dans ses bras.

Ici, les arpèges de Janòs ne nous parvenaient que sous la forme de sons assourdis.

— Très bien, répondis-je en mettant la bouilloire sur le feu pour le thé du prodige.

Ivor ne devait pas partager notre déjeuner car il accomplissait sa visite mensuelle à son frère, lequel vivait sur un grand pied dans l'Essex. Je dois dire que son absence n'était pas pour me déplaire. Depuis l'arrivée de l'artiste, presque tout le monde autour de moi semblait ne rien avoir de mieux à faire que de chercher à deviner la vraie nature de la relation qui me liait à Janòs. J'étais persuadée qu'Ivor ne manquerait pas de se joindre à cette cohorte de curieux. Il n'y avait jamais eu – et il n'y aurait jamais rien de plus – qu'une certaine tendresse romantique entre Ivor et moi, mais je préférais éviter de blesser sa sensibilité maladive.

J'avais prévu de servir un excellent rosbif, tendre et d'une rare qualité, accompagné de pommes Charlotte.

— J'imagine que nous devons tous exprimer notre reconnaissance pour avoir le privilège ineffable de ne pas manger de champignons aujourd'hui, lâcha Elizabeth. Pourtant, je crois bien que je ne vais pas tarder à faire une dépression nerveuse si je vois encore une seule pomme.

— Chut ! répliqua Rose, qui avait remarqué que ma fille ne parvenait pas à détourner les yeux de Janòs.

Même Bridie était tombée sous le charme de notre invité. Assise sur ses genoux, elle le fixait, conquise, tandis qu'il lui réservait quelques grimaces de son cru. Le regard rêveur d'Elizabeth resta fixé sur Janòs, même quand il se mit à tirer la langue et à plisser hideusement le nez.

— Qui veut faire une promenade avec moi sur la plage cet après-midi ? demandai-je à la cantonade. Le soleil a l'air de vouloir faire une apparition et un peu d'exercice nous fera du bien.

Tous, à l'exception de Rose, acquiescèrent. Le landau étant trop lourd pour rouler sur le sable, nous prîmes la poussette. Chacun s'enveloppa d'écharpes, de chapeaux, de gants et de chauds manteaux.

La mer était dans un jour gris et les brisants se jetaient avec violence contre les arêtes de la côte, où ils se dissipaient en jets d'écume voltigeante. Les mouettes et les pêcheurs d'huîtres parcouraient en tous sens les étendues sablonneuses tandis que des nuages couleur mastic passaient rapidement au-dessus de nos têtes. La chasse au trophée commença. C'était à qui parviendrait à trouver les coquillages les plus jolis, ou les plus gros, les algues les plus longues, les galets les plus brillants ou les mieux polis. L'eau salée piquait nos lèvres en y laissant le délicieux goût du large. Nous étions assourdis par les vagues déferlantes et les cris aigus des oiseaux.

Janòs s'extasiait sur tout. Je le vis courir dans toutes les directions avec les enfants. J'étais heureuse de me promener avec Bridie, et je laissai Jenny aller s'amuser avec les autres. Dans sa poussette, la petite frimousse de Bridie, tournée vers la course précipitée des nuages, semblait perdue dans un rêve éveillé.

Henry, qui s'amusait à sauter par-dessus les vagues, finit par tomber dans l'eau. Il se releva, tremblant de froid, et commença à bouder. Il était temps de rentrer. Chacun lui prêta quelque chose de sec à porter. C'était d'ailleurs une idée de Janòs. Il donna son manteau à Henry en prétextant qu'il avait bien trop chaud de toute façon. Jenny abandonna ses gants et je me séparai de mon chapeau. Elizabeth déclara qu'il pouvait prendre ses jeans étant donné que son manteau était si long que tout le monde croirait qu'elle portait une jupe. Et c'est ainsi qu'Henry retrouva sa bonne humeur.

Elizabeth enleva son manteau dans le hall d'entrée avec un air de profond soulagement. Avec son long tee-shirt et ses collants, elle était parfaitement décente, mais il y avait quelque chose d'insolent dans sa manière de monter sans hâte les escaliers, en balançant langoureusement ses hanches. J'accrochai à la patère les manteaux de chacun, rangeai les bottes jetées en désordre sur le sol et allai préparer du thé à la cuisine. Puis je ranimai le feu du salon pendant que Jenny coupait le pain des toasts. Je l'avais allumé avant de partir et une douce chaleur envahissait déjà la pièce, faisant ressortir le bleu, le vert et l'or de la tapisserie représentant Diane et Actéon. Les canapés recouverts de soie damassée qui se faisaient face de chaque côté de la cheminée, le tapis persan bleu et pourpre, tout cela s'harmonisait à merveille avec les panneaux de bois sombre des murs. Un sentiment de coupable exaltation m'envahit pendant que je versais le thé.

— Qu'est-ce que nous allons faire de toutes les choses que nous avons ramassées sur la plage ? demanda Elizabeth, en pestant d'avoir laissé tomber pour la seconde fois dans le feu une tranche de toast qu'elle essayait de griller. Pourquoi n'avons-nous pas un vrai grille-pain, comme les Cooper ? Il a deux fentes pour y glisser les toasts, et il les éjecte automatiquement lorsqu'ils sont prêts.

— Je sais ce qu'est un grille-pain, répliquai-je. Je ne tombe pas de la planète Mars. Il se trouve juste que je ne veux pas crouler sous les gadgets. Le poêle fait très bien l'affaire et rien ne vaut un bon toast grillé sur le feu. Il suffit de bien l'accrocher à la fourchette. Je suis d'accord qu'il faut faire quelque chose de tout ce que nous avons rapporté. Ce serait du gâchis de les jeter.

— « Gâchis » était un des mots préférés de Gertrude Rince, dit Janòs, assis la tête rejetée en arrière, les jambes confortablement étendues devant lui.

Dinkie choisit ce moment pour faire son apparition et, sensible au magnétisme dégagé par notre invité, sauta sur ses genoux. Janòs lui gratta la tête, en dépit de nos avertissements. Dinkie s'empressa de ronronner et de se faire plus doucereux que jamais.

— On reconnaît bien là l'excentricité des Anglais. Vous gardez chez vous des animaux qui déchirent tout sur leur passage. Moi, j'aime bien. Mais toi, dit-il en s'adressant à Dinkie, si tu me griffes, je n'hésiterai pas à te tordre le cou.

Dinkie ne quitta pas son air angélique.

— Lorsque j'étais petite, commença Rose, avec une intonation sèche qui me rappela utilement de cesser de dévisager Janòs, on aimait fabriquer ce qu'on appelait alors des « pièces de milieu » pour décorer les tables des salles à manger. Certaines, très élaborées, prenaient la forme de coquillages, si je me souviens bien.

— Quelle bonne idée ! m'écriai-je avec l'enthousiasme des parents espérant que leur progéniture acceptera enfin de manifester un peu de créativité. Vous pouvez vous servir de la table en marbre qui se trouve sous la fenêtre.

Henry et Elizabeth apportèrent les trophées de l'après-midi et commencèrent à les arranger. Une fois fixés avec du scotch en festons sur la bordure, l'utriculaire et le varech furent du meilleur effet. Restait à disposer les coquillages.

— Je sais, dit Elizabeth en abandonnant pour une fois sa voix traînante, servons-nous de la boîte de coquillages qui est dans ta chambre pour étoffer un peu tout ça. D'accord, maman ?

— Bien sûr. Et que diriez-vous de la nageoire de sirène ? Vous pourriez la mettre derrière la boîte de coquillages.

C'était Fabia qui avait ramené cette boîte d'Italie et je l'avais rangée sur ma table de toilette. Elle était en *papier mâché*\*, ornée de coquillages du rose le plus exquis. En son centre trônait un galion de nacre, toutes voiles dehors. La nageoire de sirène, ainsi que nous l'appelions, était d'origine mystérieuse. Aussi loin que je pouvais me souvenir, elle s'était trouvée en ma possession et, depuis que Béatrice et moi l'avions utilisée pour nos jeux d'autrefois, elle était un peu tordue. On y avait peint une fille nue dont le sexe était pudiquement caché par des cailloux. À sa base, une inscription tirée de *Comus* :

« Belle Sabrina, assise

Sous l'onde fraîche et translucide

Ta chevelure ambrée en vagues sur tes épaules,

Nouée en rouleaux tressés de lis. »

Dans les épreuves, comme les accouchements, les visites chez le dentiste, ou encore lorsque j'érafle la voiture contre la porte de la remise, je me récite ces belles paroles apaisantes. Elles m'ont toujours apporté le plus grand réconfort. On dirait qu'elles exercent sur moi des vertus prophylactiques, me rappelant que tout n'est pas vil en ce bas monde.

Les enfants, ravis, admirèrent leur travail. Elizabeth m'autorisa même à passer un bras autour de sa taille et à ôter un petit morceau de raisin de mer accroché à ses cheveux. J'envoyai Henry ranger dans son sac les affaires que j'avais préparées et posées sur son lit avant le déjeuner.

— Voulez-vous nous jouer quelque chose ? demandai-je à Janòs. Je vais devoir partir dans une heure pour ramener Henry à Nethercoat.

Sans se faire prier, Janòs nous fit écouter des nocturnes et des mazurkas de Chopin, à la fois tendres et étincelants. Mes yeux restaient fixés sur le feu, mais ce serait mentir que de prétendre que je ne pensais qu'à la musique et pas à la nuit à venir.

— Est-ce que Janòs peut nous accompagner ? demanda Henry au moment où il descendait avec sa valise. Je pourrais le présenter à M. Bellamy. Il passe son temps à nous seriner combien il est important de se cultiver. Et il nous faut supporter d'interminables heures à écouter de la musique sur son horrible Gramophone.

Elizabeth voulait aussi venir mais, comme d'habitude, il lui restait tous les devoirs du week-end à faire en une soirée. Il me fallut moins d'une heure pour arriver devant l'école d'Henry. Nous dûmes subir pendant vingt longues minutes un M. Bellamy qui s'appropria Janòs sans vergogne.

— N'oublie pas d'écrire, m'man !

Ce furent les derniers mots de mon fils que je réussis à percevoir. Je le regardai frotter son blazer tout propre le long du mur de la cour tandis qu'il s'éloignait en direction du dortoir.

— Bien sûr que je n'oublierai pas ! criai-je, ne sachant s'il m'entendait encore. À vendredi !

— Enfin ! s'exclama Janòs. J'ai attendu toute la journée d'être seul avec toi. Je n'avais pas réalisé à quel point être l'amant d'une femme respectable vous expose à subir une foule de gens. Je n'ose pas poser la main sur toi de peur que les enfants ne croient que j'attente à la pudeur de leur mère. Crois-tu qu'ils seraient choqués, en souvenir de leur père ?

— Je pense qu'ils en seraient terriblement blessés.

— En tout cas, il y a quelque chose de bien dans l'attente. Cela aiguise… la tension, ce qui n'est pas désagréable.

Il posa la main sur mon genou pendant que je conduisais. Il avait parfaitement raison. L'insupportable attente ne me permettait guère de me concentrer sur ce que je faisais. Nous parlâmes de tout et de rien, nos pensées étaient ailleurs et sa main sur mon genou se faisait brûlante.

Cette attente devait atteindre un niveau bien plus intolérable encore. À la maison, tout le monde était épuisé par la promenade et par l'air marin, et, à neuf heures et demie, chacun avait pris son repas. Je fermai les portes avant de faire réviser ses verbes français à Elizabeth et d'aider Rose à se mettre au lit.

Je pus enfin me retirer dans ma chambre, où j'allumai un bon feu.

Je m'allongeai, vidai mon esprit et laissai de vagues pensées flotter dans toutes les directions. Émergeant finalement de cette douce rêverie, je me déshabillai en hâte, enfilai ma chemise de nuit en crêpe de Chine et me glissai dans le lit. Au bout d'une demi-heure, ne parvenant toujours pas à me réchauffer, j'échangeai ma séduisante tenue de nuit pour un vêtement plus chaud et retournai sous l'édredon. Vingt autres minutes plus tard, je parvins à la conclusion que l'air de la mer avait dû épuiser Janòs et qu'il s'était endormi. Allais-je oser le réveiller ? Après tout, nous étions en 1974, les femmes pouvaient se permettre de prendre des initiatives dans tous les domaines, et même en matière de sexe. Mais je dus reconnaître, toute honte bue, que je ne me sentais pas capable de le faire.

J'étais en train de me laisser peu à peu gagner par le sommeil lorsque la chaleur d'une main caressa mon épaule.

— Es-tu réveillée, Miranda ? Puis-je m'allonger à côté de toi ?

Il était sous les draps avant que j'aie ouvert les yeux.

— Sapristi ! Je pensais que je n'arriverais jamais à te rejoindre. Chaque fois que j'essayais de me faufiler hors de ma chambre, la porte de celle d'Elizabeth s'entrouvrait et ta fille se mettait à monter la garde dans le corridor. Une fois, j'ai raconté que je descendais prendre un livre. Lorsque je suis remonté, elle était toujours là, et je me suis retrouvé à bavarder avec elle de filles et de chevaux. J'ai abrégé la conversation au bout de dix minutes et lui ai souhaité une bonne nuit. Voilà que je refais une tentative cinq minutes plus tard et… bingo !… cette incroyable fille me surprend une nouvelle fois. Je dis que je vais chercher un verre d'eau et, bien sûr, elle me propose aimablement de me l'apporter elle-même. La troisième fois, il est clair qu'elle soupçonne quelque chose. J'ai d'ailleurs bien du mal à inventer une excuse. Je bafouille vaguement que j'ai mal à la tête et, comme tu t'en doutes, elle va me chercher des cachets. Cette fois-ci, j'attends des siècles avant de ressortir et là, miracle, pas de petite fille dans le couloir. Évidemment, je m'imagine qu'entre-temps ma belle maîtresse s'est endormie et n'a plus envie de faire l'amour avec moi.

— Pauvre Elizabeth. Pourvu qu'elle ne se doute de rien !

— La vérité, c'est qu'elle a un faible pour moi. Ce n'est rien, elle aura vite fait d'oublier. C'est à cause de la musique, tu comprends ? Elle est si romantique qu'elle bouleverse toutes les femmes.

— Vraiment ? dis-je, riant en mon for intérieur.

— Oh, mais oui. Tu trouves ce que je dis prétentieux ? C'est pourtant toujours comme cela. Ce n'est pas moi que les femmes aiment réellement.

— Oh, tais-toi ! Tu sais très bien que tout le monde dans cette maison, à l'exception de Rose, qui déteste les hommes, a le béguin pour toi.

— Béguin ? Qu'est-ce que c'est ? C'est douloureux ?

— Dis plutôt que cela ressemble à l'enfer.

— *Elbüvölö* ! Moi aussi je l'ai. Toute la journée j'ai été torturé par le désir de cet instant et de ce que nous allons faire. Ceci. Et… ceci. Alors, maintenant, très chère madame Stowe, mettons-nous tous les deux et sans plus tarder à l'abri du malheur.

12

— Alors… raconte… C'était réussi ?

Nous étions lundi midi. Je réalisai tout à coup que
Lissie faisait allusion à mes premières expériences
d'apprentie aubergiste.

— Ma foi, oui, je pense.

— Et il a payé sans broncher ?

— En fait, il est resté deux nuits et il a insisté pour
régler les deux.

Lissie me fixa, sidérée.

— Encore heureux ! Pourquoi ne l'aurait-il pas
fait ? Puisque tu dis qu'il est bel et bien resté deux
nuits…

— Oh… je… je ne sais pas, bredouillai-je. C'est
juste qu'au début il n'avait réservé que pour une seule,
alors…

Ma voix fléchit et je m'arrêtai, ne sachant plus quoi
dire. Quand je parlais de Janòs, j'avais le corps par-
couru de frissons – une sensation à la fois délicieuse
et culpabilisante. Depuis que je l'avais conduit à la
gare aux premières heures du matin, je n'avais cessé de
penser à lui. Chaque fois, une vague de désir me traversait, suivie presque aussitôt d'un spasme d'anxiété.
À cette heure, il devait déjà être à mi-chemin de
Berlin, et je n'avais aucune idée du jour ni de l'endroit
où je le reverrais. Pas une seule fois Janòs n'avait
mentionné l'éventualité d'une nouvelle rencontre, et

mon amour-propre m'avait empêchée d'en parler moi-même.

— En tout cas, reprit Lissie, je dois dire que tu as l'air plus gaie que tu ne l'étais depuis des lustres. Apparemment, cela te réussit à merveille d'avoir à relever un défi. Sais-tu si Maeve a atteint son but avec Janòs ?

— Non, la pauvre…

Aussi étrange qu'il y paraisse, j'étais sincère en disant cela. Je regrettais vraiment ce qui lui était arrivé.

— Elle a eu une grippe affreuse et n'a pu se rendre au concert, expliquai-je. C'est moi qui ai conduit Janòs.

— Oh, quel dommage pour elle ! Elle mourait tellement d'envie d'y aller ! Et comment était le récital ?

— Très bien, répondis-je brièvement, car j'avais hâte de changer de sujet. Allez, parle-moi plutôt de ton week-end.

— Une horreur. Nous sommes arrivés chez Marjorie juste au moment où la neige s'est mise à tomber. Elle avait prévu d'inviter toute une légion de relations mondaines à dîner mais, à cause du temps, personne n'a montré le bout de son nez. Ça l'a fichue dans une rogne noire. Pour finir, on s'est retrouvés coincés avec un couple mortellement ennuyeux qui restait pour la nuit. Un certain colonel Dewitt et sa femme, une dure à cuire qui fumait comme un pompier et portait un rouge à lèvres aussi épais qu'une couche de beurre de cacahuètes. Tu aurais dû l'entendre jacasser avec condescendance en se prenant sans doute pour la femme la plus spirituelle de la planète. Du genre à s'évanouir de plaisir chaque fois qu'on l'appelle *madame la* colonelle !

Marjorie était la belle-mère de Lissie, et ce serait un euphémisme que de dire que les deux femmes ne s'entendaient pas. En réalité, elles se détestaient cordialement depuis toujours. J'avais moi-même rencontré Marjorie une fois et, tout comme Lissie, ne la portais pas dans mon cœur.

— À t'entendre, cette soirée était une véritable catastrophe.

— Tu parles ! soupira Lissie. Rien de comparable, à ce qu'il semble, avec *ta* soirée. Et maintenant, quel prochain hôte payant attends-tu ?

— Il s'agit d'un couple, les Paget. Ils sont en voyage de noces et arriveront vendredi prochain pour deux nuits. C'est ma tante Nancy qui les a rencontrés par hasard dans un restaurant et qui les a persuadés de venir à Westray. Ah, et puis il y aura aussi un certain Tremlow. Je suppose qu'il a lu mon annonce dans le journal *Gentlewoman*. D'après ce qu'il m'a dit, il séjournera au moins une semaine. Il souffre d'une sorte de maladie nerveuse et cherche un endroit aussi paisible que possible. Évidemment, je l'ai averti que j'avais des enfants à la maison. Au fait, Lissie, tu restes déjeuner ? J'avais prévu des champignons mais, avec cette neige… impossible d'en cueillir. Te voilà sauvée.

— En tout cas, ça sent bon. Merci pour l'invitation.

Le mardi suivant, dans l'après-midi, je rencontrai Patience alors que j'allais poster ma lettre hebdomadaire à Henry. Elle marchait d'un pas exceptionnellement vif, la tête bien droite.

— Hello, Miranda ! Où vas-tu comme ça ?

Je brandis ma lettre.

— Henry insiste toujours pour avoir de mes nouvelles chaque mercredi, même s'il rentre à la maison les week-ends… Il fait froid, tu ne trouves pas ?

— Moi, j'adore ce temps. C'est si rafraîchissant. L'hiver est ma saison préférée. Regarde ce rouge-gorge, il m'a accompagnée tout le long du chemin. C'est vraiment curieux, cette attirance des rouges-gorges pour les êtres humains. Sais-tu ce qu'on raconte ? Que lorsque, par extraordinaire, ils trouvent un cadavre humain dans les champs, ils le recouvrent de feuilles mortes.

— Il me semble que Shakespeare mentionne cela

254

quelque part. Dans *Cymbeline*, je crois. J'aimerais bien croire à cette histoire.

— Regarde ces baies si joliment fuselées. Comme elles sont belles sur la neige ! J'adore la campagne. Je ne pourrais jamais vivre en ville. Et toi ?

— Moi non plus, j'imagine.

L'extraordinaire dynamisme de Patience me stupéfiait toujours. Je remarquai alors combien ses yeux étaient lumineusement bleus. Sa joie de vivre rayonnait.

— Est-ce que tu as déjà commencé à aider Aubrey dans ses comptes ?

— J'y suis allée hier après-midi. Mon Dieu, je n'ai jamais vu des papiers aussi en désordre ! Comme toute la maison, d'ailleurs. Pourtant, ce serait un endroit si délicieux à vivre ! J'adore ce vieux jardin qui descend jusqu'au fleuve. Et la disposition des pièces n'est pas si mauvaise. Mais c'est si sale, si poussiéreux ! Aubrey m'a offert le thé et des espèces de gâteaux à la guimauve cuisinés par Mme Veal. C'était si gentil de sa part que je me suis sentie obligée d'en manger un. Tu sais pourtant combien je déteste ces trucs à la noix de coco déshydratée. Après ça, nous nous sommes plongés dans les comptes et puis Aubrey a insisté pour me montrer sa presse à imprimer. C'était fascinant !

— Fascinant, en effet…

Décidément, pensai-je, Patience est bel et bien mordue. Son regard irradiait de ce bonheur nostalgique que je devais moi aussi trahir chaque fois que je trouvais le moyen de mentionner Janòs dans la conversation. Ce qui arriva, d'ailleurs, lorsque Patience m'interrogea à son tour sur mes débuts avec mes nouveaux pensionnaires. Naturellement, j'essayai de me montrer discrète, mais je ne dus pas être assez convaincante car, à la fin de mes explications, je vis que Patience m'examinait avec plus d'attention.

— Je me demande ce qui l'a décidé à rester une seconde nuit ? Est-il aussi séduisant que le raconte Maeve ?

— Il l'est, en effet.

— Hmm. Je vois. Et tu as marché avec lui dans la neige au milieu de la nuit ? Vous avez dû être gelés, même si la balade ne devait pas manquer de romantisme...

Elle me scruta et se mit brusquement à rire.

— Bien, bien ! Tout cela est parfait ! Je passerai prendre le thé un de ces prochains jours pour que tu me racontes tout à ce sujet.

Je la regardai.

— Cela ne te choque pas ? Après tout, ce Janòs et moi nous connaissions à peine. Et Jack...

— Seigneur ! Que vas-tu chercher là ? Est-ce que je te parais si prude ?

À la vérité, je ne croyais pas Patience aussi conformiste. Je la soupçonnais néanmoins d'être toujours vierge et ne lui en aurais pas voulu si elle s'était offusquée de me voir si promptement trouver un amant alors que Jack venait à peine de mourir.

— Crois-moi, reprit-elle, je trouve toute cette histoire sensationnelle ! En ce qui concerne Jack, *de mortuis nil nisi bonum*, comme on dit. Laisse les morts enterrer les morts. Quand on pense à ses propres agissements... En tout cas, aujourd'hui est un jour à marquer d'une pierre blanche !

Patience et moi avions souvent l'habitude de faire référence à cette coutume, en usage dans la Rome antique, qui consistait à laisser tomber un galet blanc ou noir au fond d'un vase, selon que le jour avait été bon ou mauvais. À la fin du mois, l'urne était vidée afin de passer en revue les moments de bonheur évanoui.

Patience et moi allâmes au bureau de poste, où j'expédiai ma lettre à Henry. Puis nous retournâmes à la maison bras dessus bras dessous en remontant la colline. Nous arrivions en vue du pin au tronc fourchu lorsque Patience demanda soudain à voix basse :

— Cette histoire... qu'est-ce que c'est pour toi ? De l'amour ? Ou bien juste du sexe ?

256

Je me penchai pour libérer Jasper de sa laisse tandis qu'il entamait son habituelle danse de Saint-Guy et tirait à s'en étouffer, comme chaque fois qu'on approchait de la maison.

— Difficile de te répondre. Je crois que c'est Carlyle[1] qui disait que l'amour possède bien des points communs avec le délire. En tout cas, c'est vraiment à cela que ça ressemble.

— Cela voudrait dire que l'amour n'est qu'une illusion, non ? Un peu trop cynique comme allégation, tu ne trouves pas ? Ou peut-être n'est-ce qu'un besoin de s'évader de soi-même ? La soif de rejoindre l'autre… de partager sa solitude.

— Ou bien l'envie de se voir autrement… dans les yeux de quelqu'un qui nous aime. Mais cela aussi peut paraître une explication un peu trop cynique. Et pas très authentique. J'imagine tout de même que l'amour, c'est aussi le bonheur de rendre les autres heureux.

Patience réfléchit.

— Comme je n'ai encore jamais été amoureuse, je ne peux parler qu'en théorie. C'est comme si j'étais invisible pour les hommes. Bien sûr, il m'est arrivé de m'enticher de temps en temps d'un représentant du sexe masculin, mais, dès qu'il me fallait approcher un tant soit peu de *sa* réalité, ma passion s'éteignait aussitôt. J'ai toujours rêvé d'hommes aussi forts, aussi dignes que bien des femmes remarquables qu'il m'est arrivé de connaître. Pourtant, tout ce que j'ai trouvé en eux, pour finir, c'était des tonnes d'égoïsme et de faiblesse.

— Oh, tu sais, ma propre expérience est à peine plus développée. Quand j'ai découvert que Jack était un infidèle chronique, ma confiance en moi s'est trouvée si anéantie que, par la suite, je me suis protégée en ignorant tout simplement les autres hommes.

— Sauf aujourd'hui… ce pianiste. Il doit posséder

1. Essayiste anglais (1795-1881). [N.d.T.]

beaucoup de charme pour avoir réussi à t'intéresser enfin.

— Oui, je suppose, soupirai-je. Oui…

Le vendredi suivant, j'avais tout préparé pour l'arrivée de mes nouveaux pensionnaires. Après d'interminables discussions et des décisions sans cesse contredites, les menus furent enfin choisis. Des bouteilles d'eau de Malvern et des biscuits secs seraient à disposition sur les tables de chevet, les coiffeuses décorées de bouquets d'ellébores. Des couvertures supplémentaires étaient placées au pied des lits, du papier à lettres et des enveloppes sur les bureaux. Une sélection de livres pour tout public ornait les étagères.

Plus tard, Maeve et Lissie vinrent m'aider à éplucher les légumes dans la cuisine. Quant à Patience, elle était partie à contrecœur préparer des boulettes de viande et des pommes de terre bouillies pour Wacko. Cette fille était une sainte.

— À votre avis, de quoi un couple en voyage de noces peut-il avoir spécifiquement besoin ? demandai-je.

— Sans doute pas d'un manuel de sexualité, rétorqua Lissie. Ce serait démodé. Plus personne ne va à l'autel avant d'être passé d'abord par un lit. Même George et moi avons fait un ou deux petits tours d'essai pour être sûrs que ça marchait entre nous. Oh, ce n'était pas à chaque fois une réussite, d'ailleurs. George a toujours été éjaculateur précoce. Je n'ai jamais rien ressenti sexuellement. Du moins pendant des années, jusqu'à ce que…

Elle s'interrompit soudain, me jeta un rapide coup d'œil et rougit violemment. J'avais déjà deviné la suite : Lissie avait découvert les plaisirs de l'amour dans les bras de mon mari. Pauvre George. Pauvre Lissie.

— On peut dire que notre génération n'a pas eu beaucoup de chance sur ce plan, observai-je.

Tout en découpant un chou rouge, j'admirai l'entrelacs subtil des lignes rouges et blanches, telle une carte géographique de quelque lointain et magique pays.

— Nous sommes déjà trop âgées pour profiter de tout ce que la libération sexuelle a apporté aux femmes et trop inexpérimentées pour saisir les opportunités qui nous sont offertes.

— Moi, je pense que c'est un miracle lorsqu'une femme de notre génération réussit à aimer faire l'amour, commenta Maeve. Papa était archidiacre, maman s'est efforcée toute sa vie d'inculquer à ses filles l'horreur du sexe. À l'entendre, ce n'était qu'une regrettable nécessité de la nature qu'il fallait bien endurer de temps à autre. Elle voulait nous faire croire que le sexe avec notre père était uniquement l'accomplissement d'un devoir, aussi incontournable et ennuyeux que d'inviter l'évêque à déjeuner. Quelque chose de fastidieux et d'épuisant à quoi on ne peut échapper. Tandis que toi, Miranda, tu es en train de vivre autre chose. Et rien ne t'arrêtera.

Je ne pouvais guère lui reprocher le sourire espiègle qu'elle m'adressa.

— En tout cas, ils auront sans doute apporté des caisses entières de contraceptifs, intervint Lissie.

— Qui ?

— Les Paget.

— Tu es en train de tourner à la *voyeuse**, fit observer Maeve avec sa franchise habituelle. Toujours à t'imaginer la sexualité des autres. Occupe-toi plutôt de balayer devant ta porte, ou alors essaie de convaincre George des charmes de l'union libre et trouvez-vous chacun un autre partenaire de jeu.

— Ça ne risque pas d'arriver, rétorqua Lissie en poussant un soupir mélancolique. Honnêtement, je ne vois pas quelle serait la femme capable d'être séduite par un homme tel que lui. Tous les soirs, une fois qu'il s'est lavé les dents et gargarisé pendant deux bonnes minutes, il se met au lit pour se plonger dans la lecture de la page financière du *Times*. Si l'envie de me faire l'amour le prend, il me donne une tape sur les fesses en disant : « On se fait une petite partie de jambes en l'air, vieille branche ? » Oh, il n'y a pas de quoi rire, ajouta-t-elle en nous voyant pouffer. Je voudrais vous y voir. Et, pour l'amour du ciel, j'aimerais bien savoir pourquoi il se croit obligé de boutonner son pyjama jusqu'au menton.

— Oui, mais quand c'est Cary Grant qui le porte comme ça, plaisantai-je, ça devient craquant...

J'entrepris d'éplucher quelques noisettes, tâche toujours menaçante pour la beauté de mes ongles.

— En fait, repris-je, songeuse, il y aurait beaucoup à dire sur les mécanismes de dépendance qui lient les hommes et les femmes. En attendant, reconnais tout de même que George est un véritable chou. Si droit, si gentil, si loyal. Et un sens de l'humour à toute épreuve.

— Oui, bon. Mais, la gentillesse, ce n'est pas cela qui rend un homme sexy au lit ! C'est juste utile quand il doit jouer les infirmiers et nous apporter un grog et de l'aspirine le jour où on a attrapé la grippe. Il m'arrive de rêver d'une orgie de sexe... et même de jeux amoureux carrément plus musclés.

— Ah ! ah ! Encore cette vieille idée de la *Femme eunuque* ! ricana Maeve. La vérité, ma vieille, c'est que tu es programmée pour rester infantile et passive. Notre plus grand désir est de nous décharger de nos responsabilités sur notre partenaire. Tout ce que tu cherches, c'est le phallus originel, l'image du père.

— Ah oui, tu crois ?

Occupée à peler un oignon, Lissie s'interrompit, le couteau en l'air.

— Mon père est chauve et couvert de taches de rousseur. Sa seule passion dans la vie a été le cricket. J'ai du mal à croire qu'il ait exercé sur moi la moindre influence sexuelle.

— Cela n'a rien à voir avec ton véritable père, idiote ! coupa Maeve avec impatience. Il s'agit de conditionnements bien plus profonds. Tu veux être traitée comme un objet sexuel parce que ça te rassure, parce que tu crois que cela correspond à l'image que la société reflète de l'idéal féminin : une poupée dépourvue de volonté, uniquement occupée de ses formes et de sa coiffure.

— Ce n'est pas vrai ! protesta Lissie. Je m'ennuie, voilà tout. Si, pour toi, le partenaire idéal est un homme qui disserte toute la journée sur Shakespeare et parle à sa femme sur le même ton monotone et pompeux qu'il prend pour discuter avec ses collègues de la poésie anglaise au XIX$^e$ siècle, grand bien te fasse… Mais très peu pour moi ! Je trouve cela d'un ennui mortel. Parle-moi plutôt d'un aristocrate dominateur et sensuel qui saurait manier à la fois la cruauté et tous les raffinements du plaisir et je n'hésiterais pas une seconde !

La sonnette de la porte d'entrée mit un terme aux fantasmes sexuels de Lissie et je courus ouvrir. M. et Mme Reginald Paget se tenaient sur le seuil, portant leurs valises. Je jetai un ordre bref à Jasper, qui aboyait, puis appelai Elizabeth et Henry pour qu'ils viennent porter les bagages de nos hôtes dans leur chambre.

Grande, pâle, osseuse, vêtue avec sobriété d'un tailleur marron et d'un imperméable, Mme Paget semblait avoir déjà largement dépassé la trentaine. Il n'aurait pas fallu deux secondes à ma mère pour la qualifier de terriblement démodée. Ses cheveux ternes, ni blonds ni gris, encadraient son visage de boucles plates retenues par deux pinces, le genre de coiffure que nous arborions lorsque nous étions lycéennes. Elle paraissait très timide et souriait nerveusement en jetant des regards anxieux autour d'elle. Henry dégringola les marches de l'escalier quatre à quatre.

— Bonjour, dit-il en tendant la main à Mme Paget avec une fougue toute juvénile.

Elle la prit d'un geste presque craintif, comme si Henry était un prince de sang royal qui imposait un protocole rigoureux. Mentalement, je notai qu'il me faudrait rappeler à mon fils que les bonnes manières interdisaient à un représentant du sexe masculin de tendre la main en premier à une dame. À peine cette pensée m'avait-elle traversé l'esprit que l'énorme main de M. Paget se matérialisa sous mon nez.

— Ça gaze, madame Stowe ? Surtout, appelez-moi Reggie.

Il n'était pas difficile de deviner que Mme Paget avait, comme on dit, contracté une alliance « contre-nature » qui ne devait guère enchanter sa famille. Quant à M. Paget – ou Reggie –, c'était un homme trapu dont le crâne déjà dégarni s'ornait d'une couronne d'épais cheveux sombres et frisés. Au premier coup d'œil, il semblait nettement plus jeune que sa femme. Il portait un manteau en poil de chameau à col de velours et un costume taillé dans un tissu brillant qui lui donnait l'air d'un gigolo de pacotille. Contrastant avec les regards effarouchés de son épouse, il affichait une assurance presque intimidante et planta ses yeux droit dans les miens. Je le classai aussitôt dans la catégorie des gens louches, le genre d'homme qui a des démêlés avec la police mais qui est assez intelligent pour ne pas se faire prendre la main dans le sac. Tandis qu'il me toisait des pieds à la tête en me gratifiant d'un sourire insolent, je lui trouvai un teint curieusement orangé et le soupçonnai d'utiliser une crème autobronzante. Après avoir reniflé avec discrétion, je détectai des relents de parfum bon marché émanant de toute sa personne.

— Charmant gamin que vous avez là, madame Stowe, fit-il en regardant Henry qui, aussitôt, recula d'un pas.

Il parlait avec un vague accent américain que trahissaient de fréquents dérapages vers des intonations nettement plus australiennes.

— Ah, et voici la jeune fille de la maison, j'imagine...

Elizabeth descendit sans hâte l'escalier en balançant légèrement les hanches, tel un mannequin en plein défilé. Elle portait une robe au décolleté plongeant qui révélait une poitrine maigre, encore juvénile. Elle avait le visage aussi blanc qu'un masque d'Arlequin, les lèvres rouge sang, et s'était peint une larme factice sous un œil à l'aide d'un crayon à sourcils.

— Oh mais, dites-donc, elle est à croquer ! s'exclama Reggie, le souffle coupé. La digne fille de sa mère, on dirait !

Et, sur ces mots, il m'adressa un clin d'œil éloquent. Je me tournai vers Elizabeth.

— Dis-moi, ma chérie, j'espère que Mlle Westin-Waite sera d'accord... C'est une robe ravissante, mais je ne la crois pas très appropriée pour une fille de ton âge.

— Je suis bien contente qu'elle te plaise, m'man. Rien de surprenant, d'ailleurs, puisqu'elle est à toi. Ça t'ennuie que je te l'emprunte ?

Je retins un soupir.

— Non, mon cœur, ça m'est égal. De toute façon, cela doit faire des années que je ne l'ai pas portée. Mais tu crois vraiment que c'est la tenue idéale pour te rendre à un match de hockey ?

— Oh, Mlle Complet-Veston ne remarquera rien, je t'en fiche mon billet. Elle sera tout entière absorbée par la contemplation de Gillian Walsh, la capitaine de notre équipe. Elle en est tellement amoureuse qu'elle oublie de souffler dans son sifflet chaque fois que Gillian marque un but.

— Hum... bien, bien, coupai-je, embarrassée. Elizabeth, je te présente Mme Paget. Madame Paget, voici ma fille.

Mme Paget parut plutôt effrayée, ce dont je ne pouvais guère la blâmer. Quant à Reggie, il saisit la main d'Elizabeth sans se faire prier et la serra un peu trop longtemps à mon goût.

— Pas question de laisser cette jolie fille porter nos bagages, ils sont bien trop lourds, dit-il en couvant Elizabeth d'un regard de prédateur. Puis il aperçut Rose qui descendait à son tour les marches.

— Et voici la grand-mère pour conclure ce bel

album de famille ! s'écria-t-il d'une voix tonitruante. Quelle chouette petite tribu vous avez là, madame Stowe !

— Il ne s'agit pas d'une parente, mais de Mlle Ingrams, monsieur Paget, précisai-je, inquiète de l'éclat que je vis luire dans les yeux de Rose.

— Oh, pardon. Désolé, désolé… j'ai gaffé, c'est ça ?

Rose murmura un « Bonsoir » glacé à l'intention de Mme Paget et, sans lever les yeux, sacrifia aux règles de la politesse en effleurant un millième de seconde la grosse patte de M. Paget. Après quoi, elle poursuivit dignement sa route vers la cuisine.

Je montrai leur chambre aux nouveaux pensionnaires et me raidis en voyant Reggie lancer avec force sa valise sur le lit. Puis il tapota le matelas.

— Pas mal, pas mal, vraiment. (Il siffla entre ses dents.) Et ce lit à baldaquin ! Délicieusement ringard, pas vrai, Priscilla ?

Ignorant avec ostentation l'embarras de son épouse, il enchaîna :

— Remarque, il a l'air douillet et confortable, tout à fait ce qu'un couple de jeunes mariés désire, hein, ma biche ? Figurez-vous, madame Stowe, qu'à trois heures, cet après-midi, on s'est mis à la colle pour de bon et, hop, sans dire ouf, nous voilà partis pour régler ici les termes du contrat de mariage. Joli doublé, non ?

Je me retirai pour les laisser défaire leurs bagages et regagnai la cuisine.

— Affreux ! soupirai-je en réponse aux regards interrogatifs de Lissie et de Maeve. Enfin… peut-être suis-je injuste. Mme Paget n'a pas l'air mal… dans le genre institutrice sage et rangée. Mais son mari est une véritable catastrophe. Comment a-t-elle pu épouser un type pareil ? Et lui ? Qu'est-ce qu'il lui trouve ?

— Peut-être qu'elle est pleine aux as, suggéra Maeve.

— Ou qu'il est génial au lit, ajouta Lissie.

— Oh, toi et tes obsessions ! gronda Maeve.

264

Un peu plus tôt, après d'interminables discussions, nous avions décidé que je dînerais en compagnie des pensionnaires à la salle à manger et que le rôle de maître de maison serait dévolu à Ivor. J'avais longuement préparé Jenny à servir selon les meilleurs usages, et elle se montra plutôt bonne élève. J'avais aussi tout fait pour persuader Rose et Henry de se joindre à nous, mais ils exigèrent avec obstination de prendre leur repas à la cuisine. Elizabeth attendait que la mère d'une de ses copines vienne la chercher en voiture pour la conduire au match de hockey de son école. D'une certaine façon, j'étais soulagée de la savoir hors de portée de ce rustre de Reggie. Maeve et Lissie finirent par se décider à partir, bien à contrecœur. Je distribuai à tous de strictes instructions pour empêcher Dinkie de sortir de la cuisine, puis j'allai servir l'apéritif au salon en attendant l'arrivée de M. Tremlow.

En principe, j'avais toujours aimé recevoir. Il en allait autrement lorsque les invités payaient pour cela ! Ils ne se montreraient pas aussi indulgents devant une erreur que mes amis. Toutes mes maladresses seraient évaluées, soupesées, critiquées sans aménité, chaque geste malheureux passé au crible de la rentabilité. Je me sentais par conséquent très nerveuse tandis que je vérifiais que les fleurs n'avaient pas fané dans leurs vases, que les verres étaient bien essuyés, le feu entretenu et la presse du jour convenablement disposée sur la table.

— Wow ! Super, cette pièce ! lança Reggie en pénétrant dans le salon d'un pas fougueux, les bras étrangement écartés du corps, tanguant sur chacun de ses pieds comme s'il venait juste d'apprendre à marcher.

Il me rejoignit devant la cheminée et se tint si près de moi que je dus faire un gros effort pour ne pas m'éloigner très vite de lui.

— Comme toute cette maison, d'ailleurs, reprit-il sur le même ton enthousiaste. Quel goût !

D'un geste large, il désigna les meubles.

— Ils sont d'époque, pas vrai ? N'empêche… ça a dû coûter un paquet !

Il avait troqué sa tenue de voyage contre un costume d'une texture encore plus brillante et une chemise mauve pâle à jabot. De l'or scintillait à ses doigts et je remarquai une chevalière à l'auriculaire droit ainsi qu'une alliance à l'annuaire gauche. Il sortit un peigne de sa poche, le passa rapidement dans ses cheveux puis le remit à sa place avec un petit soupir de satisfaction.

— Priscilla est en train de se changer. Elle sera là dans une minute. Vous savez, la journée a été rude pour elle. Figurez-vous que son frère est venu faire des histoires à la mairie et on a bien failli se bagarrer. Il n'est pas d'accord avec notre mariage. Ah ! ah ! Tu parles ! Vu que le père de Priscilla était avoué, il avait du bien, pour ainsi dire. Alors, à sa mort, il a laissé un joli petit matelas à sa fille et le gentil frérot croit que j'en ai après la dot de sa sœur.

Il afficha un air faussement offusqué, mais une ironie roublarde luisait dans son regard.

— Bien sûr, mon garçon d'honneur a dû le malmener un peu pour le faire tenir tranquille, et Priscilla s'est émue de tout ça.

Il se rapprocha encore et ses yeux proéminents et humides me dévisagèrent comme deux bonbons mouillés. J'avalai ma salive et demandai :

— Voulez-vous un verre de vin ?

— Je préférerais quelque chose de plus fort… À base de gin, par exemple. Moitié moitié, si vous voyez c'que j'veux dire. Après tout, le gin, quand on est en voyage de noces, ça maintient la pine en forme, pas vrai, ma p'tite dame ?

Ravi de son bon mot, il éclata d'un rire retentissant tout en m'administrant un vigoureux coup de coude dans les côtes. Je réussis à grimacer un sourire pour ne pas avoir l'air trop bégueule et me sauvai à la cuisine, où je dénichai une bouteille de gin dans un placard. Une recherche plus approfondie me permit

266

d'exhumer de mes réserves une vieille bouteille de vermouth au fond de laquelle reposait une couche de cinq centimètres d'un rouge épais. Je piquai une cerise marasquin sur un petit bâton et, plutôt maladroitement, fabriquai une espèce de cocktail explosif.

— Oh, oh ! La cerise et tout le tintouin ! s'exclama M. Paget, aux anges, lorsque je le rejoignis au salon. Excellent, madame Stowe, excellent !

Il but son cocktail presque d'un trait et se mit à téter la cerise avec un bruit de succion que j'aurais réprouvé avec sévérité si Henry en avait été l'auteur.

— Cette brave Priscilla, reprit-il, quelle créature stupidement timide. Pas vraiment mon genre, en fait. Moi, ce que j'aime, c'est qu'une poup... une femme, je veux dire, ait un brin de classe. Dans sa jeunesse, elle a eu tout ce qu'elle voulait... une belle maison, une éducation chez les bonnes sœurs, un chien rien qu'à elle, tout, quoi ! Moi, mon paternel tenait un bouge dans Old Kent Road. J'ai quitté l'école à quatorze ans et je me suis débrouillé tout seul en vendant des pièces détachées – des accessoires automobiles, comme ils disent maintenant. Alors, évidemment, il y en a des tas qui pensent que j'ai épousé Pris pour son fric, mais c'est totalement faux.

— Je suis persuadée que c'est faux, renchéris-je, polie.

— Quand un homme éprouve un jour le besoin de s'établir, il change sa vision des choses et se met à chercher une bonne mère pour ses futurs enfants...

Tout en parlant, il affectait un air des plus sérieux, mais la ruse luisait dans son regard.

— ... quelqu'un qui ne se met pas à faire les yeux doux à vos copains. Priscilla est encore très naïve, mais elle a du tempérament. Bien sûr, elle ne voulait pas qu'on... enfin, vous voyez ce que je veux dire... avant le mariage, mais j'ai pas eu de mal à deviner qu'elle avait le feu aux tripes. Un type qui a mon expérience sait détecter ce genre de choses.

Je ne sus si ce fut le regret ou le soulagement qui

l'emporta en moi lorsque la sonnerie de l'entrée retentit soudain. Le moins que l'on puisse dire, c'est que la conversation de Reggie n'avait rien d'ennuyeux.

Mon troisième pensionnaire se tenait sur le seuil.

— Madame Stowe ? Je suis Maurice Tremlow.

Lorsqu'il ôta son chapeau – un feutre d'une élégante coupe –, j'aperçus une toison de cheveux d'un magnifique blanc argenté coiffant un large front. Son visage paraissait très hâlé et sa peau était constellée de petites rides qui auraient poussé au suicide n'importe quelle femme, sauf peut-être les rares qui ont authentiquement réussi à se libérer de leur narcissisme. Je donnai à M. Tremlow près de soixante-dix ans. De taille moyenne, il souffrait d'un embonpoint naissant et sa silhouette replète était drapée d'une cape de bohémien retenue par des brandebourgs pourpres. Manifestement, sa lettre ne mentait pas en évoquant son mauvais état nerveux. Tandis que nous nous saluions, je sentis sa main trembler violemment dans la mienne et vis ses yeux se remplir de larmes.

— Comme c'est aimable de votre part de me recevoir si vite, balbutia-t-il. Oh… quelle splendide maison ! XVe siècle ?

— En effet. Puis-je vous débarrasser de votre manteau… je veux dire, de votre cape ?

Et, tandis que je m'exécutais, j'ajoutai :

— Êtes-vous intéressé par l'architecture, monsieur Tremlow ?

— Oh, certainement ! Comment ne pas se passionner pour un sujet qui tient tant de place dans notre vie quotidienne ? G.K. Chesterton disait qu'il n'y a pas de sujets inintéressants, il n'y a que des gens sans intérêt ! Qu'en pensez-vous ?

Je réfléchis.

— Ma foi, cela a l'air sensé… mais il faudrait que nous ayons un peu plus de temps pour en discuter. Henry, veux-tu porter la valise de M. Tremlow dans sa chambre, s'il te plaît, chéri ?

— Ainsi, voilà votre plus jeune fils ! murmura

M. Tremlow en lui serrant la main et en l'examinant avec intensité. Que voilà un beau visage… bon, ouvert, intelligent…

Je jetai un coup d'œil à Henry et le vis, comme toujours, s'illuminer sous les compliments. Après quoi, je conduisis notre nouvel hôte à sa chambre. Il se laissa tomber sur le lit et se frappa la poitrine.

— Rien ne va plus, là-dedans. J'ai fait trop bonne chère au cours de ma vie, j'imagine. Vous n'êtes pas loin de la mer, n'est-ce pas ? Dans ce cas, je compte bien effectuer tous les jours une bonne marche. Rien de tel que l'oxygène pour les poumons ! Sans oublier, naturellement, un régime alimentaire sain qui me permettra de perdre un peu de poids ! En attendant, je peux vous affirmer qu'ici je dormirai comme un loir alors que, partout ailleurs, je suis abonné à l'insomnie. Oui, ici, je dormirai enfin. Je… j'en suis certain.

Pour une raison mystérieuse, ses yeux s'emplirent à nouveau de larmes, qu'il essuya du revers de la main. Je lui proposai de venir prendre l'apéritif au salon mais il refusa.

— Je suis déjà arrivé bien assez tard et vous devez être tous très impatients de dîner. Juste le temps de faire un peu de toilette et je vous rejoins en bas.

Je trouvai Mme Paget au salon lorsque je redescendis. Elle s'était changée pour revêtir une robe-chemisier marron boutonnée pudiquement jusqu'au cou et agrémentée d'une broche en diamant, en forme de scarabée. À ses pieds, d'énormes chaussures à talons plats, apparemment de deux pointures trop grandes, ponctuaient sa silhouette sévère. Ses cheveux étaient ramenés sur un côté à l'aide d'un clip en écaille de tortue. Sur son visage anguleux, aucune trace de maquillage. Je me demandai si Reggie ne s'était pas trompé dans ses calculs en croyant sa nouvelle épouse dotée d'un tempérament volcanique. Je me rappelai presque aussitôt que le feu couvait sous la cendre et que des eaux tranquilles pouvaient cacher des abîmes insoupçonnés.

Elle me demanda un cocktail sherry et je dus retourner à la cuisine chercher la bouteille de Bristol Cream que j'utilisais pour la pâtisserie. Ivor fit son apparition, nageant dans un costume quatre fois trop large, lui qui, d'ordinaire, portait des knickers et des gilets de laine. Je le remerciai intérieurement d'avoir fourni un tel effort vestimentaire. Il se pencha avec cérémonie pour me baiser la main, à la manière d'un gentleman, puis, s'adressant à Mme Paget, il l'interrogea sur ses premières impressions sur le Kent. Tout ce qu'elle trouva à dire de sa voix terne et mécanique fut :

— Oh, eh bien... il y fait plutôt froid, je trouve.

— Ah ! fit Ivor. « Toi, l'oiseau de l'été, tu ne chanteras jamais l'éveil du jour quand vient l'hiver. »

— Pardon ?

Elle parut plutôt vexée de se faire traiter d'oiseau. À cet instant précis, M. Tremlow entra, très élégant dans une veste smoking bleu marine et chaussé de mocassins vernis. Malgré son embonpoint, il se mouvait avec légèreté, et je remarquai combien ses belles mains très blanches dansaient sans cesse. Je le présentai aux Paget et nous passâmes à la salle à manger.

Lissie et moi avions opté en premier pour un potage Solférino, un mélange de tomates, de pommes de terre et de poireaux. D'après la recette de cuisine que nous avions dénichée, il fallait impérativement pimenter le tout d'un peu de poivre de Cayenne, mais je n'en ajoutai qu'un soupçon, sachant qu'Henry et Jenny n'auraient guère apprécié.

Jenny apporta la soupe. Mme Paget goûta une première gorgée de potage puis, à ma grande consternation, reposa presque aussitôt sa cuillère.

— Je suis désolée, madame Stowe, je ne supporte pas la nourriture trop épicée.

Je me figeai.

— Oh, mon Dieu ! Est-ce que... est-ce que c'est trop poivré ?

— Mais pas du tout ! protesta M. Tremlow.

— Cette soupe a de la classe, renchérit Reggie en

enfournant dans sa large bouche une cuillerée remplie à ras bord et en émettant de sonores bruits de déglutition.

— Délicieux, Miranda, affirma Ivor.

Tous les hommes en reprirent, ce que je trouvai plutôt rassurant. Quant à Mme Paget, elle demeurait taciturne, ses seuls mouvements consistant à porter timidement sa serviette à ses lèvres en jetant autour d'elle de petits regards effarouchés. Lorsque le silence vient remplacer la conversation, il est étrange de constater combien, parfois, le cerveau le plus actif, le plus inventif, peut se transformer en une terre aride où aucun embryon d'idée, même pas le plus infime esprit d'*à propos*\*, n'est capable de germer.

Je me tournai vers M. Tremlow, devinant d'instinct qu'il serait un allié.

— Habitez-vous Londres ?

— Pour le moment, oui. Mais j'ai passé la majeure partie de ma vie en Italie. Ma chère femme était de là-bas. Je ne suis en Angleterre que depuis quelques semaines. J'ai passé près de trente années à l'étranger.

— Canon, hein, ces jolis petits lots du Sud… les Italiennes, je veux dire… commenta Reggie. Parlez-moi de leurs grands yeux noirs et de leur c… – enfin, vous savez quoi.

Il leva les mains et traça dans l'espace des courbes suggestives. Mme Paget ferma les yeux et se tapota une nouvelle fois les lèvres à l'aide de sa serviette.

— Connaissez-vous l'Italie, madame Paget ? s'enquit M. Tremlow.

Il lui sourit avec gentillesse et je vis sa peau bronzée se plisser au coin de ses yeux comme de minuscules éventails.

— Je ne suis jamais partie en voyage, répondit-elle en lui retournant un petit sourire hésitant. Père et Mère louaient chaque été une maison pour trois semaines à Burton-on-Sands. Et puis Père n'aimait pas les étrangers…

— Alors vous devez apprécier la mer ? demandai-je, espérant trouver enfin un sujet de conversation qui pût l'intéresser. La plage est tout près d'ici, vous savez. Pourquoi ne pas aller y faire un tour demain ?

— Merci, mais je n'y tiens pas. J'ai les bronches fragiles et il fait trop froid. Je préfère la lecture.

— Et quels genres d'ouvrages lisez-vous ? interrogea Ivor, l'air soudain captivé.

— Surtout des biographies de la famille royale.

— Oh, vous aimez l'histoire ! Savez-vous que notre Miranda est très savante en la matière ?

Je voulus aussitôt opposer un démenti aux déclarations enthousiastes d'Ivor, mais le mal était fait. Je vis Mme Paget me dévisager comme si j'étais un énorme insectivore doté d'une queue terminée par un dard empoisonné. Tout absorbé par sa conversation, Ivor ne remarqua rien.

— Sénèque a écrit un commentaire très intéressant sur le pouvoir séculier : « Quel que soit le nombre de victimes que peut faire un tyran, il ne pourra jamais tuer celui qui deviendra son successeur. » Considéré ainsi, cela semble évident, mais cette pensée n'en garde pas moins toute sa sagesse, n'êtes-vous pas de mon avis ?

Il regarda Mme Paget, attendant une réponse. Je dois préciser qu'Ivor est un homme d'une parfaite courtoisie et qu'il ne lui viendrait jamais à l'idée d'abaisser ses interlocuteurs en étalant une inaccessible culture. Mais il est souvent dans la lune. Apparemment, il n'avait pas compris ce que, moi, j'avais immédiatement deviné : Mme Paget était plus friande de livres pour grand public que de traités d'histoire, et ses « biographies royales » devaient ressembler plutôt à ces tissus de ragots que l'on trouve dans la presse à scandales. Le genre qui vous dit tout sur les comédies musicales préférées de la reine mère, les habitudes intimes de la princesse Margaret pour la confiture et la pâte de crevettes.

272

Je crois que M. Tremlow saisit, lui aussi, car de petites rides relevèrent le coin de ses yeux et de ses lèvres. Il me donna l'impression de rire en silence. Par bonheur pour Mme Paget, il s'empressa de répondre lui-même à la question d'Ivor.

— J'ai eu maintes fois l'occasion de constater que la chance a sa propre logique, laquelle frise parfois le cynisme. Même si nombre d'entre nous prétendent dédaigner les plaisirs du pouvoir ainsi que son cortège de corruptions, rares sont ceux qui tiennent parole lorsque l'occasion de dominer leur prochain se présente. Prenez Cromwell, par exemple. Que penser de lui ? Fit-il preuve d'une exceptionnelle et héroïque intelligence ? Fut-il un philistin génial ou un barbare régicide ?

Pendant qu'Ivor et M. Tremlow se lançaient dans un débat fiévreux sur les grandeurs et les décadences de l'ambition humaine, je commençai à respirer, soulagée. Le feu pétillait joyeusement dans la cheminée, les bougies étincelaient dans leurs chandeliers d'argent, les chrysanthèmes exhalaient un délicieux parfum musqué. Même Reggie semblait s'amuser. Il leva le coude et finit son verre de vin avec une évidente satisfaction. Je sentis son regard impudent posé sur moi.

— Des grosses têtes, dites-donc, ces deux-là, gloussa-t-il en désignant du menton Ivor et M. Tremlow. C'est bien joli, tout ça, mais les femmes ont besoin d'autre chose que de parlote. Le gars, là, ajouta-t-il en désignant Ivor, il est marié ?

— Non.

— C'est bien ce que je pensais…

Baissant la voix, il ajouta :

— Comment faites-vous pour supporter tous les jours d'avoir un homo sous votre toit ? Toutes ces gonzesses qui aiment les pédés, moi, ça m'estomaquera toujours. Enfin, je suppose qu'avec eux vous vous sentez rassurée… conclut-il avec un énorme éclat de rire en désignant d'un geste sans équivoque sa braguette. De ce côté-là, c'est pas lui qui vous sautera sur le râble, pas vrai ? C'est quoi, pour vous, ce rigolo ? Un parent ?

— Non, répondis-je un peu fraîchement. Ivor était à l'école avec mon mari. Ils étaient amis depuis toujours. À présent, il m'aide pour le jardinage et l'entretien de la maison.

Il eut un petit rire entendu.

— Ah ! ah ! Alors, le gentil petit mari s'est fait doubler, hein ? Fallait qu'il soit un drôle d'emmerdeur pour que vous lui préfériez celui-là !

Je fus soulagée de voir Jenny apporter le plat suivant. Manifestement, Reggie paraissait tout ignorer des règles les plus élémentaires de la conversation mondaine. Je jugeai plutôt appétissant le ragoût de faisan aux marrons, pommes de terre sautées et choux rouges, et en respirai avec plaisir le fumet. Mais il ne me fallut pas longtemps pour comprendre que feu le père de Priscilla avait, même absent, son mot à dire sur le choix du menu. Ayant régné en maître sur sa fille durant toute la jeunesse de celle-ci, ce tyran domestique avait édicté des règles de vie que Priscilla considérait toujours comme paroles d'Évangile. Ainsi apprîmes-nous qu'il refusait de manger du gibier car, selon lui, les animaux sauvages étant nécrophages, leur chair se révélait nuisible à la santé humaine. Il apparut également que le bœuf froid ne figurait pas davantage sur la liste des aliments tolérés par M. Priscilla-père. Pour finir, Mme Paget se résigna à grignoter du bout des lèvres quelques légumes avec des airs de martyre.

— Bon sang, Pris, lança Reggie d'un ton sec, est-ce que tu vas enfin te décider à avaler quelque chose ? Je n'ai aucune envie d'une femme qui tourne de l'œil parce qu'elle ne sait pas s'alimenter convenablement. Ne faites pas attention à elle, madame Stowe, elle ne sait pas ce qui est bon ! Mais elle va bientôt apprendre à le découvrir !

274

Il partit d'un nouveau rire gras, la bouche encore pleine.

Quant à M. Tremlow, j'eus plaisir à constater qu'il faisait honneur à son assiette, oubliant volontiers les diktats de son austère régime.

— Ce faisan est une merveille, chère madame Stowe, conclut-il, ravi.

— Oui, c'est absolument divin, Miranda ! renchérit Ivor en me gratifiant d'un de ses regards de lumineuse adoration. Tu sais que tu es splendide ce soir ? ajouta-t-il en baissant la voix, mais pas suffisamment pour que les autres puissent ignorer cette flatteuse remarque. Du coin de l'œil, je vis le regard de Reggie s'aiguiser en se posant sur nous.

M. Tremlow se révéla un convive parfait, et je lui fus reconnaissante de savoir relancer la conversation sur des sujets plus intéressants que les goûts culinaires de Priscilla Paget. Il me demanda de lui retracer l'historique de la maison. Je lui expliquai qu'il s'agissait d'un prieuré qui, à ses tout débuts, appartenait à la noble famille des Le Bec, dont les armes figuraient encore en bonne place au-dessus de la cheminée de la salle à manger. M. Tremlow se montra tout particulièrement intéressé par des lettres que j'avais dénichées un jour derrière les boiseries du premier étage.

— Les avez-vous encore en votre possession ? s'enquit-il, de toute évidence très excité. J'aimerais beaucoup les voir.

— Les originaux sont au musée local, mais j'en possède encore des copies. Je vous les montrerai après dîner, si vous voulez.

Tout en parlant, je m'efforçais de repousser Jasper affalé sur ma jambe gauche. Après avoir passé sa journée à poursuivre les chats – à l'exception de Dinkie –, à se baigner dans les douves et à ronger des os de fortune, Jasper n'aimait rien de mieux que se presser contre les jambes des membres de la famille, le plus souvent Elizabeth. En son absence, il me choisit.

À cet instant précis, je vis M. Tremlow se pencher en s'exclamant :

— Eh bien ! Votre chien est une créature drôlement affectueuse ! Il s'est couché sur mes pieds pendant tout le dîner. Je trouve cela plutôt flatteur.

Interloquée, je jetai à mon tour un regard furtif sous la table. Ce que j'avais pris durant tout le repas pour la tête soyeuse de Jasper n'était rien d'autre qu'une cuisse musclée emballée dans du tergal brillant… celle de Reginald Paget ! Trop abasourdie pour réagir, je le fixai stupidement et le vis me faire un clin d'œil.

— Parlez-moi encore de ces lettres, reprit M. Tremlow en se servant une nouvelle part de ragoût.

— Quelque temps après son veuvage, Margaret Le Bec se convertit à la religion catholique. On comptait à l'époque plusieurs foyers réfractaires dans cette région, et il est probable qu'ils cachèrent des membres du clergé catholique. Il ressort clairement des lettres de Margaret que le prêtre qui lui servait de mentor spirituel devint son amant. Elle tremblait à l'idée d'encourir pour cette faute les flammes de l'enfer, et une infinie tristesse émane de ses lignes. Elle semblait être une femme de cœur. Il n'était pas toujours drôle d'être catholique en ces temps-là.

— « Que répondrais-tu à la satanée question ? » cita Ivor en se tournant vers Mme Paget.

Elle sursauta et le fusilla du regard.

— Pardon ?

— Priscilla est très à cheval sur les questions de langage, intervint son mari. Il faut toujours qu'elle m'embête avec ça. Bien sûr, quand je lui faisais la cour, je me surveillais pour lui faire plaisir. Vous savez comment c'est, ce genre de p'tite dame.

Il nous observa tour à tour avec un sourire entendu qui me sembla de mauvais augure pour Priscilla.

— Il ne s'agit pas de familiarité de langage, précisai-je, mais d'une vieille formule employée au temps de la reine Elizabeth pour traquer ceux que l'on suspectait de sympathie catholique. La « satanée » question était celle-ci : « Défendrais-tu l'Angleterre contre les armées du pape si elles envahissaient notre pays ? »

Priscilla Paget regarda son mari, ses yeux pâles se firent suppliants tandis qu'elle s'efforçait de comprendre ce qu'on cherchait exactement à lui demander.

— Je… je ne sais pas, répondit-elle pour finir. Père n'aimait pas les catholiques. C'était un baptiste très strict, vous savez.

— Allons, allons, ma fille, pas la peine de t'affoler comme ça, ricana Reggie. Tiens, bois un coup de vin et détends-toi. Quelle petite nature tu fais. Bois, je te dis !

Je commençais à mieux comprendre pourquoi Priscilla avait épousé Reginald Paget. Ayant vécu toute sa jeunesse à l'ombre d'un père autocrate et ignorant, elle retrouvait en son mari une réplique somme toute très proche du modèle paternel – à quelques nuances près…

Jenny choisit ce moment pour apporter la *crème brûlée**. Elle s'en sortait magnifiquement.

— Comme tout cela a l'air délicieux ! s'exclama Reggie. Regarde, mon chou, ça ne te tente pas ? Allez, sers-toi. Sinon, c'est que tu ne sais pas ce qui est bon.

Le ton péremptoire de Reggie ressemblait à un aboiement. Il avait ingurgité au cours de la soirée deux fois plus d'alcool que les autres convives, et son visage était rouge et congestionné. Plus que jamais, je songeai qu'il ne devait pas être bon de se frotter à lui. Du bout de sa cuillère, Priscilla se mit à tapoter nerveusement la couche de sucre cristallisé qui recouvrait la crème brûlée.

— Allez, chérie ! gronda son mari. Du nerf. C'est de la crème, pas du béton. Tu as la force en toi…

Il se mit à rire et ses traits se tordirent de façon si grotesque que M. Tremlow laissa échapper une petite toux nerveuse. Le visage cramoisi, Priscilla se décida enfin à attaquer son dessert. Elle enfonça sa cuillère avec tant de vigueur qu'un geyser de crème jaillit vers le plafond, éclaboussant au passage les joues d'Ivor.

Un peu plus tard, après ce mémorable dîner, M. Tremlow vint s'asseoir à mes côtés devant la cheminée du salon. Je lui confiai les copies des lettres de Margaret Le Bec, et il se plongea dans une lecture attentive tandis que Priscilla et Reggie occupaient le canapé voisin. Une main posée impérieusement sur le genou de sa femme, Reggie sirotait un généreux cocktail de brandy-soda.

— Y'a pas, ça a de la gueule, lâcha-t-il en balayant la pièce d'un regard appréciateur. Prends-en de la graine, Pris. C'est un intérieur comme ça que je veux trouver le soir en rentrant.

Il se leva soudain.

— Bonsoir, tout le monde. Il est temps d'aller au lit. (Il m'adressa un nouveau clin d'œil.) Croissez et multipliez, nous ordonne le Seigneur. Je ne suis pas du genre à me le faire répéter deux fois.

Priscilla rougit de nouveau, et son embarras fut tel que ses yeux en devinrent humides. Elle se coula dans le sillage de son mari et eut à peine la force, au moment de quitter la pièce, de murmurer un « Bonsoir » tremblant.

Lorsque je fus certaine qu'ils étaient hors de portée de voix, je soupirai :

— Grands dieux… quel homme horrible ! Hélas ! Cette soirée est loin d'avoir été aussi parfaite que je le souhaitais !

— En ce qui me concerne, j'ai passé un très agréable moment, répondit M. Tremlow. Néanmoins, je suis quelque peu soucieux à propos de cette pauvre fille. Ce bonhomme est une vraie crapule. Savez-vous ce qu'il me racontait pendant que vous étiez partie faire du café ? Qu'il comptait bien s'en mettre plein les poches avec l'argent de sa femme.

— On dirait qu'il lui fait peur. À vrai dire, je ne me sentirais pas rassurée non plus. Oh, te voilà, chérie ? enchaînai-je en apercevant Elizabeth sur le seuil. Entre ! Je voudrais te présenter M. Tremlow.

— Hello, fit Elizabeth sans bouger. Je vais me coucher. Tu viens, Jasper ? Bonne nuit, à demain matin.

Jasper quitta à contrecœur les souliers vernis de M. Tremlow, sur lesquels il s'était affalé avec bonheur, et suivit Elizabeth.

— Je suis désolée, dis-je, embarrassée. Elle aurait pu se montrer un peu plus aimable. C'est un âge difficile.

— Ne vous excusez pas, c'est une enfant charmante. Et qui semble avoir beaucoup de tempérament.

— Avez-vous des enfants ?

— Malheureusement, je... Seigneur ! Qu'est-ce que c'est ?

Traversant la maison de part en part, un cri affreux venait de déchirer l'air, bientôt suivi par un autre, tout aussi épouvantable. Cela venait de la chambre des Paget. L'esprit rempli de visions horribles, je bondis et grimpai les marches quatre à quatre, suivie péniblement par M. Tremlow, à qui sa corpulence interdisait de courir.

Que diable s'était-il passé ? En cette nuit de noces, la délicate Priscilla se serait-elle évanouie à la vue de l'anatomie de Reggie Paget ? À ma grande surprise, je trouvai Henry et Elizabeth pliés de rire sur le palier tandis que, de l'autre côté de la porte, les cris avaient fait place à des sanglots convulsifs. On entendait Reggie, furieux, ordonner à Priscilla de retrouver son sang-froid.

Perplexe, j'observai mon fils et ma fille, toujours aussi hilares.

— Qu'est-ce que vous avez encore tramé, vous deux ? chuchotai-je avec anxiété.

— On voulait leur faire payer leurs mauvaises paroles à ton sujet, expliqua Henry. Tout à l'heure, pendant qu'ils se changeaient pour le dîner, je l'ai entendue dire que tu étais habillée avec bien trop de recherche pour être honnête.

— Henry ! protestai-je, combien de fois devrai-je te répéter qu'il ne faut pas écouter aux portes !

— Et lui, il a répondu que t'étais drôlement gironde, mais que t'étais pas son genre autant qu'elle.

Il fit une grimace comique.

— *Elle !* Son genre ! Alors que je n'ai jamais vu de femme aussi fade, aussi minable ! Tu es un million de fois plus jolie qu'elle !

— Je ne peux que confirmer cette allégation, jeune homme, intervint M. Tremlow, qui venait de nous rejoindre, tout essoufflé par l'ascension de l'escalier.

— Merci à vous deux, dis-je en me retenant de rire à mon tour. Bon, vous, les affreux, quel tour infâme avez-vous encore imaginé ?

Une lueur malicieuse s'alluma dans les yeux d'Henry.

— Tu te rappelles ce scorpion en plastique vert que j'ai eu dans mon bas de Noël, l'année dernière ? Je l'ai fourré dans une de ses pantoufles pendant le dîner. Je voulais juste lui flanquer un peu la trouille, pas réveiller toute la maisonnée avec des cris pareils !

— Je préfère cela ! fit M. Tremlow avec un visible soulagement. Je craignais que cette brute ne se soit mis à battre sa malheureuse femme. Mais je me voyais mal entrer dans la chambre pour me mesurer avec cette force de la nature.

Je dus me contraindre à prendre un air sévère.

— Tu iras t'excuser auprès de Mme Paget demain matin, compris ? La pauvre femme ne doit pas être habituée aux enfants. Ce n'est vraiment pas gentil ce que tu as fait là, Henry.

— Ma parole, elle a de la voix, en tout cas ! gloussa Elizabeth.

Je vis que son maquillage avait coulé et que son visage était tout barbouillé. Fugitivement, je me demandai à nouveau pourquoi elle s'était habillée ainsi pour se rendre à un match de hockey.

Bien malgré moi, je me mis à rire à mon tour.

— Ma foi, j'ai bien cru que toutes les fenêtres de la maison allaient voler en éclats. Cette femme a de sacrés poumons…

Elizabeth se pressa contre moi pour encercler ma taille de ses deux bras.

— Je t'aime, ma petite maman, murmura-t-elle.

Puis, sans attendre, elle disparut dans sa chambre.

Finalement, songeai-je, cette soirée tant redoutée n'avait pas été un fiasco complet…

13

Reggie descendit le premier pour le petit déjeuner.
Vêtu d'un pull et d'une cravate en cachemire jaune et
d'un pantalon de sport en serge, il ressemblait à une
publicité vivante pour la mode masculine. Il paraissait
évident que l'argent de Priscilla était avantageusement
venu combler des lacunes. Je laissai M. Tremlow au
plaisir sans mélange des mots d'esprit de M. Paget et
commençai à préparer le porridge, les œufs et le bacon.
Priscilla ne se montra pas. Après le petit déjeuner,
M. Tremlow me demanda de lui montrer la maison.

— Cet homme est un escroc, déclara-t-il tout en
me suivant dans la bibliothèque. Il fallait l'entendre
pérorer sur ses combines fiscales. Il me semble plus
qu'évident qu'un tel individu devrait être sous les
verrous pour fraude ! Tout comme il est clair que la
pauvre fille qui lui sert d'épouse est une victime à
laquelle nous devrions venir en aide.

— Elle ne vous en aurait aucune reconnaissance,
croyez-le bien. Si malheureuse que cet homme la rende
– et Dieu sait qu'il ne s'en privera pas –, Priscilla est
une femme qui continuera d'adorer sans fléchir son
tortionnaire et lui obéira sans réserve. Vous savez, les
femmes ont cette particularité d'être capables de se
dévouer corps et âme à de parfaites crapules.

— Vous avez sans doute raison, soupira M. Tremlow. Oh, comme j'aime cette pièce ! ajouta-t-il en

pénétrant dans la bibliothèque. L'exemple parfait de l'architecture victorienne ! Bien faite, confortable, gracieuse. Et, Seigneur, quelle splendide collection de livres ! L'école de Padoue... Le fauvisme... l'art baroque... le nuagisme... C'est fantastique !

Je souris.

— Vous pouvez venir lire ici autant qu'il vous plaira, dis-je en oubliant la promesse que je m'étais faite de limiter les allées et venues de mes hôtes payants au salon. Mais j'appréciais la compagnie de M. Tremlow et j'avais bien du mal à me rappeler que notre relation était d'abord et avant tout d'ordre purement professionnel.

Je désignai un coin de la bibliothèque et poursuivis :

— Tous les ouvrages consacrés à l'art se trouvent ici. La plupart appartiennent à ma mère, qui réside aujourd'hui en Italie. Certains ont également été achetés par mon père, qui est mort à la guerre. Pour ma part, je ne les consulte guère. Je préfère la fiction et les biographies.

Les mains tremblantes d'excitation, M. Tremlow s'était déjà emparé d'un volume et plongea dedans. Je le laissai pour aller faire les lits et, trois quarts d'heure plus tard, le retrouvai assis au bureau, des piles de livres entassés devant lui. Il leva les yeux vers moi.

— J'ai eu le temps de méditer notre conversation de tout à l'heure pendant votre absence. Dites-moi, madame Stowe, que pensez-vous donc de cette tendance féminine à se montrer masochiste en amour ? Est-ce un problème qui vous préoccupe personnellement ?

— Oh, je n'y ai pas vraiment réfléchi. C'est juste que je l'ai souvent constaté autour de moi.

Je m'assis sur le coffre placé sous la fenêtre et contemplai les douves à travers la vitre. M. Tremlow pivota sur sa chaise pour me regarder. Il portait un manteau et un pantalon marine, le tout ponctué d'un nœud papillon de soie jaune – une tenue qui lui donnait l'air bien peu britannique. L'éclat d'un rayon de soleil caressa ses cheveux blancs, les nimbant de doux reflets argentés. Un rameau de *Viburnum bodnantense* avait glissé du vase pour venir s'échouer sur le bureau. Je vis M. Tremlow s'en saisir et humer la fleur rose pendant qu'il parlait. Il avait l'air d'un homme heureux de vivre, malgré sa maladie.

— En fait, repris-je, je crois que ce masochisme que l'on croit spécifiquement féminin n'est rien d'autre que le résultat d'une éducation. Nous avons été élevées dans le seul but de séduire. Si j'examine ma propre vie, je m'aperçois qu'inconsciemment j'ai laissé à mes fils plus de chances de se révolter. Alors qu'avec Elizabeth je me suis conduite de façon différente. Sans doute cela vient-il du fait que j'ai toujours le sentiment de ne rien connaître – ou si peu – du monde des hommes. Ayant été élevée dans une maison peuplée exclusivement de femmes, je me sentais davantage en confiance avec mes semblables. Il me semblait que je connaissais ma fille de l'intérieur, que je pouvais deviner ce qu'elle était vraiment.

— À ce qu'il paraît, elle a l'air d'avoir su se libérer sans difficulté du joug maternel.

Je souris en l'écoutant. Puis, sans même réaliser ce que je faisais, je me mis à confier à M. Tremlow tous les soucis que mes enfants me causaient. Je finissais de lui raconter les problèmes d'Elizabeth après la mort de son père lorsque je me rappelai un peu tard que je parlais à l'un de mes hôtes payants, un homme déjà âgé venu ici pour y trouver la paix et le repos. Confuse, je m'exclamai :

— Veuillez me pardonner, monsieur Tremlow ! Voilà que je me mets à vous assommer avec mes histoires ! Vous savez si bien écouter que je me suis laissée emporter ! Pour répondre à votre question concernant le masochisme féminin, je pense que toutes ces exigences stupides et injustes que tant d'hommes médiocres imposent à leurs compagnes donnent à ces dernières le sentiment paradoxal de s'accomplir à travers ces épreuves. Elles sont insultées, battues, trahies et, pourtant, retournent aux pieds de leurs tortionnaires le cœur plein d'amour. Cela montre assez combien elles ont été aliénées par des siècles d'asservissement.

— Vous êtes féministe ?

— Difficile de ne pas soutenir tous ceux qui se battent pour rendre les femmes plus libres et plus heureuses dans ce monde. Mais je ne me suis jamais pour autant engagée dans de véritables actions militantes, ni dans des débats publics. J'ai honte d'avouer que je laisse ce travail à d'autres peut-être plus motivées et plus courageuses que moi.

— Pourquoi ?

— Par lâcheté, je suppose. Ou alors par paresse. J'admire pourtant beaucoup Mary Wollstonecraft[1] et Harriet Martineau[2]. Mais vivre leur combat au jour le jour est une autre histoire.

— J'aurais tant souhaité que vous connaissiez ma femme ! Elle vous aurait adorée. Lucia savait à peine lire et écrire, mais elle était d'une remarquable intelligence. La première fois que je l'ai vue, elle n'avait pourtant que dix-huit ans.

Il soupira.

— Je n'oublierai jamais ce jour-là… ni cette vision d'une jeune fille cheminant au bas de la montagne en poussant son troupeau de chèvres… Je revois encore comme si c'était hier les troncs tordus des oliviers au feuillage argenté, les lézards vifs comme l'éclair se faufilant sur les pierres chaudes, les flaques de soleil

1. Pionnière en matière de féminisme, Mary Wollstonecraft (1759-1797) fut influencée par les travaux de Thomas Paine et se battit pour l'égalité des droits de la femme. Mariée au philosophe anarchiste William Godwin, elle eut pour fille Mary Godwin Wollstonecraft, qui devint plus tard Mary Shelley, l'auteur du fameux best-seller gothique *Frankenstein*. *(N.d.T.)*
2. Harriet Martineau (1802-1876) fut au XIXe siècle une figure majeure des idées libérales en Angleterre, malgré un handicap physique sérieux (elle était profondément sourde depuis son plus jeune âge). Son plus fameux livre, *Society in America*, fut un best-seller des deux côtés de l'Atlantique et l'un des premiers traitant de féminisme. *(N.d.T.)*

baignant la terre rouge de leur lumière étincelante. Pas un bruit… rien que le chant des oiseaux et l'écho des clochettes qui se balançaient au cou des chèvres. J'avais faim, j'avais soif… et je me sentais perdu. Elle m'a donné un morceau de fromage qu'elle avait fabriqué le matin même. Je me souviens encore de sa fraîcheur, de son goût délicieux ! Je me croyais au paradis…

Il demeura silencieux un bon moment, perdu dans ses pensées. J'attendis patiemment la suite.

— Lucia avait perdu père et mère. Tous les jours elle trayait ses chèvres, battait le lait pour en faire des fromages, puis menait paître son petit troupeau. Le soir, elle devait traire à nouveau avant de préparer le dîner pour ses cinq jeunes frères et sœurs. Tous allaient à l'école, même les filles. Lucia y tenait beaucoup. Ils achevèrent convenablement leur scolarité, et deux réussirent même à entrer à l'université.

Il observa une nouvelle pause, je vis que ses yeux étaient humides.

— Elle m'a appris tant de choses ! Jusqu'à notre rencontre, je n'avais jamais réalisé à quel point j'avais vécu prisonnier des conventions…

— Elle doit vous manquer terriblement.

— C'est vrai. Mais, d'une certaine façon, elle n'est pas vraiment partie et je la sens encore toute proche, où que je sois. Même ici, dans cet éden si typiquement *british*, un monde très éloigné de l'univers de Lucia.

Je le regardai. M. Tremlow n'avait rien d'un séducteur et, pourtant, il avait suscité un amour unique, d'une rare intensité.

— Vous savez, reprit-il, les femmes sont peut-être génétiquement programmées pour choisir sans considération morale ou idéologique un homme qui fait figure de chef de meute, celui dont le caractère agressif le rendra capable de les protéger de tous les dangers, elle et leurs enfants. Quant aux hommes, ils sont, sans doute pour les mêmes raisons, portés à s'intéresser à des femmes plus jeunes, susceptibles de leur donner

286

de beaux enfants bien portants. Qui sait si tout cela n'est pas le produit de mécanismes purement biologiques ?

Je réfléchissais à cela lorsque Lissie glissa la tête dans l'entrebâillement de la porte. J'en profitai pour lui présenter mon nouvel hôte.

— Ravie de vous rencontrer, monsieur Tremlow, dit aimablement Lissie.

Elle se tourna vers moi.

— Qui diable est cet affreux bonhomme suffisant et maniéré qui se trouve au salon ? Ne me dis pas que c'est le jeune marié en voyage de noces !

— J'ai bien peur que si. M. Tremlow et moi étions justement en train de parler de ces femmes en apparence tout à fait normales qui, pour d'obscures raisons, sont attirées par des brutes de ce genre.

Lissie haussa les épaules.

— Bah, il n'y a rien d'obscur là-dedans : les hommes parfaits sont ennuyeux à mourir, voilà tout...

Je me retins de sourire et en conclus que nos différentes approches du sujet en disaient long sur nos caractères respectifs. Je fis visiter à M. Tremlow le reste de la maison pendant que Lissie montait chouchouter la petite Bridie et aider Jenny à éplucher les pommes de terre pour le déjeuner.

M. Tremlow se révéla le plus charmant des hôtes et s'intéressa à tout ce que je lui fis découvrir, que ce soit la cachette du curé ou encore notre *dog-car* du XVIe siècle entreposé à la remise. Son enthousiasme était si contagieux qu'il me conforta dans mon projet de rédiger un historique de la maison pour le spectacle estival d'Aubrey. Cet exercice serait l'antidote parfait contre les trop fréquents et mélancoliques envols de mon esprit vers Janòs.

Sur le coup de midi, je partis pour la gare chercher James venu passer le week-end avec nous. Même après toutes ces années qu'il passait en pension, j'éprouvais le même frisson de plaisir chaque fois que je voyais mon fils sauter du train sur le quai. Il me parut avoir encore grandi au cours des derniers quinze jours. Depuis qu'il avait été élu préfet des études pour près d'un trimestre, il affichait un air doctoral qui me faisait douter de plus en plus d'être encore sa mère.

Tandis que je pelais des oignons pour la confection d'une *pissaladière**, James me bombarda de questions sur mes nouveaux hôtes.

— Je n'aime pas l'idée que n'importe qui puisse séjourner ici. Ce mufle de Paget ne m'inspire aucune confiance. Et je ne crois pas qu'Ivor représente une protection quelconque. Tu n'es entourée que d'enfants et de vieilles femmes, sans vouloir offenser Rose.

— Chéri, il faut bien vivre avec ce monde. Je ne peux pas éternellement me replier sur moi-même.

— P'pa nous a laissés tomber. Tous. Je ne le lui pardonnerai jamais.

— James !

Je le dévisageai, horrifiée.

— Tu sais très bien qu'il s'agissait d'un accident. Et même si... même s'il a vraiment cherché à se tuer, alors imagine un peu ce qu'il a pu ressentir... quel désespoir le torturait. Ton père mérite ta pitié, sûrement pas ta condamnation.

— Tu veux toujours excuser les fautes de tout le monde ! Tu veux que tout soit paisible, sans désordre, sans heurts. Moi, je crois que chacun doit être tenu pour responsable de ses actes. Et je ne parle pas seulement de suicide, même si je pense que ce suicide-là n'a été qu'une manifestation de plus de sa lâcheté et de sa malhonnêteté à ton égard. Je parle de tout ce qu'il t'a fait subir avant sa mort. Tu sais bien, toutes ces autres femmes...

— Oh, mon chéri... Je ne savais pas que tu étais au courant ! Je suis si désolée...

— Voilà que tu recommences ! Mais de quoi donc es-tu désolée ? Tu parles comme si tu étais responsable de ce qu'il a fait, alors que j'imagine assez combien tu as dû en souffrir. Aujourd'hui, je dois me faire pour de bon à l'idée que mon père n'était qu'un minable

288

coureur, pour rester poli. Je ne suis plus un gamin, j'ai l'âge de regarder la vérité en face. M'man ? Eh… m'man ? Qu'est-ce que tu as ? Pourquoi me regardes-tu comme ça ?

Il s'approcha de moi pour m'enlacer avec tendresse.

— À quoi est-ce que je ressemble ? demandai-je, la gorge nouée. Ai-je l'air blessée ? Humiliée ? Eh bien, si tu veux tout savoir, oui, je ressens tout cela mais, à présent qu'il est mort, je crois qu'il faut s'efforcer d'oublier nos contentieux.

— À quoi servent les expériences de la vie si on n'en tire pas la leçon ? protesta mon fils. Le passé configure notre présent. Tu ne peux pas décider que tout cela n'a aucune importance juste parce que ce n'est plus d'actualité.

Je retins un soupir.

— Qui peut juger du bien et du mal ? Peut-être bien que les existentialistes ont raison, après tout.

Outré, James se lança dans une diatribe contre l'existentialisme, je l'écoutai docilement tout en faisant frire des pommes de terre assaisonnées d'ail et de sauge. J'étais soulagée d'être ainsi épargnée de toute justification et, aussi, heureuse de l'entendre parler avec tant de vivacité et de pugnacité intellectuelle. Autrefois, la seule présence de Jack étouffait l'enthousiasme de James. À présent, il s'exprimait librement avec toute la fougue de sa jeunesse et de son intelligence.

Jenny pénétra dans la cuisine, Bridie dans les bras, et rougit en apercevant mon fils aîné. Il parut heureux de voir le bébé et m'annonça qu'il déjeunerait avec nous. Je compris que c'était plus pour remplir ses devoirs d'aîné et surveiller au passage les pensionnaires que pour satisfaire un réel désir.

Après avoir sonné le gong, je fus soulagée de voir apparaître Priscilla. J'avais eu beau chasser de mon imagination toutes pensées grivoises sur cette nuit de noces, la vision du dépucelage de Priscilla par l'ineffable Reggie m'assaillait de temps à autre et m'envahissait d'un curieux mélange d'anxiété et d'hilarité. Une évidence s'imposait : Reginald Paget ne semblait pas être le partenaire idéal pour ce grand moment de la vie d'une femme. Du coin de l'œil, je constatai que Priscilla ne paraissait pas avoir beaucoup changé depuis la veille. À peine venait-elle de goûter ma pissaladière qu'elle se lamenta de ne pouvoir supporter les oignons. Aussitôt, Reggie lui intima l'ordre de manger sans se faire prier et, à ma grande stupéfaction, elle obéit au lieu de lui lancer son assiette à la tête. Manifestement, les efforts de civilité fournis par Reggie pour faire sa cour avaient pris fin dès l'expiration de leur nuit de noces. Comme prévu, James détesta Reggie au premier regard et ne se priva pas de le contredire chaque fois que l'occasion se présentait. Par bonheur, M. Tremlow, toujours d'une exquise diplomatie, s'efforça de ramener inlassablement la conversation sur des sujets aussi neutres que la production d'œufs de tortue et les usages du troc chez les Papous de Nouvelle-Guinée.

Après le déjeuner, je suggérai une promenade sur la plage. Reggie décida d'emmener Priscilla à Marshgate, et je m'arrangeai pour que Freddy aille les rechercher en fin d'après-midi. Un soleil fragile achevait de faire disparaître les lambeaux de neige et flottait au milieu de flocons de nuages blancs, tel un œuf poché. Un vent rêche ébouriffait les plumes des mouettes et faisait claquer les oreilles de Jasper. Le sable était bosselé en forme de crêtes d'un brun grisâtre. Jenny et moi poussions à tour de rôle la voiture de Bridie. Au bout de quelque temps, celle-ci s'enlisa dans le sable humide. Nous prîmes l'enfant dans les bras. J'étais ravie de constater qu'elle tenait bien droite sa petite tête coiffée d'un bonnet blanc tout en s'agrippant à moi de ses menottes roses. Je me mis à courir sur une courte distance et elle ouvrit grand la bouche, surprise par les bouffées de vent qui lui frappaient la figure. Quand elle aperçut la cape noire de M. Tremlow voletant comme les ailes de quelque fabuleuse créature, elle poussa des cris de plaisir.

— Je suis enchanté d'être responsable de son premier véritable rire. J'ai l'impression d'être une bonne fée exauçant les vœux des humains. Je ne sais si c'est ce que notre jolie Bridie a demandé, mais je lui octroie sur l'heure un rire aussi léger et ravissant qu'un tintement de clochettes d'argent.

M. Tremlow gambadait ridiculement dans les dunes de sable, sautant et agitant les mains de si étrange façon que, bientôt, son grand chapeau mou s'envola sous une rafale pour aller rouler sur la bordure de galets et de goémons qui marquait la limite de la dernière marée haute. Henry réussit à le rattraper et le lui rendit. Devant les remerciements de M. Tremlow, le visage de mon fils se peignit d'une satisfaction si évidente qu'il me rappela ces bécasseaux qui réussissent à dénicher les vers puis se cachent en vain sous le sable lourd.

Je ne pus m'empêcher de penser à la dernière promenade que j'avais faite le long de la mer six jours plus tôt avec Janòs. C'était bien à moi de critiquer le désir d'Elizabeth de plaire au sexe masculin ! Je regardai ma fille, qui marchait un peu à l'écart, une poignée de coquillages dans la main, les yeux fixés sur le sable. Son visage pâle était mouillé par l'écume des vagues et des touches de rose marquaient ses joues. Je me souvins du temps où je la tenais dans mes bras, comme Bridie, en cheminant sur cette même plage.

Je vis soudain venir à notre rencontre un homme aux cheveux sombres. Pendant une seconde, je crus – ou plutôt j'espérai – que c'était Janòs. Je réalisai l'absurdité de cette idée. Cet homme, de toute façon, était plus grand et avait les cheveux plus longs. Il était pâle et n'avait pas l'énergie si caractéristique de Janòs. Il se traînait, les mains dans les poches, les yeux baissés, comme s'il était déprimé. Quand il fut plus près, je reconnus le Dr McCleod.

— Bonjour ! lançai-je quand nous nous croisâmes.

Il me répondit d'un signe de tête et poursuivit son chemin sans le moindre sourire. Je me sentis vexée. Mais, au bout de quelques minutes, je me souvins que je l'avais rencontré au festival de Titchmarsh, si différent dans ses vêtements de soirée que je ne l'avais pas reconnu et il s'était perdu dans la foule. Il devait se sentir offensé à cause de cela.

— Quel charmant vieux monsieur, n'est-ce pas ? dit Jenny en désignant M. Tremlow, qui, soudain, plongea vers le sol avec un cri de triomphe pour extraire du sable un minuscule coquillage rose corail dont le dessin compliqué formait une boucle à quatre spires.

Il l'offrit à Elizabeth en s'inclinant.

— Vous constaterez, je pense, qu'il s'agit d'un *Chauvetia brunnea*, ma chère. Très rare. Une perle pour votre collection.

Elizabeth lui fit une petite révérence et le remercia.

— Il est charmant en effet, observai-je. Une compensation pour tous les moments pénibles à venir… L'idée du dîner qui nous attend est à peine supportable.

— Qu'est-ce qui vous tourmente, madame Stowe ? M. Tremlow se lança dans une arabesque plutôt chancelante.

— Ne savez-vous pas que j'ai le pouvoir magique de chasser tous les soucis ?

— Je crains que ces pouvoirs, si grands soient-ils, n'aient pas le moyen de modifier le tempérament impossible de Reginald Paget.

Un peu plus tard ce même soir, après le repas, j'eus une vraie conversation avec Rose tandis que je l'aidais à se déshabiller. Elle se montra plus communicative qu'elle ne l'avait été depuis longtemps. Depuis qu'elle s'était cassé le poignet, elle vivait de bons et de mauvais jours. Les mauvais, elle était morose et ne brisait ses longs silences que pour assener quelque sombre prophétie biblique. Elle ne se référait pas à une religion organisée, ainsi que le font de nombreuses autres personnes. Non... pour elle, la Bible était la source même de toute sagesse. Elle goûtait ses préceptes et la beauté de sa prose. Mais, ce soir, elle paraissait disposée à parler en langue vernaculaire.

— Crois-tu que ça va marcher ? lui demandai-je en brossant ses fins cheveux pâles, autrefois si vigoureux et d'un beau brun. Crois-tu que les enfants en seront perturbés ? Je veux dire, d'avoir à partager la maison avec des étrangers ?

— C'est James qui en souffrira le plus, dit-elle à ma grande surprise.

— Vraiment ? J'aurais cru au contraire qu'il s'en trouverait le moins affecté. C'est un adulte maintenant, et il préfère souvent aller à des réceptions plutôt que de venir à la maison.

— Mais quand il vient, c'est pour te voir. Or tu auras moins de temps à lui consacrer, désormais. Il n'est pas encore tout à fait un homme, malgré ses discours intelligents et ses manières viriles. Et il déteste le changement.

— C'est vrai. Je n'y avais pas pensé...

Je marquai une pause pendant que Rose sirotait son lait arrosé de whisky. Une faiblesse qu'elle s'autorisait en songeant qu'elle pouvait la conduire en enfer, mais qui valait la peine malgré tout.

— Ne te fais donc pas de souci, reprit-elle. La vie n'est pas toujours telle qu'on la voudrait. C'est vrai pour tout le monde et c'est en avançant, jour après jour, qu'on apprend. Cela lui posera un problème, sans doute, mais ce ne sera pas forcément mauvais pour lui. Quant à Henry, plus on est de fous, plus on rit. Je l'ai vu avec M. Tremlow avant le dîner. Il s'épanouit en compagnie des gens nouveaux. Cela l'aide à surmonter le souvenir de son père.

— M. Tremlow est l'exemple d'un grand-père idéal. J'aurais dû y penser.

— Ce n'est pas un mauvais homme.

Venant de Rose, cette affirmation sonnait comme une véritable louange…

— Pour Elizabeth, je ne sais trop que dire, continua-t-elle. Elle a ses secrets, ce qui est naturel à son âge, mais elle pense bien trop aux hommes. Elle est instable. Le problème, c'est qu'elle le sera de toute façon, avec ou sans hôtes payants. Non, si je rassemble mes pauvres idées, la seule personne qui me préoccupe, c'est toi, ma fille.

— Moi ? Oh, Rose, c'est gentil mais il ne faut pas. Il n'y a aucune raison pour cela.

— C'est là que tu te trompes : tout dépend de toi ; si tu fléchis, nous nous écroulons tous et c'est une bien lourde responsabilité. Tu n'aurais jamais dû épouser cet homme, et il te faudra encore un certain temps pour retrouver ton énergie. Pour moi, il n'est pas mort assez tôt.

— Oh, Rose !

Rose remit en place les flacons, peignes et brosses sur sa table de toilette avant de poursuivre :

— Si le choix était de quitter Westray ou de retourner dans le lit de cet homme, alors il valait mieux qu'il meure. Tu le comprendras tôt ou tard.

— Oh, mais ce n'était pas ça… Tu es vraiment trop dure à l'égard de Jack ! plaidai-je.

Brutalement, comme si j'avais été propulsée de l'obscurité vers une vive lumière, les paroles de Jack me revinrent à l'esprit. Il avait déclaré : « Ou bien tu me laisses revenir dans ton lit, ou je demande le divorce pour cruauté mentale et tu seras obligée de vendre la maison. »

Comment pouvais-je les avoir oubliées ? Jusqu'à aujourd'hui, les heures précédant la découverte du corps de Jack s'étaient effacées de ma mémoire. Elles réapparaissaient soudain avec une netteté éprouvante. Je retrouvais le son de sa voix et le ton négligent qu'il affectait pour me dire : « Ne va pas croire que ce n'est pas sérieux. Je suis déjà allé voir Mould. Téléphone-lui, si tu ne me crois pas. »

Leslie Mould était notre notaire, je crus ce que disait Jack. Au cours des quatre dernières années, il avait tenté un nombre incalculable de fois de me ramener dans ses bras. Il avait menacé, plaidé et même essuyé quelques larmes, peut-être sincères, je ne sais pas. Une fois, il avait même essayé la force. Il avait boudé pendant des jours, s'était absenté pendant des semaines. Mais j'étais devenue inaccessible à cette comédie, je m'étais abritée hors de portée de toutes les pressions qu'il pouvait exercer sur moi. Il y avait trop longtemps que je m'étais éloignée, j'avais enfin atteint l'indifférence, ou quelque chose qui lui ressemblait. Cela m'avait pris douze ans, mais à présent, même si je l'avais voulu, j'étais incapable d'éprouver pour Jack de l'amour ou du désir.

Je savais qu'il avait des amies à Londres. Il m'arrivait de noter ponctuellement des messages pour lui au téléphone. Quand il était à la maison, je préparais ses repas, lui donnais des serviettes propres, portais ses vêtements chez le teinturier et faisais tout ce qu'on pouvait attendre d'une épouse modèle. Je me montrais courtoise, sachant par expérience que le seul fait d'exprimer mon amertume me faisait souffrir, moi, mais procurait à Jack un certain plaisir. Certains maris auraient été enchantés d'un tel arrangement. Je suppose que, si Jack le jugeait inacceptable, c'était surtout par orgueil.

Tout en pliant les vêtements de Rose, j'éprouvais maintenant une peur affreuse à l'idée que j'aurais pu oublier d'autres choses encore, des choses essentielles à ma survie et à celle de toute la famille.

— Bonne nuit, mon cœur, dit soudain Rose d'une voix lasse comme je l'aidais à se mettre au lit.

— Bonne nuit, chérie, répondis-je en éteignant la lumière et en me penchant pour embrasser sa joue desséchée.

Je sentis un léger mouvement. D'ordinaire si pudique dans ses démonstrations d'affection, Rose me lança un profond regard avant de se tourner pour dormir.

Je gagnai ma chambre dans la maison silencieuse et me couchai à mon tour sans pouvoir trouver le sommeil pendant au moins une heure. Je pensais à Jack. Dans la chambre voisine, M. Tremlow rêvait peut-être à sa jolie gardienne de chèvres et, un peu plus loin dans le couloir, j'espérais qu'Elizabeth était plongée dans quelque conte de fées propre à l'adolescence. Henry assurait qu'il ne rêvait jamais mais que, toute la nuit, des étoiles et des fusées défilaient dans sa tête. Les espérances et les désirs de James semblaient se résumer depuis quelque temps à Oxford et à ses alentours. En haut de l'escalier se trouvaient les Paget… Je me tournai vivement sur ma bonne oreille pour ne pas risquer d'entendre quelque bruit intempestif et me mis à penser à Rose. Elle était faible et fatiguée, pas vraiment malade mais usée. Je sentis une larme couler le long de mon nez et enfouis mon visage dans l'oreiller.

J'avais dormi à peine quelques heures d'un sommeil agité lorsque j'entendis frapper à ma porte. Pensant aussitôt à Reggie, qui avait tenté toute la soirée de pousser plus avant le flirt entamé la veille, je jaillis de mon lit avec colère et ouvris brusquement la porte toute grande. Jenny était là en chemise de nuit et, devant mon expression féroce, fit un bond en arrière, la mine apeurée.

— Pardonnez-moi de vous réveiller, Miranda. Je ne savais pas que faire !

— Tout va bien, je ne suis pas fâchée contre vous. Je croyais que c'était Reggie.

Jenny eut l'air surprise mais, d'une voix pressante, elle murmura :

— Je me suis levée pour aller voir Bridie. En repoussant le volet pour donner un peu de lumière pendant que je préparais son biberon, j'ai aperçu une grande lueur en bas de l'allée, vers le garage à voitures !

— Oh, Seigneur !

J'attrapai au vol ma robe de chambre, cherchai mes pantoufles sans les trouver et courus dans le couloir jusqu'à la fenêtre donnant dans cette direction. L'obscurité était trouée d'éclats rouge et or. Je dévalai l'escalier jusqu'au téléphone pour composer le numéro des pompiers. Après avoir donné mon nom et mon adresse, je décrivis ce qui se passait à un homme qui avait l'air à moitié sourd et répondait si lentement que je me le représentais en train de lécher son crayon et de se gratter l'oreille avant d'écrire chaque mot. Puis je dis à Jenny de retourner vers Bridie, qui hurlait.

— Il faut éviter de réveiller quelqu'un. Les enfants seraient effrayés et la présence d'un incendiaire dans le jardin n'est guère un attrait pour les hôtes payants.

Je me dirigeai vers la porte d'entrée et franchis le pont en courant. Et si le feu avait gagné l'écurie de Puck ? Je galopai de plus belle, insensible au sol rugueux sous mes pieds nus.

— Miranda ! Dieu soit loué ! Je venais justement t'alerter. As-tu appelé les pompiers ?

La grande silhouette d'Ivor se profila devant moi dans l'obscurité.

— Oui. Puck est-il menacé ?

— Il va bien. Le feu n'a pas encore atteint les écuries, je l'ai conduit dans la vieille grange pour l'éloigner de la fumée. Oh, Seigneur, Miranda ! Je suis tellement désolé !

— Ça ne sert à rien, maintenant. Pouvons-nous faire quelque chose ?

— Rien, le robinet est gelé. Nous ne pouvons qu'attendre les secours.

Les flammes léchaient les murs et s'approchaient de la tour de l'horloge. Il y avait en elles une sorte de terrifiante hostilité. Une fumée âcre et acide se répandait dans les airs, laissant sur nos lèvres un goût acide. Quand je fermais les paupières, car mes yeux me piquaient, je continuais à voir danser des formes écarlates et argentées qui ressemblaient à des mains avides et gloutonnes, des mains cherchant à tout détruire. Le grondement était épouvantable et des cendres pleuvaient sur nous comme du crachin.

Bien entendu, mes tentatives pour laisser la maisonnée ignorer l'événement se révélèrent illusoires. Les enfants, Reggie, Priscilla et M. Tremlow apparurent dès que la première voiture de pompiers eut monté l'allée et réveillé tout le village avec ses sirènes hurlantes et son gyrophare trouant la nuit de lueurs d'un bleu blafard. Les hommes se précipitèrent avec une efficacité impressionnante, je compris rapidement que nous ne pouvions rien faire, sinon nous laisser tremper par les lances d'incendie.

Nous nous réfugiâmes donc dans le hall, étourdis par le choc et le manque de sommeil. Henry avait récolté sur lui plus de cendres que nous tous réunis et ressemblait à un chanteur des *Black and White Minstrel.*

— Je ne savais pas que le feu pouvait faire tant de bruit, dit Elizabeth.

Je vis qu'elle tremblait de froid et de peur.

— Allons dans la cuisine bien chaude. Venez tous, il n'y a plus à s'inquiéter. Ils auront tôt fait de maîtriser le sinistre. Que diriez-vous d'une tasse de thé ?

Je m'efforçais de donner à ma voix une note de gaieté.

Reggie ramena dans sa chambre avec une fermeté peu sympathique sa Priscilla pleurnichante. Elizabeth déclara qu'une tasse de thé était bien la dernière chose dont elle avait envie. Henry insista pour retourner vers l'incendie afin de voir ce qui se passait. Il avait retrouvé son ressort habituel, et je vis qu'il était en train de se composer un de ces rôles héroïques qu'il prisait tant. Je lui ordonnai d'aller se coucher après s'être lavé la figure.

— À propos de lavage, m'man, tes pieds sont en train de saigner sur le tapis. Si c'était *moi* qui avais fait ça, qu'est-ce que j'aurais entendu !

Et il sortit en grommelant que la vie était injuste.

298

— C'était Ivor, n'est-ce pas ? lança James, le visage pâle comme de la craie. Franchement, maman, il empire de jour en jour. Je l'aime bien, naturellement, comme nous tous ici, mais cette maison n'est pas censée se transformer en asile d'aliénés à cause de lui.

— Chéri, essaie de comprendre. Nous avons tous nos travers, il faut apprendre à composer avec les erreurs d'autrui…

À son regard peu amène, je compris qu'il me considérait moi-même comme une dérangée mentale pour afficher une pareille tolérance à l'égard des fantaisies pyromanes d'Ivor.

— Et cette tasse de thé que vous nous promettiez ? intervint M. Tremlow. Je crois que cela vous ferait du bien à vous aussi, madame Stowe. Dites-moi où vous rangez la théière et je m'en occupe.

Je protestai, mais il s'entêta et me fit asseoir près de la chaudière, une tasse à la main, les pieds plongés dans une cuvette remplie d'eau chaude. M. Tremlow gérait la situation avec une ferme autorité qui me surprit et me soulagea en même temps. L'incendie avait sapé toute mon énergie.

Merveilleux dans sa robe de chambre écossaise vert et rouge, il approcha une chaise pour s'installer près de moi.

— Vous savez… J'ai toujours pensé qu'un peu de chaos dans l'existence est une excellente chose.

— Vraiment ? fis-je d'une voix absente.

Je l'écoutais à peine, absorbée par le cours de mes pensées. Combien coûteraient les réparations de la remise ? Aurais-je seulement les moyens de la remettre sur pied ?

— Bien sûr, dit M. Tremlow, poursuivant son idée. Dans la vie, nous nous battons tous pour assurer notre petit confort : maison, travail, assurances, crédits bancaires, et j'en passe. Nous nous marions, nous faisons des enfants, nous travaillons davantage encore pour leur assurer un futur convenable. Mais tout cela n'est qu'illusion. Plus notre ambition est grande, plus nous avons à perdre. Les maisons brûlent, les banques font faillite, les mariages sombrent dans le divorce, les enfants nous quittent pour aller vivre leur vie à l'autre bout du monde. Il est bon de temps à autre de se rappeler que nous ne sommes pas maîtres de nos destins. Et qu'il faut conserver le sens de l'aventure ainsi que notre foi dans l'inconnu, sous peine de ne plus pouvoir survivre. Au fait, comment vont vos pieds ? Vous font-ils encore souffrir ?

Si M. Tremlow avait réellement cherché à me réconforter, il avait réussi ! Et, quelques instants plus tard, lorsque Ivor pénétra dans la cuisine, il trouva le vieil homme agenouillé devant moi et séchant tendrement chacun de mes pieds dans une serviette chaude.

— Je sais…, dit M. Tremlow en souriant. Cette scène a quelque chose de biblique. Vous savez… le lavement de pieds et tout ça…

— Le feu a été circonvenu, annonça Ivor. Les pompiers sont prêts à partir. La moitié du toit est partie en fumée, ainsi qu'une des grandes portes. Les murs sont noircis, mais le bâtiment a tenu le coup.

Il se laissa tomber sur une chaise et enfouit son visage entre ses mains en balbutiant :

— Comment te dire… Miranda… je suis… je suis *tellement* désolé ! Mon Dieu, quel fou j'ai été… !

— Allons, remets-toi, le pire a été évité. Et personne n'a été blessé.

Ivor éclata en sanglots. Aussitôt, M. Tremlow se leva pour lui préparer une tasse de café, qu'il posa sur la table avant de quitter la cuisine discrètement afin de nous laisser en tête-à-tête. Après avoir rassuré Ivor en lui répétant que notre amitié résisterait à ce nouvel incident, je montai au premier étage et regagnai ma chambre. Il ne restait de l'incendie que des lueurs dansantes flottant encore sur les murs de la pièce. Sans même allumer la lumière, je boitillai jusqu'à mon lit et me préparai à sentir contre ma peau la morsure glaciale des draps, car ma bouillotte devait avoir refroidi depuis longtemps.

Mais le lit était chaud...

— Ah, enfin ! dit une voix reconnaissable entre toutes. Voilà des heures que j'attends notre délicieuse Mme Stowe. Oh, comme tes cheveux sentent bon ! Cela me rappelle nos *füstölt kolbász*... ces saucisses fumées qui sont la spécialité de mon pays. Tu éveilles mon appétit, ma chère Miranda ! Qu'as-tu donc fabriqué toute la nuit en bas ? J'ai bien pensé à aller te chercher et puis je me suis dit : non, non, Janòs, laisse-la remonter seule et fais-lui la surprise !

## 14

Si j'avais été un Romain des temps anciens, il
m'aurait été bien difficile de déterminer quelle couleur
attribuer par vote à ce dimanche. Très tôt le lendemain,
Janòs m'avait réveillée pour me faire l'amour d'une
manière délicieusement paresseuse, bien différente de
la faim ravageuse qui s'était emparée de nous quelques
heures plus tôt. Un caillou blanc à mettre dans l'urne.
Après quoi, il m'annonça qu'il devait partir pour Londres aussitôt après le déjeuner. Un caillou noir... et
ainsi de suite. J'imagine que les Romains connaissaient le même problème et traversaient les mêmes
moments perturbants d'indécision jusqu'à leur dernier
souffle.

C'était pour moi une joie indiscutable de redécou-
vrir le plaisir de la passion sexuelle avec un être qui
me communiquait un sentiment d'intimité mêlé à une
véritable attirance physique. Jack m'avait avoué une
fois qu'il préférait faire l'amour avec des femmes dont
il ne savait rien et dont il ne se souciait pas. Je comprenais maintenant qu'il n'avait jamais voulu s'engager
sur le plan émotionnel, et, pour la première fois, il
m'apparut que Jack, au plus profond de lui-même,
n'avait pas aimé une seule femme de sa vie.

Une autre bonne chose de ce jour fut provoquée par
un coup de téléphone très matinal, quand l'aube grise
n'avait pas encore revêtu ses voiles rosés. Je n'avais

jamais voulu faire installer un second poste dans ma chambre pour éviter la pose d'une ligne inesthétique sur les murs de Westray. Mais il était particulièrement désagréable d'avoir à sauter du lit et à descendre l'escalier pieds nus pour répondre à un appel insistant dans le hall. Un homme dont la voix enrouée donnait à penser qu'elle émanait d'un larynx desséché par toute une vie de fumée de cigarettes demanda à parler à Reggie.

Reggie trouva lui aussi très déplaisant d'être tiré de ses rêves et se montra des plus laconiques lors de l'entretien. Il me retrouva bientôt à la cuisine, où, après avoir décidé de mauvais gré qu'il était trop tard pour me recoucher, je préparais le porridge de Rose.

— Je n'aurai eu que le temps de vous apprécier avant de vous quitter, madame Stowe, déclara Reggie. Des affaires urgentes me rappellent. Ce remue-ménage s'est bien terminé la nuit dernière ? Priscilla était hystérique. Peur d'être brûlée vive dans son lit. Je lui ai fait savoir ma façon de penser et j'ai mis un terme à cette sottise. Quand on a été élevé à la dure comme moi, on n'a pas de crise de nerfs, c'est un luxe réservé à la classe supérieure.

Il eut un ricanement amer qui me fit penser – et ce n'était pas la première fois – qu'il ressemblait beaucoup à M. Bounderby [1]. Sortant vivement son peigne, il le passa dans ses boucles huileuses et le remit dans sa poche intérieure de ce geste rapide qui lui était caractéristique.

— Vous vous êtes occupée de nous très aimablement, poursuivit-il. J'aime voir une femme à la cuisine. Dommage que nous n'ayons pas eu le temps de faire plus ample connaissance. Mais l'occasion fait la chanson, comme on dit.

— Le larron...

J'avais tellement l'habitude de corriger les enfants

1. Personnage principal du roman de Charles Dickens, *Hard Times*. (N.d.T.)

que j'avais parlé sans réfléchir. Je m'en m'excusai aussitôt.

Trop tard... Reggie avait l'air blessé.

— Dites-le comme vous voudrez. Qu'est-ce que ça peut faire, de toute façon ? Nous autres qui avons reçu plus de mauvais coups que d'instruction à l'école, nous avons autre chose à faire que de nous occuper de ces chichis et de toutes vos belles paroles. Les affaires du monde nous réclament.

C'est ainsi que les « affaires du monde » nous enlevèrent Reggie et Priscilla à dix heures. Leur agent était un homme du nom de Prance et la plus désagréable créature qu'il m'ait été donné de rencontrer. Ses petits yeux luisaient dans un crâne en forme de pain de sucre, et je me demandai de quelle arme secrète disposait Reggie pour rendre Prance si servile alors qu'il avait une tête de plus que lui et que ses muscles faisaient éclater les coutures de son pardessus. Il n'émit aucune protestation quand Reggie le chargea de tous les bagages et, pour faire bonne mesure, y ajouta son manteau de poil de chameau ainsi que le sac de Priscilla. Prance franchit le pont et disposa les valises dans la grande Jaguar marron qui attendait sur le chemin.

— Voilà !

Reggie détacha une poignée de billets de banque d'une liasse qu'il venait d'extraire de la poche arrière de son pantalon et me la tendit. « J'ai ajouté quelque chose en plus pour le pourboire du personnel », dit-il en me faisant un clin d'œil.

Je compris que c'était pour impressionner Prance, revenu entre-temps pour attendre d'autres ordres. J'aurais préféré que Freddy, le chauffeur de taxi, ne choisisse pas ce moment précis pour se matérialiser sur le seuil. Non sans quelque arrogance, il expliqua qu'il venait demander à quelle heure le « monsieur étranger » avait besoin de lui. Il avait essayé de téléphoner, mais la ligne était occupée.

Je fis mes adieux à Priscilla, qui, ce matin, arborait de larges cernes noirs et semblait fort mal en point.

On dit que chacun sur terre se construit son propre enfer, mais j'étais bien certaine que Reggie se chargerait volontiers de celui de Priscilla. Je les vis partir avec soulagement et fis entrer Freddy dans le hall. Janòs descendit l'escalier alors que j'étais en train de consulter l'horaire des chemins de fer.

— Je suis fatigué de t'attendre, chérie, lança-t-il d'une voix boudeuse. Et j'ai faim.

J'indiquai les horaires à Freddy, dont le visage manifestait la plus extrême désapprobation devant cette situation qu'il jugeait sans doute des plus immorales. Puis je les laissai s'entendre tous les deux sur l'heure de départ.

Peu avant le déjeuner, j'entendis la voix de Maeve résonner dans le hall.

— J'ai pensé que je pourrais venir jeter mes feux sur le bel Abdallah. Tu ne m'en veux pas, j'espère ?

— Non, pas du tout. Qui est Abdallah ?

— Tu veux dire, réellement ? C'était le père de Mahomet, et il est resté célèbre pour avoir épousé deux cents vierges, leur avoir brisé le cœur et être mort d'un amour déçu.

Je me rappelai opportunément que Maeve avait eu un bref flirt avec l'islam avant d'adopter le bouddhisme zen après une courte étape chez les rosicruciens.

— Je parlais de Janòs, bien entendu, précisa-t-elle. C'est bien lui que j'ai entendu s'exercer sur le piano du salon, n'est-ce pas ?

— Comment as-tu su qu'il était là ?

— Facile. Je l'ai lu dans les feuilles de thé.

Elle alluma une Gitane et souffla la fumée au-dessus du plat de gratin de pommes de terre que j'étais en train d'arroser.

— Oh, qu'est-ce que ça sent bon !

Je remarquai qu'elle était particulièrement séduisante dans un étroit pantalon de jersey et un chemisier flottant à la mode bohémienne. Ses cheveux courts jetaient des reflets sombres et ses yeux étaient soulignés de mascara, telle Cléopâtre.

— Veux-tu rester déjeuner ?

— Quelle fille généreuse ! Prête à partager non seulement son amant, mais aussi son gratin de pommes de terre ! J'ai appris la nouvelle par Mme Veal. J'étais sortie chercher quelques bûches de bois quand elle a surgi à la grille de mon jardin. Elle mourait d'envie de me raconter ce que son beau-frère, le pompier, avait appris de Freddy Beach, le chauffeur de taxi. Il paraît qu'il avait conduit un jeune homme d'origine étrangère de la gare à Westray Manor à deux heures du matin. Tu imagines combien cette arrivée aussi imprévue que tardive a mis le village en émoi.

— Et que t'a raconté d'autre cette insupportable femme ?

— Pas grand-chose. Elle espérait tirer quelque information de moi, mais tout ce que j'ai pu lui apprendre c'est qu'il était pianiste, très séduisant, que tu l'avais rencontré pour la première fois le week-end dernier et que tu étais folle de lui.

— Tu lui as dit ça ? Oh, Maeve, comment as-tu pu faire une chose pareille ?

— Qu'est-ce qu'il y a de mal à ça ? N'est-ce pas la vérité ?

— Tu aurais pu raconter autre chose. Qu'il était un cousin ou un décorateur ou n'importe quoi. Ce n'était pas nécessaire de nous décrire presque tous les deux au lit.

— Je ne vois pas pourquoi j'aurais dû mentir et me charger de péchés pour une personne aussi peu intéressante que Mme Veal. (Maeve était catholique.) De toute façon, les décorateurs ne rendent pas visite à leurs clients à deux heures du matin. Et pourquoi te soucies-tu tant de ce que peuvent penser les autres ? Moi, je m'en fiche totalement.

— Je m'en soucie plus pour les enfants que pour mon propre compte. C'est gênant pour eux d'entendre tous ces ragots médisants.

— Il vaut mieux les endurcir à ce sujet, tu es beaucoup trop protectrice. Moi, je laisse mes garçons voir le monde tel qu'il est. Je ne veux pas en faire des poules mouillées.

C'est peut-être pour cela que l'un est un néo-nazi et l'autre un travesti, me dis-je en me repentant aussitôt de ce manque de charité. À la vérité, je ne crois pas non plus que dorloter un enfant soit une attitude salutaire pour son caractère. Si seulement c'était aussi simple ! Non, ce que je voulais seulement c'était que mes enfants profitent de leur jeunesse aussi longtemps que possible. À cause de Jack, ils avaient déjà connu bien assez de chagrins.

— Sais-tu ce que disent les Grecs ? poursuivit Maeve.

— Quels Grecs en particulier ?

— Oh, je ne sais pas trop. À une telle distance, qu'est-ce que ça peut faire ? Ce que tu peux être pédante !

— Désolée.

— Peu importe. C'est Eschyle ou un autre qui a dit qu'il fallait souffrir pour parvenir à la vérité. Ce qui veut dire que, lorsque tout va mal, on apprend quelque chose d'utile, tandis que, lorsqu'on est heureux, on vit au ras du sol sans rien récolter.

— Voilà une traduction magistrale, si je peux m'exprimer ainsi.

— J'adore tes sarcasmes.

Maeve écrasa sa cigarette dans le tas d'épluchures de pommes de terre.

— Pourquoi fais-tu ça ? Il y a un cendrier juste devant toi.

— Tu fais des histoires pour des choses qui n'en valent pas la peine, ça doit être organique. Souffrirais-tu de rétention anale, par hasard ? Mon psy prétend que les enfants élevés par des nounous en font presque invariablement. J'en ai eu une, moi aussi, elle aurait pu passer pour une doublure de M. Hyde sans maquillage. Je parie que j'étais déjà sortie des couches avant de quitter la maternité. Mon psy assure qu'il n'a jamais rencontré une femme qui fasse moins de rétention anale que moi.

— Comme baratin, c'est original.

— Oh, tu crois que mon psy cherche à me draguer ? Je me le suis demandé aussi, remarque. Bon, d'accord, il est vraiment craquant quand il enlève ses lunettes. Si seulement il n'avait pas l'habitude de se nettoyer les oreilles avec sa clé de voiture.

— Maeve ! C'est sans doute une faute professionnelle ou quelque chose de semblable.

— Tu crois ? Je pensais que ça arrivait tout le temps. Quoi qu'il en soit, quand je lui ai parlé de mon premier mariage et des choses épouvantables que Titus exigeait de moi quand nous faisions l'amour, le pauvre M. Postlethwaite – c'est mon psy – est devenu aussi rouge qu'un homard et a dû se précipiter aux toilettes. Avec moi, il doit être dans un état d'excitation sexuelle permanent. Bon, ça va, ça va, ajouta-t-elle en me voyant secouée d'un fou rire. Tu sais quoi, Miranda ? Tu ne ris pas assez souvent. J'étais juste passée te demander des nouvelles après cette histoire d'incendie et la conversation a été détournée. Sais-tu ce qui l'a provoqué ?

— Je crains que ce ne soit Ivor, mais, pour l'amour de Dieu, ne va pas raconter cela partout dans le village. Il a eu autrefois de sérieux problèmes avec le feu, mais je croyais qu'il les avait jugulés depuis quelques années. La mort de Jack a dû réveiller de vieux fantasmes. Il souffre d'une sorte de pulsion incontrôlable qui lui fait allumer des feux.

Maeve me dévisagea, ahurie.

— Non ? Mais c'est tout à fait fascinant ! Raconte !

— Il n'y a rien d'autre à dire. C'est plutôt triste. Il était si malheureux la nuit dernière. Si tu l'avais vu, tu ne prendrais pas les choses autant à la légère.

— Mince alors ! Désolée. (Maeve avait bon cœur, plus que quiconque.) Pauvre garçon ! C'est juste que je n'ai jamais rencontré de pyromane jusqu'à maintenant, voilà tout. Je le regarderai avec des yeux nouveaux. Tu devrais m'inviter à déjeuner un jour qu'il sera là.

Je m'étais délibérément abstenue de le faire jusqu'ici car Maeve était une des rares personnes que le gentil Ivor ne pouvait supporter. Lors de leur première rencontre, ils avaient eu une discussion orageuse à propos du pacifisme. Au cours de ce débat plutôt houleux, Maeve avait eu tôt fait de juger Ivor et décidé de le pousser dans ses retranchements. Elle avait alors prétendu être tout à fait favorable à la guerre. Les choses avaient mal tourné, car Maeve savait se montrer provocante. À croire qu'elle trouvait dans les querelles un élément aphrodisiaque – ce qui expliquait d'ailleurs bien des choses de sa vie. Mais Ivor a horreur des disputes, il lui avait fallu des semaines pour s'en remettre. Par bonheur, il y avait longtemps de cela.

— Je le ferai si tu le désires, répondis-je. Mais tu ne dois pas le tourmenter. Il a fait un séjour dans un hôpital psychiatrique, tu sais.

— Oui ? De plus en plus intéressant ! Ah, le piano s'est arrêté. Une minute, veux-tu ?

Maeve saisit un de mes gants de caoutchouc et le lança sur la table d'un geste théâtral. Il tomba dans la terrine où je venais de mêler les ingrédients d'un Yorkshire pudding.

— C'est un défi, Miranda ! lança mon amie d'une voix de stentor. Je te provoque pour une *guerre à mort*\* ! Je devrais plutôt dire une *guerre à lit*\* ! Ce serait plus exact.

Je ramassai le gant, le lavai et le reposai à côté de son double sur le bord de l'évier.

— Je n'accepte pas de défi, rétorquai-je avec calme. Si je devais avoir recours à tous ces stratagèmes pour séduire un homme, alors je saurais qu'il est temps pour moi de faire vœu de célibat.

— Ha ! Ha ! Ha ! s'esclaffa Maeve. Eh bien, tu en as des illusions !

Les tranches de rosbif, rosées à point, tombaient du couteau comme de larges pétales. Le Yorkshire pudding avait formé en gonflant des vagues dorées. J'avais fait cuire du céleri et de savoureuses carottes avec un assaisonnement de moutarde française et de romarin.

— Comme l'ambroisie des dieux, ce repas fait de moi un immortel ! s'exclama Maurice. Lucullus ne peut qu'être heureux de dîner chez Lucullus !

Après les événements de la nuit précédente, M. Tremlow et moi avions décidé de nous appeler par nos prénoms. Il présidait au bout de la table en l'absence de tout maître de maison. Je détestais couper la viande, et James faisait toujours des tranches trop épaisses. Ivor ne s'était pas montré, ce qui me préoccupait, mais je n'avais pas encore eu le temps de faire mon enquête. J'imagine que l'absence de Jack au bout de la table pesait sur tout le monde, mais personne n'y avait fait allusion. Une conspiration du silence s'était formée entre nous au sujet de sa mort et cela m'attristait.

— Je suis enchanté de constater que mes talents anciens n'ont pas totalement disparu, déclara Maurice. Mon Dieu, tout cela me rappelle bien des souvenirs. En Calabre, il nous arrivait de faire rôtir des cochons tout entiers dehors sur le feu, mais leur découpe se faisait de manière plus rustique.

— Qui est Lucullus ? demanda Henry.

— C'était un général romain et un fin gourmet. Bien que convié aux plus splendides banquets de Rome, il n'aimait rien d'autre que de dîner à sa propre table où, prétendait-il, les mets succulents servis par ses cuisiniers demeuraient inégalés.

— Si c'était moi qui avais parlé ainsi, tout le monde m'aurait ordonné de me taire, protesta Henry, les sourcils froncés. Les Romains pouvaient dire ou faire des choses stupides et, des siècles plus tard, les gens s'imaginent encore qu'ils étaient drôlement intelligents et ils vous obligent à traduire ce qu'ils ont écrit. Ce n'est pas juste.

— Vous autres Anglais êtes réputés pour préparer la nourriture la plus infâme, fit remarquer Janòs, mais je reconnais que ce n'est pas le cas ici. Encore une chose que vous réussissez divinement, madame Stowe.

Il me sourit d'une manière qui accéléra les battements de mon cœur. J'avalai une trop grosse bouchée de raifort et me mis à tousser.

— Qu'est-ce que m'man fait encore de bien en dehors de cuisiner ? questionna Henry.

Je lui lançai un regard indigné de mes yeux larmoyants.

— Bien entendu, vous autres Hongrois n'ignorez rien de la cuisine, intervint Maeve d'un ton provocant. Ragoût de paprika, pommes de terre au paprika, soupe de paprika, glace au paprika…

— En effet. Touché ! Une bonne plaisanterie, mais vous ne réussirez pas à me fâcher. Mes sentiments patriotiques se situent bien au-delà de l'alimentation.

Il sourit à Maeve. J'observai avec jalousie l'effet de ce sourire sur elle.

— Cette histoire de nourriture n'est absolument pas importante, estima Elizabeth. Seules des choses comme l'art ou la musique comptent. Je vous ai entendu jouer ce matin, c'était sublime.

Sans répondre, Janòs s'inclina solennellement dans sa direction. J'étais amusée. Tout récemment, Elizabeth avait exprimé une opinion si catégorique sur les mères sadiques qui obligeaient leurs pauvres filles sans défense à prendre des leçons de piano que j'avais fini par l'autoriser à abandonner la musique. Aujourd'hui, elle avait ramené ses cheveux sur un seul côté pour les laisser pendre devant son visage et, derrière cet écran improvisé, examinait Janòs du coin de l'œil. Son corsage était déboutonné presque jusqu'à la taille.

— J'ai vu que votre programme du mois prochain à Wigmore Hall était entièrement consacré à Brahms, poursuivit Maeve. Ces pauvres vieux romantiques sont si usés qu'il est impossible d'exprimer quelque chose de nouveau.

— Chaque concert apporte quelque chose de nouveau, contra Janòs, mais tout le monde n'est pas en mesure de l'entendre. C'est à l'auditoire de prêter l'oreille, non ?

— Oh, Seigneur ! Quelle blague ! (Maeve s'échauffait, sentant Janòs prêt à l'affrontement.) N'importe qui peut donner la même vieille interprétation rasoir et prétendre qu'elle passe par-dessus la tête de l'auditoire.

Il y avait beaucoup à dire sur le sujet. Maeve et Janòs étaient assis face à face au milieu de la table, bientôt la conversation entre eux devint bien trop animée pour autoriser la moindre contribution de notre part.

Je me tournai vers Rose, assise à ma droite.

— Je pense que le soleil va se montrer dans quelques instants. Si nous allions faire un tour jusqu'à la remise après le déjeuner ? Je voudrais constater l'étendue des dommages, et ce serait une bonne occasion pour toi de prendre l'air, ce que tu n'as pas fait depuis une éternité.

Rose me contempla avec un soupçon de méfiance dans les yeux. Elle n'était pas dans un bon jour.

— « Quand vos péchés seraient comme l'écarlate, comme neige ils blanchiront, quand ils seraient rouges comme la pourpre, comme laine ils deviendront[1] » proféra-t-elle. Isaïe, chapitre I, verset 18.

Ne trouvant pas de réponse appropriée, je me levai pour aller chercher le vacherin au citron. Je trouvai Dinkie lové sagement sur la table de la cuisine et constatai qu'il avait léché un demi-cercle bien net de gâteau à la surface. C'était pure malveillance de sa part car il n'aimait pas le sucre. Je lus néanmoins dans ses yeux verts une lueur indéniable de satisfaction et soupirai.

1. Traduction de l'École biblique de Jérusalem. *(N.d.T.)*

Lorsque je regagnai la salle à manger, Maeve était en train de déclarer :

— La seule raison pour laquelle vous jouez du Rachmaninov, c'est que ses œuvres sont conçues pour séduire. C'est de la musique ringarde, si vous voulez mon avis !

Janòs, qui avait l'air passablement en colère, se mit soudain à rire.

— Vous essayez de me fâcher, je vous vois venir, chère Maeve. Vous tentez de me réduire en esclavage, mais je suis attaché au mât et j'ai de la cire dans les oreilles. Je bois aux sirènes !

Il leva son verre dans un geste de révérence moqueuse tandis que Maeve lui adressait un baiser du bout des doigts. Je déposai violemment le vacherin sur la table.

— Vous devez réellement partir ?

Elizabeth parlait à Janòs dans l'entrée après le déjeuner. Je me trouvais dans le vestiaire en train de mettre mon manteau et d'enfiler mes gants, et personne ne m'avait remarquée.

— Ma chère Elizabeth, je le dois, en effet. Mais je reviendrai bientôt, si votre mère le permet.

— Oh, elle voudra bien, j'en suis certaine. J'aimerais avoir votre avis, monsieur Decsi. Je songe à me remettre au piano. Pensez-vous que j'aie de bonnes mains ?

Je sortis du vestiaire pour voir Janòs penché sur la main qu'Elizabeth lui tendait en s'inclinant elle-même au point de mettre sa poitrine juste sous son nez.

Janòs laissa retomber la main avec brusquerie.

— Vous voulez mon avis ? Je vous suggère d'aller nettoyer ces saletés de votre jolie figure et de lire ensuite quelque charmant conte de fées. Je n'ai pas envie d'aller en prison pour avoir séduit des petites filles.

Je fis semblant de chercher mon sac pour qu'ils ne se rendent pas compte que j'avais entendu. Quand je les rejoignis, Elizabeth était toute rouge et ses yeux étincelaient.

— Je ne serai pas longue, ma chérie, lui dis-je, le cœur serré en pensant à la blessure qu'elle venait d'éprouver. Quand je reviendrai de la gare, veux-tu que nous montrions notre beau jardin à Maurice ?

— C'est l'idée la plus stupide et la plus tarte que j'aie jamais entendue ! cria Elizabeth.

Elle monta l'escalier sans se presser, avec beaucoup de dignité, mais sa tête s'inclina avant qu'elle ait gagné le haut des marches et je sus qu'elle pleurait.

— Le week-end prochain, je joue à Venise, dit Janòs tandis que nous traversions le village en voiture.

— Tu as de la chance, je n'y suis allée qu'une seule fois.

Un bref instant, le visage de Jack m'apparut dans notre chambre de l'hôtel « Fedele ». Au-dehors, la pluie tombait comme un rideau d'argent et un sourire triomphant flottait sur son visage tandis que nous nous reposions après avoir fait l'amour avec passion.

L'image s'évanouit au moment où Janòs déclarait :

— Pourquoi ne viendrais-tu pas avec moi ?

— Oh, c'est une idée merveilleuse. Mais impossible : je ne peux pas laisser les enfants seuls.

— Pourquoi ? Ce ne sont que deux nuits, samedi et dimanche. Tu as des visiteurs ?

— Non. Maurice s'en va vendredi. Je regrette que tu n'aies pas pu parler réellement avec lui. Il est très intelligent et sait un tas de choses dans de nombreux domaines.

— Qu'est-ce qui te retient alors ? Les enfants peuvent bien rester deux jours sans leur mère.

J'allais répondre le contraire quand je me souvins combien Janòs était jeune lorsqu'il avait dû se débrouiller tout seul, sans famille ni attaches d'aucune sorte. Il ne pourrait jamais me comprendre.

— Il y a bien Rose, mais elle est si fragile.

— Cette fille, Jenny, qui est amoureuse de ton fils, elle semble pouvoir s'en sortir très bien.

314

— Oui, je le pense. Crois-tu vraiment qu'elle soit amoureuse de lui ? Elle doit s'occuper de son bébé. Ce ne serait pas bien de lui donner cette charge supplémentaire.

Janòs étendit les mains.

— On dirait que je me suis leurré. Je croyais cette affaire importante entre nous, mais il semble que, pour toi, ça n'a été qu'un passe-temps.

— Non, tu te trompes complètement. C'est important pour moi, très important, cependant tu dois comprendre que j'ai d'autres obligations.

Janòs garda le silence un instant, puis il dit d'une voix morne :

— Je vois que je figure en bas d'une longue, très longue liste.

Nous ne prononçâmes plus un mot jusqu'à la gare. Janòs ouvrit la portière et descendit de voiture. Je crus qu'il allait s'éloigner sans rien me dire et me sentis misérable. Baissant la vitre de mon côté, je fus soulagée de le voir s'approcher pour se pencher vers moi.

— Nous avons un proverbe en Hongrie qui dit que, si on le veut, les vœux se réalisent toujours. Il faut juste leur mettre des plumes pour qu'ils puissent voler. Ça signifie que tu dois te donner de la peine afin d'obtenir ce que tu désires.

Passant la tête à travers la portière, il déposa sur mes lèvres un baiser léger puis se dirigea vers la gare sans se retourner. Je mis le moteur en marche, mon angoisse nullement atténuée par la vue du chef de gare et du porteur riant comme des bouffons.

— Comment avez-vous dit que vous appeliez ce coin du jardin ? demanda Maurice quand, une heure plus tard, bravant un vent glacial, nous cheminions côte à côte.

Nous nous trouvions dans un petit espace d'environ dix mètres carrés délimité par des haies et agrémenté d'un bassin octogonal aux angles marqués par quatre ifs fastigiés. Au centre se dressait une statue d'Aphrodite en mauvais état.

— *Temenos*[1], répondis-je.

— Non, ne me dites pas ce que c'est !

Maurice leva les yeux vers les nuages à la recherche de l'inspiration.

— Mon grec est passablement rouillé mais toujours là. Ah, voilà, j'ai trouvé ! Vous voulez parler d'un lieu sacré.

— Exact. Comme vous voyez, il est dédié à Aphrodite. Les enfants l'ont baptisé ironiquement le « Jardin de la jalousie ».

— Pourquoi ?

— Parce qu'il n'y pousse que des fleurs vertes. Ce sont des ellébores *Ribes laurifolium*, auxquels s'ajoutent à la fin de l'hiver le *stachyurus*, puis des sceaux de Salomon, des *Daphne laureola* et, au printemps, toutes sortes d'euphorbes. En été, on y trouve la rose verte, *Rosa viridiflora*, des plants de tabac couleur citron vert, des molucelles, de l'angélique et de l'*Alchemilla mollis*. Ensuite fleurissent d'extraordinaires zinnias baptisés « Envie ». C'est un endroit merveilleusement tranquille pour se reposer et méditer.

— Oh, je vous en prie, allons nous y asseoir !

— À cette époque de l'année, le jardin n'est pas au mieux de sa forme, vous savez.

— Peu importe. L'imagination est l'œil de l'âme, si l'on en croit Joubert[2].

Maurice se laissa tomber sur le banc en faisant tournoyer son manteau.

— Ah, quel endroit délicieux ! Même en hiver ! Son charme tient sans doute à ses exquises proportions. Maintenant, dites-moi ce qu'il y a d'ironique à l'appeler le « Jardin de la jalousie » ?

1. Portion de territoire dotée d'un autel ou d'un temple consacré à une divinité. Par extension, tout endroit consacré. *(N.d.T.)*
2. Joseph Joubert (1754-1824) essayiste et moraliste français, Inspecteur général des Universités. *(N.d.T.)*

— Oh, ai-je dit ça ?

Il sourit en hochant la tête.

— En réalité, je ne sais pas pourquoi, répondis-je, me sentant saisie d'une indescriptible agitation. Non… ce n'est pas vrai… Je le sais. Mais ce n'est pas intéressant du tout.

— Pourtant, cela m'intéresse.

— Croyez-moi, balbutiai-je, tout cela est peu passionnant et je m'en voudrais de vous ennuyer avec ça.

— Pardonnez mon indiscrétion, dans ce cas, et parlons d'autre chose.

— Non, rassurez-vous, ce n'est pas que vous vous montrez indiscret. Simplement, c'est… une vieille histoire et je ne sais pas s'il est bien sage de la tirer de son long sommeil…

Maurice croisa les bras, s'appuya sur ses genoux et se mit à l'aise. Dinkie, qui nous avait suivis gentiment dans notre promenade, se transforma soudain en tigre et bondit sur les feuilles qui tombaient. Jasper était appuyé contre nos jambes avec l'expression hautaine d'un chien qui pense à des tas de choses.

Maurice observait avec plaisir les rides qui se formaient à la surface de l'eau.

— C'est vraiment joli, n'est-ce pas ?

— Je pourrais rester ici des heures. Le bois de camomille humide me promet sans doute des rhumatismes, mais qu'importe. Vous avez sans doute raison, il est parfois préférable de laisser dormir le passé. Le réveiller peut être trop pénible.

Aujourd'hui encore, je ne sais toujours pas ce qui me poussa à commencer le récit de ma vie avec Jack. Nous étions assis dans un agréable silence à contempler la nature, et l'instant d'après j'étais lancée dans une confession sincère et douloureuse, faisant fi de toute discrétion. On aurait dit que Maurice, grave et silencieux comme les Sept Sages de la Grèce antique, les yeux brillants sous l'ombre de son chapeau mou à larges bords, extrayait mes paroles du fond de moi au moyen de quelque sortilège. Le récit me venait spontanément aux lèvres, d'autant que mon auditeur se gardait bien d'émettre une seule critique ni de manifester la moindre surprise. Tout en parlant pour la première fois de Jack, je réalisai que, malgré l'échec de notre mariage, il subsistait en moi un reste de… non, pas d'amour, le mot était trop fort, mais d'une sorte d'émotion ressemblant à un regret pour l'homme qui avait été le *primum mobile* de ma vie sexuelle, le mentor de ma jeunesse et le père de mes enfants.

— Je suppose que c'est autant ma faute que la sienne si tout est allé de travers, dis-je en conclusion. Je n'aurais pas dû faire tant d'histoires. Voyez-vous, bien qu'il m'ait si souvent répété qu'il m'aimait, je me sentais rejetée, humiliée… abandonnée. Intellectuellement, je savais que cela n'avait pas de sens. Mais mes sentiments réels étaient sous le contrôle de quelque chose de bien plus puissant que mon intellect.

— Le cœur a ses raisons, fit Maurice en parlant pour la première fois depuis de longues minutes. Je comprends.

— Vraiment ?

Mes yeux étaient restés fixés sur le sol pendant que je parlais. Je les tournai vers lui et constatai que les siens étaient embués de larmes.

— Oh, je suis désolée !

— Il n'y a pas de quoi. À mon âge, on a vu tant de choses – de blessures, de malheurs – que pleurer devient facile.

— Je ne suis qu'une égoïste d'avoir fait peser sur vous tous ces problèmes sordides. En fin de compte, rien de tout cela n'est important.

— Ah, ne dites pas cela ! Pas de formule de politesse, je vous prie ! Ne vous condamnez pas au silence. « Donne des mots au chagrin. La peine qui ne parle pas chuchote dans le cœur surchargé et le brise. » Shakespeare savait de quoi il parlait. Je vieillis et ne m'intéresse plus aux bavardages superficiels. La confiance que vous me faites est un don du ciel.

Il se leva et virevolta.

— Vous voyez : pas de rhumatismes ! Grâce à vous, je croîs et me sens béni comme Yeshurûn[1] dans le sein du Seigneur. Maintenant, emmenez-moi donc voir ces poules et nous ponctuerons cet entretien en convenant que la fidélité est un composant indispensable de l'amour.

— Voici Héloïse, annonçai-je en prenant une poignée de grain dans le bac et en me baissant pour que la poule puisse picorer dans ma main. C'est une Lavender Araucana, et ses œufs ont une coquille bleu-vert. Ah, et voici Abélard...

Je désignai un joli coquelet gris qui battait des ailes pour m'avertir de ne pas prendre trop de libertés avec sa compagne.

— Il n'a pas subi le même sort que son homonyme, mais je l'en menace quand il est trop bruyant. C'est Ivor qui a construit le poulailler. N'est-il pas charmant ?

La construction était de style gothique, avec de petites tours crénelées à chaque extrémité et une trouée de forme ogivale servant de sortie. Abélard tendit le cou et lança un retentissant cocorico.

— Celle-ci est très belle également, estima Maurice en désignant une poule au plumage duveteux châtain qui grattait le sol et, la tête penchée, guettait les minuscules insectes qui sont le caviar des volailles.

— C'est une Partridge Silkie, la préférée d'Ivor. Il l'appelle sa Xanthippe[2] car elle pousse des cris rauques et criaille sans cesse.

En nous dirigeant vers la maison, nous traversâmes de nouveau Temenos. Un morceau de papier maintenu par des herbes tressées gisait sur le socle d'Aphrodite.

— Merci, mon Dieu ! Si Ivor écrit de nouveau des poèmes, c'est qu'il tient le coup, dis-je, soulagée. Allons voir de quoi il s'agit...

1. Nom sacré donné dans la Bible à Israël. *(N.d.T.)*
2. Épouse de Socrate connue pour son caractère acariâtre. *(N.d.T.)*

Je ramassai la feuille et la dépliai. L'absence d'Ivor m'inquiétait de plus en plus : je craignais qu'il ne soit en train de broyer du noir à cause de l'accident survenu à la remise, et j'avais déjà décidé de me rendre en fin d'après-midi jusqu'à son cottage pour lui parler, du moins s'il le voulait bien.

— Je me demande s'il a entendu notre conversation à propos de Jack, fis-je.

Je me rappelai qu'Ivor était l'exemple même de l'homme d'honneur et qu'il se serait sans doute éloigné au premier son de nos voix. Il possédait la capacité presque surnaturelle de circuler dans le jardin sans être vu.

— Il est amoureux de vous.

— Oh, seulement à sa manière. Poétiquement.

Je lus les deux strophes, qui, comme on pouvait s'y attendre, avaient pour sujet la culpabilité, le désespoir et l'amour.

— C'est réellement excellent, savez-vous ? observai-je en repliant la feuille. J'ai toujours pensé qu'il avait un véritable talent, original et plein d'imagination. Il y a là un joli argument associé à un style plein de beauté.

— Puis-je voir ?

Je tendis le papier à Maurice, qui le lut en marchant. J'avais glissé mon bras sous le sien pour le guider sous les arceaux métalliques des rosiers, garnis l'été de pétales blancs mais ne portant pour l'instant que des feuilles jaunes recroquevillées et desséchées.

— Je suis d'accord avec vous, dit-il enfin. La poésie contemporaine est le plus souvent agréable et sensuelle, rien de plus. Ce texte a quelque chose à dire. Et si je le montrais à un de mes amis qui travaille pour Flogam and Knoutem ? À moins que toute publication soit exclue ?

— Je vous donnerai le recueil dans lequel j'ai réuni les œuvres d'Ivor. Qui pourrait refuser de voir son talent reconnu ? Mais ne lui en parlons pas encore, inutile de lui donner de faux espoirs. Comme vous l'avez sans doute remarqué, il est excessivement... sensible.

— J'aime les gens que vous avez réunis autour de vous, Miranda. J'aurais voulu connaître votre mari. Il y avait certainement quelque chose d'exceptionnel en lui, sinon vous ne l'auriez pas choisi.

— Venez voir sa tombe avec moi.

Je n'y étais venue qu'une seule fois depuis l'enterrement. Ma présence au cimetière avait alors tant éveillé l'attention que j'avais préféré m'abstenir par la suite. Des villageois avaient surgi de partout et s'étaient regroupés près de l'entrée, faisant semblant de se moucher ou de renouer un lacet mais, en réalité, avides de détecter en moi – je m'en rendais compte à présent – un signe quelconque de culpabilité.

— Tiens ! Ces fleurs sont nouvelles...

Je redressai la couronne de roses rouges malmenée par le vent et l'appuyai contre la croix de bois surmontant le tertre. Je trouvai une carte et la déchiffrai : « De Horny, avec tout mon amour. »

— Pauvre Miss Horne ! dis-je, émue. Des roses de serre à cette époque de l'année ! Comme elle l'aimait ! Quant à ces autres fleurs, elles doivent être de Lissie.

Je montrai le bouquet de lis à longues tiges. Les pétales d'un blanc verdâtre s'agitèrent légèrement sous un brusque coup de vent et un petit coléoptère noir sortit des profondeurs d'un pistil pour s'enfoncer dans la terre hors de notre vue.

— Lissie ? répéta Maurice. Ah, oui, je me souviens. La première défaillance de votre mari, c'est ça ?

— Oui. Mais, honnêtement, je lui ai pardonné. Elle est une de mes meilleures amies.

— Et ce petit bouquet là-bas ?

Je contemplai les fleurs d'églantier et le houx entourant une brassée de roses sauvages, le tout noué de brins de paille.

— C'est signé de la main d'Ivor, répondis-je. C'est bien de lui de déposer des fleurs sur la tombe de Jack !

Je demeurai quelques instants silencieuse, plongée dans mes pensées.

— Vous avez sans doute remarqué qu'il n'y a aucune fleur de moi. Jack méprisait la sentimentalité. De toutes les femmes qu'il a aimées, je crois pouvoir affirmer que je suis la seule à laquelle il s'est montré tel qu'il était en réalité.

— Ce devait être un homme fascinant, approuva Maurice. (Il leva soudain les yeux.) Les gens du pays se montrent-ils amicaux ?

— Quoi ?

J'avisai des silhouettes massées à l'entrée du cimetière.

— Oh, zut ! pestai-je. Encore eux ! Ils sont morbides !

— Prenez mon bras, Miranda. Nous allons les affronter !

Nous traversâmes si rapidement le petit groupe de badauds agglutiné à la grille que les gens se dispersèrent, gênés. Le pauvre Maurice était hors d'haleine quand nous parvînmes au pied de l'allée, nous ralentîmes le pas pour aborder la longue montée. Quand, enfin, nous eûmes franchi la dernière courbe, Westray se profila devant nous.

— Vous savez, je ne peux imaginer de plus jolie demeure ! s'exclama Maurice. Je suis réellement enchanté de cette promenade. Demain, s'il ne pleut pas, je descendrai jusqu'à la plage faire quelques croquis.

Comme nous faisions un détour pour aller voir le pigeonnier, il me décrivit sa maison en Calabre. En l'écoutant, j'eus la vision de collines rougeâtres, de bouquets de peupliers, je crus voir pour de bon l'alternance d'un soleil éclatant et d'une ombre profonde, les volets verts, les lauriers-roses. Parler de l'Italie éveilla en moi un regret en pensant à Venise. Janòs et moi ne pouvions être que des amants occasionnels. Nos vies étaient par trop incompatibles. Je savais qu'il me fallait retenir mon imagination et briser les espoirs romantiques un peu fous qui m'agitaient. Je souris en moi-même à la seule idée d'abandonner mes responsabilités pour aller vagabonder à l'étranger avec un amant jeune et fougueux.

Non, décidément, j'étais trop vieille, trop discrète et bien trop sensible pour de telles folies.

## 15

C'était *acqua alta* à Venise, et l'eau sourdait des caillebotis sur lesquels nous pataugions en traversant la *piazza* San Marco. Des paquets de cigarettes vides et des *biglietti* flottaient au-dessus de l'eau comme un goémon sécrété par la ville séculaire. Nous avancions en crabe sur d'étroits passages de planches pour ne pas gêner les touristes allemands et japonais croulant sous des tonnes de matériel photographique accroché en guirlande autour de leur cou. Derrière les dômes dorés de la basilique, le ciel était d'un blanc glacial mais il n'y avait pas de menace de pluie. Janòs marchait à grands pas devant moi. Depuis notre rencontre à l'aéroport de Gatwick, il m'avait révélé un nouvel aspect de son caractère. Dans l'avion, il s'était montré autoritaire vis-à-vis des hôtesses, qui, pourtant, étaient aux petits soins pour lui et le traitaient royalement. Je fus surprise de constater que nous voyagions en première classe.

— Mais naturellement ! expliqua-t-il quand je l'interrogeai. Je n'ai pas l'intention de passer deux heures recroquevillé sur mon siège, les genoux à hauteur des oreilles, dérangé par des bébés hurlants.

— Cela semble quand même un peu extravagant.

— Je ne vous comprends pas, vous autres Anglais. Vous vous mettez dans les situations les plus incon-fortables, mortifiez votre chair par le froid en vous chauffant mal et en mangeant des choses infectes – avec une exception pour toi, Miranda –, et vous dépensez beaucoup plus d'argent dans vos maisons et vos jardins que la plupart des Européens, qui se contentent de vivre dans de modestes appartements.

— C'est justement la raison. Il faut bien faire des économies quelque part.

— Eh bien, moi, je n'ai ni maison ni jardin et je dépense mon argent comme bon me semble. Ce qui signifie pour le moins voyager en première classe.

— Réellement ? Tu n'as pas de maison ? Nulle part ?

J'étais stupéfaite, ayant toujours pensé qu'à l'exception des vagabonds tout le monde avait quelque part un endroit qui pouvait être qualifié de « chez soi ».

— Non, je n'en ai pas. Où devrais-je l'avoir d'ailleurs ? Et pourquoi ? Je me déplace sans cesse pour donner des concerts. Entre-temps, je descends dans les hôtels que j'aime, parfois chez des amies. Une maison me dérangerait.

Je songeai que nous pouvions difficilement être plus différents. Pour moi, ma maison venait en seconde position après ma famille.

Nous avions traversé la lagune sur un canot à moteur jusqu'à notre hôtel. Au-dessus de nous, les mouettes tournoyaient en piaillant ou se posaient sur les pieux qui délimitaient le chenal en eau profonde. Le ciel et la terre se mêlaient en une *grisaille** d'où la Sérénissime émergeait peu à peu à l'horizon dans une étourdissante symphonie de reflets roses, ocre, jaune citrouille, nuancés de gris fumé et de gomme-gutte. Le réceptionniste de l'hôtel se prosterna presque devant nous, accablé de remords.

— Votre chambre n'est pas encore prête, signor Decsi. Je suis absolument navré d'avoir à vous prier de bien vouloir attendre une vingtaine de minutes dans le salon où des rafraîchissements vous seront servis.

Janòs se montra impatient, furieux, intraitable. Je supposai que c'était en raison de la tension intérieure, qui, disait-il, prenait en lui des proportions intolérables avant un concert. Il me saisit par le bras en déclarant que nous irions plutôt au « Florian » boire un verre de Prosecco, et nous abandonnâmes le réceptionniste presque en larmes. À notre retour, nos bagages avaient été montés dans la chambre, et je crois que l'on nous y aurait également portés si nous l'avions exigé. Du balcon de la chambre, on pouvait apercevoir Santa Maria della Salute se profiler sur l'autre rive de la lagune.

— Oh, regarde ! Regarde ! m'écriai-je en luttant pour ouvrir la large fenêtre. Comme c'est beau !

— Oui, c'est beau. Je l'ai déjà vu. (Janòs s'approcha derrière moi et m'obligea d'une main ferme à me retourner pour lui faire face.) Il me reste quarante minutes avant le début de la répétition. Ces idiots ont failli tout gâcher. Laisse-moi défaire ces boutons. Seigneur ! Tu es enveloppée comme un paquet ! Des couches et des couches d'emballage ! Ah ! Tous ces boutons sont une véritable provocation. J'attends cet instant depuis une semaine et, maintenant, je suis prêt à pleurer comme un enfant frustré.

— Nous sommes en hiver. Est-ce une bonne idée ? Ne vas-tu pas être en retard ?

— Eh bien, si tu le permets, pour cette fois nous ferons vite. Mais cette nuit, ce sera long. Toute la nuit si cela te fait plaisir.

J'étais en train de penser que c'était une perspective délicieuse quand le téléphone se mit à sonner.

— Ne réponds pas !

— Oh, mais ne vaudrait-il pas mieux… ?

— Réponds, mais à tes risques et périls !

J'avais craint d'être hantée par le souvenir de Jack à Venise, j'avais oublié l'irrésistible persuasion de Janòs à faire l'amour. Il était dans un tel état de tension qu'il se communiquait à mon corps au-delà de toute expectative. Un peu plus tard, j'étais étendue, les yeux fermés, savourant encore le flux de sensations causées par le plaisir physique et me répétant que je devais

326

*sûrement* être amoureuse de Janòs, quoi que cela puisse signifier. À cet instant précis, le téléphone se remit à sonner.

— Signora Stowe ? *Momento, per favore.* Vous êtes en communication.

Il y eut un long sifflement, puis j'entendis une voix que je reconnus aussitôt : c'était Jenny.

— Miranda ?

— Oui, je vous entends très bien, Jenny, il n'est pas nécessaire de crier.

Jenny s'époumonait comme si elle n'avait aucune confiance dans le téléphone pour se faire comprendre à cette distance.

— C'est au sujet d'Elizabeth, Miranda. Elle ne va pas bien du tout. Le docteur a dit de vous appeler.

Je m'assis dans le lit si brusquement que Janòs roula loin de moi.

— Hé ! Qu'est-ce que tu fais ?

— Tais-toi ! Qu'est-ce qui ne va pas, Jenny ?

— Après le déjeuner, elle s'est plainte d'avoir mal à l'estomac. Elle n'a rien mangé et elle était toute pâle. Elle transpirait tellement ! Rose lui a ordonné d'aller s'étendre. Une heure plus tard, je suis montée pour voir si elle allait mieux et je l'ai trouvée en larmes tant elle souffrait. Et puis elle s'est levée pour aller à la salle de bains, et elle est tombée comme évanouie. Il y avait du sang partout.

— Quoi ?

— Du sang. Comme si elle avait ses règles, mais beaucoup plus. Rose a dit d'appeler le docteur, alors je l'ai fait et il est venu tout de suite. Il l'a emmenée à l'hôpital. Et, quand il a su que vous étiez partie, il a dit de vous appeler.

— Oh, Seigneur ! Je portai la main à ma tête en essayant de réfléchir. Très bien, Jenny, je saute dans le premier avion et j'arrive. Appelez l'hôpital et laissez un message pour Elizabeth afin qu'elle sache que je serai près d'elle aussi vite que possible.

— Tu ne partiras pas !

Janòs venait d'entendre la fin de ma conversation, il se redressa en lançant ses jambes hors du lit.

— Il le faut, m'entêtai-je. Elizabeth est peut-être gravement malade. Elle souffre et perd du sang, elle s'est évanouie.

— Elle n'est pas seule. Le médecin s'occupe d'elle. Il y a Rose et Jenny.

— Je suis sa mère, je dois y aller.

Je formais déjà le numéro de la réception.

— Allô ? Oui, Mme Stowe à l'appareil, chambre 46. Je vous prie de me retenir une place sur le premier avion pour Londres. C'est très important. Oui, si nécessaire en première classe. Tout de suite. Je descends.

— Je n'arrive pas à le croire !

Janòs me saisit par le bras si rudement que je poussai un cri de douleur.

— Tu veux me quitter maintenant, comme ça ? C'est exactement ce qu'il faut pour me faire mal jouer.

— Mais je ne pars pas parce que je le veux ! Je le dois, c'est tout !

— Je vois.

Janòs s'habillait maintenant, aussi froid qu'il avait été passionné quelques instants plus tôt.

— Eh bien, va-t'en ! Je ne pense déjà plus à toi ! Ces femmes ! Vous êtes toutes pareilles finalement !

Je compris qu'il cherchait à s'en persuader lui-même. Il ne voulait même pas me blesser car j'avais cessé d'avoir de l'importance à ses yeux.

— Au revoir, chéri, lançai-je tandis qu'il prenait son manteau et son écharpe et sortait. Je t'en prie, téléphone-moi, ajoutai-je comme pour me faire pardonner.

Mais la pièce était déjà vide.

Deux heures plus tard, j'étais assise dans un avion qui roulait lentement sur le tarmac pour se mettre en position de départ. Les moteurs hurlèrent et, l'instant d'après, nous piquions droit vers le firmament. Le soir tombait. Venise était baignée dans des ombres cobalt et lavande ponctuées de points jaunes.

Je regardai par le hublot sans voir la nuit s'étendre sur le monde, tout entière tournée vers Elizabeth. Elle m'avait semblé en forme lorsque j'étais partie, je me remémorai les dernières semaines à la recherche de quelque trace de malaise. Elle se mettait toujours cet étrange maquillage blanc de sorte qu'il était impossible de deviner la couleur réelle de son teint. Mais elle avait eu bon appétit, de cela j'étais certaine. Oh, bien sûr, elle avait été un peu patraque et irritable, mais quoi de plus normal après la mort de Jack... Pauvre chérie ! Elle devait être terrifiée d'avoir été emmenée ainsi à l'hôpital ! Comment avais-je pu la laisser ! Je devais être la pire des mères ! Je bus très vite deux verres de *spumante* mais refusai le plateau-repas.

Les pensées continuaient de tournoyer dans ma tête. Pourquoi m'étais-je finalement laissé convaincre par Janòs ? Il est vrai que tout semblait aller pour le mieux la semaine dernière et j'avais cru pouvoir m'autoriser ce plaisir. Henry avait téléphoné lundi soir de Nethercoat pour nous annoncer, très fier, qu'on lui avait confié le rôle d'Henry V dans la représentation jouée par son école en fin d'année.

— Plein de texte, m'man ! C'est le rôle principal !

— Bravo, chéri. Je connais bien cette pièce, elle est formidable.

— On nous a projeté le film. Des batailles terribles ! Mais je ne me coifferai pas comme Laurence Olivier : il a l'air d'une idiote de fille. Je porterai une armure. Il faudra que tu viennes voir ça !

— Chéri, j'y serai, devrais-je faire les cinquante kilomètres qui nous séparent sur les mains et les genoux. Rien ne pourra m'en empêcher. Je suis fière de toi et tout à fait certaine que tu seras très bon dans ce rôle.

Ce n'était pas seulement l'orgueil maternel qui me faisait parler ainsi. Henry était un bon acteur, et il jouissait d'une excellente mémoire. De plus, il adorait se trouver au centre de l'intérêt public et faisait preuve d'une remarquable présence en scène. Un don inné de star, je suppose. Qu'il avait hérité de Jack.

Un peu plus tard dans la semaine, James avait appelé de Westminster pour dire qu'il était invité chez des amis pour le week-end et qu'ils devaient aller à Covent Garden assister à une représentation de *La Tosca*. Cette perspective semblait l'enchanter. J'avais remarqué l'évolution de ses goûts musicaux, qui se détournaient de la musique pop pour des domaines plus classiques. À dix-huit ans, il était à présent plus ou moins maître de sa vie et je sentais que mon rôle se bornerait de plus en plus à le conseiller.

Quand j'avais raconté à Patience la raison pour laquelle Janòs et moi nous étions quittés froidement à la gare, j'avais été stupéfaite de sa réaction.

— Comment ! Il t'a demandé de passer deux jours à Venise avec lui et tu as refusé ? Alors, c'est que tu ne t'intéresses pas vraiment à lui ou que tu as l'esprit dérangé ! Quelle chance tu as eue ! Exactement ce dont tu as besoin. Une occasion de te distraire et de te changer les idées !

Maeve, qui nous avait rejointes ce mardi pour déjeuner, fut encore plus directe. Je ne voulais pas lui en parler pour ne pas la perturber, mais Patience n'eut pas tant de scrupules.

— Miranda ! s'exclama-t-elle en apprenant la nouvelle et en manquant de s'étouffer avec ses *spaghetti con funghi e piselli*. Tu es folle ! Téléphone immédiatement à ce type pour lui dire que tu viens !

— C'est très généreux de ta part, compte tenu des circonstances.

— Bêtises ! L'exclusivité ne m'intéresse pas, si c'est à cela que tu penses. Tu connais mon opinion sur la monogamie. Tu ne peux pas empêcher les gens de se désirer les uns les autres en mettant l'embargo sur quelqu'un. C'est comme ça qu'on exalte des passions secrètes. Je suis persuadée qu'il y aurait moitié moins d'activité sexuelle si tout le monde pouvait coucher avec qui lui plaît. Il ne nous resterait plus qu'à fréquenter par ennui des ateliers de macramé ou autres ouvrages de dames.

— Tu sembles suggérer que tout le plaisir qu'on retire du sexe provient de l'intrigue, objectai-je. Que fais-tu alors du simple plaisir physique ?

— Il est sans doute impossible de l'éprouver sans un contexte émotionnel quelconque, intervint Patience. Il faut avoir une certaine attirance pour son partenaire. Imagine que tu fasses l'amour dans l'obscurité totale avec quelqu'un dont tu ignores tout. Est-ce que cela t'empêcherait de rêver et de donner en imagination une personnalité à ce simple contact physique ?

— Tu m'étonnes, Patience, répliqua Maeve. C'est donc ainsi que tu vois les choses ? Je t'accorde que c'est une idée tout à fait délicieuse.

— Je n'ai pas dit que c'était ce que j'avais envie de faire, répliqua Patience, le feu aux joues.

— Je détesterais cela, dis-je en frissonnant à cette pensée.

— Et pourquoi donc ? Les yeux de Maeve étaient remplis de curiosité.

— Je ne sais pas. Il me semble que j'aurais peur.

— Continue. C'est intéressant.

— J'aurais l'impression d'abandonner une partie de moi-même à quelqu'un sans savoir si je peux me fier à lui. Et… qui pourrait être absolument horrible.

— Mmm… voilà qui est révélateur. (Maeve savoura l'idée pendant quelques instants.) Après tout, qu'est-ce que ça pourrait faire si on n'allumait pas la lumière et que tu ne puisses jamais voir ton partenaire ?

— Je dois être très superficielle, je pense. Trop attachée aux apparences…

— Ou particulièrement romantique, dit Patience. Je ne vois pas pourquoi tu devrais avoir honte d'accorder de l'importance à l'aspect physique. La plupart des gens le font mais, par chance, ils n'ont pas tous les mêmes goûts.

331

Je songeai aussitôt à Aubrey Molebank. Il était intelligent, compatissant, prévenant et je l'aimais beaucoup. Mais je paierais très cher pour ne pas avoir à partager son lit.

— Peu importe, fit Maeve avec impatience. Ce qui compte, c'est que, si tu ne téléphones pas tout de suite à Janòs, cible incontestée de tous les regards et de tous les fantasmes féminins, pour lui dire que tu l'accompagnes à Venise, alors tu as vraiment besoin de te faire soigner. Peut-être que ce mignon nouveau docteur pourrait s'en charger. Tu l'as déjà vu ?

— Tu veux parler de McCleod ? C'est un homme désagréable et il cherche noise à tout le monde de manière répugnante. Il pense que je suis une petite femme gâtée, égoïste, et que j'ai poussé Jack à la mort par mes coquetteries.

— Il a une amie très jolie, à moins que ce soit sa femme. Je les ai vus ensemble en voiture hier. Il n'a pas du tout l'air désagréable, je peux te l'assurer.

— Bon, peut-être. En tout cas, je ne l'aime pas. Comment puis-je appeler Janòs ? Je n'ai pas la moindre idée de l'endroit où il se trouve et je ne connais pas son numéro de téléphone !

— Bonjour, tout le monde ! lança Lissie en entrant dans la cuisine.

Elle avait les yeux brillants et les joues rosies par le froid. Vêtue d'un manteau en poil de chameau orné d'un col de fourrure et coiffée d'un chapeau assorti, elle était tout à fait charmante. Après nous avoir toutes embrassées, elle balaya la pièce d'un regard rapide.

— Bridie dort encore, dis-je, devinant aussitôt ce qu'elle cherchait.

— J'espère que c'est de la fausse fourrure, grogna Maeve d'un ton désapprobateur.

— Oh, oui, je le pense, répondit Lissie avec un regard candide.

Il était évident que c'était du vison, mais je suis persuadée que Lissie n'en avait cure, pas plus qu'elle ne se préoccupait des problèmes éthiques posés par le port d'une fourrure. Tout ce qui comptait à ses yeux, c'était que cela lui aille bien.

— Regardez, elle vient de se réveiller ! N'est-elle pas adorable ?

Lissie souleva Bridie dans ses bras. Maeve les regardait.

— Elle ressemble tout à fait à ces poupées en pâte à modeler que Sebastian et Florian rapportaient du jardin d'enfants. Avec des petites taches de couleur pour les yeux et des trous faits avec des allumettes pour les narines. On dirait un personnage de bande dessinée, une esquisse de ce qu'elle va devenir en grandissant.

— Comment peux-tu dire de telles choses ? s'indigna Lissie en serrant si étroitement Bridie contre elle que le bébé se mit à pleurnicher pour manifester son désaccord d'avoir le nez pressé dans le vison. Regardez cette adorable bouche humide.

Nous regardâmes toutes, et Bridie se mit à baver abondamment en nous fixant de ses yeux ronds. Puis elle sourit tout à coup, un énorme sourire de sa bouche encore édentée, et nos visages s'illuminèrent.

— Je reconnais qu'elle est irrésistible, avoua Maeve. Bon, assez de diversion. Lissie, aide-nous à convaincre cette entêtée de Miranda d'aller à Venise avec son *amoroso*.

Lissie cessa d'essuyer le visage de Bridie pour me regarder avec un étonnement visible.

— Oh, ne parlons plus de cela ! protestai-je en me levant pour aller préparer du café.

— Vous avez entendu cette inconsciente ? gronda Maeve en levant les bras au ciel. À moins qu'elle ne le fasse exprès, ce qui est encore pire ! Lissie, tu n'es donc pas au courant de l'histoire d'amour de Miranda ? Au fait, tu as rencontré Janòs, bien sûr. Tu étais là quand je l'ai amené le jour où j'avais le rhume. Tu ne sais pas qu'ils sont aussitôt tombés dans les bras l'un de l'autre ?

— Non, je l'ignorais.

Je regardai Lissie penchée sur le bébé et me tournant le dos quand je posai la bouilloire sur le réchaud. Puis je croisai son regard et y lus la plus complète stupéfaction.

— La bouilloire est-elle sur le feu ? s'exclama Maurice en entrant fort opportunément. Si vous étiez gentilles, vous me feriez tourner sur la broche pour me ramener à la température de la pièce. Tous les vents de la terre se sont donné rendez-vous sur la plage aujourd'hui. Pas seulement le mistral ou le sirocco, mais aussi l'harmattan et le simoun, pour leur tenir compagnie.

Il commença à se débarrasser de ses gants et de son écharpe. Depuis deux jours, il avait décidé de sortir afin d'entreprendre une série de croquis. La veille, après qu'Ivor eut installé pour lui un abri de toile près d'un promontoire rocheux, Maurice avait apporté son chevalet, ses crayons ainsi que du papier à dessiner, et je l'avais accompagné en portant ses peintures et ses brosses. Il disait qu'il ne pouvait peindre que s'il portait le chapeau spécialement destiné à cet effet, un Borsalino du genre de celui que portait Carlyle quand il était vieux. Large de bords et pourvu d'une haute calotte, il attirait apparemment tous les regards, même à une époque où le port du couvre-chef était beaucoup plus courant. Avec celui-là, Maurice avait une allure des plus extraordinaires. Il constituait un excellent abri contre les éléments, le seul problème étant qu'il ne tenait pas sur sa tête. Maurice résolut finalement la difficulté en nouant son écharpe par-dessus. Nous l'avions laissé là, silhouette incongrue accroupie derrière une toile rayée de vert et de blanc, son chevalet dressé devant un amas de rochers. Par un tel jour, seuls les oiseaux de mer pouvaient le voir et s'étonner de sa présence.

En rentrant le soir, il avait refusé de me montrer ce qu'il avait peint, alléguant qu'il n'aimait pas que l'on voie une œuvre avant qu'elle ne fût terminée. Mais, aujourd'hui, après que nous l'en eûmes prié poliment, il ouvrit son carton.

— Voilà, dit-il. Les rochers de Westray. Qu'en dites-vous ?

Nous regardâmes en silence. Je m'étais attendue à quelques compliments bien tournés, mais ils semblaient hors de propos.

— Seigneur ! s'exclama Maeve, la première à recouvrer ses esprits. C'est prodigieusement bon !

— Regardez l'eau ! lança Patience. Je ne l'ai jamais vue ainsi, même dans un Turner. Pleine de lumière. On devine que les vagues vont se soulever d'un moment à l'autre.

— Splendide ! s'écria Lissie. Vous savez, vous pourriez vendre ça. Je vous l'achète sur-le-champ.

— Eh bien, en réalité je vends mes peintures, déclara modestement Maurice. C'est ainsi que je gagne ma vie.

— Puis-je acquérir cette œuvre ? demanda Lissie.

— J'aimerais vous la vendre, mais elle est déjà promise. Je prépare une exposition pour le mois de janvier, et le type qui l'organise veut une demi-douzaine d'aquarelles pour la compléter. Je suis très flatté que cela vous plaise.

— Je ne savais pas que vous étiez peintre, dit Maeve. Et toi, Miranda, tu étais au courant ?

— Je n'en avais pas la moindre idée. Je dirais plutôt que j'ignorais que vous étiez un *bon* peintre. J'ai passé une bonne partie de ma vie à regarder les œuvres d'artistes de tous poils, mais ceux qui m'ont procuré un réel plaisir sont rares.

— Que diriez-vous si Miranda partait pour Venise, Maurice ? s'enquit Maeve. Pensez-vous qu'elle doive y aller ?

— Venise ! Peut-on se poser une telle question ?

Lorsque les autres furent parties, Maurice et moi discutâmes plus en détail de ce sujet. Je faisais rôtir un gigot avec une *daube à l'avignonnaise** pour le dîner et il était assis à la table, préparant une feuille de papier pour le lendemain en y appliquant une fine couche de peinture à l'aide d'une brosse et d'une éponge. Il appelait ça « poser un lavis ». Rose était endormie sur le canapé, fatiguée d'une matinée passée à l'hôpital après qu'on eut retiré le plâtre de son poignet. La présence de Maurice dans cette atmosphère familière semblait tout à fait naturelle tant il était intégré à notre vie. Je lui parlai de Venise et de Janòs.

— Oh, très bien, très bien ! approuva-t-il. Exactement ce qu'il vous faut. De la distraction, quelque chose rien que pour vous. Bien entendu, quand une femme a des enfants, elle est passablement tenue par eux. Mais, avant que vous ne vous en aperceviez, ils auront pris leur envol et vous vous retrouverez à la dérive. Il est temps pour vous de vous lancer dans de nouvelles expériences.

— Oh, non ! Si vous saviez comme je suis effrayée à la seule pensée de quelque autre occupation.

— Effrayée ?

— À l'idée d'être jugée par mes pairs et de ne pas répondre à leur attente. Je n'ai jamais travaillé, et j'ai trente-neuf ans. Trop tard sans doute pour me lancer dans quoi que ce soit d'intéressant.

— Quand j'ai décidé de rester en Italie, j'étais confronté aux mêmes problèmes. J'avais quarante et quelques années et je ne parlais pas bien l'italien. J'ai exercé toutes sortes d'emplois, la plonge, le dressage de chevaux, l'élevage d'abeilles… tout ce que je trouvais. Quand mon italien s'est amélioré, j'ai enseigné dans une école de province. À l'époque, j'étais marié à Lucia. Je me suis servi de toutes les capacités dont je disposais pour gagner ma vie, sauf de celle que je rêvais d'employer. Mais, un jour, j'ai trouvé Lucia endormie dans notre petite véranda, et la tentation de faire d'elle un croquis a été la plus forte ; alors j'ai pris une feuille de papier et un crayon. Il y avait treize ans que je n'avais pas dessiné mais, le jour même, j'ai

336

vendu ce croquis plus cher que ce que je gagnais en une semaine d'enseignement.

— Il est extraordinaire que vous ayez attendu si longtemps.

Maurice tripota son gilet rouge en suçant l'extrémité de son pinceau.

— Ce n'était pas le moment. Il n'y a pas que la technique, après tout. Il est également nécessaire de savoir qui on est et ce que l'on veut dire.

— Vous pensez qu'une période de régénération peut être utile en fin de compte ?

— Oh, bien sûr ! Naturellement, les athlètes ou les chanteurs d'opéra ne peuvent se permettre d'attendre. Mais la plupart des choses sont meilleures quand elles ont mijoté. Je suppose que je ressemble au Dr Pangloss – vous savez, celui qui dit que « tout va pour le mieux dans le meilleur des mondes ». Vous découvrirez, du moins je l'espère, que, lorsque le moment est venu de faire ce pour quoi vous êtes douée, vous le réalisez bien plus facilement et de façon spontanée. C'est un peu comme le mariage : il faut des tempéraments en harmonie, mais aussi une synchronisation dans leur développement.

— Voilà une théorie consolante. Si seulement j'avais la moindre idée de mes talents !

Je rajustai la couverture sur les jambes de Rose. Elle remua un peu et marmonna quelque chose que je ne compris pas.

— J'aurais voulu que vous la connaissiez avant, dis-je à voix basse en glissant sous la couverture la main de Rose, toute blanche et ténue après être restée des semaines sous le plâtre. Elle a été le pilier de mon enfance, vous savez. Je lui dois tout.

— Vraiment ? Pas de parents pour faire le poids ?

— Mon père a été tué à la guerre, je n'ai aucun souvenir de lui. Quant à ma mère… disons qu'elle ne s'intéresse guère aux jeunes enfants.

— Elle ne s'intéresse qu'à elle-même, c'est ça que tu veux dire, je suppose.

Rose ouvrit un œil et écarta la couverture.

— Je ne savais pas que tu étais réveillée, ma chérie. Veux-tu que je te fasse un peu de thé ?

— Bonne idée…

Je remarquai que Rose, pourtant si snob en ce qui concerne la correction du langage, avait repris son accent écossais.

— Ainsi tu vas aller à Venise avec ce jeune conquistador ? reprit-elle. À toi de voir, ma fille ! Il doit s'arranger pour que toutes les femmes qui s'intéressent à lui le paient. Tu crois que je ne suis qu'une vieille folle, mais j'ai des yeux pour voir et j'ai vécu assez longtemps pour connaître les hommes, même si je ne leur ai jamais permis de prendre avec moi des libertés comme vous le faites vous autres, les filles d'aujourd'hui.

Tout en parlant, elle serra inconsciemment ses genoux recouverts de laine grise.

— Mariée ou pas, je pense que vous êtes l'une des femmes les moins folles que j'aie jamais rencontrées, déclara Maurice. Et, puisque vous faites référence à votre âge, je peux prétendre moi aussi m'y connaître en femmes. Mais ce que nous pouvons savoir l'un ou l'autre est une tout autre histoire. Ha ! (Il tendit le bras pour mieux examiner sa feuille de papier.) Du bleu manganèse et du gris Paynes avec une touche de rose garance. Un mélange simple, mais tout à fait réussi, je crois.

— Vieux fou ! dit Rose.

Le téléphone sonna. C'était Janòs.

— Peux-tu t'arracher à ton entourage et à tes tâches pour me parler deux minutes ?

— C'est possible.

— Bon. Je veux te dire que je suis désolé d'avoir été si désagréable quand nous nous sommes dit au revoir.

— Oh, je n'y pense déjà plus.

— C'est si bon d'entendre ta voix ! Comme je

voudrais pouvoir t'emmener avec moi ! Est-ce vraiment trop demander ? Deux jours dans la plus belle ville du monde. Après Budapest, c'est évident.

— Non, ce n'est pas trop demander.

Il y eut un silence.

— Tu veux dire que tu pourrais reconsidérer la question ?

— Oui.

Au cours des trois jours suivants, j'eus de fréquents entretiens avec Maurice et, quand vint le vendredi, il n'ignorait plus grand-chose de ma vie. J'avais d'ailleurs fait moi-même à ce propos d'utiles découvertes, comme il arrive souvent quand on communique avec quelqu'un d'attentif et de réellement concerné. Lui aussi s'était épanché, heureux de me parler avec tendresse de Lucia, de sa maladie, de sa mort prématurée à l'âge de cinquante ans. Tout ce qu'il savait de valable, prétendait-il, il le tenait d'elle. Quand arriva le jour de son départ, je me sentais désolée. Un paquet était arrivé pour lui le matin même.

— Ah ! J'avais demandé au secrétaire de mon club de me l'envoyer !

Il se leva d'un bond. Nous nous trouvions dans la bibliothèque, attendant le taxi.

— C'est un cadeau pour vous.

— Comme c'est gentil ! m'exclamai-je. Mais il ne fallait pas, j'ai déjà eu tant de plaisir à vous avoir ici.

— Réellement, ma chère enfant ? (Je vis ses yeux s'embuer.) Ce fut merveilleux pour moi aussi, vous savez. Les camarades de mon club de vétérans sont tous très bien, et mon marchand veille sur moi comme un fils, mais ce n'est pas la même chose que de vivre dans une famille. Je ne peux pas dire que je me sente vraiment seul, mais la compagnie des femmes me manque. Cela me donne l'impression d'être un vieux beau. J'imagine que c'est une question de sympathies.

— Je comprends parfaitement.

J'étais en train de défaire le paquet. L'intérieur de la boîte était tapissé de papier de soie. J'éprouvais cette légère appréhension qui apparaît toujours quand on ouvre un paquet devant la personne qui vous l'a offert. Il faut parfois savoir mentir. Au milieu de tous ces papiers se trouvait un objet… réellement étrange… on aurait dit une corne de vache en écaille. Je le sortis. C'était si… inattendu !

— Ce n'est qu'une petite plaisanterie entre nous, ma chère enfant. Voici le cornet acoustique d'Harriet Martineau. Il y a des années que je le possède, et je l'ai toujours considéré comme un symbole de la plus haute importance.

Je l'interrompis en jetant mes bras autour de son cou.

— Oh, merci, merci ! C'est le plus beau des cadeaux ! J'avais oublié que la pauvre était sourde, n'est-ce pas ? Tous les grands écrivains de l'époque victorienne en ont parlé, Dickens, Charlotte Brontë, Mme Gaskell, Browning, Tennyson – C'est une pièce historique !

Je l'embrassai à nouveau.

— Je suis heureux que cela vous plaise, répondit Maurice. J'aime que les objets qui me sont précieux aillent dans une bonne maison. Quand on vieillit, il n'y a pas de plus grand bonheur que de partager ce que l'on possède. Il y a quarante ans que je traîne ce cornet avec moi.

— Je suis fière que vous me l'ayez remis à moi. Il *faut* que vous reveniez nous voir, ne serait-ce déjà que pour vous assurer que nous en prenons bien soin. Que faites-vous pour Noël ? Pourquoi ne le passeriez-vous pas avec nous ?

— Ce serait merveilleux. Une vraie fête familiale ! Mais j'ai promis de déjeuner le jour de Noël avec mon marchand de tableaux londonien et sa femme. C'est très gentil de leur part, pourtant j'appréhende ce genre d'occasion. Ils font partie de la *jeunesse dorée** de

340

Belgravia[1] et leur appartement est entièrement meublé en blanc. Quant à eux, ils sont aussi toujours vêtus de blanc. Vous imaginez un peu ! Oh, la terreur de renverser quelque chose ! Bien sûr, je pourrais venir après, disons pour le thé ?

Nous nous mîmes d'accord en nous promettant de nous plonger l'un et l'autre entre-temps dans des loisirs de qualité. Maurice devait aller admirer les cubistes à la Tate Gallery. Quant à moi, je me pencherais sur les charmes comparés du Tintoret, de Tiepolo et du Titien.

Les circonstances firent que je ne vis des trésors de Venise que les affiches touristiques de l'aéroport de Gatwick. Malgré tout, j'achetai une carte de *L'Annonciation* de Tiepolo pour l'envoyer à Maurice et une autre de l'école du Titien représentant Marcus Curtius sautant dans le ravin pour sauver Rome. Le beau et fier visage du Romain me rappelait tout à fait quelqu'un, mais je n'arrivais pas à trouver qui cela pouvait être.

Ivor m'attendait à la douane.

— Comment va-t-elle ? Qu'est-il arrivé ? demandai-je dès que je l'aperçus.

— Quand j'ai appelé l'hôpital, elle était dans la salle d'opération. Ils n'ont rien voulu me dire.

Je me mis à courir malgré le poids de ma valise. Nous roulâmes à toute allure dans l'obscurité. Je ne me souciais absolument pas de Janòs. Oh, j'aurais volontiers promis de ne plus jamais le revoir si cela pouvait sauver Elizabeth !

L'hôpital général de Bosworth était un ancien hospice du XIXe siècle auquel on avait ajouté quelques constructions plus récentes. La réception était plongée dans le noir et tout y paraissait rangé avec un ordre méticuleux, comme si la maladie n'était rien d'autre qu'une ennuyeuse suite de problèmes administratifs.

1. Célèbre quartier résidentiel de Londres. *(N.d.T.)*

Une aide-soignante m'orienta vers le bureau de l'infirmière de nuit. Il était vide. Je parcourus à grands pas un couloir désert et vitré recouvert d'un carrelage brunâtre qui me fit penser à de la sauce renversée. Je passai devant des doubles portes ouvrant sur des corridors mal éclairés, des chariots recouverts de draps souillés et des affiches aux injonctions impérieuses avec menace de punitions affreuses si on oubliait d'éteindre la lumière, de changer le linge sans avoir signé une note ou – souligné trois fois – si on ne laissait pas les toilettes propres en sortant comme on les avait trouvées en entrant. Tout, ici, donnait le sentiment de se trouver dans un monde hostile et cruel dont le seul but – si l'on en jugeait par le nombre de gros tuyaux courant sur les parois – était de faire circuler dans toute cette immense bâtisse d'importantes quantités d'eau chaude. L'odeur mêlée de poussière, de caoutchouc et d'antiseptique était absolument écœurante. De plus en plus effrayée, je franchissais en courant des espaces éclairés par des néons tremblotants et des zones pratiquement obscures. J'entendis enfin des pas et, après avoir contourné un angle du couloir, j'aperçus le Dr McCleod marchant à ma rencontre.

— Où est-elle ? Je vous en prie, il faut que je la voie !

— Il semble qu'elle vienne juste de sortir de la salle d'opération. Je m'y rendais précisément.

Apercevant mon visage sous la lumière blafarde, il ajouta plutôt doucement :

— Ne vous inquiétez pas. Ça va aller.

Je le dévisageai à mon tour.

— Réellement ? Vous en êtes sûr ? Elle va se rétablir ?

— Oui, je vous le promets.

Je lâchai sa main, dont je m'étais emparée sans même m'en rendre compte.

— Mais que s'est-il passé ? Elle allait très bien ce matin encore !

— Une grossesse extra-utérine. Le fœtus s'est

342

développé dans une des trompes de Fallope et a provoqué de vives douleurs et une hémorragie...

Je fus prise de vertige.

— Mais c'est impossible ! Elizabeth n'a que quatorze ans, ce n'est qu'une enfant !

— Quatorze ans est un âge suffisant, comme vous devez le savoir. Il n'y a aucun doute à ce sujet. Le chirurgien a immédiatement pratiqué un avortement car, à ce stade, il n'y a pas de temps à perdre. Le fœtus peut provoquer une rupture de la trompe et mettre la vie de la mère en danger. Nous n'avons pas pu attendre votre consentement. Madame Stowe ? Vous vous sentez bien ? Vous voulez vous asseoir ?

— Non. Je veux la voir, tout de suite ! Oh, je n'arrive pas à y croire ! Elizabeth... Mon bébé... ! Comment peut-elle avoir...

Je me souvins à cet instant des prétendues séances d'entraînement de hockey après l'école.

— Cela arrive tout le temps, et à des filles plus jeunes encore. Je crains qu'il n'y ait pas de barrière de classe pour ce genre de malheureux accident.

— Oh, pour l'amour du ciel ! lançai-je, furieuse. À quoi bon discuter avec vous ? Vous êtes plein de préjugés !

Nous avançâmes en silence côte à côte jusqu'à la salle de réanimation. Ma frayeur attisait encore ma colère, la portant à un niveau sans précédent. Je me sentais des envies de meurtre. Jetant un regard furieux en direction de McCleod, je reconnus aussitôt Marcus Curtius, sans son casque. Il avait un air distant et supérieur.

— Est-ce la mère ?

Une femme forte portant une haute coiffe amidonnée sur des cheveux permanentés barrait la porte. Après m'avoir examinée rapidement des pieds à la tête, elle se tourna vers McCleod. Je la classai sur la liste des choses que je détestais le plus, comme les roses d'Inde ou les rognons sautés.

— Oui, c'est bien Mme Stowe.

— Et vous, qui êtes-vous ? lançai-je.

J'avais parlé d'un ton impérieux, le visage de la femme se fit bêtement insolent. Ses yeux froids étaient vindicatifs et on lisait de l'entêtement dans son nez graisseux retroussé et dans la ligne pincée de sa bouche étroite. Les bras croisés sur sa poitrine étaient vigoureux mais, dans ma colère, j'aurais pu la renverser.

— Infirmière Tugg.

— Je vois. Eh bien, conduisez-moi auprès de ma fille, je vous prie.

— Je crains que ce ne soit tout à fait impossible, répliqua-t-elle avec un sourire déplaisant. Elle ne s'est pas encore réveillée de l'anesthésie. Téléphonez demain matin à neuf heures et nous vous dirons comment elle va.

— Je ne partirai pas sans avoir vu ma fille ! Est-ce clair ? Elle a besoin de moi et je veux être présente quand elle s'éveillera.

— Nous sommes dans un hôpital, madame Stowe, pas dans un hôtel de luxe.

— Vraiment ?

Je feignis la surprise en parlant d'une voix glaciale et sarcastique.

— Soyez certaine que je suis prête à affronter ce manque de confort. Une chaise suffira. Je pense que vous pouvez m'en trouver une.

— J'espère que vous n'allez pas faire de difficultés, madame Stowe.

L'infirmière Tugg était rouge de colère.

— Il est un peu tard pour téléphoner à sir Humphrey Bessinger, mais je le ferai sans hésiter si vous continuez à vous montrer si peu compréhensive.

Sir Humphrey présidait le conseil d'administration de l'hôpital. Il adorait la poésie de Christopher Chough et nous adressait de fréquentes invitations. À plusieurs reprises, il avait offert des sommes princières pour acquérir le portrait de mon grand-père accroché dans l'escalier de Westray. Et il avait un penchant pour les veuves. À la manière dont il avait entouré ma taille de son bras et posé un baiser insistant sur ma joue à l'enterrement de Jack, j'étais prête à parier qu'il mettrait toute l'équipe d'infirmières de corvée aux toilettes si je le lui demandais.

L'infirmière perdit un peu de son assurance.

— Eh bien…

Cela me suffit. Je me dirigeai d'un pas décidé vers la porte, et elle fut obligée de s'écarter pour ne pas me heurter. Dans la salle de réanimation, deux infirmières rangeaient dans un meuble des instruments placés sur la table en bavardant mollement. Elizabeth gisait sur un chariot, ses cheveux ramassés sous un bonnet vert, un filet de salive coulant de sa bouche entrouverte. Elle semblait profondément endormie. J'ôtai mes gants et saisis une de ses mains. Elle était glacée.

— Oh, ma pauvre chérie ! soufflai-je.

Elle s'agita un peu et ses paupières frémirent.

— Voici une chaise, dit le Dr McCleod, entré derrière moi. Asseyez-vous. Vous avez l'air épuisée.

— Comment va-t-elle ? Qu'en pensez-vous ?

— Elle n'a pas trop mauvaise mine.

J'observai ma fille. Sa peau, aussi fine que celle de Bridie, était légèrement rosée.

— Mais il peut s'écouler encore pas mal de temps avant qu'elle reprenne conscience, reprit McCleod. Êtes-vous certaine de vouloir rester ?

J'allais lui répondre quand Elizabeth ouvrit les yeux.

— Je suis là, ma chérie. Comment te sens-tu ?

Je scrutai son visage avec anxiété sans être certaine qu'elle m'ait entendue. Puis elle referma les yeux. J'eus vaguement conscience que le Dr McCleod s'en allait. Les deux infirmières ne cessaient d'entrer et de sortir de la pièce, faisant chaque fois claquer la porte derrière elles de manière exaspérante, mais j'étais trop absorbée par mes propres soucis pour avoir encore l'énergie de protester.

Une demi-heure environ s'écoula, que je passai en silence, immobile sur ma chaise. Puis, tout à coup, Elizabeth ouvrit tout grands les yeux et les fixa sur moi.

— M'man ?

— Oui, chérie ?

Je lui pris la main. Le regard de ma fille se dirigea vers la porte, qui venait de se rouvrir pour laisser entrer le Dr McCleod, fit le tour de la pièce et revint vers moi. Son visage refléta soudain une vive douleur. Affolée, je me levai brusquement.

— Trésor ! Où as-tu mal ?

Le Dr McCleod se pencha vers elle et lui posa la même question.

Elizabeth secoua lentement la tête tandis qu'un flot de larmes ruisselait sur son visage.

— Oh, maman… je voudrais tant que papa ne soit pas mort !

## 16

— Madame Stowe ?

La voix pénétra mon rêve avec brutalité. Je m'assis et laissai mes yeux s'habituer à la lumière éclatante du jour.

Puis je tournai la tête et regardai Elizabeth. Toute la nuit elle avait été terriblement malade, pleurant et s'agitant sans cesse. Mais, ce matin, je vis qu'elle était calée contre ses oreillers, un plateau devant elle portant un bol de corn flakes, qu'elle remuait sans conviction à l'aide de sa cuillère. Malgré les larges ombres sous ses yeux, elle semblait calme. Voyant que j'étais consciente, elle m'adressa un pauvre sourire.

— Bonjour, m'man. Heureusement que tu ne ronfles pas. Tout le monde est réveillé depuis des heures, tu sais.

Je jetai un regard encore flou autour de moi. Des huit lits qui se trouvaient dans la chambre, quatre étaient occupés. Un bruit assourdissant régnait dans la pièce et dans le couloir, les chariots grinçaient, les infirmières s'apostrophaient d'une voix tonitruante. Des rideaux tirés le long de tringles isolaient chaque lit et, toutes les fois qu'on les tirait, émettaient un crissement strident qui me faisait serrer les dents. Je devais avoir été drôlement fatiguée pour m'assoupir au milieu d'un tel vacarme.

— Comment avez-vous dormi ?

Le Dr McCleod s'assit au bout du lit où reposait Elizabeth. J'attendis qu'elle réponde avant de réaliser que la question m'était adressée. Il croisa mon regard.

— Pas trop dur, le fauteuil, j'espère ?

J'eus envie de lui répondre que mon dos n'allait pas tarder à ressembler à celui du Bossu mais, au souvenir des efforts déployés la veille par le bon docteur pour dénicher à travers tout l'hôpital un siège à peu près décent, je tins ma langue.

— Pas trop mal, merci, répondis-je.

Une aide-soignante poussant un chariot s'arrêta devant la porte de la chambre et lança avec une gaieté toute professionnelle :

— Que diriez-vous d'une bonne tasse de thé, madame Stowe ?

— Oui, merci. Très, très léger. Sans lait ni sucre.

Le bol que l'on me donna était rempli d'un étrange liquide brunâtre qui me fit plutôt penser à une soupe de queue de bœuf. Difficile de le boire sans frissonner.

Plus prudent, le Dr McCleod rejeta d'un geste son offre d'une bonne tasse de thé.

— Dégoûtant. C'est de l'eau avec de la rouille dedans, ils la tirent des radiateurs.

Je n'avais pas réalisé qu'il était capable de plaisanteries du genre subversif, même les plus inoffensives. Les mains jointes autour d'un genou, il contemplait ma fille avec gentillesse.

— Je ne pense pas que je peux avaler ça, dit-elle en désignant son assiette de corn flakes.

— Laisse-les, alors, répondit-il doucement. Je ne suis pas ici dans l'exercice de mes fonctions. Tu es la patiente de Mme Morton, maintenant. Je suis là en tant qu'ami. Si tu veux un bon conseil, mange aussi peu que possible ce que l'on te servira ici. Regarde ce que la nourriture de l'hôpital a fait de l'infirmière Tugg !

Elizabeth se mit à rire, et je me sentis tout de suite mieux. Peut-être ne nous dirigions-nous pas inexorablement vers le désastre, après tout.

— Que diriez-vous d'elle affublée pour le restant

de ses jours de la coiffure de saint Alphage ? suggérai-je.

Le Dr McCleod me regarda, surpris.

— Vous êtes catholique ?

— Non, mais j'ai passé une bonne partie de ma jeunesse en Italie à visiter toutes sortes d'églises. Je suis un *Livre des saints* ambulant. Et vous ?

— J'ai été élevé dans le respect de la religion catholique. Ma mère est très pieuse. Mon père était catholique, lui aussi, mais il est mort totalement agnostique. Il ne croyait plus à rien, même pas à la moindre vertu humaine. Je ne pense pas qu'il y eut jamais un homme aussi déçu par la vie.

— Cela avait dû être très douloureux pour lui. Et plutôt triste pour vous.

— J'ai toujours réagi contre son pessimisme. Lui aussi exerçait la médecine dans les quartiers pauvres de Glasgow. Il se sentait impuissant face à cette étrange détermination à se détruire qu'il observait chez tant de ses patients. C'était un idéaliste, un humaniste romantique… Il n'a jamais pu supporter la paresse, l'égoïsme, la stupidité.

Il y avait quelque chose de familier dans tout cela. Je pensais que le fils tenait sans doute plus de son père qu'il n'en avait conscience.

— C'est très aimable de votre part d'être venu voir Elizabeth. Un dimanche, en plus.

— Bah, c'était sur mon chemin. Elle a l'air d'aller bien. Je sais comment se comportent certains membres du personnel, ici, ils sont étroits d'esprit, intolérants. Je me doutais qu'ils essaieraient de l'intimider et vous aussi. J'espère désormais qu'il n'y a plus lieu de s'inquiéter, et puis vous semblez savoir vous défendre… J'ai admiré votre façon d'envoyer promener sœur Tugg… (Il eut un rire rapide.) Difficile de croire que ces femmes sont censées s'occuper des malades. Elles ressemblent plutôt à des matonnes.

— Docteur McCleod…

Une infirmière s'approcha en lui décochant son plus radieux sourire.

— Vous savez que nous n'autorisons pas les visiteurs à s'asseoir sur les lits. Vous allez froisser les couvertures. L'infirmière en chef arrive pour sa tournée dans dix minutes.

— Dans ce cas, je vais m'enfuir d'ici avant de me retrouver plié en huit soigneusement et rangé dans un placard. Je passerai demain, si j'en ai le temps.

Il regarda Elizabeth.

— Souviens-toi, si elles essaient de te persécuter, tire-leur la langue et dis-leur que ce sont des exercices prescrits par le bon Dr McCleod.

Elizabeth pouffa de rire.

— Il a une belle voix, non ? me dit-elle lorsqu'il fut parti. J'adore son accent. Il me fait penser à *Kidnapped*[1] et à des montagnes sauvages, balayées par le vent, couvertes de bruyère.

C'était exactement l'endroit où j'avais l'impression d'avoir passé la nuit, pensai-je, tandis que je me tenais devant le miroir de salle de bains accroché dans le coin le plus sombre de la pièce. Le reflet qu'il me renvoya me fit découvrir un teint blafard, sans maquillage, et des cheveux aussi hirsutes que ceux de l'oncle Ebenezer[2]. Un peu plus loin, une grande pancarte disait qu'il ne fallait pas, qu'il ne fallait sous aucun prétexte, enlever la bonde du lavabo. Surprise, je contemplai l'objet d'un interdit aussi impératif et ne vis qu'une bonde en caoutchouc plutôt détériorée. J'imaginais mal qui pouvait désirer voler pareil gadget…

L'arrivée imminente de l'infirmière en chef plongea les aides-soignantes dans la frénésie. Les patients

1. Roman de Robert Louis Stevenson. *(N.d.T.)*
2. Personnage du roman *Kidnapped*, de Stevenson. Avide de s'approprier l'héritage de son neveu, David Balfour, Ebenezer le fait kidnapper et exiler sur un navire en partance pour l'Écosse. *(N.d.T.)*

350

furent impérieusement bordés dans leur lit, la poitrine écrasée par des draps bien sanglés, le cou plié à angle aigu sur des oreillers bien aplatis. À les voir ainsi traités, je compris l'état d'esprit qui régnait dans cet hôpital. Aux yeux du personnel soignant, les malades avaient tort. Ils s'étaient mis tout seuls à l'index en quittant le groupe des gens en bonne santé, ils étaient des proscrits, des dépendants, des zéros.

L'infirmière Tugg s'approcha du lit d'Elizabeth.

— Nous avons été une vilaine fille, non ? lança-t-elle sur un ton éminemment désapprobateur.

C'était une femme maigre, avec des lunettes perchées sur la tête et des dents basculées vers l'arrière comme celles d'un requin. Elizabeth se rembrunit. Devinant qu'elle était trop faible pour utiliser son vocabulaire provocant habituel, je me préparai à la défendre moi-même.

— Bien, bien, vous n'êtes qu'une enfant, voilà tout.

L'infirmière en chef m'adressa soudain un sourire complice, comme pour me prendre à témoin.

— J'imagine que vous devez être terriblement en colère, n'est-ce pas, madame Stowe ? Ces hommes méritent plus que les verrous, la prison est trop bonne pour eux. J'espère qu'on s'occupe de vous. Nous faisons de notre mieux mais, de nos jours, même des filles de très basse extraction se portent candidates pour des postes d'infirmières. Je dis toujours à sir Humphrey que nous devrions payer davantage notre personnel pour attirer des femmes d'un milieu plus aisé.

Aucune des infirmières présentes n'osa exprimer même la dose d'indignation correspondant à un rapide mouvement de sourcil, mais je pensai avoir détecté quelques renflements de poitrine sous les tabliers. Je compris que l'infirmière en chef devenait indulgente envers moi, presque sympathique même, car nous étions au sein d'une alliance malsaine fondée sur la classe sociale. Bien que cela fût répugnant, je décidai, parce que fatiguée et lâche, de m'y résigner.

— Vous avez reçu une sévère leçon, ma chère, dit l'infirmière en chef en pointant un doigt maigrichon vers Elizabeth. Tous les hommes ont la bête en eux, et vous ne devriez pas les laisser obtenir ce qu'ils veulent de vous. Les jolies filles doivent être particulièrement sur leurs gardes et écouter ce que leur dit leur mère.

— Espèce de sale vache odieuse ! gronda Elizabeth une fois que l'infirmière en chef eut quitté la salle.

— Qu'est-ce qu'elle a voulu dire à propos de la prison ?

— Oh, tu sais, c'est illégal de faire l'amour avec des ados de moins de seize ans.

Nous n'avions pas eu, jusqu'à présent, l'occasion de discuter de celui qui avait mis ma fille dans cet état. Je sentis cependant qu'il valait mieux attendre son retour à la maison.

— Bon, ne nous en préoccupons pas maintenant, chérie. Tu dois juste concentrer tous tes efforts pour aller mieux. Cet après-midi, je vais faire un saut à Bosworth pour voir si je peux te trouver de bons bouquins à lire. Qu'en penses-tu ?

Les yeux d'Elizabeth se mouillèrent de larmes.

— Je suis si fatiguée… Et mon estomac me fait horriblement souffrir.

— Tu es déprimée, ce n'est pas surprenant. Tu te sentiras mieux dans un jour ou deux.

— Tu n'es pas en colère contre moi ?

— En colère ? Non. Je suis bouleversée… et soulagée, bien sûr, que tu ailles bien. Et je me sens très coupable de t'avoir laissée te fourrer dans une telle situation…

— Tu n'as rien à voir avec ça ! lança brusquement Elizabeth. Oh, maman, ne sois pas aussi triste ! Tu as toujours l'air chagrin, ces derniers temps, et ça me tape sur les nerfs.

— Si j'ai l'air triste, c'est parce que je le suis, ma fille, rétorquai-je. Et parce que je ne suis pas contente de voir mon enfant malheureuse. Suis-je supposée faire semblant de ne rien ressentir ? Dans ce cas, permets-moi de te dire que tu attends beaucoup trop de moi.

— Oh, excuse-moi… Écoute, je suis désolée. Bon, je me suis comportée comme une idiote, je sais, tu n'as pas besoin de me le dire.

— Je ne pensais pas que je le devrais.

— Une bonne tasse de thé, mesdames ? Oh, désolée ! s'écria l'infirmière en poussant avec violence le chariot contre le pied du lit.

Le fracas ébranla chaque parcelle de mon pauvre cerveau, et je sentis une horrible migraine sourdre contre mes tempes.

Elizabeth somnola toute la matinée et parut en bien meilleure forme à son réveil. À treize heures, je la laissai pour aller me trouver quelque chose à manger en ville, puisque les règles de l'hôpital interdisaient aux visiteurs de partager les œufs battus en poudre, les tomates en boîte et la purée de pommes de terre couleur de plomb servis au déjeuner. Je dénichai un café et commandai une soupe de tomate et un sandwich. La soupe avait un goût de conserve et le sandwich un air maladif avec sa garniture ratatinée. Mais c'était beaucoup plus calme qu'à l'hôpital et j'étais l'unique cliente. Une serveuse maussade prit ma commande et, en attendant, j'achetai le magazine *Horse and Hound*, deux romans historiques, ainsi qu'un exemplaire de *Vogue* et une nouvelle de A.P. Herbert. Puis, après réflexion, je fis aussi l'acquisition d'un sac de pommes et d'une boîte des chocolats favoris d'Elizabeth.

De retour à l'hôpital, je trouvai un tout jeune homme – presque un gamin – assis sur le lit de ma fille. À ma vue, il se leva brusquement et parut très mal à l'aise. Je sus aussitôt qu'il s'agissait de l'auteur de tous ces problèmes. De toute évidence, il ne devait pas être âgé de plus d'une quinzaine d'années. C'était un adolescent grand et gauche, plutôt agréable à regarder avec ses longs cheveux noirs bouclés et son visage à l'air vulnérable. De ses grandes mains nerveuses tatouées de papillons sur le dessus, il tordait compulsivement le bord de son T-shirt.

— Je suis Miranda Stowe, dis-je, la mère d'Elizabeth.

— Et moi, Johnny, bredouilla-t-il. Euh… Enchanté.

Il serra avec maladresse ma main dans sa paume moite.

— Je suis désolé qu'Elizabeth soit malade, articula-t-il, désespéré.

— C'est gentil de votre part d'être venu lui rendre visite. Comment avez-vous su qu'elle était là ?

Je pouvais voir les infirmières se glisser plus près pour entendre notre conversation. Même la patiente du lit d'à côté, qui, pourtant, semblait si inerte qu'on aurait pu la croire déjà morte, se ragaillardit assez pour se redresser sur son coude. Je souris à Johnny afin de l'encourager.

— Lizzie m'a appelé et mon grand-père m'a accompagné. Je voulais absolument savoir si elle allait bien.

Le pauvre gosse avait l'air tout désemparé.

— Je vis chez mes grands-parents. Mon grand-père aimerait vous rencontrer. Il est dans le bureau de l'infirmière en chef.

Le bureau de sœur Tugg était situé dans un des coins les plus reculés de l'hôpital, dans une nouvelle aile construite depuis peu par la municipalité. C'était un bureau clair, tranquille et agréablement meublé. Un vieil homme était assis près de la fenêtre. Il se leva dès mon entrée. Pendant un long moment, je le contemplai sans mot dire, bien que son visage me parût familier.

— C'est une histoire terrible ! s'exclama-t-il enfin. Comment vous faire comprendre, chère madame, à quel point je me sens navré pour votre fille !

Il me tendit une main fine et ridée.

— Mon nom est John Vavasour. Nous nous sommes rencontrés au dernier festival de musique, quand vous aviez amené avec vous ce merveilleux pianiste

354

hongrois. Quel dommage ! Je ne peux pas vous dire à quel point nous sommes peinés, ma femme et moi. Vous devez être très en colère contre mon petit-fils.

Je secouai lentement la tête.

— Ma fille aussi m'a demandé si j'étais fâchée contre elle, répondis-je. Mais la colère me semble être une réaction complètement hors de propos. Je ne pense pas un instant qu'ils aient eu l'intention de commettre une méchanceté, ni qu'ils aient pensé aux conséquences de leurs actes. Ce sont encore des enfants. Bien sûr, c'était irresponsable, mais je me sens si désolée pour eux deux.

— Je suis soulagé de vous entendre dire cela.

La main de M. Vavasour tremblait tandis qu'il désignait une chaise.

— Vous ne vous asseyez pas ? Pardonnez-moi si je me repose un instant, je suis exténué. C'est la goutte qui fait déborder le vase, pour vous dire la vérité. Ma fille, la mère de Johnny, habite en Californie. Elle appartient à une sorte de religion étrange à laquelle je ne comprends rien du tout. L'homme qui dirige cette espèce de secte, son « gourou », semble être une véritable crapule. Il a fait en sorte qu'elle lui donne tout son argent et qu'elle abandonne sa famille. Je crois qu'il couche avec toutes les femmes de la communauté.

M. Vavasour secoua la tête, l'air navré.

— Quand je pense à la gentille fille qu'elle était autrefois… Pour couronner le tout, le père de Johnny est en prison pour avoir revendu de la drogue. Voilà trois ans que ma femme et moi avons à nous occuper de notre petit-fils et de sa sœur. Croyez-moi, c'est plus que ce que nous pouvons endurer.

— J'ai trouvé qu'il avait l'air d'un charmant garçon.

— Vraiment ? Mon Dieu ! Vous êtes une femme généreuse, madame Stowe, et je dois dire que, si les circonstances étaient autres que ce qu'elles sont, j'aurais été heureux d'avoir la chance de vous connaître.

— Merci. Bien sûr, si quelque chose était arrivé… si Elizabeth était morte… je suppose que mes sentiments auraient été tout à fait différents. Mais maintenant, bien que je sois inquiète à son sujet, je ne pense pas que nous devions faire plus que ce que nous pouvons. Ils ont eu tous deux une frayeur épouvantable. Peut-être que, un peu plus tard, une bonne discussion entre nous tous se révélera nécessaire. Il me semble évident qu'ils recherchent tous les deux de l'affection et de la confiance en soi dans un monde qui les a laissés tomber plutôt salement.

Je lui expliquai ce qui était arrivé à mon mari et, posant sa main sur la mienne, M. Vavasour la pressa brièvement avec sympathie. Après quoi, nous discutâmes de nos échecs respectifs en matière de pédagogie et échangeâmes nos inquiétudes et nos espoirs. Lorsque l'infirmière revint pour nous proposer de prendre le thé, elle nous trouva dans les meilleurs termes. L'infirmière nous servit du Lapsang Souchong agrémenté de tranches de citron aussi fines que du papier de riz. Il fallait bien qu'il y eût quelques compensations au fait d'être chaque jour confrontée à des malades aussi irrespectueuses que des adolescentes de quinze ans, enceintes de surcroît… Ravie de frayer avec nous, qu'elle considérait comme des notables, sœur Tugg s'étendit avec complaisance sur les aléas de son sacerdoce. Tandis que M. Vavasour rentrait chez lui avec Johnny, je pris congé aussi vite que possible et rejoignis Elizabeth avec ma provision de romans et de chocolats.

— À ton avis, qu'est-ce que c'est ? maugréa-t-elle en contemplant l'assiette qu'une aide-soignante venait de lui apporter.

À mon tour, je regardai les boules gélatineuses qui nageaient dans une sauce visqueuse et secouai la tête, en signe de défaite.

— Un tapioca géant ? suggérai-je. Pourtant, on

356

dirait bien que cela ressemble à des carottes. Et ça ? Seraient-ce des tripes, par hasard ?

— Peut-être quelque chose qui est tombé de la table d'opération ?

Elizabeth gloussa et s'efforça de mastiquer une bouchée.

— Dieu, je ne peux pas manger ça ! Je pense que je vais finir les chocolats à la place.

— Cela te dérange si je rentre bientôt à la maison, chérie ? Il faut que j'aille voir si tout se passe bien pour tout le monde. Et puis… tu as l'air d'aller beaucoup mieux, maintenant.

— Non, pas de problème. De toute façon, tu dois dormir.

Elle gloussa de nouveau.

— Désolée d'avoir vomi dans tes mocassins.

— N'y pense plus.

Lorsque je quittai la chambre une heure plus tard, elle était absorbée par la lecture d'une nouvelle de science-fiction, mangeant des pommes et bâillant de temps à autre. Tous ses sentiments violents semblaient s'être évanouis. Je me rendis à la réception pour appeler un taxi.

C'était merveilleux de rentrer à la maison. Ivor avait gentiment pris le relais à la cuisine et préparé à mon intention un dîner tenu au chaud dans le four. Jenny et Rose gambadèrent autour de moi, s'exclamant à propos de mon air fatigué, posant des questions sur Elizabeth et me suppliant de retirer mes chaussures pour aller me reposer sans tarder. Je pris le temps de m'asseoir sur le sofa à côté de Rose et dégustai avec plaisir la soupe de carottes et de noisettes que Jenny m'apporta.

— Hmm, c'est délicieux ! Quelle joie de vous voir tous ! Elizabeth rentrera après-demain et elle se fera enlever ses points de suture jeudi. Est-ce que Henry va bien ? J'espérais l'apercevoir avant qu'il ne retourne au collège.

Ivor s'était mis en route pour le reconduire à l'école un quart d'heure avant mon arrivée.

— Il avait l'air plutôt en forme, dit Rose. Obsédé par cette pièce qu'il joue. Nous avons dû écouter ses monologues tout le week-end. S'il ne les connaît pas par cœur maintenant, ce n'est pas notre faute.

— C'est un garçon si intelligent, s'extasia Jenny, pleine d'admiration. Cela ne m'étonnerait pas qu'il devienne quelque chose comme une star de cinéma plus tard. Vous avez de si beaux garçons, Miranda !

Elle soupira, et je sus qu'elle pensait à James. Après des semaines de nourriture saine et de bonne hygiène, sa peau s'était libérée de ses boutons et elle était très jolie à présent. Je mangeai avec moins d'enthousiasme le ragoût de légumes composé essentiellement d'artichauts de Jérusalem, de haricots, de carottes (encore !) et de choux. Quant au gâteau de carotte, je ne pus réussir à en avaler une bouchée.

— Nous allons tous rêver de carottes, commenta Rose, laconique.

Il était évident qu'Ivor avait exécuté à la lettre mes recommandations d'économie et qu'il avait utilisé nos propres produits du jardin.

Le matin suivant, alors que je me garais devant l'hôpital, je vis sir Humphrey en train de s'extraire péniblement de sa Daimler.

— Miranda !

Il vint vers moi en bondissant sur le macadam, telle une vieille gazelle arthritique.

— Quelle agréable surprise ! Rien de grave, j'espère ?

Je lui expliquai qu'Elizabeth se remettait d'une opération mineure, mais il n'écouta pas un mot de mon discours, trop occupé à ajuster sa cravate, à rabattre ses manchettes et à lisser son plumage. Un sourire niais flottait sur son visage.

— C'est mon jour de rendez-vous à l'hôpital, précisa-t-il en affectant un air de profond ennui.

L'infirmière en chef, venue le saluer, vit sa grimace et parut blessée.

— Voudriez-vous améliorer mon morne emploi du temps en acceptant de déjeuner avec moi ? Ils servent un rosbif pas mauvais du tout aux « Six Jolly Porters ».

— Merci.

— Parfait ! Splendide ! dit-il en haletant, le visage soudain congestionné par l'enthousiasme au point que sa langue lui sortait de la bouche.

En reculant, il écrasa le pied de l'infirmière en chef.

Je pouvais entendre Elizabeth pouffer avec quelqu'un quand j'entrai dans la salle. Un écran m'empêchait de voir qui était son visiteur. Je m'approchai de l'alcôve et soulevai le rideau.

— De quoi riez-vous ?

Le Dr McCleod, assis sur le lit, se leva et parut mal à l'aise.

— Oh, euh… Maintenant que j'y pense, c'était peut-être un peu piteux comme humour… Il vaut mieux l'oublier.

— Moi, j'ai trouvé ça très drôle, au contraire, protesta Elizabeth, les yeux encore pleins de rire. Ne vous en faites pas, doc, maman s'en fiche. Je vais lui raconter. Comment ça commence, déjà ?

« C'était une jeune fille de Madras
Qui avait des fesses magnifiques
Mais pas comme vous pourriez le penser :
Fermes, rondes et roses…
Non, elles étaient grises avec de longues oreilles et elles broutaient l'herbe. »

J'éclatai de rire à mon tour et le Dr McCleod eut l'air soulagé.

— Je craignais que vous ne m'accusiez de corrompre la jeunesse…

— Mon Dieu, non ! Cela pourrait difficilement être plus innocent.

— Puis-je partager la plaisanterie, Elizabeth ? Bonjour, docteur McCleod.

Sœur Tugg et sir Humphrey apparurent soudain suivis par un médecin stagiaire et deux infirmières.

— Le Dr McCleod me remontait le moral, expliqua Elizabeth.

Elle affichait une expression des plus dociles, mais je captai une lueur moqueuse dans son regard.

— Il m'a raconté un poème humoristique. Laissez-moi voir si je m'en souviens... ah, oui...

Elle alla jusqu'à « fermes, rondes et roses » lorsque l'infirmière en chef, après une brusque respiration, l'interrompit d'un ton sec :

— Merci. Je ne pense pas que nous désirions en entendre davantage.

Elle s'éloigna aussi dignement qu'elle le put, suivie de sa petite cour. Sir Humphrey agita un doigt sous mon nez et je crus qu'Elizabeth allait s'étouffer de rire, puis il sortit de la chambre.

— Méchante fille !

Le Dr McCleod riait aussi.

— Cela va me prendre des mois, peut-être des années pour restaurer un semblant de relation avec l'infirmière Tugg. Riez toujours, madame Stowe, mais vous serez vous aussi expédiée d'un coup de balai aux oubliettes après avoir scandaleusement gloussé.

— Tant mieux. La dernière chose que je souhaite est d'avoir le moindre contact avec cette insupportable snob.

McCleod me dévisagea avec surprise.

— En fait, c'est mon jour de congé, déclara-t-il tout à coup. Que diriez-vous de déjeuner avec moi ?

À son expression, je vis qu'il aurait voulu rattraper ces mots au moment même où ils sortaient de sa bouche.

— Quel dommage ! dis-je, sincèrement contrite. J'aurais beaucoup aimé, mais j'ai déjà accepté un déjeuner avec sir Humphrey. Oh, c'est trop bête !

— Cela n'a aucune importance, répondit-il très vite. Au revoir, Elizabeth, je viendrai retirer tes points de suture jeudi. Au revoir, madame Stowe.

Et, en moins d'une seconde, il était parti.

— Mince, maman ! Quelle gourde tu fais ! Je préférerais un million de fois déjeuner avec le Dr McCleod plutôt qu'avec ce vieux pruneau sénile. En plus, il perd ses cheveux.

— Moi aussi, j'aurais préféré, ma chérie. Mais, comme je l'ai dit, je m'étais déjà engagée auprès de sir Humphrey.

— Et alors ? Tu aurais pu raconter qu'il te fallait rentrer d'urgence à la maison ou n'importe quel autre prétexte ! Maintenant, il ne t'invitera jamais plus.

Je réalisai qu'elle voulait parler de McCleod. Elle avait probablement raison.

D'un simple point de vue gastronomique, le déjeuner avec sir Humphrey représentait une nette amélioration par rapport à celui que j'avais absorbé la veille dans les environs de l'hôpital. Mais, sur le chapitre de la conversation, je préférais encore les mines boudeuses de la serveuse de soupe à la tomate. Par chance, ou par malheur, il se trouva qu'Hilary Scranton-Jones déjeunait aussi aux « Six Jolly Porters », occupée, comme à son habitude, à colporter les ragots du village par-dessus sa salade de crevettes. Je la vis jeter fréquemment des regards dans notre direction.

Tout en écoutant avec patience sir Humphrey, j'en vins à la conclusion que cet homme était un parfait imbécile, ce qui, sans doute, expliquait son succès dans la vie publique. À ma grande consternation, je l'entendis se lancer dans un éloge volubile de Christopher Chough... cet homme « brillant et courageux », auteur d'une poésie si « sensible » et si « forte »...

Ce qui me rappela une conversation que j'avais eue avec Maurice quelque temps plus tôt. Je lui avais avoué ce que je pensais réellement des œuvres de mon grand-père, qui, selon moi, étaient vaines et surfaites. À mes yeux, sa popularité était due à un excès de sentimentalité et à une forme dissimulée d'autosuffisance interprétée à tort comme de l'héroïsme. En écoutant mes arguments, Maurice avait souri, enchanté de m'entendre émettre une critique qu'il s'interdisait de prononcer, par peur de me froisser dans mon amour-propre filial. Ravis de constater que nous étions une nouvelle fois sur la même longueur d'onde, nous avions passé un moment merveilleux à démolir consciencieusement le *genius loci* de mon enfance. Pour Maurice, toute tentative littéraire ou artistique d'exalter l'esprit de la guerre était parfaitement immorale.

À mon grand soulagement, sir Humphrey abandonna le sujet pour aborder des questions plus personnelles. Il avait besoin, me dit-il, d'un conseil. Depuis que sa femme était morte quatre ans plus tôt, il n'avait pas eu d'amie féminine fiable vers qui se tourner. Retenant un sourire, je priai pour que l'oreille aiguisée d'Hilary Scranton-Jones ait capté cette intéressante déclaration.

Sir Humphrey me confia avoir eu il y a peu quelques ennuis avec l'infirmière en chef, qui s'était mise à l'appeler à toute heure sous prétexte de parler des affaires de l'hôpital. Après quoi, me raconta-t-il, elle enchaînait sur les dangers encourus par ceux qui ne savaient pas déléguer leurs pouvoirs, évoquait les précarités de l'existence (comparée à un long et périlleux voyage sur des eaux fuyantes) et concluait en vantant les vertus de ceux qui ne craignaient pas de partager la direction du gouvernail.

— Le cerveau de cette pauvre femme faiblit, je pense, se lamenta sir Humphrey. Hier soir encore, elle m'a téléphoné, et la moitié de son discours était sans queue ni tête. Je me demande si elle faisait allusion au fait que je devrais l'emmener en croisière avec moi ou quelque chose de ce genre.

Je compris que le malheureux sir Humphrey était totalement dépassé quand il s'agissait de métaphore. Il ne voulait pas blesser l'infirmière en chef, mais se sentait à court d'excuses pour refuser ses innombrables invitations à prendre le thé chez elle. Comment pouvait-il la dissuader de poursuivre sa cour sans rendre leur travail commun à l'hôpital difficile et embarrassant ?

— Pourquoi ne pas lui dire que vous allez vous marier ?

Le visage de sir Humphrey s'éclaira.

— Miranda ! Quelle excellente idée !

Il fronça le nez et s'ébroua comme un cheval.

— Pourquoi diable n'y ai-je pas pensé ?

Je me retins de lui répondre que c'était parce qu'il avait l'intelligence d'un cloporte.

— Voilà ce que je vais faire. Merci, très chère.

Il me saisit la main avec fermeté avant que j'aie eu le temps de la retirer.

— Vous savez, un homme a besoin des conseils d'une femme. Cette infirmière me rend fou. Elle doit bien avoir cinquante ans, si tant est qu'on puisse lui donner un âge. (Il s'ébroua à nouveau.) Comme tout cela est ridicule !

Je ne voyais pas pourquoi. Sir Humphrey, malgré le roux de ses cheveux, avait l'air d'avoir au moins soixante ans. J'essayai de dégager ma main, mais il la cramponnait.

— Et à qui pensez-vous ? reprit-il. Pour devenir la future Mme Bessinger, je veux dire.

— Inventez je ne sais quel nom. Dites que vous l'avez rencontrée à Londres. Imaginez des raisons pour lesquelles vos fiançailles doivent durer longtemps, je ne sais pas, moi, par exemple que votre bien-aimée s'occupe de sa mère malade… Après un an ou deux, l'infirmière en chef aura renoncé et réservera ses assiduités à une autre victime.

— Magnifique ! Pourquoi ne pas dîner tous les deux au « Savoy » pour fêter cela ? Quelle est votre prochaine soirée de libre ?

— Oh, hum… C'est gentil de votre part ! Mais je crains de ne pouvoir accepter tant qu'Elizabeth n'ira pas mieux.

— Bien sûr ! Pardonnez-moi, j'avais oublié. De toute évidence vous êtes une mère consciencieuse.

Il joua avec ma main toujours emprisonnée dans la sienne.

— C'est une chose très émouvante pour un homme que de contempler… le dévouement maternel.

Je croisai son regard et lus dans ses yeux chassieux un débordement de sentimentalité plutôt suspect. Plus tard, je me demandai pourquoi je n'avais pas dit à sir Humphrey que j'étais moi-même fiancée. Peut-être ma propre intelligence n'était-elle pas au sommet d'elle-même, après tout.

J'apportai à ma fille une nouvelle pile de romans historiques, ainsi que des bananes et des biscuits, et passai le reste de l'après-midi à lui tenir compagnie. À sept heures et demie, je décidai de rentrer après avoir organisé le retour d'Elizabeth à la maison pour le lendemain matin. Reprenant la route de Westray, l'esprit vidé par la fatigue, je pensai encore à ce que ma fille avait dit en me voyant un peu plus tôt pénétrer dans sa chambre.

— Tu as mis un siècle ! s'était-elle écriée d'un ton chargé de reproche. Je suis presque devenue dingue d'ennui.

Je rangeai précieusement cette remarque dans ma mémoire. Il serait dit que je m'étais montrée enfin capable de faire quelque chose pour elle. Malgré cela, dès qu'Elizabeth se sentirait mieux, je comptais bien avoir une discussion sérieuse avec elle. Impossible, toutefois, de lui interdire d'avoir des relations sexuelles, à moins de l'enfermer en permanence dans sa chambre.

Au moment de traverser le village, je constatai que Maeve était à la maison. Toutes les lumières étaient allumées et le cottage avait un petit air pimpant, accueillant. Je décidai de m'y arrêter quelques minutes, juste le temps d'un verre. Il était un peu plus de huit heures et je savais que Maeve ne dînait pas tard.

En m'approchant, des explosions assourdissantes de

musique pop me parvinrent à travers la porte d'entrée. Renonçant à frapper, je poussai le battant et pénétrai dans le hall. Florian était allongé sur le sofa, les yeux fermés, les oreilles remplies des accords hurlants de Procol Harum. Il portait l'une des robes du soir de Maeve et s'éventait avec une plume d'autruche.

— Salut, Miranda. Tu veux un joint ?

— Non, merci. Est-ce que ta mère est là ?

— Oui, elle est en haut. Elle m'a dit qu'elle pouvait pas supporter mes disques.

Il pouffa, l'air manifestement ravi.

— Et en avant la musique, olé !

Levant les jambes, il exhiba une culotte de femme bordée de dentelle, tout en continuant à rire convulsivement. Écœurée, je grimpai l'escalier, évitant de peu de piétiner le chat de Maeve assoupi sur l'une des marches. Je fis une courte halte sur le palier, cherchant une formule pour excuser mon intrusion, lorsque je me figeai, interdite, en entendant la voix de Maeve. Il ne m'était pas venu à l'esprit qu'elle pût se trouver avec quelqu'un.

— Viens, chéri. On va s'en fumer un petit avant.

— Non, je ne veux pas de cette merde. Tu me demandes de coucher avec toi et ensuite tu veux juste t'amuser. Retire cette robe ridicule, je perds patience.

Je dégringolai les escaliers, le chat courant devant moi, puis passai en trombe devant Florian, toujours hilare à la porte d'entrée. L'air de la nuit semblait geler sur mon visage en feu. Je montai dans la voiture et rentrai d'un trait à la maison. Rose s'était couchée, mais je trouvai Jenny assise à la cuisine.

— Non, merci, je ne veux rien manger, répondis-je après qu'elle m'eut demandé si je voulais grignoter quelque chose. Je préfère me coucher tout de suite.

— Vous n'avez pas l'air d'aller bien, remarqua-t-elle, désolée. Au fait, il y a un petit mot de M. Detchy. Il est venu cet après-midi et s'est montré vraiment contrarié de ne pas vous trouver. Mme Fitzgerald est passée pour savoir si vous aviez apprécié vos vacances et il est reparti avec elle.

Je pris le bout de papier qu'elle me tendait. Jenny avait allumé le feu dans ma chambre et, après avoir jeté le mot de Janòs dans les flammes sans le lire, je le regardai brûler, immobile. Ensuite je me déshabillai, fis ma toilette et me couchai.

J'éprouvais une sensation atroce au creux de l'estomac et, plus détestable encore, la reconnus parfaitement. La jalousie... ce vieil ennemi que je croyais avoir vaincu. Incapable de réprimer les battements désordonnés et douloureux de mon cœur, je m'étendis sur le dos et contemplai les reflets pourpres du feu qui dansaient sur les poutres du plafond. Ma gorge était affreusement nouée, mais je ne voulais pas m'autoriser à pleurer. Malgré moi, je me mis à penser à la chambre de Maeve, et à ce qu'ils faisaient là-bas. Avec un soin infini et beaucoup de minutie, je supprimai Janòs de mon cœur et le poussai hors de ma vie.

## 17

— Mais à quoi t'attends-tu ? Tu me laisses tomber au pire moment et tu t'imagines que je vais te courir après comme un brave et fidèle petit toutou ?

Les yeux sombres de Janòs étaient lourds de reproches. Nous nous tenions dans le salon, il était onze heures du matin. Après avoir mis Elizabeth au lit en rentrant de l'hôpital, j'étais en train de me demander ce que j'allais pouvoir servir au déjeuner quand je tombai sur Janòs dans le hall. Malgré mes bonnes intentions, je ne pus m'empêcher de ressentir une excitation familière à sa vue et me le reprochai aussitôt. Janòs dut remarquer mon trouble car il me jeta un long regard insistant avant de parler.

— Alors, comment va la malade ?

— Bien, je crois. Juste un peu fatiguée. Elle ira mieux quand on aura retiré les points de suture. Elle se sentira plus à l'aise.

— Elle a subi une opération ? Jenny n'a rien voulu me dire.

— Allons dans le salon, veux-tu ? Je n'aimerais pas qu'elle entende.

— Pourquoi ce mystère ?

— Elle attendait un bébé, mais ça s'est mal passé. Janòs siffla entre ses dents.

— À son âge ? Pauvre gamine. Et toi – il me

regarda calmement –, tu détestes les hommes et tu es furieuse contre elle, c'est ça ?

— Non, rien de tel. Je peux comprendre qu'elle ait recherché quelque chose… de l'amour, du réconfort, une exaltation peut-être. Je ne suis pas fâchée du tout. Juste triste.

— Tu as l'air si sévère… redoutable, même. Je n'ose pas te dire que je t'aime.

— Alors, ne le dis pas.

Je m'écartai de lui. « Il faudra que je change ces fleurs fanées », pensai-je, distraite. Je constatai que le varech qu'Elizabeth avait arrangé en bouquet pour décorer la table commençait à dégager la même odeur que la méduse rapportée un jour de la plage par Henry.

— Quand je suis revenue de l'hôpital hier soir, poursuivis-je, je me suis arrêtée chez Maeve. J'avais besoin de parler d'Elizabeth avec quelqu'un. Florian m'a dit qu'elle était en haut, dans sa chambre. Sans doute voulait-il me jouer un mauvais tour. Peu importe. Heureusement, je vous ai entendus parler avant de vous interrompre et de me rendre ridicule.

— Je vois.

Janòs mit les mains dans ses poches et s'adossa au piano.

C'est à cet instant qu'il fit la remarque à propos du petit chien fidèle, mais je fis mine de ne pas avoir entendu.

— Je suis désolée d'avoir dû te quitter aussi vite à Venise, repris-je. Comment s'est passé le concert ?

Il haussa les épaules.

— Pas trop mal. Mais j'étais furieux, absolument furieux contre toi. Et puis ma colère s'est apaisée au bout d'un jour et j'ai eu envie de te revoir, de te parler, d'entendre ta voix, de te faire l'amour.

Il s'approcha de moi, mit les mains sur mes épaules, les fit glisser sans hâte le long de mon cou et m'embrassa doucement.

— Ne sois pas fâchée parce que j'ai couché avec Maeve. Je l'aime bien, mais toi, je t'aime.

Je ne lui rendis pas son baiser.

— Désolée, Janòs, mais ça ne va pas.

— Que veux-tu dire ? Tout va bien, au contraire. Écoute-moi, espèce d'idiote, je ne peux pas m'attacher sexuellement à une seule femme le reste de mes jours. Inutile de te raconter des histoires, il y aura d'autres femmes, bien sûr, mais cela n'a aucun rapport avec les sentiments que je te porte. Est-ce que tu peux comprendre ?

— Oui, c'est très clair. Mais ça compte pour les sentiments que, *moi*, j'éprouve pour toi. Tu n'aimerais pas que je couche avec d'autres hommes, n'est-ce pas ?

— Je suppose que tu n'aurais pas envie de le faire…

Comme je souriais sans répondre, il ajouta :

— Oh, ça va, Miranda. C'est différent pour un homme. Sois honnête et reconnais-le.

— Non, ça n'est pas différent, c'est là que tu te trompes ! Si je t'avais choisi pour être l'homme de ma vie, je ne coucherais pas avec d'autres hommes parce que je ne voudrais pas te blesser… parce que je penserais que notre relation mérite cette restriction. Mais je suppose que tu es incapable de saisir ce genre de raisonnement. C'est sans doute une différence culturelle. Et ce n'est là qu'un des points qui rendent notre histoire si difficile. Un autre point, c'est que tu ne comprendras jamais que, pour moi, mes enfants sont tout aussi importants que ta carrière de pianiste l'est pour toi.

Janòs haussa les épaules.

— Les enfants grandissent.

— Oui, et je suis responsable pour une grande part de la manière dont ils grandissent. Tu sais très bien que la moindre erreur de parcours pourrait compromettre toute ta carrière. De même, je ne me sens pas le droit de commettre des fautes dont mes enfants auront à subir les conséquences leur vie entière. Pendant peut-être soixante ou soixante-dix ans. C'est capital, mais tu ne peux pas le concevoir.

— Eh bien, tu pourrais sans doute me l'enseigner, je suis disposé à apprendre.

— S'il n'y avait que ça, nous pourrions essayer, je pense, mais il y a encore d'autres impossibilités. Tu n'arrêtes pas de voyager d'un bout à l'autre de la planète, alors que je mène une existence retirée et que je désire poursuivre de la sorte.

— Tu veux dire que tu ne peux pas évoluer pour t'adapter à moi ? Ou que tu ne le veux pas ?

— Je crois que je ne le pourrais pas. En tout cas, il y a une chose dont je suis sûre et cela met un terme à toute hésitation, à tous les doutes : je ne pourrai jamais aimer un homme infidèle. Je préfère rester seule. Je le pense du fond du cœur.

— C'est à cause de ton mari ? Je commence à comprendre...

Janòs se tenait la tête entre les mains. Il soupira.

— Pourquoi ne m'en as-tu pas parlé ?

— Parce que je désirais l'oublier, probablement. J'ai honte d'y attacher tant d'importance.

Je sentais les larmes me brûler les yeux malgré moi, des larmes que je versais sur moi-même.

— Écoute, repris-je, cela me blesse, voilà tout. D'autres femmes sont peut-être indifférentes aux tromperies de leur mari, mais, moi, j'en souffre beaucoup. C'est tout ce que je sais. J'ai l'impression d'être une névrosée, stupidement jalouse, et je ne veux plus avoir à le supporter. Non, plus jamais !

Ces derniers mots m'échappèrent presque comme un cri.

— Très bien, très bien, dit Janòs en me caressant le bras. Calme-toi. Qu'attends-tu de moi ?

— Rien. Il n'y a rien d'autre à dire. Nous ne désirons pas les mêmes choses, voilà tout. Et c'est plus important que le reste. Plus important que le désir, que des intelligences ou des goûts bien assortis. J'éprouve toujours du désir pour toi, mais rien d'autre, plus d'amour.

— Eh bien, conclut tristement Janòs, c'est toujours une consolation de penser que tu en as eu à un moment donné.

Quand il fut parti, je me rendis à Temenos, le « Jardin de la jalousie », et restai prostrée sur le banc de camomille pendant une demi-heure. La statue d'Aphrodite sans nez observait, impassible, mon chagrin. Il y a sans doute autant de façons d'aimer que d'êtres vivants sur terre, et nul doute qu'Aphrodite avait contemplé déjà ce spectacle des centaines de fois. Si l'expérience ne m'apprenait rien, pensai-je avec fermeté, alors je méritais d'être damnée toute ma vie.

Je passai les dix jours suivants dans un état de sombre résignation. Je me sentais dans la peau d'un marin lassé de ses innombrables voyages mais néanmoins reconnaissant d'avoir échappé aux naufrages. L'approche de Noël n'était pas favorable à un excès d'introspection. C'était une époque où l'absence de Jack allait hanter les pensées de tous. Comprenant qu'il fallait à tout prix trouver une occupation aux membres de la famille, j'invitai Patience et Wacko à déjeuner le jour de Noël – sachant que distraire Wacko représenterait un effort considérable. Puis je décidai d'étendre l'invitation à Lissie, George et Alice pour faire bonne mesure. Et, voyant Maeve mélancolique quand je lui parlai de nos projets, je la priai de se joindre à nous avec les garçons, sans même réfléchir. Nous serions donc seize avec Maurice. La pensée de revoir mon cher vieil ami me réconforta quelque peu.

J'eus avec Maeve un long entretien réconfortant qui servit d'heureuse conclusion à l'affaire Janòs. Elle s'était montrée tour à tour méfiante et confuse, mais je l'avais rassurée en lui disant que, si ce n'avait été elle, une autre aurait pris sa place. Je savais déjà que ma relation avec Janòs faiblissait et j'étais soulagée d'y mettre fin avant d'en arriver aux compromis habituels si déprimants que l'on utilise en général dans l'espoir de sauver une histoire d'amour condamnée.

Maeve fut horrifiée d'apprendre que j'avais cru un instant éprouver de l'amour pour lui.

— Si j'avais su que c'était tellement important pour toi ! gémit-elle. Je me sens mal à l'aise. D'ailleurs, je n'en ai pas tiré le plaisir que j'en attendais. Il était passablement distrait : je crois qu'il pensait à toi.

Je trouvai cette réflexion tout à fait généreuse compte tenu des circonstances.

Depuis son retour de l'hôpital, Elizabeth était très calme. Johnny avait téléphoné à plusieurs reprises et ils avaient eu de longues conversations.

— Ça ne va pas, m'man, me dit-elle un jour dans un rare élan de confiance. Je suis dégoûtée du sexe. Nous ne l'avons fait que trois fois et regarde le résultat ! Je crois que je vais entrer au couvent. Johnny et moi sommes bons amis, mais je n'ai absolument pas envie d'autre chose.

Elle frissonna.

— Ça s'arrangera quand tu seras plus vieille, fis-je, rassurante. Tu sauras comment utiliser convenablement les moyens de contraception et…

— Oh, ne me fais pas encore un discours sur la contraception ! coupa-t-elle. J'ai déjà entendu toute cette foutaise de l'infirmière en chef et, avant, de notre professeur de biologie. Je suis une autorité mondiale en ce qui concerne les capotes et la pilule. Ce n'est pas un manque de connaissances, c'est juste que nous n'avons pas su nous organiser. (Elle se tut un instant.) Est-ce que ce sera vraiment plus facile quand je serai plus vieille ? Tu sais, le sexe, ça me paraît un truc étrange et pas très drôle.

— À dire vrai, il y a sûrement pas mal d'adultes qui pensent la même chose, c'est pourquoi tout le monde en est obsédé presque tout le temps.

Elizabeth pouffa.

— Mais est-ce que c'est si agréable ? Pour être

honnête, je ne peux pas dire que j'aie tellement aimé
ça.

Je pensai fugitivement à Janòs.

— Oui, ma chérie. Tu verras, c'est peut-être une
des plus belles choses qui soient au monde.

Henry rentra de l'école tout excité. Tandis qu'avec
Patience j'étais occupée à décorer l'escalier de branches de houx, de gui et de sapin séchées et dorées, il
demanda soudain :

— M'man, est-ce que les chanteurs de Noël viendront cette année ?

Je me souvins de leur visite le Noël précédent. Jack
était rentré de la banque juste au moment où les
chanteurs, une douzaine environ, étaient au salon en
train de boire le verre traditionnel de sherry et de
manger les petits pâtés que nous ne manquions jamais
de leur offrir. Jack venait sans doute de signifier son
congé saisonnier à quelque maîtresse en larmes, ce qui
expliquait son retard. En remerciement de leur colla-
tion, les chanteurs avaient courtoisement entonné *O
Come All Ye Faithful* et Jack s'était joint à eux pour
chanter, exagérant la solennité de l'instant en ouvrant
trop grand la bouche et en levant des yeux pleins de
respect au ciel. Les enfants, Rose et moi nous étions
efforcés de paraître à la fois joyeux et recueillis tout
en étouffant nos rires, le visage rouge de confusion.

— Je le pense, chéri. C'est une très ancienne tradition qui remonte à des temps bien antérieurs à notre
arrivée à Westray.

— Au fait…, commença Patience, l'air embarrassée, Aubrey a parlé au téléphone à Mme Warrington,
vous savez, la dame qui organise la tournée des chanteurs. Je suis au courant parce que je me trouvais au
presbytère pour aider à piquer les bougies et les
décorations dans les oranges pour le service de Noël.
Bon… enfin… ce que je voulais dire, c'est qu'Aubrey
a convaincu Mme Warrington de ne pas vous envoyer

ses petits chanteurs. Il a pensé que vous préféreriez rester au calme cette année.

— Vraiment ? Ça ne m'étonne pas d'Aubrey. Il n'y a pas d'homme plus délicat sur terre. À propos, que fait-il pour Noël ? En dehors du service, je veux dire.

— Il m'a dit avoir commandé tout spécialement un pâté de porc chez Mead. Il ne se sentait pas capable de cuire une dinde sans s'empoisonner et tout brûler dans la cuisine. Mais, comme il voulait marquer la naissance du Christ par quelque chose de mieux qu'une soupe à la tomate, il s'est décidé à faire un petit extra.

Cet émouvant entretien eut pour conséquence que j'appelai aussitôt Aubrey pour lui demander de se joindre à nous le jour de Noël. Enchanté, il s'empressa d'accepter. Je remarquai qu'à partir de cet instant Patience souriait toute seule en chantonnant *God Rest Ye Merry Gentlemen* tandis qu'elle déambulait à travers la maison pour décorer portes et fenêtres de guirlandes.

La décoration fut enfin achevée la veille de Noël. Depuis le hall d'entrée, si l'on regardait à gauche en direction du salon, ou à droite jusqu'à la cuisine au-delà de la bibliothèque et de l'escalier, on constatait que tout était moussu et verdoyant de la manière la plus romantique. C'était comme si la forêt était entrée dans la maison et l'avait faite sienne. Nous avions les mains égratignées, le dos douloureux, les genoux talés, mais le résultat en valait la peine et la maison entière ressemblait à un décor de conte de fées. Elizabeth passa un long moment à ramasser les perce-oreilles, araignées et scarabées qui étaient entrés dans la maison par inadvertance et à les reporter dans le jardin.

Une couche de neige fraîche tombée pendant la nuit fut la bienvenue. Au matin de Noël, James lui-même consentit à sortir avant le petit déjeuner pour participer à une bataille de boules de neige avec les autres. J'étais ravie de le voir courir après Henry en le menaçant de lui glisser de la neige dans le cou. Il avait travaillé chaque jour pendant ses vacances, et j'étais heureuse de constater qu'il prenait ses études tellement au sérieux. Mais je redoutais toujours son humour caustique et ses terribles plaisanteries. Il se comportait comme un homme de trente ans plutôt que comme un garçon de dix-huit, proposant son aide pour la maison et s'offrant à effectuer le contrôle annuel de la cave que Jack avait l'habitude de faire juste avant Noël. J'acceptais, naturellement, ses offres d'assistance, mais j'aurais préféré le voir se détendre et se distraire. Quand elle n'était pas occupée à la maison ou avec Bridie, Jenny le suivait partout et s'efforçait de lui faire la conversation. Les bribes que je surprenais n'étaient guère encourageantes. James semblait passer tout son temps à assommer la pauvre Jenny de pompeuses digressions sur les guerres napoléoniennes.

Après le petit déjeuner, Ivor nous conduisit, Rose et moi, au temple de Westray avant de se rendre avec Jenny à l'église catholique de Marshgate, d'un modernisme affreux. Il disait toujours que c'était la meilleure preuve de foi que d'avoir à prier dans cette espèce de niche à chiens néoréaliste. Les enfants décidèrent à l'unanimité de rester à la maison pour garder Bridie.

À la suite d'un de ces interminables sermons dont il avait le secret sur la poésie perse au VII$^e$ siècle, Aubrey nous ramena à la maison et déboucha le champagne pendant que j'accueillais les invités. Les cadeaux furent déposés au pied de l'arbre qui se dressait dans un angle du salon. Elizabeth, Henry et Alice furent chargés de les distribuer. J'offris à Elizabeth une veste presque semblable à celle qu'elle avait admirée dans *Vogue* mais qui avait coûté beaucoup moins cher. Henry reçut l'hélicoptère à télécommande dont il rêvait, et James, un tourne-disque d'un modèle que la presse locale avait qualifié de « super-performant » dans une publicité. Il me sembla que tout le monde était enchanté.

Les enfants avaient fait bourse commune pour m'offrir un presse-fruits électrique. C'était une excellente idée qui me ferait gagner beaucoup de temps le matin lorsqu'il me fallait préparer les jus d'orange de tous mes pensionnaires. Je m'étais entendue au préalable avec Patience, Lissie et Maeve afin que nous n'échangions que de menus objets : livres, savonnettes, chocolats s'entassaient sous l'arbre, car nous étions nombreux. Sebastian déclara qu'il ne croyait pas à Noël et que, par conséquent, il n'offrait rien à personne. Je remarquai néanmoins qu'il mettait de côté avec satisfaction les chaussettes, eau de Cologne ou disques qu'il reçut. Florian m'offrit un livre intitulé *Pratiques sexuelles saphiques* et, de mon côté, je lui remis un recueil de poèmes de Keats, ce qui se traduisit à mes yeux par un match nul.

Lorsque tous les cadeaux furent reçus et admirés, Patience, Lissie, Maeve et moi nous consacrâmes aux derniers préparatifs du repas. Je refusai l'aide de Jenny. Après tout, elle n'était encore qu'une enfant. Elle nous avoua que c'était son premier vrai Noël. Auparavant, comme sa mère travaillait toujours ce soir-là à l'hôtel où on l'employait pour servir, elle expédiait Jenny chez une tante bigote et avare qui ne lui accordait pour tout repas que quelques restes peu appétissants, sous le prétexte qu'il n'était pas bon pour l'âme d'une vraie chrétienne de s'attacher de trop près aux biens de ce monde.

Elle fut touchée aux larmes en découvrant la montre que je lui avais offerte. Les enfants ayant tenu à participer avec leur argent de poche, j'avais pu faire l'acquisition d'une charmante montre dotée d'un joli bracelet de cuir rouge. Jenny, ravie, nous confia que c'était la première montre qu'elle eût jamais possédée. J'étais heureuse de constater que, depuis son retour de l'hôpital, Elizabeth et elle entretenaient des relations plus amicales. L'intérêt d'Elizabeth pour Bridie me touchait tout particulièrement.

Bien que Wacko eût trop bu et se fût mis à raconter des histoires qui auraient pu paraître lestes si elles avaient été compréhensibles, le déjeuner fut joyeux. La table de la salle à manger était conçue pour douze couverts et, à seize, nous étions un peu serrés, mais cela contribua à augmenter la convivialité. Elizabeth avait peigné sa frange en arrière et portait un étrange vêtement blanc que je finis par reconnaître, après examen, comme étant une chemise de Jack. Chacun de ses ongles était peint d'une couleur différente. L'ensemble ne manquait pas d'allure, mais j'avoue avoir éprouvé une brève et déloyale pointe d'envie en voyant la jolie robe bleu marine d'Alice avec son col blanc en ruché. Ce sentiment s'effaça au moment même où Alice, la tête penchée, déclara qu'elle était toujours triste à Noël en pensant à tous ces enfants dans le monde qui ne vivaient pas des moments aussi heureux qu'elle. Même Aubrey, qui aurait dû pourtant applaudir à un tel étalage de sentiments vertueux, eut l'air mal à l'aise. James, Henry et Elizabeth jetèrent à Alice des regards de mépris. Je dois reconnaître que, lorsque Dinkie, caché sous la table, mordilla la jambe d'Alice et qu'on envoya les enfants chercher un pansement adhésif, il y eut dans le hall des éclats de rire nettement perceptibles.

George découpa l'oie, et Ivor distribua les assiettes à la ronde. Puis il déclara que, puisqu'il y avait eu division du travail pour la préparation du repas, il y en aurait aussi pour débarrasser la table et que les hommes feraient la vaisselle. Comme on aurait pu le prévoir, George, Ivor, James et Aubrey se soumirent à ce diktat, mais Wacko s'endormit à côté du feu tandis que Sebastian, Florian et Henry demeuraient introuvables. Deux assiettes furent cassées et les autres restèrent grasses, de sorte qu'il fallut les relaver le lendemain, mais l'intention y était.

Après le repas vint le moment des charades. Mon groupe tira le mot *cornucopia* et, pour mimer la première syllabe, j'allai à la cuisine chercher un journal que je pourrais plier pour en faire une mitre d'évêque. Je fus atterrée de découvrir Jenny sanglotant, les coudes sur la table. Elle finit par s'expliquer en reniflant.

— Il me trouve stupide ! Et d'ailleurs je le suis !

On ne peut pas dire les choses autrement, n'est-ce pas ? Je ne sais pas la moitié de ce qu'il sait, et il ne m'aimera jamais parce que je ne suis pas assez intelligente. On ne nous a jamais rien appris d'autre qu'à lire et à compter et à faire la soupe. Je ne suis pas assez bonne pour lui, pourtant je l'aime tellement !

Quand je rapportai plus tard cette conversation à James, il répondit qu'il pensait avoir agi avec tact.

— Je ne peux pas l'encourager, m'man ! Ce ne serait pas honnête. Je lui ai seulement dit que mes goûts étaient plutôt livresques et que je croyais les siens différents. Seigneur ! Elle m'a demandé de l'embrasser ! Qu'est-ce que j'étais censé faire ?

— Chéri, c'était délicat de ta part, je le reconnais, mais il me semble que l'idée que tu te fais du tact n'est peut-être pas tout à fait au point.

— Alors, j'aurais dû agir comme p'pa l'aurait fait ? L'embrasser, coucher avec elle et, *après*, la flanquer dehors ?

James parlait d'un ton amer.

— Non, bien sûr que non. Tu t'es comporté correctement. Mais montre-toi un peu plus gentil avec Jenny, veux-tu ? Fais-lui comprendre que tu ne la méprises pas. Je lui ai promis de lui donner des livres, elle semble avoir envie de se perfectionner. Pourquoi ne l'aiderais-tu pas ?

James ne sembla guère convaincu, mais promit de faire de son mieux.

Le temps que j'emmène Jenny repoudrer son nez rougi par les larmes et rejoindre les autres pour le thé, Maurice était arrivé.

— Ah, mes amis, laissez-moi vous raconter l'incroyable déjeuner auquel je viens d'assister ! Tous les aliments étaient blancs pour être assortis à l'appartement blanc et aux gens, également vêtus de blancs ! Du risotto avec des truffes blanches, pour commencer, puis un turbot accompagné de *pommes purée, endives à la crème\**, suivi d'un soufflé à la vanille et aux meringues. J'ai eu l'impression de pénétrer dans le décor d'un film sous-exposé !

Il évoquait tout à fait Noël avec sa couronne de houx cernant son chapeau mou et des grappes de gui piquées sur sa cape.

— Avez-vous réellement pris le train dans cette tenue ? demanda Alice, intimidée. L'excentricité ne lui était guère familière, ses parents étant des parangons de conformisme à l'anglaise.

— Non, je suis venu avec le bus. Mais ne gâchons pas la surprise ! Je vais d'abord prendre quelque chose pour me réconforter, puis je vous remettrai mes cadeaux. Comme cette maison sent bon ! (Il renifla ostensiblement.) Le feuillage... la verdure...

— Voici du cake aux fruits.

Elizabeth lui tendit une assiette après qu'il se fut assis près du feu, les mains tendues pour se réchauffer, Jasper appuyé avec amour sur son genou.

— Maman apporte le thé.

— Merci, ma chère petite. C'est tellement bon d'être ici.

Je vis qu'il observait Elizabeth avec attention. Quand il avait téléphoné au début de la semaine pour confirmer sa venue, je lui avais parlé de notre escapade à Venise et de l'avortement.

Henry apporta à Maurice notre cadeau, que j'avais déniché chez un antiquaire de Brighton : une paire de pantoufles en laine de Berlin, encore en excellent état, dont le dessus était brodé de roses. On y trouvait aussi l'effigie d'un chien qui ressemblait à Jasper. Enchanté, Maurice les essaya sans tarder. Elles avaient dû être confectionnées pour une femme, mais il avait de petits pieds et elles lui allaient à merveille.

— Merci, Miranda. Merci, mes chéris. Elles sont absolument superbes.

Il était très ému et s'essuya les yeux avec sa serviette.

— Ivor prépare la coupe Wassail, annonça Elizabeth. C'est sa tâche à chaque Noël. La coupe Wassail fait partie intégrante de l'histoire de Westray Manor. Quiconque achète la maison doit aussi faire l'acquisition de la coupe, c'est mentionné dans de vieux documents. M'man pourra vous en parler. Ivor y verse de l'ale – beurk, un goût affreux –, des herbes et d'autres choses. Également pas mal de vin de gingembre, et ça, c'est très bon. Bien, et maintenant nous ferions mieux de regarder la dernière scène de la charade. Henry se fâche toujours si on n'est pas très attentifs quand il joue. C'est vraiment un bon comédien.

Henry nous surprit tous en arrivant sous l'apparence de Zeus. Il brisa la corne de la chèvre et l'offrit à Amalthée – fort bien interprétée par Lissie – pour la remercier d'avoir pris soin de lui quand il était enfant. Bridie représentait Zeus enfant avec beaucoup de réalisme, quoique sans en avoir conscience. Henry lança la foudre qui transforma la corne en *cornucopia*, d'où se déversèrent du blé, des fruits et des fleurs. Puis il se pavana parmi nous sous les applaudissements fougueux jusqu'à ce que Sebastian ramasse une des pommes tombées sur le tapis du salon et la lance en direction d'Henry. Elle atteignit Alice à la joue, où elle laissa une marque rouge qui suscita de longs pleurs.

La coupe Wassail constitua une diversion bienvenue. C'était une grande coupe du XVIIe siècle gravée aux armes des propriétaires de Westray. Comme elle ne servait qu'une fois par an, à Noël, nous la rangions le reste du temps dans l'armoire seigneuriale de la salle à manger. Nous allions chaque année, Jack et moi, au bal du nouvel an de la banque à Londres, aussi n'avions-nous pu respecter la tradition, qui voulait qu'on la sorte les derniers jours de l'année. Quelques semaines plus tôt, j'avais reçu une invitation pour me rendre à ce bal, avec un mot de Defresnier me disant combien il serait heureux de me revoir, mais je n'avais été que trop heureuse de refuser.

— C'est surtout de la limonade, dis-je à Lissie, pour la rassurer quand Alice eut cessé de pleurer assez

380

longtemps pour boire un verre. Ivor ne fait jamais un mélange trop fort pour que les enfants puissent en prendre. Goûte-le donc toi-même.

Le parfum de l'anis l'emportait sur tous les autres. Tous prirent un autre verre.

— Je suis le pape des fous, nommé par moi-même ! déclara Maurice en se levant et en enjambant Jasper endormi à ses pieds. Vous devez donc tous m'obéir et je vous ordonne de vous rendre dans le hall pour voir ce que je vous ai apporté. Que tout le monde me suive ! Il sortit de la pièce.

Pendant que nous regardions les charades, quelqu'un – sans doute le chauffeur de Maurice – avait déposé tout un tas de paquets de formes différentes. Enveloppés dans un papier bleu sur lequel de légers nuages avaient été peints à la gouache, ils étaient ornés de vraies plumes. Plus que des cadeaux de Noël, me dis-je, ce sont plutôt des choses extrêmement coûteuses provenant de Berkeley Square.

Pour Rose, il avait choisi une jolie petite coupe de porcelaine décorée de roses, et, pour Jenny, un collier en perles d'ambre qui, dit-il, mettrait en valeur sa beauté préraphaélite. Elle en fut ravie, sans bien savoir de quoi il s'agissait. Ivor reçut un exemplaire de *Pippa Basses*, de Browning. Maurice prétendit que lui seul était assez intelligent pour comprendre Browning, et Ivor fut enchanté. Henry ouvrit un volumineux paquet de forme étrange, qui se révéla être un cabinet de magicien en laque chinoise rouge, assez grand pour qu'un adulte de petite taille puisse y pénétrer. Sur le côté, écrits en lettres fantaisie, figuraient les mots : « Marcello le Merveilleux. »

— On peut y faire disparaître des choses, expliqua Maurice. Ce cabinet magique appartenait à un magicien de mes amis. Il ne s'en sert plus maintenant, je lui ai dit que je connaissais un garçon qui saurait en prendre soin.

Henry était en extase.

James eut une montre de gousset ancienne, très

belle et sans doute fort coûteuse. Maurice assura qu'elle lui avait toujours appartenu mais que, désormais, il lui importait peu de savoir l'heure. En déballant mon propre paquet, très lourd, je fus surprise de découvrir une ruche.

— Vous recevrez un essaim après les fêtes de Noël, commenta Maurice. Quand vous m'avez montré le jardin, j'ai réalisé que c'était la seule chose qui vous manquait. Vous ne serez pas obligée de prendre le miel, si vous n'en avez pas envie. Les abeilles bourdonneront autour de vous en récoltant leur pollen. Je les ai étudiées toute ma vie, ce sont des créatures absolument fascinantes.

— Comme c'est intelligent ! Quel *merveilleux* cadeau ! m'exclamai-je, émue aux larmes.

— C'est bon, c'est bon. Assez de bons sentiments ! Et maintenant, en tant que pape des fous, je vous ordonne de braver le froid et d'aller dehors, avant qu'il ne fasse nuit, voir ce que j'ai pour Elizabeth.

— Oh, chic ! s'écria ma fille.

De l'autre côté des douves se trouvait la plus jolie petite voiture de trait découverte qu'on puisse imaginer. C'était un cabriolet vert et jaune à deux roues dont la longue flèche reposait sur un tréteau.

— À ce que l'on m'a dit, cette voiture était réservée aux promenades de la gouvernante, précisa Maurice. Qu'en penses-tu ?

Il regarda Elizabeth. Elle nous tournait le dos et était bien la seule à ne pas pousser des cris de surprise et d'admiration. Je la vis avancer une main pour toucher la barre qui entourait le joli châssis en forme de baquet. J'étais certaine que Maurice comprenait son silence. Elle se retourna enfin et son expression me serra la gorge.

D'un geste impulsif, elle sauta au cou de Maurice et enfouit son visage sur son épaule.

— Comment pouviez-vous deviner que j'en ai toujours eu tellement envie ?

— Je crois que tu y avais fait allusion en me

présentant Puck. Et puis, un jour, j'ai vu une annonce qui correspondait tout à fait à ce que tu désirais, et j'ai pensé que cela pourrait faire l'affaire. Le harnais est posé là-bas, contre le mur. J'espère qu'il ira. Demain, nous pourrons l'essayer et faire un tour.

— Il faut que je monte dedans. Tout de suite !

Maurice tourna la poignée de la petite porte à l'arrière et Elizabeth, presque intimidée, posa le pied sur le barreau de fer. À l'intérieur, deux sièges recouverts de cuir vert se faisaient face. Elle prit place sur l'un d'eux, les yeux brillants.

— Cette voiture est si belle. Je ne sais comment vous remercier !

— Elle te rend heureuse, n'est-ce pas ? Eh bien, c'est tout ce que je désire.

Quand Elizabeth fut partie en courant avec Henry en direction de la sellerie pour y ranger le harnais, je sentis qu'il me fallait dire quelque chose. Maurice leva la main pour m'interrompre.

— Je sais, je sais ! Vous allez me dire que vous ne pouvez pas accepter. Mais écoutez-moi. Mon exposition a suscité pas mal d'intérêt et je reçois à présent des commandes de tous côtés. Un type qui a vu les peintures de Westray Rocks m'offre une somme princière pour une série de quatre tableaux. Qu'est-ce qu'un vieil homme comme moi peut bien faire de tout cet argent ? J'ai soixante-douze ans et j'ai déjà eu tout ce que je pouvais désirer. Vous n'imaginez pas quel plaisir j'éprouve à…

— Je voulais juste vous dire que vous ne pouviez rien trouver de plus gentil ni de mieux.

Nous rentrâmes tous à la maison, frissonnants, et l'on distribua à la ronde des verres remplis du mélange préparé par Ivor.

— Mince, alors ! s'exclama Lissie à son quatrième verre. Je commence à aimer ça. C'est sans doute meilleur quand on a pris froid. Quelle chance qu'il n'y ait pratiquement pas d'alcool dedans !

Elle laissa échapper un hoquet et se mit à rire bêtement.

— Maintenant, éteignez les lumières ! C'est le moment de notre *murder party* !

Maurice avait bu aussi un verre de la coupe Wassail et je remarquai qu'un cheveu d'ange tressé en couronne pendait drôlement sur l'une de ses oreilles.

Nous coupâmes des morceaux de papier en inscrivant un M sur l'un d'eux et un D sur l'autre pour « meurtrier » et « détective ».

— Quel drôle de mot ! ricana Henry. Détec-tive. C'est le mot le plus drôle que j'aie jamais entendu !

Il éclata d'un rire hystérique en scandant comme un robot les syllabes incriminées.

— Chéri, contrôle-toi, lui dis-je. Ne va pas gâcher les choses en te comportant comme un idiot. Tu as l'air surexcité.

— Contrôletoi… contrôletoi…, répéta Henry stupidement.

— Cette fois, je crois que tu ferais mieux d'aller t'asseoir cinq minutes à la cuisine, ordonnai-je avec sévérité. Calme-toi.

Henry sortit sans cesser de rire comme un fou. Je remarquai alors que tout le monde riait sans raison apparente, surtout Sebastian et Florian.

— C'est moi le détective ! s'écria George, solennel, quand nous eûmes tous tiré un morceau de papier.

Son attitude pompeuse me parut absurde, et je fus prise à mon tour d'un fou rire inextinguible. Curieusement, mon rire me parut résonner d'une façon inédite, et sa sonorité cristalline me surprit. Les enfants m'avaient pourtant toujours affirmé qu'il ressemblait plutôt au croassement d'un corbeau… Je réalisai alors qu'il se passait quelque chose d'anormal. Soudain, tout fut limpide : j'étais ivre. Et, en regardant autour de moi les visages en feu de mes invités qui déchiffraient à haute voix leur papier avec des ricanements idiots, je compris que nous l'étions tous.

— Encore un peu de coupe Wallais... Wallis... Wassail avant d'aller nous cacher ! hurla Maeve.

— Nous ne devrions pas ! m'écriai-je.

Trop tard. Le hall d'entrée se vida en un instant et tout le monde se précipita au salon.

— Ivor ! (Je le saisis par une manche.) Qu'as-tu mis dans ce mélange ? Il est beaucoup trop fort !

Il se pencha vers moi. Ses cheveux blonds formaient autour de sa tête une sorte d'auréole.

— Ne t'inquiète pas, chérie. Comme d'habitude, j'ai mélangé deux pintes d'ale et une demi-bouteille de vin de gingembre pour dix pintes de limonade. Bridie pourrait en boire sans que cela lui fasse de mal. Je te trouve particulièrement jolie ce soir, mon ange.

Il s'arrêta pour m'embrasser, manqua son coup et faillit tomber.

— Ivor ! Tu es ivre toi aussi ! Tu as dû mettre autre chose dans la coupe !

La sonnerie du téléphone interrompit mes pensées incohérentes.

— Allô, Allô ? Oui, c'est bien le 46-2-8. Qui ? Oh, Janòs ! Oh, chéri !

— Que se passe-t-il, Miranda ?

La voix de Janòs me paraissait très lointaine.

— Rien, rien, tout va bien ! J'ai un peu trop bu, je pense.

Je laissai échapper une autre cascade de rire argenté avant de me reprendre.

— Mais... tu as l'air ivre ! dit Janòs d'une voix surprise. Permets-moi de te dire que je suis choqué...

— Non, non, tout va bien maintenant.

Je ne pouvais m'empêcher de rire de plus belle. Pourtant, je n'en éprouvais aucun plaisir. C'était une étrange sorte d'intoxication. J'avais l'impression de flotter au-dessus du sol.

— Ivre ou sobre, tu me manques. Je m'ennuie de toi. Je t'aime.

— Moi aussi, je m'ennuie de toi.

— Écoute, je suis actuellement à Boston. Je pourrais être là demain soir…

— Non, non. Ne fais pas ça !

L'envie de rire m'abandonna soudain. Mes pensées étaient encore éparses, mais je m'efforçai de les rassembler tant bien que mal. Je savais que je ne devais pas laisser Janòs s'approcher à nouveau de moi.

— Ne viens pas ! Je t'aime d'une certaine manière – du moins, je te désire –, mais ce n'est pas la même chose. Tu m'as conduite en enfer et j'y ai passé assez de temps pour toute ma vie.

— Alors, c'est vraiment un adieu ?

— Oui, adieu, adieu, adieu…

Mais je parlais dans le vide. Janòs avait déjà raccroché.

Je me retournai.

Ivor se tenait derrière moi, le visage pâle, les lèvres tremblantes.

— Seigneur ! Tu es amoureuse de ce type et je ne l'ai jamais su ! Je suis le plus grand crétin du monde !

J'avais l'esprit en feu et, malgré tous mes efforts, ne réussis pas à me calmer. Ivor ne pouvait savoir pour Janòs, car il ne nous avait jamais vus ensemble. Quand je lui avais dit que j'allais à Venise retrouver quelqu'un, j'avais supposé qu'il penserait à une amie. Comment lui expliquer, à présent, que c'était avec les meilleures intentions que je l'avais induit en erreur ?

— Et dire que pendant toutes ces semaines je me suis efforcé de rester sur ma réserve pour que tu puisses surmonter la mort de Jack… balbutia-t-il. Alors que, pendant ce temps-là, tu couchais avec ce type !

Hagard, Ivor ouvrit la porte de devant et sortit en la faisant claquer bruyamment derrière lui.

La coupe Wassail était pleine à ras bord, ce qui éveilla la suspicion dans mon esprit embrumé. Je l'emportai avec soin à la cuisine et la vidai dans l'évier, où elle dégagea une si forte odeur de cognac – sans doute une dernière addition au mélange – que je me mis à éternuer.

Puis je gagnai ma chambre pour m'étendre sur mon lit. La pièce était plongée dans le noir : un endroit comme un autre pour se cacher. Devant mes yeux, de petits points brillants se mirent à danser dans l'obscurité et se transformèrent en fleurs aux couleurs vives. Je les admirai quelques instants avant de réaliser que le phénomène était anormal, c'était le moins qu'on puisse dire. Une personne, peut-être deux, avait versé dans la coupe une substance hallucinogène. Je savais que Maeve avait tâté brièvement de la mescaline et du LSD que lui fournissaient Sebastian et Florian.

La porte s'ouvrit, une silhouette se glissa dans le noir. Je perçus des pas étouffés et une respiration toute proche de moi. Le souffle court, je me figeai tandis que des mains tapotaient le lit dans la pénombre. Soudain, je me rappelai qu'il s'agissait d'un jeu. À moins que ce ne fût une hallucination ? Aujourd'hui encore, je ne le sais toujours pas. Une main toucha ma jambe, s'arrêta, puis remonta sans hâte le long de mon corps jusqu'à ma gorge. Je hurlai « Jack ! » et m'assis d'un bond, terrorisée. La main relâcha aussitôt son étreinte. Il y eut un léger bruit, comme un rire étouffé, puis les pas s'éloignèrent.

Je me précipitai en bas pour trouver le hall brillamment éclairé et le jeu terminé. Il régnait une certaine confusion car George se retrouvait confronté à quatre victimes, au lieu d'une seule. Wacko, qui incarnait le meurtrier, s'était emmêlé dans les règles du jeu. Un bref instant, je me demandai si c'était lui qui était entré dans ma chambre, je ne le pensais pas. Il pouvait se montrer assez raide et ne serait pas parti sur la pointe des pieds, même pour sauver sa vie.

Quand George fut parvenu à une conclusion qui lui parut suffisamment équitable, nous découvrîmes qu'Alice et Rose avaient disparu. Aussitôt, tout le monde se lança à leur recherche. Nous trouvâmes Rose à la cuisine, à moitié endormie, Bridie dans les bras. Mais pas d'Alice. Lissie commença à paniquer et se mit à fouiller de façon de plus en plus hystérique derrière les rideaux, sous les tapis ou dans les grands vases dans l'espoir de retrouver sa fille. Pour finir, elle était au salon, endormie par terre derrière le canapé. Cette chasse mit un point final à la réception et j'en fus la première satisfaite, estimant que nous serions tous mieux à dormir dans nos lits après toutes ces émotions.

De retour après avoir conduit Wacko à la maison, Patience insista pour ramener les Partridge chez eux, assurant que ni George ni Lissie n'était en état de conduire. Je lui fus très reconnaissante pour sa présence d'esprit.

— Comment se fait-il que tu ne sois pas ivre ni complètement détraquée ? lui demandai-je tandis que nous aidions nos invités à monter dans la vieille Rover de Wacko.

— Il m'a semblé que le mélange d'Ivor avait un goût bizarre après notre passage dehors pour voir les cadeaux de Maurice. Il avait l'air beaucoup plus fort, aussi n'ai-je pas terminé mon troisième verre.

— Brave fille ! Mais j'aurais souhaité que tu le signales à tous les autres !

— Je ne voulais pas avoir l'air rabat-joie. Bien des gens me trouvent déjà suffisamment assommante… surtout les hommes.

Je l'embrassai en l'assurant que quiconque était assez bête pour confondre le bon sens avec le manque d'éclat ne méritait pas qu'on s'intéresse à lui. Ce fut, du moins, ce que je comptais lui dire, mais les suites de la coupe Wassail rendirent mon élocution plutôt confuse.

Aubrey déclara qu'il allait rentrer à pied avec Maeve et qu'ils reviendraient le lendemain chercher leurs voitures. Les frères Fitzgerald étaient déjà partis depuis un bon moment. Tous s'éloignèrent sur le chemin en laissant flotter derrière eux dans la nuit des bribes de remerciements et de félicitations.

Je battis quelques œufs en omelette pour le dîner, nourris les animaux et mis Rose au lit. Les enfants,

Maurice et Jenny votèrent à l'unanimité pour un coucher précoce, ce qui ne leur ressemblait absolument pas mais traduisait les effets dévastateurs du mélange de la coupe.

Je m'étendis moi-même avec plus de plaisir que d'habitude et plongeai aussitôt dans les plus délicieux rêves d'aventures. Je venais juste d'accepter le rôle de la Grande Catherine dans une reprise du *Prisonnier de Zenda* lorsqu'il me sembla que le tintement des cloches sonnant à toute volée d'un bout à l'autre de l'Empire russe pour acclamer mon couronnement provenait de notre porte d'entrée. J'allumai la lampe de ma table de nuit et constatai qu'il était deux heures et demie du matin. Inquiète, j'enfilai ma robe de chambre et descendis pour répondre.

Deux agents de police se tenaient sur le seuil.

— Madame Stowe ? Désolés de vous déranger à pareille heure. M. Bastable est-il là ?

— Ivor ? Oui... Je pense. Il vit dans le cottage en bas, près des bassins à poissons.

— Nous désirons lui dire un mot. Pourriez-vous lui téléphoner ?

— Hélas, non. Il vous faut y aller à pied par le bois. De quoi s'agit-il ?

— Il y a eu un incendie, madame. Vous connaissez M. Horace Birt, votre plus proche voisin. Sa grange a complètement brûlé et nous avons des raisons de penser que M. Bastable pourrait nous éclairer dans notre enquête.

## 18

Ma tête était enserrée dans un étau de fer. Je sursautai et ouvris les yeux. La lumière du jour me
transperça le crâne comme des lances de feu tandis
que je flottais encore parmi les bribes éparses de mes
rêves. J'avais éprouvé une véritable terreur en voyant
les enfants tomber interminablement du haut de vertigineux à-pics montagneux dans des lacs sans fond,
s'étendre sur les rails à l'approche de trains express
ou se faire pourchasser par des fous armés de haches.

Je m'assis, bien à l'abri dans mon lit, enveloppée
de draps de toile fine et de couvertures de laine, blottie
sous un édredon de soie et protégée par de ravissants
rideaux de chintz d'un ton passé imprimés de roses et
de digitales. Je contemplai quelques instants les pétales roulés et les calices jusqu'à ce que je sois enfin
convaincue que les enfants étaient sains et saufs dans
leur lit et qu'il existait encore dans le monde des
endroits où il était possible de vivre.

— Hello, m'man. Je ne me sens pas du tout en
forme, tu sais. As-tu de l'aspirine ?

James avait entrebâillé la porte pour y passer la tête.

— Dans l'armoire de la salle de bains. Veux-tu
m'en apporter également ?

Il revint avec le flacon et s'assit sur le bord de mon
lit. Nous partageâmes le verre d'eau.

— Une réception formidable, soupira James. Mais

390

j'ai fait des rêves affreux. J'ai dû travailler un peu trop.

— Je ne pense pas que ce soit ça : quelqu'un – et je suis persuadée qu'il s'agit de Sebastian et de Florian – a versé quelque chose dans la coupe… Oh, mon Dieu, Ivor !

— Si tu continues à crier aussi fort, je retourne dans mon lit, protesta James en se bouchant les oreilles. Qu'est-ce qui se passe avec Ivor ?

— Il est en prison !

— Quoi ? Pour l'amour du ciel, dis-moi ce qui s'est passé !

En quelques mots, je lui racontai ce qui était arrivé après qu'il eut été se coucher.

— Il faut que je téléphone à Leslie Mould. Quelle heure est-il ? Huit heures et demie. Il devrait être levé maintenant.

Il ne l'était pas et parut trouver très désagréable d'être tiré de son lit le lendemain de Noël. Je lui parlai d'Ivor, et il s'amadoua un peu. Ses clients ne se faisaient pas souvent arrêter et une accusation d'incendie était autrement sérieuse que les affaires de divorce dont il s'occupait d'habitude. Nous convînmes de nous retrouver dans une heure. Je pris un bain hâtif, m'habillai et avalai une tasse de thé. À l'heure dite, j'étais assise dans la salle d'attente du commissariat de police de Marshgate en compagnie de James. Leslie Mould arriva quelques minutes plus tard, ses petits yeux porcins emplis de suffisance. On amena Ivor. Il était d'une pâleur extrême.

— Je suis désolé de te voir mêlée à ce sordide imbroglio, Miranda. Tu ne me croiras peut-être pas, mais je n'ai rien à voir avec cet incendie.

— Ça suffit pour l'instant, Bastable ! coupa Leslie Mould d'un ton péremptoire. (Il se tourna vers le sergent chargé de l'affaire.) De quoi est accusé mon client, s'il vous plaît ?

Il apparut que Horace Birt avait regardé par la fenêtre de sa chambre à coucher dans la nuit du

25 décembre à dix heures du soir pour découvrir que sa grange à foin était en flammes. Il avait aussitôt appelé les pompiers. À minuit et demi, un appel anonyme avait indiqué à la police que le coupable du sinistre était Ivor Bastable. La police l'avait arrêté sur la foi de cette déclaration et aussitôt emprisonné.

Quand on me demanda de témoigner des allées et venues d'Ivor la veille entre huit heures du soir et minuit, je ne pus que répéter qu'il y avait à la maison de nombreux invités, que les lumières avaient été éteintes durant quelques instants et qu'il m'était impossible de dire où se trouvait chacun de mes hôtes à ce moment précis. Puis je me souvins qu'Ivor s'était précipité hors de la maison après le coup de téléphone de Janòs, aux environs de sept heures et demie, mais je décidai de ne pas en parler. Après une courte discussion, il fut décidé qu'Ivor serait présenté au tribunal le lendemain et qu'il demanderait à être libéré sous caution.

Maurice était assis à la cuisine, habillé mais non rasé, les cheveux en désordre.

— Oh, ma tête ! Me peigner me fait trop mal, avoua-t-il. Eh bien, pour une coupe qui devait réjouir sans enivrer ! La bouilloire siffle, mes enfants. C'était une splendide réception, mais je crains d'avoir bu plus qu'il ne le fallait.

Je préparai le thé et lui parlai de mes soupçons à propos de Sebastian et de Florian.

— Dans ce cas, si ce sont bien eux les coupables, je leur dois les heures les plus affreuses que j'aie vécues. Des rêves plus terrifiants encore que les pires visions de l'Apocalypse ! Je me suis retrouvé suspendu pieds et poings liés au-dessus d'un bain d'acide par une espèce de fou qui, d'après sa moustache, devait être le Dr Crippen[1].

---

1. Célèbre figure criminelle anglaise. Il fut pendu en 1910 pour avoir assassiné sa femme. (N.d.T.)

— Oh, ciel ! Rose !

Je me précipitai à l'étage, laissant à James le soin d'informer Maurice de l'arrestation d'Ivor.

Apparemment, Rose se portait à merveille. Trois petits verres de la fameuse coupe trafiquée l'avaient plongée dans un profond sommeil sans lui faire le moindre mal. Je l'aidai à s'habiller et à descendre. Stew Harker se tenait dans le hall d'entrée.

— Hello, Stewart ! Tu es venu chercher ta petite enveloppe de Noël ?

Depuis des années, je lui donnais une ou deux livres le lendemain de Noël. C'était maintenant un robuste gaillard de plus de six pieds de haut, à l'allure athlétique grâce à ses innombrables parcours à bicyclette. Il s'approcha de moi en se pavanant d'une manière qui me déplut et en ricanant de manière désagréable.

— Est-ce que je pourrais vous dire un mot en particulier, madame Stowe ? Oh, et puis, assez de tous ces tralalas. Vous m'appelez bien Stewart, pourquoi est-ce que je ne vous appellerais pas Miranda ?

Je combinai en pensée une réponse polie mais ferme tout en l'introduisant dans la bibliothèque.

— Je n'étais encore jamais venu ici. Mince, alors ! Qu'est-ce qu'il y a comme livres ! Bon, je ne suis pas venu discuter de décoration. Voilà : je me trouvais hier soir chez Magpie et Stump juste à l'heure de la fermeture quand j'ai aperçu les deux gars Fitzgerald affalés à une table en train de rire comme des bossus. Je me suis approché du jeu de fléchettes pour savoir de quoi il retournait. Ils se marraient tellement qu'ils ne m'ont même pas vu. Seb était en train de raconter à Florry qu'il allait faire un coup fumant.

— Je suis surprise que tu écoutes les conversations d'autrui. On a dû pourtant t'apprendre que ça ne se faisait pas. Ce qu'ont pu faire Sebastian et Florian est peut-être très drôle mais…

— Attendez ! Je n'ai pas terminé. Seb disait à Florry qu'il allait donner un coup de fil. Il a parlé de prison et ajouté que la police irait tout droit arrêter

Bastable et qu'une inculpation d'incendie lui coûterait cher.

— Il a dit ça ?

Soudain vivement intéressée, je l'écoutai avec attention.

— C'est bien ce que je suis en train de vous raconter, non ? s'impatienta Stew. Alors Florry a demandé : « Qu'est-ce que tu as fait de ta casquette ? », et Seb a répondu : « Zut, j'ai dû la laisser là-bas, mais peu importe. Ce n'est plus qu'un tas de cendres à présent. »

Je songeai à Ivor, si bon, si sensible, à ce que ces garçons lui avaient fait et la rage m'envahit.

— Il faut aller répéter tout cela à la police. Je t'accompagne. Juste le temps de prendre un manteau.

— Pas si vite !

Stew avança une main aussi large qu'une assiette pour me retenir.

— Je ne suis pas sûr d'avoir envie de dénoncer deux gars du village. Ça pourrait me coûter cher si, pour une raison quelconque, les flics ne me croient pas. Ils me tomberont tous les deux dessus, même si Florry ne fait guère le poids.

— Oh, pour l'amour du ciel ! m'exclamai-je, agacée. Nous demanderons à la police de ne pas révéler la source de l'information.

— Ne dites pas de bêtises ! Les juges me réclameront des preuves. Non, pour que le jeu en vaille la chandelle, il me faudrait... disons... une petite compensation.

Il s'approcha et posa une lourde main sur mon épaule.

— D'après ce que j'ai entendu dire, vous n'avez rien contre un peu d'amusement... On dit même que... Ouille ! Ça fait mal ! Qu'est-ce qui vous prend ?

Avant même de savoir ce que je faisais, je l'avais violemment frappé au visage.

— « Soudain, elle se déchaîna comme un océan en furie... », énonça Maurice.

394

Puis, voyant mon expression, il enchaîna aussitôt :

— Que se passe-t-il ?

— M'man ! qu'est-ce qui t'arrive ?

James avait l'air inquiet. Je leur racontai les machinations de Sebastian et de Florian et tous entrèrent dans une grande colère.

— C'est la chose la plus dégoûtante que j'aie jamais entendue ! s'exclama James, furieux. Je pense que c'est Sebastian le responsable, plus que Florian. Il a toujours été une sale petite merde.

— Ce que je ne comprends pas, intervint Maurice, c'est pourquoi Stew est venu vous raconter cela à vous au lieu d'aller à la police ?

— En effet, bonne question ! Il voulait vendre l'information. Le prix en était… voyons, comment dire… des faveurs sexuelles de ma part.

— Le salaud ! (James était plus blême que jamais.) Je vais aller lui flanquer une correction !

— Non, pas de bagarre. Pour qu'ensuite tout le village soit au courant ! D'ailleurs, je l'ai déjà giflé avant même d'avoir réfléchi tant j'étais en colère.

— « Ils ont semé la méchanceté et récolté l'iniquité », cita Rose, les lèvres pincées, les yeux fermés. Cet Harker n'est que de la racaille.

— Je le connais depuis qu'il est tout petit, quand il portait encore des appareils dentaires ! J'en ai plus qu'assez de penser que tous les hommes, à plus de trente kilomètres à la ronde, s'imaginent que je suis à leur disposition. C'est vraiment affreux ! Maurice, je vous interdis de rire !

Je finis par rire avec lui, le cœur tout de même encore lourd.

— Qu'allons-nous faire pour Ivor ?

Je me sentais coupable de plaisanter alors que le pauvre se trouvait dans une situation aussi perturbante.

— Bien entendu, je pourrais rapporter à la police ce que Stew vient de me dire. Ce ne serait pas chic pour Maeve, mais je n'ai pas le choix. Faudrait-il que je lui en parle d'abord ? Je me le demande. Et, si Stew choisit de tout nier, croyez-vous que ma parole suffira ? Et s'il avait inventé toute cette histoire dans le seul but d'essayer de conquérir mes bonnes grâces ?

Nous discutâmes longtemps et âprement le reste de la matinée sans parvenir à une conclusion satisfaisante. Lorsque j'appelai le commissariat, on m'informa que le sergent chargé de l'affaire avait été appelé à l'extérieur, mais qu'il serait de retour dans l'après-midi. Après déjeuner, souffrant encore d'une migraine persistante, je m'étendis sur mon lit pour une courte sieste. Je me sentais inquiète en songeant aux conséquences de cet emprisonnement sur l'état nerveux d'Ivor.

Quand je m'éveillai, il était déjà six heures et il faisait nuit. Je me précipitai en bas.

— Désolée, tout le monde ! Je ne voulais pas dormir si longtemps… Ivor !

— Hello, Miranda !

La cuisine n'était éclairée que par une petite lampe posée sur une table à côté du fauteuil de Rose et par le reflet pourpre des flammes. La pièce était chaude et sentait bon le linge propre en train de sécher au-dessus du fourneau. Un bouquet de roses de Noël trônait au centre de la table dans un joli vase. Ivor était assis, seul, une tasse de thé dans sa main tremblante, un sandwich sur une assiette posée sur ses genoux. Mon instinct me poussa à me précipiter vers lui pour l'entourer de mes bras avec tendresse. Mais son attitude exprimait si clairement un catégorique *noli me tangere* – Pas touche ! – que j'en fus instantanément dissuadée.

— Que s'est-il passé ?

Je m'installai à côté de lui et posai doucement la main sur son bras.

— Ils n'avaient, paraît-il, pas assez de preuves contre moi, alors ils ont décidé de me relâcher.

Ivor sursauta quand Dinkie bondit sur une chaise à côté de lui ; du thé se renversa sur la table. Je pris un linge pour l'essuyer.

— J'en suis heureuse. Je savais bien que ce n'était pas toi.

— Non, ce n'était pas moi, en effet. Merci pour le thé. Je crains de ne pouvoir manger ce sandwich. Il vaut mieux que je rentre chez moi.

J'aurais voulu lui poser d'autres questions, mais je voyais bien qu'il était en état de choc et n'avait pas envie de parler.

Maurice avait rassemblé tout le monde dans la bibliothèque pour jouer aux cartes afin de laisser Ivor seul, comme il en avait manifestement envie. Il me raconta plus tard ce qui s'était passé dans l'après-midi.

James et lui étaient allés chez les Harker après déjeuner pour inciter Stew à faire son devoir de citoyen, mais il avait résisté. Comme James menaçait de le frapper, il s'était même montré menaçant. Maurice avait alors proposé une autre voie.

— Vous voulez dire que vous vous êtes exposé à faire ses quatre volontés !

— Vous savez bien que les artistes sont toujours à la recherche d'expériences nouvelles ! En fait, j'ai pensé qu'il y avait autre chose que les cajoleries de la jolie Mme Stowe qui pouvait intéresser ce cher Stew Harker. Vous savez que son rêve depuis toujours est d'obtenir son permis poids lourds. Je lui ai dit que je lui donnerais la somme nécessaire pour les cours s'il allait sur-le-champ faire sa déposition aux policiers. Entre-temps, ceux-ci avaient trouvé sur les lieux de l'incendie une casquette que Stew a aussitôt identifiée comme appartenant à Sebastian Fitzgerald. Après cela, il ne leur restait plus qu'à relâcher Ivor. Comme promis, j'ai fourni à Stew de quoi s'offrir un beau destin de camionneur.

— Comment vous remercier ? Combien cela vous a-t-il coûté ?

— Je refuse de répondre à cette question, c'était une somme ridicule. Comme je l'ai déjà dit, j'aime voyager léger, et l'argent qui s'amasse dans les coffres de ma banque devient embarrassant. S'il vous plaît, ne parlez pas de cela à Ivor. Je ne pourrais pas supporter le fardeau de sa reconnaissance. James voulait déjà me rembourser, mais j'ai réussi à lui faire comprendre qu'il m'offenserait gravement en me donnant plus d'un penny.

— N'empêche… c'est trop injuste que ce sale type s'en sorte comme ça.

— En voyant dans quel genre d'intérieur vivent les Harker, cela me semble plutôt équitable, dit Maurice, pensif. D'une certaine façon, je suis heureux qu'une porte de sortie soit offerte à ce pauvre garçon. Il fallait voir la mère Harker ! Quelle mégère ! Je ne peux pas m'empêcher de comparer le sort de Stew avec celui de James. D'un côté, un type ignorant, minable, condamné à une existence obscure entre un camion et un pub. De l'autre, un garçon intelligent, de bonne apparence, qui n'a qu'à se baisser pour ramasser tous les trésors qui s'offrent à lui.

— Présenté ainsi, je ne peux qu'être d'accord. Je vais téléphoner à Maeve.

Le numéro des Fitzgerald ne répondait pas et je ne réussis à la joindre que le lendemain. Maeve était effondrée, en larmes. Je savais qu'elle avait toujours refusé de voir ses fils avec objectivité mais, après tout, elle n'était pas la seule à agir ainsi. Je me sentais très triste en pensant au choc qui lui avait été infligé.

— C'est moi qu'on devrait emprisonner, balbutia Maeve. J'ai complètement échoué en tant que mère. Je voulais que tout soit différent de l'existence que j'avais menée pendant mon enfance, si ennuyeuse, si pleine de bigoteries ! J'ai détesté ça ! Et, pour finir, tout ce que j'ai réussi à faire, c'est à produire un criminel !

— Souviens-toi qu'un faux pas peut éviter une chute, comme l'a dit Thomas Fuller.

— Qui est-ce ?

— Un moraliste du XVIIᵉ siècle. Il a dit aussi que celui qui n'a ni fou, ni coquin, ni mendiant dans sa famille a été engendré par un éclair.

— Sebastian est déjà un fou *et* un coquin. S'il continue comme ça, il sera bientôt aussi un mendiant.

— Ce n'est pas ce que je voulais dire. Je parlais d'une manière générale.

— Peu importe, je suis trop malheureuse pour me soucier de ce que les autres disent. Ils ne pourront jamais se montrer aussi sévères que je le suis à mon égard.

Peu après ce sombre entretien, j'eus une discussion avec Patience à propos de Maeve. Cette dernière avait demandé à son avocat de ne pas réclamer de liberté sous caution, car elle pensait qu'un séjour en prison ferait plus de bien à Sebastian que n'importe quoi. Il serait sans doute mis en liberté surveillée quand le jugement aurait été prononcé car, par chance, son casier judiciaire était encore vierge.

— Je trouve qu'elle a absolument raison, déclara Patience. Espérons qu'ils le traiteront un peu à la dure, c'est tout ce qu'une petite brute comme lui peut comprendre. Aurions-nous dû parler auparavant à Maeve pour lui dire quel mauvais garçon il était ?

— Je ne le pense pas. Critiquer les enfants des autres est toujours blessant, même lorsqu'on est animé des meilleures intentions. Quel joli tricot tu as là ! Il est neuf ?

Je savais bien qu'il l'était, mais je ne voulais pas souligner le fait que la garde-robe de Patience était terriblement limitée.

— Oui. (Patience avait rosi.) Je l'ai acheté chez Oxfam. Il te plaît ?

— Tout à fait. Et est-ce que tu n'as pas aussi changé de coiffure ?

— J'ai laissé tomber les peignes pour me faire une sorte de frange. Qu'en penses-tu ?

— Ça te va très bien.

— J'en ai assez d'être mal attifée. (Patience s'anima soudain.) J'ai bientôt quarante ans et jamais un homme n'a même essayé de m'embrasser !

— Est-ce que tes charmes sont réservés à tout beau

mâle qui croiserait ton chemin ou bien songes-tu à quelqu'un en particulier ?

Patience baissa les yeux sur ses mains. Elle avait des doigts puissants aux ongles courts et carrés, et sa peau, à certains endroits, était piquetée de petits trous d'aiguille. C'étaient là des mains capables, et je pensai qu'un homme de bon sens pouvait les trouver tout aussi belles que les mains blanches et manucurées des belles oisives de la haute société.

— En réalité, avoua-t-elle dans un murmure, il y a quelqu'un. Je sais que je peux te faire confiance pour ne pas l'ébruiter.

Émue, je lui promis de ne rien dire, même pas à Maurice. Nous étions tous deux d'une insatiable curiosité à l'égard des excentricités ou des lubies des autres, et nos conversations se terminaient souvent par de honteux bavardages.

— Je ne pourrais pas supporter qu'on se moque de moi.

— Il n'y a rien de risible à tomber amoureux. Plus maintenant.

— Non, mais on pourrait me trouver ridicule. Vois-tu, je ne crois pas qu'il éprouve pour moi les mêmes sentiments. Je suis terrifiée à l'idée que je pourrais l'embarrasser, qu'il voudrait s'éloigner de moi en cherchant la meilleure manière de le faire. Je t'ai souvent entendue parler des hommes qui cherchent à te séduire et dont tu ne veux pas : tu les méprises et tu les considères comme une gêne.

— Mais nous ne parlons pas de la même chose ! Ces hommes-là ne sont intéressés que par le sexe et par leur propre ego. Tu es amoureuse d'Aubrey, n'est-ce pas ?

Patience me jeta un regard stupéfait de ses grands yeux bleus.

— Seigneur ! Cela se voit donc tant ? Qu'ai-je bien pu faire pour qu'on le devine ? Je croyais avoir été prudente !

— C'est parce que je te connais depuis longtemps,

les autres ne peuvent pas s'en rendre compte comme moi. En tout cas, il me paraît évident qu'il partage le même intérêt.

— Réellement ? Tu le penses ?

Ses yeux fixèrent un point lointain puis s'animèrent à nouveau, brillant d'un nouvel espoir. Pourtant, une seconde plus tard, Patience retrouvait sa mine accablée.

— Bien que je t'accorde un bon sens de l'observation, je crois que tu te trompes. Jamais il ne cherche à me retenir une seconde de plus que nécessaire. Il m'accompagne à ma voiture, ouvre la porte, attend poliment que je m'installe, la referme, puis me fait signe de la main que je peux partir. Il ne manque jamais de me féliciter pour mon adresse, mais ne me fait pas d'autres sortes de compliments.

— Un soir que vous étiez venus tous deux dîner ici, il m'a dit – voyons, qu'est-ce qu'il a dit, déjà ? Ah oui ! – que tu étais aussi belle qu'intelligente, ou quelque chose d'approchant. J'aurais dû te le dire à l'époque, mais j'ai eu peur que tu ne sois ensuite trop intimidée avec lui.

— Je *suis* intimidée avec lui ! Quand nous sommes ensemble, ma bouche est si sèche que je ne peux parler et je suis tellement tendue que je n'arrive pas à me déplacer avec naturel. Nous nous grattons la gorge et nous n'arrêtons pas de nous excuser l'un l'autre de nous interrompre. On se croirait dans la salle d'attente du dentiste. Nous sommes si mal à l'aise que l'atmosphère est toujours chargée d'électricité.

— Hmm. Je me demande de quelle manière il serait possible d'accélérer un changement dans vos relations.

Je réfléchis un instant. La difficulté provenait du fait qu'aucun des deux n'avait de disposition pour le flirt. Il était clair que, pour l'un comme pour l'autre, une fois donné, le cœur ne se reprenait pas et que c'était pour la vie. Ils étaient incapables du moindre mensonge et de la moindre tromperie. C'était aussi pour cela qu'ils se convenaient si bien. Mais les amener à s'avouer leur inclination était un autre problème, et un problème des plus épineux. Je ne voyais aucun moyen d'amener Aubrey à se déclarer, à moins qu'il ne se trouve au chevet d'une Patience en train de mourir de consomption ! Mais j'avais remarqué les regards qu'il lui lançait lors du déjeuner de Noël, de tendres regards d'adoration.

— Il faut que tu prennes l'initiative.

— J'y ai pensé. Je sais combien il est timide et modeste. La dernière fois que je suis allée au presbytère, j'avais pris la ferme décision de dire quelque chose... tu vois... un mot d'encouragement. J'y ai songé tout le temps que nous avons pris le thé. Par exemple, j'aurais pu lui dire que je me sentais un peu seule dans la vie, quelque chose de ce genre-là. Et puis, pour finir, j'ai pensé que ça ferait trop mélodramatique. J'aurais pu aussi lui confier combien j'appréciais nos rencontres. Mais, là encore, j'aurais pris trop de risques. Aubrey serait affolé si je me jetais à sa tête. En fait, je suis partie lâchement. Si cela doit se faire, cela se fera peut-être. Enfin... je n'en sais plus rien, à présent...

Elle me jeta un regard d'espoir.

— Écoute, te souviens-tu de ce passage d'*Anna Karénine* où Varenka, l'amie de Kitty, se promène dans les bois avec Kozneytchev, l'homme qu'elle désire depuis toujours épouser ? Il a décidé de lui présenter sa demande. Tolstoï nous révèle tous les méandres de sa pensée, combien il apprécie son charme et combien il la trouve parfaite. Enfin vient le moment critique. Kozneytchev se tourne vers Varenka. Cet instant d'attente la plonge dans une véritable agonie. Elle est sur le point de voir sa vie transformée, d'abandonner ses corvées monotones pour obtenir tout ce dont elle rêvait. Dans son agitation, son embarras, elle marmonne quelque chose à propos de champignons. Kozneytchev, surpris, se laisse détourner ses pensées. Et voilà, le moment des aveux est passé ! Ils regagnent la maison, mais tout est perdu et ils savent que rien n'arrivera désormais. Et, pourtant, cela aurait pu se faire si facilement. Une déclaration amoureuse est toujours une affaire délicate mais, à un moment donné, il faut que l'un des deux – généralement l'homme – se décide à franchir le pas.

— On voit que tu as beaucoup réfléchi sur le sujet, soupira Patience.

— J'ai surtout beaucoup lu récemment en me demandant ce que les hommes et les femmes pouvaient de façon raisonnable attendre les uns des autres.

Puis je lui parlai des relations entre Maeve et Janòs et comment ils avaient fait de moi, sans mon accord, le troisième élément du triangle.

Elle s'indigna vivement contre eux.

— Peu importe, dis-je pour la rassurer. Au fond de mon cœur, j'ai toujours su que ça ne marcherait pas, mais je ne voulais pas le reconnaître.

— J'admire ta philosophie.

— Ce n'est pas ça, c'est plutôt une horreur de la trahison sexuelle. Il est probable que je ne pourrai plus jamais avoir une histoire d'amour avec un homme. Je consacrerai ma vie aux bonnes œuvres quand les enfants seront grands.

Patience fit entendre un reniflement caustique et incrédule qui, je dois l'avouer, me fut d'un grand réconfort.

Deux jours plus tard, j'eus la visite de Lissie. George et elle avaient séjourné chez ses beaux-parents depuis le lendemain de Noël.

— Quand es-tu revenue ? Marjorie a-t-elle été aussi détestable que d'habitude ? Mes questions s'adressaient au dos élégamment vêtu de gris ramier de Lissie, qui s'était penchée à la hauteur de Bridie pour l'embrasser.

— Horrible. Elle m'a demandé si je n'avais pas grossi. Est-ce une question à poser à une femme ? J'aurais pu lui crever les yeux ! Nous sommes rentrés hier soir un peu avant sept heures, juste à temps pour nous précipiter à la réception d'Hilary Scranton-Jones. Si j'avais su qu'elle ne t'avait pas invitée, je n'y serais pas allée : tout le monde se demandait où tu étais.

— Elle m'a invitée, mais j'ai répondu que je n'étais pas libre. Je n'avais aucune envie de m'y rendre.

— Vraiment ? Mais Jack et toi aviez l'habitude de le faire. Je reconnais que c'est une véritable garce, mais ses réceptions sont sensationnelles. Le champagne coulait à flots. Tu ne vas pas te transformer en ermite, non ?

Elle se retourna pour me regarder avec attention.

— Jack ne se montrait jamais difficile en matière de sorties mondaines, expliquai-je. Même lorsqu'elles étaient sinistres, il trouvait toujours le moyen de se distraire en flirtant avec les plus jolies femmes présentes.

Je me souvins tout à coup que je m'adressais à Lissie et me tus, n'ajoutant pas que j'avais toujours préféré fermer les yeux pudiquement sur les liaisons de Jack plutôt que de rester cloîtrée à la maison telle une femme offensée et boudeuse.

— Devenir ermite n'est pas dans mes projets, repris-je. Mais, si j'ai le choix entre nettoyer le carrelage de la cuisine ou rester debout à en avoir mal au dos en écoutant jusqu'à la nausée les discours ineptes des Scranton-Jones et de leur clique, alors passe-moi les gants de caoutchouc et la poudre à récurer.

— Je comprends ce que tu veux dire, il m'arrive de ressentir la même chose, mais il faut bien faire des efforts.

De toutes mes relations, Lissie était la moins capable de s'imposer une discipline, cependant je préférai ne pas insister sur ce sujet.

— Comment va Alice ? m'enquis-je.

— Bien, merci. Ta réception de Noël était vraiment formidable, chérie, et je crains de ne pas t'avoir assez remerciée. J'ai bien peur que nous n'ayons tous un peu trop bu. J'avais un mal de cheveux, le lendemain !

Je lui parlai de mes soupçons à propos de la coupe Wassail et du dernier méfait de Sebastian et Florian, sans mentionner le rôle d'Ivor dans l'affaire. Lissie se montra profondément choquée. Elle détient une bonne dose de naïveté, mais cela fait partie de son charme.

— Et comment se porte Elizabeth ? demanda-t-elle quand nous eûmes épuisé le sujet *ad nauseam.*

— Oh, beaucoup mieux ! Je suis très contente d'elle. Quand Maurice a terminé ce qu'il appelle son « purgatoire sur la plage » – tu sais qu'on lui a commandé pour des milliers de livres une série de marines –, il l'emmène faire un tour dans la carriole attelée au poney. En Italie, il avait l'habitude de conduire un cheval, alors il sait s'y prendre. Par chance, Puck se révèle un poney idéal pour la voiture, robuste et fiable. Elizabeth l'adore. Elle a oublié tous ses malheurs. Oh, autre chose encore, elle et Maurice ont entrepris de transformer le vieux pavillon d'été en grotte de coquillages. Ils passent des heures à assortir les formes et les couleurs, et ils ont déjà terminé un magnifique motif pour décorer le plafond. Elle l'a baptisé oncle Tremlow et il l'appelle Bessie.

— Voilà qui me fait très plaisir. Je me suis inquiétée pour elle, tu sais. Elle avait l'air si mélancolique à Noël !

— Henry les accompagne parfois, et il a le droit de tenir les rênes de temps à autre. Et, quand ils ne sont pas occupés à tout ça, Maurice lui enseigne des tours de magie. Il se comporte comme la plus délicieuse des nounous ! James recherche lui aussi sa compagnie. Ils ont de longs et mystérieux entretiens dont j'ignore absolument la teneur.

— Ainsi, ils vont donc tous bien.

Sans se soucier de protéger son coûteux corsage, Lissie avait pris Bridie sur ses genoux et s'efforçait de lui faire avaler de minuscules morceaux de banane écrasée, qui, depuis peu, faisaient partie de son menu. J'en fus touchée.

— À présent, c'est toi qui m'inquiètes, poursuivit-elle. Tu as maigri.

Je la rassurai sur mon sort, prétendant que j'en étais satisfaite, ce qui était bien sûr un mensonge. Je finis par penser que je n'avais jamais été réellement contente de ma vie. Était-ce un état souhaitable ? songeai-je. À vrai dire, j'en doutais…

Tout en y repensant le soir, dans mon lit, tandis que je somnolais devant le feu qui agonisait peu à peu, je réalisai que ce qui me préoccupait bien plus que les problèmes d'amour et de sexe – dont pourtant tout le monde se souciait tant –, c'était mon avenir. J'entendais par là ce que j'allais *vraiment* faire de ma vie, comment je comptais employer le temps qui me restait à vivre sur cette terre. Il y avait trop longtemps que je me laissais accaparer par les tâches domestiques. Bien des femmes auraient trouvé cela stupide, mais une demeure telle que Westray, si ancienne et si belle, vous rendait au centuple les efforts que l'on déployait pour l'entretenir. Pourtant, même si les hôtes payants m'aidaient à payer les factures, j'avais besoin de quelque chose de plus excitant. À moi de trouver maintenant ce que je pourrais bien faire de mes journées.

Je songeai à Maeve, luttant avec courage pour élever des enfants impossibles après deux mariages ratés. À Patience, très amoureuse, s'adonnant ponctuellement à un travail qui ne faisait pas appel à son intelligence, esclave d'une tâche ingrate. Et à Lissie, qui s'ennuyait et se culpabilisait d'être ainsi. Je réalisai alors que je n'avais pas à me plaindre. Je cherchais à découvrir ce dont j'étais capable, mais il y avait encore quantités de choses à entreprendre.

Le lendemain, après avoir rempli mon stylo d'encre violette, je disposai sur la table de ma chambre une pile de feuilles de papier. Quand j'étais petite fille, à Londres, nous avions une cuisinière, Fanny, qui écrivait régulièrement à son fiancé – un type du nom de Leonard Binns – des lettres d'amour avec de l'encre violette. Cela me paraissait le summum du romantisme. Les enveloppes portant l'adresse écrite de la main ferme et appliquée de Fanny suscitaient en moi un ardent plaisir par procuration. Ce sentiment fut porté à son comble quand le fameux Leonard fut renversé par la camionnette d'un boucher et qu'il fallut lui couper la jambe. Fanny l'épousa peu après. J'aimais toujours tenir la bouteille d'encre face à la lumière et contempler les pleins et les déliés couleur gentiane sur la feuille de papier ou les taches améthyste qui maculaient le bout de mes doigts. Naturellement, Fabia trouvait des plus vulgaires l'usage d'une encre de couleur. Quand, à l'âge de treize ans, j'achetai ma première bouteille d'encre violette avec l'argent que m'avait offert tante Nancy, ce fut mon premier acte de rébellion contre ma mère.

Je poussai un soupir, chassai ces souvenirs et commençai à écrire en haut de la feuille : *Westray Manor : histoire de 1465 à 1974*, puis je soulignai le titre deux fois.

## 19

Les mois de janvier et de février s'écoulèrent de
manière presque tranquille par rapport à ce qui s'était
passé auparavant. Les enfants retournèrent à l'école,
ils se portaient bien, du moins en apparence. Selon un
décret familial voté à l'unanimité, il fut décidé que je
devais abandonner mes voiles noirs pour me jeter dans
un tourbillon de réceptions. Les invitations à déjeuner,
à dîner, à boire un verre ou à danser pleuvaient de
toutes parts, y compris de la part de personnes qui
m'avaient ignorée auparavant. Je voulais y voir une
simple gentillesse, mais je soupçonnais plutôt quelque
curiosité plus ou moins malsaine suscitée par les derniers événements qui avaient troublé notre vie familiale.

Pour finir, je décidai de me rendre à la réception
de Lissie, car je savais qu'un refus l'aurait blessée.
Comme toujours, tout était organisé à la perfection :
quantité de champagne, un délicieux buffet et des
fleurs partout. Sa maison était en briques rouges de
style William and Mary, et décorée d'une façon adorable. J'eus malheureusement l'impression tout au long
de la soirée d'avoir été transformée en fruit exotique
offert à la concupiscence du monde entier. Chaque
invité, homme ou femme, n'avait eu de cesse de me
presser contre son cœur en m'embrassant, en me tapotant le dos ou en me pétrissant les doigts à m'en faire

hurler. De retour chez moi, je me sentis si vidée que je me jurai de ne plus jamais retourner à une seule réception.

Intérieurement je me sentais meurtrie. Je savais que tous, en me parlant, pensaient à Jack sans jamais mentionner une seule fois son nom. J'avais bien essayé de parler de lui une fois ou deux dans la conversation, mais cela avait aussitôt créé une telle tension que j'avais jugé préférable de ne plus recommencer. J'étais lasse de ces témoignages hypocrites de sympathie, lasse de ces conversations sans queue ni tête dont le seul but était de cacher les sentiments profonds de chacun.

Peut-être que cela n'était, pour une bonne part, que le fruit de mon imagination. Bien que plusieurs mois se fussent écoulés, je me sentais toujours responsable et coupable de la mort de Jack, et je ne me trouvais bien qu'avec des intimes auxquels je savais pouvoir faire confiance, ou alors avec des personnes totalement étrangères à ce drame.

Je cessai donc d'accepter les invitations.

Nous eûmes pas mal d'hôtes payants et je commençai à me dire que j'avais un rôle à jouer en tant que châtelaine de Westray Manor. Certains de nos hôtes étaient charmants. Ils appréciaient tout ce qu'on leur offrait aux repas, aimaient la maison et la région et n'oubliaient pas de serviettes de toilette mouillées dans le lit. Une ou deux fois, cependant, nous reçûmes des pensionnaires franchement désagréables. Ils se mettaient soudain à réclamer à cor et à cri des choses aussi peu courantes que de la marante ou encore se plaignaient que les poils de Jasper et de Dinkie leur donnaient des allergies. D'autres oubliaient de fermer les robinets ou d'éteindre les lumières et exigeaient une remise sur leur facture sous prétexte qu'il avait plu pendant leur séjour.

Marchant sur les traces de William Morris, mon grand-père avait exalté les valeurs de l'âge médiéval, Westray en était l'incarnation même, certes dans un style plutôt rural. Mes pensionnaires témoignaient du plus grand respect pour le moindre souvenir de Chough qu'il y avait dans la maison, mais aussi pour tout ce qui était d'époque, comme les vieux éviers cerclés de plomb dans les cuisines, les commodités à l'ancienne ou les lettres Le Bec.

Avec l'aide de Maurice et de James, j'aménageai un petit musée consacré à Christopher Chough dans ce qui avait été autrefois la brasserie. Elle se trouvait dans la partie la plus ancienne de Westray, et, dans un coin du petit bâtiment, on pouvait encore voir le vieux fourneau et la cuve de cuivre où l'on faisait bouillir l'eau et le houblon ainsi qu'un grand baquet dans lequel le liquide de la cuve s'écoulait et demeurait à fermenter plusieurs heures, le temps que l'amidon se change en sucre. À grands coups de balai, d'éponges et de brosses, nous nettoyâmes le local et y installâmes quelques meubles pour exposer les souvenirs de mon grand-père.

Apprenant ce projet lors d'une de nos conversations téléphoniques, Béatrice me fit parvenir deux gros paquets d'objets ayant appartenu à Christopher Chough : lunettes, chaussures de soirée, brosses à cheveux, encrier. Fabia m'envoya aussi un moulage de plâtre de la main du grand poète. C'était assez lourd et, toujours aussi peu consciente des basses réalités de ce monde, ma mère n'affranchit pas suffisamment le colis. Le moulage nous revint finalement assez cher, mais il fut du meilleur effet sur le disgracieux bureau Art déco dont mon grand-père s'était servi et que j'avais longtemps relégué dans un coin reculé de la maison, ne sachant où mettre cette horreur. Maurice déclarant que mon écriture était illisible, James fut chargé de rédiger des fiches bien nettes décrivant ces divers articles et les datant quand c'était possible.

Patience eut l'idée géniale de restaurer la lingerie et la laiterie pour que nos visiteurs puissent y flâner. Nous passâmes plusieurs jours à vider un monceau de bicyclettes rouillées, de montants de lit cassés et autres vieilleries. Ivor blanchit les murs et débarrassa de sa rouille une ancienne essoreuse à rouleaux qui était là depuis au moins cent ans. La grande cuve fut lavée, l'orifice au-dessous rempli de bûches, et j'exposai sur une étagère ma petite collection de fers à repasser ou à gaufrer.

La laiterie avait été construite au début du XIXᵉ siècle dans le style de l'époque mais, quand nous avions acheté Westray, elle était devenue un débarras. C'était une jolie pièce, toute carrelée de vert et blanc avec des motifs en forme de lierre. Souvent, j'avais eu envie de lui redonner vie. L'intérêt de mes pensionnaires me fournit l'impulsion nécessaire. Maurice et moi récurâmes une journée durant les surfaces de marbre et le sol dallé. Nous dénichâmes également quelques vieilles presses qui servaient à mouler le beurre.

Lissie découvrit l'annonce d'une vente aux enchères offrant, entre autres choses, une ancienne baratte pouvant intéresser les collectionneurs d'objets domestiques anciens. Aucun de ces collectionneurs ne s'étant présenté, nous eûmes la chance de l'acquérir pour deux livres seulement. C'était une extraordinaire machine : un grand plateau de bois monté sur pieds, en travers duquel on poussait et tirait tour à tour un gros rouleau cannelé servant à extraire le petit lait du beurre, qui était ensuite salé. Nous achetâmes aussi de grands plats de porcelaine percés de trous servant à écrémer le lait.

À cette même vente, on proposait aussi un poêle pour chauffer les fers à repasser que j'aurais bien vu dans la lingerie. Malheureusement, les enchères montèrent trop haut pour mes modestes moyens. Lissie insista pour l'acheter et me le confier « en garde », car elle ne savait où le mettre. Par la suite, elle arriva fréquemment avec des pièces dénichées dans des brocantes ou chez des antiquaires : moules à fromage de toutes formes, pinces à gants et autres curiosités du même genre. Elle prétendait que cela la distrayait tout en l'occupant, car elle disposait de beaucoup de temps à présent qu'Alice était en pension. Notre petit musée nous procura ainsi autant de plaisir qu'il en offrait à nos visiteurs.

Maurice séjournait désormais presque toujours à Westray. Loin de nous causer un travail supplémentaire, il nous était d'une grande aide. Nous passions d'agréables soirées à faire ensemble la vaisselle, à comparer les croquis qu'il avait exécutés dans la journée, à relire mes notes destinées à la grande fresque historique que j'avais commencée. Le projet prenait forme. J'avais redécouvert le plaisir d'écrire et de faire des recherches. Le manuscrit compterait au moins vingt mille mots.

Quelques semaines après Noël, le complément du cadeau de Maurice m'était parvenu : un essaim d'abeilles. Nous avions déjà installé la ruche dans le verger, près des cerisiers, qui donnaient, paraît-il, un excellent nectar. L'ouverture de la ruche était proche d'une haie afin que les abeilles puissent y entrer tranquillement sans être éparpillées par le vent. Nous revêtîmes des survêtements appropriés, des coiffures entourées de voiles, des gants – un équipement tout neuf était inclus dans mon cadeau – et, semblables à des astronautes, nous nous dirigeâmes vers le jardin d'un pas maladroit. À notre vue, Jasper se déchaîna et aboya en écumant de rage, ce qui fit pleurer Bridie. Après ce vacarme, le verger nous parut idyllique, véritable évocation d'un bonheur virgilien. De concert, nous nous déclarâmes *arcades ambo,* en harmonie complète avec la nature.

— J'ai choisi pour vous des abeilles italiennes, expliqua Maurice, car elles possèdent un meilleur caractère et le climat, ici, est relativement doux. Regardez, elles ont deux bandes jaunes sur le corps.

Je jetai un coup d'œil par le trou d'aération, qui résonnait d'un bourdonnement continu.

— C'est ce qu'on appelle un nucleus, poursuivit-il. Nous allons poser la boîte au-dessus de la ruche pour qu'elles reviennent toujours à cet endroit. Maintenant, ouvrez cette petite porte. Elles vont voleter puis se reposer après leur voyage. Ce soir, nous placerons les cadres à l'intérieur de la ruche à l'aide d'un appareil produisant de la fumée.

En fin d'après-midi, armés de la fameuse machine à fabriquer de la fumée dissimulée dans de l'herbe sèche, nous nous approchâmes avec prudence de la ruche pour ne pas déranger les abeilles par les vibrations de nos pas. Maurice souffla une petite bouffée de fumée à travers les trous d'aération.

— Cela va inciter les abeilles à se gorger de miel. Elles seront ainsi plus dociles. Encore un peu de fumée… et nous pourrons déplacer les peignes avec les abeilles dessus pour les installer dans la ruche.

Je l'observai tandis qu'il opérait soigneusement, avec des gestes patients, rêvant déjà au premier miel transparent que nous pourrions récolter, peut-être en juillet. Il n'y avait pas que cela. Je me disais aussi que, dorénavant, quand je serais au jardin, les abeilles de Westray bourdonneraient amicalement autour de mes plantes favorites et me tiendraient compagnie pendant que nous travaillerions ensemble pour obtenir une récolte plus abondante.

Maurice me désigna la reine et se lança dans un discours interminable sur les abeilles : le partage du travail entre les ouvrières, les leurres, les taux de ponte, la forme des cellules… Ma tête était près d'éclater.

— Vous vous y ferez peu à peu, ne vous inquiétez pas. Ce qui est merveilleux avec les abeilles, c'est que les choses peuvent être à la fois très simples et très compliquées selon que vous voulez, ou non, élever vos propres reines, par exemple. Chaque année, les problèmes sont différents. J'ai toujours trouvé cela fascinant.

Nous rentrâmes à la maison, transis mais heureux, et parlâmes d'apiculture pendant tout le dîner jusqu'à ce qu'Elizabeth déclare qu'elle allait devoir se mettre à fabriquer elle aussi de la cire si elle voulait retenir un instant notre attention.

Nous discutâmes un instant de la contribution financière de Maurice aux frais de la maison. Je voulais lui appliquer un tarif inférieur à celui de nos autres hôtes à cause de tout ce qu'il faisait pour nous. Mais il tenait à respecter notre arrangement d'origine. Il décida même de régler dorénavant sa chambre au mois, qu'il soit là ou non, assurant que, lorsqu'il serait à Londres, il serait réconforté de savoir qu'une chambre l'attendait à Westray.

Je lui étais reconnaissante de cette aide. À présent que Bridie grandissait, elle dormait moins longtemps et demandait plus de surveillance. Jenny la confiait volontiers à Rose, mais je trouvais que l'enfant devenait trop lourde pour les fragiles membres de ma chère vieille nourrice. Jenny travaillait deux fois plus encore, dès qu'elle en avait fini avec le bébé, cependant je réalisai que j'avais besoin d'aide supplémentaire. Je mis une annonce dans la vitrine de la poste en me disant qu'il y aurait ainsi une autre source de bavardages.

Une seule candidate se présenta : Mme Harker, la mère de Stew. C'était une grande femme robuste, forte comme un bœuf et sans doute capable de nettoyer toute la maison de haut en bas en une seule journée sans éprouver de fatigue. Mais elle était aussi bruyante, agressive et d'une honnêteté douteuse, issue d'une famille nombreuse qui connaissait toutes les ruses possibles pour tourner la loi – ce qui l'aurait sûrement rendue millionnaire si de pareils talents avaient été appliqués à d'autres buts plus louables. Toute la tribu vivait à l'étroit dans une rangée d'HLM et, au village, tout le monde redoutait le gang Harker. Bref, elle n'était absolument pas recommandable, néanmoins je l'engageai sur-le-champ.

— Je suis désolée, Miranda.

Jenny se mit à pleurer quand la volumineuse Winnie Harker fut partie.

— Je sais que vous avez eu un surcroît de travail ces temps-ci parce que j'étais occupée avec Bridie. Je me demandais si je ne devrais pas la mettre dans une crèche maintenant ?

— Oh, non !

Les mots m'échappèrent avant même que j'aie réfléchi à cette suggestion choquante.

— Bien sûr, c'est votre bébé, Jenny, mais songez à ce que cela représente ! C'est de vous qu'elle a besoin, pas de soins étrangers, si compétents et bien intentionnés soient-ils ! Pensez à tout l'amour qui l'entoure ici et qu'elle ne pourrait avoir ! Et à tout ce qui vous a manqué, à vous.

— Je sais bien ! (Jenny pleurait à chaudes larmes.) Mais je dois aussi gagner ma vie. Malgré votre bonté, vous ne me gardez pas ici pour traîner toute la journée en occupant une chambre.

— Je ne vous ai pas demandé de vivre ici pour vous tuer au travail ou pour que vous abandonniez votre bébé. Nous nous habituerons à Mme Harker.

— Oh non ! protesta Henry, resté à la maison à cause d'un mauvais rhume. Elle ressemble trop au Jabberwock [1] ! As-tu entendu comme la chaise craquait quand elle s'est assise ? J'ai eu peur qu'elle ne tombe en miettes à chaque fois qu'elle croisait les jambes.

— J'ai écrit au père Declan pour lui dire combien j'étais heureuse ici, reprit Jenny. Maintenant, qu'est-ce que je dois lui dire ?

— Que nous vous apprécions énormément. Que personne ne sait faire les œufs au bacon aussi bien que vous et que votre pudding au riz est imbattable. Ah, et dites-lui aussi que nous voulons que vous restiez ici aussi longtemps que vous le désirez. Et que Mme Partridge se jetterait du haut de Beachy Head si jamais vous vous sépariez de Bridie.

1. Monstre mythologique figurant dans le célèbre *Alice à travers le miroir*, de Lewis Carroll. *(N.d.T.)*

415

Jenny laissa échapper un petit rire et parut réconfortée.

— Le fait est que... le père Declan m'a répondu pour m'annoncer qu'il aimerait me rendre visite. Après une réunion à Guildford, ajouta-t-elle en rougissant.

— J'ai toujours eu envie de voir de près un prêtre catholique, déclara Henry. Est-ce qu'il porte une soutane ?

— Guildford est à des kilomètres d'ici. Pourquoi ne passerait-il pas la nuit ici ?

— Non, il prendra le dernier train pour Sheffield.

Je me demandais pourquoi elle avait rougi. J'avais toujours eu des soupçons à propos du père Declan. Ceux-ci se confirmèrent quand il arriva une semaine plus tard. Il était beaucoup plus jeune que je l'avais pensé et extraordinairement hirsute. Le dessus de ses mains était couvert de poils noirs qui pointaient aussi autour de son cou. Une épaisse chevelure bouclait derrière ses grandes oreilles cramoisies. Mais ses dents étaient d'une blancheur éclatante et son sourire des plus charmeurs. À bien y regarder, je finis par lui trouver une ressemblance avec Bridie, surtout dans la forme du nez.

— Vous devez être la merveilleuse Mme Stowe... (Il me serra la main si fort que mes bagues me firent mal.) Nous vous devons tous tant de remerciements pour ce que vous avez fait pour notre petite Jenny !

Rougissante, Jenny souriait avec affectation en se tordant les mains. Elle n'aurait pas été plus troublée s'il était arrivé sur un chariot de feu au lieu de débarquer de l'autobus 22 en provenance de Canterbury. Je n'aimais pas la manière dont il serrait Jenny contre lui en lui donnant par intervalles de petits baisers.

— Voyez donc cela ! s'écria-t-il penché sur le berceau tandis que Bridie, éveillée, se mettait à pleurer. Quelle robuste petite créature ! Tout le portrait de sa mère !

Je m'efforçai de me montrer courtoise, mais ce fut

d'une voix plutôt glaciale que je lui demandai s'il voulait déjeuner avec nous.

— Je ne veux pas vous causer d'embarras. Une tasse de thé fera l'affaire. Le père Barnabas sera là dans une demi-heure avec la voiture. Il devait rendre visite à un prêtre très malade à Herne Bay. Tout s'arrange donc parfaitement !

Le père Declan était d'une nature irrépressible et il parla sans arrêt en terminant chacune de ses phrases par une exclamation. Quand il partit enfin, je me sentais totalement épuisée, mais Jenny était en extase.

— Vous rendez-vous compte qu'il a fait tout ce chemin pour me voir ? Avant de s'en aller, il m'a demandé si je faisais bien mes prières tous les soirs, et j'ai dû lui avouer que j'oubliais parfois. Alors il m'a dit que Dieu, lui, ne m'oubliait pas, qu'il prierait pour moi et que, moi aussi, je devais prier pour remercier Dieu de m'avoir conduite dans une si bonne maison. Il est d'une telle bonté !

Et, pour ne pas assombrir la joie qui illuminait son joli visage, je me gardai de lui dire qu'après tout c'était à cela que servaient les prêtres.

Fin février, l'enquête sur la mort de Jack fut officiellement portée devant le coroner. J'avais redouté cet instant, mais il apparut que les choses n'auraient pu se passer plus simplement et de manière moins intimidante. Sir Humphrey Bessinger m'avait téléphoné la veille pour me dire de ne pas m'inquiéter. Il avait appris que l'affaire passait en justice et avait glissé un mot au coroner, m'assurant qu'il veillerait à ce que tout aille au mieux. Je savais que sir Humphrey ne manquait jamais une occasion de se mettre en avant. Et je ne pouvais imaginer que le coroner puisse se laisser ainsi influencer sur les voies de la justice, même si depuis des dizaines d'années sir Humphrey et lui avaient manié de concert le plantoir tous les mardis soir, affublés d'un tablier et de socquettes.

Le coroner ressemblait tout à fait à Robert Donat

avec ses cheveux blancs. Il avait la même voix douce et les mêmes manières rassurantes. Soucieux de m'épargner un surcroît d'angoisse, il me demandait fréquemment si je ne souhaitais pas boire un verre d'eau ou encore suggérait que l'on ouvrît la fenêtre pour me permettre de respirer un peu d'air frais. Il proposa aussi à de nombreuses reprises une suspension de séance de cinq minutes pour que je prenne un peu de repos. Je repoussai toutes ces suggestions, et le cas fut traité rapidement. Après ma déposition, Ivor vint témoigner des circonstances dans lesquelles nous avions trouvé le corps.

Ivor n'allait pas très bien. Il ressemblait plus que jamais aux premiers Plantagenêts, tendu, fatigué, déprimé. Il travaillait très dur à restaurer la remise et s'en tirait d'ailleurs magnifiquement bien. Nous faisions tout ce que nous pouvions pour lui, mais il se montrait réservé, distrait et je me demandais même s'il entendait nos paroles. J'étais triste en contemplant chaque jour son cottage depuis la fenêtre de ma chambre, par-delà le bois. Plus aucun flocon nuageux de fumée ne s'échappait de la cheminée. Nous avions voulu installer l'électricité et le chauffage central quand il était arrivé, mais Ivor s'était retranché dans un inconfort aristocratique et glacial, préférant la simplicité des cheminées et des lampes à huile. Le foyer nu et froid devait être lugubre.

Le Dr McCleod vint témoigner après Ivor. Je ne l'avais pas revu depuis qu'il avait retiré les agrafes d'Elizabeth avant Noël. Il s'était alors montré très amical vis-à-vis de ma fille, mais extrêmement froid avec moi.

Le témoignage du Dr McCleod fut confirmé par le policier qui avait répondu à son appel. Ce fut le médecin légiste qui parla le plus longtemps. Le siège sur lequel j'étais assise étant muni d'accoudoirs, je pus appuyer mon visage au creux de ma main du côté de ma bonne oreille, de sorte que je n'entendis pratiquement rien de sa déclaration. C'est sans doute une marque de lâcheté. Le coroner me demanda ensuite de cette voix sucrée que je prends moi-même quand je parle à de petits animaux à plumes ou à poils si je connaissais une raison ayant pu inciter Jack à se donner la mort. J'expliquai qu'il songeait à divorcer car je refusais depuis quatre ans de partager sa chambre. Je savais que, si je ne l'avais pas dit, Leslie Mould s'en serait chargé.

— Dois-je en conclure, madame Stowe, que de votre côté vous étiez satisfaite de laisser les choses comme elles étaient ?

— Oui.

— Se pourrait-il qu'un tiers soit mêlé à l'affaire ?

— Non.

Il n'y avait pas lieu d'évoquer les petites amies de Jack. Le Dr McCleod avait brusquement tourné la tête dans ma direction. Je continuai à fixer le coroner mais, du coin de l'œil, je vis qu'il gardait les yeux sur moi. Après un nouvel échange avec le médecin légiste, le coroner réclama un verdict sans conclusions sur les circonstances de la mort, car les preuves étaient insuffisantes pour avancer la thèse d'un suicide. Il exprima la sympathie de la cour pour la famille de la victime, me gratifia d'un dernier sourire chargé de compassion, et nous fûmes libres de nous en aller. Ivor partit chercher la voiture tandis que je l'attendais en haut des marches.

— Eh bien, tout s'est passé au mieux. (Les petits yeux en billes de Leslie Mould étaient tout sourires.) Nous allons pouvoir faire valider le jugement, à présent. Je veillerai à ce que cela se fasse le plus vite possible.

Je savais que c'était là le discours d'un homme de loi qui ne ferait rien pendant six mois et s'agiterait ensuite quelques heures pour justifier une facture exorbitante.

— Si vous avez besoin d'un conseil juridique, n'hésitez pas à faire appel à moi, poursuivit Leslie.

Nous pourrions peut-être boire un verre ensemble un de ces jours.

Il me jeta un regard spéculatif, mais je fis celle qui n'avait pas entendu. Une voix familière s'éleva alors.

— J'imagine que cela a été un supplice pour vous…

Je me retournai pour voir le Dr McCleod à côté de moi.

— Cela aurait pu être pire. Mais je suis heureuse que ce soit terminé. Je ne vous ai pas remercié pour ce que vous avez fait pour Elizabeth.

— Je suis payé pour m'occuper de mes malades, c'est mon travail.

Il eut soudain l'air furieux – un vrai sosie de Marcus Curtius. J'avais oublié qu'il détestait qu'on lui témoigne de la reconnaissance.

Je vis Leslie s'éloigner, une expression de dépit peinte sur son visage porcin. C'était le cadet de mes soucis.

— Ce n'est pas tout à fait exact. Je me souviens que vous êtes venu la voir un jour de repos. Et vous nous avez fait rire… pour nous empêcher de devenir folles.

Il sourit.

— Il règne dans les hôpitaux une ambiance sévère, comme pour compenser la maladie et le péché.

— J'étais furieuse de ces avertissements placardés un peu partout à travers l'hôpital. Cela m'a donné envie de mettre un peu de désordre dans leurs maudites installations. Quand nous sommes parties avec Elizabeth, je me suis dit que j'allais piquer leur maudite bonde pour laquelle ils faisaient tant d'histoires. Mais elle n'y était plus, quelqu'un l'avait déjà prise.

J'étais ravie qu'il trouve cette histoire ridicule, ravie aussi de le voir s'esclaffer. Quand il se mettait à rire, son visage sévère s'éclairait de l'intérieur et il avait l'air complètement différent.

— Pourquoi n'irions-nous pas…, commença-t-il

quand une Daimler noire apparut. La tête de sir Humphrey se matérialisa à la portière.

— Miranda ! J'espérais bien vous rencontrer. Permettez-moi de vous ramener chez vous.

Son chauffeur sauta à terre et m'ouvrit la portière.

— Je vous remercie, mais Ivor est allé chercher la voiture.

— J'ai rencontré votre homme au parking et je lui ai dit que je me chargeais de vous raccompagner.

Je gardai le silence un instant en songeant au toupet de sir Humphrey d'organiser mes affaires sans me consulter et de parler d'Ivor comme s'il n'était qu'un vassal auquel on donne des ordres. Depuis notre retour de l'hôpital, il m'avait téléphoné plusieurs fois et j'avais saisi tous les prétextes pour refuser ses invitations à dîner. Il dut se rendre compte de mon indignation, car il perdit un peu de son assurance habituelle.

— C'est un peu audacieux de ma part, je sais. Mais vous êtes si occupée ! Il y a quelque chose dont je voudrais impérativement vous parler. Soyez gentille, montez.

Le chauffeur se tenait bien droit, le visage inexpressif sous sa casquette. Je me tournai vers le Dr McCleod, comptant sur son assistance, mais il disparut dans la ruelle menant au parking. Il n'y avait rien à faire. Découragée, je pris place à l'arrière de la voiture au côté de sir Humphrey. Une odeur de cuir et de brandy me prit à la gorge et je me demandai si sir Humphrey n'avait pas absorbé un petit remontant pour se donner du courage avant de me kidnapper. La portière claqua avec un bruit mat et inquiétant, le genre de bruit que dut entendre le comte de Monte Cristo quand la porte de sa cellule se referma sur lui au début de son long emprisonnement.

Sir Humphrey remonta la vitre qui nous séparait du chauffeur tandis que la voiture s'enfilait dans le trafic de Bosworth.

— C'est confortable, n'est-ce pas ? Je désirais tant avoir une petite conversation avec vous.

Il me tapota la main. La sienne était sèche et rugueuse, comme des cosses de grains. Je n'ai rien contre l'âge, Maurice était certainement plus âgé que sir Humphrey et infiniment plus cher à mon cœur que toute autre personne, en dehors des membres de ma famille. Mais Maurice avait un comportement en rapport avec ses soixante-dix ans. Il n'avait jamais cherché à dissimuler son âge ni tenté quoi que ce soit qui puisse faire penser à un flirt. Sir Humphrey retroussait ses lèvres en un sourire qui faisait penser à une tête de mort et révélait désagréablement la racine métallique de ses prothèses dentaires.

— J'ai échangé quelques mots avec Julius, vous savez, le coroner, pendant que vous alliez récupérer votre manteau. Il m'a expliqué qu'un jugement n'impliquant personne était ce qu'il y avait de mieux pour vous. J'espère que cela ne se traduira pas par une grosse perte d'argent – sur ce que doit verser l'assurance, je veux dire.

— Jack s'est fait rembourser son assurance vie il y a quelques années. Je ne le savais pas, c'est le directeur de ma banque qui me l'a appris. Je pense que c'est ce qui lui a permis d'acheter l'Aston Martin. Mais peu importe.

— Quelle brave petite femme ! Je crois que Julius a été tout à fait séduit par une si jolie vision. Qui ne le serait pas, d'ailleurs ?

Je résistai à la tentation de lui dire que le cours normal de la loi y était sans doute aussi pour quelque chose ; j'étais certaine qu'il aurait fait un bond en entendant cela. Je m'efforçais de ne pas trop bouder, mais j'étais furieuse. Nous étions maintenant dans la banlieue de Bosworth et la voiture prenait de la vitesse.

— Votre chauffeur doit faire erreur, dis-je au moment où il tournait à droite pour s'engager dans un chemin boisé. C'est beaucoup plus direct par la grand-route.

Sir Humphrey eut l'air un peu embarrassé.

— C'est moi qui lui ai demandé de prendre le chemin le plus long pour pouvoir m'entretenir avec vous.

Mon expression dut sans doute trahir alors mon extrême déplaisir, car il se mit à parler très vite et avec une certaine nervosité pour un homme qui, d'ordinaire, affichait plutôt une sensibilité aussi impavide que celle d'un bovin.

— Vous m'avez donné un excellent conseil à propos de l'infirmière en chef. Tout a très bien marché. Elle se montre à présent empressée, rédige mes mémos au lieu de téléphoner et, d'après ce qu'on m'a dit, reste plus longtemps à son travail. Tout cela est strictement confidentiel, bien sûr.

J'avais envie de lui demander pourquoi il me disait cela, à *moi* qui lui étais pratiquement étrangère.

— Sœur Tugg ne m'a pas paru pire qu'une autre, dis-je. J'ai même trouvé qu'elle possédait de bonnes compétences, bien qu'elle ne m'ait aucunement plu sur le plan personnel.

— Enfin, tout cela est à régler avec l'administration. Je ne vais pas vous ennuyer ni gaspiller les instants précieux que je passe en votre compagnie à parler travail.

Il se pencha vers moi, mais je fis semblant de ne pas m'en apercevoir et me détournai pour regarder par la fenêtre. Il commençait à faire sombre et les bois étaient magnifiques dans les dernières lueurs de l'après-midi. Les branches ne portaient pas encore de feuilles et des ombres douces se glissaient entre les branches entrecroisées. Un animal s'enfuit dans les broussailles. Un gros renard ou un petit daim ? Peut-être un muntjac ? Puis j'aperçus un grand oiseau voleter dans la clairière. Un hibou ? J'enviai la puissance et la majesté de son vol. J'aurais voulu être hors de cette voiture ronronnante, surchauffée. Sir Humphrey parlait toujours. Abordant le sujet des bénévoles de l'hôpital qui faisaient du si bon travail, il m'expliqua combien il allait être difficile de remplacer lady Alice Vavasour, qui abandonnait la présidence de l'association. Avec une sensation de soulagement stupéfait, je réalisai que sir Humphrey m'avait entraînée sur ce chemin détourné pour me demander de prendre sa place.

— Je suis très flattée que vous ayez pensé à moi, dis-je en souriant pour la première fois avec sincérité, mais je dois vous dire non tout de suite. Pardonnez-moi, je sais combien il doit être difficile de trouver quelqu'un, mais je suis beaucoup trop distraite et mal organisée. Et je déteste avoir à dire aux autres ce qu'ils ont à faire. Il vous faut trouver quelqu'un qui aime cela. Pourquoi ne demanderiez-vous pas à Hilary Scranton-Jones ? Elle est sans doute très efficace, je pense.

— Je ne le crois pas. (Sir Humphrey avait l'air déçu.) Tout d'abord, le bruit court qu'elle est impopulaire. Ensuite, son statut ne correspond pas exactement à ce que nous souhaitons pour cette présidence.

— Oh, je ne possède moi-même aucun statut social, dis-je aussitôt. Je ne mène nullement une vie mondaine.

— Vous vous sous-estimez, ma chère, vous suscitez sans aucun doute plus de respect que vous ne le croyez. Et en tant que maîtresse de Westray Manor...

— Oh, non, je vous en prie, sir Humphrey ! Je déteste réellement ce genre de conventions... Non, il n'en est pas question. Je ne suis pas douée pour les œuvres de charité. Mais je vous remercie d'avoir pensé à moi.

J'avais parlé d'une voix ferme quoique avec un sourire aussi chaleureux que possible, pour atténuer le coup.

Dans l'obscurité qui régnait à l'intérieur de la voiture, je vis qu'il me jetait un regard empreint d'une solennité inhabituelle.

— Nous pourrions faire quelque chose…

Il avait parlé avec lenteur et sur un ton qui différait de ses grands airs habituels.

— Je ne suis pas d'accord avec vous quand vous prétendez ne pas avoir de statut social, mais, si vous deveniez lady Bessinger, je me flatte de penser que cette objection serait aussitôt levée. Non ! (Il leva une main pour m'interrompre). Écoutez-moi d'abord, Miranda. Je ne vous offre pas une passion romantique ou échevelée, je le sais bien. J'ai soixante-neuf ans, de grands enfants… des petits-enfants. Je ne suis qu'un vieux bonhomme qui a jeté sa gourme. Mais vous avez besoin de quelqu'un qui s'occupe de vous, ma chère, et je serais très honoré si vous m'autorisiez à m'en charger. J'ai bien compris que vous n'étiez pas attirée par moi quand vous avez refusé toutes mes invitations à dîner. Mais il y a d'autres formes d'amour, n'est-ce pas ? Fondées sur l'amitié, le respect réciproque, quelque chose comme ça. Sans doute me prenez-vous pour un vieux gâteux. Je n'ai pas fait des choses extraordinaires dans ma vie, cependant j'ai travaillé dur et n'ai jamais laissé tomber qui que ce soit. Je ne crois pas avoir entaché le nom de la famille, bien que mon père m'ait toujours pris pour un idiot. Mais c'est du passé maintenant.

Quelque chose dans la voix de sir Humphrey me fit comprendre que ce souvenir continuait à le blesser.

— Lors de ce déjeuner avant Noël au « Six Jolly Porters », vous vous en souvenez ? Eh bien, j'ai réalisé que rien ne m'avait fait autant plaisir depuis la mort de ma femme. Il y a maintenant quatre ans qu'elle m'a quitté et elle me manque toujours. Vous voyez, je vous parle avec honnêteté. Quand nous avons bavardé si agréablement après le déjeuner, je me suis aperçu que je ne pensais plus à Helen. Vous étiez si douce, si jolie, si intelligente, j'ai été conquis. Et je n'ai pas cessé de penser à vous depuis. C'est un véritable choc que de tomber amoureux à mon âge.

Il tenta de rire d'une manière peu convaincante.

— Je vous offre la sécurité financière, et je pourrais être une sorte de père pour vos enfants. Cela me plairait beaucoup. Bien entendu, je ne m'attendrais pas à quelque chose de particulier... au lit... du moins tant que vous ne l'auriez pas souhaité.

Les sentiments de colère qui m'animaient au début de ce petit voyage commençaient à se dissiper devant ce discours maladroit et touchant, qui me laissa si désemparée que les larmes me montèrent aux yeux.

— Je regrette, Humphrey, mais ce n'est pas possible... Pour l'instant, je ne peux pas envisager un seul instant d'épouser qui que ce soit. La mort de Jack est encore trop proche, voyez-vous. De toute façon...

— Je comprends. J'espère que vous ne m'en voulez pas de m'être laissé aller ainsi, mais je craignais que quelqu'un d'autre ne vienne se mettre en travers. (Il eut un petit rire mélancolique.) Je voudrais que vous réalisiez que je suis sérieux : je vous aime réellement.

Il prit ma main. La sienne était mince et tremblante.

— Merci, Humphrey, mais, si je me remarie un jour, ce ne sera pas pour obtenir une protection. Cependant, je suis touchée et honorée que vous m'ayez fait cette proposition.

— Vous ne croyez pas pouvoir m'aimer un peu un jour ? Je pourrais peut-être vous en parler de nouveau d'ici quelques mois ?

— Je ne le pense pas. Je suis désolée.

Je me rendais compte que je le faisais souffrir et j'en éprouvais un peu de culpabilité. Il tapota ma main, puis l'abandonna. Il y eut un long silence. Je distinguai dans l'obscurité les contours du village de Westray.

— J'espère ne pas vous avoir embarrassée, dit finalement Humphrey. Les personnes âgées deviennent souvent égoïstes. Je crains d'avoir été emporté... On ne s'attend plus à ressentir un attachement aussi... Sa voix traîna en longueur.

— Vous ne m'avez pas embarrassée le moins du monde, déclarai-je avec chaleur.

— Nous voilà arrivés, fit-il comme la voiture s'engageait dans l'allée.

— Voulez-vous entrer boire quelque chose ?

— Non, ma chère, un autre jour peut-être. Nous verrons si nous pouvons vous enrôler dans un de nos comités. Aujourd'hui, vous devez vous sentir fatiguée après cette cruelle enquête. Rentrez et ne vous inquiétez pas pour moi.

— Au revoir. Et merci de m'avoir reconduite.

Quand la lumière jaillit au moment où le chauffeur ouvrait la portière à mon intention, je vis que le visage d'Humphrey était décomposé sous le coup de l'émotion. Il devait être affreusement triste.

— Dînons ensemble bientôt, proposai-je en me penchant vers lui.

Au moment où je prononçai ces mots, je sus que c'était idiot. Après ce qui venait de se passer, nous n'avions ni l'un ni l'autre le cœur à simuler une relation mondaine. Sir Humphrey esquissa un pauvre sourire, hocha la tête d'un air entendu et prit congé.

Les premières étoiles allumées dans le ciel jetèrent un éclat indifférent sur sa longue et splendide voiture qui s'éloignait dans l'allée. Jack aurait bien ri de cette proposition venant d'un veuf solitaire aux cheveux teints, assez vieux pour être mon père. J'eus une vision du visage de Jack, arrogant et méprisant comme à son habitude, jetant dehors les malheureuses créatures assez malchanceuses pour être amoureuses de lui. Nous ne pouvions être plus différents, du moins sur ce point, pensai-je en frissonnant. La maison, si belle et si ancienne, m'enveloppa d'un manteau protecteur comme pour m'offrir un refuge, une promesse de stabilité, et je lui en fus reconnaissante.

— Vous avez l'air triste, me dit Maurice le lendemain au petit déjeuner.

— Je pensais à ce pauvre vieil Humphrey.

— Je viens de recevoir des nouvelles qui devraient vous faire plaisir. Il me tendit une lettre.

— Oh, que je suis contente ! Il sera là dans une minute. C'est merveilleux !

— Qu'est-ce qui est merveilleux ? demanda Ivor tandis qu'il pénétrait dans la cuisine en tapant les pieds et en soufflant sur ses doigts, glacés par un vent d'est particulièrement froid. Je lui tendis la lettre.

— Quoi ? Je ne comprends pas. Qui est cet homme ?

— Un ami à moi, expliqua Maurice. Miranda m'a montré certains de vos poèmes et je les ai trouvés très bons. Mon ami est agent littéraire et il a trouvé un éditeur pour les publier.

— Pense à cela, Ivor ! m'exclamai-je d'une voix enjôleuse en le voyant, sourcils froncés et guère enthousiaste. Tes poèmes seront imprimés et toutes sortes de gens pourront les lire.

— J'imagine très bien les conséquences d'une publication, déclara Ivor d'une voix glaciale. Ces poèmes sont privés... Ce sont des lettres d'amour à ton adresse et elles ne sont pas destinées au public.

Sur ces mots, il fourra la lettre dans sa poche et sortit.

— Oh, non... Je suis vraiment déçue !

— Moi aussi, reconnut Maurice. Naturellement, je peux comprendre ce qu'il ressent. J'aurais dû lui en parler d'abord, mais je ne résiste jamais au plaisir de surprendre les gens, cela me donne l'impression d'être un magicien ; un complexe de frustration, sans doute. Eh bien, voilà qui est dommage, mais nous devons nous faire une raison. Je vais aller travailler à la grotte de coquillages avec Elizabeth. Il fait trop froid pour une promenade sur la plage aujourd'hui. Le vent souffle comme un buffle de Bashan !

Une heure plus tard, Ivor vint me rejoindre tandis que j'étais assise dans la bibliothèque, devant la cheminée, occupée à recoudre l'enveloppe déchirée d'un coussin. Je le regardai entrer avec une certaine nervosité.

— Je suis complètement cinglé, dit-il en se penchant pour saisir ma main qui tenait l'aiguille. Bien entendu, je désire que mes poèmes soient publiés. Sur le moment, l'idée qu'ils pourraient rencontrer un certain succès m'a terrifié. Je vis depuis si longtemps avec la conviction que je suis moi-même un échec vivant que cette perspective m'a paru insupportable ; un peu comme si on me demandait d'abandonner un vêtement que j'ai porté à travers vents et tempêtes et qui a pris la forme de mon corps. M'en séparer pour affronter le monde me donne une sensation d'insécurité.

Il embrassa ma main et se piqua à la lèvre avec l'aiguille.

— Ce n'est rien, assura-t-il en essuyant la goutte de sang qui perlait. J'ai l'impression à présent d'être... comment dire ? Régénéré. « Oh, ce monde est le meilleur des mondes ! »

— Magnifique ! Je vais trouver Maurice et lui annoncer la bonne nouvelle. Il était un peu inquiet, car c'est lui qui a tout arrangé.

— Je m'en suis déjà occupé. (Ivor semblait plus léger à la perspective d'être reconnu et peut-être même célèbre.) Je lui dois tant ! Tu vas me voir maintenant avec des yeux différents, Miranda, n'est-ce pas ?

— Eh bien, sans doute, répondis-je avec prudence, me remémorant l'expérience de la veille. Tu sais, en ce qui me concerne, rien n'est changé : j'ai toujours trouvé tes poèmes excellents.

— Un poète ! Oh, Dieu, cet homme est un génie ! s'exclama Maeve quand je lui racontai l'histoire en prenant le thé. À ce rythme, tu vas bientôt pouvoir fonder une communauté artistique, avec les œuvres d'Ivor, les peintures de Maurice et les concerts de Janòs !

— Voyons, tu sais bien qu'avec lui c'est terminé ! protestai-je. N'en parlons plus.

— Je me sens un peu coupable, voilà tout.

— Donne-moi plutôt des nouvelles de Sebastian.

À la surprise générale, il avait été condamné à passer six mois dans une maison de correction.

— Il n'écrit pas souvent, sauf quand il a besoin de quelque chose. Tu n'imagines pas ce qu'il a réclamé la dernière fois.

— Une échelle de corde, un couteau bien aiguisé ? Des dés pour jouer au poker ?

— Il me demande du sirop d'églantine pour soigner les aphtes qu'il a dans la bouche à cause de la mauvaise nourriture. Et aussi de l'arnica pour se soigner quand on l'a trop roué de coups.

— Maeve ! C'est terrible !

Pour la première fois, j'éprouvai un soupçon de sympathie pour Sebastian.

— Cela lui fait le plus grand bien. Tu es trop bonne avec lui. Oh ! Qu'est-ce que c'est que ça ?

Une soudaine explosion venait de faire tinter nos tasses.

— C'est seulement Winnie Harker qui rentre chez elle en faisant claquer la porte d'entrée sur son passage, expliqua Maeve. Tu ne l'as pas entendue dévaler les escaliers ? Cela me rappelle toujours les coups de canon que l'on tire à Hyde Park pour l'anniversaire de la reine. Toutes les fenêtres vibrent dans leur cadre. Mais c'est une bonne travailleuse et, quand elle a cassé quelque chose, elle ramasse toujours les morceaux avant de partir.

— Elle a un fils qui est beau garçon, non ? J'ai failli lui rentrer dedans hier. Il conduisait le car scolaire. Il ressemble à George Chakiris dans *West Side Story* : un peu le type latin.

— Il est tout à fait ordinaire, Maeve. On dirait que tes goûts dégénèrent.

— Tu n'es qu'une vieille snob ! Je trouve ce style... primitif... terriblement excitant chez un homme ! Quelque chose du bon sauvage, quoi.

— Stew n'est pas sauvage, précisai-je, il est vissé

430

par sa mère. Quand il est venu la chercher ici l'autre jour, elle lui a flanqué un tel coup parce qu'il ne s'était pas essuyé les pieds que j'ai cru que sa tête allait voler au travers de la cuisine.

— Hmm.

Maeve garda un instant le silence, songeant de toute évidence au robuste conducteur du car scolaire, si sauvage… si viril…

— Au fait, j'ai croisé le Dr McCleod l'autre jour en voiture, en compagnie de cette jolie femme avec laquelle je l'avais déjà vu. Ils allaient manifestement à la campagne avec, à l'arrière de la voiture, ce qui ressemblait à un panier de pique-nique bien garni.

— Vraiment ? Est-ce qu'il ne fait pas encore un peu froid pour un pique-nique ?

Il me sembla que c'était ma voix qui était un peu froide quand je posai la question.

— Je n'y avais pas pensé. C'était peut-être son linge qu'il rapportait de la blanchisserie.

Je ne pus m'empêcher de sourire.

— Toi et tes intrigues… Tu es incorrigible. Comment se fait-il que tu t'intéresses à lui ? Il me semble qu'il n'est pas ton type, non ? Trop austère et collet monté, bien qu'il paraisse différent quand il rit.

Maeve me jeta un regard inquisiteur.

— Tu as raison, au fond : ce n'est pas mon type. Je lui trouve un air trop ascétique, trop propre. Mais il m'a tout de même un peu surprise l'autre jour quand je l'ai rencontré qui sortait de chez Mme Mulligan – tu sais qu'elle vient d'avoir son cinquième enfant, espérons qu'il ne sera pas aussi rustre que les autres. Bref, il m'a demandé si je savais si Janòs viendrait jouer au prochain festival de musique de Titchmarsh.

— Qu'est-ce qu'il y a de curieux à ça ? Il aime la musique, je suppose.

— Oui, mais aussitôt après il m'a demandé si j'avais bien connu Jack avant sa mort. Je lui ai répondu qu'il m'aurait été difficile de le connaître après.

— C'était peut-être simplement pour dire quelque chose.

— Peut-être, mais je ne le pense pas. Dans ce cas, il aurait pu parler du temps qu'il faisait, par exemple.

— Je ne crois pas qu'il s'intéresse aux bavardages.

— On dirait que tu sais pas mal de choses à son propos. Il n'y a pas si longtemps encore, tu disais que tu ne l'aimais pas. Je suis toujours intéressée par les relations qui commencent par un échange de piques, cela me semble révéler un intérêt qui ne serait pas éloigné d'une véritable attirance, comme de détester quelqu'un à première vue.

— C'est à cause de cette psychothérapie que tu as suivie. Tu imagines des choses…

— Je suis en train de lire un bouquin qui est écrit par un homme extraordinaire appelé Malcom Mutt à propos du fait que nous émettons des ondes colorées qui se modifient selon notre humeur. Cela prouve combien nous sommes spirituellement intégrés à l'univers. Le vert et le bleu sont les meilleures couleurs, et tous les tons qui s'en rapprochent. Le jaune et l'orange révèlent des inquiétudes, le rouge est sinistre, et le noir, bien sûr, est la pire de toutes les couleurs. Aimerais-tu que je devine la couleur de ton aura ?

— J'adorerais ça, mais attends que j'aie fini d'éplucher ces choux de Bruxelles. Je ne voudrais pas que l'odeur perturbe ton analyse.

— Oh, tu joues les cyniques, c'est ça ? Tu finiras en recluse au milieu de chats, si tu n'y prends pas garde.

— Il y a des sorts plus mauvais. J'aime beaucoup les chats, j'aime même Dinkie. En voilà une bonne preuve, non ?

C'était vrai. Je pouvais imaginer des situations bien pires. Être mariée à un homme qui s'adonnerait à l'adultère répété, par exemple. Au moment où cette pensée me traversa, je réalisai que la mort de Jack m'avait soulagée.

— Qu'est-ce que tu fais ? s'exclama Maeve. Mais... tu t'es coupée !

— Zut !

J'essuyai les gouttes rouges qui perlaient à mon pouce. Il ne manquait plus que ça !

## 20

— Je pourrais tuer cette Hilary Scranton-Jones !

Patience parlait à voix basse pour ne pas réveiller Wacko, à moitié endormi, les pieds sur le pare-feu, bloquant ainsi le peu de chaleur que le petit foyer pouvait diffuser dans la pièce.

— Qu'a-t-elle encore fait ?

Je déjeunais chez les Wakeham-Tutt – à vrai dire, une corvée pour nous trois. Pour Wacko, d'abord, car il détestait faire le moindre effort ; pour Patience, qui souffrait de la médiocrité de son intérieur ; et pour moi, car il faisait affreusement froid et le repas était mauvais, malgré les louables efforts de ma chère amie. Mais il fallait que cela eût lieu pour que Patience accepte mon hospitalité sans contrainte. Je comprenais et respectais cette attitude.

— Elle a décidé de nommer officiellement un trésorier pour l'église de Westray et persuadé Harold Pandy de tenir les comptes. Voilà des années qu'il assure le secrétariat. C'est la seule manière qu'elle a trouvée pour l'écarter de son chemin : maintenant, je n'ai plus aucune chance avec Aubrey.

Elle pencha la tête en remuant distraitement ce qu'il y avait dans son assiette. Wacko se mit soudain à ronfler fort et nous tournâmes toutes deux la tête pour le regarder dans la pénombre. Des années auparavant, il avait vendu toutes les terres dépendant de cette vilaine bâtisse de style édouardien, et ses voisins avaient planté des thuyas le long de la limite commune pour dissimuler les Wakeham-Tutt à leur vue. La haie, toute proche de la porte d'entrée, avait à présent vingt pieds de haut et plongeait la plupart des pièces principales dans une lumière glauque. On se serait cru dans un aquarium. Quand je me retrouvais dans cette atmosphère nébuleuse, je ressentais toujours une furieuse envie d'agiter les bras et d'esquisser des mouvements de natation. Les quelques rayons de soleil qui parvenaient à percer le feuillage épais constellaient la nappe de taches verdâtres.

Je regardai avec répugnance les aliments restant dans mon assiette. Patience savait cuisiner des choses simples, mais elle avait un budget si férocement économe qu'il aurait découragé Brillat-Savarin en personne. De plus, Wacko insistait pour manger de la viande, de sorte que sa fille était contrainte d'acheter des bas morceaux, dont Jasper lui-même n'aurait pas voulu. Des formes allongées et blanchâtres, non identifiables, nageaient dans la sauce.

— Tu sais quoi ? Je crains d'avoir attrapé le rhume d'Henry. Voilà plusieurs jours qu'il manque l'école et il n'est pas encore guéri. Tu ne m'en voudras pas si je ne mange pas tout ?

— Bien sûr que non. Veux-tu un biscuit avec le café ?

— Avec plaisir.

Patience se pencha sur la table roulante et versa de l'eau chaude sur des granulés de chicorée instantanée extraits d'un grand flacon qui aurait convenu à une cantine. Je jetai un coup d'œil à Wacko, dont la poitrine se soulevait avec régularité sous un gilet kaki que la lumière tachait de vert. Il avait ingurgité sa nourriture sans cesser de dénoncer le parti travailliste, les impôts iniques et la jeunesse d'aujourd'hui, puis quitté la table alors que nous n'en étions encore qu'aux premières bouchées pour regagner son fauteuil et son journal. Un verre vide était placé sur une petite table à portée de main pour son whisky quotidien.

— Voilà. Sers-toi.

Patience posa une assiette à côté de moi. Tous les biscuits étaient brisés et je pensai à la grande boîte métallique dans laquelle Mead les soldait au bout du comptoir. Entiers ou en morceaux, ils avaient le même bon goût, mais je réalisai que la relative pauvreté dans laquelle je venais soudain de tomber ne m'avait pas encore conduite jusque-là. Patience pourrait mener une vie bien plus heureuse, sinon prospère, grâce à Aubrey.

— Ne désespère pas. Je viens juste de terminer la première partie de l'histoire de Westray. Tu pourrais la porter à Aubrey pour qu'il la tape. Je t'en serais vraiment reconnaissante.

Nous convînmes que Patience viendrait prendre le document le lendemain. Je m'en allai sur la pointe des pieds et, en passant à côté de Wacko, constatai que tous les biscuits glacés au chocolat étaient sur une assiette à côté de lui. Si Wacko pouvait constituer un empêchement à l'histoire d'amour naissante entre Patience et Aubrey, j'étais bien déterminée à tout faire pour résister à sa tyrannie. En sortant de l'allée, je fus éblouie par l'éclat de ce jour froid et décidai alors de rendre visite à Aubrey.

Je le trouvai dans la cuisine du presbytère en train de batailler avec une table à repasser.

— Comme je suis content de vous voir, Miranda ! C'est bien volontiers que je remets à plus tard cet affreux travail.

Aubrey ne semblait pas avoir conscience de sa poitrine nue apparaissant sous sa chemise.

— Attendez une minute, je vais vous aider. Où est passée la couverture ?

— Je ne pense pas qu'il y en ait jamais eu une, répondit-il, déconcerté, après un long moment de réflexion.

— Mais, Aubrey, vous ne pouvez pas repasser sur le métal nu !

Il eut un sourire désarmant.

— Je crains de l'avoir toujours fait. J'ai trouvé la table comme ça dans le placard.

— Je vous achèterai un revêtement approprié la prochaine fois que j'irai chez Mead. En attendant, vous n'avez pas un morceau de tissu épais ?

Pendant qu'Aubrey cherchait, je m'attaquai au fer, dont la semelle était si rouillée qu'elle avait tourné au brun sombre. Avec un tampon d'acier, je parvins à la décaper quelque peu et, quand Aubrey revint avec une vieille couverture de l'armée, je réussis à repasser la chemise.

— Je voudrais que vous lisiez mon histoire de Westray, dis-je. J'ai terminé la première partie. En fait, j'ai dépassé les limites étroites de la propriété elle-même, car j'ai réalisé que son histoire était indissociable de celle du village. Tous les gens, ici, vivaient en relation étroite les uns avec les autres.

— Excellent ! applaudit Aubrey. J'hésitais à vous charger d'un trop lourd fardeau. Mais c'est exactement cela que je désirais !

— Seriez-vous disponible demain ? Je me suis arrangée avec Patience pour qu'elle vous apporte mon manuscrit car j'ai des visiteurs. Elle passera après son travail.

— Je suis désolé que nos réunions de comptabilité se soient si brusquement écourtées. Je dois avouer que je les attendais avec plaisir chaque lundi.

Quand je levai imprudemment les yeux vers lui, Aubrey cilla et parut gêné. Je reportai toute mon attention sur les pointes du col de sa chemise en déclarant d'un air aussi innocent que possible :

— C'est drôle ! Patience me disait la même chose tout à l'heure.

— Vraiment ?

Les yeux dorés d'Aubrey, un peu saillants, prirent une expression craintive, comme un lapin scrutant une ombre qui se déplace le long d'une haie. Il se gratta la gorge à plusieurs reprises.

— Croyez-vous, Miranda...

J'attendis, le fer en suspens.

— Croyez-vous que nous aurons de la pluie demain ? enchaîna-t-il d'un ton précipité. Je compris que l'instant de l'aveu était passé et, réprimant un soupir, lui tendis sa chemise.

— Le vent se lève, il pourrait pleuvoir. Je dois m'en aller maintenant. Vous aurez l'histoire demain. Téléphonez-moi si vous désirez une modification quelconque.

— Je n'aurai pas cette audace. J'éprouve le plus grand respect pour votre intelligence et j'ai hâte de lire ce travail.

En arrivant à la maison, je découvris que le feu, à la cuisine, commençait à fumer, Rose ayant dû se rendre à la bibliothèque. Cela ne se produisait que lorsque le vent soufflait du sud-est, ce qui arrivait rarement. Je songeai qu'un orage se préparait. Le temps que je termine ma lettre du mercredi à Henry, le vent se mit à gronder dans la cheminée et la pluie fit siffler et fumer le feu. Puis l'électricité fut coupée. C'était fort désagréable, mais j'espérais que mes hôtes s'en accommoderaient car la lumière des bougies donnait à Westray une atmosphère des plus romantiques. Par chance, la chaudière Aga continuait à fonctionner à basse température. Je disposai le canard dans une cocotte avec du bacon, des échalotes, de l'ail, du thym et du romarin en abondance, le tout agrémenté d'une pincée de muscade. J'ajoutai une quantité égale d'eau et de vin, puis un petit verre de cognac. Après trois ou quatre heures de cuisson à feu doux et en déglaçant la sauce au dernier moment, c'était un plat délicieux, surtout servi avec des pommes de terre bouillies et de l'aïoli.

J'étais en train d'éplucher des pommes pour le pudding quand Maeve arriva, les cheveux hérissés, son imperméable dégoulinant de pluie.

— Je suis venue voir si tout allait bien malgré la coupure de courant. À vrai dire, non... c'est un mensonge ! Je comptais sur une tasse de thé et un peu de compagnie. Je me sens si solitaire depuis que Florian est parti en voyage avec son école.

— Où sont-ils allés ?

— Faire de l'escalade en Écosse dans un centre de plein air. Pauvre chéri ! Il fait tout ce qu'il peut pour s'en sortir. Il déteste la montagne et il a tellement peur de s'abîmer les mains ou de se casser quelque chose. Quand j'ai vu les autres enfants à la gare avec leurs anoraks, leurs grosses bottes et leurs sacs à dos, j'ai compris à quel point mon éducation de mère était ratée. Florian avait ma vieille valise en crocodile et il portait mon grand manteau de velours noir avec une écharpe de soie. Mais il était tout à fait mignon, il faut bien le dire. Oh, Seigneur, du gâteau au carvi ! J'adore ça !

— C'est ce que tu dis toujours. Je me demande comment tu fais pour rester mince.

— Quand je suis seule, je ne me soucie pas de m'alimenter. Et, quand je travaille à mes bijoux, je ne me rends même pas compte si j'ai faim ou non.

— Je voudrais bien être comme ça, déclara Maurice en entrant. Dès que j'arrive sur la plage, il faut que je mange mes sandwichs, sinon je ne peux penser à rien d'autre. Miranda, j'aurais besoin de bougies supplémentaires à la bibliothèque pour terminer mon croquis. Rose et Jenny jouent avec Bridie et c'est un spectacle absolument charmant. Oh, ce gâteau a l'air délicieux !

J'en coupai plusieurs tranches, que je disposai sur une assiette à leur intention.

Maurice alla récupérer quelques bougies dans leur boîte et prit des tasses à thé dans le buffet.

— Les traits de Bridie commencent à se former. Je crois qu'elle sera jolie. Elle a déjà des sourcils dorés et une petite fossette au menton, et le visage allongé de sa mère.

— Espérons qu'elle ne ressemblera pas à son père, m'exclamai-je sans réfléchir.

— Parce qu'on sait qui est le père ? demanda aussitôt Maeve.

Depuis sa dernière indiscrétion, quand elle était allée raconter à ses fils qu'Ivor adorait allumer des feux, je faisais attention à mes paroles en sa présence. Non que je manque de confiance en elle, mais je craignais qu'elle ne sache évaluer les conséquences de ses propos sur certains auditoires.

— C'est seulement une idée comme ça, et je n'ai pas l'intention d'en parler, précisai-je. Aussi ne cherche pas à m'arracher la moindre information sur ce sujet. Jenny nous le dira si elle le désire – ou elle ne le dira pas…

— Léonard de Vinci avait coutume d'établir des parallèles entre les animaux et les gens, intervint Maurice. Il les classait par catégories selon qu'ils ressemblaient à un renard, un loup, un ours ou un singe, et il se servait de ces particularités pour ses croquis. (Il s'interrompit et nous regarda.) Je dirais que vous, Maeve, vous avez quelque chose d'un singe, mais avec des yeux de renard. Quant à vous, Miranda, vous avez le front et les yeux d'un loup, mais le nez et les mâchoires d'un renard.

— Ne cherchez pas à entrer dans mes bonnes grâces avec ces histoires, répondis-je en posant la théière d'argent sur le plateau. Voudriez-vous aller voir si M. et Mme Smythe sont de retour ? Ils sont partis ce matin faire du lèche-vitrine à Brighton et ils doivent être trempés.

— Ah ! Pourquoi ne puis-je rencontrer un homme comme ça ? soupira Maeve quand Maurice fut sorti avec le plateau. Intelligent, doué, intéressant, mais aussi gentil, prévenant, affectueux. S'il avait trente ans de moins, je jetterais immédiatement mes filets sur lui.

— J'admets qu'il représente un idéal masculin. Mais bien sûr, il faut toujours qu'il y ait un petit quelque chose d'autre, non ? Quelque chose d'indéfinissable, mais d'irrésistible.

— Tu veux dire un grain de folie ? Eh bien, en ce

qui me concerne, j'avoue que je m'enticherais volontiers de n'importe quel homme qui ne serait pas *fondamentalement* déplaisant. Tu es plus romantique que moi.

En songeant aux précédents mariages de Maeve, je n'étais pas étonnée qu'elle attachât plus d'importance au caractère qu'à l'apparence, mais je ne me jugeais pas particulièrement romantique.

— Il faut que j'aille poster la lettre d'Henry. Zut ! (Je regardai ma montre.) Ivor a déjà dû garer la voiture. Je vais être trempée rien que d'aller au garage.

Une trombe d'eau frappa la fenêtre au moment où je prononçais ces mots.

— Ne t'en fais pas, je glisserai ta lettre dans la boîte en passant.

— Vraiment ? C'est gentil à toi. Mais n'oublie pas, surtout… Henry compte sur une lettre en milieu de semaine.

— C'est bien de toi ! Toujours trop protectrice. Remarque, quand je pense à Sebastian, je ne peux pas me prendre pour une mère modèle, aussi ferais-je mieux de me taire.

Pendant que j'enfournais le gâteau aux pommes, Maeve et moi discutâmes avec animation de ce que nous ferions si nous pouvions reprendre à zéro l'éducation de nos enfants. Il était déjà six heures et demie quand elle se résolut à partir. Je dus me précipiter pour mettre du bois dans tous les feux et dresser le couvert, tout en aidant Elizabeth pour son devoir de français et en donnant à manger à Rose, à Jasper et à Dinkie. Ces jours-ci, Rose se couchait de bonne heure, prétendant que le seul fait d'être assise et de respirer la fatiguait.

M. et Mme Smythe ressemblaient à des loutres de mer quand ils rentrèrent enfin, luisants, sombres et dégoulinants de pluie. Mme Smythe était américaine et elle m'avait demandé de l'appeler Ella. Je la trouvais sympathique, elle était chaleureuse, drôle et intelligente. Son mari, un Anglais, paraissait par contre assommant.

— Regardez, Miranda ! s'exclama Ella. Nous avons passé une excellente journée et voyez ce que j'ai trouvé pour votre lingerie !

Son mari traîna derrière lui dans la cuisine quelque chose qui avait bien quatre pieds de diamètre.

— C'est une lessiveuse ! Pas un seau, comme vous pourriez le penser. Les seaux sont plus petits, ils servent à mélanger la soude de potasse comme on le faisait alors. Je suis sûre que vous ne le saviez pas.

— Expliquez-moi.

Je m'efforçai de prendre un air interrogateur, mais Ella était trop futée pour s'y tromper.

— Bon, vous le saviez, d'accord. Mais vous n'aviez pas de lessiveuse dans votre lingerie.

— Non ! Et je suis enchantée d'en avoir une.

J'insistai pour régler l'achat de la lessiveuse mais Ella insista pour m'en faire cadeau.

— Qu'est-ce que la soude de potasse ? demanda Jenny, qui était en train de donner à Bridie son dernier biberon de la journée.

Ella mourait d'envie de communiquer ses lumières récentes et ne fut que trop heureuse d'éclairer la lanterne de Jenny.

— C'est avec ça qu'on faisait la lessive autrefois : on prenait de la cendre de bois aussi blanche que possible, on la diluait dans l'eau, puis on jetait ça sur le linge... Et hop ! plus de saleté !

— C'est parce que cela contenait de l'alcali, précisai-je. On pouvait aussi utiliser d'autres sortes d'alcali, par exemple des crottes de volaille ou de l'urine. Naturellement, il fallait bien rincer le linge après.

Jenny me dévisagea comme si j'avais perdu la tête. Je connaissais ce regard : je m'efforçais depuis Noël d'améliorer un peu ses connaissances, mais elle trouvait tout ce que je tentais de lui apprendre profondément ennuyeux et avait abandonné *Orgueil et préjugés* dès la première page. Je lui proposai des romans plus modernes, mais elle n'alla jamais au-delà d'un ou deux chapitres. Elle m'expliqua qu'elle ne parvenait pas à retenir plus de quelques lignes à la fois. Aussi, quand elle rencontrait une description un peu longue, elle perdait le fil. Je ne savais pas si c'était dans sa nature ou par manque de formation, mais je conclus que Jenny avait des talents pratiques et non intellectuels et qu'il valait mieux ne pas trop s'en écarter. Nous abandonnâmes bientôt peu à peu nos efforts.

La soirée fut agréable tandis que nous savourions à la lueur des chandelles le *canard en daube**. Par bonheur, personne ne se plaignit de la température des chambres, hélas, beaucoup trop froides. Le mercure avait fortement baissé avec le vent aigre qui s'était levé pendant la nuit. Jusqu'à cette soirée, je pensais qu'on pouvait entretenir une agréable chaleur dans la maison sans chauffage central, même si je faisais remplir de fuel la chaudière par acquit de conscience, puisqu'elle était là. Mais, quand la panne d'électricité survint, il régna bientôt dans la maison une température rappelant les descriptions apocalyptiques que l'on pouvait lire dans *Docteur Jivago*.

Quand je m'éveillai le lendemain matin, les vitres des fenêtres de ma chambre à coucher étaient couvertes de givre et ma respiration se transformait en buée. Maurice emmena les Smythe voir la célèbre collection d'art de Brocklebank House. Le temps qu'ils reviennent, l'électricité fonctionnait de nouveau et le déjeuner était prêt. Je demandai à Peter Smythe s'il avait apprécié les peintures de Brocklebank House, mais il me dit juste qu'il était heureux qu'il fît de nouveau chaud dans la maison. Je remis à Patience la première partie de l'histoire que j'avais rédigée à l'intention d'Aubrey. Puis je partis avec Maurice, Jasper et les Smythe faire une promenade autour du village afin de nettoyer nos poumons de la fumée que les feux nous avaient fait inhaler.

Après le thé, une limousine de location vint chercher nos visiteurs pour les ramener à Londres. Au dernier moment, Ella voulut prolonger son séjour à

Westray, mais Peter tint bon. J'imagine qu'il avait hâte de pouvoir enfin retirer son pardessus. Je mis au four une tourte au bacon et aux œufs pour un dîner familial à la cuisine et me retrouvai avec une demi-heure devant moi, à occuper selon mon bon plaisir. Rose était déjà couchée, Jenny donnait son bain à Bridie, Maurice et Elizabeth étaient occupés à trier des coquillages dans la bibliothèque. Je m'installai avec un livre dans le fauteuil de Rose à côté du feu. Bien que cette histoire de Thomas Betson, un marchand de laine du XVe siècle, fort bien écrite par Eileen Power, se révélât très intéressante, je dus somnoler une minute ou deux car, lorsque j'ouvris les yeux, je trouvai Patience devant moi, la main droite enveloppée dans un grand mouchoir taché d'encre et de sang.

— Oh, je suis désolée de te réveiller ! fit-elle. J'allais partir sur la pointe des pieds.

Je me redressai en me frottant les yeux.

— Ne t'en va pas ! Je n'avais pas l'intention de dormir. Qu'est-il arrivé à ta main ?

— C'est ma faute, je suis stupide. J'ai voulu redresser une feuille de papier qui était de travers dans la presse. Il y a eu beaucoup de sang, mais ça ne m'a pas fait très mal. Je ne sens plus rien maintenant.

Comme j'émergeais peu à peu du sommeil, je réalisai que Patience était dans un état qui l'aurait empêchée de sentir quoi que ce soit, même si on l'avait coupée en morceaux. J'attendis la suite.

— Oh, Miranda ! (Les beaux yeux de mon amie avaient une expression grave et solennelle.) Je n'aurais jamais cru... Non, vraiment, je n'aurais jamais pu imaginer que l'on puisse éprouver un tel sentiment. Vois-tu, je réalise aujourd'hui que, jusqu'ici, je n'ai jamais été heureuse. Du moins pas depuis que j'étais petite fille et que je m'étendais dans l'herbe près de Dusty, notre vieux poney, en mangeant des pommes. C'était avant la mort de ma mère. Mais ce que je ressens à présent est différent. Cela me rappelle les visions de paradis que j'avais à l'école au moment de ma période mystique. Je me sens légère, agréablement chaude, et il me semble que je pourrais flotter dans l'air jusqu'au plafond. Je suis envahie tour à tour par un calme extraordinaire et par une fantastique excitation.

— Pendant que je refais ton bandage, raconte-moi ce qui est arrivé, du moins si tu en as envie.

— J'ai hâte de te le dire, c'est pour ça que je suis venue. C'est Aubrey qui a fait ce pansement. Il n'est pas très réussi et risque de tomber avant que je sois de retour à la maison.

Je réussis à dénicher une compresse propre et nous nous assîmes côte à côte sur le canapé. Je lui rendis le mouchoir d'Aubrey, qu'elle plia religieusement et serra dans sa main valide.

— Nous étions dans la salle à manger quand Aubrey m'a dit qu'il avait vu ma voiture avant de mettre la presse en marche. Il avait l'air si content de faire ce travail. Tu sais comment sont ses yeux à ce moment-là. Je ne l'avais pas remarqué avant, mais je n'étais pas amoureuse de lui, alors. Je me suis sentie gênée, craignant de le déranger. Alors je lui ai avoué que j'aimerais bien voir la presse fonctionner. Il s'est lancé dans des tas d'explications techniques et j'ai cru qu'il ne s'intéressait pas du tout à moi.

— C'est parce que les hommes ne peuvent penser qu'à une seule chose à la fois. Un sérieux handicap… très ennuyeux pour les femmes. Mais continue.

— Eh bien, comme je disais, j'étais là, terriblement intimidée, quand j'ai vu que le papier allait faire un pli. J'ai avancé la main juste à l'instant où Aubrey me criait de ne toucher à rien, et il y a eu tout à coup du sang partout. Aubrey était blanc comme un linge. Il a attrapé l'appuie-tête qui se trouvait sur le fauteuil pour m'en tamponner la main. Au début, le sang n'arrêtait pas de couler et il était comme fou, il voulait téléphoner à une ambulance. Je me suis mise à rire. Un véritable fou rire. Alors il m'a regardée très sérieusement – je n'oublierai jamais ce regard.

— Je ne peux pas rire, a-t-il dit. Cette petite main est à mes yeux la chose la plus précieuse du monde.

Il s'est mis alors à trembler de la tête aux pieds. Quant à moi, il me semblait entendre un chœur céleste. Sans doute la pression du sang dans mes oreilles. Nous sommes restés une éternité à nous regarder, les yeux dans les yeux. J'ai pensé : comme c'est étrange… À partir de maintenant, je sais que cet homme sera tout pour moi. Et pour le restant de mes jours.

Les yeux de Patience étaient brillants, et je suis sûre que les miens devaient l'être aussi.

— Pardonne-moi de me montrer tellement fleur bleue.

— Et ensuite, que s'est-il passé ?

— Aubrey a dit : « Patience chérie, pourriez-vous envisager de devenir ma femme ? » J'ai seulement répondu : « Oui. » Puis il m'a embrassée très doucement sur les lèvres et j'ai cru que j'allais m'évanouir. Oh, Miranda, comme je suis heureuse !

Je l'entourai de mes bras et la pressai contre moi sans me soucier de sa main blessée.

— Vous serez très heureux sans aucun doute, car vous êtes faits l'un pour l'autre.

Quand Lissie m'appela plus tard pour me dire que Patience venait de lui apprendre la merveilleuse nouvelle par téléphone, nous convînmes qu'un couple qui se fiance avant d'avoir échangé un baiser devait être une rareté aujourd'hui.

— Je trouve toute cette histoire d'autant plus excitante, déclara Lissie. De nos jours, la plupart des gens doivent avoir recours à de la lingerie sexy ou s'enduire d'huile ou de yoghourt pour se donner des frissons avant de passer à l'autel.

— Du yoghourt ? objectai-je, surprise. Ça ne me paraît pas très sexy. J'aurais plutôt pensé à du chocolat ou à du miel. Le yoghourt, c'est trop diététique.

— Tu sais bien ce que je veux dire. De toute façon, je pense qu'ils seront très heureux. Ce sera absolument

446

génial, sauf peut-être au lit. Je ne crois pas qu'ils aient la moindre expérience, pas plus l'un que l'autre.

— Je suis certaine au contraire que ça marchera très bien. Chacun pensera beaucoup plus au bien-être de l'autre qu'au sien. Et ce sera la même chose au lit. Une recette de bonheur idéale, comme celles qu'on lit dans les magazines.

— Un tel désintéressement m'inspire du respect, reconnut Lissie, mais je crains de n'en être pas capable.

— Pas plus que moi. D'ailleurs, peu de personnes doivent en être capables. Mieux vaut connaître ses propres limites.

Le bonheur de Patience me causa une grande joie, comme à tous ceux qui la connaissaient, je pense. En buvant son lait au whisky, Rose déclara que c'était la plus belle chose qu'elle ait entendue depuis une éternité. À quoi elle ajouta qu'Aubrey était l'un des rares hommes qu'elle ne méprisait pas totalement.

— À présent, Miranda, ma fille, tu vas te caser aussi bien que ton amie vient de le faire. Après ça, je pourrai partir en paix.

— Oh, Rose, tu sais bien que je déteste quand tu parles ainsi ! De toute manière, je me sens très bien comme ça. Tu as toi-même mené une vie indépendante et pourtant très heureuse. Pourquoi n'en ferais-je pas autant ?

— Heureuse ? Non. J'ai eu des satisfactions, c'est autre chose. J'ai été aux ordres de trop d'imbéciles à mon goût. D'ailleurs, toi et moi, nous ne sommes pas semblables. J'ai de la défense, je le sais. Je le *sens*. Toi, tu es toujours trop bonne avec les hommes. Quant à la mort, c'est Dieu qui décide quand nous devons déposer notre fardeau.

— Je ne veux pas que tu t'en ailles, dis-je en pressant mon visage contre sa joue.

— Tu vois ? C'est bien ce que je dis. C'est d'un homme que tu as besoin, pas d'une vieille femme usée. Dieu me pardonne.

Mais elle avait l'air contente et elle garda ma main dans la sienne jusqu'à ce qu'elle s'endorme.

Le lendemain, le téléphone fut coupé à cause des vents violents qui continuaient à souffler. Maurice ne pouvait travailler car le vent renversait son chevalet, et il s'occupa à la grotte pendant qu'Elizabeth était à l'école. Je commençai la seconde partie de mon histoire et traitai d'un seul jet presque tout le XVIIIe siècle. Sans hôtes et sans téléphone, un calme extraordinaire régnait dans la maison. Je songeai combien la vie avait dû être agréable à Westray quand le manoir était encore un prieuré. J'imaginais les travaux de jardinage les jours de beau temps, l'abondance de fruits, et, quand il faisait mauvais, le zèle des copistes couvrant les parchemins de lignes appliquées et de dessins exquis.

Les employés du téléphone se présentèrent de bonne heure le jour suivant et réparèrent la ligne. L'appareil se mit aussitôt à sonner. Je décrochai en pensant qu'il s'agissait sans doute de Patience désirant me parler d'Aubrey.

— Madame Stowe ? Enfin ! J'essaie de vous joindre depuis dix heures et demie hier soir. Ici John Cotteloe.

Ma main se crispa sur l'écouteur : John Cotteloe était le directeur de l'école d'Henry.

— J'ai de mauvaises nouvelles, madame Stowe. Hier au soir, quand nous avons éteint les lumières comme d'habitude à dix heures, nous avons découvert qu'Henry n'était pas dans son lit. Il avait disposé sous les draps un oreiller qui ne pouvait tromper personne, et l'infirmière en chef s'en est aperçue aussitôt, par chance. Nous avons fouillé l'école de fond en comble et alerté la police aussitôt. Nous avons également tenté de vous joindre, mais votre téléphone était en dérangement. La police locale devrait être chez vous d'un moment à l'autre. Naturellement, il y a sans doute un lien avec la fin tragique de feu M. Stowe, son père. Je suis persuadé que l'école n'a commis aucune faute et ne peut être tenue pour responsable. Je suis soulagé d'avoir pu vous informer moi-même en premier.

Je ne voyais pas en quoi cela pouvait faire une différence. Je perçus le bruit d'une voiture qui s'approchait dans l'allée. Henry avait disparu, Henry s'était enfui de l'école et se trouvait quelque part tout seul, peut-être égaré, effrayé et affamé. Plus de quarante kilomètres séparaient la pension de Westray. Une onde de terreur me parcourut.

— Madame Stowe ? Est-ce que tout va bien ? (La voix de M. Cotteloe était anxieuse.) Je suis navré d'être porteur d'une aussi mauvaise nouvelle.

J'aurais voulu lui dire de raccrocher car Henry cherchait peut-être à m'appeler. J'aurais voulu aussi lui demander quel genre d'école il dirigeait, qui laissait partir les petits garçons qu'on lui confiait. Comment osait-il affirmer que l'école n'était pas à blâmer ? Je m'efforçai de garder mon calme.

— Je vois. Merci, monsieur Cotteloe. Dès que j'aurai des nouvelles de lui, je vous le ferai savoir.

— Je vous en prie, madame Stowe, et croyez bien que je partage votre angoisse…

Je raccrochai brutalement alors qu'il continuait à parler. La sonnette de la porte d'entrée tinta. J'ouvris et trouvai un agent de police sur le seuil.

— Je suppose que vous êtes au courant, madame Stowe, dit-il en me dévisageant. Nous sommes venus aussi vite que possible, mais notre ligne était aussi coupée. Pouvez-vous me donner une description de votre fils ?

Je le laissai dehors, bien que le vent en profitât pour s'engouffrer par rafales glacées dans le hall.

— Environ un mètre soixante-cinq. Des cheveux d'un roux éclatant. Des yeux verts. Des taches de rousseur. Un nez assez grand…

— Ça suffira, merci. Avez-vous idée de l'endroit où il aurait pu vouloir aller en dehors de la maison ?

Ne pas rentrer à la maison ? Je me figeai, interdite.

Mais de quoi parlait donc ce policier ? Henry allait revenir, bien entendu ! Je fis un effort pour réfléchir.

— Pas de querelles familiales dont vous pourriez vous souvenir ? insista l'agent. Je suis désolé de vous demander cela, mais les adolescents prennent quelquefois mal ces choses.

— Non, rien. Nous ne nous sommes pas disputés.

Ma voix avait une étrange résonance. J'avais la bouche si sèche que mes lèvres collaient l'une à l'autre.

— Très bien, alors ne vous inquiétez pas. Nous allons le retrouver. Tous les postes d'ici à... (Il consulta ses notes.)... Noddlecat ont été alertés. Ne vous faites pas de souci. Neuf fois sur dix, ces jeunes sont retrouvés sains et saufs.

— Nethercoat..., rectifiai-je malgré moi, comme un automate.

Mes pensées se bousculaient. Neuf fois sur dix ! Que voulait-il dire par là ? Le risque était-il si élevé ? Une chance sur dix qu'Henry soit écrasé, noyé... assassiné ?

— Vous feriez mieux d'aller vous asseoir et de boire une tasse de thé, madame. Y a-t-il quelqu'un d'autre dans la maison avec vous ? Je fis signe que oui, et Jenny arriva à ce moment précis.

— Très bien, reprit le policier, l'air soulagé. Dans ces conditions, je vais m'en aller. Encore une fois, ne craignez rien, tout va s'arranger. Ces gamins nous donnent de ces frousses !

Jenny me saisit le bras.

— Que se passe-t-il, Miranda ? Mon Dieu, vous avez l'air toute retournée. Asseyez-vous.

Elle avança une des chaises du hall.

— M'man !

La voix d'Elizabeth résonna dans l'escalier sur un ton aigu.

— As-tu vu mon tricot propre ? Je vais rater le car si quelqu'un ne m'aide pas à le trouver !

— Il est dans l'armoire à linge, dis-je.

450

J'étais dans un tel état de terreur que ma voix était à peine audible.

— Dans l'armoire à linge ! répéta Jenny plus fort. Grands dieux, Miranda ! Vous me faites peur dans l'état où vous êtes !

— Henry s'est enfui de l'école. Il a été dehors toute la nuit !

Je regardai Jenny avec l'espoir qu'elle allait me dire que ce n'était pas vrai, que ce n'était qu'un mauvais rêve.

— Oh, Seigneur ! Il n'a pas pu s'enfuir, je ne peux pas le croire !

Les yeux dans les yeux, nous cherchions l'une l'autre à nous convaincre que cette éventualité relevait de la plus parfaite absurdité. Je me sentais nauséeuse. Je ne pouvais penser à rien d'autre qu'au visage d'Henry quand je l'avais vu pour la dernière fois. Nous nous donnions toujours un baiser d'adieu à la grille de l'école pour que ses camarades ne le voient pas. Comme toujours, j'avais dû prononcer quelques paroles de réconfort pour qu'il étudie sagement. Avais-je réellement exercé sur lui une pression insupportable ? Et s'il ne revenait pas à la maison ? Ne pouvait-il supporter de se retrouver à Westray sans son père bien-aimé ? Est-ce qu'il allait mieux seulement en apparence alors qu'au fond de lui il le vivait de plus en plus mal ? Étais-je responsable d'une manière ou d'une autre ?

Elizabeth dévala les escaliers et se précipita à la cuisine pour prendre son petit déjeuner. Je demeurai assise dans le hall, songeant à l'enfance d'Henry. Il est vrai qu'il m'avait fallu un peu plus de temps pour… quelle était cette expression affreuse que les gens employaient aujourd'hui quand ils parlaient d'allaitement maternel ? … pour établir un « lien », c'est ça. Mais, si je n'avais pu nourrir Henry, c'est parce que j'étais trop malade. Avait-il pu avoir l'impression que je ne l'aimais pas autant que les autres ? Je vis son visage toujours levé pour réclamer un encouragement, un compliment. J'aurais pu m'arracher les cheveux à la pensée que je ne lui avais peut-être pas suffisamment montré combien je l'aimais. Il m'avait semblé avoir le tempérament de Jack, cherchant toujours à jouer les stars, à être le centre de toutes choses, alors qu'en réalité il était peut-être victime... quelle était cette autre expression affreuse ? ... ah oui... victime d'une mère castratrice. Oh, Henry, mon chéri, mon aimé ! J'aurais voulu me mettre à genoux pour lui demander pardon de toutes les erreurs que j'avais commises. Si seulement je pouvais agir ! Mon Dieu, je vous en prie, protégez-le, protégez-le !

Elizabeth passa devant moi en courant pour remonter à l'étage.

— Pourquoi restes-tu assise là ? Je vais finir par rater ce foutu car et aucune de vous ne paraît s'en soucier. Je voudrais bien pouvoir rester assise comme ça toute la matinée à ne rien faire !

J'étais incapable de dire quoi que ce soit, tant la peur m'envahissait.

— M'man ?

La voix plaintive d'Elizabeth me parvint du premier étage.

— Que fait Henry sur le pont ? Il n'est pas censé se trouver à l'école ?

D'un bond je me précipitai vers la porte d'entrée, l'ouvris toute grande et me mis à courir à perdre haleine jusqu'à la grille. Il me semblait que le pont n'en finissait pas. J'aperçus Henry à l'autre bout, ses cheveux roux soulevés par le vent comme la crête d'un perroquet.

— M'man !

Sa voix était joyeuse. Sans mot dire, je le serrai contre moi, les yeux brûlant de larmes.

— Arrête ! Tu vas m'étouffer ! Tu me mouilles partout ! Les femmes pleurent toujours, c'est incroyable ! Je suis bien content d'être un homme. Mais ce que je voudrais *réellement* pour l'instant, c'est un sandwich au jambon.

## 21

— J'étais inquiet de n'avoir pas reçu de lettre, expliqua Henry assis près du feu, une couverture sur les épaules, un sandwich à demi dévoré à la main.

Il était très sale et sentait la bouse de vache. Jenny était allée lui faire couler un bain.

— J'ai essayé de téléphoner, mais on n'a pas répondu. Il y avait juste une sorte de bruit sur la ligne. Je me suis dit – je ne sais pas – qu'il y avait peut-être eu un incendie... ou quelque chose d'autre. Je voulais être certain que vous alliez tous bien.

— Mon chéri, il n'y a guère de risques qu'il m'arrive quelque chose ici. Je ne me suis pas rendu compte que tu te faisais tant de souci pour moi. Il ne faut pas.

J'étais assise près de lui sur le canapé, un bras sur ses épaules.

— Ah, écoutez ça ! protesta Henry, indigné. Alors que, toi, tu te fais une bile d'enfer à mon propos ! J'aurais voulu te voir à ma place si tu n'avais pas reçu de lettre, alors que c'était *promis*. Et toi, qu'aurais-tu pensé si l'école ne répondait pas au téléphone ?

— Bon, je comprends ton point de vue, je me serais certainement fait du souci. Mais c'était une erreur de partir sans prévenir personne.

— Parce que tu t'imagines que le vieux Cutlet m'aurait laissé partir ? Qu'il m'aurait peut-être aidé à faire ma valise et conduit à la gare ? (Henry parlait d'un ton cinglant.) Il m'aurait flanqué une taloche et dit de la fermer, de faire plutôt mon travail.

— Mais je t'ai écrit, et j'ai posté la lettre mardi comme d'habitude… Oh ! non ! C'était bien le jour où il y a eu un affreux orage ? Quelle idiote je suis ! J'ai donné ma lettre à Maeve pour qu'elle la poste.

— Ma foi, tu aurais pu tout aussi bien la jeter derrière la haie. Honnêtement, m'man, personne n'est moins capable que Maeve de glisser une enveloppe dans la fente d'une boîte aux lettres !

— Tu as raison. C'est entièrement ma faute, je sais qu'on ne peut jamais lui faire confiance. Oh, Seigneur ! Quand je pense à tout ce qui aurait pu t'arriver ! Je suis une mère d'une négligence criminelle !

— Bon, ça va comme ça. Je suis fatigué maintenant, j'ai passé la nuit dans une étable avec des centaines de vaches. J'ai l'habitude de leur odeur, mais elles se sont agitées toute la nuit et n'ont pas cessé de meugler. Chaque fois que je me calais confortablement contre une, elle se levait et s'écartait au moment où je m'endormais. Je me suis glissé sous la paille pour avoir chaud mais, au matin, c'était plutôt humide.

— Henry chéri, c'est une aventure dont tu te souviendras toute ta vie et que tu raconteras plus tard à tes enfants et petits-enfants. Mais ne recommence pas. J'ai eu si peur qu'il te soit arrivé quelque chose. Tu sais combien je t'aime…

Je m'interrompis car les yeux d'Henry s'étaient fermés et la main sale qui tenait encore le sandwich se détendait peu à peu. Je l'allongeai sur le canapé et l'installai sous la couverture. Malgré l'odeur de vache, je l'embrassai, puis restai longtemps assise à le regarder dormir.

— Comment a-t-il trouvé son chemin ? demanda Maurice à voix basse en se penchant sur l'enfant assoupi.

— Il a pris un bus dans le village voisin de Nethercoat. Il avait déjà fait une fois le trajet d'ici à l'école avec Rose quand Jack et Ivor étaient en voyage et que je souffrais d'une telle migraine qu'il m'était impossible de conduire. Il savait donc comment s'y prendre. On doit changer à Burnt Askam. Malheureusement, il avait pris le dernier bus. Il ne lui est pas venu à l'idée qu'ils ne roulaient pas toute la nuit. Il a donc marché un certain temps depuis Burnt Askam jusqu'à une ferme des environs de la ville. Il a passé la nuit dans une étable.

— Il a dû avoir très peur.

— Je n'en ai pas eu l'impression. Il est plutôt… audacieux, bien que ce ne soit pas tout à fait le mot exact. Je dirais plutôt qu'il se tient sur la défensive, ce serait plus juste.

— Vous ne l'avez pas trop grondé ?

— Qu'allez-vous croire ? Je peux à peine supporter qu'il reste une minute hors de ma vue. Il ne s'est guère écoulé plus d'une demi-heure entre le moment où j'ai appris sa disparition et son arrivée, mais je n'ai jamais eu aussi peur de ma vie. On ne réalise pas à quel point on aime quelqu'un avant de craindre de l'avoir perdu pour toujours.

Maurice soupira.

— Il se trouve que je sais combien c'est vrai. Et maintenant ? Avez-vous téléphoné à son directeur ?

— Seigneur ! J'ai complètement oublié ! Et la police ! Ils sont en train de gaspiller l'argent de l'État à le chercher partout.

— Laissez-moi faire. Vous avez l'air éreintée par le souci et le choc.

Je lui donnai les numéros de téléphone. Toute la journée, j'errai d'un coin à l'autre de la maison, commençant un travail avant d'avoir fini le précédent. Je ne parvenais pas à me concentrer et je me sentais à bout de forces. Par chance, nous n'attendions pas de pensionnaires avant quelques jours.

Henry s'éveilla juste avant le déjeuner avec une migraine et un fort mal de gorge. Je lui préparai un nouveau bain et il alla se coucher sans protester. Le soir, il avait de la température et but des litres de limonade, avalant une aspirine à son corps défendant et refusant de manger. Il était pâle, la peau moite et les yeux tout rouges. Comme toutes les mères dans pareil cas, je me demandais si je devais appeler le médecin en dehors des heures de visite. Quand vint sept heures, et après un long débat intérieur, je décidai d'appeler le Dr McCleod.

— Je suis désolée, dis-je en le conduisant vers la chambre d'Henry.

Il avait répondu lui-même au téléphone et coupé court à mes excuses en raccrochant brutalement après avoir déclaré qu'il serait à Westray dans vingt minutes.

— J'ai sans doute paniqué à cause du choc, expliquai-je. Il s'est sauvé de l'école la nuit dernière et, l'espace d'un instant, je n'ai pas su où il était. Je ne peux pas m'empêcher de penser qu'il a peut-être attrapé quelque chose avec les vaches...

Le Dr McCleod me jeta un regard incrédule.

— Un instant. Commencez par le début et parlez lentement, je ne comprends rien quand vous bredouillez.

Il repoussa ses cheveux sombres en arrière et je remarquai combien il avait l'air fatigué.

— Je suis désolée, répétai-je humblement...

— Et cessez de vous excuser.

Il eut un brusque sourire, et son expression se modifia du tout au tout quand le sillon creusé entre ses sourcils disparut.

— Ne m'encouragez pas à vous bousculer, je n'ai déjà que trop tendance à la tyrannie. Et maintenant, racontez-moi d'où viennent ces vaches.

Je lui parlai de la fugue d'Henry.

— Bon. Il y a certes des maladies épizootiques communiquées par les vaches – la brucellose, la fièvre aphteuse par exemple –, mais le temps d'incubation est beaucoup plus long. Vous dites qu'il a commencé à être malade ce matin ? Je pense que nous pouvons raisonnablement exclure le facteur bovin. Je vais l'examiner.

Il le fit avec beaucoup d'attention, bien qu'Henry, détestant qu'on lui mette une spatule dans la bouche et de la lumière dans les yeux, se fût montré un patient des plus récalcitrants. Impassible, McCleod lui tâta longuement le ventre.

— Tu seras rétabli d'ici un jour ou deux, Henry, dit-il enfin. Tu as pris froid, voilà tout. Y a-t-il des grippes en ce moment à l'école ?

— L'infirmerie est pleine. L'infirmière en chef a dit que, si d'autres garçons tombaient malades, il faudrait les renvoyer chez eux. Alors nous avons tous échangé nos brosses à dents au dortoir la semaine dernière pour être sûrs de l'attraper.

— Eh bien, tu en as une. Une récompense pour t'être brossé les dents, pour une fois.

— Oui, mais ce n'était pas nécessaire. J'avais décidé de rentrer à la maison par moi-même. Mince, alors ! Si j'avais su !

Le Dr McCleod leva les sourcils d'un air amusé en me regardant. Nous laissâmes Henry grommeler seul dans sa chambre.

— N'hésitez pas à m'appeler si vous êtes inquiète, mais je suis certain qu'il s'agit d'une grippe. Il y en a dans tout le pays en ce moment. Elle peut être sévère, parfois. Ne soyez pas surprise s'il se sent mal pendant quelques jours. Je ne laisserais pas Miss Ingrams s'approcher de lui.

Il s'interrompit pour fouiller dans ses poches.

— J'ai encore oublié mon thermomètre… non, j'ai dû le mettre dans ma sacoche.

Il posa son cartable sur le coffre du palier et fouilla dedans. Il dégageait une odeur agréable et familière que je ne parvenais pas à définir. Son teint était pâle, son nez long et étroit avec des plis profonds de chaque côté jusqu'à la bouche.

— Ah, le voilà ! C'est bien la dixième fois que je l'égare aujourd'hui !

Cela me rappela qu'il devait avoir derrière lui une longue et dure journée de travail.

— Vous m'interdisez de m'excuser ou de vous remercier, mais accepteriez-vous un verre ? Je vous en prie. C'est tout à fait frustrant de ne pouvoir exprimer sa gratitude, l'avez-vous déjà constaté ?

— Non, je ne pense pas. (Il me regarda d'un air surpris.) Je ne me souviens pas avoir éprouvé de gratitude pour quelqu'un. Sans doute parce que je ne suis qu'un sale égoïste considérant que tout lui est dû.

— C'est de toute évidence la bonne explication. Bien regrettable pour vos patients : vous ne pouvez pas comprendre ce qu'ils ressentent.

Je me réjouis de le voir sourire.

— Je suppose que je n'aime pas qu'on me remercie parce que... parce que cela me rappelle tout ce que les malades attendent d'un médecin et le peu de moyens dont celui-ci dispose. Je n'ai que trop conscience que nous tâtonnons encore dans le noir. Nous rédigeons une prescription et, pour le reste, ne pouvons qu'espérer.

— Alors, ce verre ?

— Volontiers. Merci.

Je réfléchis rapidement en descendant l'escalier. Je pouvais le conduire au salon où nous serions seuls tous les deux, ou encore à la cuisine avec Elizabeth, Jenny, Maurice et Rose. Je me dis qu'il préférait sans doute la cuisine mais, par ailleurs, un tête-à-tête me donnerait l'occasion de le connaître mieux. Non que cela importe vraiment. Pour finir, après ce bref débat intérieur, j'optai pour la cuisine.

Je le vis se détendre aussitôt dans la chaleur et le désordre qui y régnaient. Maurice était en train de peindre à l'une des extrémités de la table tandis qu'à l'autre bout Elizabeth faisait ses devoirs. Ivor était venu nous informer qu'il serait absent le lendemain car il devait déjeuner avec ses éditeurs. Il avait apporté le dernier de ses poèmes pour que Maurice le lise. Rose somnolait dans son fauteuil, elle ouvrit les yeux pour voir qui arrivait et jeta un regard pénétrant au Dr McCleod.

— Ah, c'est vous ? dit-elle, et elle referma les yeux.

— Hello, miss Ingrams ! Comment allez-vous ?

Rose garda les yeux fermés et pinça les lèvres. Le Dr McCleod sourit. Je le présentai à Maurice.

— Voilà une bonne figure d'Écossais, docteur McCleod, déclara Maurice en lui serrant la main. D'un ours pour le haut, mais du loup pour la partie inférieure.

— Maurice est peintre et, en ce moment, il classe les visages selon la méthode de Léonard de Vinci, expliquai-je.

— Cela me semble plus agréable que de les classer selon leurs maladies. À propos, je m'appelle Rory. Comment allez-vous ? Hello, Jenny !

Jenny lui sourit en rougissant, Bridie dans les bras. Le bébé venait de s'endormir après avoir bu son biberon et sa bouche esquissait encore des mouvements de tétée. Je songeai que Rory était un prénom qui lui allait bien. Rory... la vie sauvage, les Highlands, le grondement du tonnerre. Je m'arrêtai là, je n'allais pas rivaliser avec Walter Scott. Je lui tendis un verre.

— Merci, je vais d'abord me laver les mains. Il faut veiller à ne pas transmettre de germes au bébé.

Je sortis une serviette de toilette propre et, consciente du reproche implicite, me lavai aussi les mains.

Elizabeth avait l'air contente de le voir. Elle était particulièrement séduisante dans... mon nouveau pull blanc que j'aimais tant !

— Avez-vous vu Henry ? Il joue la comédie pour ne pas retourner à l'école, hein ?

— Non, je ne crois pas. Il est réellement malade, mais rien de grave. Évitez pourtant de le voir pendant un jour ou deux.

— Puis-je vous appeler Rory, moi aussi ?

— Si vous voulez. Il lui sourit en sirotant son vin,

l'air parfaitement à l'aise, une main dans la poche de son pantalon.

— Je vais monter quelque chose à boire à Henry, décidai-je. J'avais déjà la tête qui tournait après un seul verre, sans doute l'anxiété des heures précédentes.

Quand je redescendis, Maurice, Rory et Ivor étaient engagés dans une ardente discussion à propos de l'existence de Dieu. Le ton était déjà animé et je voyais que Maurice y prenait plaisir. Ayant vécu longtemps en Italie, il avouait trouver les Anglais parfois trop flegmatiques.

— Il me semble, disait-il, qu'il y a des moments dans la vie où quelque chose se produit de manière si fortuite et si favorable qu'on en vient à penser à quelque influence bienveillante… qu'on pourrait appeler la grâce. Certaines choses me sont arrivées qui m'ont fait frissonner de la tête aux pieds tant elles tombaient à pic. Cela peut sembler un peu brumeux mais…

— Ça l'est, en effet, interrompit Rory. Il s'agit là plutôt de la capacité du cerveau humain de sérier et d'organiser les impressions des sens pour en faire un monde gouvernable.

— Mais que faites-vous alors de l'expérience sacrée ? De la beauté, par exemple, qui élève le cœur à un niveau supérieur à celui que nous connaissons habituellement, un niveau où la bonté se distingue de l'utilité ?

— N'oublions pas que le cœur n'est qu'une pompe distribuant le sang dans tout notre corps.

Rory avala le reste de son vin et ne sembla pas remarquer que Maurice le remplissait à nouveau.

— Vous avez raison. Ce que je voulais dire, c'est que, dans toute contemplation de l'*au-delà,* nous ne devons pas nous préoccuper de l'absence de données intellectuelles et de preuves rationnelles, car c'est la nature même de la croyance que de s'exprimer en termes de passion et de sensibilité. Je maintiens qu'il existe différentes sortes de vérités en dehors de ce qui se démontre à l'aide des mécanismes de la raison, et qu'on ne peut les ignorer sous prétexte que cela ne se mange pas ou qu'on ne peut pas allumer du feu avec.

— Aha ! s'exclama Ivor, qui avait écouté avec intérêt. Et que dire des impératifs de la morale ? Ainsi que l'observe Kant, cela n'a guère d'importance de savoir si Dieu existe ou non dès lors que nous nous sentons moralement renforcés par notre croyance en Lui.

J'aurais voulu pouvoir me joindre à cette intéressante conversation, mais je fus incapable de trouver quelque chose à dire. Je montai voir si Henry allait bien et éteignis la lumière de sa chambre. Quand je revins, tout le monde débattait du marxisme et de la définition de l'utopie. Je sortis le poulet et les pommes de terre sautées qui devaient constituer notre dîner...

— Mon Dieu ! Il est déjà si tard ? Je dois m'en aller.

Rory avait l'air honteux.

— Non, vraiment, merci beaucoup, dit-il après que je l'eus invité à partager notre dîner. Je suis déjà resté trop longtemps. Mon père et moi avions l'habitude des discussions enflammées, et cela me manque depuis qu'il est mort. Ma mère se mettait du coton dans les oreilles. Elle détestait ces disputes, mais c'était pour nous la seule façon de communiquer.

— Revenez, proposa Maurice. J'apprécie ces joutes, surtout lorsqu'elles sont bien argumentées !

J'accompagnai Rory jusqu'à la porte. Le ciel était constellé d'étoiles et il faisait un froid glacial.

— Comme c'est beau, n'est-ce pas ?

Il respira plusieurs fois profondément en regardant le ciel scintillant avant de se tourner vers moi.

— Merci, c'était charmant. Chez les Kenton, l'ambiance est plutôt triste, débilitante, même. Mme Kenton se montre très patiente et courageuse, mais c'est difficile à vivre pour tous deux.

— Dès qu'Henry ira mieux, je leur rendrai visite.

— Vraiment ? Ce serait très aimable de votre part. Les gens les évitent... par embarras, je pense. Mais je vous fais rester dehors par ce froid. (Il regarda de nouveau les étoiles.) Je suppose que vous n'accepteriez pas... Oh, voilà votre téléphone qui sonne. Je m'en vais. Bonne nuit !

Avant que je referme la porte, il n'était déjà plus qu'une ombre noire sous l'arche menant au pont.

C'était Maeve.

— Qu'est-ce que j'ai entendu dire ? Henry se serait sauvé de l'école ? Mme Veal l'a appris de sa cousine qui fait le ménage au commissariat de police de Marshgate. Ce n'est pas vrai, n'est-ce pas ?

— Si, c'est vrai. Mais il est à la maison maintenant, sain et sauf, et au lit. Il a malheureusement attrapé la grippe, je pense qu'il l'aurait eue dans tous les cas.

Je ne pus dissimuler une certaine froideur.

— Mais pourquoi ? Je croyais qu'il se plaisait à l'école ?

Je n'avais pas encore eu le temps de réfléchir à ce que j'allais dire à Maeve à propos de la lettre qu'elle avait oublié de poster. Sur le moment, ce matin, je voulais aller tout droit chez elle pour lui dire ce que je pensais de son attitude si négligente. Mais, pour l'heure, j'avais surtout envie d'aller me coucher.

— Eh bien... il s'est inquiété pour moi. Mais, tout va bien maintenant.

— Miranda ? Qu'est-ce qui ne va pas ? Il n'est pas blessé, au moins ? Que s'est-il passé ? Ce n'est pas le genre d'Henry de paniquer.

— Il n'a pas autant d'assurance qu'il en donne l'air. Mais je suis fatiguée, la journée a été longue. Je t'appellerai demain.

— Bon. Embrasse-le pour moi. Bonne nuit, alors.

Je songeai que Maeve avait sans doute noté la fraîcheur de ma voix, mais j'étais trop lasse pour m'en préoccuper. Je regagnai la cuisine, où Maurice brandissait une feuille de papier.

— Le reconnaissez-vous ?

C'était un croquis de Rory McCleod, identifiable au

premier coup d'œil avec ses sourcils sombres froncés et son regard ardent.

— Un homme très intéressant, dit Maurice. D'un type peu banal. Ça me semble être ressemblant.

— C'est très bon. Au fait, suggérai-je, pourquoi ne feriez-vous pas des croquis à l'occasion du spectacle historique ? Cela aurait un succès fou. Tout le monde voudrait avoir son portrait en costume.

— Eh bien, je pensais qu'on m'offrirait un rôle. J'aime beaucoup jouer.

— Je n'y avais pas songé, à vrai dire. Vous feriez un excellent Henry VIII.

— À cause de mon *embonpoint**, vous voulez dire ? Vous avez toujours tant de tact ! Je me mets au régime à partir de demain.

Maurice écrivit quelque chose au-dessous du croquis de Rory.

— Voilà, nous y sommes ! *Saeva indignatio*. C'est l'expression dominante de cet homme. Vous connaissez l'épitaphe de Swift ? *Ubi saeva indignatio ulterius cor lacerare nequit*. « Là où la fière indignation ne peut plus lui lacérer le cœur. »

— En se jetant dans le ravin pour sauver Rome, Marcus Curtius avait une expression semblable, ajoutai-je. Son visage exprimait la même conviction enflammée. J'ai acheté une carte postale de cette peinture quand j'étais à Venise.

Maurice me jeta un regard vif sous ses sourcils broussailleux. Puis il se mit à découper le poulet sans dire un mot, mais je vis qu'il réfléchissait.

Pendant la nuit, je m'éveillai en sursaut à plusieurs reprises et, chaque fois, je me précipitais dans la chambre d'Henry pour m'assurer qu'il allait bien. Il dormait d'un sommeil profond quoique par moments agité par la fièvre. Heureusement, le lendemain matin, bien qu'il se plaigne de courbatures dans tout le corps, je compris qu'il irait bien et je pus enfin retrouver mon équilibre.

Je passai la journée à courir dans l'escalier pour m'occuper du malade. Ivor assura qu'il n'attrapait jamais ni rhume ni grippe et proposa à Henry de lui faire la lecture avant le dîner pour que je puisse descendre boire un verre avec Lissie. Elle était venue tout exprès pour garder Bridie pendant que Jenny prenait le thé avec sa nouvelle amie, Mme Harker. Cette amitié entre elles m'avait surprise au départ, sans doute à tort. Malgré la rudesse avec laquelle elle maniait mes tasses et mes soucoupes, Mme Harker arborait une sorte de gentillesse bourrue et la situation de Jenny l'émouvait car, nous dit-elle, elle s'était trouvée pour la première fois dans le même cas à l'âge de seize ans. Depuis lors, elle avait eu sept autres enfants et ne voyait pas d'inconvénient à ajouter Jenny à cette nombreuse progéniture, d'autant que, de son côté, Jenny se comportait à son égard avec la même soumission qu'elle adoptait vis-à-vis de tous les adultes plus âgés qu'elle.

— Ivor semble en forme en ce moment, fit remarquer Lissie.

Nous étions installées dans le salon au coin du feu, Bridie couchée à plat ventre sur la carpette dans une des jolies et coûteuses barboteuses offertes par Lissie. Nous avions déjà épuisé le sujet de la fugue et de la maladie d'Henry.

— Il était d'humeur joviale ce soir, poursuivit-elle, alors que d'habitude il se montre plutôt froid avec moi. Nous ne savons jamais quoi nous dire.

— Ne t'ai-je pas dit que ses poèmes allaient être publiés ? Sans doute en août. C'est peut-être cela qui le rend différent. Je n'avais jamais réalisé à quel point il était affecté par un complexe d'infériorité et par un sentiment d'échec. Maintenant, il se promène partout en sifflant *Les Contes d'Hoffmann*. À vrai dire, j'avoue que cela commence à me taper sur les nerfs, pourtant cela change de *Don Giovanni*. Depuis qu'il a reçu cette lettre, il ne m'a plus donné un seul poème. Ils sont devenus trop précieux pour être divulgués ainsi ! Tant pis pour notre romance !

Lissie se mit à rire.

— La même chose pour Patience, dit-elle. N'est-ce pas merveilleux de l'entendre parler d'Aubrey comme elle le fait ? Personne ne mérite plus qu'elle un peu de bonheur. Sa vie a été jusqu'ici si horriblement austère. Je me demande ce qu'elle va faire de Wacko.

— Tout est arrangé : Patience lui a appris qu'elle épousait Aubrey et qu'elle allait vivre au presbytère, mais qu'il pourrait venir habiter avec eux. Du coup, Wacko a déclaré aussitôt que depuis longtemps il rêvait d'aller rejoindre ses vieux camarades dans une maison de retraite de l'armée. Il n'était resté que parce qu'il ne voulait pas abandonner sa fille.

— Eh bien ! Ce vieux démon ! Il savait bien quand même qu'elle aurait été cent fois plus heureuse sans avoir à s'occuper de lui comme une esclave. Et il prétend encore l'avoir fait pour elle !

— En y réfléchissant, fis-je lentement, je crois pouvoir le comprendre. Il pensait que c'était son devoir sans se rendre compte, bien sûr, de la charge que cela représentait pour Patience. Elle assure qu'à l'idée de rejoindre bientôt ses anciens collègues et de pouvoir évoquer avec eux leurs souvenirs communs, il a retrouvé ce qui ressemble à de la bonne humeur. Je commence à le voir sous un jour nouveau.

— Chérie, tu deviens vraiment tolérante !

— Que veux-tu dire par là ?

— Écoute, ne te fâche pas. J'ai remarqué que, depuis la mort de Jack, tu tends à te replier sur toi-même et cela me préoccupe. Comme si tu prenais tes distances à l'égard de la race humaine. Jessica Buxton m'a dit t'avoir invitée à dîner trois fois depuis Noël et tu as toujours refusé sous prétexte que tu étais trop occupée. Elle n'ose plus t'inviter à nouveau de peur d'avoir l'air trop envahissante.

— C'est une très gentille femme, mais je n'ai pas grand-chose de commun avec elle ni avec ses amis. Il me semble que je peux à présent mener la vie sociale qui me plaît. Et, de toute façon, *je suis bien trop occupée* !

— Ne le prends pas mal ! C'est juste que tu es ma meilleure amie et qu'il m'importe de savoir si tu es heureuse ou non.

— Bon, ça va, mais j'espère que tu te trompes en pensant que je me replie sur moi-même. Je ne veux pas être un cas psychologique. La mort de Jack change forcément notre vie à tous, non ? Pas question pour autant de m'étiqueter aussitôt dans telle ou telle catégorie. Et puis ne prends donc pas au sérieux tout ce que te raconte Maeve, ce n'est pas en donnant un nom à un problème qu'on le résout.

— À propos, elle m'a dit que tu t'étais montrée assez froide avec elle hier.

Je racontai à Lissie l'histoire de la lettre que Maeve avait oublié de poster.

— Mais c'était stupide de ma part d'être fâchée contre elle, ajoutai-je. Je savais très bien que la coupure de téléphone inquiéterait Henry. La lettre manquante n'a fait qu'empirer les choses. Et je sais combien Maeve est distraite et désorganisée, elle n'a pas voulu mal faire. Je mettrai cela au clair avec elle dès que j'en aurai le temps.

Je n'en eus pas l'occasion. Deux jours après l'arrivée inopinée d'Henry, je commençai à ressentir des courbatures dans tout le corps et à avoir mal à la gorge. Une terrible migraine me vrilla les tempes et je me mis à frissonner. Je résistai aussi longtemps que possible, mais finis par me sentir si mal que je dus m'allonger. J'envoyai Elizabeth au cottage d'Ivor avec un message lui demandant s'il pouvait venir s'occuper d'Henry et préparer le repas. Elizabeth revint pour m'annoncer qu'Ivor avait plus de 40 °C de fièvre et pensait être à l'article de la mort. Bien que j'aie moi-même l'impression d'être en train de me dessécher sur des charbons ardents, cela me fit rire. Je demandai à ma fille de retourner au cottage pour ramener Ivor à la maison, où il serait au moins au chaud et où l'on pourrait s'occuper de lui.

Malade et irritée, je m'inquiétai de savoir à qui je pourrais faire appel sans parvenir à trouver une solution. Je voulais à tout prix mettre à l'abri de la contagion Rose, Jenny et surtout Bridie, ainsi que Maurice, si possible. Mais je me retrouvais devant le même problème de l'homme qui, selon la légende, voulait transporter de l'autre côté de la rivière un renard, une oie et un sac de blé sans savoir par quoi commencer. À la tombée de la nuit, j'avais sombré dans un état comateux dans lequel je me sentais alternativement brûlante ou glacée.

Je restai totalement anéantie pendant trois jours, incapable de faire autre chose que de coasser d'une voix rauque un mot d'excuse et de remerciement à ceux qui m'apportaient un bol de bouillon, une tasse de thé et de l'aspirine, c'est-à-dire principalement Mme Harker et Lissie. Quand Mme Harker traversait ma chambre, elle évoquait dans mes visions fiévreuses l'homme qui frappe sur le gong au début des films de J. Arthur Rank. Elle tapait mes oreillers pour les redresser jusqu'à ce que de petites plumes s'en échappent en tournoyant, et sa conversation était sinistre. Elle avait lu dans le *Daily Banner* que cette forme de grippe touchait aussi bien les gens en pleine santé que les faibles.

— Vous avez vraiment mauvaise mine, madame Stowe, déclara-t-elle le matin du troisième jour en me regardant d'un air pessimiste, ses bras puissants croisés sur son opulente poitrine. Je n'ai jamais vu personne d'aussi pâle depuis le jour où une mauvaise pneumonie a emporté ma pauvre tante Glad.

Elle fit claquer sa langue comme un cheval et tira derrière elle la porte si fort en sortant qu'une pincée de poussière tomba des moulures.

Quand j'interrogeai Lissie sur l'état de santé d'Henry et d'Ivor, elle me répondit qu'ils allaient mieux. Au bout du troisième jour, je fus capable de m'en assurer par moi-même. En robe de chambre et pantoufles, je descendis lentement l'escalier et entendis le son de la télévision dans la salle d'armes ainsi que les gloussements d'Henry. Il était encore très pâle, mais tenait dans une main un paquet de chips et dans l'autre un morceau de pizza. Il me fit un signe amical de la main en détournant juste un instant son regard pour le reporter aussitôt sur l'écran.

Je trouvai à la cuisine un spectacle familier et rassurant en même temps qu'un certain désordre. Rose et Bridie somnolaient toutes deux près du feu tandis que Maurice et Jenny, les manches retroussées et les bras blancs de farine, étiraient, tapotaient et pétrissaient une boule de pâte.

— Au menu, pizza et pâtes fraîches, expliqua Maurice. C'est la seule chose que je sache cuisiner. Jenny réussit divinement bien les œufs au bacon et le gâteau de riz, mais trois fois par jour c'est un peu trop. Lucia m'a appris à faire quelques plats locaux et cela peut parfois rendre service. J'y prends moi-même beaucoup de plaisir. Comment vous sentez-vous, ma pauvre chérie ?

Jenny, entre-temps, m'avait apporté une tasse de thé et glissé un coussin dans le dos.

— Beaucoup mieux, merci. Je n'ai plus de fièvre, mais mes jambes sont encore branlantes et j'éprouve le désir d'appuyer ma tête sur toutes les surfaces disponibles. Ce n'est qu'un peu de faiblesse. Dans quelques jours, je n'y penserai plus. Comment va Ivor ?

— Toujours convaincu que c'est une attaque de rhumatismes ou de consomption. Une grippe n'est pas assez romantique pour un poète. Il passe son temps à composer son épitaphe.

— Hello, m'man !

Elizabeth entra en envoyant balader ses bottes dans un coin et son cartable dans l'autre.

— Est-ce que tu te sens mieux ? Oncle Tremlow est un étonnant cuisinier.

Elle se pencha soudain vers moi pour déposer un baiser sur ma joue.

— C'est chouette de te voir de nouveau debout !

— Merci, ma chérie. (Je gardai ses mains glacées quelques instants dans les miennes, qui étaient sèches et chaudes.) Comment vas-tu toi-même ? Pas de signes précurseurs de grippe, j'espère ?

— Dieu, non ! Je ne l'attraperai pas.

Son assurance était justifiée car, effectivement, elle ne l'attrapa pas. Mais le lendemain de ma réapparition dans le monde, Jenny se plaignit de maux de tête et, quelques heures plus tard, se retrouvait au lit avec une forte fièvre. J'étais très préoccupée par la tournure des événements. Non seulement parce que Jenny semblait atteinte plus gravement que nous – bien qu'Ivor ait affirmé avec hauteur par la suite que, s'il avait eu vraiment la grippe, alors c'était la plus virulente de toutes –, mais aussi parce que je craignais que Bridie ne tombe malade à son tour, ce qui aurait pu avoir sur elle des conséquences catastrophiques. Je ne cessais d'examiner le bébé à la recherche du moindre signe de contamination et, le soir de ce même jour, constatai qu'elle était agitée, pâle et un peu fiévreuse. Je me plongeai dans mes anciens livres sur les maladies infantiles. Avec l'aide de Lissie, nous lui baignâmes le front avec de l'eau fraîche, puis je relus le chapitre sur les convulsions. Bridie se mit à pleurer et le thermomètre à grimper, tandis qu'elle devenait toute blanche et transpirait beaucoup. La situation devenait préoccupante, Lissie était rongée d'inquiétude.

— Vous allez finir par épuiser ce bébé à force de lui prendre la température toutes les cinq minutes, déclara Rose d'un ton sévère. Laissez donc cette pauvre petite chose dormir tranquille. Ce n'est pas bon d'être sans cesse sur son dos.

J'avais voulu exiler Rose à la bibliothèque pour la mettre à l'abri des microbes, mais elle était trop obstinée.

— Si je dois l'avoir, alors c'est déjà fait. Bridie n'a pratiquement pas quitté mes genoux ces jours derniers.

Cette réflexion m'imposa silence par son bon sens.

La pauvre Jenny ne se plaignait pas et je n'avais jamais soigné une malade aussi discrète. Elle aurait sans doute préféré souffrir toute seule dans son coin plutôt que de voir des personnes tournoyer autour d'elle et se faire du souci pour sa santé. Elle n'eut même pas une plainte quand Mme Harker lui fit sa toilette alors qu'on aurait pu croire qu'elle l'étrillait.

— J'ai appelé le Dr McCleod, déclara Lissie sur un ton provocant. J'en prends la responsabilité. Ne fais pas d'histoires, je ne pouvais plus supporter d'attendre encore.

— Je ne fais pas d'histoires, répliquai-je. Je suis aussi angoissée que toi, mais je n'aime pas l'appeler à dix heures du soir quand je sais qu'il est surchargé de travail, comme c'est le cas actuellement.

Rory avait l'air épuisé, en effet. Il examina Bridie et l'ausculta attentivement.

— Ses poumons vont bien. Vous m'avez dit que vous avez tout tenté pour faire baisser sa température ? C'est parfait. Faites-lui des enveloppements et donnez-lui un peu de paracétamol en sirop, quatre fois par jour mais pas plus. J'aimerais éviter de lui administrer des antibiotiques. Je viendrai la voir de nouveau demain matin. Et vous ? ajouta-t-il en me dévisageant. Vous n'avez pas l'air en forme, non plus.

— Je suis en train de me rétablir et me sens déjà mille fois mieux. Venez donc prendre un verre.

Le bibliothèque était particulièrement accueillante. Le parfum des narcisses posés sur la table se mêlait à l'odeur délicieuse du bois en train de brûler dans la cheminée. Les lampes tamisées jetaient une douce lumière sur le bureau et les boiseries.

Rory jeta un coup d'œil autour de lui.

— Je me souviens de cette pièce. C'est vraiment une belle maison.

Je lui servis un verre de whisky tandis que Lissie

et moi choisîmes de terminer la bouteille de vin ouverte avant le dîner. Maurice, Elizabeth et Rose étaient déjà au lit, et il régnait dans la maison un calme exceptionnel. Nous parlâmes tranquillement de l'épidémie de grippe et du Dr Kenton. J'interrogeai Rory sur ses projets de retourner à Glasgow.

— Ce n'est plus d'actualité, dit-il. J'ai refusé un poste qu'on me proposait en ville, non qu'il ne m'ait pas intéressé mais parce qu'il m'éloignait d'ici. Le problème est que je ne peux trouver personne qui accepte de s'installer dans cette région, sans doute parce que le cabinet se trouve dans la maison des Kenton. Dans peu de temps, quelques mois tout au plus, il ne se rendra même plus compte de ce qui se passe autour de lui, et son épouse pourra le confier à un établissement spécialisé. Mais, pour l'instant, il ne se sent bien que chez lui, et il serait trop cruel de le faire partir.

Nous discutâmes encore quelques minutes de ce sujet, puis Lissie déclara qu'elle devait rentrer chez elle. Elle remercia avec chaleur Rory de s'être déplacé, et je notai qu'il lui répondait très poliment, assurant qu'elle avait bien fait de l'appeler puisqu'elle était inquiète. Il se leva quand elle sortit mais ne fit pas mine de la suivre.

— Vous voyez, dit-il quand je revins après l'avoir accompagnée, j'ai réfléchi à ce que vous m'avez dit et je fais des efforts pour me montrer aimable.

— Voilà qui me surprend, je ne pensais pas avoir la moindre influence sur vous.

J'avais parlé d'un ton léger. Il me regarda, puis se leva pour aller et venir dans la pièce, saisissant parfois un livre afin d'en examiner la reliure d'un air distrait.

— Je n'ai jamais prétendu que vous en aviez, finit-il par dire. Je suis en général sur mes gardes avec les gens, surtout lorsque je… Il s'interrompit.

— Qu'est-ce qui vous a amené dans le Kent ? demandai-je pour meubler le silence. Il est évident que ce n'est pas le genre de médecine que vous rêvez de pratiquer.

— Philip Kenton m'a écrit pour me demander de venir. J'avais déjà compris que quelque chose n'allait pas en lui bien avant que le diagnostic fût établi. Avez-vous lu les nouvelles de Trollope[1] sur le clergé du Barsetshire ?

Je fis un signe affirmatif.

— Vous souvenez-vous de l'histoire qui met en scène deux hommes liés d'amitié depuis l'université, le Dr Arabin et M. Crawley ? L'un d'eux est riche et a réussi. Il est devenu doyen de l'université. L'autre n'est qu'un pauvre vicaire. Philip Kenton a été notre Dr Arabin. Quand mes parents se trouvaient dans une extrême pauvreté, il donnait en secret de l'argent à ma mère pour nous faire vivre car mon père était trop fier et trop amer pour accepter ses bontés. Je ne vous ai jamais dit que la vie de mon père avait été ruinée par une accusation de détournement. Il a finalement été acquitté car il n'était pas responsable. Mais il ne s'en est jamais remis et a pris une retraite prématurée. J'ai toujours éprouvé une vive reconnaissance à l'égard de Philip car, dès le début, il n'a jamais douté de l'innocence de mon père. Je crois que c'est ce qui l'a aidé à ne pas devenir fou. Je n'étais donc pas en mesure de lui refuser quoi que ce soit.

— En effet, vous ne le pouviez pas, je comprends.

Je ne fus pas certaine que Rory m'eût entendue. Il continuait d'aller et venir et ne s'aperçut pas que je remplissais à nouveau son verre. Il le prit sur la table, but distraitement et le reposa.

— Dès mon enfance, j'ai voulu étudier moi aussi la médecine. J'ai fait mes études à Édimbourg et n'ai jamais douté un seul instant de mon choix. Cependant, quand j'ai commencé à pratiquer, je me suis aperçu qu'il me manquait une qualité : je suppose que vous

1. Anthony Trollope (1815-1882), romancier réaliste anglais spécialiste des chroniques de la vie provinciale. *(N.d.T.)*

appelleriez cela la capacité à compatir, je suis intolé-
rant. Les gens me mettent en colère. Je ne parviens
pas toujours à me maîtriser. Un médecin doit pouvoir
le faire. Comme les prêtres, il ne doit s'intéresser
qu'aux souffrances de l'humanité.

Quand Rory eut achevé son discours, il se tenait le
dos au feu, les mains profondément enfoncées dans les
poches de sa veste de tweed. Il gardait les yeux fixés
sur le tapis, pleins de sombres pensées, la lèvre inférieure couvrant un peu la supérieure dans une attitude
de réflexion mélancolique. Le col de sa chemise était
déboutonné et son nœud de cravate s'était relâché
comme s'il avait passé la journée à tirer dessus avec
impatience.

— Je ne pense pas qu'il n'y ait qu'une seule attitude valable, répliquai-je, quelle que soit la vocation
choisie.

Je m'adossai à mon fauteuil et m'efforçai de préciser ma pensée.

— Il y a des tas de gens pour lesquels une « grande
âme » bienveillante, dépourvue de sens critique, ne
serait d'aucun secours. Moi, par exemple, rien ne
m'irriterait plus que d'avoir à exposer mes faiblesses
physiques ou psychologiques à quelque saint mahatma
dispensant une bonne volonté impartiale. Je préfère
une discussion engagée, si caustique soit-elle. Le Dr
Kenton était un homme merveilleux, mais il lui arrivait souvent d'être de mauvaise humeur, d'oublier des
détails importants et, aussi, de se tromper. Je l'aimais
parce qu'il me donnait confiance en moi, parce qu'il
me faisait croire que je parviendrais à me débrouiller
en toutes circonstances, même les plus catastrophiques. D'autres personnes l'estimaient pour des raisons
toutes différentes. N'ayez pas crainte de montrer à vos
patients que vous êtes un être humain, vous aussi. Si
vous ne voulez pas que les gens vous prennent pour
un demi-dieu détenteur de toutes les réponses, alors
cessez de croire que c'est comme ça que vous devriez
être.

Rory fronça les sourcils et son regard devint dangereusement glacial.

— C'est la seconde fois que vous m'accusez d'arrogance.

Je tentai de mettre un peu d'ordre dans mes pensées compte tenu de l'heure tardive, de ma santé encore fragile et des nombreux verres de vin que j'avais ingurgités.

— Désolée, je deviens stupide et radoteuse. N'était-ce pas Dostoïevski qui disait que la seconde moitié de la vie n'était faite que d'habitudes acquises pendant la première ?

À mon grand soulagement, il sourit et se mit même à rire.

— Vous me surprendrez toujours.

— Cela signifie sans doute que vous faites des erreurs quand vous me jugez.

— La vérité est qu'une bonne ration de whisky dans un estomac vide m'a mené à une introspection trop complaisante. Je me sens légèrement ivre. Pardonnez-moi de m'être ainsi ridiculisé.

— Vous n'avez rien mangé depuis quand ? Pourquoi ne l'avez-vous pas dit ?

Ignorant ses protestations, je courus à la cuisine et coupai une tranche de pain.

— En tant que médecin, vous devriez savoir mieux que personne combien il est mauvais de rester trop longtemps à jeun, dis-je en ajoutant quelques tranches de tomates et de concombre au poulet froid qui restait de notre dîner. Ne faites donc pas tant d'histoires pour un malheureux sandwich. Mangez-le si vous ne voulez pas blesser mes sentiments.

— Vous avez des sentiments ? Je commençais à penser que vous étiez invulnérable.

Je souris en sortant le gâteau au carvi tandis qu'il dévorait le sandwich.

— Vous n'avez pas déjeuné ?

— Je ne me souviens pas. De toute façon, je vous défends de me réprimander, vous n'êtes pas ma mère.

— Dieu m'en préserve !

— Dieu vous en préserve, vraiment ! Ce serait une situation affreuse. Pourriez-vous cesser un instant de me verser des verres de lait ou de vous intéresser à mon cartable pour vous asseoir une minute ?

Il me souriait, ses yeux gris posés sur moi avec une expression suppliante, mais je restai sur la défensive car je le soupçonnais d'être en effet légèrement ivre.

— Je vais juste ranger la vaisselle dans l'évier pendant que vous terminez votre gâteau.

— Nom d'un chien, laissez donc tout ça tranquille, Miranda !

Il se pencha en avant pour me prendre la main, mais, avant qu'il ait pu l'atteindre, une patte noire surgit de dessous la table et traça trois griffures rouges sur le dos de la sienne.

— Pour l'amour de Dieu, ne vous conduisez pas comme un enfant ! dis-je en désinfectant sa main avec du Dettol.

— Merci de votre sympathie. Cela fait vraiment mal. Eh ! le pansement est trop serré !

— Non, si je le relâche, il ne tiendra pas.

— Ce maudit chat m'aura sûrement infecté et j'aurai le bras enflé demain !

— Si c'est le cas, je me ferai un plaisir de vous conduire à l'hôpital. Sœur Tugg vous fera une piqûre bien douloureuse.

— Je ne vois pas ce qui vous amuse.

— Je vous le dirai peut-être un jour. Toutes mes excuses. Dinkie est un très vilain chat.

— Ce n'est pas ce que j'aurais dit. Merci pour la nourriture et le whisky. Où est ma sacoche ?

— Ici, sur la chaise de l'entrée. Chut ! Vous allez réveiller toute la maisonnée. Pensez-vous pouvoir conduire ?

— Désolé ! Idiot de ma part. Suis seulement fatigué. Bien sûr que je peux conduire ! Je vous verrai demain. Bonne nuit, Miranda.

— Bonne nuit.

## 22

— Es-tu certaine de vouloir prendre le risque d'attraper la grippe ?

Je pressais l'écouteur contre mon oreille, le lendemain matin, pour comprendre ce que ma mère me disait à travers les craquements de la ligne. « Hello ! » lançai-je à Rory qui venait de faire son apparition à la porte d'entrée lorsque Lissie lui eut ouvert. D'un rapide coup d'œil, je remarquai que sa main portait encore un pansement.

— Eh bien, laisse-moi te rappeler que c'est extrêmement désagréable, poursuivait Fabia d'un ton lourd de reproche. Mais l'exposition de Waldo ouvre demain à Bond Street et, après l'avoir surpris tout nu en compagnie de cette femme, je tiens à garder l'œil sur lui.

— Quelle femme ? demandai-je, les idées plutôt confuses.

— Gilda Tallows. La chanteuse, Miranda, ne sois pas stupide. Je t'ai déjà tout raconté, je m'en souviens parfaitement. Elle est venue chez nous quand elle a chanté à Vérone. Elle insistait pour ôter tous ses vêtements quand elle faisait ses exercices vocaux. Elle prétendait qu'ainsi elle respirait mieux. Un jour, j'ai glissé un œil dans sa chambre pour voir si elle voulait venir avec moi à Florence et je l'ai trouvée comme ça, toute cellulite dehors et plutôt répugnante, et Waldo était à côté d'elle, complètement nu lui aussi. Ils ont prétendu être en train de répéter un duo, mais cela ne m'a pas convaincue. Qu'en penses-tu ? Miranda ? Tu es toujours là ?

— Ma foi… (j'avais du mal à retenir mon rire)… as-tu pu regarder les partitions de musique ? Cela t'aurait appris pas mal de choses.

— Zut ! Cela ne m'est pas venu à l'idée !

Fabia marqua une courte pause.

— Voilà qui est fort bien vu de ta part, Miranda. Je suppose que tu as appris à te méfier, toi aussi, avec Jack.

Ça, c'était pour me faire cesser instantanément de rire, pensai-je à part moi. Mais il y avait longtemps que Fabia ne réussissait plus à me faire pleurer…

— Si tu veux garder un œil sur Waldo, pourquoi ne restes-tu pas avec lui ? insistai-je.

— Je le ferais bien, mais Waldo dit qu'il est obligé d'accepter l'invitation de ce critique qui va lui écrire un article très élogieux. Apparemment, il n'a qu'un très petit appartement. À mon avis, tout cela ne tient pas debout. Je compte juger par moi-même de ce qu'il en est et venir secrètement en ville. J'ai supporté Waldo pendant ces deux dernières années et je ne lui ai pas payé un billet d'avion pour qu'il puisse aller faire des mamours à sa chanteuse au « Royal Berkshire ». Il se trouve que je sais où Gilda descend toujours quand elle est à Londres.

— Nous sommes tous encore contagieux, et il y a un bébé malade. Tu sais bien que tu détestes les bébés. Si tu allais à l'hôtel ?

— Tu n'as donc pas envie de voir ta mère ? Après tous les sacrifices que j'ai faits pour toi ! C'est à croire que Shakespeare avait raison quand il disait que…

— Très bien, interrompis-je d'un ton vif. À ta guise, après tout. Mais, si tu attrapes la grippe, il ne faudra pas nous en vouloir.

Il était bien connu que ma mère se montrait toujours fort réticente à payer des notes d'hôtel, surtout quand

477

elle pouvait avoir gratuitement quelque part un service cinq étoiles.

Fabia raccrocha et je me dirigeai vers la cuisine pour savoir ce que Rory pensait de Bridie. J'étais descendue plusieurs fois pendant la nuit pour la surveiller et l'avais trouvée chaque fois fiévreuse, avec une respiration encombrée. Ce matin, elle s'était éveillée de bonne heure et je l'avais entendue pleurer depuis ma chambre, située juste au-dessus de la cuisine. J'avais eu beaucoup de mal à lui faire absorber plus qu'une cuillerée d'eau. Elle avait recraché le sirop au paracétamol sans que je puisse savoir si elle en avait toutefois avalé un peu. J'avais certes élevé trois enfants, mais je me sentais cette fois désemparée, frissonnante dans la faible lueur de l'aube. Je me souviens avoir pensé à Rory. Sans doute éprouvait-il lui aussi la même sensation d'impuissance quand il se trouvait devant des gens qui s'en remettaient totalement à lui.

Rory était penché sur le bébé, auscultant avec attention sa poitrine.

— Je n'aime pas trop le râle de ses poumons. Si elle ne va pas mieux d'ici ce soir, je serai obligé de passer aux antibiotiques. Faites-la boire autant que possible.

Il se redressa. Je constatai qu'il paraissait plus fatigué encore que d'habitude et le raccompagnai jusqu'à la porte d'entrée.

— Si j'en juge par mon mal de tête ce matin, je devais être passablement ivre hier soir.

— Juste un peu.

— Je suis désolé.

— Il n'y a pas lieu de l'être. Comment va votre main ?

— Je souffre le martyre ! Mais ne vous en souciez pas.

Nous éclatâmes de rire tous deux et la légère impression de gêne se dissipa.

478

— Vous avez l'air épuisée. Est-ce que le bébé vous a réveillée ?

— Je suis descendue la voir deux ou trois fois.

— Je reviendrai ce soir pour l'examiner. Si vous avez besoin de moi entre-temps, laissez un message à l'infirmière. Essayez de vous reposer un peu.

Quand il fut parti, je me regardai dans le miroir du hall. Après cette grippe, j'avais la peau sèche, le cheveu plat et terne. Je me sentais vaguement déprimée, ce genre de sensation déplaisante qui, autrefois, m'aurait aussitôt jetée dans une folle équipée de shopping. À présent, rien de cela n'était plus possible. Je me sentais encore trop malade pour faire une incursion dans la provision de chocolat, solution de rechange.

— Ma mère va venir quelque temps séjourner ici, dis-je à Maurice en passant la tête par la porte de la bibliothèque. (Il était assis devant le bureau en train de lire.) Espérons qu'elle ne tombera pas malade. Elle est déjà suffisamment fatigante quand elle va bien.

— Bon ! J'aimerais la voir. Quand arrive-t-elle ?

— Demain soir, pour trois jours.

— Oh, quel dommage ! Je dois me rendre à Londres demain et serai absent une semaine au moins. J'allais justement vous le dire. Pas de chance ! Vous me raconterez après comment ça s'est passé.

Vis-à-vis de Maurice, j'avais jeté aux orties toute forme de discrétion ou de loyauté familiales et lui avais confié sur ma mère pas mal de choses qui nous avaient fait souvent bien rire.

— Vraiment dommage, en effet, votre appui m'aurait été précieux. Quelle malchance que vous partiez au moment même où j'ai besoin de vous ! Dieu merci, j'ai annulé la prochaine fournée d'hôtes payants.

— Je vous adresserai des télégrammes de soutien. Je suis malheureusement enchaîné à la discipline des affaires, en ce moment. Comment va Bridie ?

— Pas brillant. En revanche, Jenny semble un peu mieux ce matin.

— Et Ivor ?

— Tout juste capable d'avaler quatre toasts avec de la confiture. Il dit que, pendant son délire fiévreux, il a eu l'idée d'un poème qui devrait être très, très brillant. Il est assis dans son lit et griffonne quelques bribes en hâte avant qu'il ne lui échappe. Tout cela me rappelle Samuel Taylor Coleridge.

— Je suis frappé de constater que vous êtes environnée d'artistes, vous qui prétendiez les détester !

— Mettons que j'essaie de me débarrasser du souvenir de mes premières expériences.

— Je l'espère, ma chère enfant, je l'espère vraiment.

Je passai la journée à soigner les malades et à tenter de remettre un peu d'ordre dans la maison. Après mes quelques jours d'incapacité, elle en avait bien besoin. Mme Harker avait fait bouillir quelques-unes des jolies robes de Bridie, données par Lissie, en même temps que les chaussettes de laine noire qu'Henry portait à l'école. Je dus jeter le tout à mon grand regret et commander de nouvelles chaussettes.

Je nettoyai le garde-manger et le réfrigérateur et portai aux poules un gros sac de pâtes séchées et de pain rassis. Elles en furent enchantées, courant partout en caquetant avec des morceaux calés au coin de leur bec, leurs plumes mouchetées hérissées par le vent aigre de mars. Je changeai leur eau, ramassai les œufs et me hâtai de retourner à l'intérieur, épuisée, avec le sentiment que je pourrais dormir toute une semaine. Au lieu de cela, je confectionnai un pain d'épices et préparai une pleine casserole de soupe pour mes chers invalides. Rose était à la cuisine près de moi et tentait de faire avaler à Bridie de petites cuillerées d'eau. Ce n'était pas facile, le contenu coulait plutôt sur le menton ou dans le cou du bébé.

J'étais occupée à enfiler à Bridie une barboteuse sèche pour la nuit quand, levant les yeux, j'aperçus Maeve dans la cuisine. J'avais complètement oublié de lui téléphoner et, en voyant son expression, je me repentis de cette omission. Elle tenait un grand panier dans une main et, dans l'autre, une enveloppe froissée dont l'adresse était rédigée de mon écriture.

— Je l'ai trouvée hier dans la poche de mon imperméable. J'ai eu peur de te téléphoner. J'ai pensé qu'il était préférable de venir et de t'affronter. Je suis tellement navrée. C'est pour ça qu'Henry s'est sauvé, n'est-ce pas ? Parce qu'il n'avait pas reçu ta lettre ? Décidément, je ne peux rien faire de bien. Je n'arrive pas à élever mes enfants et, à présent, voilà que je te fais du mal.

— Arrête, dis-je. Ce n'est pas juste la lettre. Le téléphone était aussi en panne quand il a tenté d'appeler.

— Je devrais agir de manière plus responsable. De toute évidence, après la mort de Jack, Henry s'angoisse à l'idée que tu pourrais toi aussi disparaître soudain. J'ai été d'une négligence coupable.

Je me levai pour l'entourer de mes bras.

— Sincèrement, Maeve, ce n'est qu'un malheureux concours de circonstances. Ne sois pas si sévère à ton égard. Je sais très bien que tu ne ferais jamais rien qui puisse nuire aux enfants.

Les yeux de Maeve étaient remplis de larmes.

— J'espère que tu le penses.

— Bien sûr ! Maintenant, prenons une tasse de thé et oublions tout ça. Je t'assure que je ne suis pas fâchée.

— Je t'ai apporté quelque chose pour me faire pardonner. C'est dans le panier. Tu vas voir, tu vas adorer !

Je l'observai et vis son visage encore si juvénile exprimer un espoir attendrissant.

— C'est gentil à toi. Ce n'était pas nécessaire, mais c'est une agréable attention.

— Ouvre-le.

Je posai sur la table le lourd panier et soulevai le couvercle. Deux yeux ambrés et brillants me fixèrent.

Je tressaillis, surprise, tandis qu'avec une grâce indicible un grand chat à la longue fourrure grise sautait du panier et me scrutait en balançant la queue.

— N'est-elle pas ravissante ? (Le ton de Maeve était anxieux.) C'est une persane *Blue Smoke*, tu sais. Très précieuse. Elle s'appelle Sukie.

Je ne trouvai rien à dire. Sukie me jeta un regard critique et reprit l'examen de cette pièce inconnue dans laquelle on venait de la propulser.

— Maeve ! m'exclamai-je enfin. Elle est splendide ! Mais sûrement très chère et je ne peux pas accepter que…

— Oh, non, je l'aie eue pour presque rien d'une amie qui en fait l'élevage. Sukie déteste qu'on l'exhibe et ne laisse pas n'importe qui l'approcher. Aussi, mon amie cherchait pour elle une bonne maison.

— Eh bien…

J'étais toujours à court de mots et regardai Sukie froncer son petit nez et sauter à terre d'un élégant bond élastique pour se diriger vers l'assiette de Dinkie.

— C'est absolument charmant de ta part, Maeve, et elle est vraiment superbe, mais je crains que…

Je m'interrompis en voyant la chatière se balancer et Dinkie apparaître pour venir prendre son repas. Son regard incrédule tomba sur Sukie et il s'arrêta net, ses yeux verts exorbités fixés sur elle. Tous les poils de son corps se hérissèrent tandis que sa queue doublait de volume. Il serra les mâchoires en émettant un sourd grondement. Parfaitement indifférente à cette déclaration de guerre, Sukie se mit à manger le poulet préparé pour Dinkie. Il s'avança tout près d'elle en rampant et laissa échapper un cri de rage, mais Sukie, d'une patte rapide, lui griffa le nez. Dinkie opéra un prompt mouvement de retraite.

— Mon amie m'a promis que tout irait bien, assura Maeve. Sukie semble être du type dominant.

La belle persane continuait en effet à déguster avec placidité son poulet tandis que Dinkie, assis, la contemplait, figé.

— Eh bien, je suis stupéfaite, avouai-je. Je n'en reviens pas !

— Tu vas l'aimer, n'est-ce pas ? Je sais combien tu adores les chats. Je me suis dit que cela te plairait d'en avoir un que tu puisses caresser et qui s'assiérait sur tes genoux.

L'expression de Maeve me rappelait celle des enfants quand ils me faisaient un cadeau. J'écartai toute réticence à la pensée d'avoir à m'occuper du confort et de la nourriture d'un être supplémentaire dans ma vie et affichai un air aussi réjoui que possible.

— C'est un très beau cadeau et je te remercie !

Je l'embrassai avec chaleur.

Quand j'eus préparé le thé, nous nous assîmes près du feu pour le boire, Rose, Maeve et moi. Sukie s'approcha et nous scruta froidement, l'une après l'autre. Puis elle sauta sur le canapé, se promena sur mes genoux et commença à pétrir ma jupe. Maeve était en extase. Sukie me jeta un regard désinvolte lourd d'une sagesse toute confucéenne et se mit à ronronner.

Vers six heures, je constatai que Bridie dormait plus calmement et il me sembla qu'elle avait moins de fièvre. Dès que Maeve fut partie, j'entrepris ma tournée d'infirmière accompagnée de Sukie, qui semblait me considérer comme son écuyer chargé de la guider dans ses tâches de la soirée. Jenny put s'asseoir et avaler presque tout un bol de soupe. Sukie sauta sur son lit et condescendit à se laisser caresser. Ivor fut enthousiasmé par elle et insista pour lui offrir un peu de ses œufs brouillés, dont une partie tomba sur la couverture. Il absorba deux bols de soupe, les œufs, deux tranches de pain grillé, une de pain d'épices et déclara qu'il avait terminé son poème.

— C'est sans doute le meilleur texte que j'aie jamais rédigé. Je vais l'envoyer immédiatement à mon agent pour l'inclure dans la collection. Je pense que je serai en état de me lever demain, j'ai l'impression de me retrouver enfin !

— Voilà qui me réjouit, dis-je en rassemblant sur un plateau toute la vaisselle et en reprenant, chancelante, la direction de la porte, Sukie toujours dans mes jambes.

— Tu as été un ange, comme toujours, ajouta Ivor. Il n'y a jamais eu d'autre femme que toi dans ma vie et il n'y en aura jamais. Oh, belle et parfaite Miranda, tu es l'Incomparable !

— Merci ! Fais attention avec ta tasse de thé, veux-tu ? Nous n'aurons pas de linge propre avant demain, il est à la blanchisserie.

Je m'échappai aussi vite que possible car, lorsque Ivor commençait à citer Shakespeare, cela pouvait durer une éternité et le plateau était lourd.

— Il me semble qu'elle va un peu mieux, fit observer Lissie en prenant avec tendresse Bridie dans ses bras.

Lissie revenait de Londres, où elle avait conduit Alice chez l'orthodontiste, et elle était très élégante. J'aperçus ma propre silhouette dans le miroir. Une tache de soupe ornait ma manche, mes cheveux pendaient en mèches grasses et j'avais le nez rouge à force de m'être mouchée. Je demandai à Lissie de surveiller les pommes de terre en train de cuire pour le dîner, de répondre si on sonnait à la porte d'entrée et d'accueillir Rory. Puis je me lavai les cheveux, enfilai une robe en lainage noir et me maquillai. Quand je regagnai la cuisine, j'avais meilleure apparence et devins instantanément la cible de commentaires flatteurs.

— Tu sors ce soir, m'man ? demanda Elizabeth.

Elle avait pris Sukie sur ses genoux et nattait ses longs poils en petites tresses. Sukie semblait se prêter à ce jeu avec plaisir. Rien ne semblait la contrarier, sauf Jasper qui léchait sa fourrure dans le mauvais sens. Le malheureux était médusé de voir un chat qui ne cherchait pas à lui planter ses griffes dans les yeux.

— Non, mais il m'a semblé que je devais faire un petit effort.

— C'est bien plus que ça, déclara Henry. Une transformation.

— Seigneur. J'avais donc l'air si affreuse avant !

— Tu avais l'air de ce que tu étais, intervint Rose avec fermeté : une femme malade avec trop de choses sur les bras.

— Je vais préparer le dîner, dit Maurice, pour que vous puissiez rester assise et faire la belle. Je déplore qu'une telle beauté n'ait que si peu de spectateurs. Ah ! voilà notre jeune Lochinvar[1]. Quelle chance !

Rory examina Bridie soigneusement et estima qu'elle se portait beaucoup mieux.

— Vous allez prendre un verre avec nous pour fêter cela, décida Maurice, qui avait noué un tablier sur son élégant gilet vert olive.

— Non, merci, vraiment non. C'est aimable à vous mais je dois rentrer pour voir s'il n'y a pas eu d'autres appels.

Tout le monde, sauf moi, insista tant, qu'il céda et donna notre numéro à Mme Kenton pour les appels d'urgence. Après avoir bu un ou deux verres de vin, il accepta de rester dîner. Elizabeth et Henry mirent le couvert tandis que j'aidais Rose à se coucher. Je fus heureuse de rester à l'écart pendant le repas et de laisser les autres faire la conversation. J'étais si fatiguée que le seul fait de garder les yeux ouverts m'épuisait. Bien que perdant souvent le fil de ce qui se disait, je remarquai néanmoins qu'Elizabeth dévisageait Rory avec une intensité particulière quand elle pensait qu'il ne la voyait pas. Et, lorsqu'il s'adressait à elle, elle semblait presque timide, embarrassée. Ses manières étaient différentes de celles, provoquantes, qu'elle avait affichées à l'égard de Janós. Il n'en demeurait pas moins qu'elle paraissait très éprise…

J'observai Rory tandis qu'il discutait avec Maurice

---

1. Le jeune Lochinvar est un chevalier écossais héros d'un célèbre poème de Walter Scott. (N.d.T.)

des mérites et des erreurs du fabianisme[1]. Tout en parlant, il passait fréquemment une main impatiente dans ses cheveux, qui retombaient aussitôt sur son front en mèches rebelles. Ils étaient d'un beau brun sombre, un peu ondulés et très épais. C'était exactement le genre d'homme que j'aurais souhaité pour Elizabeth s'il avait eu vingt ans de moins. Intelligent, travailleur, beau garçon... et possédant aussi quelque chose d'autre. Rory était... comment dire ? Non pas fragile, car il se dégageait de lui une force souterraine incontestable... mais plutôt trop... moral, trop humain. C'était quelqu'un qui ne savait pas se défendre.

Tous les hommes avec lesquels j'avais eu une relation quelconque étaient imbus de leur virilité... Une sorte de solidarité secrète leur avait été inculquée par leurs pères, par l'école, par leurs amis, par leurs lectures, par leur culture. Ils n'étaient vulnérables que dans deux importants domaines : leur travail et les femmes. Mais ces échecs eux-mêmes pouvaient être expliqués en termes virils. Le travail était trop commercial, trop compétitif, trop banal. Quant aux femmes, elles étaient trop cupides, trop sensuelles, trop frigides.

Jack avait été mystérieux, indéchiffrable. Quels qu'aient été ses sentiments réels, il les dissimulait sous des airs d'esbroufe ou d'invincibilité. Il lui importait avant tout de rester maître de lui-même. Bien qu'opérant dans un registre de sensibilité romantique, Janòs affichait le même désir de paraître à la fois froid et brillant. Je savais que Maurice avait délibérément rejeté cette formule pour quelque chose qu'il estimait plus valable : il s'autorisait le doute. Quant à Ivor, sa sensibilité l'avait fait cruellement souffrir dès son plus jeune âge. Solidarité virile ou pas, il était un parfait apostat face à cette conspiration masculine. En ce qui

1. Association de socialistes britanniques de la fin du XIXᵉ siècle qui exerça une influence notable sur les débuts du Parti travailliste en 1893. (N.d.T.)

concernait Rory, je ne savais que penser. Mais je le devinais bien d'un tempérament trop indépendant pour tolérer le moindre asservissement à des diktats collectifs, fussent-ils strictement virils.

— Tu tombes de sommeil, ma chérie, dit Lissie en me tapotant le bras.

— Non, je réfléchissais.

— À quoi donc ?

— C'est trop compliqué pour en parler. Tout ce dont je peux me souvenir, c'est que je suis fatiguée. Je vais me coucher, désolée de laisser la vaisselle. J'ai nourri Jasper et les chats.

— Il faut que je rentre.

Rory se leva poliment en même temps que moi.

— J'espère que Dinkie a bien mangé. Il me regarde d'une façon qui ne me plaît guère, bien que je ne doute pas de représenter pour lui une gourmandise.

— Il a d'autres intérêts pour l'instant. (Je désignai la forme de Sukie allongée sur le fauteuil de Rose.) Nous verrons avec le temps quel effet cela aura sur son caractère.

Rory insista pour partir bien que tous eussent tenté de le retenir. Nous nous retrouvâmes seuls dans le hall d'entrée. Je ne pus retenir un bâillement.

— Vous êtes complètement épuisée, observa-t-il gentiment. Cela ne m'étonne pas, avec toutes les responsabilités qui pèsent sur vous.

— Comme c'est drôle ! Je pensais exactement la même chose à votre propos ce matin.

Il garda un instant le silence.

— Nous sommes peut-être de cette race de gens qui ne trouvent leur mesure qu'en se confrontant aux plus lourdes responsabilités. À moins que nous ne soyons incapables, par tempérament, d'arranger les choses à notre convenance. Ce serait plus flatteur. Bonsoir. Et merci. N'hésitez pas à m'appeler si quelque chose vous préoccupe pour le bébé. Je pense qu'elle devrait aller bien, maintenant.

— Bonsoir.

J'avançai la main et il s'en empara.

— Bridie est presque endormie, dit Lissie en entrant dans le hall et en prenant son manteau. Elle a bien meilleure mine. Je suis si heureuse qu'elle ait franchi ce mauvais cap. Bonsoir, ma chérie.

Elle déposa un baiser sur ma joue et sortit dans la nuit avec Rory.

Le lendemain matin, à neuf heures, elle m'appelait pour me dire que, tout en ayant mauvaise conscience de m'abandonner au milieu de telles nécessités, elle se sentait si mal qu'elle était certaine d'avoir attrapé la grippe. Je la rassurai : j'allais déjà nettement mieux après cette bonne nuit de repos et je pourrais me débrouiller. Je promis de téléphoner pour prendre de ses nouvelles.

Après avoir raccroché, je restai un instant assise dans l'entrée dans une espèce de brume post-grippale. James devait revenir à la maison pour le week-end, ce qui était bien agréable mais signifiait aussi que j'aurais à m'occuper de trois enfants, deux adultes malades (Ivor, descendu pour le petit déjeuner, avait aussitôt regagné sa chambre, les jambes aussi molles que du vermicelle), Rose, ma mère et Bridie. Pour couronner le tout, Mme Harker ne venait jamais en fin de semaine. James était toujours prêt à aider, mais ses aptitudes ménagères étaient limitées. Je savais d'ailleurs qu'il aurait rapporté déjà suffisamment de travail de son côté. Tandis que, dans un état proche de la dépression, j'étais en train de réfléchir à ce que je pouvais faire pour me débrouiller sans Maurice, parti pour Londres par le premier train, le téléphone sonna. C'était Béatrice.

— Ma pauvre chérie ! m'exclamai-je en la serrant contre moi. J'espère que Roger n'est pas fâché que tu sois venue ?

— Au contraire ! Il était ravi de me voir partir !

Il était six heures du soir, ce même jour, et Béatrice se tenait devant moi sur le seuil de la cuisine. Elle était plus ronde que jamais dans son horrible manteau de laine tricoté à la main et orné de pompons ressemblant à ces petites balles en peluche que l'on fabrique pour les enfants. Je lui jetai un regard soucieux en pensant à ce qu'elle venait de dire.

— Oh, ne t'inquiète pas, dit-elle en voyant mon air perplexe. Roger est bien trop paresseux pour prendre une maîtresse. Simplement, il est enchanté de pouvoir traîner au lit jusqu'à onze heures sans risquer de m'avoir sur le dos. Oh, quel adorable petit chat !

Quand Freddy, toujours sombre et muet, eut déposé ma mère à la porte, tout était prêt. Béatrice s'était chargée du dîner, assurant qu'elle était absolument nulle en ménage et incapable de s'occuper de malades. La seule chose qu'elle savait faire, c'était la cuisine, et elle déclara que pendant les quelques jours qu'elle passerait à Westray elle préparerait les repas. Mais elle ne savait pas cuire la viande. Étant depuis si longtemps végétarienne, elle avait oublié comment faire. Je mis le poulet et la côte de bœuf dans le congélateur et m'efforçai de réunir les divers ingrédients peu courants entrant dans la composition de ces plats qui mijotaient ou grillaient sur le feu.

— J'oublie toujours ces vents *arctiques* qui soufflent dans cette partie du monde, déclara Fabia quand je déposai un baiser sur sa joue. Faites attention ! cria-t-elle à Freddy, qui déposait ses bagages. Ces rustauds ne sont pas capables de distinguer le cuir du plastique, ajouta-t-elle à mon intention sans baisser la voix. Donne-lui quelque chose, Miranda. Il faut d'abord que je réchauffe mes mains. Y a-t-il du feu au salon ?

Je lui expliquai que nous nous tenions pour l'instant dans la bibliothèque, qui était plus petite et plus confortable.

— Plus confortable ? (La bouche de Fabia esquissa une moue de dégoût.) Je n'ai jamais recherché le confort de toute ma vie. Je suppose que le fait de te marier dans un milieu inférieur a gâté ton goût. Tu vas bientôt porter des pantoufles et regarder la télévision.

— Béatrice est à la cuisine. Elle est venue m'aider, n'est-ce pas gentil de sa part ?

— Béatrice est une Cendrillon née. Je vais aller la voir.

Le dîner fut une épreuve. Fabia releva des fautes partout, à commencer par les enfants, qui répandaient une horrible odeur bon marché (Elizabeth) ou parlaient la bouche pleine (Henry). Béatrice avait confectionné un gratin de légumes d'un goût certes délicieux mais d'un aspect parfaitement repoussant, car la présence d'une grande quantité de champignons lui donnait une couleur grisâtre.

— C'est vraiment super, tante Béatrice ! affirma Henry. Ça ressemble à la vase que l'on retire des douves mais, heureusement, ça n'a pas le même goût.

— « Super » n'est pas un mot que l'on emploie quand on est bien élevé, Henry ! (Fabia tournait sa fourchette dans son assiette.) Es-tu certaine qu'il n'y a pas de champignons là-dedans, Béatrice ? Rappelle-toi qu'un seul champignon risque de m'obliger à m'aliter au moins une semaine.

Par chance, comme de toute sa vie ma mère n'avait même pas su faire cuire un œuf, elle était tout à fait incapable d'identifier les ingrédients de ce qu'on lui présentait. Je misais sur le fait que son allergie aux champignons n'était que le fruit de son imagination. Certes, je ne souhaitais nullement la rendre malade et, d'ailleurs, la seule perspective de la garder au lit sous mon toit me terrorisait.

— Cette enfant a l'air maladif, dit Fabia en jetant un regard sévère à Bridie, bien calée par des coussins dans son petit lit et occupée à jouer avec quelque chose de blanc et d'élastique que Lissie lui avait apporté.

Comme la plupart des enfants, Bridie s'était rétablie bien plus vite que nous. Quand je passai devant elle avec les assiettes sales, elle rit en me tendant les bras et je m'arrêtai pour l'embrasser.

— Je pense qu'elle sera très jolie.

— Dans la classe ouvrière, on habille toujours beaucoup trop les enfants, déclara Fabia.

Ma mère n'avait jamais donné un biberon ni changé une couche, mais se prétendait une autorité en la matière.

— Cette enfant devrait être dehors, au frais. Et pourquoi lui met-on un bonnet à la maison ?

— Voyons, Fabia ! Dehors il fait complètement noir et très froid ! Et Jenny lui met un bonnet car elle est sensible des oreilles.

— C'est bien ce que je dis ! Les enfants des classes inférieures sont toujours fragiles. Si vous suiviez mon conseil, vous mettriez son landau dehors dès la première heure demain et vous lui donneriez des biscuits. Vous verrez alors comme elle se portera bien.

Je me réjouis de voir Elizabeth se pencher sur le petit lit quand elle pensa qu'on ne l'observait pas et caresser la joue de Bridie en lui murmurant : « Tu es un petit amour, voilà ce que tu es. N'écoute pas un mot de ce qu'elle dit. »

Rory arriva inopinément pendant que nous lavions la vaisselle, Béatrice et moi. J'étais heureuse de le voir, même si je me souvenais que je n'avais pas passé un peigne dans mes cheveux depuis ce matin, à sept heures. Je le présentai à Fabia et à Béatrice. Ma sœur lui serra la main, ma mère se contenta d'un signe de tête distant et se dirigea vers la bibliothèque. Lorsque Rory eut confirmé que Bridie était tirée d'affaire, je lui proposai de partager avec nous une tasse de café et un verre.

— Oh, *je vous en prie\**, acceptez ! dit Béatrice avec ce charme que tout le monde aimait tant chez elle. Je sais que ma mère va encore me faire la morale, elle n'osera pas si vous êtes là.

— Et pourquoi vous ferait-elle la morale ? demanda Rory en souriant.

— Elle commencera par me dire que je suis trop grosse. Puis elle m'interrogera sur le travail de mon mari pour me rappeler combien les artistes ont besoin de leurs épouses. Elle adore les artistes, voyez-vous, et pense que le devoir de ceux qui ne sont pas productifs sur le plan artistique est d'organiser des expositions, de séduire les critiques et, d'une manière générale, de faire tout un cinéma autour de la création. Elle considère que je dois faire en sorte que Roger – c'est mon mari, il est céramiste – puisse travailler tout à fait en paix sans avoir à se soucier des robinets dont il faut changer les joints ou des découverts bancaires. Le problème, c'est que, même si je le décharge de tous ces soucis, Roger ne sera pas capable de produire plus de cinq petits coquetiers. Il a perdu tout enthousiasme. Si seulement il pouvait se trouver un vrai travail !

— Il m'a semblé que votre mère me saluait plutôt froidement, objecta McCleod. Mais, si vous pensez que ma présence pourra vous être utile, je peux rester quelques instants.

Il me jeta un coup d'œil en souriant.

— À ta place, Béatrice, je laisserais ces chocolats.

Fabia regarda Béatrice avec sévérité tandis que celle-ci déposait le plateau du café sur la table de la bibliothèque.

— À quoi travaille Roger en ce moment ? Je pourrais le présenter à dame Loïs Brie, si cela peut lui rendre service. Tu sais qu'elle est connue dans le monde entier, elle pourrait lui donner quelques conseils. Je suis persuadée que cela l'aiderait.

Béatrice se lança dans une réponse embrouillée de laquelle il ressortait que Roger envisageait d'abandonner la poterie. Je vis que Rory avait conscience de l'indifférence de ma mère à son égard et que cela l'amusait. Béatrice faisait des efforts incessants pour l'introduire dans la conversation, mais Fabia détournait aussitôt celle-ci vers d'autres sujets. Quant à Elizabeth, elle était en train de dévorer tous les chocolats en couvant Rory d'un regard rêveur.

— Tu ne devrais pas encourager ces gens, dit Fabia quand Rory fut parti.

— Qui ? demanda Elizabeth, qui surprit la remarque en revenant. Elle avait insisté pour raccompagner elle-même Rory jusqu'à la porte, prétendant gentiment que j'étais trop fatiguée. Ce perpétuel rappel de ma mauvaise mine commençait à m'agacer. Mais, bien entendu, je la laissai faire en priant qu'il se montre plus gentil que Janòs face aux béguins des adolescentes.

— Je parle de ces voisins de province, répondit Fabia, sèche. Ils sont tous très bien à leur manière mais, dès que l'on abaisse les barrières, on ne peut plus s'en débarrasser ensuite. Ils ne savent jamais quand il est temps de partir. Cela m'étonne de toi, Miranda, que tu invites un médecin de campagne dans la bibliothèque comme s'il s'agissait d'un ami. J'espère que tu n'es pas en train de devenir une bolcheviste ? (Je notai que sa voix prenait un timbre particulier en prononçant ce mot.) J'imagine que sa famille n'est pas grand-chose. Il a des manières insolentes, arrogantes, même. À ta place, je le dissuaderais de trop traîner dans les parages.

— Eh bien, moi, je pense que c'est un des hommes les plus charmants que je connaisse, rétorqua Elizabeth avec un tremblement de la voix. Il n'est ni insolent ni arrogant. Comment peux-tu dire une chose pareille ? Il est au contraire très gentil et beaucoup plus intelligent que bien des personnes que j'ai pu rencontrer. Je ne connais pas sa famille, mais je parierais qu'elle est bien mieux que la nôtre. Et il a une belle voix. Bien sûr, il a un léger accent écossais puisqu'il est né en Écosse !

— C'est exactement cela ! Les gens de la classe supérieure n'ont pas d'accent.

— Qu'est-ce qu'il ne faut pas entendre ! Tu ne le connais pas et c'est stupide de te comporter comme si c'était le cas !

— J'en ai assez entendu comme ça, déclara Fabia

en saisissant son livre. Si c'est comme cela que tu élèves tes enfants, Miranda, je suis obligée de dire que ton éducation est un échec total.

Le visage d'Elizabeth tourna au cramoisi. Je me levai et la fis sortir de la pièce avant qu'elle n'intervienne une nouvelle fois.

— Je sais, lui murmurai-je. Fabia est horriblement snob. Elle est incapable de se comporter d'une autre façon, je t'assure que Rory ne s'en est pas offusqué, crois-moi. J'ai même eu l'impression que cela l'amusait.

Elizabeth avait les yeux pleins de larmes.

— Tu es certaine qu'il ne s'est pas senti blessé ? Je *déteste* quand des adultes parlent comme ça. Comme si on pouvait choisir ses parents !

— Va te coucher, ma chérie, dis-je en la serrant contre moi. Tu as parfaitement raison et c'est Fabia qui a tort. Demain elle va à Londres et rentre en Italie lundi. Arrange-toi pour l'éviter le plus possible.

Pauvre Fabia ! De toute évidence, tout le monde cherchait à ne pas croiser sa route. Sukie elle-même, pourtant si généreuse de ses faveurs, choisit de l'ignorer. Le lendemain, elle rentra de Londres juste avant le dîner et afficha une humeur étrangement taciturne. Elle garda ses lunettes noires ainsi que le turban dont elle s'était coiffée pour surprendre Waldo incognito. Elle me fit penser à un personnage allégorique d'un film de Cocteau incarnant l'affliction. Je lui dis qu'elle était d'une grande élégance, ce qui était vrai, mais elle se contenta de me faire une *moue** indifférente en se penchant sur son gratin de chou farci qui était la *pièce de résistance** cuisinée par Béatrice. Elle en avala quelques bouchées puis reposa sa fourchette et alluma une cigarette.

— Sincèrement, Fabia, intervint James assis à côté d'elle, il me semble que tu devrais attendre que nous ayons terminé pour fumer. Béatrice a travaillé des heures à éplucher, hacher et je ne sais quoi encore

494

pour ce plat, et c'est à peine si je parviens à le voir à cause de cette fumée.

Fabia jeta un coup d'œil autour d'elle sans se départir de sa moue, puis elle se leva et sortit sans un mot. Dès que j'eus absorbé autant de chou que cela m'était possible, je la rejoignis.

— Bien entendu, j'avais des soupçons. (La voix de Fabia était lointaine.) Personne ne peut dire que je me mets un bandeau sur les yeux. Mais je n'étais quand même pas préparée à les surprendre ainsi.

— Que veux-tu dire ?

— Oh, ils n'étaient pas en train de forniquer dans le bureau ni rien de la sorte. J'ai passé une matinée affreuse dans le hall du « Royal Berkshire » à boire un café infâme – je suppose qu'ils n'ont jamais entendu parler d'un espresso digne de ce nom –, dissimulée derrière un palmier à attendre que Gilda descende. J'ai dû finir par m'en aller car ce stupide maître d'hôtel n'arrêtait pas de me demander s'il devait me réserver une table pour le déjeuner. Il aurait dû comprendre que je me cachais, cet imbécile. Le personnel des hôtels est *désespérément* mauvais aujourd'hui. Je suis donc sortie pour attendre sur le trottoir d'en face. Il s'est mis à pleuvoir. Un temps vraiment affreux. Le climat de ce pays s'est encore détérioré depuis que je suis partie pour l'Italie. Il y avait un kiosque à journaux juste à côté, alors j'ai donné dix livres au vendeur pour qu'il me cède sa place à l'intérieur.

— Pauvre homme ! Il n'y avait pas assez de place pour vous deux ?

— Non, et d'ailleurs il sentait fortement la bière. Dix livres, c'est une somme qu'il ne doit même pas gagner dans sa journée. Je me demande parfois si tu t'intéresses vraiment à ce que je dis, Miranda. On dirait que tu penses à quelque chose – ou à quelqu'un – d'autre qui serait plus important que moi.

— Pardon. Continue, je t'en prie.

— Eh bien, au moment où j'allais abandonner toute cette maudite histoire et rentrer chez moi, Gilda est

495

apparue à la porte de l'hôtel. Et, pendu à son bras, il y avait ce rat de Waldo. Elle portait un manteau de fourrure blanche. On n'a jamais rien vu d'aussi vulgaire ! Je me suis accroupie sous le comptoir et j'ai entendu Waldo dire un mot au vendeur de journaux en passant, lui demander pourquoi il restait dehors par ce temps. Il se pique toujours de savoir se mettre au niveau des gens du peuple. Cela lui sera certainement utile avec Gilda. Alors, *elle* a dit : « Ne restons pas là à nous geler, chéri. Je suis transie ! » Comme si nous ne l'étions pas, *nous aussi* ! Et il lui a répondu de sa voix doucereuse qu'il prend quand il veut jouer les séducteurs : « Alors, trésor, rentrons vite et faisons encore une fois l'amour passionnément. » Le *traître* ! J'ai été tentée de me redresser et de me faire voir. Mais je n'étais pas vraiment certaine de pouvoir le supporter. Je dois admettre que je me suis sentie profondément blessée.

Je vis une larme perler sous les lunettes noires et glisser sur la joue de ma mère. Elle alluma une autre cigarette et poursuivit d'une voix un peu incertaine :

— Quand je pense à tout ce que j'ai fait pour cet homme. Il n'est qu'une *brute* ingrate. Je ne veux plus rien avoir à faire avec les hommes. Ils sont égoïstes, cupides et obsédés par le sexe. À partir de maintenant, je les tiendrai à distance et ne m'occuperai que de cultiver mon esprit. « Seul l'Art nous est à jamais fidèle. » Comme Longfellow avait raison !

— Je ne crois pas que ce soit Longfellow qui ait dit cela.

— Eh bien, pour l'instant je ne m'en soucie guère. Pourquoi relèves-tu toujours ainsi les erreurs des autres, Miranda ?

— Désolée. Veux-tu boire quelque chose ? C'est extrêmement pénible d'être trahi par quelqu'un en qui on avait confiance, tu dois être très malheureuse. Waldo n'est qu'un imbécile ! Il n'est pas digne de toi.

— Tu ne crois pas que je commence à paraître un peu... vieille ?

496

— Seigneur, non ! Personne ne pourrait s'imaginer que tu auras bientôt… cinquante-trois ans.

J'avais marqué une courte pause, le temps de me souvenir qu'il fallait déduire dix années de son âge réel. Ce petit mensonge n'était rien s'il pouvait m'assurer un week-end tranquille.

— Que penserais-tu d'un lifting ?

— Oh, Fabia ! Tu as une peau magnifique ! Avec ce genre de pommettes, tu seras encore belle à cent ans. Et tu t'entretiens parfaitement. Je ne crois pas que tu aies pris un seul gramme depuis mon enfance.

— Eh bien…

Fabia ôta ses lunettes, son turban et se passa les mains sur les hanches d'un air satisfait.

— J'ai tout de même un peu grossi… mais pas plus d'un ou deux kilos. Tu sais combien je fais toujours attention à ce que je mange. À propos, cela me fait penser que j'ai un peu faim. J'aimerais quelque chose de réconfortant. Je ne peux pas me faire à ces vulgaires plats paysans que Béatrice semble tant apprécier. Tu sais ce que j'aimerais ? Un peu de poisson – n'importe lequel, je ne suis pas du tout difficile – cuit avec un filet d'huile d'olive, quelques tomates épluchées, de l'ail, du basilic. Peut-être deux ou trois légumes à la vapeur pour aller avec ?

J'étais en train d'éplucher les tomates après avoir mis à dégeler un morceau de cabillaud acheté pour Dinkie – le seul poisson dont je dispose – quand le téléphone sonna. C'était Diana Milne, qui était venue si providentiellement à mon secours le jour de l'enterrement de Jack. Je l'assurai que j'étais ravie de l'entendre, ce qui était parfaitement vrai, mais que je ne pourrais bavarder longtemps car j'étais en train de préparer un plat un peu compliqué pour ma mère, qui se trouvait parmi nous.

— Dieu du ciel ! Je ne vous retiendrai pas. La tante de Rollo nous a invités à un bal tout près de chez vous. En l'honneur des vingt et un ans de sa petite-fille. Ça ne semble pas très attirant, mais Rollo insiste pour que nous acceptions l'invitation, qui incarne, en quelque sorte, le rameau de la concorde. Il y a des années de cela, cette tante s'était en effet brouillée avec le père de Rollo car elle n'avait pas approuvé son mariage avec sa femme de chambre. Je pense qu'elle s'est adoucie avec le temps. De toute façon, je me suis dit que la chose serait agréable si nous pouvions vous voir à cette occasion. Sans doute connaissez-vous les Vavasour de Titchmarsh Hall ? Ils vous ont peut-être invitée ?

— Oui... non... c'est-à-dire, oui, je les connais vaguement mais, non, je n'ai pas... attendez, voilà le courrier d'aujourd'hui que je n'ai pas encore eu le temps d'ouvrir.

Il y avait sur la table une grande enveloppe rédigée d'une écriture qui m'était inconnue. Coinçant le récepteur sous mon menton, je l'ouvris pour en retirer un carton m'informant que lady Alice Vavasour recevrait chez elle en l'honneur de sa petite-fille Candida Vavasour. En haut figuraient mon nom, celui d'Elizabeth et celui de James.

Le téléphone toujours bloqué contre mon oreille, je lus à haute voix :

— « Chère Madame Stowe, mon mari me charge de vous dire qu'il espère beaucoup que vous pourrez vous joindre à nous à cette occasion. A. V. »

Je jugeai ces lignes plutôt froides et en conclus qu'il serait sans doute préférable de ne pas me rendre à cette réception. Puis, en y réfléchissant plus avant, je réalisai que je n'avais aucune raison de me montrer si susceptible.

— Je vous en prie, venez avec nous, plaida Diane. Nous ne connaîtrons pas un seul invité et, sans vous, ce sera affreux.

— Donnez-moi le temps d'y réfléchir. Quoi qu'il en soit, vous pouvez séjourner ici, que j'y aille ou non. J'insiste.

Nous convînmes que je l'appellerais un peu plus tard dans la semaine pour lui faire part de ma décision.

498

— Pas question d'y aller, trancha James quand je lui montrai l'invitation. Je sais exactement comment ça se présentera. Un buffet infâme, un orchestre horrible, des invités poussiéreux exhumés par courtoisie d'une équipe sénile de chasse au renard, de ceux qui passent leur vie à hanter des salons mal chauffés. Non, même pour te faire plaisir, m'man, je ne renoncerai pas à une soirée agréable du samedi soir pour supporter les tourments du Tophet[1].

— Chéri, tu deviens réellement savant. Il ne fera pas froid, fin avril.

— Non et non.

J'admirai la détermination de James, plus encore que son érudition. Je savais qu'il avait raison et que la soirée serait une combinaison de ce que je détestais le plus. En allant me coucher ce soir-là, je jetai un rapide coup d'œil sur le ciel étincelant d'étoiles à travers les branches encore nues, tandis qu'une légère buée blanche annonciatrice de gel était en train d'envelopper la terre d'ouate. Et je sus de nouveau que tout ce dont j'avais besoin se trouvait ici, à Westray. Ici où il y avait abondance de beauté, où je m'employais à des occupations plus que suffisantes, entourée par une compagnie qui me satisfaisait pleinement. Je décidai de retourner un refus poli à l'invitation. Après tout, j'avais à présent l'âge de ne faire que ce que je jugeais utile ou agréable.

En me couchant, je trouvai mon lit déjà chaud. Sukie me jeta un bref regard avant de refermer les yeux et de se mettre à ronfler doucement.

1. Expression biblique pour désigner la géhenne. *(N.d.T.)*

## 23

Conduite par Rollo, la voiture avançait au pas dans l'allée de tilleuls étêtés aux grotesques troncs noueux. Lentement, la colonne de véhicules s'avançait vers Titchmarsh Hall.

— Je regrette encore d'avoir accepté cette invitation, déclara Diana, assise sur le siège arrière. Cela me rappelle les réceptions de ma jeunesse. Je portais toujours ce qui ne convenait pas... une robe de coton et des sandales, par exemple, quand les autres filles étaient en organdi rose et en souliers vernis. J'étais si grande... quelle souffrance de se sentir gauche et intimidée !

Cet aveu me surprit et me toucha. Diana semblait pourtant toujours si merveilleusement maîtresse d'elle-même.

— En tout cas, vous n'aurez pas à éprouver de tels sentiments ce soir, dis-je. Vous êtes ravissante.

Et c'était vrai. Diana avait choisi de porter un étroit fourreau de velours bleu nuit largement décolleté dans le dos et dont les fines bretelles étaient ornées de strass. Quand elle était apparue en haut de l'escalier, Rollo, ébloui, avait déclaré qu'elle était l'incarnation de la nuit. En le regardant, j'avais eu le plus grand mal à retenir un sourire. Son visage rayonnait de bonheur. Je me réjouissais de le savoir toujours aussi éperdument amoureux de sa femme.

Rollo freina brusquement après que la vieille Bentley qui nous précédait eut soudain calé.

— Vous êtes splendides toutes les trois et je me sens le plus fier des hommes, affirma-t-il. Tous les mâles de la soirée vont être rongés de jalousie quand ils vont me voir en si charmante compagnie.

Elizabeth était assise à côté de Diana. C'était sa faute si je me trouvais embarquée dans cette aventure. Elle avait absolument tenu à se rendre à cette réception car, avait-elle expliqué, Johnny, invité lui aussi, avait menacé de se suicider si elle n'y paraissait pas.

— Écoute, chérie, je comprends que tu désires y aller, avais-je objecté. Mais tu n'as pas besoin de moi. Tu accompagneras Diana et Rollo.

— Oh, je t'en prie, viens ! Je n'ai encore jamais assisté à ce genre de soirée sophistiquée avec bal et tout le tralala. Je me sentirai beaucoup plus nerveuse si tu n'es pas là. Je t'en supplie !

Comme toujours, je m'étais laissé attendrir par son insistance et, après une courte hésitation, le mal était fait. Elizabeth avait déjà déposé devant moi sur le bureau mon papier à lettres et mon stylo afin que je réponde à l'invitation. James, lui, ne tenait pas à venir.

Il fallut alors décider de ce que nous allions porter pour l'occasion.

— L'autre jour, j'ai essayé ta robe noire et j'ai trouvé qu'elle m'allait vraiment super bien, minauda Elizabeth, enjôleuse.

— Je n'en doute pas, mais, si tu la prends, qu'est-ce que je mettrai, moi ? Peut-être ma vieille robe de soie verte ? Je pourrais l'envoyer à Londres pour la faire nettoyer et elle serait comme neuve.

— Allons voir ce qu'il y a dans ton placard !

J'essayai plusieurs robes longues qu'Elizabeth trouva complètement démodées et tout juste bonnes à donner à des associations caritatives. J'étais d'accord avec elle, et nous en fîmes un paquet. Le choix se limita alors à une robe de mousseline argentée à taille basse, très étroite, et à l'incontournable robe de soie verte. Elizabeth préférait la première, mais elle était si ajustée qu'il m'aurait été impossible de bouger librement, pas même de m'asseoir. Je l'écartai, jugeant qu'elle convenait à quelqu'un de beaucoup plus jeune.

— Ce vert est vraiment triste, grommela Elizabeth, et je veux que tu sois très jolie.

— Je la trouve encore élégante, tu sais. Je crains seulement que la tache sur le devant ne parte pas, même au nettoyage. À moins que je ne porte un châle pour la dissimuler.

— Impossible, décréta Elizabeth avec hauteur. Non, s'il n'y a rien de mieux, alors tu porteras la robe noire et moi je me débrouillerai avec une chemise de papa et un pantalon, quelque chose comme ça.

— J'ai la solution ! s'exclama Lissie qui venait d'entrer et avait surpris la fin de notre discussion.

C'était le premier jour qu'elle sortait du lit et elle s'était précipitée à la maison avant de mourir d'ennui ou étouffée par les attentions de George. Il s'était montré absolument adorable, mais elle devenait folle à le voir tourner dans la chambre avec un zèle si débordant qu'elle se serait crue à l'article de la mort.

— J'ai acheté une robe merveilleuse il y a quelques semaines, tu serais ravissante dedans, Miranda. Naturellement, elle sera un peu courte pour toi, mais cela n'a pas d'importance. Les robes à la cheville sont à la mode en ce moment.

— Mais… et toi ? m'étonnai-je. Que porteras-tu ?

J'avais été ravie d'apprendre que Lissie et George devaient également se rendre à Titchmarsh. George était en relation d'affaires avec John Vavasour et siégeait avec lui à plusieurs conseils d'administration.

— Pour être sincère, cette robe est trop juste pour moi, avoua Lissie. Elle me plaisait tant que je l'ai acquise en me disant que je finirais bien par perdre un peu de poids, mais elle est toujours trop serrée. Je mettrai ma robe de taffetas noir. Je suis très heureuse que tu puisses en profiter…

Elle insista pour aller la chercher sans attendre et,

lorsqu'elle nous la montra enfin, je compris pourquoi Lissie l'avait trouvée irrésistible. C'était vraiment une très jolie création, d'une ligne pure que venaient rehausser un col festonné et des manches serrées. Son chic venait de sa simplicité et de sa coupe, taillée avec art dans une épaisse cotonnade blanche. Je l'essayai. On aurait cru qu'elle avait été faite pour moi.

— Ravissante, absolument parfaite, soupira Lissie en tournant autour de moi. C'est tout à fait toi !

— Tu es certaine de vouloir me la prêter ?

— J'en suis enchantée.

— Tu es la plus généreuse des amies, dis-je en l'embrassant. Je te promets de faire attention, je passerai la soirée dans un coin toute seule pour être sûre de ne pas la salir.

Ce fut bien ainsi, d'ailleurs, que débuta la soirée. L'air un peu canaille avec ses cheveux aplatis et une veste de smoking trop large pour lui, Johnny attendait Elizabeth près de la porte d'entrée. Il l'entraîna aussitôt et ils disparurent dans la foule. J'entrevis parfois durant la soirée leur dos ou un bras tandis qu'ils dansaient ensemble dans un coin du salon, ignorant les autres invités. Je constatai ainsi que, malgré ses affirmations, Elizabeth n'avait nul besoin de moi pour ses débuts dans la vie mondaine.

Diana et moi allâmes déposer nos manteaux dans la chambre de lady Alice, une pièce aux proportions gigantesques tapissée d'un horrible papier couleur moutarde. Coiffé d'un baldaquin et habillé d'une courtepointe de satin d'un vert sombre et luisant, le lit, immense, trônait sur une estrade, comme pour décourager toute tentative d'y pénétrer. Je tentai de capter mon reflet dans le miroir de la coiffeuse, mais le tain était si usé qu'il ne renvoyait qu'une image floue, comme celle d'un puzzle aux pièces manquantes.

Lady Alice et son mari accueillaient leurs invités à la porte de la salle de bal. Je présentai Diana à lady Alice, qui aussitôt l'introduisit auprès d'une femme qui se tenait à ses côtés et présentait les mêmes caractéristiques physiques que la maîtresse de maison : un grand nez et des yeux froids protubérants. J'en conclus qu'il devait s'agir d'une proche parente de lady Alice et, à ma grande surprise, je la vis entamer avec Diana une discussion à voix basse dont je fus exclue. Lady Alice pinça un peu les lèvres, ce qui devait être sa manière de sourire, et se détourna pour saluer l'invité suivant. Je pénétrai donc seule dans la salle de bal et, à l'autre extrémité, repérai Rollo en grande conversation avec un groupe d'hommes qui, tous, m'étaient inconnus. Je cherchai en vain Lissie et George et finis par m'immobiliser dans un coin, sachant que Rollo viendrait à mon secours dès qu'il m'apercevrait.

La vaste salle était un peu plus animée que le soir du concert de Janòs. Tous les chandeliers avaient été allumés et leurs flammes éblouissantes dansaient comme des feux follets sur les miroirs et les vitres. De lourds rideaux, sans doute rouges autrefois mais désormais d'une douce teinte chocolat, pendaient en festons dans leurs embrasses. Face aux fenêtres de la grande façade, quelques portraits en pied d'ancêtres Vavasour décoraient le mur sur lequel se découpait une massive cheminée de marbre sculptée de motifs allégoriques. Un jeu de doubles portes ouvrait sur la salle de bal, où, pour l'heure, l'orchestre prenait ses marques et accordait ses instruments. Je me dis qu'il devait s'agir d'anciennes relations de John Vavasour, car tous les musiciens avaient les cheveux blancs et certains semblaient même éprouver quelque difficulté à escalader l'estrade.

L'atmosphère était empreinte d'émanations de camphre et de naphtaline dégagées par les étoles et les vestes de smoking stockées trop longtemps dans les armoires. Des douairières à l'aspect sévère, comprimées dans le corsage de leurs robes de bal datant d'avant guerre, fleurissaient un peu partout. La plupart des hommes chancelaient sur leurs jambes affaiblies par l'âge et tenaient leur verre d'une main tremblante. Il y avait une sorte de nostalgie dans les efforts qu'ils déployaient pour maintenir une certaine allure, et je ne pus m'empêcher de les admirer. Je vis Wacko en grande conversation avec sir Humphrey Bessinger. Patience, elle, avait décliné l'invitation. Quand son père sortait, elle pouvait disposer de sa soirée pour la passer avec Aubrey et, chaque fois qu'elle en parlait, on lisait dans ses yeux que ces moments de doux tête-à-tête étaient un pur délice.

Je m'efforçai de chasser toute timidité en me dirigeant vers la table où des boissons étaient servies. La grande consolation d'être seule venait du fait que je n'avais plus à redouter de voir Jack entreprendre les plus jolies femmes de l'assistance jusqu'à ce qu'il ait trouvé sa proie pour la soirée. Tout en sirotant un verre de vin tiède, je m'amusai à sélectionner la femme qu'il aurait choisie en dernier lieu. Je connaissais exactement ses goûts. Bien qu'à mes yeux Diana fût la plus jolie des invitées – elle était toujours en train d'écouter avec patience le discours de Lady Alice –, j'étais certaine que le choix de Jack ne se serait pas porté sur elle. Elle était trop froide, trop inaccessible. J'entrevis rapidement une femme que Jack aurait admirée. Elle devait avoir une trentaine d'années. Sa silhouette avait gardé toute sa juvénilité. Elle était entourée d'un cercle d'hommes jeunes qu'elle regardait de ses grands yeux tout en bougeant avec élégance sa jolie tête encadrée de cheveux blonds. Avec ses traits fins, ses bras minces chargés de bracelets et sa robe d'un rouge éclatant qui se détachait sur les tenues lourdes des douairières, elle était magnifique. Comme je l'observais, amusée par sa coquetterie, un homme portant deux verres de vin s'approcha d'elle et elle glissa aussitôt une main sous son coude, oubliant tous les autres pour lui réserver ses attentions. C'était Rory McCleod.

Je ne l'avais pas revu depuis le soir de l'arrivée de ma mère. J'avais été si occupée avec le jardin et l'histoire de Westray, dont je voulais achever la rédaction, que je n'avais pas eu le temps d'aller plus loin que la boîte aux lettres, au bout du chemin. Quant au

Dr McCleod, il avait dû être très occupé par les dernières victimes de la grippe. Souvent, Maurice m'avait demandé pourquoi je ne l'invitais pas à dîner puisqu'il semblait apprécier notre compagnie. Mais, sans trop savoir pourquoi, je ne me décidais pas à le faire.

En voyant Rory en compagnie de son amie – car je devinai qu'il s'agissait de la femme que Maeve avait parfois vue avec lui et qu'elle m'avait décrite –, je réalisai combien ils étaient tous deux follement séduisants. La beauté sombre de l'Écossais s'harmonisait avec la blondeur arachnéenne de sa compagne. Elle riait en le regardant et, quand l'orchestre se mit à jouer, elle jeta ses bras autour de son cou pour l'entraîner au rythme de la musique.

Rollo surgit soudain à mes côtés.

— Je suis désolé de t'avoir laissée seule si longtemps. J'ai été retenu par un enquiquineur qui voulait à tout prix retracer le fil de nos relations à travers plusieurs générations de cousins éloignés et depuis longtemps perdus de vue.

— Miranda ! Vous êtes superbe !

Humphrey m'avait aperçue et s'approchait à une allure surprenante.

— Quel plaisir de vous trouver ici ce soir ! Il plissa le nez et renifla.

— Eh, Humphrey, espèce de vieux bouc, cesse de monopoliser toutes les jolies femmes. Présente-moi !

Un homme grand et plein d'assurance, les cheveux noirs striés d'argent, s'était planté juste devant moi et semblait occuper tout l'espace par sa seule présence. Il avait des poches jaunâtres sous les yeux et quelques petites veines éclatées sur le nez, révélant un début d'alcoolisme, mais il se comportait comme s'il était la star de la soirée. Il s'inclina sur la main que je lui tendais en marmonnant quelque chose entre ses dents étincelantes. Humphrey parut gêné mais il s'exécuta :

— Je vous présente Crispin Carter-Brown, député de East Sussex. Mme Stowe.

— Appelez-moi Crispin. (Un sourire étirait ses lèvres.) Voulez-vous m'accorder cette danse ?

Avant que j'aie eu le temps de dire un mot, il m'avait saisie sous le coude et entraînée au milieu de la piste.

— Comment se fait-il que nos chemins ne se soient jamais croisés, madame Stowe ? Certes, je ne sors pas aussi souvent que je le voudrais, en dehors de ma circonscription. Mais John n'est qu'un salaud et je vais m'arranger, dorénavant, pour venir plus souvent dans ce charmant coin perdu au fond des bois ! (Il m'étreignit d'un air tout excité.) Vous avez une robe absolument ravissante. On s'amuse bien, hein ? Hello, Quentin, mon vieux ! N'est-ce pas que la soirée est réussie ?

Il héla un homme qui nous dépassait en tournant lentement, cramponné aux bras d'une grosse femme aux cheveux grisâtres.

— Super ! répondit Quentin en grimaçant un sourire sans le moindre enthousiasme.

— Crispin, ça fait plaisir de vous voir !

Un jeune homme dirigea sa partenaire vers nous à si grands pas que la pauvre femme devait trottiner pour le suivre. Il adressa un sourire séducteur à Crispin quand il fut arrivé à notre hauteur.

— Il faut que je vous voie pour cette affaire dont nous avons parlé la semaine dernière : il y a du nouveau.

— Pas question, murmura Crispin à mon oreille. Cet imbécile voudrait que je le nomme à la direction d'une de mes sociétés. Je préférerais y mettre mon cheval, il est deux fois plus intelligent.

Il rejeta la tête en arrière en riant de cette plaisanterie. Je souris poliment.

Les dernières notes de *Smoke Gets in Your Eyes* me parvinrent. Je me préparai avec soulagement à le remercier et à le quitter, mais Crispin me retint d'une main ferme jusqu'à ce que la musique reprenne.

— Je me demande quel pourrait être le prénom de cette belle et mystérieuse inconnue ?

Je regardai autour de moi un instant avant de réaliser qu'il parlait de moi. J'avais tout à fait perdu l'habitude de ce genre de flirt.

— Non, ne le dites pas, laissez-moi deviner. Vous me faites penser à… attendez que je réfléchisse un instant… Olivia. Ou Juliette. Quelque chose de très romantique et de shakespearien.

Il me déplut qu'il soit si près de la vérité. Il se pencha vers moi, les yeux brillant de satisfaction avec leurs poches semblables à des outres vides.

— Je brûle, hein ?

— C'est Miranda, répondis-je enfin, non sans réticence.

Il poussa un croassement de plaisir qui attira les regards de tous ceux qui étaient dans notre voisinage.

— Vous voyez ! Il est fort ce Carter-Brown, n'est-ce pas ? Comme le courage me manquait pour répondre, il poursuivit :

— Et lequel de ces types est l'heureux M. Stowe ?

Je fis un effort pour paraître polie, mais je commençais à en avoir assez.

— Aucun. Mon mari est mort l'année dernière.

Le visage de Crispin exprima la plus profonde sympathie, du genre de celle qu'il devait afficher quand il recevait ses électeurs le week-end.

— Ce n'est vraiment pas de chance !

Nous fîmes plusieurs circuits sur la piste dans un silence respectueux.

— Voilà ma femme, là-bas !

Il agita les doigts en direction d'un coin où se tenait une femme à l'air maussade vêtue d'une robe bleu pétrole. Elle leva la main et je crus pendant quelques instants qu'elle faisait un geste traditionnel de congédiement. Mais, réflexion faite, je réalisai que c'était une erreur, car les épouses des représentants à la Chambre ne font pas de tels gestes dans un bal de province.

— Laquelle est Candida Vavasour ? demandai-je dans un effort de conversation mondaine. Je pensais qu'elle serait à l'entrée pour accueillir les invités.

— Pauvre petite Candida. C'est elle, là, avec cette horrible robe. Une pauvre petite chose, si insignifiante, n'est-ce pas ?

Je regardai dans la direction que son doigt indiquait. Candida paraissait beaucoup moins que les vingt et un ans annoncés. Ses cheveux ternes étaient coiffés en queue-de-cheval et ses maigres épaules engoncées dans une robe brune d'un ton vraiment peu seyant, terriblement démodée et beaucoup trop large. Elle avait l'air triste. Personne ne semblait lui prêter attention.

— Voulez-vous me présenter à elle ? Je tentai de diriger Crispin dans la direction de Candida, mais il résista.

— Pas question ! Elle n'a aucune conversation. Si vous voulez rencontrer la jeune génération des Vavasour, en voilà une qui est bien plus intéressante. Hello, Annabel !

Nous faillîmes entrer en collision avec un autre couple.

— Hello, Crispin ! Vous avez l'air affreusement bien portant. Cela vous réussit de vivre aux dépens des autres.

Annabel tourna la tête vers son partenaire.

— Chéri, voici Crispin Carter-Brown, député à la Chambre de je ne sais quel coin, pas ici en tout cas.

— Comment allez-vous ? dit Rory.

— Vous n'êtes qu'une vilaine petite rosse !

Crispin tapota le derrière d'Annabel avec satisfaction, puis attrapa deux verres de vin sur le plateau d'un maître d'hôtel qui passait à proximité.

— À votre santé, ma jolie ! (Il lui tendit l'un des verres.) Je vous présente Miranda Stowe. Une de mes découvertes. N'est-elle pas splendide ?

Rory demeura impassible.

— Miranda et moi, nous nous connaissons, fit-il. Comment allez-vous ?

— Très bien, merci.

— Naturellement, rétorqua Annabel. Crispin ne permet pas aux gens qui lui plaisent de ne pas être en forme. Ce n'est pas le style Carter-Brown. Pour Crispin, il faut toujours qu'il y ait du chahut, n'est-ce pas, mon cher ?

Je fus surprise de l'ironie d'Annabel. Je l'avais prise pour une jolie petite tête vide, mais il était évident que ce n'était pas le cas. Curieusement, cette découverte me contraria.

— Est-ce en personne le jeune charlatan dont m'a parlé votre mère, Annabel ?

Le visage de Crispin était tout plissé de rire à la suite de ce *bon mot**. Je vis celui de Rory s'assombrir.

— Pardonnez-moi cette petite plaisanterie, docteur McCleod. Nous autres, parlementaires, devons toujours garder l'esprit éveillé. S'occuper du pays est une affaire sérieuse. J'ai beaucoup entendu parler de vous par la mère d'Annabel et ce qu'elle m'a dit m'a plu ! Topez là !

Crispin tendit une large main et, après un instant d'hésitation, Rory la saisit. Je distinguai un léger sourire sur ses lèvres.

— Oui, c'est Rory, n'est-il pas merveilleux ?

Les yeux d'Annabel posés sur Rory s'embuèrent soudain. Elle devait être vraiment très amoureuse. Son physique était sans défaut, son visage plutôt dur, presque insolent, mais l'expérience m'avait appris que les hommes ne remarquaient jamais cela. Elle aurait intéressé Jack.

— Quand allez-vous vous décider à la demander en mariage, mon vieux ? La mère d'Annabel a déjà choisi sa tenue de belle-mère, vous savez.

Crispin avait avalé son verre de vin d'un seul coup et était en train de l'échanger contre un autre, rempli à ras bord. Je connaissais ce genre d'homme capable d'absorber des quantités importantes d'alcool sans vaciller pour la bonne raison qu'ils ne sont jamais sobres. Je voyais pourtant qu'il était en train de perdre

510

son habituelle prudence. Rory semblait ennuyé et je ne pouvais l'en blâmer.

— Ça va, Crispin, dit Annabel en le repoussant d'une main ferme. Allez-vous-en et occupez-vous de vos affaires. (Elle me jeta un coup d'œil condescendant, que je lui retournai.) Rory est un homme travailleur et honorable – pas du tout comme vous – et il accomplit beaucoup de choses pour ceux qui sont désavantagés. Il va falloir que je lui dévoile le côté sérieux de ma nature si je veux l'avoir. Viens, chéri ! (Elle noua de nouveau ses bras autour du cou de Rory.) Ne perdons pas de temps à bavarder quand nous pouvons danser !

— Je crois que je vais me reposer cette fois, dis-je au moment où l'orchestre recommençait à jouer *As Time Goes By* et où Crispin tentait de m'entraîner. Je m'écartai de lui.

Il me suivit en protestant que je lui gâchais son plaisir tandis que je rejoignais George et Lissie en compagnie de Rollo. Je leur lançai des regards désespérés en m'approchant et Rollo me prit gentiment par le bras en déclarant :

— Tu m'avais promis cette danse, Miranda.

L'instant d'après, nous étions sur la piste. Rollo était un bien meilleur danseur que Crispin et nous tournoyâmes en silence.

— Ce type a l'air bigrement rasoir.

— Tu peux le dire ! Où est Diana ?

— Elle parle à cette pauvre petite en l'honneur de laquelle a lieu apparemment ce bal. Bien sûr, ce n'est qu'une excuse pour permettre à sa grand-mère de rendre des politesses.

— Comme c'est gentil de la part de Diana. Cette jeune fille a l'air triste et solitaire.

— Diana est l'être le plus généreux que j'aie jamais rencontré. Rollo poussa un profond soupir et, pour ne pas être en reste, je l'invitai à me parler en détail des qualités de sa femme.

J'aimais beaucoup Diana. Néanmoins, entendre les

louanges d'une autre femme quand on est dans les bras
d'un homme séduisant n'est pas exactement le paradis,
même si l'on sait qu'il est inaccessible. Mais je l'écoutai de bonne grâce, ajoutant quelques élogieuses remarques de mon cru.

On annonça le souper. Je vis Humphrey se diriger
intentionnellement vers moi, une lueur dans les yeux.
Comme je me sentais en sécurité, je me montrai aimable avec lui. Lissie s'assit de l'autre côté de lui et fut
tout à fait charmante. George se mit en devoir de
distraire Candida et réussit à la faire rire. George
avait le talent de vous donner l'impression d'être la
femme la plus intelligente et la plus jolie de toutes ses
connaissances, tout en offrant l'image d'un homme
heureux en ménage. Nous nous consolâmes du repas
frugal en buvant plus que d'habitude. J'aperçus Rory
et Annabel assis en compagnie de Crispin et de son
épouse. Annabel était très animée, Rory contemplait
les restes de poulet dans son assiette comme s'il cherchait à y lire l'avenir.

Lorsque l'orchestre se remit à jouer, j'eus un instant
de panique. Je m'efforçai d'avoir l'air contente lorsque
Humphrey m'entraîna sur la piste. Il tenta quelques
allusions à ses espoirs déçus, mais je fis obstinément
celle qui ne comprenait pas – ce n'était pas la première
fois ce soir – et ramenai la conversation sur son travail
à l'hôpital, sur mon jardin ou sur la chute de Saigon.

— Vous êtes une très belle femme, Miranda. Le
sourire d'Humphrey était chargé de sentiments qui
ressemblaient à des fruits trop mûrs nageant dans
l'alcool.

— Merci. Que pensez-vous d'Harold Wilson ?

— Je ne lui fais pas confiance. Vous a-t-on jamais
dit que vous aviez des paillettes d'or dans les cheveux ?

— Je n'en crois rien. Dieu merci, la Grèce a réussi
à se débarrasser de ces affreux colonels.

— À mon avis, il y a là-dedans pas mal de propagande. Le seul fait de vous tenir dans mes bras me donne l'impression d'avoir rajeuni.

— Oh, c'est très bien. Cette histoire du Watergate est vraiment fascinante. Croyez-vous que l'Angleterre pourrait ainsi déballer son linge sale en public ?

— Nos politiciens ne sont pas aussi corrompus. Vos yeux ressemblent à des pensées de couleur sombre... doux et si grands que je pourrais m'y noyer.

La conversation se poursuivit un bon moment sur ce mode, je commençais à en avoir sérieusement assez.

— Mesdames, messieurs ! aboya le chef d'orchestre. Nous allons pratiquer à présent l'échange des cavaliers. En place !

Ce genre de distraction me faisait d'habitude grincer des dents mais, pour une fois, l'idée me parut bonne.

— Que les femmes se mettent en cercle au milieu ! Ne trichez pas ! Continuez jusqu'à ce que la musique s'arrête !

Nous nous mîmes à piétiner en tournant lentement tout en nous tenant par la main, nous efforçant de ne pas avoir l'air complètement idiotes. Je vis Rollo passer devant moi dans l'autre direction, affichant une expression « sport » dont il ne semblait pas lui-même convaincu et qui me fit rire. À ma grande horreur, j'aperçus Crispin qui s'approchait. Il sautillait joyeusement en affichant un sourire canaille qui lui donnait l'air d'un dément. S'il avait eu un couteau entre les dents, il m'aurait terrorisée.

— N'est-ce pas drôle ? cria-t-il en poussant ses voisins pour arriver en face de moi.

La musique s'arrêta et je me composai une expression polie.

— C'est à nous, je crois.

Rory passa un bras autour de ma taille et s'empara de ma main droite. Je vis les yeux de Crispin s'agrandir d'indignation. Nous étions déjà loin, nous dirigeant en dansant vers l'autre extrémité de la salle.

— Belle réception, n'est-ce pas ?

— Horrible !

Nous éclatâmes tous deux de rire.

— Que faites-vous ici ?

— Je suis venue parce qu'Elizabeth m'a suppliée d'être là pour la soutenir moralement. Mais ce n'était pas nécessaire. J'aurais dû rester à la maison.

— Annabel m'a dit la même chose. Mais j'ai finalement constaté qu'elle connaît tout le monde ici.

— Elle est très jolie.

— Oui. (Il marqua une pause.) Comment va votre mère ?

— Oh, elle est repartie pour l'Italie. Malheureuse car elle a trouvé son amant plus ou moins dans les bras d'une autre femme. Quand elle m'a téléphoné la semaine dernière, elle avait l'air nettement plus joyeuse : elle a rencontré un danseur de ballet qui a fui la Russie et a besoin de soutien. Il paraît idéal à tous points de vue, sauf qu'il est un peu trop jeune. En fait, il a trente-cinq ans de moins qu'elle. Mais elle m'assure que Sergei ne trouve d'accomplissement sexuel qu'avec les femmes mûres car il a un complexe d'Œdipe. On ne peut qu'admirer un tel pragmatisme.

— Elle a dû être blessée, pourtant, de découvrir que son amant lui était infidèle.

— Oh, oui, sans aucun doute.

— Que devient Maurice ? Maeve m'a dit que c'était un très bon peintre.

— Je ne savais pas que vous connaissiez Maeve.

— J'ai été appelé à faire un rapport sur l'état mental de son fils. Il semble avoir eu une sorte de dépression dans son centre de redressement. Nous nous efforçons d'obtenir une remise de peine.

— Pauvre Sebastian ! Mais ce n'était que justice, malgré tout. À cause de lui, un très cher ami a été conduit au bord de la folie.

— Vous voulez parler d'Ivor ? C'est tout ce qu'il est ? Un très cher ami ? Oh, pardon, je ne devrais pas poser ce genre de question. Cela ne me regarde pas. Mais il me semblait qu'il était très épris de vous, voilà tout.

514

— C'est le poète seulement qui l'est. C'est d'ailleurs un très bon poète et je suis sa muse. Il aime me tenir la main et déposer un baiser sur mon front marmoréen.

— Je suis certain qu'il n'y manque pas !

— Pour répondre à votre autre question, Maurice a été chargé de peindre un gigantesque paysage de marine par un réalisateur venu tout droit d'Hollywood. Avec l'argent qu'il touchera, il pourra passer le reste de sa vie dans le luxe. Le tableau fera trois mètres sur deux. C'est pourquoi Maurice a dû s'installer dans la remise pour peindre. Je suis enchantée qu'il doive ainsi passer l'été à Westray. Pas juste pour ma propre satisfaction : quand il est revenu de Londres où il n'était pourtant resté que quelques jours, ses mains tremblaient et il toussait à en avoir les larmes aux yeux. Heureusement, lui et ma sœur Béatrice sont comme de vieux amoureux. Ils passent des heures ensemble à parler de la vie, de céramique, de régime. Béatrice prétend qu'il est exactement l'homme qu'elle aurait rêvé d'épouser. Mais je parle trop, non ?

— Oh, je vous en prie, ne vous arrêtez pas ! J'étais justement en train de penser combien votre bredouillement était agréable. Et, si je deviens nerveux, alors je suis insupportable.

— Et pourquoi vous énerveriez-vous ?

— Mais, c'est… que je le suis déjà, sans doute. Vous étiez trop occupée à bredouiller pour vous en apercevoir.

Je pris soudain conscience de ma main dans la sienne tandis que nous dansions, de la proximité de son menton quelque part au-dessus de ma tête et d'une soudaine faiblesse dans les genoux, un sentiment que je ne voulais plus éprouver de ma vie. Je me fis la morale avec sévérité. J'étais une femme de bientôt quarante ans avec trois enfants et diverses autres personnes dépendant de moi. J'avais décidé que ma vie était assez remplie. Il n'était pas question de me laisser aller à quelque mouvement romantique, comme le feraient d'autres personnes ayant moins de cervelle et moins d'occupations que moi.

— Que se passe-t-il ? (La voix de Rory était toute proche de mon oreille.) Vous êtes bien silencieuse, tout à coup.

Je n'eus pas le temps de me demander ce que j'allais répondre. Le chef d'orchestre nous appela pour un nouveau jeu.

— Oh, c'est insupportable ! s'exclama Rory. J'ai vu quelqu'un ouvrir une porte-fenêtre par là-bas. Prendriez-vous froid si vous veniez faire un tour dehors avec moi ?

Nous restâmes sur la terrasse à contempler le jardin au clair de lune. Derrière nous, des bribes de musique se perdaient dans l'obscurité tandis que l'orchestre continuait d'égrener ses scies enjouées.

Rory s'accouda à la balustrade. Je songeai à la délicate robe de Lissie et, malgré mon désir d'en faire autant, restai toute droite, les yeux fermés pour mieux savourer le parfum délicieux des narcisses et des jonquilles qui se répandait dans l'air frais. Nous demeurâmes un long moment silencieux. Je cherchais quelque chose à dire pour rompre la tension que je sentais monter et dont je ne voulais pas.

— Parlez-moi d'Annabel, dis-je enfin en faisant un effort pour l'imaginer sur la terrasse entre nous.

— Annabel ? Je l'ai rencontrée dans le train en allant à Londres le premier week-end après mon arrivée ici. J'imagine que cela paraît ridicule – je suis trop vieux pour de telles bêtises –, mais je me sentais solitaire. Je m'étais dit que j'irais peut-être au concert, voir quelques amis. Quoi qu'il en soit, j'éprouvais le désir de m'éloigner quelques heures de la campagne. J'avais passé toute ma vie en ville et ce silence, ce calme finissaient par me rendre nerveux. Annabel rentrait d'une visite à son oncle. Elle me dit qu'elle détestait la campagne elle aussi et me proposa de l'accompagner à une réception ce soir-là. Quelque part à Notting Hill. Un tas de musiciens, de peintres, en contraste total avec la lugubre atmosphère de la maison des Kenton et les refroidissements chic des femmes de la bonne société locale. Elle me ramena ensuite à son appartement à Fulham – un désordre indescriptible, soit dit en passant. Je fus surpris qu'elle me fasse rencontrer ses parents à Eaton Square, mais ils se montrèrent très accueillants. Ils semblaient heureux de la voir en compagnie de quelqu'un qui ne se droguait pas et qui avait un travail. C'est une fille amusante, pleine d'assurance et qui sait s'accommoder de mes humeurs.

— Très jolie aussi.

— Vous l'avez déjà dit.

— Il est évident qu'elle est amoureuse de vous.

— Oh, je n'en sais rien. Elle se montre souvent extrême dans tout ce qu'elle entreprend. Je suppose qu'elle a toujours obtenu tout ce qu'elle désirait.

— On dirait que vous êtes un peu envieux.

— Vous voulez dire que je suis aigri ?

— Peut-être, en effet. Vous n'aviez pas l'air très enthousiaste quand vous êtes venu pour la première fois à Westray. J'ai eu l'impression que vous me jugiez... gâtée, sans intérêt, presque dangereuse.

— C'est exactement ce que j'ai pensé. Je n'imaginais pas que c'était visible à ce point. J'étais un imbécile, du moins, pour les deux premiers qualificatifs.

Il se redressa et fit un pas pour se rapprocher de moi.

— Mais j'avais raison pour le dernier. Vous êtes... dangereuse, très.

— Rory, je...

Il inclina la tête vers moi et je m'interrompis.

— Ah, te voilà, Rory !

Annabel avait ouvert toutes grandes les deux portes-fenêtres, jetant une tache de lumière sur la terrasse.

— Je te cherchais partout. Viens vite, oncle John va annoncer quelque chose d'important.

L'orchestre s'était arrêté sur un signe de John Vavasour, qui grimpa sur l'estrade, les bras levés.

— Mes chers amis ! Je dois interrompre quelques instants vos divertissements pour vous communiquer une nouvelle. Ma très chère nièce – Où es-tu Annabel ? Ah, te voici ! – vient de m'apprendre qu'elle s'est fiancée au Dr Rory McCleod. Je suis certain que vous voudrez vous joindre à moi pour leur souhaiter une longue vie de bonheur.

Tout le monde se tourna vers les portes-fenêtres devant lesquelles nous nous tenions tous les trois. Il y eut des applaudissements et quelques hommes éméchés lancèrent des hourras.

— Viens danser, Rory, supplia Annabel en levant les yeux vers lui. Tu n'es pas fâché ? J'ai compris que tu avais besoin d'un encouragement pour te décider.

Elle se mit à rire, mais je décelai dans son rire une nuance d'inquiétude.

— Embrasse-moi, chéri…

— Allez-y, jeune Galien ! Donnez-lui un baiser ! (Crispin venait de surgir en se frottant les mains.) Si vous ne voulez pas, je m'en charge, ha ! ha !

Rory le regarda fixement avant de se tourner vers Annabel, dont le visage était levé vers lui, vibrant d'espoir. Il se pencha et effleura ses lèvres.

— Voilà qui est parfait ! s'exclama Crispin. L'amour, quand on est jeune, c'est merveilleux ! Ah, vous voilà Miranda, je me demandais où vous étiez. Venez faire un tour de danse. Ne trouvez-vous pas cette soirée *terriblement* drôle ? Venez, chérie !

Il me prit par la taille et m'entraîna avant que j'aie eu le temps de réagir. J'aperçus un instant son visage, bouffi par l'alcool et luisant de sueur, avant que son étreinte ne limite mon champ de vision à quelques centimètres de son plastron de chemise ramolli. Il pétrissait mon dos de ses mains, qu'il glissait peu à peu vers le bas. J'étais inquiète pour la robe de Lissie.

— Je suis très fatiguée, je me demande où sont mes amis.

Je tournai la tête pour tenter d'apercevoir Diana ou Rollo et, dans le mouvement, effleurai le nez de Crispin qui tentait de m'embrasser.

— Oh, ne faites donc pas l'idiot ! lançai-je, agacée.

Ma voix avait le ton que je prends habituellement pour gronder les enfants.

— Vous êtes ravissante quand vous vous fâchez !

— Eh bien, moi, je vous trouve plutôt déplaisant !

Mes bonnes dispositions avaient finalement lâché. Une voix s'éleva soudain dans notre dos.

— Cela ne te mènera nulle part, tu le sais bien !

La femme de Crispin se tenait derrière nous, le visage crispé par la rage et la boisson. Elle titubait légèrement et hochait la tête pour tenter de fixer son regard.

— Vous savez ce qu'il y a de drôle avec mon mari ? Devinez quoi… Il est totalement im-puis-sant ! (Ses yeux parcoururent sans les voir les visages de l'assistance, qui, pétrifiée, contemplait la scène.) C'est comme d'être au lit avec un gros phoque : quatre-vingt-cinq kilos de graisse suintante et tout ça pour rien. Impuissant !

Elle se mit à rire sauvagement. John Vavasour la prit avec fermeté par le bras.

— Venez, ma chère. Il est temps de rentrer.

— Comme cette femme est malheureuse, observa Diana tandis que Rollo engageait la voiture sur la route principale.

— Tout à fait misérable, approuvai-je.

Elle n'était pas la seule, me dis-je en retenant un soupir dans l'obscurité.

J'étais en train de désherber Temenos, si bien surnommé le « Jardin de la jalousie », dans l'après-midi du jour suivant le bal des Vavasour. Diana et Rollo avaient regagné Oxford après le déjeuner. Ils avaient décidé de venir passer le mois d'août avec leurs enfants et insisté pour séjourner en hôtes payants. C'était très gentil de leur part, car je les aurais volontiers reçus en invités. Ils étaient merveilleusement faciles à vivre. Diana plut même à Rose, qui décréta qu'elle était une jeune femme sympathique, capable et attentionnée.

Ivor étalait du fumier aux endroits désherbés. Il était toujours nécessaire d'enlever les feuilles mortes des ellébores à cette époque de l'année. C'était un travail facile, qui donnait d'excellents résultats. Le soleil d'avril jetait des ombres sur l'herbe et me chauffait le dos. Des bourgeons de *Galtonia candicans* – une grande jacinthe tardive d'un blanc verdâtre – pointaient à travers la couche de terreau de l'an dernier. Sukie, étendue sur le dos, se chauffait l'estomac. Des oiseaux chantaient et les feuilles bruissaient dans ce paradis végétal. Mon humeur était morose.

— Tu sembles déprimée, Miranda, dit Ivor en m'observant. Ce n'était pas une bonne soirée ?

— Non.

— Alors tu as sans doute une crise de foie.

— C'est probable.

— Je sais ce qui va te faire du bien. Je vais aller chercher quelques églogues auxquelles je suis en train de travailler et qui me viennent assez bien en ce moment. Si tu veux, je t'en lirai des passages.

— Merci beaucoup.

Dans mon état d'esprit actuel, des dialogues pastoraux seraient aussi bons à entendre qu'autre chose pour me consoler de la folie collective de l'humanité. Il se trouva que les églogues étaient à la fois de qualité et intéressantes. Après leur avoir prêté une oreille attentive, je me sentis nettement mieux, mes pensées ayant été détournées de la sombre spirale dans laquelle elles tournoyaient depuis la veille au soir.

— Comment avez-vous dit que ces poésies s'appelaient ? demanda Henry, qui était à la maison pour les vacances de Pâques. Toutes ces histoires d'amour me donnent la nausée, comme lorsque je mange trop de tarte à la mélasse.

— Des églogues. Et il n'y est pas question d'amour.

Ivor ébouriffa les cheveux d'Henry d'une main imprégnée de purin.

— ... Du moins pas dans le sens où tu l'entends. Il y est question de l'amour que les hommes peuvent se porter dans la bataille, de communion intellectuelle.

Ivor se lança dans un de ces longs développements dont il avait le secret, ce qui me permit de laisser vagabonder mes pensées et de me retrouver sur la terrasse avec Rory. J'avais été envoûtée par la nuit parfumée et par la présence à mes côtés d'un homme aussi séduisant. J'avais eu envie de l'embrasser. Peut-être parce que je n'avais pas assez mangé et un peu trop bu ? Mais, heureusement, nous avions été interrompus.

Annabel avait bien manœuvré... Peut-être même nous avait-elle vus sortir sur la terrasse, ce qui n'avait pas manqué de l'irriter. Après tout, ne formait-elle pas avec Rory un couple bien assorti ? Je creusai avec acharnement autour d'une renoncule grimpante.

Quelles absurdités sécrétait là mon cerveau ! pensai-je avec colère. Il pouvait bien épouser qui il voulait ! Je décidai de ne plus penser à eux. Il y avait un trou dans la bordure, qu'il fallait combler par des plantes fleurissant en mai. Des sceaux de Salomon, peut-être ? Annabel était riche, indépendante, jolie et amoureuse de lui. Elle était assez jeune pour avoir encore des enfants. Bon. Je devais me réjouir que les choses s'arrangent aussi bien. D'un coup de sécateur, je cisaillai un chardon et poussai un cri quand un peu de terre vint me frapper à l'œil.

— Qu'est-ce que tu as ? (Henry me tendait gentiment son mouchoir.) Tu es triste ou tu t'es fait mal ?

— C'est juste un peu de sable. Merci, mon chéri. Ça va déjà mieux. Mais qu'est-ce que tu as bien pu faire avec ce mouchoir ?

— J'ai essuyé la graisse sur la chaîne de ma bicyclette. Si tu en as assez de ce travail, tu pourrais peut-être me conduire à Marshgate ? Tante Nancy m'a donné une livre pour Pâques et j'ai envie de m'acheter ce pistolet à air que j'ai vu chez Braithwaite.

Nous eûmes un vif échange, sérieux de mon côté et indigné de la part d'Henry, à propos des cibles que l'on pouvait viser avec un pistolet à air sans risquer de nuire à qui que ce soit. Quand Henry m'eut assuré qu'il ne lui viendrait même pas à l'idée de viser une araignée, j'acceptai de l'emmener à Marshgate. Ivor promit de continuer le désherbage.

L'essence de térébenthine de Maurice que j'utilisai pour débarrasser mon visage de la graisse de vélo me piqua et me rougit très désagréablement la peau. En approchant du village, je fus horrifiée de voir la voiture de Rory arrivant en sens inverse. Je me préparais à lui faire un signe de la main pour lui indiquer que j'étais pressée, mais Rory avait déjà ralenti et baissé la vitre de son côté.

— Hello, Miranda !

— Hello…

— Vous êtes remise de la soirée d'hier ?

— Plus ou moins. Et vous ?

— Je suis encore sous le choc, il me semble. Quelle est cette odeur étrange ?

— Sans doute la térébenthine sur mon visage.

— Je suppose que c'est moins cher qu'Elizabeth Arden.

— Très drôle. Ça me pique, pour l'instant.

— Vous êtes une femme mystérieuse. J'aimerais vous voir, je voudrais vous dire quelque chose. En tête à tête.

— Au fait, je ne vous ai pas encore félicité pour vos fiançailles. Annabel est sans doute la femme qu'il vous faut. Vous m'en voyez enchantée.

— Réellement ?

— Oui. Maintenant, si vous voulez bien m'excuser, je dois aller chez Braithwaite avant qu'ils ne ferment. Au revoir.

Je remontai ma vitre et démarrai avant qu'il ne trouve autre chose à dire.

— M'man, fit remarquer Henry un peu plus loin. Cette graisse de vélo t'a vraiment fait mal aux yeux : ils sont tout mouillés.

Chez Braithwaite, nous trouvâmes une cohue de mères et d'enfants à la recherche de vêtements, de tenues de sport, de maillots de bain et de toutes ces choses que l'école réclame pour le trimestre d'été. Les vendeurs déclaraient, non sans satisfaction, qu'il y avait eu une telle demande sur certains articles qu'ils ne pourraient les réassortir avant Noël. Je me rendis au rayon des étoffes pour acheter quelques mètres du tissu noir au meilleur prix afin d'en confectionner les robes de moines pour le spectacle. Je traversais le rayon layette pour rejoindre Henry à la cafétéria, où il devait être en train de se réjouir de son achat en mangeant un sundae à la banane et au chocolat, quand j'aperçus Lissie. Elle regardait avec envie une minuscule chemise de nuit de la taille d'une poupée, sur laquelle étaient brodés des lapins.

— Hello, chérie ! (Elle m'embrassa et fit un pas en arrière.) Qu'est-ce qui sent si mauvais ?

— Térébenthine et graisse de vélo. Pardon.

— Peu importe. Qu'as-tu pensé de la soirée d'hier ?

— À mi-chemin entre le purgatoire et l'enfer.

— Il me semble que tu as pas mal dansé. Tu n'as pas trouvé d'agréables partenaires ?

Lissie avait un air distrait. Toute son attention se concentrait sur le petit vêtement.

— N'est-elle pas ravissante ? Brodée à la main, je crois.

— Charmante, mais beaucoup trop petite pour Bridie. Et je crois que Jenny préfère ces combinaisons Babygro qu'on n'a pas besoin de repasser.

— Ce n'est pas pour Bridie ! (Lissie tourna vers moi des yeux brillants.) Je suis allée à Londres ce matin, pour voir M. Nash, mon gynécologue, car j'étais inquiète – oh, Miranda, tu es la première personne à laquelle je le dis ! George n'est même pas encore au courant ! Je ne m'en doutais pas ! Après toutes ces années, je pensais que ce n'était plus possible !

— Lissie !

— Oui, c'est vrai ! (Des larmes coulaient maintenant sur ses joues.) Je vais avoir un bébé !

Je poussai un cri de joie, sans me soucier du fait que nous empêchions de circuler dans le rayon de jeunes mères encombrées de paquets et que les vendeurs nous dévisageaient derrière leurs comptoirs. Je savais ce que cela signifiait pour Lissie. Malgré l'odeur de térébenthine, elle me serra dans ses bras en sanglotant sur mon épaule.

Quand elle se fut calmée, je l'entraînai vers la cafétéria. Henry se montra choqué à la vue de nos visages mouillés de larmes et accueillit la nouvelle à propos de Lissie avec un froid détachement.

— C'est une chance que ça vous fasse plaisir. Je

me souviens des histoires que maman a faites quand papa lui a dit qu'il voulait un autre enfant. Maman a dit que c'était bien la dernière chose au monde qu'elle souhaitait. Pas vrai, m'man ?

— Oh, mais les circonstances sont différentes, mon chéri. Nous avions déjà trois enfants. D'ailleurs, comment se fait-il que tu saches cela ? Je ne me souviens pas m'être disputée avec lui devant les enfants.

— Je passais par là, rétorqua Henry d'un air mystérieux.

— Bon. Eh bien, peu importe. Comment te sens-tu, Lissie ? Maintenant que j'y pense, tu avais l'air préoccupée, en effet. J'aurais dû m'en apercevoir.

— Personne d'autre n'aurait pu le remarquer. Voilà quatre mois que je n'ai pas mes règles, j'ai pensé que c'était la préménopause ou quelque chose comme ça. Après tout, j'ai quarante ans !

— Je vais descendre au rayon jouets, déclara Henry. Ce n'est pas une conversation pour moi.

— Seigneur ! m'exclamai-je quand Henry se fut éloigné. J'avais oublié que tu as un an de plus que moi ! Mais qu'importe ! Aujourd'hui, quarante ans, ce n'est rien ! Fanny Burney en avait quarante-quatre quand elle a eu son premier enfant.

— Est-ce que je la connais ?

— Elle écrit des romans et un très beau journal qui se passe à l'époque de George III. Pense aux obstétriciens de cette époque ! (Nous eûmes toutes deux un frisson.) Qu'a dit M. Nash ?

— Il m'a examinée pendant des heures, puis il m'a dit de me rhabiller et de le rejoindre dans son bureau. Il a fait une plaisanterie que je n'ai pas comprise à son infirmière. Il devait essayer de me détendre, car je me sentais terriblement nerveuse. J'étais persuadée qu'il allait m'annoncer quelque chose d'épouvantable. Quand je suis entrée, il souriait et m'a dit : « Eh bien, madame Partridge, on dirait que les félicitations sont à l'ordre du jour ! » Je ne comprenais rien du tout au début, mais il avait une expression si joyeuse, si mali-

cieuse que j'ai pensé qu'il ne s'agissait pas d'un can-
cer. Lentement, j'ai commencé à réaliser, puis soudain mon sang n'a fait qu'un tour et je suis restée
une minute comme paralysée. Même maintenant, je
n'arrive pas à y croire !

— Je suis si heureuse de cette nouvelle !
m'écriai-je en saisissant sa main. Et quelle chance va
avoir cet enfant !

— Merci. Ce qui est bien, c'est que j'ai franchi
cette période critique de trois mois – celle pendant
laquelle j'ai fait mes deux fausses-couches – sans m'en
rendre compte. Je suis enceinte de vingt semaines et
M. Nash assure que tout ira très bien et qu'il ne devrait
y avoir aucun problème. Pas étonnant que tous mes
vêtements soient trop serrés !

— Fêtons cela en allant immédiatement acheter
quelque chose pour le bébé. La nouvelle paraîtra plus
réelle.

Nous passâmes un agréable moment à choisir. Lissie choisit la jolie chemise de nuit avec les lapins et
je lui offris une ravissante couverture rose, jaune et
blanche pour le landau.

— Je me sens très fière d'être la première informée.
Comptes-tu garder le secret pour l'instant ?

— Non, je veux que tout le monde soit au courant.
Je vais téléphoner dès ce soir à Patience et à Maeve.
Oh, mais c'est vrai ! Patience et Aubrey auront sans
doute des enfants, et ainsi le mien aura des compagnons de jeux ! N'est-ce pas merveilleux ?

— Fantastique. Elle n'en a pas encore parlé, mais
j'espère bien qu'ils en auront.

— Au fait, tu seras l'heureuse marraine, tu veux
bien ? J'aimerais que tu aies encore un enfant avec
quelqu'un de bien, toi aussi. Cela t'aiderait à oublier
Jack.

— C'est gentil, ma chérie, mais ce n'est pas du tout
ce dont j'ai envie. Je profiterai du tien.

Patience vint déjeuner le lendemain pour parler des
dernières nouvelles

— C'est exactement ce qu'il lui fallait. Je suis sûre que George est enchanté également, il s'intéresse toujours aux autres. Je me réjouis pour eux.

— Oui. Je suis moi-même très excitée.

— Elle a déjà eu un enfant et, naturellement, elle sait comment ça se passe. (Je notai dans le ton une réserve qui me mit en alerte.) Les choses ne seront pas plus difficiles parce qu'elle est plus âgée ?

— Eh bien, je ne suis pas obstétricienne, dis-je en me contrôlant avec soin, mais on dit que cela ne fait aucune différence.

— Je n'ai même jamais assisté à la naissance d'un petit veau. Il est difficile d'être plus ignorante que moi. (Elle marqua une pause.) Est-ce réellement si douloureux ?

— Mm… on ne peut pas généraliser. Chaque naissance est unique, et il est probable que chaque femme la ressent différemment. C'est douloureux, oui, mais cela dure si peu de temps. Pour James, je n'ai pratiquement rien senti car j'étais bourrée de médicaments et à demi inconsciente. Elizabeth est née si vite que je n'ai même pas eu le temps d'y penser. Pour Henry, c'était un peu plus difficile, car il n'était pas dans une bonne position. Une chose est certaine, ce n'est rien par rapport aux idées qu'on s'en fait en y pensant à l'avance. Ce n'est qu'un moment à passer. Et maintenant qu'on autorise le père à assister à l'accouchement, c'est beaucoup mieux qu'avant.

— Aubrey meurt d'envie d'avoir des enfants. Il voudrait deux filles et un garçon. Peut-être parce qu'il a toujours été solitaire, il désire une vraie famille. Il ne s'est pas entendu avec sa mère et son père est mort quand il n'avait que douze ans. Il était enfant unique. À l'école, il ne savait pas jouer et était trop intelligent, aussi les autres garçons le méprisaient. Il n'a jamais eu d'assurance auprès des filles. J'en suis heureuse, j'ai l'impression qu'il n'y a pas un pouce de sa personne qui ne m'appartienne pas. Avant qu'il ne me demande en mariage, nous étions très gênés ensemble.

À présent, nous n'arrêtons pas de nous parler et nous avons l'impression de nous voir respectivement *de l'intérieur* !

— Vous serez sûrement très heureux ensemble, avec ou sans enfants.

— Je le pense aussi. Oh, il faut que je rentre. Nous sommes en train de fabriquer trois paires de stores festonnés d'un extraordinaire ton de lilas avec des glands en bas. Affreusement difficile ! À propos, devant le cottage de Maeve, j'ai dépassé le car scolaire qui était mal garé. Un homme sur un tracteur jurait tout ce qu'il savait parce qu'il avait été obligé de faire un grand détour. Qu'est-ce que ça pouvait bien être ?

— Aucune idée. Peut-être quelque chose de cassé.

En passant devant le cottage de Maeve une heure plus tard avec Maurice, Elizabeth et Jasper pour aller porter quelques œufs à une vieille dame obligée de garder la chambre, je fus surprise de voir que le car était toujours là, mal garé. Une voiture qui arrivait dut rouler en partie sur l'accotement pour pouvoir passer.

— Qu'est-ce que ça peut bien être ? demanda Elizabeth quand, en revenant, nous découvrîmes une file de camions et de tracteurs bloqués par le car.

Je gardai mes soupçons pour moi.

— N'avez-vous pas trouvé Miss Boswell un peu triste ? Elle était si heureuse de nous voir que je me reproche de ne pas être venue plus tôt chez elle. Elle est très solitaire et la maison était bien sombre. Elle était si gentille avec nous à l'école primaire.

— Portons-lui quelque chose qui l'égaie quand nous retournerons la voir, fit Maurice. Pas un cadeau, cela la gênerait. Des fleurs des champs peut-être, ou ce vieux nid de mésange que nous avons trouvé l'autre jour dans le lierre. Pourquoi pas des œufs de grenouille ?

— C'est une bonne idée. Toutes les maîtresses d'école sont folles de la nature. Vous avez remarqué comme elle était contente de voir Jasper ?

— Je ferai un gâteau et tu pourras lui en donner,

dis-je à Elizabeth en notant avec plaisir son intérêt naissant pour autrui. Je pense qu'elle ne mange pas assez.

— Et si nous nous arrêtions au cimetière sur la tombe de papa ?

— Bonne idée.

Nous restâmes tous trois un instant autour de la tombe surmontée d'une croix de bois portant le nom de Jack. Six mois après sa mort, le tertre commençait à se tasser. Nous dûmes rappeler à l'ordre Jasper, qui creusait la terre fraîche.

Elizabeth désigna quelques roses d'un rose délavé.

— Qui a apporté ces fleurs ? Elles sont affreuses !

— Miss Horne m'a confié récemment au téléphone avoir passé une commande permanente au fleuriste. Elle pense être bientôt capable de venir sur la tombe mais, pour l'instant, cela la perturbe encore trop.

— Eh bien ! En voilà une histoire. Elle n'est même pas de la famille ! s'exclama Elizabeth, choquée.

— Elle l'aimait néanmoins beaucoup.

— Ah, j'en ai assez de tous ces gens tristes pour aujourd'hui ! affirma Elizabeth avec l'insouciance de son âge. Je suis contente d'être là. Je n'avais pas envie de venir seule, mais maintenant je n'aurai plus peur.

— Tu avais peur, chérie ?

— Je craignais que cela n'éveille trop de mauvais souvenirs. Mais, en réalité, papa n'est pas ici, n'est-ce pas ? Il est vraiment parti. Je n'en étais pas sûre avant, mais à présent je le sais. (Elle baissa de nouveau les yeux vers le tertre.) Et ces fleurs, ce sont les tiennes, maman ?

— Non. Je n'en apporte jamais, Jack ne les aimait pas. Je ne me souviens pas l'avoir vu admirer plus qu'un bouton d'or.

Je baissai les yeux vers un bouquet de violettes.

— Elles doivent être d'Ivor.

— J'aurais cru qu'il était trop occupé avec sa poésie ces jours-ci, dit Maurice. Je le trouve bien plus animé et moins dans les nuages.

De retour à la maison, j'appelai Maeve. Le téléphone sonna longuement.

— Allô ! Ah, c'est toi, Miranda ? Excuse-moi mais je te rappelle, je suis occupée en ce moment.

— Regarde seulement par ta fenêtre, Maeve.

— Qu'est-ce qu'il y a ? Tu as bu, ou quoi ? Oh, bon, ça va.

Il y eut une courte pause, puis elle reprit l'appareil.

— Oh, Seigneur ! Quel idiot ce garçon ! Ça m'apprendra à les prendre au berceau ! Il aurait aussi bien pu allumer une enseigne ! Ah, maudits soient-ils ! Merci ! Je te rappellerai.

Nous portâmes le plateau de thé dans le pavillon d'été. Le décor intérieur en coquillages ne couvrait guère qu'un tiers de la surface. Le travail avançait lentement, mais on devinait déjà qu'il serait magnifique.

— Vous avez l'air fatiguée, Bessie, dit Maurice en voyant Elizabeth bâiller. Pas encore remise de la soirée, je pense ?

— Oh, non ! s'exclama Henry. Pas encore cette maudite soirée ! Depuis deux jours, je n'entends parler que de ça !

— Vraiment ?

J'étais surprise, car Elizabeth n'avait fait presque aucun commentaire.

— Oh, oui ! Toujours à jacasser sans cesse sur ce docteur !

— Ferme ton clapet avant que je ne t'envoie ce coquillage à la figure, et il coupe ! s'écria Elizabeth en rougissant furieusement.

— Je pensais que tu t'étais bien amusée avec Johnny, ma chérie.

— Johnny n'est qu'un gosse. Je l'aime bien, c'est tout. Pendant qu'il était allé aux toilettes, Rory m'a apporté un verre et nous avons dansé un peu. Malheureusement, la musique s'est arrêtée presque tout de suite.

— Je ne t'ai pas vue.

— Tu caracolais avec ce gros empoté aux cheveux poivre et sel. J'ai vu qu'après tu as dansé avec Rory. Est-ce qu'il t'a parlé de moi ?

— Je ne crois pas...

Fronçant les sourcils, je me forçai à ajouter :

— Je suis contente que ça t'ait fait plaisir. Il faut avoir des amis de tous les âges.

— Elizabeth ne veut pas de lui seulement comme ami, rectifia Henry. J'ai trouvé un poème qu'elle a écrit. À propos de ses yeux et de son stéthoscope. Et elle garde tout ça dans une boîte à part !

— Henry !

Elizabeth s'était levée brusquement en bousculant son assiette et l'avait saisi par les cheveux.

— Si tu ne te tais pas tout de suite, je jette ton pistolet dans les douves et je cimente tes munitions dans le mur. Espèce de porc ! Aller fouiller comme ça dans les affaires des autres !

— Ça suffit ! interrompis-je avec fermeté. Tu as renversé le thé de Maurice. Quant à toi, Henry, tu ne devrais pas lire des choses qui ne te sont pas destinées.

— Comment savoir qu'elles ne le sont pas avant de les lire ? répliqua Henry avec une note de triomphe dans la voix et non sans quelque raison.

— Nous parlerons de cela plus tard, dis-je, inquiète de constater que le penchant d'Elizabeth prenait de telles proportions. Il ne faut pas te fâcher comme ça, ma chérie. Il est tout à fait normal qu'une fille de ton âge tombe amoureuse d'un homme plus âgé. Moi-même, à quatorze ans, j'étais très éprise de Gregory Peck.

— Ça n'a absolument rien à voir, répliqua Elizabeth, vexée. Ce n'est pas un engouement stupide pour quelqu'un qu'on ne connaît même pas.

Je réalisai que j'avais été maladroite.

— De toute façon, chérie, tu as entendu l'annonce faite par le grand-père de Johnny, non ? À propos des fiançailles de Rory avec sa nièce ?

— De quoi parles-tu ?

— Mais chérie, c'était avant notre départ !

Je me souvins alors que nous avions trouvé Elizabeth et Johnny, épuisés d'avoir trop dansé, en train de jouer au billard au moment du départ. Ils ne devaient pas se trouver dans la salle de bal au moment de l'annonce.

— Il va épouser Annabel Vavasour, poursuivis-je d'une voix douce.

— La cousine de Johnny ? Cette fille avec une robe rouge ? Je ne le crois pas !

— Je crains que ce ne soit vrai.

— J'ai moi-même du mal à y croire, dit Maurice qui observait calmement cet échange. Le jeune Lochinvar semble s'être fourré dans un drôle d'embarras !

— Je crois que je vais rentrer, dit Elizabeth, soudain très pâle. Et cessez de l'appeler Lochinvar. Les adultes ont parfois de drôles d'idées !

Elle s'éloigna rapidement vers la maison tandis que je m'excusais auprès de Maurice. Mais il se montra, comme toujours, plein de sympathie.

— La pauvre petite… Elle l'a mal pris. Je suis désolé pour elle. Las ! Las ! Voilà donc ce nuage qui pesait depuis deux jours sur la maison ! Ma chère enfant !

Il me tapota amicalement la main. Je levai les yeux sur lui, traversée d'un soupçon, mais son expression était indéchiffrable.

— Eh bien, fit Henry avec une moue de dégoût, si vous avez fini de papoter sur des sujets aussi peu intéressants, je pourrais peut-être répéter mon rôle dans l'acte III ?

Au dîner, ce soir-là, Elizabeth ne mangea presque rien. Je vis qu'elle faisait des efforts pour se comporter comme si rien ne s'était passé, mais il était visible qu'elle avait pleuré. Maurice la décida finalement à faire un tour avec lui dans le dog-cart et Henry sortit avec Jasper pour atteler Puck. L'atmosphère avait été tendue pendant toute la soirée. Je fus heureuse de voir arriver Maeve, essoufflée d'être venue en bicyclette partager une tasse de café et un morceau de gâteau.

— C'est vous qui avez confectionné ce dessert, Jenny ? Il est délicieux !

Maeve s'installa pour terminer le gâteau de riz sur lequel elle étala de la gelée de coings.

Assise à table, Bridie sur les genoux, Jenny lui présentait de minuscules bouchées de gâteau de riz, que l'enfant avalait lentement avec une attention soutenue.

— C'est Miranda qui a fait la gelée, rectifia-t-elle. Je n'ai jamais fait de confitures. Chez nous, il y avait toujours un pot sur la table, mais il ne pouvait venir que d'une fabrique. J'ai tant appris depuis que je suis ici. Ma mère ne faisait jamais de cuisine, nous mangions des saucisses et des chips.

— Miranda a toujours été un exemple pour nous sur le plan des arts ménagers, renchérit Maeve, la bouche pleine. Moi-même, par exemple, je ne sais rien faire dans ce domaine, et il est trop tard pour m'y mettre, à présent.

— C'est bien dommage, dis-je en mettant le lait de Rose à chauffer sur le réchaud, car il faut que je taille ce soir les robes des moines et je pensais que tu pourrais m'aider. Il ne reste que sept semaines d'ici le spectacle de la Saint-Jean et il y a encore un tas de choses à faire.

— Je vais t'aider, naturellement. Mais je ne serai sans doute pas bonne à grand-chose. Il faudra que tu me surveilles. Au fait, merci pour ton coup de téléphone de cet après-midi. Seigneur ! J'ai vraiment honte à l'idée de ce que le village doit penser de moi ! Quel imbécile, ce garçon !

— Je croyais que tu te moquais de l'opinion des autres.

— Eh bien, en théorie, c'est vrai. Mais c'était quand même un peu fort. D'autant que j'ai deux fois son âge et que je n'aurais pas dû me laisser aller. Cela dit, il est très séduisant dans le genre bohémien et je suis toujours attirée par les natures un peu sauvages.

— Qu'est-ce que cela signifie ? demanda Jenny en léchant distraitement la cuillère de Bridie.

— Euh… (Maeve eut l'air embarrassée.) Eh bien, faire l'amour avec quelqu'un de… très différent de soi.

— Vous voulez dire quelqu'un d'une classe sociale inférieure ?

Jenny était peut-être ignorante, mais certainement pas sotte.

— Exprimé ainsi, ça peut paraître ridicule quand j'y pense. Mais, sous ses tatouages et ses cheveux en brosse, Stew Harker est un type tout à fait gentil.

— Vous voulez dire que vous et Stew…

Rougissant soudain, Jenny se leva si vivement de sa chaise que Bridie geignit et Jasper aboya.

— Oh, eh bien… vous savez comment ça se passe. Il me l'a demandé et je me suis dit pourquoi pas…

— Je sais très bien ce que c'est. (Le ton de Jenny était amer.) Vous n'avez rien à perdre. Si vous devez avorter, vous pouvez payer. Les gens comme moi doivent se montrer prudents et refuser car, en cas d'ennuis, il n'y a personne pour vous tirer d'affaire. Je suppose que ça vous est égal de tourner la tête d'un jeune garçon avec vos manières à part de sorte qu'ensuite nous autres n'ayons plus aucune chance auprès de lui. Stew est un type bien, ou du moins il pourrait l'être si des femmes comme vous ne lui mettaient pas la main dessus. Vous ne pouvez donc pas trouver quelqu'un de votre espèce ?

Jenny pleurait à présent, tandis que Maeve et moi la regardions avec stupéfaction.

— Je suis désolée, je n'ai pas réalisé… Mon Dieu, j'ai manqué de tact, mais je ne savais pas…

— Pardonnez-moi, Miranda.

Jenny s'essuyait les yeux du revers d'une main et, de l'autre, serrait Bridie contre elle par la taille.

— Vous êtes si bonne avec moi, cela me rend folle

d'entendre de telles histoires. Vous avez toujours eu tout ce qu'il vous fallait et vous n'avez aucune idée de ce que les gens comme moi peuvent ressentir. Je n'ai laissé qu'une seule fois un homme me le faire, et voyez ce qui m'est arrivé !

Sur ces mots, elle donna une brusque secousse à Bridie, qui se mit à pleurer.

— Donnez-moi le bébé pendant que vous vous calmez, dis-je en prenant aussitôt Bridie dans mes bras. Et maintenant, Jenny, asseyez-vous et écoutez-moi.

Jenny obéit d'un air maussade en reniflant.

— Ce discours à propos de « eux » et de « nous » n'a aucun sens. Je sais que vous avez connu des moments difficiles, mais vous avez aujourd'hui une chance d'améliorer votre situation. Quand Bridie sera un peu plus grande, vous pourrez recevoir une formation convenable dans le domaine qui vous plaira, la cuisine, la dactylo ou quoi que ce soit d'autre, et vous savez que je vous aiderai toujours. Pour ce qui est de se trouver enceinte dès la première fois, cela n'a absolument rien à voir avec la classe sociale. Souvenez-vous d'Elizabeth…

Une expression de gêne parut sur le visage de Jenny tandis que je poursuivais :

— C'est toujours une terrible épreuve pour n'importe quelle jeune fille. Maeve a le droit de coucher avec qui lui plaît et, parce qu'elle est plus âgée et qu'elle a davantage d'expérience, elle sait mieux se protéger. Ce n'est pas une question de classe.

— Il y a sans doute quelque chose de vrai dans ce que vous dites, admit Jenny avec une certaine réticence. Mais ce que vous ne comprenez pas, c'est qu'une femme qui a l'habitude du tralala n'a rien à faire avec un type comme Stew. Elle le laissera tomber pour quelqu'un de mieux, mais lui, il ne voudra plus d'une fille comme moi.

— Ça n'a pas de sens, Jenny. (La voix de Maeve trahissait un peu d'impatience.) Vous avez beaucoup plus à lui offrir que moi. J'ai bientôt quarante ans, pour l'amour de Dieu ! Vous êtes jeune et très séduisante.

— Je sais que Stew aime les chattes qui ont de la classe, renifla Jenny avec un soupçon de dédain.

— Tous les jeunes gens aiment faire l'important, dis-je en retenant un rire.

— Vraiment ? (Jenny garda un instant le silence.) Est-ce que ça ne vous ferait rien si j'allais le voir maintenant ? Je ne pourrai pas dormir si je pense à ça.

— Absolument rien, si cela peut vous aider ! Laissez-moi Bridie. Je la mettrai au lit.

— Merci.

Elle se tourna vers Maeve.

— Pardonnez-moi. Je me suis montrée un peu brusque, mais vous le seriez aussi si quelqu'un faisait l'amour avec votre petit ami.

— Ce n'est rien, Jenny. Je suis désolée de vous avoir perturbée. Cela ne se reproduira certainement plus.

Jenny renifla d'un air peu convaincu et sortit.

— Eh bien ! soupira Maeve. Quelle affaire ! Je n'avais aucune idée qu'elle était sa petite amie !

— Moi non plus. Elle est sans cesse en train de tourner autour de James. Décidément, cette maison n'abrite que des amours malheureuses.

Je lui parlai d'Elizabeth et de Rory.

— Oh, pauvre petite ! s'exclama Maeve avec sympathie. Qui voudrait retrouver ses années de jeunesse ? Pas moi ! Bien que, je l'avoue, je commence à me fatiguer de cette vie de célibataire à mon âge.

— Je croyais que tu aimais ton indépendance.

— C'est un fait. Mais, depuis peu – peut-être à la vue de la félicité dans laquelle baignent Patience et Aubrey, ou de la joie qui s'est emparée de Lissie –, je ressens une sorte de vide dans ma vie. C'est sans doute pour ça que j'ai accepté de coucher avec Stew. Ça m'apprendra à jouer les « chattes qui ont de la classe », comme dit Jenny...

536

— Qu'entends-je ? demanda Maurice en entrant dans la cuisine. Un exemple du bavardage auquel se livrent les femmes quand elles sont seules ? Il y a quelque chose qui déborde sur le feu.

— Zut, c'est le lait de Rose ! Sukie, tu vas être malade !

Sukie s'affairait à vider une assiette qui avait été pleine aux trois quarts de gâteau de riz. Elle me jeta un regard de ses yeux orangés et, ayant fini, se mit à se nettoyer les oreilles. Je pris l'assiette pour la mettre dans l'évier et fis couler de l'eau dans la casserole ayant contenu le lait, qui émit un sifflement en dégageant une odeur de brûlé. Tout en m'affairant, je racontai à Maurice le petit drame qui venait de se jouer.

Maurice se versa un verre de sa *grappa* favorite, dont il veillait à ce qu'il y ait toujours un stock à la maison.

— Saviez-vous que Robert Browning avait déjà utilisé le mot « chatte » dans un sens sans équivoque ? Je crois que c'était dans son poème *Pippa Passes*. Ses éditeurs, des âmes innocentes, n'en ont pas compris le sens et l'ont laissé passer. Mais ce poème est l'un de ses plus mauvais. Maintenant, donnez-moi le bébé, Miranda, sinon le lait de Rose risque de brûler encore une fois. Elizabeth et Henry font le tour du garage à voiture avec le dog-cart. Ils le conduisent très bien maintenant.

Rose but son lait, elle se sentait trop fatiguée pour parler. Elle prit plaisir à m'entendre lui relater les événements de la journée et s'endormit avant que j'aie terminé mon récit. Maurice insista pour m'aider à tailler les habits de moines et se révéla meilleur coupeur que moi. Il s'en défendit avec modestie mais admit avoir acquis une certaine expérience en faisant des voiles de bateau.

— Tout est dans le coup d'œil. On ferme les ciseaux puis on prend l'alignement. Pas comme ça,

Maeve, ne cisaillez pas ainsi ! Vous n'allez pas droit. Attention ! Arrêtez ! Trop tard !

— Oh, je suis absolument navrée ! s'excusa Maeve en voyant Maurice tenir d'une main un morceau de la belle écharpe de velours de soie qu'il portait autour du cou.

— Je ferai un ourlet. Elle sera juste un peu plus courte, dis-je.

— Attendez d'abord que j'aie étranglé Maeve ! Écoutez, ma fille, posez donc ces ciseaux et allez nous préparer un café bien fort. Nous en aurons besoin, car il reste du travail.

Il était près de onze heures quand nous eûmes achevé de couper les vêtements. Patience m'aiderait à les assembler sur une de ces machines à coudre industrielles dont elle s'était servie pour son travail. Maeve était partie vers dix heures après nous avoir soutenus moralement en nous lisant à haute voix *Pippa Passes*. Dès que tous les morceaux furent empilés, Maurice monta se coucher en chancelant. Après avoir passé une partie de la soirée agenouillé par terre à tailler les robes, il déclara qu'il lui faudrait bien une nuit entière pour que son corps abandonne cette position en Z et retrouve une posture normale. Jenny n'était pas encore rentrée. J'étais inquiète mais ne pouvais rien pour elle. Je donnai à manger à Dinkie, qui nous avait dérangés sans cesse en cherchant à se coucher sur chaque morceau de tissu ou en avançant brusquement une patte entre les lames des ciseaux. Jasper avait déjà eu son repas et était allé se coucher avec Elizabeth. Aucune trace de Sukie. Je soupçonnai qu'elle s'était glissée dans ma chambre pour dormir tout son content après sa ration de gâteau de riz.

Je vérifiai le feu et jetai un coup d'œil à Bridie, endormie depuis longtemps. Elle était couchée sur le dos et ses fines paupières étaient parcourues de mouvements indiquant qu'elle rêvait. Ses lèvres étaient entrouvertes et on apercevait l'éclat d'un petit morceau de dent, la première. J'effleurai son visage, qui me parut chaud. Dénouant les lacets de son bonnet, je constatai qu'elle était en sueur, aussi je le lui enlevai. Quelque chose attira alors mon attention et je la regardai de plus près. Je pris la lampe qui se trouvait à côté du fauteuil de Rose et l'approchai. Le bébé remua et la lumière tomba sur son visage. Son petit crâne était couvert d'une fine mousse de cheveux soyeux. Ils étaient d'un roux éclatant.

25

— Pourquoi ne m'as-tu rien dit ? demandai-je à
Jenny, la tutoyant soudain d'une voix que j'aurais
souhaitée infiniment plus calme.

Elle avait encore son manteau sur le dos et revenait
de chez les Harker au moment où nous terminions
notre petit déjeuner. J'avais attendu que les autres
soient partis.

— Assieds-toi. Je voudrais te parler.

Jenny devint très pâle et s'écroula sur une chaise
en me jetant un regard terrifié.

— Bridie est l'enfant de Jack, n'est-ce pas ?

Elle éclata en sanglots.

— J'ai tant prié pour qu'elle ait ma couleur de
cheveux ! Mais, quand j'ai vu qu'ils seraient roux, j'ai
réalisé que vous auriez vite fait de comprendre. Je suis
tellement désolée !

Je la laissai sangloter une minute avant de reprendre
d'une voix plus douce :

— Pourquoi ne m'en as-tu pas parlé ? Je pensais
que nous étions amies et que tu me faisais confiance.

— Oh, ce n'est pas cela !

Elle leva vers moi des yeux où je lus un tourment
sincère.

— Je ne voulais pas vous décevoir. Je n'ai rien dit
car j'avais peur. Vous êtes si bonne et j'ai si désespérément besoin d'aide ! Je me suis sentie abandonnée

et j'ai prié pour que quelqu'un vienne à mon secours. Vous êtes la réponse à ma prière. Je me suis dit que je ne resterais qu'un court moment ici et que je trouverais peut-être un autre endroit où vivre. Comme cela, vous n'auriez pas eu besoin de savoir la vérité et vous n'auriez pas été malheureuse. Je ne voulais pas vous faire de mal en vous disant que votre mari courait après d'autres femmes.

— Je peux comprendre cela, mais ton manque de confiance en moi me blesse.

— J'ai pensé que peut-être alors vous me jetteriez dehors et je n'ai nulle part où aller, je suis heureuse ici où tout est parfait. Où irais-je ? Je suis seule avec Bridie et on s'occupe si bien d'elle ici. Je ne pourrais pas la soigner aussi bien sans vous.

— Je vois.

Je voyais effectivement. Cette fille avait connu la plus terrible des détresses. Et l'expérience qu'elle avait faite ne l'incitait guère à faire confiance aux adultes.

— Où as-tu rencontré Jack ?

— Il séjournait à l'hôtel où j'étais femme de chambre. Il est resté là un certain temps. (Je me souvins que Jack avait négocié des prêts à une banque indienne qui avait un bureau à Sheffield.) Il était toujours très gentil avec moi. Il faisait des plaisanteries, mais ses yeux disaient autre chose. Et il trouvait que j'étais très jolie. Il m'a donné l'impression que j'étais quelqu'un de spécial. Lui, il était le plus bel homme que j'aie jamais vu. Quand il me l'a demandé, je n'ai pas pu lui refuser. Je pensais être amoureuse de lui, et nous ne l'avons fait qu'une seule fois.

— A-t-il su pour le bébé ?

— Non. J'ai cherché son adresse dans le registre de l'hôtel, mais j'avais peur qu'il soit fâché. Je savais qu'il était marié. Le père Declan m'a encouragée à venir. Il est le seul à savoir qui est le père de Bridie. Il a dit que Jack avait le droit de voir son enfant et que, peut-être, il me donnerait un peu d'argent. Je ne voulais pas. Je pensais qu'il détesterait me voir arriver avec un bébé. Alors, quand le père Declan m'a montré l'annonce qu'il avait découpée dans le *Weekly Furrow* pour tenir la maison de M. Birt, j'ai pensé que c'était la Sainte Vierge qui me disait de venir. Je voulais voir Jack... rien que le voir. Je pensais que cela me remonterait. J'étais tellement déprimée. Le jour où je suis arrivée ici, M. Birt m'a dit que Jack était mort.

Jenny enfouit son visage dans ses mains et pleura à gros sanglots comme une enfant. Je l'entourai de mes bras en caressant ses cheveux.

— Ne pleure pas, Jenny. Je ne suis plus fâchée, je comprends comment tout cela est arrivé. Tu as vécu des moments difficiles, mais c'est fini à présent. Je sais que tu ne voulais pas me nuire ni me peiner.

— Oh, non, jamais je n'aurais voulu cela ! Vous savez, votre mari ne m'aimait pas, je le comprends maintenant. Je n'étais rien pour lui, juste une petite femme de chambre avec laquelle on passe une nuit. Au moment où je vous ai vue sortir de l'église après l'enterrement, tout est devenu si clair ! Vous étiez si belle, si élégante. Et après, quand je vous ai connue, vous n'étiez pas du tout le genre de femme que je croyais, seulement occupée de sa coiffure et fréquentant des endroits chic. Vous avez été bien plus gentille pour moi que ma propre mère ! Je suis si triste de vous décevoir, Miranda, je me sens déchirée. Quand il est venu ici, le père Declan m'a dit que le Seigneur m'avait placée sur votre chemin au moment où j'étais désespérée et qu'ainsi Dieu avait voulu me montrer qu'Il avait pardonné mon péché. Je ne sais pas. Est-ce que ça pourrait être vrai ?

Elle me jeta un regard où l'espoir se mêlait à la perplexité.

— Si je pouvais répondre à cette question, Jenny, je serais prophète. Le fait que tu sois ici peut être considéré comme une sorte de justice, je suppose, tu n'as nulle raison de douter de la clémence de Dieu ni de mon indulgence ou de celle de quiconque. Je crois qu'il est important que tu comprennes cela.

542

Je vis qu'elle était disposée à le croire. Elle pleura encore un peu et je la gardai dans mes bras en m'efforçant de l'apaiser. Mes propres sentiments demeuraient évasifs. J'étais restée longtemps éveillée pendant la nuit pour tenter de découvrir honnêtement ce que cette paternité imprévue de Jack signifiait pour moi. Je me sentais blessée et déçue. Jenny n'avait peut-être pas cessé de se moquer en secret de moi et de mes efforts de philanthropie – si l'on peut appeler ainsi ma tendance instinctive à protéger les plus faibles. Jenny s'était-elle ironiquement réjouie de l'occasion que je lui offrais de prendre en quelque sorte une revanche sur Jack ? Après avoir examiné toutes ces possibilités, je les écartai en bloc, compte tenu de ce que je savais du caractère de la jeune femme. J'éloignai aussi toute spéculation paranoïaque. Mais, chaque fois que je pensais à Jack, la rage froide qui s'emparait de moi me rendait physiquement malade. J'enfouis ma bonne oreille dans les coussins en tentant d'oublier le monde et l'image de mon mari étendu dans la salle d'armes qui surgissait devant moi dès que je commençais à glisser dans le sommeil. Je finis par prendre deux somnifères qui restaient de ceux prescrits par Rory au moment du suicide de Jack.

Le réveil me tira du lit à six heures. Je descendis à la cuisine, chancelante, en pantoufles et robe de chambre. Le lit de Jenny n'était pas défait. Un bref mouvement d'irritation m'envahit à la pensée de son irresponsabilité, mais je le surmontai en me souvenant de ce que j'étais moi-même à dix-huit ans. Elle me considérait sans aucun doute comme une espèce de mère et savait que je m'occuperais de Bridie. Le bébé s'éveilla au moment où je me penchais vers le berceau. Sans ouvrir les yeux, elle émit quelques légers grognements en portant les poings à sa bouche. Le temps que je prépare un biberon, elle s'était déjà mise à le réclamer à cor et à cri. Je m'assis dans le fauteuil de Rose près des cendres du feu parmi lesquelles brillaient encore quelques tisons, et je pris le solide petit corps dans mes bras. Sa bouche chercha goulûment la tétine et elle aspira le lait avec une extrême concentration. Ses yeux, qui perdaient peu à peu leur couleur indécise pour devenir verts, restaient fixés sur mon visage. Quand elle abandonna la tétine, elle continua à me regarder et je lui caressai la joue avec un sourire. Elle me sourit à son tour largement, tout illuminée. Cet échange innocent agit comme un baume sur mes pensées désordonnées. J'embrassai les petites mains, les joues de Bridie et lui dis que je l'aimais. Chacune de mes paroles la faisait rire encore plus. Je l'élevai bien haut devant moi, les petits pieds battant mes genoux.

— Bridie, lui dis-je, nous nous conduisons tous comme des idiots. C'est toi qui nous donnes l'exemple d'une innocente dignité. Profitons-en pendant qu'elle t'appartient encore.

Bridie gloussa de plaisir.

— Maintenant, déclarai-je à Jenny plusieurs heures après, assez de mélancolie pour la journée. Ne t'inquiète plus. Il me faut encore un peu de temps pour réfléchir à ce que je vais dire aux enfants. Mais, entre toi et moi, tout est clair. D'accord ?

Jenny leva vers moi des yeux gonflés et fit un signe d'assentiment en reniflant, puis elle éclata de nouveau en sanglots.

— Jenny ! Jenny ! Assez ! grondai-je. Ne t'ai-je pas dit que tout est comme avant !

— Ce n'est pas ça ! Je pensais à Jack si charmant… si beau. Je l'aimais tant ! Et pourtant, aujourd'hui, je me dis que vous deviez l'aimer encore plus et que c'est si triste pour vous de l'avoir perdu !

— Oui, c'est une gentille pensée de ta part. Allez, sèche tes yeux et parle-moi de Stew, si tu le souhaites, bien sûr.

Jenny rougit.

— J'étais d'abord fâchée contre lui, mais il a regretté et s'est montré ensuite très gentil. Alors j'ai pensé que je ne pouvais lui reprocher d'aller avec d'autres femmes si, moi, je ne le laissais pas… vous voyez. Alors je l'ai fait.

Je prévis mentalement d'avoir un prochain entretien avec Jenny pour lui parler de contraception, dès que les choses se seraient un peu calmées. Nous fîmes la vaisselle ensemble et je lui montrai comment confectionner de la pâte à choux. Ces occupations rétablirent la sérénité.

— Ces trucs-là ne vont pas gonfler, décréta Mme Harker à son arrivée en contemplant les petits tas de pâte sur la plaque.

Elle se trompait, naturellement. Rien de plus facile à faire que des choux.

— Comment appelez-vous ça ?

— Des profiteroles. On les remplit de crème et on les sert avec une sauce au chocolat.

Mme Harker n'avait pas l'air convaincue.

— Moi, c'que j'aime, c'est une crème caramel instantanée. Y a qu'à la battre.

Elle examina un chiffon à poussière pour vérifier sa propreté, le secoua à côté de la pâtisserie, puis le mit dans sa poche. Elle étudia Jenny d'un œil sévère.

— J'ose croire que vous savez c'que vous faites, jeune dame. On est déjà six à la maison et un à l'extérieur, alors on a pas envie d'un petit panier en plus, compris ? J'espère que vous avez fait mettre un préservatif à not' Stew.

Sur cette déclaration, elle sortit en balançant l'aspirateur comme un encensoir et en heurtant bruyamment la porte. Je passai la matinée avec Patience dans la grange transformée en atelier pour la confection des rideaux. Comme on était samedi, nous nous retrouvions seules et nous pûmes bavarder tout en assemblant les robes de moines à la machine à coudre.

— Je n'arrive pas à le croire, même de Jack, déclara Patience quand je lui eus tout raconté. Zut ! Je me suis piquée ! Oh, ne t'inquiète pas. Ça se produit souvent et la peau de mes doigts est devenue si épaisse que je ne sens plus rien. On dirait de la corne. Bref, où en étais-je ? Ah oui… coucher avec une fillette de dix-sept ans sans prendre de précautions, puis s'en aller ensuite comme ça ! C'était réellement un affreux salaud !

— Je crains que ce genre de choses n'arrive souvent. Ça n'excuse pas Jack pour autant.

— Quels sont tes sentiments pour le bébé aujourd'hui, et pour Jenny ?

— Je ne peux pas lui en vouloir. Comme tu le dis toi-même, ce n'est qu'une enfant et, j'imagine, tellement privée d'amour que Jack a dû lui paraître une sorte de dieu. Elle est incapable du moindre calcul. Quant à Bridie… je suppose que cela me la rend plus chère… d'une curieuse manière. Peut-être parce que je me sens quelque droit sur elle en tant que mère de ses demi-frères et sœur. Elle a un air de James, pauvre petite chose… Quelle hérédité confuse !

— Que va-t-il se passer à présent ?

— Je dois le dire aux enfants. Dès que les cheveux de Bridie auront poussé, les gens vont commencer à jaser et je veux qu'ils l'apprennent de moi en premier. Je ne veux pas en parler devant Jenny. Elle doit aller cet après-midi prendre le thé chez les Harker, je saisirai peut-être cette occasion.

— J'emporte celles-ci chez Aubrey, décida Patience en faisant une pile des robes terminées. Je vais aller lui préparer son dîner car mon père a une réunion avec ses camarades d'armée. Viendras-tu demain assister à la première répétition du spectacle ? Aubrey aimerait ton avis sur le script. Il est absolument enchanté par ton histoire de Westray. Il dit que tu devrais devenir écrivain.

— C'est gentil de sa part. Je panique devant une page blanche à l'idée d'inventer quelque chose. J'ai pris plaisir à enjoliver certains événements du passé, mais mon imagination ne fonctionne que pour construire des ponts entre des faits réels.

— Eh bien, tu devrais cultiver ce talent dans les

années qui viennent et ne pas l'enterrer comme je l'ai fait de mes propres dispositions.

Je soupirai.

À l'heure du thé dans la bibliothèque, en présence de Rose, de Maurice et des trois enfants, je parlai avec toute la désinvolture qu'il me fut possible de manifester.

— J'ai quelque chose de très intéressant à vous raconter et j'espère que cela vous fera plaisir.

— Tu ne vas pas avoir un enfant de sir Humphrey ? dit Elizabeth d'un ton horrifié.

— Tu as gagné le gros lot ! s'écria Henry.

— Non, l'un et l'autre cas sont exclus.

— Je sais ce que c'est, dit Rose. Mais, pressée de s'expliquer, elle refusa d'ouvrir la bouche, sauf pour un morceau de gâteau.

— C'est de la triche ! (Henry était indigné.) Nous pourrions tous faire la même chose. Si tu veux qu'on te croie, alors écris-le sur un bout de papier.

— Assez ! criai-je pour interrompre les spéculations. Voilà : Bridie est votre demi-sœur.

Le visage des enfants reflétait une telle stupéfaction que je crus bon d'ajouter :

— Votre père est le papa de Bridie.

Pendant un bon moment, personne ne parla, le temps de digérer la nouvelle.

— Eh bien ! s'écria finalement Maurice. La vie est vraiment extraordinaire ! Bon ! Je vous félicite tous trois pour l'adjonction de ce charmant rejeton.

— Tu veux dire que… p'pa et Jenny… (Elizabeth parlait très lentement.) C'est la chose la plus répugnante que j'aie jamais entendue !

Elle se leva et quitta la pièce.

Le visage de James était grave.

— Oh, m'man, quelle histoire ! C'est un drôle d'affront pour toi. (Il réfléchit un instant.) Je dois reconnaître que papa n'était qu'un imbécile. Tu étais beaucoup trop bien pour lui.

547

Il me regarda de ses yeux verts si semblables à ceux de son père.

— J'espère que tu le sais ?

— Merci, mon chéri. Je ne suis pas certaine que ce soit vrai, mais merci quand même !

— « S'il y a un mal qui engendre le bien, ne craignons pas de le commettre », cita Rose. Saint Paul. Lettre aux Romains.

— Avons-nous réellement le droit d'être contents ? demanda Henry. On dirait que vous vous êtes tous fourrés dans un guêpier. Je suppose que p'pa a eu pitié de Jenny parce qu'elle était pauvre et qu'elle n'avait pas de petit ami. J'ai toujours pensé que Bridie m'aimait bien, je suis content d'avoir une petite sœur, ça ne me plaisait pas d'être le dernier. Peut-être qu'elle voudra bien ranger ma chambre et nettoyer mon vélo.

— Tu ne la détestes pas, maman ? s'enquit James. Je veux dire Jenny ?

— Pas du tout, et j'aimerais que vous continuiez à la traiter comme auparavant. Elle est très jeune et elle était amoureuse de votre père, elle n'a pas voulu nous faire de mal.

— Mais est-ce que cela change les sentiments que tu éprouvais pour papa ?

— Peut-être... un peu. C'est mon problème.

Voyant que je venais involontairement de le blesser, j'ajoutai aussitôt :

— Oh, chéri... je ne cherche pas à faire des secrets vis-à-vis de toi. Disons qu'il y a des choses pour lesquelles les autres ne peuvent rien. Il faut les surmonter soi-même. Mais de te sentir présent... déjà le seul fait de te regarder me réconforte.

— Plus que de me regarder, moi ? s'inquiéta Henry.

— Non, petit fou ! Chacun de mes enfants est ce qu'il y a de plus important dans ma vie et vous avez tous les mêmes droits. Mais, encore une fois, ce que nous venons d'apprendre n'est pas si terrible à surmonter.

— On dirait que vous prenez bravement les choses, me dit Maurice ce soir-là tandis que nous lavions ensemble la vaisselle, seuls à la cuisine.

Rose était allée se coucher et les enfants regardaient la télévision. Jenny n'était pas encore rentrée de chez les Harker.

— Eh bien, je savais comment je devais réagir et cela m'a été d'un grand secours. J'aime Bridie et rien ne peut changer ce sentiment. Elle est innocente. Quant à Jenny, sa seule faute est d'avoir aimé sans discernement. Jack lui-même n'est peut-être pas aussi mauvais qu'il paraît. Je refusais de partager son lit, il fallait bien qu'il trouve ailleurs.

— Mais pas nécessairement auprès d'une enfant sans défense qui ne savait pas ce qu'elle faisait.

— Jack a toujours pensé que chacun devait apprendre à se débrouiller tout seul. Il n'avait pas un pouce de compassion. Je dois admettre que j'éprouve une curieuse sensation, comme un poids dans l'estomac. J'ai déjà connu ça et je sais comment faire pour m'en sortir, c'est l'action qui m'y aide. J'aimerais juste que pendant quelque temps toute révélation douloureuse me soit épargnée.

— Vous savez combien je vous suis attaché.

Quelque chose dans le ton de Maurice me fit lever les yeux vers lui. Ses yeux étaient mouillés de larmes, ses lèvres serrées pour les empêcher de trembler, et il avait entortillé le torchon dont il se servait pour essuyer les assiettes au point de le transformer en une espèce de corde de chiffon.

— J'aimerais tant avoir le droit de vous protéger de ces chocs.

Il vacillait un peu, son large torse emprisonné dans une veste de velours noir, le cou entouré d'un nœud papillon en cachemire. Il portait aux pieds les pantoufles brodées que je lui avais offertes pour Noël et ses cheveux blancs étaient ébouriffés sur le sommet de son crâne. Il n'était pas particulièrement romantique mais, en voyant son visage intelligent et anxieux, je compris à quel point je l'aimais, plus, même, que je n'avais jamais aimé aucun homme.

— Je ne peux vous dire à quel point vous m'avez aidée… de tant de manières que le temps me manquerait pour en établir la liste. Sachez qu'à Westray vous serez toujours chez vous.

— Je vous remercie, ma chère enfant. Je compte bien en profiter aussi longtemps que vous pourrez me supporter. (Il toussota pour s'éclaircir la gorge.) À présent, j'ai une idée. Assez de plongées dans les profondeurs. J'ai acheté ce matin à Marshgate un disque de Duke Ellington. Allons l'écouter et j'en profiterai pour terminer ce dessin de vous que j'ai promis à votre sœur.

La première répétition du spectacle historique sur Westray qui eut lieu le lendemain après-midi dans le salon du presbytère ne fut pas très encourageante. Aubrey avait décidé de commencer par le paiement d'un tribut aux deux mercenaires saxons Hengist et Horsa [1], qui avaient occupé le Kent au Ve siècle.

— Je crains un fiasco, dis-je à Maurice un peu plus tard tandis que je fourrais les petits choux de *crème patissière** pour le dîner. Le texte écrit par Aubrey est beaucoup trop hermétique et aucun personnage ne peut comprendre un mot de ce qu'il est censé dire, encore moins le retenir. Je l'ai rapporté ici pour tenter de le traduire dans un langage plus simple. Ivor a fait complètement fausse route en incarnant Hengist. Aubrey lui avait demandé d'improviser son discours avec un air d'authenticité. Si vous l'aviez entendu en compagnie de M. Marjoribanks, le directeur de la banque – il joue le rôle de Vortigern –, vous auriez cru qu'ils projetaient un voyage en Provence pour peindre des tableaux, alors qu'ils sont supposés se menacer l'un l'autre de se mettre en pièces. Patience

1. Deux frères qui, à l'appel du roi breton Vortigern, ont conduit l'invasion des Jutes en Grande-Bretagne au Ve siècle et fondé le royaume du Kent. *(N.d.T.)*

et moi avons dû sortir de la pièce pour ne pas nous déshonorer en riant. Nous avons réussi à convaincre Aubrey qu'Ivor serait bien mieux dans le rôle de l'abbé de Westray. Il incarnera à la perfection un martyr déchiré par sa conscience.

— J'adorerais faire partie du spectacle, soupira Maurice.

— J'ai invité Patience et Aubrey à déjeuner demain, dès que les hôtes payants seront partis, pour parler des modifications à apporter au texte. Nous leur demanderons s'ils peuvent vous trouver quelque chose. Tous les rôles ayant un texte à dire ont été distribués aux habitants du village, naturellement, mais il n'y a aucune raison pour que vous ne puissiez pas figurer un homme du Kent portant des rameaux de verdure pour aller à la rencontre de Guillaume le Conquérant.

— Ce genre de personnage n'offre guère la possibilité d'exprimer mon sens du drame. Mais, si c'est tout ce qu'ils peuvent me proposer, j'accepterai volontiers. Voyons ce que cela donnerait.

Il se mit à sauter au travers de la cuisine en agitant des branchages imaginaires. Jasper aboya aussitôt furieusement et Rose prétendit qu'il lui donnait le tournis.

— Je n'ai jamais vu quelqu'un d'aussi original que vous, à part Ivor Bastable. Vous donnez autant que vous prenez. Ce n'est pas comme les autres hommes. Vous avez rendu ma petite fille heureuse. Mais à présent, arrêtez, pour l'amour de Dieu ! Bridie se contrôle mieux que vous !

— Ce n'est pas gentil à vous, Rose. Mes glandes lacrymales sont infectées par des années de vie en Italie où les gens rient et pleurent comme ils respirent, et c'est très bien ainsi. Vous autres, Écossais, vous êtes comme vos paysages, rudes et silencieux. Mais votre bonne opinion de moi me réchauffe le cœur !

— J'ai dit que vous étiez original, rectifia Rose avec concision, pas que vous étiez *forcément* quelqu'un de bien !

Je fus plutôt satisfaite de voir mes pensionnaires partir le lendemain matin. Le mari était un golfeur enragé et ne nous avait fait grâce d'aucun détail de la partie qu'il avait disputée au Marshgate Golf Club. Sa femme ne pratiquait pas ce sport. Elle lui affirma qu'il était assommant. Pour sa part, c'était la poésie qui l'intéressait et, après dîner, elle m'entraîna dans une discussion littéraire jusqu'à ce qu'il ne me fût plus possible de garder les yeux ouverts. Elle vouait un culte à mon grand-père et, de ses doigts manucurés, caressa ses bottes en murmurant :

— Ah ! La boue des Flandres. Comment a-t-il exprimé cela ? « La précieuse s'est changée en rivière de boue / La Mort l'a étreinte de ses baisers de feu et le sang l'a gorgée de ses flots. » Quels vers merveilleux !

Je crus presque qu'elle allait les embrasser. Je ne voulus pas lui dire que ces bottes étaient celles qu'il portait lors de sa mort, quand il se promenait avec son chien, et que cette boue sacrée n'était que celle de Hampstead Heath.

Au cours du déjeuner avec Patience et Aubrey, Maurice leur fit part de son désir de participer au spectacle. Aubrey s'en montra aussitôt enchanté.

— Nous pourrions même vous trouver quelques mots à dire. J'ai un mal fou à convaincre les gens qu'ils peuvent retenir quelques lignes de texte. Maintenant que j'y pense, vous pourriez incarner l'évêque de Londres quand il vient consacrer la source qui jaillit à l'endroit où fut martyrisé saint Wolberga. Il prononce un long discours assez compliqué. Je regrette vraiment que mon idée de laisser les gens improviser leur texte entre les séquences historiques ne marche pas. Je n'avais pas réalisé combien il est difficile de monter un spectacle. Par chance, Maeve est parfaite dans son rôle de Joan Wake. C'est une comédienne-née.

— Je lui ai demandé de passer après avoir rendu visite à Sebastian au centre de détention, dis-je en préparant le café et en ouvrant la boîte de chocolats que mes derniers hôtes reconnaissants m'avaient offerte en partant. Ivor viendra aussi pour répéter son texte. Je trouve que vous avez eu raison de lui donner un autre rôle, Aubrey. Il n'avait pas le *brio** nécessaire pour incarner Hengist.

Patience et moi avions toutes deux le sentiment instinctif qu'il était nécessaire de soutenir la confiance chancelante d'Aubrey, fût-ce en altérant la vérité avec tact.

— J'espère ne pas avoir commis de maladresse, ajoutai-je. Ils ne se sont pas revus depuis l'incendie de la grange de M. Birt.

Quand Maeve arriva, elle était en pleine forme. Elle et Ivor répétèrent comme de vrais professionnels la scène où ils s'opposent avec exaltation à la Réforme. Lorsqu'ils lancèrent leurs derniers mots de défi avant d'être arrêtés et entraînés vers Tyburn pour y être pendus, des applaudissements spontanés saluèrent leur performance.

— Est-ce qu'on ne pourrait pas ajouter une scène pour la pendaison ? dit Maeve. Les villageois adore-raient ça !

— Je ne crois pas que cela serait une bonne fin pour la partie médiévale, objecta Ivor.

Au début de la répétition, il s'était montré extrême-ment réservé et avait ignoré les tentatives amicales de Maeve. Mais, tandis qu'ils interprétaient la scène où ils défiaient, ensemble, le terrible Henry VII, une émo-tion paroxystique s'empara d'eux et fit tomber toutes les barrières. À la fin, quand Maeve prophétisa à Henry la souffrance et la mort, Ivor, en adoration à ses genoux, avait presque l'air d'un véritable amant.

— Absolument brillant ! s'exclama-t-il. Vous avez réussi à mêler magnifiquement une profonde convic-tion et juste ce qu'il faut de folie !

— Je ne suis pas certaine que la dame du Kent ait été ainsi, répondit Maeve. Je crois à l'inspiration divine. C'est juste que je n'ai pas réussi à définir avec exactitude mes convictions, compte tenu du grand nombre de croyances que j'ai successivement adoptées et abandonnées.

— Ohooo ! soupira Ivor. Aux yeux d'un catholique romain, cette déclaration pouvait ressembler à un hameçon lancé dans les eaux.

Persuadée que Maeve savait très bien ce qu'elle faisait, je n'avais pourtant aucune idée de ce qu'elle mijotait avec Ivor.

— Je viens juste de lire ce livre captivant sur la pyromancie, poursuivit-elle. Vous savez, la divination par le feu. C'est très compliqué. J'ai essayé la nuit dernière, mais c'est trop difficile de distinguer des formes significatives car les flammes bougent tout le temps. L'une de mes grand-tantes était une pyromancienne. Elle vivait dans un minuscule village d'Irlande et n'avait rien d'autre à faire que contempler les morceaux de tourbe en train de se consumer. Apparemment, ma grand-tante Deirdre avait prédit le naufrage du *Titanic*.

Pendant que Maurice préparait du thé pour tout le monde et que je donnais à Bridie son œuf à la coque, Ivor et Maeve poursuivirent leur conversation sur ce sujet obscur, assis l'un près de l'autre sur le canapé.

— Je refuse de continuer à écouter de telles sornettes, grogna Rose en se levant à l'aide des deux cannes dont elle se servait désormais. Je vais dans la bibliothèque. « Quel est donc ce murmure qui monte de mon troupeau borné ? » Premier livre de Samuel. Seigneur ! Je n'ai jamais entendu pareilles balivernes !

Après le thé, nous sortîmes tous faire une promenade, y compris les enfants et Jasper. Le temps était devenu plus chaud et sec. Le passage accordé à M. Birt pour mener traire ses vaches n'était plus boueux, comme ce fut le cas tout l'hiver. Nous pûmes donc faire le tour de la propriété jusqu'au sommet de la colline surplombant Westray, d'où l'on peut avoir un splendide panorama de la maison. C'était mon point de vue préféré. On distinguait la cour centrale qui se découpait au milieu des toits et des tours et, tout autour, les douves scintillantes. Le paysage miniature ressemblait à une maquette pour enfants.

— C'est beau, n'est-ce pas ? dit Maurice, qui se tenait à côté de moi et regardait lui aussi.

— Oui. Quelle chance de posséder ce petit trésor ! Même s'il m'aura fallu garnir de crème pas mal de profiteroles pour pouvoir le garder !

— Je souhaiterais tant pouvoir vous épargner tout ce travail...

Maurice me jeta un tendre regard. Il avait noué une écharpe sur son chapeau pour l'empêcher de s'envoler avec le vent et avait l'air de porter un bonnet de quaker. J'aimais en lui ce mélange de vanité et d'excentricité.

— Je suppose que vous n'accepteriez sous aucun prétexte que je vous donne une somme d'argent substantielle ?

— Non, très cher, répondis-je en glissant mon bras sous le sien. Mais n'allez pas croire que je ne vous suis pas immensément reconnaissante de cette proposition. Les choses sont si parfaites ainsi, ce serait dommage de les modifier, ne trouvez-vous pas ? Nous ne devons pas prendre le risque que des questions d'argent se dressent entre nous.

Maurice sembla sur le point de dire quelque chose, mais il changea d'avis. Le silence s'établit, il murmura enfin :

— Quel terrible idiot je fais !

Je ne savais que penser de cette exclamation, il se mit à parler aussitôt à Elizabeth de sorte qu'une manifestation quelconque de ma part ne fut pas nécessaire.

Ce matin-là, Elizabeth était entrée dans ma chambre au moment où je me brossais les cheveux. Elle m'avait pris la brosse des mains et avait continué le travail.

— Te souviens-tu combien j'aimais te coiffer quand j'étais petite ?

— Oui. Tu étais une adorable petite fille. Et tu m'es toujours infiniment chère. (Nos yeux se croisèrent dans la glace.) Je suis désolée que tu sois si bouleversée à propos du bébé, chérie.

— Le problème, c'est que j'aimais papa. Et que je l'aime toujours. Cela me blesse de penser qu'il a pu se comporter ainsi. C'est quelque chose d'horrible… L'idée même m'est insupportable.

— Alors, cesse d'y penser quelque temps jusqu'à ce que tu aies surmonté le choc, dis-je en me retournant pour prendre ses mains dans les miennes. Occupe-toi le plus possible, monte Puck, attelle-le à la voiture pour te promener, continue de construire la grotte de coquillages avec Maurice, regarde la télévision, fais n'importe quoi pour distraire ton esprit de cette pensée. Peu à peu, tu verras les choses plus calmement et tu souffriras moins. Et, quand un certain temps se sera écoulé, tu seras capable d'aborder le sujet en toute franchise.

— C'est ce que tu as dû faire souvent, n'est-ce pas ?

— Oui, j'ai un certain entraînement, mais tout cela est passé maintenant. Je voudrais te rappeler deux choses : d'abord que Jenny n'avait nulle intention de blesser qui que ce soit et, ensuite, que ton père t'aimait sincèrement.

— Il t'aimait toi aussi ?

Son regard dans le miroir était grave.

— Hmm, peut-être. Je suppose que toutes les autres femmes étaient censées être aussi bien que moi. Je n'aurais peut-être pas dû en être si affectée.

— Ne dis pas de bêtises. Tout le monde serait affecté de se voir ainsi trompé !

Elle se pencha sur mon épaule, déposa un baiser sur ma joue et s'en alla. J'étais réconfortée.

Un peu plus tard, en la voyant discuter avec Maurice de programmes de télévision et en entendant James et Henry dévaler la colline bras étendus comme des mouettes prêtes à l'envol – ce qu'ils faisaient depuis qu'Henry était assez grand pour courir –, je songeai que, tout compte fait, mes enfants semblaient s'adapter assez bien aux circonstances et paraissaient heureux. Dans la mesure où il n'y avait pas d'autres surprises en réserve, nous pouvions espérer aborder enfin une période de calme.

Je remarquai que Maeve et Ivor traînaient derrière nous, profondément absorbés dans leur conversation. Je ne pouvais entendre ce qu'ils se disaient. Je vis Ivor tirer un morceau de papier de sa poche. Pendant qu'il lisait, Maeve afficha une expression d'extrême attention. Elle était vraiment douée pour les machinations. Si elle lui faisait du mal, elle aurait affaire à moi.

Tout en buvant un verre, nous discutâmes des costumes et dressâmes un projet de budget. Maurice promit d'aller dans une boutique qu'il connaissait à Camden Town, où l'on vendait des coupons de fins de séries. Il établit une liste des coloris souhaités et des métrages approximatifs. Puis nous abordâmes le sujet des accessoires.

— Il nous faut une épée pour Charles II quand il fait chevalier Harold Wychford, dit Aubrey en suçant pensivement son stylo.

— C'est de l'encre, Aubrey, intervint Patience avec inquiétude. Ta bouche est toute noire maintenant. Père nous prêtera sûrement son épée de régiment. Il y a aussi la tienne, Miranda, elle serait plus authentique.

— Elle ne date que du XIXe siècle. Nous verrons laquelle des deux convient le mieux.

— Il faut aussi une mitre d'évêque pour la consécration du puits de saint Wolberga, poursuivit Aubrey en mettant de nouveau son stylo dans sa bouche.

— Je peux m'en occuper si vous voulez, proposa Maurice. Avec un carton rigide et un morceau de tissu convenable, cela ne devrait pas être trop difficile.

— Et la crosse de l'évêque ? Aubrey jeta autour de lui des coups d'œil interrogatifs.

— J'ai un bâton de berger, dit Ivor. Il suffirait de l'envelopper dans du papier d'argent.

— Excellent, affirma Patience. Ton stylo, mon chéri ! Il fuit ! Qu'allons-nous faire pour le puits ?

Tous ceux qui existent déjà sont beaucoup trop grands et pas au bon endroit.

— Il nous faut une construction qui ressemble aux *pozzi* de Venise, décréta Maurice. Quelque chose de ramassé et de rugueux. Pourquoi ne pas utiliser de nouveau du carton, peint en gris pour qu'il ressemble à de la pierre ? Nous aurions ainsi quelque chose de léger et de facile à transporter.

Peu après, Patience et Aubrey se levèrent pour partir. Je leur proposai de rester dîner, mais Patience devait rentrer pour préparer le repas de Wacko et l'aider à faire ses bagages.

— Il est tellement excité à l'idée d'aller dans cette maison de retraite de l'armée ! Cela le met d'excellente humeur. Je ne me rendais pas compte qu'il faisait un tel sacrifice pour moi, je me sens coupable.

— Tu es bien la dernière personne qui ait le droit de se sentir coupable, ma chérie, dit Aubrey en s'arrêtant pour déposer un baiser sur sa joue. Bien que ses lèvres y aient laissé une marque noire ressemblant à un papillon, le geste était si tendre que j'en eus la gorge nouée.

— N'oubliez pas les listes de ce que vous avez à faire ou à trouver, fis-je en ramassant les papiers éparpillés sur la table. Voilà la tienne, Patience. (J'avais reconnu sa petite écriture fine et précise.) Et la vôtre, Aubrey. (On l'identifiait facilement aux nombreuses taches d'encre dont elle était parsemée.) Et celle-ci doit être…

Je m'arrêtai net en contemplant la feuille que je tenais à la main. « Grande quantité de tissu bon marché. Rouge, bleu et jaune. Du carton (beaucoup, mitre, puits), tissu pour un évêque… »

Je fixai le papier, bouleversée.

— Miranda, que se passe-t-il ? s'écria Patience. Tu as l'air épouvantée !

Je fixais toujours la feuille que j'avais devant les yeux et ma main qui la tenait tremblait tant qu'on entendait le froissement du papier. Aucun autre son ne parvenait jusqu'à ma conscience. Tout ce qui m'entourait me paraissait avoir reculé à une distance infinie. Je connaissais cette écriture mieux que la mienne : ces T semblables à des lances et ce Y évoquant un fouet.

Les battements de mon cœur grondaient dans mes oreilles. Je levai la tête. La pièce sembla tournoyer, je vis que Maurice était devenu mortellement pâle. Je sentis la main de Patience sur mon bras et j'eus conscience qu'elle me disait quelque chose que je ne compris pas. C'était impossible, je le savais. Et pourtant… cette écriture. Dans mon souvenir apparut la page de garde du livre qui ne quittait jamais ma table de nuit : « À ma fille chérie, Miranda, pour son quatrième anniversaire, avec tout mon amour. Papa. »

Je regardai tout autour de moi. Les murs de la cuisine m'apparurent à travers une épaisse brume. Puis je tournai lentement le regard vers lui.

— Oh, ma chérie ! dit Maurice, le regard embué par les larmes, les mains tendues vers moi. J'ai tellement honte ! Si affreusement honte !

## 26

Je n'ai aucun souvenir de ce qui se passa après que j'eus réalisé que Maurice était mon père. Le choc fut si grand que je me sentis dissociée de toutes choses pendant un instant, y compris de moi-même. Je sais que je pleurai longtemps. Mes larmes au début s'unissaient simplement à celles de Maurice, qui, effondré, pleurait lui aussi comme un bébé. Je mis mes bras autour de lui pour le réconforter, mais je réalisai alors que c'était lui qui me réconfortait. Ce n'était pas seulement le choc de la découverte qui me faisait pleurer, mais aussi tout ce qui dans le passé m'avait accablée de tristesse et dont je prenais soudain conscience. Je pleurais sur le douloureux échec de mon mariage et sur la mort de Jack. Je pleurais pour les enfants qui avaient perdu leur père et pour Bridie qui ne connaîtrait jamais le sien. Je pleurais pour toute la tristesse du monde, y compris celle que j'ignorais. Une brèche s'était ouverte dans un immense réservoir de chagrins accumulés en moi depuis longtemps, sans doute parce que je craignais de ne pouvoir les surmonter si je leur laissais libre cours. Mais à présent, je savais que j'en étais capable. C'est ce que je tentai d'expliquer à Maurice, persuadé d'être le seul responsable de cet océan de larmes.

— Je me sens mieux maintenant, lui dis-je quand

je pus enfin parler. J'avais besoin de cela, mais il fallait un choc pareil pour pouvoir l'exprimer...

J'essayai de rire.

— Je ferais mieux de m'asseoir. Mes jambes ne me supportent plus.

Je me retrouvai assise à la table de la cuisine, un verre de *grappa* à la main. Les autres s'étaient éclipsés discrètement. Maurice était assis à côté de moi, tenant encore la bouteille...

— Ma pauvre chérie, tes joues sont toutes mouillées. Prends mon mouchoir.

Nous restâmes silencieux, sirotant nos verres les yeux dans les yeux.

— Je ne peux te reprocher d'être en colère, dit-il enfin. Ou de me détester. Je n'ai pas d'excuses. C'était pur égoïsme.

— Pour l'instant, je n'arrive pas à réaliser quoi que ce soit. J'ai besoin d'y penser. Je continue à croire que ce n'est pas vrai. Mais je me trompe, n'est-ce pas ? Vous êtes bien mon père ? Vous êtes bien Michael Trebor ?

— J'ai honte de l'avouer. Je suis très fier d'être ton père, mais j'ai en même temps amèrement conscience de ne pas te mériter.

En réponse, je posai ma main sur la sienne et nous demeurâmes ainsi un moment. Henry passa la tête par la porte.

— M'man ? Quand est-ce qu'on peut *espérer* dîner ? Tiens ! Qu'est-ce qui arrive à ta figure ?

— J'ai pleuré, c'est tout. Mais tout va bien. Va chercher les deux autres, chéri, tout de suite, tu veux bien ? J'ai besoin de vous parler.

— Tu ne vas pas nous apprendre maintenant que Bridie n'est pas notre sœur ? Henry avait l'air désappointé.

— Non, ça n'a rien à voir avec Bridie, ni avec papa. Dépêche-toi.

Les enfants prirent la nouvelle plus calmement que je ne l'avais imaginé. Je suppose qu'ils étaient à présent armés contre les chocs. Ils semblèrent contents mais, soudain, parurent intimidés et incapables de trouver quoi dire. Aussi préférèrent-ils s'éclipser dès qu'ils le purent.

— Je crois que nous allons tous avoir besoin d'un peu de temps pour nous habituer à cela, soupira Maurice.

Il se leva pour aller chercher des pommes de terre dans le garde-manger.

— Et maintenant, essayons de ne pas perdre le sens des réalités. Tu es trop fatiguée pour parler et je me sens moi-même plutôt troublé. Le plus rassurant des remèdes est de nous consacrer à une activité des plus ordinaires. Veux-tu que j'épluche ces pommes de terre ?

Le dîner réunit à nouveau toute la famille et, autant que je m'en souvienne, peu de mots furent échangés autour de la table. Je me sentais épuisée, les traits crispés après tant de larmes. Tout mon corps me faisait mal. J'ordonnai aux enfants de mettre la table. Pendant le repas, chacun fit de gros efforts pour afficher un comportement aussi neutre que possible.

— Je suis bien content que tu sois mon grand-père, décréta Henry. Jusqu'ici, je n'en avais qu'un seul et ce n'était pas tellement drôle. Donald se contentait juste de m'envoyer cinquante malheureux pence pour Noël. La dernière fois qu'il est venu ici, c'était pour l'enterrement de papa. Il m'a raconté que, quand il était petit, on ne remplissait son bas de Noël que de trucs insignifiants. Un morceau de charbon, des oranges, des pommes, des noisettes. Ce genre de choses. Qu'est-ce que j'y peux, moi, si ses parents étaient radins ?

— C'est bien d'avoir eu la chance d'apprendre à te connaître et à t'aimer avant d'être obligés de le faire en apprenant que tu étais notre grand-père, intervint Elizabeth. Je veux dire : si tu nous avais dit la vérité tout de suite, on n'aurait jamais su ce que l'on ressentait vraiment pour toi. C'est pour cela que tu ne nous as rien dit ?

— Je n'ai pas voulu vous dire qui j'étais parce que je souhaitais aider votre mère – et vous trois par la même occasion. Je désirais rattraper toutes ces années perdues. Et puis j'avais peur que votre mère, en apprenant la vérité, ne me jette dehors avec perte et fracas. Elle en aurait eu parfaitement le droit.

— Est-ce que tu veux dire que tu ne nous aurais jamais avoué qui tu étais ? interrogea James, l'air pensif. Est-ce que cela n'aurait pas été plutôt... cruel ? Et malhonnête ?

— Je me disais, peut-être à tort, que le plus important était d'abord de venir en aide à Miranda – à défaut de réparer le passé.

Pourtant, vous ne pouvez vous imaginer le nombre de fois au cours des dernières semaines où j'ai eu envie de tout révéler. J'ai tant de choses à expliquer...

— De toute façon, cela ne fera aucune différence, pas vrai ? fit Henry. Puisque tu vivais déjà à la maison et puisqu'on t'aime un million de fois plus que Donald.

— J'espère que cela ne changera rien, en effet. Ou alors, seulement en mieux.

Plus tard, ce même soir, Maurice et moi nous installâmes pour parler sur le canapé devant la cheminée. Rose et les enfants étaient couchés mais, en ce qui me concernait, malgré l'immense fatigue qui m'accablait, dormir me paraissait inaccessible. J'appuyai la tête sur son bras posé autour de mes épaules.

— J'étais certain que tu serais terriblement fâchée, dit Maurice d'une voix douce. Plus j'y réfléchissais et plus je me persuadais que tu avais toutes les raisons du monde de m'en vouloir éternellement de vous avoir abandonnées, toi et Béatrice, durant toutes ces années. Sans parler de votre mère, bien sûr. Et, aujourd'hui encore, je ne suis pas certain que tu me pardonneras jamais. Pendant trente ans, je n'ai cessé de me répéter que je n'étais qu'un lâche, une ordure. Cela me faisait mal de penser que vous grandissiez sans moi. J'espère au moins que tu me crois.

— Explique-moi alors pourquoi on a dit à ma mère que tu avais été tué à Anzio ? On lui a envoyé ta chaîne, ta montre et des photos de nous que tu portais sur toi. Maman les garde précieusement dans sa maison en Italie, avec tes peintures.

— Oh, ces peintures-là ! grogna Maurice. Eh bien, rien de bien étrange à tout cela, en fait. Ma section se trouvait au fond d'une tranchée, assez loin de la base. Une grenade allemande tomba droit sur nous et un éclat me rentra dans la jambe. Malgré cela, je pouvais encore marcher. Le soldat de première classe Tremlow était blessé à l'épaule. Tous les autres étaient morts. Nous avons attendu sans bouger jusqu'au crépuscule en espérant que les Allemands nous croiraient morts. Après quoi, nous décidâmes de tenter notre chance et de profiter de l'obscurité pour regagner notre QG en courant.

« Tremlow trébucha sur une mine. Seigneur, quelle boucherie ! Je n'ai jamais réussi à retrouver sa tête. Durant toutes ces longues et terribles heures d'attente, Tremlow et moi nous étions raconté à voix basse des tas de choses pour garder le moral. Je me rappelle qu'il avait remarqué que nous avions les mêmes initiales, M. T. C'était un homme simple, au cœur généreux. Et voilà que, quelques heures plus tard, je le retrouvais en charpie, son corps déchiqueté en mille morceaux sanglants sous la lune. Alors, dans le chaos de mes pensées, ce qu'il avait dit plus tôt m'est revenu en mémoire : nous avions les mêmes initiales. Pourquoi j'ai subitement décidé d'échanger nos identités, je ne saurais le dire encore aujourd'hui. J'avais perdu la tête, tout ce que je savais, c'était que j'en avais eu ma dose. Mes camarades étaient tous morts. Certains de façon horrible… Je… je préfère ne pas m'étendre là-dessus. Tous ceux qui se battaient, alors, connaissaient les mêmes épouvantes. J'ai vidé le contenu de mes poches et l'ai éparpillé au milieu des restes sanglants de ce qui avait été Tremlow. J'ai pris sa montre et l'ai jetée dans un buisson en contrebas. Tremlow m'avait dit que ses parents étaient morts.

« J'ai marché, marché… et j'ai quitté la vallée, le champ de bataille… et mon passé. Chaque pas m'éloignait de tout ce qui avait été jusque-là Michael Trebor. Je ne savais pas réellement ce que je faisais. Je savais juste que j'en avais assez. La veille, l'un de mes meilleurs amis s'était fait sauter la cervelle. Lui aussi avait perdu la tête. Je l'ai enterré de mes propres mains. Il n'y a rien de plus absurde, de plus fou qu'une guerre. Les communications sont déplorables, les décisions aberrantes. Tout n'est que cauchemar, destruction, gâchis. Et cela n'arrêtait jamais. Les rafales de Spandau, les crépitements du Bren, les tirs incessants de mortier, le sifflement des balles traçantes. Je ne pouvais plus supporter une seule seconde de ce vacarme. Aujourd'hui encore, je rêve que je suis là-bas…

Les mains de Maurice se mirent à trembler.

« J'ai marché des jours durant sans même chercher à me cacher des Fritz. Oh, ce n'était pas la mort que je fuyais ! Au contraire, si une balle m'avait fauché, ou si j'avais sauté sur une mine, cela aurait mis fin à mon calvaire. J'ai marché jusqu'à ce que le tumulte se taise enfin derrière moi. Quand je vis que la nuit tombait, je me suis écroulé sur le sol et j'ai dormi d'un sommeil profond, le premier depuis des mois et des mois. Le soleil était déjà haut dans le ciel lorsque je m'éveillai, mourant de soif. Un filet d'eau boueuse coulait à deux pas de là et, agenouillé, je m'y désaltérai à grandes goulées, comme un chien. Quand je levai les yeux, j'eus un choc : un Allemand se tenait sur l'autre rive, la tête couverte de bandages, fixant sur moi un regard chargé d'épouvante. Je l'entendis prononcer des mots que je ne compris pas et le vis lever les mains. C'est alors que je compris qu'il n'avait pas de fusil. Sans doute s'agissait-il d'un blessé abandonné par un convoi, pensai-je. Je le vis tomber à genoux et se mettre à sangloter comme un gosse. De longues minutes s'écoulèrent tandis que je le regardais pleurer. Puis, d'un geste vif, je jetai mon fusil à toutes forces par-dessus la rivière. Il alla s'échouer aux pieds de l'Allemand tandis que je criais : « Allez ! Prends-le ! Il est à toi ! Moi, je ne veux plus tuer un seul être humain. Bonne chance, mon gars ! » Après quoi, sans attendre sa réaction, je me détournai et m'éloignai, certain qu'il saisirait l'occasion pour m'abattre d'une balle dans le dos. Il paraissait si terrifié… Pourtant je ne me suis pas retourné… et il n'a pas tiré.

« J'ai repris ma route vers le sud. Après s'être enfin libérés de Mussolini, les Italiens avaient rejoint les rangs des Alliés. Ils haïssaient les Allemands autant que nous et ne demandaient qu'à nous aider. Ils me prirent dans leurs camions, me procurèrent des vêtements et de la nourriture. Le soleil m'avait tant cuit la peau que je pus me faire passer sans peine pour un paysan italien. Après huit jours de voyage, le paysage changea et prit cet aspect roux et desséché si caractéristique du Sud. Je savais que j'étais un déserteur, mais n'en éprouvai aucune honte. Je m'étais battu vaillamment aux côtés de mes camarades mais, maintenant qu'ils étaient tous morts, j'avais perdu la volonté de lutter. Pour quoi ? Pour qui ? L'Angleterre ne signifiait plus rien pour moi. C'était un mot qui ne recouvrait aucune réalité.

« Une fois en Calabre, je pensai trouver rapidement un travail et m'installer là quelque temps. J'étais incapable de penser plus avant. Ce fut là-bas que je croisai un jour Lucia menant son troupeau de chèvres sur la route. Je crois bien que je tombai amoureux d'elle dès le premier regard. Un peu plus tard, je lui parlai de Fabia et de mes deux filles. Je me rappelle que je n'arrêtais pas de pleurer.

« Un an plus tard, la guerre s'acheva. Je savais que j'aurais dû prévenir Fabia, mais je m'en sentais incapable. Juridiquement parlant, j'étais un déserteur mais, au vu de mon état mental à cette époque, je ne pense pas que les autorités m'auraient condamné. Sans doute m'auraient-elles jugé irresponsable. Les mois passèrent et je ne me manifestai pas. J'étais lâche, Miranda. Je savais que Fabia aurait été révoltée d'apprendre que j'avais déserté. Son père lui avait tellement bourré le crâne avec toutes ces balivernes sur l'héroïsme des champs de bataille.

— Je sais… Pauvre Fabia. Elle aurait été furieuse si elle avait su la vérité ! Et si humiliée ! Est-ce que tu comptes lui parler ?

— Je n'en sais rien. L'honnêteté me pousse à lui dire la vérité mais, par égard pour elle, je préférerais me taire. La gentillesse est parfois meilleure conseillère que la sincérité.

— De toute façon, vous ne revivrez jamais ensemble. D'après ce que je sais de vous deux, ce serait un véritable désastre. En ce moment, maman me paraît plutôt heureuse…

Je soupirai.

— Bref, j'ignore ce que tu dois faire. En attendant, j'aimerais que tu répondes à une question : pourquoi donc, au nom du ciel, as-tu décidé de venir à Westray ?

— À la fin de la guerre, j'écrivis à mon frère, ton oncle Oliver. J'espérais qu'il avait survécu et qu'il était de retour dans sa maison du Wiltshire auprès de votre tante Nancy. Malheureusement, comme tu le sais, il périt noyé dans le naufrage de son bateau. On fit suivre ma lettre en Virginie où Nancy, qui venait de se remarier, était partie s'installer. Elle me répondit aussitôt avec la plus extrême gentillesse et m'informa que Fabia avait littéralement sanctifié mon souvenir.

— Rien de plus vrai. Mais je ne pense pas que tu doives te sentir coupable de cela. Fabia a adoré jouer la veuve éplorée du plus génial peintre de la planète…

— Je sais… (Maurice observa une courte pause.) Je ne veux en aucun cas accabler ta mère. Je me suis comporté *très* mal avec elle. En réalité, mon plus gros problème était mon identité de peintre et la façon dont

Fabia concevait les choses. Ta mère pensait que tout artiste qui se respecte doit se distinguer par un message à délivrer, une technique révolutionnaire, que sais-je... Alors que moi, je n'avais envie que de peindre des paysages et des marines. Je n'ai rien d'un innovateur, quoique je possède cependant un certain talent. Voilà tout. À vrai dire, je déteste tout ce que j'ai peint sous l'influence de Fabia. Ce n'étaient que des inepties prétentieuses dont j'ai honte aujourd'hui. Chaque fois que je me disais qu'il fallait retrouver Fabia, qu'il fallait affronter de nouvelles querelles à propos de mes peintures, je me mettais à trembler et à transpirer devant ce qui me paraissait une épreuve insurmontable. Je ne pouvais tout bonnement plus supporter le moindre conflit. Lucia avait très bien compris cela et elle me protégeait. Il m'a fallu un temps infini pour retrouver mes esprits – quatre ou cinq années. Et, pendant tout ce temps, il me semblait qu'il valait mieux rester là et continuer la vie que je menais.

— Et, bien entendu, tu l'aimais ? Lucia, je veux dire. Tu ne voulais pas la quitter.

— C'est vrai, je l'aimais. Et, en effet, je n'avais aucune envie de la laisser.

Je demeurai silencieuse un bon moment, occupée à rassembler mes pensées, cherchant à comprendre le comportement de chacun. Il m'apparut de façon claire que Maurice s'était mis peu à peu à s'éloigner de Fabia jusqu'à, même, la haïr vraiment. Je savais moi-même fort bien combien il était terrible de se mettre à détester l'être auquel on s'était lié par les liens du mariage, par des enfants, par les règles de la société.

— Je comprends mieux pourquoi tu n'es pas revenu, dis-je enfin. Je sais que tu ne désirais pas réellement nous abandonner, Béatrice et moi.

Maurice porta ma main à ses lèvres pour y déposer un baiser.

— Merci pour ces paroles. Tu sais, je suis resté en contact avec Nancy. Elle m'a envoyé des photos de vous deux quand vous étiez encore toutes petites, puis lycéennes, étudiantes et, plus tard, des femmes avec maris et bébés. J'ai conservé le poème que tu avais envoyé à Nancy, ce poème qui t'avait fait gagner un concours de poésie, tu te souviens ? Votre tante me tenait au courant de vos moindres faits et gestes, me transmettait chaque ligne, chaque dessin qui lui venait de vous. Et puis, quand Jack est mort, elle m'a écrit pour me dire combien elle se faisait de souci à ton sujet. Toutes ces responsabilités qui pesaient soudain sur toi... Bref, elle se rongeait les sangs. Alors j'ai pris la décision de venir voir la situation par moi-même. Je ne pouvais supporter de te voir abandonnée par tous les hommes de ta vie... Moi... ton mari... Ce fameux soir où j'ai franchi pour la première fois la porte de ce manoir et où je t'ai vue en face de moi – toi, ma fille chérie –, j'ai failli m'effondrer et tout t'avouer. Mais la peur d'être rejeté a pris aussitôt le dessus. Après quoi, au fil des jours, je me suis aperçu que je pouvais me rendre utile, oh, bien sûr, pour de petites choses de ta vie, mais c'était déjà ça. Je considérais comme une bénédiction d'avoir la chance de t'aider après m'être comporté aussi mal envers toi et ta sœur.

— Écoute, essayons de ne pas nous montrer trop durs avec nous-mêmes ! Si tu savais combien, *moi,* je me sens tout aussi coupable vis-à-vis de Jack ! Faisons un pacte, veux-tu ? Je voudrais que nous ne laissions plus les erreurs du passé gâcher le reste de nos vies. Plus rien ne peut être changé, alors allons plutôt de l'avant.

— Shakespeare a écrit : « Se lamenter sur une faute engloutie par le temps, c'est donner le jour à de nouveaux tourments. » Puisque tu veux que nous nous efforcions de tout oublier, pourquoi ne pas essayer, après tout ? Je souhaite tant ne pas assombrir ce bonheur immense de t'avoir enfin retrouvée ! Toi, ma fille bien-aimée...

Cette nuit-là, je dormis d'un sommeil profond et sans rêves et, quand je m'éveillai, je me sentis plus sereine et plus heureuse que je ne l'avais été depuis des années. La première chose que je fis fut de dévaler l'escalier pour aller téléphoner à Béatrice. Je lui dis que quelque chose de merveilleux venait d'arriver, mais qu'il lui fallait venir ici elle-même pour savoir de quoi il s'agissait. Je tenais à ce qu'elle l'apprenne de la bouche même de Maurice. Béatrice me dit qu'elle avait, elle aussi, d'excellentes nouvelles à m'annoncer et que, Roger étant absent, elle pouvait venir immédiatement. Sa voix vibrait d'excitation.

Quand j'expliquai à Rose qui était véritablement Maurice, elle demeura d'un calme extraordinaire.

— C'était donc ça... « Le Seigneur nous a montré le chemin du Père et... » Jean, chapitre XIV, verset 8. Un déserteur, hein ?

Rose se mit soudain à rire.

— Ta mère deviendrait folle de rage si elle apprenait ça !

Je l'aidai à se redresser pour boire son thé. Quand je revins une heure plus tard pour la lever et l'habiller, Rose se sentit trop fatiguée pour quitter son lit.

— « Le Seigneur donne et le Seigneur reprend », dit-elle en me fixant d'un regard étrangement intense. Eh bien, voilà ! Tu as enfin retrouvé ton père, même si je ne m'attendais guère à ce que ce soit celui-là.

Lorsque je lui demandai si elle souhaitait voir Maurice, elle me répondit qu'elle avait eu son compte d'hommes pour le moment.

— Et si j'appelais Rory McCleod ? suggérai-je. Il pourrait te prescrire un remontant. Peut-être as-tu attrapé un microbe ?

Rose refusa tout net. Je respectai son choix, pensant qu'elle souffrait d'une fatigue passagère, inévitable lorsque l'on avait comme elle quatre-vingt-six ans. D'ici quelques jours, elle serait sur pied.

Béatrice demeura avec nous près de quinze jours. Dès son arrivée, en début d'après-midi, je l'envoyai retrouver Maurice, qui l'attendait dans la bibliothèque. Ils y restèrent enfermés deux bonnes heures. J'espérais

570

qu'il serait, cette fois, plus facile à Maurice de s'expliquer. Quant à Béatrice, je connaissais assez son tempérament ouvert et généreux pour être certaine qu'elle n'hésiterait pas une seule seconde à lui accorder son pardon.

Plus tard, nous partîmes tous trois pour une longue promenade au bord de la mer. Maurice marchait entre nous, chacune de ses filles accrochée joyeusement à son bras. Nous avions déjà eu tant d'occasions auparavant de lui parler de nous qu'un surcroît de confidences se révélait inutile. Le ton était à la plaisanterie, l'humeur badine et joyeuse. Le vent soufflait avec force, soulevant les vagues qu'il coiffait de paillettes d'un beau platine brillant. Soudain, Maurice se figea. Comme nous le fixions, étonnées, il nous expliqua qu'il venait de repérer une nouvelle nuance de couleur dans la mer, un ton de jade argenté qui lui faisait penser à la queue d'une sirène.

— « Belle fée Sabrina, écoute là où tu rêves, assise… », commença-t-il.

— « … sous la vague transparente et fraîche comme du cristal… », continuai-je, imitée par Béatrice.

Bientôt, nous entonnâmes tous trois solennellement un hymne à la gloire du vent, de la mer et de ces années d'absence à présent balayées de notre souvenir.

Après le thé, Maurice, les enfants et moi retournâmes travailler à la finition de la grotte de coquillages. Béatrice, elle, préféra tenir compagnie à Rose. Et tandis que, debout sur l'escabeau, je m'affairais à insérer des coquilles Saint-Jacques dans le ciment humide du linteau de porte, je me pris à souhaiter de tout mon cœur que les choses demeurent exactement comme elles étaient. Ce qui, bien entendu, n'arriva pas.

Le troisième jour après l'arrivée de ma sœur, nous nous trouvions, elle et moi, dans la cuisine, occupées à coudre le nom d'Henry sur ses nouvelles chemises d'été. Sukie ronronnait, couchée sur mes genoux, essayant de mâchouiller les boutons à portée de sa gueule.

— Je crois bien que Rose est en train de mourir, dis-je en forçant l'aiguille à travers l'épais tissu.

— Je le crois aussi.

Béatrice tendit le bras par-dessus la table pour poser sa main sur la mienne.

— Je sais que ce sera un moment très dur pour toi. Oh, moi aussi je l'aime, mais je n'ai jamais compté sur elle autant que toi. Et tu étais là, toi, ma sœur aînée, pour me protéger. Tu t'es toujours montrée si responsable avec moi ! Et puis il y avait Fabia, dont j'étais plus proche que toi. Surtout ne t'offense pas de ce que je dis là.

Béatrice ne m'offensait en rien, car c'était parfaitement exact. Ma sœur avait toujours eu un tempérament beaucoup plus conciliant que le mien et, lorsque nous étions plus jeunes, Fabia s'était toujours montrée très fière de sa ravissante cadette. Cependant, Béatrice prit du poids après son vingtième anniversaire et elle ne tarda pas à devenir à son tour la victime des critiques acérées de notre chère mère. Mais Béatrice ne lui en gardait jamais rancune.

— Je crois tout de même que nous devrions faire venir le docteur pour avoir son avis sur l'état de Rose. Rien ne nous dit… (je fixai sa chaise vide au bout de la table)… qu'elle ne va pas retrouver ses forces. Tout ce dont elle semble souffrir, c'est d'une immense lassitude.

— Tu as raison, elle se remettra peut-être.

Mais Rose ne devait plus jamais quitter son lit.

Je téléphonai pour engager une infirmière de nuit pour elle. Le jour, Béatrice, Jenny, les enfants et moi nous relayions à son chevet. James et Henry étaient les seules personnes de sexe masculin que Rose tolérait dans sa chambre. Souvent, nous lui lisions à haute voix des passages de sa Bible bien-aimée. Mais, de jour en jour, elle mangeait et buvait de moins en moins sans, pourtant, se plaindre. Au cours de la septième nuit de ce qui devint son agonie, je fus réveillée par des coups frappés à ma porte. L'infirmière m'informait que Miss Ingrams désirait me parler immédiatement.

Je courus au chevet de Rose et serrai doucement l'une de ses mains dans la mienne. Je vis son autre main se crisper sur le drap qui enroulait son corps à présent si frêle. Elle avait les yeux ouverts. J'avais remarqué, la veille, combien ils étaient devenus grands et presque totalement bleus. Elle me contempla fixement quelques instants, le visage figé, puis son expression s'éclaira.

— Miranda ! souffla-t-elle comme si elle me retrouvait après des années d'absence, ignorant le baiser de bonne nuit que j'avais déposé sur son front deux heures plus tôt.

— Oui, Rose chérie, je suis là.

— Il... il faut que je te dise.

Elle parut à nouveau désorientée.

— Ton père... Non, non. Pas lui. Pas les enfants... Qui ? Ah oui, je me souviens maintenant... Cet homme...

Je me penchai vers elle.

— De qui parles-tu, Rose ?

— Tu le sais bien..., dit-elle en posant sur moi des yeux flamboyants. *Lui.*

— Jack ?

Rose hocha la tête et ferma les yeux en exhalant un soupir épuisé. Cinq minutes s'écoulèrent, pendant lesquelles elle demeura parfaitement immobile. La croyant endormie, je me levais pour regagner mon propre lit lorsque ses yeux s'ouvrirent à nouveau.

— Jack. Je dois te le dire.

— Oui, Rose ?

Sa voix n'était qu'un murmure et je m'approchai tout près de ses lèvres.

— Quand l'homme au cœur mauvais... se... se détourne de sa méchanceté... et qu'il agit selon... selon ce que la loi et... et la justice ordonnent...

Elle s'interrompit, haletante, épuisée par l'effort

inouï que lui causaient ces seules paroles. J'attendis patiemment la suite.

— … il sauvera son âme…

Je me penchai plus près encore.

— Que veux-tu dire ? Qu'est-ce que Dieu a pardonné à Jack ?

— Non.

Rose secoua lentement la tête, les sourcils froncés.

— C'est… c'est à moi qu'Il a pardonné…

Je la vis remuer les lèvres, mais plus aucun son n'en sortit.

— Bien sûr qu'Il te pardonne, dis-je en étreignant doucement son bras mince posé sur le drap. Ta vie est plus exemplaire que beaucoup d'autres, ma Rose chérie. Que crois-tu donc que Béatrice ou moi serions devenues sans toi ?

Elle fronça une nouvelle fois les sourcils.

— Non… Dieu me pardonne ! Je voulais… il allait ruiner ta vie… il…

Un sourd pressentiment m'envahit soudain, je craignis d'entendre la suite. Rose remua encore les lèvres et je les vis former le mot « cartouche », mais cela pouvait aussi être un effet de mon imagination. Elle fixa sur moi ses yeux immenses et voilés de bleu puis les referma. Je restai à son chevet jusqu'à l'aube, jusqu'à ce qu'elle parût endormie. L'infirmière me dit qu'elle avait sombré dans un profond coma.

À présent que la pudeur de Rose n'avait plus à craindre d'offense, je fis chercher Rory. Il souleva ses paupières et prit son pouls.

— Elle peut nous quitter d'un instant à l'autre, dit-il. Sa fin sera très douce.

Puis il partit. Nous n'avions échangé qu'un simple « Bonjour » et « Au revoir »…

Au cours des deux jours suivants, Rose demeura inconsciente, chacune de ses respirations de plus en plus espacée, de plus en plus lente. À l'aube du dixième jour de son agonie, je notai que son souffle avait changé pour devenir une sorte de râle laborieux, comme une succession de soupirs. J'observai son visage et constatai que son habituelle expression de sévérité l'avait quittée. Elle paraissait maintenant si jeune, si vulnérable. Je ne l'avais jamais vue ainsi. Tout à coup, ses paupières se mirent à palpiter. Je me penchai.

— Rose, ma chérie. Je suis là, dis-je tout bas.

Elle tourna lentement sa tête vers moi et ouvrit la bouche toute grande. Je pris son visage entre mes mains et, en une seconde, vis toute couleur refluer de ses joues comme une vague livide.

Rose était morte.

27

Les obsèques de Rose furent suffisamment différentes de celles de Jack pour nous éviter de ressasser de pénibles souvenirs. En premier lieu, le temps était superbe et nous pûmes profiter de la première journée de chaleur de l'année. L'assistance était peu nombreuse, composée essentiellement de la maisonnée, de mes amies Patience, Lissie et Maeve et de quelques habitants du village qui gardaient en mémoire les bonnes grâces de Rose à leur égard lorsqu'elle était plus jeune. Rose n'avait d'ailleurs pas souhaité qu'une foule nombreuse vînt l'accompagner pour son dernier voyage. En outre, son mauvais caractère ne lui avait pas fait que des amis.

La mort paisible et le grand âge de Rose distinguaient ses funérailles des précédentes. Il y avait quelque chose de naturel dans sa disparition. Si elle me manquait – et me manquerait toujours –, elle avait su préparer peu à peu son départ depuis plusieurs mois et se retirer avec une discrétion qui facilitait mon deuil. Elle serait enterrée à côté de Jack. Où qu'elle se trouve désormais, au ciel ou oubliée à jamais de tous, sa haine envers mon mari n'avait plus la moindre importance.

Je n'ai jamais parlé à quiconque de notre dernière conversation. Comment savoir si elle s'était abusée au point de croire à ses propres rêves ou si j'avais mal interprété ses paroles ? Quoi qu'il en soit, avouer à mes enfants que Rose était la meurtrière de leur père ne pouvait rien amener de bon. Si je m'étais beaucoup interrogée, en son temps, sur les causes de la mort de mon mari, j'avais compris que je ne pouvais rien modifier au fait qu'il avait définitivement quitté ce monde – et nos vies. Il valait donc mieux réserver désormais nos énergies à la cohésion de la famille.

À la fin de l'enterrement, les enfants couvrirent la tombe de brassées de fleurs du jardin. Maurice, Béatrice et moi parlâmes de Rose, rassemblant tous nos souvenirs. J'espère que nous avons rendu ainsi justice à sa mémoire.

Béatrice rentra chez elle peu après. Roger avait obtenu un travail comme professeur d'arts appliqués au collège de sa ville. Le premier bénéfice que Béatrice espérait retirer de ce revenu supplémentaire : pouvoir acheter le pain à la boulangerie au lieu de le cuire elle-même.

— Mais tu le fais si bien ! protestai-je. Il est bien meilleur que celui qu'on achète !

— J'en ai tout bonnement assez de consacrer mon temps à des tâches de simple survie. Désormais, je veux aller au supermarché et me consacrer à d'autres choses plus intéressantes que la cuisine. Voilà des années et des années que je cuis quatre pains par semaine. Ah, et je veux aussi une machine à laver. Sais-tu que la lessive à la main me prend plus de trois heures par semaine ? Les draps qui sèchent font des flaques dans tous les coins. J'en ai plus qu'assez, Miranda. Bien sûr, je sais que je ne peux pas tout avoir d'un seul coup. Notre budget va être encore assez serré, mais au moins nous allons nous élever juste un peu au-dessus du seuil de pauvreté. Fini l'époque où je me demandais si nous aurions les moyens d'acheter un morceau de savon. Dès demain, je vais commencer à mettre de l'argent de côté chaque semaine pour la machine à laver.

Cette conversation me laissa pensive. Je savais que sa part de l'héritage de Christopher Chough avait été dépensée depuis plusieurs années. Mais, comme je n'étais allée qu'une seule fois chez Béatrice, je ne me rendais pas compte de ses difficultés financières. Je n'avais jamais accepté de résider chez eux parce qu'ils manquaient de place et que je ne voulais pas laisser à Rose la responsabilité de toute la maisonnée. En outre, Roger était susceptible, difficile à vivre et méprisant envers les amis de sa femme, qu'il appelait son « grand monde ». J'avais fait de mon mieux pour établir des relations amicales avec lui, pourtant il semblait avoir décidé une fois pour toutes que nous n'avions rien en commun. Fabia mettait cette sensibilité grincheuse sur le compte de son tempérament artistique parce qu'il ne lui venait pas à l'esprit que quelqu'un pût refuser sa protection.

Après avoir dit au revoir à Béatrice et regardé sa camionnette descendre l'allée en bringuebalant, Maurice se tourna vers moi :

— Allons jouer les bons Samaritains ! Viens à Marshgate avec moi acheter une machine à laver !

Et c'est ce que nous fîmes, en effet. Le vendeur du rayon électroménager nous assura que le modèle que nous avions choisi serait livré dans le Devon dès le lendemain. J'achetai également une boîte de savons de première qualité, que je postai le soir même. Après quoi, Maurice dévalisa la poissonnerie de ses stocks de crabe, de turbot et de crevettes pendant que j'achetais une grosse part de *dolcelatte* chez le nouveau traiteur italien. De quoi constituer un excellent souper qui me fit oublier un instant la terrible diminution du cercle de famille. Après le repas, nous dûmes subir les longs discours d'Henry pendant que nous préparions des chandelles pour le spectacle et que Dinkie et Sukie grignotaient bruyamment les restes de crevettes. James enveloppa les crochets d'Ivor dans du papier d'aluminium et je confectionnai des chapeaux de pèlerins à l'aide de feutre et de coquilles Saint-Jacques tandis que Maurice se débattait avec le problème de la mitre de l'évêque. Mais le résultat fut superbe. Haute et en forme de proue de navire, elle resplendissait grâce à son papier lamé d'argent et à ses fausses tresses dorées. Lorsque Maurice la plaça fièrement sur sa tête pour l'essayer, nous fûmes tous saisis d'une immense hilarité.

— Je ne veux pas que les spectateurs se tiennent les côtes de rire au moment solennel de la bénédiction du puits, soupira Maurice en reposant la mitre. Je crois qu'il va me falloir en fabriquer une autre plus petite...

Nous lui fîmes comprendre que c'était la juxtaposition de la mitre et de son nœud papillon rose qui était des plus comiques. La tension de ces derniers jours nous faisait passer à tout instant du rire aux larmes.

Plus je m'y affairais, plus je pensais que ce spectacle était un don du ciel. Car, tout comme Cicéron, j'étais fermement convaincue que le travail constituait le meilleur des antidotes au chagrin. Dans mon rôle de chef habilleuse, j'avais tant à faire que je ne parvenais pas à tout assurer, même avec l'aide diligente de Patience. Lissie, notre belle dame du Kent, n'avait qu'un petit rôle, lequel consistait à faire des mignardises au Prince Noir, à se montrer flattée de ses assiduités et à prononcer quelques niaiseries sur sa pudeur de jeune fille. Je fis d'ailleurs remarquer que ce trait de la psychologie du personnage paraissait parfaitement incohérent étant donné qu'il s'agissait de ses secondes noces. Aubrey me répondit qu'il ne pouvait supporter l'idée d'une nouvelle modification du scénario. Je fus donc priée de garder mes observations pour moi.

Lissie nous prêta son précieux concours, et nous passâmes de nombreuses heures à parler de son bébé et du prochain mariage de Patience. Vêtu de carton habilement décoré et peint, Stew Harker tenait le rôle du Prince Noir. Lissie le trouvait un peu trop empressé à son goût auprès de sa « femme » de scène, mais je la priai de n'en rien dire à Jenny, déjà assez tendue ces derniers temps.

J'avais beaucoup réfléchi au problème de Jenny, qui, de plus en plus souvent, se rendait chez les Harker en nous laissant Bridie à garder. Mme Harker – probablement contrariée que ses propres qualités de mère adoptive soient dédaignées – considérait la situation d'un œil désapprobateur. Quant à moi, j'aimais beaucoup Bridie mais n'avais guère le temps de surveiller le bébé en plus de m'occuper de la maison, faire les courses et la cuisine, distraire des pensionnaires et fabriquer des costumes. J'en arrivai à la conclusion que la meilleure solution pour Jenny était de lui proposer de résider chez nous à l'année. Cette sécurité l'encouragerait peut-être à s'occuper davantage de sa fille. Maurice, que je consultai, reconnut que, si j'étais certaine de ne pas regretter cette décision, ce serait le mieux pour le bébé. Il offrit même de déposer une certaine somme d'argent afin que l'enfant reçoive la même éducation que les miens.

Profitant d'un jour où elle se trouvait parmi nous à teindre des kilomètres de tissu destiné au spectacle, j'informai Jenny de cette décision. J'étais persuadée qu'elle allait sauter de joie devant la générosité de Maurice et la chance d'être adoptée par la famille Stowe. Pourtant il n'en fut rien. Elle promit d'y penser et s'éclipsa à la première occasion sans dire un mot de plus. Cette scène me laissa un arrière-goût désagréable, mais je décidai de ne pas y accorder trop d'importance.

Jenny demeura silencieuse pendant plusieurs jours, au point que je me demandai si elle n'avait pas tout oublié de mes propositions. Enfin, un après-midi, alors que je me reposais dans le salon, elle arriva, accompagnée de Stew. J'avais passé un long moment à faire des bouquets et me sentais un peu lasse. Assise devant la fenêtre qui ouvre sur la mer, je contemplais la lumière brillante du soleil sur les lointains nuages et glissais dans une douce somnolence. Je sursautai lorsqu'ils apparurent soudain devant moi, main dans la main, tels des oiseaux de mauvais augure.

— Désolée de vous avoir réveillée, commença Jenny, mais il était juste de vous faire savoir notre décision.

— Euh… De quoi parles-tu ? articulai-je d'une voix faible, complètement déstabilisée.

— Stew et moi, nous avons fait une demande de logement.

— Un logement ? répétai-je en essayant de reprendre mes esprits.

Je me sentais parfaitement idiote.

— Oui. Les nouveaux HLM au bout du village. En tant que couple avec un bébé, nous sommes prioritaires.

— Vous allez vous installer dans un HLM ?

— C'est ça, affirma Stew d'un air belliqueux.

Il avait vraiment l'air d'une brute avec son menton en avant et son bras qui serrait la taille de Jenny en signe de possession.

— Mais…, bafouillai-je en essayant de rassembler mes idées. Et Bridie ?

— Elle aura une maison avec sa maman et un beau-père. Stew et moi, on va se marier à Noël. Pas la peine de vous inquiéter pour elle.

Je notai une pointe d'hostilité dans la voix de Jenny et m'en étonnai. Plus tard, Maurice m'expliqua qu'elle ne devait pas être très sûre de faire le bon choix pour l'enfant. Il avait sans doute raison.

— Ne penses-tu pas que Bridie serait… plus heureuse avec des frères et une sœur ?

— Elle en aura bien assez tôt, répondit Jenny en rougissant. De toute manière, elle est trop jeune pour s'entendre avec vos enfants. Ils seront grands avant que Bridie soit en âge de jouer.

Il n'y avait rien à objecter à cela. Je ne pouvais néanmoins m'empêcher de penser qu'en restant avec nous Bridie aurait bénéficié d'une éducation correcte, d'argent et de privilèges, mais je ne me reconnaissais pas le droit de dire les choses ainsi. La moindre allusion en ce sens aurait paru snob et malveillante.

— Elle aura l'amour dont elle a besoin et c'est ce qui compte, ajouta Jenny, comme si elle pressentait ce que je ne parvenais pas à formuler. Je vous remercie pour tout ce que vous avez fait pour nous et pour nous avoir proposé de rester chez vous mais, tout bien réfléchi, je ne veux pas vous être redevable et passer toute ma vie avec des gens plus intelligents et plus distingués que moi. Je suis sûre que vous voudriez que Bridie fasse tout à votre façon et je n'aimerais pas que ma fille me regarde de haut lorsqu'elle sera plus grande. Qu'est-ce qu'elle penserait si elle devait rentrer le soir à la maison après avoir fréquenté une école de riches ? Elle aurait honte de sa mère.

— Oh, Jenny !

Tout cela était si triste et décevant que je ne pus retenir mes larmes.

— Ne croyez pas que je sois ingrate, reprit Jenny d'une voix radoucie. Je sais parfaitement ce que je vous dois. Mais ce n'est pas agréable d'être en permanence reconnaissant.

— Oh, mais tu m'as été d'une grande aide ! m'écriai-je, honteuse des sentiments que j'avais pu faire naître en elle. J'avais autant besoin de toi que toi de moi. Tu as travaillé très dur.

— J'ai fait de mon mieux. Mais, même si je travaillais nuit et jour, je ne pourrais pas être quitte avec vous. Tout ce que nous possédons vient de vous et de Mme Partridge. Je veux un vrai travail pour pouvoir m'acheter moi-même ce dont j'ai besoin. Je voudrais tant que vous compreniez !

Au ton désespéré de sa voix, je pris conscience de sa détresse. Jenny se sentait écartelée entre différents devoirs. Je me levai et, malgré la présence hostile de Stew, la serrai dans mes bras.

— Je comprends très bien et je pense que je ferais la même chose à ta place. Ces sentiments te font honneur, pardonne-moi d'avoir pu y paraître insensible. Maintenant, quoi que vous décidiez tous les deux, je veux que tu saches que nous sommes tes amis.

Jenny resta accrochée à moi un long moment. Je savais à présent que Stew ne réussirait jamais à effacer les sentiments profonds qui nous unissaient. Même avec sa doctrine du « eux c'est eux et nous c'est nous ».

— Elle fera ses bagages et partira aujourd'hui, annonça-t-il d'une voix glaciale.

Je voyais bien qu'il prenait plaisir à son rôle d'incorruptible.

— Mon frère est allé travailler dans le Nord pour six semaines et ma mère a dit que nous pourrions prendre sa chambre jusqu'à ce que le logement HLM soit libre.

Profitant de nos quelques instants de compréhension mutuelle, je persuadai Jenny de rester jusqu'au lundi suivant pour avoir le temps d'acheter un lit d'enfant d'occasion et des draps. Je lui aurais bien prêté les nôtres, mais elle refusa fermement.

— Toutes ces broderies et ces dentelles, c'est trop beau pour elle. J'aurais peur de les abîmer au lavage.

— Tu emporteras quand même les vêtements que Mme Partridge vous a donnés, n'est-ce pas ? Elle serait terriblement blessée si tu ne le faisais pas.

— Bon, alors, je vais les prendre. Je ne voudrais surtout pas la vexer.

— Alors, tout est réglé, dis-je en essayant de prendre un ton enjoué pour détendre l'atmosphère. J'imagine que vous devez être très excités à l'idée d'emménager dans un nouvel appartement. J'espère que vous nous permettrez de vous rendre visite.

— Vous pouvez venir si vous voulez, fit Stew d'une voix peu engageante. Nous sommes dans un pays libre. D'ailleurs, je suis sûr que vous ne viendrez pas bien souvent.

— Stew ! protesta Jenny. Tu devrais être plus poli ! Bien sûr que vous pouvez venir, Miranda, quand vous voulez.

Plus tard, je discutai de tout cela avec Maurice et nous arrivâmes à la conclusion que la gratitude est un fardeau trop lourd à porter si ce n'est dans une relation d'amour. Quant à nos inquiétudes sur le sort de Bridie, il faudrait nous montrer discrets et renoncer à intervenir. Après tout, Mme Harker avait su parfaitement élever six enfants. Peut-être que, pendant un certain temps, les manières que nous avions transmises à Jenny entreraient en conflit avec les principes de Stew. Mais, à la longue, il était évident que le mode de vie des Harker l'emporterait.

Lissie parut horrifiée lorsque je l'informai des projets de Jenny.

— Il faut absolument que tu fasses quelque chose ! Je suis sûre qu'ils vont la frapper, l'enfumer et lui donner à manger des chips au lieu de son biberon !

— Ma chérie, à part peut-être les chips, leur couple est semblable à tous les couples de ce pays. Et il n'y a pas que les pauvres qui fument et battent leurs enfants. Si c'est là tout ce que Bridie aura à subir, il y a pire. En outre, Jenny est sa mère et a tout à fait le droit d'élever son enfant à sa manière.

— Je ne peux pas supporter cette idée ! s'exclama Lissie en éclatant en sanglots. Ma petite chérie avec ces… criminels !

Elizabeth qui passait par là intervint d'un air méprisant.

— Je ne m'inquiéterais pas à ta place. Stew Harker en aura vite assez des couches, des biberons et des pleurs en pleine nuit. Il va la mettre de nouveau enceinte et filera avec une autre fille.

En y réfléchissant, il se pouvait bien qu'Elizabeth soit dans le vrai.

Le lundi matin, je fis de tristes adieux à Jenny. Au moment de monter dans la vieille Ford Capri rouillée de Stew, son petit visage sévère se couvrit de larmes, au grand déplaisir de son compagnon. Je dus lui rappeler à plusieurs reprises qu'elle n'allait habiter qu'à quelques minutes de chez nous et qu'elle pourrait revenir quand elle le voudrait. J'avais moi-même une folle envie de pleurer tandis que j'embrassais Bridie, mais je savais que cet événement était un moment nécessaire de la vie de Jenny, un pas vers la maturité.

C'est avec tristesse que je terminai, seule, mon petit déjeuner dans une cuisine désespérément silencieuse. La vue de la chaise vide de Rose et du berceau abandonné de Bridie ne contribuait pas à me remonter le moral. Je dus me rappeler que mon père et mes trois enfants se trouvaient à l'étage et que j'étais entourée des êtres les plus chers à mon cœur.

Ivor entra au moment où je mordais dans le dernier bout de mon toast.

— Bonjour, mon petit agneau en sucre. Tu as l'air triste, dit-il en se versant une tasse de thé de la bouilloire qui chauffait sur le fourneau.

Lui, en revanche, paraissait plus heureux que jamais. Il s'était peigné les cheveux, chose rare de sa part, et ses vêtements exhalaient une forte odeur d'encens.

— Je me sens d'humeur assez maussade, pour de mauvaises raisons, d'ailleurs. C'est vraiment bon de te voir, Ivor ! Voilà des semaines que nous n'avons pas eu une vraie conversation.

— C'est vrai. Nous avons été tous deux bien trop occupés et puis… la maison grouillait de monde.

— Elle a l'air bien vide à présent. Je n'attends pas de pensionnaires avant un bon moment. J'ai préféré ne plus accepter de réservations jusqu'à ce que nous en ayons terminé avec le spectacle. Sinon, il y aurait trop de travail. Maurice prétend que je devrais y renoncer tout à fait puisqu'il veut nous donner de l'argent, à moi et à Béatrice. Il dit qu'il veut rattraper toutes ces années où il n'a pas subvenu à nos besoins. J'ai l'impression qu'il va se sentir coupable jusqu'à la fin de ses jours.

— Peut-être pas, répondit Ivor d'un air absent.

Je me demandai un instant s'il n'était pas en train de nous pondre un de ses poèmes. Il jouait beaucoup à l'artiste ces derniers temps.

— Miranda, il y a quelque chose dont je voudrais te parler, risqua-t-il tout à coup.

Il me regarda, les yeux noyés de larmes, visiblement très ému.

— Je suis amoureux…

Il avait l'air perdu dans un rêve et de petites étoiles semblaient danser dans ses yeux.

— Ivor ! C'est merveilleux !

Il aurait été malséant de lui faire remarquer que, jusqu'ici, il m'avait déclaré au moins une fois par semaine que j'étais le seul amour de sa vie. Comme par télépathie, cette idée parut d'ailleurs le traverser lui aussi.

— À mes yeux, tu seras toujours un rêve magnifique qui ne pourra devenir réalité. Jamais tu n'as répondu à mon amour. En revanche, Maeve m'a fait comprendre ce qu'un homme et une femme peuvent ressentir l'un pour l'autre. Je viens d'écrire un poème sur ce sujet. C'est le plus long que j'aie jamais rédigé, dit-il en me tendant un épais rouleau de papier.

J'avalai ma salive.

— Merci, Ivor. Mon Dieu, c'est vrai qu'il paraît très long ! Je crois que je vais le lire plus tard, lorsque je serai un peu plus réveillée.

— Je dois avouer que j'avais un peu peur au début, reprit-il sur le même ton rêveur. Maeve possède une forte personnalité, et je suis célibataire depuis vingt ans. Mais elle m'a convaincu que je devais faire l'expérience de l'amour physique pour pouvoir composer une poésie plus charnelle. Ce fut une révélation ! Cela ne te gêne pas que je te confie tout cela, n'est-ce pas, Miranda ?

— Pas le moins du monde, affirmai-je avec une sincérité toute relative.

— J'ai pris conscience que j'avais passé toutes ces années dans une sorte de rêve éveillé. Maeve m'a ramené à la vie. Quelle extraordinaire intelligence ! Très synthétique ! Nous avons décidé hier soir de former une sorte de pansocratie, à la manière de Coleridge. Tu te souviens ?

— Vaguement. Il s'agit d'une société où tout le monde est le chef, c'est bien ça ? Une sorte de communisme sans police d'État. J'ai bien peur que ce type de système ne s'effondre le jour où il faut vider les latrines.

— Nous pensons aller vivre dans un coin plus sauvage, le Kent est un peu trop civilisé pour nous. Le pays de Galles peut-être.

— Vous risqueriez de trouver le pays de Galles bien encombré ces temps-ci, murmurai-je.

— Bah, de toute façon, ce n'est qu'un projet. Pour aujourd'hui, voilà ce que je voulais te dire : Maeve m'a demandé de venir m'installer chez elle. J'ai réfléchi, tu t'en doutes… J'ai été si heureux d'avoir mon petit cottage à moi pendant toutes ces années. Grâce à toi, Miranda chérie, j'ai pu regagner l'estime de moi-même et, j'espère, celle des autres…

L'air soudain inquiet, il saisit ma main entre les siennes.

— Tu ne m'en veux pas, n'est-ce pas ? Tu comprends, j'ai besoin d'expérimenter d'autres modes de vie. Naturellement, j'aimerais continuer à travailler ici pour le moment, si tu veux toujours de moi. Je ne pense pas pouvoir gagner encore beaucoup d'argent avec ma poésie.

— Bien sûr. Jamais je ne trouverai quelqu'un qui t'arrive à la cheville. Et, de toute manière, tu vas terriblement me manquer. Nous sommes amis depuis si longtemps.

— Depuis si longtemps, répéta-t-il en hochant vigoureusement la tête.

Malgré tout, je sentis que ses pensées étaient ailleurs.

— Bonjour, Miranda, bonjour Ivor.

Apercevant nos mains enlacées, Maurice détourna poliment les yeux. Il se versa une tasse de thé et découpa une tranche de pain.

— Il faut que je parte, annonça Ivor en se levant brusquement. Je viens de remettre à Miranda un poème sur lequel vous pourriez jeter un œil à temps perdu, Maurice. Vous savez à quel point je tiens à votre opinion.

— Ce sera avec plaisir, affirma Maurice, le saluant très bas d'un mouvement empreint de solennité malgré son pyjama et sa robe de chambre.

Puis, comme Ivor disparaissait à grandes enjambées dans le couloir, il ajouta à mon intention :

— Je crains d'avoir interrompu une conversation pleine d'émotion. Mais sans doute considères-tu que tout cela ne me regarde pas.

— Bien sûr que si. Ivor voulait juste me dire qu'il va vivre avec Maeve. Il a l'air si heureux. (Je réfléchis un instant.) En fait, c'est exactement ce qu'il lui fallait. Il a horriblement manqué de présence féminine, à part moi, pendant toutes ces années.

Une tranche de toast dans une main et une assiette dans l'autre, Maurice m'observait d'un air perplexe.

— Le cottage restera toujours à sa disposition, si jamais ils se retrouvent sans le sou.

— Très gentil, et surtout très avisé. Alors, pourquoi puis-je lire une expression de regret dans tes yeux ?

— Est-ce donc si visible ? En fait, je sais bien que ça a l'air méchant et égoïste, mais j'ai la vague impression que tous ceux sur lesquels je comptais et qui comptaient sur moi se sont trouvé quelqu'un d'autre. J'ai un peu honte de l'avouer : je trouve que ça fait beaucoup. Je sais que j'ai l'air de faire preuve de mesquinerie en disant cela, d'autant que, par ailleurs, je suis positivement ravie de tous ces événements. Patience va avoir Aubrey, Lissie un nouveau bébé. Quant à Maeve et Ivor, ils s'auront l'un l'autre. Rose a Dieu. Jenny et Bridie ont... ma foi, les Harker.

Je me levai pour aller l'embrasser.

— Tu sais, si je ne t'avais pas, je serais désespérée. Les enfants vont grandir et partir chacun avec un compagnon qui sera évidemment bien plus important que moi à leurs yeux. Excuse-moi d'être aussi égo-centrique mais, sans toi, je crois bien que je me sentirais affreusement déprimée. Après tout, nous pouvons être très heureux ensemble, non ?

Maurice sourit.

— Eh bien, je suis content de servir à quelque chose ! Maintenant, assieds-toi, chérie, et remets-toi pendant que je prépare des toasts.

Il se mit à couper du pain et à préparer du thé, pendant que je restais assise en essayant de ne pas avoir l'air trop morose.

— Maintenant, mon trésor, écoute-moi bien. J'espère que toi et moi passerons les années qui nous restent ensemble. Mais tu es encore une jeune femme, et il n'est pas question que tu lies ton existence à la mienne. Il faut que tu te trouves quelqu'un de ton âge qui te rende heureuse.

— Oh, non ! Ce n'est pas du tout ce que je veux !

Maurice leva un doigt sentencieux.

— Pas de désobéissance filiale. Ma décision est prise.

— Bon, nous verrons bien, dis-je en riant.

— Parfait. Pour le moment, nous devons nous préparer à une importante visite. Un personnage de la plus haute importance : rien de moins que le célèbre metteur en scène Presley O. Powlburger. Il m'a écrit pour savoir où en est la marine qu'il m'a commandée, il arrive en Angleterre dans deux semaines. Qu'est-ce que tu en penses ? Crois-tu que nous devrions lui proposer de venir chez nous ou bien faut-il l'envoyer chez Magpie et Stump ?

— Deux semaines ? Cela tombera pile au même moment que le spectacle. Mais s'il est tout seul, pourquoi pas ? Il ne vient quand même pas avec toute une suite ?

— Non. Sa femme va voir des amis à Londres.

Nous décidâmes que Maurice lui enverrait une lettre pour l'inviter à résider à Westray.

Plus tard, profitant de la délicieuse douceur de la

journée, nous emportâmes un pique-nique sur la plage et Maurice dessina quelques esquisses pour son grand œuvre. C'était si reposant de le regarder en grignotant des œufs durs, du poulet froid et des tomates que le sable rendait croquantes, tandis que le vent soufflait des embruns salés sur nos visages. Je voyais les enfants courir dans les vagues en poussant les cris habituels de ceux qui se laissent emporter par la mer du Nord. James, après avoir nagé si loin que je m'étais arraché les yeux pour essayer d'apercevoir sa tête dans l'étendue marine, vint s'écrouler à côté de moi sur la serviette et se sécha vigoureusement.

— Je me sens super. Je me demande pourquoi tu ne viens pas nager tous les jours, ça te ferait du bien.

— C'est sans doute dû au fait que l'eau est en général glacée, pleine de méduses et de courants dangereux. Et puis, j'ai rarement le temps.

— Lorsque j'aurai terminé mes examens, j'envisage de prendre un travail, quelque chose au grand air. Abattre des arbres ou construire des murs. Je ne veux plus voir un livre avant des mois.

— As-tu décidé si tu veux faire une année de plus ou aller directement à Oxford ?

— Je ne sais pas encore. C'est du gâteau aux fruits ? Alors, oui, j'en veux. Ça dépend de mes résultats.

— Mais tu as tant travaillé ! Bien sûr que tu vas réussir.

— C'est bien ça le problème. Je devrais réussir, mais tout reste à faire. Tout le travail que j'ai fait ne servira à rien si je ne parviens pas à le restituer sur le papier, et je peux très bien avoir un trou le jour de l'examen.

— Mais non, ça n'arrivera pas, j'ai entièrement confiance en toi.

— C'est bien ça qui me fait peur.

— Oh, James, je vois ce que tu veux dire. C'était idiot de ma part de...

Il s'était déjà levé pour courir vers la mer, où Henry

essayait de faire ricocher des galets sur l'eau. Pendant que Maurice travaillait et que les enfants nageaient ou s'adonnaient à la lecture, je dormis d'un sommeil agité et dans une position assez inconfortable sur une serviette couverte de sable et des restes du déjeuner. Les cris triomphants des enfants me réveillèrent au moment où la marée montante se lançait à l'assaut du magnifique château de sable construit par James et Henry, flanqué de superbes tours, crénelé et doté d'une garnison de coquilles qui montaient la garde aux remparts. Maurice avait contribué à ce chef-d'œuvre en peignant trois drapeaux de papier, et même Elizabeth avait réussi à abandonner quelques instants son bain de soleil pour apporter des algues et des coquillages. Je rejoignis le groupe pour assister au spectacle de l'eau brune mouchetée d'écume venant lécher d'abord les douves avant de grignoter lentement les fondations des ponts.

— Henry, tu n'as jamais construit un aussi beau château ! m'exclamai-je avec enthousiasme. J'aurais dû apporter l'appareil photo. Cette barbacane est absolument superbe !

— C'est James qui l'a faite, répliqua Henry d'un ton boudeur. Je voulais juste construire quelque chose de petit, mais tout le monde a voulu m'aider, soi-disant pour mon bien. En réalité, c'était parce que ça les amusait.

— Tu veux que je te fasse tomber dessus ? demanda James en le soulevant sur ses épaules. On l'écrase, d'accord ?

— Oh, non. Arrête, tu me chatouilles, gloussa Henry. Non, arrête.

— Alors, remercie-nous de t'avoir donné un coup de main.

Une bagarre générale s'ensuivit, au grand plaisir d'Henry, qui adorait faire semblant de se battre avec son frère. Je notai avec plaisir que James savait, quand il le fallait, prendre la place de son père auprès d'Henry. Et, à la différence de Jack, il n'y mettait aucun sadisme. Son père avait toujours pensé que la morale n'était qu'hypocrisie. James, lui, saurait se comporter en vrai tuteur.

Le froid qui commençait à tomber nous décida à quitter la plage. Les reliefs du pique-nique posés sur un rocher à l'abri de la marée montante firent le bonheur des mouettes.

Le soir, au moment de passer à table pour le dîner, j'entendis Elizabeth siffloter gaiement.

— Tu as l'air d'excellente humeur, dis-moi...

— J'ai fait une promenade avec Puck, expliqua-t-elle. Il s'est montré charmant aujourd'hui, mais il commence à devenir un peu petit pour ma taille. Quelle chance que nous puissions le garder en bonne forme. Je ne supporterais pas d'avoir à le vendre.

Sur le moment, je mis l'explication d'Elizabeth sur le compte de sa bonne humeur. Elle était particulièrement en beauté ce soir-là, et je me pris à songer qu'elle sortait de l'adolescence, avec ses cheveux blonds et son lourd mascara. Elle portait la nouvelle robe que Maurice venait de lui offrir. Pourpre, une couleur que je ne lui avais jamais vue auparavant, et qui lui allait très bien.

— À propos, dit-elle un peu plus tard en se servant une cuillerée d'œufs au lait. J'ai rencontré Mme Scranton-Jones en rentrant par le village ce soir. Elle m'a demandé comment tu allais. Elle a dit aussi qu'elle avait été navrée d'apprendre la mort de Rose. Elle voulait savoir de quoi elle était morte, j'ai dit que c'était de fatigue.

— Cette femme est une horrible pipelette, répliquai-je. C'en est indécent.

— Elle m'a demandé si Rory s'était occupé d'elle. Elle prétend qu'il a un nouveau travail, mais elle n'a pas dit où. Ah, et elle affirme aussi qu'il a rompu ses fiançailles avec Annabel Vavasour.

## 28

— C'est superbe, Maurice ! s'exclama Presley O. Powlburger en observant la gigantesque marine. Très réussi ! Cette violence ! Ce caractère inéluctable ! Une mer shakespearienne, dure et brutale ! Je savais que je faisais le bon choix avec vous ! On sent la passion !

À quelques pas en retrait du réalisateur, Maurice et moi le regardions arpenter en long et en large la remise, les bras écartés, le cigare à la bouche et la tête rejetée en arrière. Presley, ainsi qu'il nous avait priés de l'appeler désormais, ne faisait guère plus d'un mètre soixante. Son crâne chauve entouré de cheveux bouclés noirs, son nez long et épaté, son estomac en avant et ses jambes courtes contribuaient à rendre le personnage un peu ridicule. Mais ses bons yeux sombres et intelligents vous faisaient oublier rapidement ce physique plutôt ingrat.

— Le jour où j'ai vu vos œuvres exposées dans cette galerie d'Albermarle Sreet, je me suis immédiatement dit : « Ce type peut donner encore plus ! » Si vos toiles sont abouties, elles n'en manquent pas moins de passion. J'ai tout de suite pensé : « Il lui faut peindre un vrai paysage ! Un grand ! Il faut qu'il ait de l'audace ! Et il faut lui donner une chance de se lâcher complètement. Du mouvement, comme je dis toujours… Du mouvement ! » Eh bien, n'avais-je pas raison ?

— Euh, je suis content que cela vous plaise…, commença timidement Maurice.

— Me plaire ! Non, ça ne me *plaît* pas. Ce mot ne fait pas partie de mon vocabulaire. Dites plutôt que je suis fou de vos peintures ! D'ailleurs, si je ne suis pas fou de quelque chose, je l'oublie à l'instant ! Pas de temps à perdre ! Il faut que ça me parle *là* ! assena-t-il en se frappant la poitrine avec une violence qui aurait fait cesser les battements de cœur de n'importe quel homme.

— Évidemment, ce n'est pas encore terminé.

— Terminé ? Une œuvre d'art n'est jamais terminée, Maurice. Vous n'avez pas besoin de me le dire ! Nous laissons nos enfants se lancer dans le monde à moitié nus, mais c'est tout ce que nous *pouvons* faire. Lorsque j'ai passé neuf mois sur un film, je commence à me dire qu'il est temps d'arrêter. J'ai envie de continuer – de l'embellir, d'en faire l'œuvre cinématographique la plus parfaite jamais conçue ! Mais je sais que je ne peux rien ajouter de plus. Je ne fais que travailler à la surface et, finalement, rendre les choses plus obscures. Ce n'est plus que du rafistolage. L'esprit de l'œuvre a déjà été donné, aussi imparfait soit-il, et le moment vient où il faut laisser les choses en l'état. Vous devez vous dire : « Va et prépare-toi à être jugé. *Mea culpa.* »

Il retira son cigare de sa bouche et resta un moment la tête penchée.

Maurice saisit cette occasion pour placer un mot.

— Je suis parfaitement de votre avis, Presley, mais je voudrais tout de même travailler encore un peu sur…

— Maurice, je ne vais pas vous apprendre votre métier. Continuez, cette toile n'est pas encore à moi. Je n'ai pas d'ordres à vous donner tant que je ne vous ai pas payé, mais souvenez-vous de ceci : n'importe quel tâcheron sait peindre une vague. Mais ça, c'est autre chose. Il y a de la rage et du *malocchio* dans cette œuvre. Oui, mon vieux, cette mer est d'une brutalité !

Tandis que nous prenions le thé au salon, Presley nous abreuva de sa biographie. Tandis que Loelia, sa femme, rendait chaque année visite à des cousins anglais, il ne manquait pas de se rendre à la même époque en pèlerinage à Stratford pour un hommage à Shakespeare.

— Je crois en Dieu parce que, à mes yeux, les vers de Shakespeare sont inspirés par Lui. Lorsque je vois les gens s'obstiner à chercher la preuve de l'existence d'un autre monde, je leur dis : « Lisez Shakespeare. La voilà, votre preuve. Aucun mortel n'aurait pu écrire ces vers sans l'aide d'en-haut. » Je ne suis qu'un homme simple, madame Stowe, et, lorsque je vois une preuve écrite en immenses lettres d'un kilomètre de haut, j'ai tendance à la croire.

— Je n'en pense pas un mot, Presley – que vous soyez un homme simple, je veux dire. Appelez-moi Miranda, je vous en prie.

— Merci pour le compliment. Je le ferai dorénavant. Dites-moi, cette pièce (il baisa le bout de ses petits doigts épais avant d'étendre le bras en un large geste circulaire) est d'une grande beauté. Tout ce qu'un homme peut aimer se trouve ici, la beauté, l'art, le confort, tout est là. J'ai déjà vu de belles pièces dans ma vie, mais j'ai toujours fini par y repérer une note de vanité, d'artifice ou d'ostentation. Qu'en dites-vous, Miranda ? Comment qualifieriez-vous le décor qui nous entoure ?

— Ma foi…, répondis-je en parcourant le salon du regard, difficile de juger. Disons que, ce qui prédomine ici, ce serait une sorte de… d'intégrité…

— L'intégrité ! s'écria Presley en se frappant les genoux. Comment cette fille arrive-t-elle à trouver le mot juste ? En plein dans le mille ! Et ce gâteau est excellent, vous savez ?

Voilà qui donne une idée de la personnalité de Presley. Il était assez épuisant dans la mesure où il soumettait chaque petit détail de son expérience à un minutieux examen et l'évaluait dans les termes les plus extravagants. Si une chose ne lui plaisait pas, il la rejetait à l'instant et ne daignait plus s'y intéresser. Mais son enthousiasme était sans limite, et, comme il ne manquait pas de discernement, les gens se flattaient de ses marques d'approbation. Il aimait Westray avec une démesure qui m'enchantait. Il ne ménageait pas ses compliments à l'intention d'Elizabeth pour sa beauté, à Maurice pour son talent, à Jasper pour sa fidélité, à Dinkie pour son indépendance, à Sukie pour son élégance aguicheuse et à moi pour ma cuisine. Nous nous épanouissions tous sous son bienveillant regard et redoublions d'efforts pour lui être agréables. C'était terriblement stimulant.

Lors de sa première rencontre avec Ivor le jour même de son arrivée, il ne fallut que deux minutes à Presley pour apprendre que celui-ci n'était pas simplement un travailleur aux mains calleuses, mais aussi un poète en pleine activité. Il amena Ivor à lui apporter l'ensemble de ses œuvres à la maison et passa deux heures dans la bibliothèque à siroter du cognac et à tirer sur ses cigares tout en les lisant. Lorsque Ivor apparut avec ses bûches le lendemain, Presley le fit asseoir et relire chaque texte, vers après vers, pour s'assurer d'en avoir saisi les points essentiels. Après quoi, il le félicitait pour sa qualité d'expression, revenait sur tel ou tel passage, quêtait de plus amples éclaircissements.

Je craignis un instant qu'Ivor ne prenne ombrage des commentaires de Presley mais, à mon grand étonnement, il n'en fut rien. En réalité, il était heureux de trouver enfin quelqu'un de patient et en même temps d'assez énergique pour discuter de son œuvre dans les moindres détails. Ils passèrent des heures à taquiner chaque phrase jusqu'à être certains qu'elles rendent compte au plus près de ce qu'il voulait dire.

— Dites-moi, Miranda, observa Presley au moment où je leur servais à tous deux un verre de vin avant le déjeuner. C'est une remarquable intelligence que nous avons là. Vous savez quoi ? Rien ne vaut une éducation classique. Je n'en ai pas bénéficié moi-même, mais je vais commencer à étudier Virgile dès que je serai rentré aux États-Unis. Ivor prétend que c'est très accessible. J'ai vraiment appris quelque chose aujourd'hui ! Attendez que j'en parle à Loelia. Elle est tout le temps sur mon dos à essayer de me faire découvrir autre chose que Shakespeare. Le problème, c'est que j'ai déjà tous ces fichus scripts à lire. Oh, là là ! C'est vraiment de la merde. Oh, pardon, Miranda, mais si vous voyiez les trucs qu'on m'envoie !

— Veux-tu rester déjeuner, Ivor ? proposai-je, décidée à ne pas soulever la question de la bordure d'herbacées dont il aurait dû s'occuper pendant la matinée. Personne ne savait mieux que moi que les muses aiment à être cajolées et ne reçoivent pas d'ordre.

— Nous nous mettrons à table de bonne heure car nous répétons avec les costumes cet après-midi.

Presley se rua sur cette nouvelle information comme un vautour sur sa proie.

— Vous allez jouer une pièce ici ?

— Il s'agit d'un spectacle. L'histoire du Kent, et en particulier les événements qui se sont déroulés dans notre village.

— Non ! ? Mais c'est merveilleux ! Mon prochain film sera également une œuvre historique. Peut-être pourrai-je grappiller quelques idées chez vous. Quelle est la différence entre un spectacle et une pièce ?

— Le spectacle n'est que la représentation d'événements historiques, il n'y a pas d'argument social ni philosophique.

— Dites, j'adore comment cette fille parle ! Je pige. Cela ne vous ennuie pas si je viens ?

— Nous serions enchantés.

Je m'inquiétai pendant tout le déjeuner de l'éventuelle réaction d'Aubrey au style flamboyant de Presley. Il faut dire que notre révérend était au bord de la dépression nerveuse depuis quelques jours et que seul le soutien de Patience lui avait permis de tenir. C'était compter sans l'intelligence et le tact de Presley. De prime abord, Aubrey se mit sur la défensive et se montra même un peu provocant.

Presley, qui souhaitait couper court à ses excuses et explications, leva la main comme un policier réglant la circulation à Piccadilly Circus.

— N'en dites pas plus, Aubrey, nous prendrons les choses telles qu'elles viendront. Un spectacle est un mouvement. Alors je vais calmement m'asseoir ici et fumer un cigare.

Il jeta un coup d'œil aux bassins de pierre érodée dans lesquels, en des mouvements figés, semblaient plonger de gigantesques chevaux et s'ébattre de fabuleux monstres marins. Dans le vide, hélas ! car ces fontaines n'étaient plus alimentées en eau depuis une éternité.

— Vous devriez les faire restaurer, vous savez ? L'eau devrait y couler pour le plaisir des yeux. Vous, les Anglais, n'appréciez pas les choses que vous possédez. C'est probablement parce que vous en avez trop.

— Je crois plutôt que c'est une question d'argent, fis-je en m'asseyant à côté de lui avec le script.

Je l'avais réécrit en totalité et avais ainsi facilité la tâche des acteurs, mais certains s'obstinaient à ne pas connaître leur rôle. Ayant plus ou moins achevé mon travail de chef costumière, je me transformai en souffleur.

Aubrey donna de la main le signal du lever de rideau. Linda Mayhew, qui dirigeait le manège de chevaux du village, arriva au galop juchée sur l'une de ses montures blanches. Elle portait des vêtements d'un jaune éclatant.

— J'ai l'impression que la teinture était un peu trop forte, m'excusai-je auprès de Presley.

Son éternel cigare entre les dents, les yeux plissés pour se protéger du soleil, il observait Linda galoper en cercle avant de s'arrêter juste en face de nous.

— Chers amis, fit-elle en haletant. Imaginez, si vous le voulez bien, cette immense pelouse verte comme le champ de bataille du Kent et ces ruines, aujourd'hui carbonisées et vides, vibrantes de lumière et de vie. Elles forment la scène sur laquelle va se dérouler sous vos yeux la tragédie de la trahison et de la gloire. Regardez la mer écumante...

Linda, de plus en plus hors d'haleine, exécuta un geste majestueux qui effraya son cheval.

— Une minute, Linda ! lui cria Aubrey. Pourquoi ne pas trotter au lieu de galoper ? Vous seriez moins essoufflée.

— Mon script est peut-être un peu trop près de la réalité, dis-je à Presley.

— Au contraire. Je trouve ça très intéressant.

Linda continua à débiter des inepties, trébuchant si souvent sur le mot « extermination » que je décidai de le remplacer par « assassinat ».

— Ça va faire trois fois « assassinat » en quatre phrases, protesta-t-elle.

— Tant pis. Dites « meurtre », alors.

Le spectacle se déroulait si lentement, sans cesse interrompu par mes interventions et celles d'Aubrey, que j'en oubliai la présence de Presley, parfaitement calme et attentif à tout ce qui se passait. Trois heures plus tard, George Partridge, qui jouait le rôle de Charles II, faisait chevalier Horace Birt, dans le rôle de sir William Wychford, et toute la troupe saluait sous les applaudissements du public.

Presley frappa dans ses mains avec plus d'énergie que tout le monde.

— Bravo, bravo ! s'écria-t-il à la grande joie de tous. Vous avez vraiment réussi votre coup. Je suis très impressionné !

— Ça vous a vraiment plu ? demanda Aubrey, rayonnant de bonheur.

— Et comment, mon vieux ! Il y a bien un ou deux détails à reprendre, mais je ne suis pas sûr que vous ayez envie de connaître l'opinion d'un pauvre travailleur de Hollywood.

— Je vous en prie, réclama Aubrey avec empressement.

— Bon, alors. Je vous donne ma petite opinion et rien ne vous empêche de m'envoyer balader.

Notre nouvel ami passa un bras protecteur autour des épaules d'Aubrey avant d'écraser son cigare et de s'étirer.

— Bon ! hurla-t-il. Tout le monde m'écoute ? Bien. Rappelez-vous que tous les gens, à part les aristos, puent à cette époque. Mettez-vous bien en tête qu'il n'y avait pas de salle de bains. Vous puez, vous êtes couverts de poux, vous ne vous lavez jamais les dents. Y a pas de laveries. Vos maisons sont sales, vous avez froid, souvent faim, et vous avez de la chance si vous vivez jusqu'à quarante ans. La plupart des nouveau-nés meurent. Alors, les gamins, enlevez-moi ces chaussures, et vous, les hommes, pas de lunettes ni de montres.

Je remarquai avec intérêt que chacun se précipita pour exécuter à la lettre chacune de ses recommandations alors que, lorsque j'avais suggéré avec beaucoup de prudence à Franck Causeman de retirer sa casquette de tweed pour donner plus de vraisemblance au personnage de sir William Wyatt, sa femme m'avait froidement répliqué que son mari était sujet aux rhumes. J'eus beau faire remarquer que Patience lui avait confectionné un chapeau de velours à plumes suffisamment chaud pour aller avec son pourpoint à taillades, elle me rétorqua avec une satisfaction non dissimulée que le velours lui avait donné des boutons. À présent, comme par miracle, la casquette avait disparu, de même que les lunettes de Betty Higgs avec ses montures en éclats de diamant et divers anachronismes auxquels leurs propriétaires s'étaient jusqu'ici accrochés avec intransigeance.

— Maintenant, nous allons commencer par la fin et remonter jusqu'au début, ordonna Presley, qui marchait de long en large devant la foule rassemblée autour de lui et pendue à ses lèvres. Ça va nous secouer un peu et nous obliger à revoir les choses d'un œil neuf. Ce scénario est du tonnerre ! J'aimerais bien en avoir plus souvent de semblables ! *Vous* ! fit-il en pointant son doigt vers George, qui suivait la scène avec attention, triste sous sa longue perruque noire bouclée qui le faisait ressembler à Goofy. Vous êtes très bon en roi Charles. Très distingué et tout ça. Mais vous n'êtes pas en train de jouer une partie de golf, vous comprenez ? Vous voulez que ces gens vous aiment, non ? Votre père s'est fait couper la tête, bon sang ! Les enjeux sont énormes. Vous devez faire appel au peuple. Alors, redressez-vous et bombez le torse. Ayez l'air heureux de les voir ! Et vous, les gars, c'est votre roi. Un homme terriblement puissant. Certains d'entre vous ne sont pas très sûrs du passé. Il y a peut-être eu d'anciens puritains dans vos rangs. Faites-lui comprendre de quel côté vous êtes. Pas de petits rires étouffés, il nous faut des hourras. Allez-y, Votre Majesté !

George se redressa de toute sa hauteur et descendit de la proue imaginaire d'un navire.

— Attendez ! Accessoiriste !

Patience arriva ventre à terre, sa liste à la main.

— Il faut que cet homme puisse descendre avec toute la dignité d'un monarque. C'est un grand moment. Trouvez-lui un bateau, crénom de nom !

« Bateau », nota Patience docilement.

— Maintenant, vous, le peuple, je veux vous entendre acclamer le futur roi d'Angleterre !

Quelques vivats s'élevèrent. Presley secoua la tête.

— On dirait des dames à un salon littéraire. Montrez à cet homme à quel point vous tenez à lui ! Vous voulez qu'il vous aime ! Il peut vous donner un duché ou vous faire couper la langue ! Redressez-moi ces têtes ! Allons-y !

Un rugissement s'éleva de la foule.

— Ça, c'est déjà mieux ! Mais vous êtes trop statiques. Je sais ! Nous avons besoin d'animaux ! Que tous ceux qui ont un chien l'amènent, sauf les petits caniches en laisse. Peu importe s'ils se bagarrent, l'époque médiévale est sauvage. Quelqu'un a un âne ? Super ! Faites-le venir. Et des oies ?

Le soir tombait lorsque Presley eut fini de faire répéter les acteurs. Les enfants bâillaient de fatigue et les grandes personnes commençaient à devenir irritables.

— O.K. Coupez ! hurla Presley. C'est tout pour aujourd'hui, les gars. Vous avez bien travaillé. Je commence à croire qu'on aura un vrai spectacle demain.

Il serra ses deux mains en signe de satisfaction.

— Maintenant, rappelez-vous, vous tous, on joue avec ses tripes ! Il faut que vous le *sentiez*. À propos, je viens juste d'avoir une superbe idée ! Je veux donner une petite fête pour tous ces braves gens après le spectacle. Qu'est-ce que vous en pensez ?

— C'est très gentil et généreux de votre part...

— Super ! C'est moi qui régale ! Nous aurons de la bière et du vin. Et du champagne ! Pourquoi pas ? Miranda, vous me direz quel est le meilleur endroit pour commander les mets.

La troupe épuisée poussa quelques vivats à l'annonce des boissons.

— Excusez-moi, monsieur Powlburger, intervint Mme Higgs, présidente du club des femmes et, à ce titre, habituée à tout régenter. Puisque vous avez la gentillesse de fournir le vin et tout ça, sans parler de l'expérience dont vous nous faites bénéficier, c'est à *nous* de nous occuper de la nourriture. Qu'en dites-vous, mesdames ? Ne serait-il pas plus simple d'organiser un buffet debout ? Que celles qui s'occupent des petits fours salés lèvent la main gauche. Et celles qui sont chargées du sucré la main droite. Parfait... merci.

La question du buffet fut ainsi réglée en un rien de temps.

— Si vous voulez faire cela chez moi, dis-je avec quelque hésitation, vous êtes les bienvenus.

602

— Miranda, mon cœur ! s'exclama Presley, c'est une super bonne idée ! Qu'est-ce que vous en dites, tous ?

Je constatai qu'une ou deux personnes de la troupe, resplendissantes dans leurs tuniques de pourpre, étaient partagées entre la curiosité et l'hostilité. Mais, dans l'ensemble, tout le monde semblait ravi de cette suggestion.

— J'espère que ça ne vous donnera pas trop de travail, fit Presley tandis que, dans la bibliothèque, nous reposions nos corps fourbus devant une bouteille de chambertin avant de passer à table. Maurice et moi ferons la vaisselle après la fête, d'accord ?

— Ne vous inquiétez pas, affirmai-je en enlevant mes chaussures pour me rouler en boule sur le canapé. Mme Higgs s'en chargera, à la tête de son bataillon de femmes du club. Je peux vous assurer que la maison sera plus propre qu'elle ne l'a jamais été. Presley, vous avez insufflé une telle âme à ce spectacle que j'ai du mal à attendre demain. Imaginez tous ces animaux !

— Ça va donner du nerf à la scène ! Les libérer. Ils n'étaient pas mauvais pour des amateurs. Et cette amie à vous, celle qui joue la dame du Kent, elle a été excellente. Cette fille a vraiment du talent !

— Je suis de votre avis, elle était merveilleuse aujourd'hui. Je savais qu'elle en serait capable. Pensez-vous qu'elle pourrait faire carrière dans le théâtre ?

Presley secoua la tête en éclatant de rire.

— Si seulement on me versait un dollar à chaque fois qu'on me pose cette question ! Les jolies filles qui savent jouer se ramassent à la pelle. Mais au cinéma, il faut quelque chose d'autre… Quelque chose qui vous pousse à regarder la fille sur l'écran. Un physique intéressant est bien plus important que la beauté. Et on ne peut pas savoir avant que ce soit sur la pellicule. Et là, si vous êtes bonne, ça ne suffit toujours pas. Il faut en plus avoir de la chance. Je ne souhaiterais pas cette carrière à mon meilleur ami. Ça, non !

— Je suis navrée que Lissie n'ait pas été là aujourd'hui. C'est elle qui doit jouer le rôle de la dame du Kent. Elle est très jolie et correspond parfaitement au personnage. Le problème, c'est qu'elle a dû aller voir son gynécologue à Londres. Elle va avoir un bébé en octobre.

— Loelia et moi, nous n'avons pas pu avoir d'enfants. Ça ne m'a jamais préoccupé. Le jour où on nous a appris la nouvelle, elle m'a dit : « Pop – c'est comme ça qu'elle m'appelle, ce sont mes initiales, vous comprenez ? – Pop, si une petite chose comme cela doit te troubler, je vais te tirer les oreilles. Nous sommes parfaitement heureux ensemble, alors inutile de regretter ce que nous ne pouvons pas avoir. Pas la peine de perdre du temps. » Cette femme est extra. Mais, quand je vous vois tous les deux, un père et sa fille ensemble, je ne peux pas m'empêcher d'être un peu jaloux.

— Rappelez-vous bien que tous les hommes n'ont pas la chance que j'ai, répondit Maurice, qui pinça les lèvres et plissa les yeux comme pour imiter Presley. J'ai deux filles merveilleuses que je ne mérite pas une seconde.

Presley voulut aussitôt en savoir plus, mais Maurice secoua la tête en souriant et ne se laissa pas entraîner à des confidences. Nous avions décidé, par loyauté envers Fabia, que moins de gens connaîtraient notre secret, mieux ce serait. Jusqu'ici, seuls les enfants et Lissie avaient été mis au courant. Aubrey, Patience, Maeve et Ivor seraient évidemment présents lors du *dénouement**.

— Bon, si vous ne voulez pas en parler, reprit Presley en souriant, je vais entamer la lecture de cet ouvrage avant le dîner. Je l'ai trouvé à l'église. Il s'intitule *Une histoire de Westray*. Quand j'ai vu que c'était mon hôtesse qui l'avait rédigé, je me suis dit que je ne pouvais pas faire autrement !

— Oh, c'est très aimable de votre part, mais ce n'est qu'un petit essai de rien du tout, vous savez.

604

Le cinéaste répondit par un sourire, alluma un cigare et commença à lire, les sourcils froncés sous l'effet de la concentration. Il était toujours plongé dans son livre à l'heure du dîner, mangea son repas d'un air absent et reprit sa lecture en buvant son café dans le salon. Je me sentais assez flattée. Maurice continuait à dessiner et je m'attelai à quelques modifications de dernière minute sur la robe de Linda Mayhew. Au moment où je me levais pour aller me coucher, Presley me fit signe de me rasseoir.

— Miranda, ma chérie, vous savez écrire. Non, ne perdons pas de temps avec ça, objecta-t-il à mes protestations, croyez-en Pop. Il sait de quoi il parle. J'ai passé autant de temps à lire qu'à mettre en scène et je vous ai avoué que les acteurs se ramassent à la pelle, mais que les écrivains sont plus rares que l'eau dans le désert. Vous connaissez le poète Thomas Gray ? Il a dit quelque chose sur « les pensées qui respirent et les mots qui brûlent ». Il faut tourner une phrase de façon à la faire scintiller. Moi, je n'en suis pas capable, mais je sais en reconnaître une quand je la vois. Ce script est excellent. Je ne veux pas dire « bien ». Je veux dire *excellent* ! Oui, excellent ! Vous avez écrit autre chose que ça ?

— Non, j'ai suivi des études d'histoire à Oxford, puis je me suis mariée et j'ai eu très vite trois enfants.

— Uh-uh. Ma foi, ce n'est peut-être pas plus mal. Il y a en vous une fraîcheur alliée à une intelligence qui me vont droit au cœur. Je vais prendre un risque, Miranda. Et, quand Pop prend un risque, il ne le regrette pas souvent, car c'est toujours calculé. Est-ce que cela vous dirait d'écrire le script de mon prochain film ?

— Vous n'êtes pas sérieux ?

— Je n'ai jamais été aussi sérieux.

— Mais, je...

J'étais sans voix.

— ... Écoutez, Presley... je ne sais pas faire ce

genre de choses. Je ne suis presque pas allée au cinéma ces temps derniers et…

— Excellent ! Je ne veux pas de trucs branchés et déjà vus. Je veux que ça vienne des tripes. Quelque chose de cruel, de féroce, qui sente la sueur.

— Mais, Presley, je suis une mère de famille, avec trois enfants. Pas un artiste maudit rongé par l'*Angst*.

— Allons, Miranda, il faut vous débarrasser de ces clichés. Je me nourris sainement, je ne me drogue pas ni ne couche avec les femmes des autres. Ça ne veut pas dire que je ne suis pas un artiste. Vous avez des sentiments. J'ai aussi des sentiments, c'est tout ce qu'il faut. Ça et la faculté de les mettre en ordre. « Voilà la difficulté », comme dirait Will. Moi, je vous le dis, vous avez ce don ! Alors, écoutez-moi. Je vais faire un film qui va repousser toutes les frontières. Il y a eu de grands progrès récemment en matière d'art cinématographique. Nous avons de nouveaux objectifs grand-angle et des pellicules à émulsion rapide qui exigent moins d'éclairage. Je compte réaliser un film en lumière naturelle qui se déroulera au XVIIIᵉ siècle, c'est-à-dire celui de l'élégance et du raffinement. Cette fille, cette Fanny Burney…

— L'auteur du journal intime… ?

— Vous la connaissez ? s'écria Presley en se frappant les cuisses de ravissement. Évidemment, j'aurais dû m'en douter. Une fille intelligente comme vous. Vous connaissez son roman ?

— Vous voulez parler d'*Evelina* ? Bien sûr. C'est son meilleur, je crois, mais il y en a trois autres.

— Oh, là là ! Vous allez voir quand je vais en parler à Loelia ! Voilà mon idée : je souhaite diriger un film sur sa vie à la cour de ce pauvre vieux fou de George III et montrer les racines de sa vie créative. Evelina, vous vous en souvenez, est une jeune fille qui court le monde et dont la personnalité se forme au contact des gens qu'elle rencontre. Nous ferons le parallèle avec la vie de Fanny Burney et retracerons ses pérégrinations à la cour. Puis nous entremêlerons les deux histoires pour mieux dévoiler le processus de création. Il faudra être très subtil. Tout le monde est saturé des films de cow-boys et de braqueurs de banques qui se font tuer au ralenti. Je vais donner aux gens quelque chose qui les fera réfléchir, et qui leur en mettra plein les yeux ! Ça va être beau, sale et incertain – comme la vie.

— Ça a l'air merveilleux, mais je suis certaine que je ne saurai pas l'écrire. Et puis, je dois m'occuper des enfants et de la maison. Je ne peux pas tout quitter pour aller aux États-Unis.

— Rien ne vous y oblige. Tout sera filmé sur place. En Angleterre !

Il s'arrêta un moment, tira une bouffée de son cigare, puis me fixa de ses grands yeux brillants et ensorcelants.

— Vous n'y perdrez pas, ajouta-t-il en lançant un chiffre qui me laissa sans voix.

C'était assez pour vivre, moi et toute la famille, pendant au moins un an.

— Ce chiffre est négociable, reprit Presley en m'observant d'un œil amusé. À la hausse, bien sûr. Je vais être honnête avec vous : quatre scripts sur cinq ne sont jamais tournés. Mais j'ai un pressentiment à votre sujet.

Incapable de prononcer une parole, je me tournai vers Maurice. Il me regardait en souriant.

— Ne me donnez pas votre réponse maintenant, Miranda, reprit Presley. Réfléchissez-y cette nuit, et parlez-en à votre papa.

J'en discutai effectivement avec Maurice le lendemain matin autour du petit déjeuner. Presley était déjà levé et parti avec Freddy, qui devait l'emmener voir Chartwell. Il avait promis de rentrer à l'heure pour le spectacle.

La perspective de devoir refuser sa proposition m'attristait, mais je ne voyais pas d'autre solution.

— Je n'ai jamais eu la moindre idée sur la manière d'écrire pour le cinéma.

— Ce qui ne rend pas pour autant la chose impossible. Il y a un début à tout, même pour les rédacteurs de scripts. Presley pourra te faire connaître les arcanes du métier. Il cherche un auteur comprenant bien l'époque qui l'intéresse. C'est ton cas.

— Comme celui de milliers d'autres gens, objectai-je.

— Peut-être, mais ils n'ont pas la chance de recevoir Presley O. Powlburger. C'est ça la part de hasard, Miranda, et, quand les bonnes choses passent à portée de la main, ce serait un péché de ne pas les attraper.

— Et si j'échouais ? Si je ne me montrais pas à la hauteur ?

— L'échec est aussi riche d'enseignements que le succès. Ne pas essayer, c'est refuser d'apprendre. En outre, je ne crois pas que Presley se trompe souvent. C'est un vrai professionnel. Le film ne va peut-être pas retenir l'attention du grand public, bien sûr, mais je crois que tu peux lui offrir ce qu'il cherche.

— Tu penses que ce serait une lâcheté de décliner sa proposition ?

— Ce monde est cruel. Je comprends très bien que tu aies peur de te lancer, mais c'est le seul moyen de t'en sortir. Tu dois prendre des risques.

Je me sentais nerveuse à l'idée d'échouer, mais je dus finir par me ranger à son avis : une chance pareille ne se reproduirait jamais – quelles qu'en soient les conséquences. J'arpentai la maison toute la matinée dans un état de semi-torpeur. Puis la terreur fut progressivement remplacée par une sensation d'impatience et d'excitation.

Le spectacle devait débuter à trois heures et se terminer par une procession en direction de l'église et un court service d'action de grâces à cinq heures. Les gens du village commencèrent à trépigner dès le déjeuner lorsque la camionnette de la télévision locale vint stationner sur les pelouses près des ruines. On apprit que c'était là une idée de Presley. À une heure et demie, plusieurs reporters se retrouvèrent chez Magpie et Stump pour y interviewer les gens du coin et les interroger sur ce qu'ils pensaient du spectacle, du député de la circonscription, ou encore… de l'éveil précoce de la sexualité chez les jeunes !

J'allais partir pour le presbytère lorsque le téléphone sonna.

— Bonjour, m'man.

— James, mon chéri ! C'est bon de t'entendre. Comment vas-tu ? Tu as reçu ma carte ?

— Oui, elle est arrivée aujourd'hui, merci. Je vais bien.

Un silence.

— Ton premier examen commence cet après-midi, n'est-ce pas ? Sois calme, mon cœur, et tout ira bien.

— Je voulais te parler de quelque chose…

— Oui, mon chéri ?

— Si je rate tout… je veux dire, si je n'arrive pas à écrire une ligne…

Un silence encore plus pénible que le premier s'installa.

— Est-ce que ce sera grave ? C'est cela que tu veux savoir ? Non ! Absolument pas ! Pas pour moi, en tout cas, si c'est ce que tu veux dire.

Je m'aperçus que je parlais fort pour cacher mon inquiétude grandissante. Je sentais à la voix de James que quelque chose clochait. Une sorte d'angoisse à laquelle il ne m'avait pas habituée. J'eus l'impression qu'il était au bord des larmes.

— Écoute, repris-je, s'il devait arriver que tu sois incapable d'écrire quoi que ce soit, téléphone-moi et j'arrangerai quelque chose avec le principal. Tu pourras revenir à la maison et oublier toute cette histoire.

— Vraiment ?

— Bien sûr. Ensuite, si tu veux, tu pourrais prendre un congé sabbatique. Ou aller à Bosworth High et refaire une année. Comme tu voudras. Ce serait merveilleux, tu sais, de t'avoir un peu plus à la maison !

— J'ai beaucoup pensé à papa ces derniers temps. Je regrette de ne pas avoir plus essayé… enfin… tu sais… tout ça. Je n'ai pas fait beaucoup d'efforts avec lui ces deux dernières années.

— C'était un peu sa faute aussi, mon chéri.

— Tu as raison. Bon, il faut que j'y aille, ça commence dans une demi-heure.

— Au revoir, mon chéri. Passe-moi un coup de fil ce soir et dis-moi comment tu vas.

J'attendis, mais James resta silencieux.

— Je t'aime, ajoutai-je avant de l'entendre raccrocher.

La tristesse me tenailla le ventre pendant tout le trajet en voiture jusqu'au presbytère. Jack avait exigé que les enfants aillent en pension, mais je détestais la pensée de les savoir loin de moi. Je connais tous les arguments en faveur de ce système et sans doute est-il vrai que l'éloignement de la maison rend les enfants plus indépendants. Pourtant, lorsque l'un d'eux est malheureux, la séparation est à la limite de l'intolérable.

Avais-je fait tout ce qu'il fallait pour James ? Ne devrais-je pas téléphoner à son principal pour lui demander de garder un œil sur lui ? Cependant, ce serait trahir la confiance de mon fils. Tout le monde se sent un peu nerveux avant un examen. Et, pour l'instant, j'étais totalement impuissante. Il était préférable d'attendre le prochain appel de James. Si je n'avais pas de ses nouvelles, ce serait peut-être une bonne idée de me rendre à Londres dans la matinée. N'étais-je pas trop angoissée ? Quoi que je fasse, il était normal que les enfants soient tristes de temps en temps, je n'y pouvais rien. James savait que je l'aimais. Mieux valait faire preuve de patience pour éviter que les choses ne prennent des proportions incontrôlables.

Malgré toutes ces bonnes résolutions, l'inquiétude ne me quitta pas de tout l'après-midi. Heureusement, je me retrouvai aux prises avec un tas d'occupations. Je dus me pencher sur toutes sortes de problèmes tels que trouver les bottes d'Horsa et le chapeau de Wat

Tyler[1]. Lorsque tout le monde fut enfin habillé, Presley fit son apparition.

— Qu'est-ce que c'est que ce travail ? Je vois des boucles d'oreilles qui sont dépareillées. Une minute !

Aucun détail, si insignifiant soit-il, n'échappait à son œil exercé. Le visage défait d'Aubrey apparut dans l'encadrement de la porte du salon du presbytère.

— Il y a une foule énorme ! Tout le comté est là ! Linda est en selle. Bonne chance à tous.

Il se retira, puis, après réflexion, repassa la tête par l'entrebâillement.

— Les premiers, en scène, s'il vous plaît !

Les acteurs pâlirent sous la boue dont ils s'étaient maculés. Leur yeux reflétaient la peur. Même Stew avait l'air anxieux.

— Il faut leur en donner pour leur argent ! tonna Presley. Vous êtes une bande de gueux prêts à s'égorger les uns les autres ! Hengist, mon vieux, et vous, Horsa ! Allons, du nerf ! N'oubliez pas que vous allez m'envoyer ces Bretons vers un monde meilleur ! Vous, les Bretons, vous allez me taper sur ces Saxons là où ça fait mal ! Maintenant, tout le monde y va ! Je veux vous entendre !

Les acteurs de la première scène sortirent en masse compacte. Presley agrippa Maurice par le bras.

— Allons-y. Il va falloir faire un peu de claque !

Maurice, superbe dans sa cape brodée d'or et portant fièrement sa mitre d'évêque, sortit avec majesté de la pièce derrière Presley et faillit se heurter à Lissie.

— Lissie ! Dieu merci, vous êtes là !

Je m'emparai de la robe bleue et de la ceinture blanche posées sur une chaise avec l'étiquette « belle dame du Kent ».

— George vient juste de partir te téléphoner, il pensait que tu t'étais endormie.

_____

1. Mort en 1381, Wat Tyler est considéré comme l'un des grands « capitaines » de la révolte des paysans et des artisans anglais.

— Désolée, il m'oblige toujours à faire une petite sieste après le déjeuner. C'est sa faute.

— Peu importe. Enlève-moi ces vêtements. Tu es dans la troisième scène. Dommage que tu aies raté la répétition en costumes. C'était vraiment bien !

— Je remarque que les choses se sont beaucoup améliorées. Ces animaux font très bien ! Il y a un grand troupeau d'oies qui se promènent avec une grande dignité. Et le plus adorable des ânes !

— J'ai jeté des tas de grain dans les endroits où nous voulons qu'elles aillent. J'avais peur que les oies n'attaquent le public. Lève les bras ! ordonnai-je en faisant passer la robe bleue par-dessus la tête de Lissie.

— Fais attention à mes cheveux, je les ai fait coiffer spécialement pour l'occasion. Oh, mon Dieu !

— Quoi, qu'est-ce qui se passe ?

— Je n'arrive pas à la boutonner ! J'ai dû prendre du poids !

— C'est absurde ! Je l'ai faite bien plus grande, au cas où. Laisse-moi faire ! fis-je en me battant avec les boutons-pressions.

Il manquait bien huit centimètres. Aucun espoir d'arriver à boutonner.

— Qu'est-ce qu'on va faire ?

— Les moines, s'il vous plaît ! cria Aubrey, reparti avant même que j'aie pu lui demander son avis.

— Je ne peux pas me montrer devant tous ces gens les fesses à l'air. Il faut que quelqu'un me remplace. Zut, alors ! J'étais si contente de jouer !

Je jetai un œil dans la chambre verte. Tout le monde avait déjà enfilé son costume.

— C'est à toi de le faire, Miranda ! Vas-y ! Déshabille-toi. Ne sois pas bête, tu es la seule à connaître le rôle.

C'était parfaitement exact. Je me dévêtis de mauvaise grâce et enfilai la robe bleue. Elle était bien trop large, ce qui n'avait d'ailleurs pas grande importance puisque je pouvais la serrer avec la ceinture. Elle était, hélas, également un peu courte. En outre, je portais aux pieds des sandales vertes à lanières qui ne faisaient pas très XIVe siècle. Et les chaussures de Lissie étaient trop petites d'une pointure.

— Ne t'inquiète pas ! Personne ne remarquera quoi que ce soit ! Tiens, voilà le voile et le livre de prières. Dépêche-toi ! Ça va être à toi !

Le visage d'Aubrey réapparut à la porte.

— Miranda va me remplacer parce que je n'arrive pas à entrer dans ma robe, expliqua Lissie. Vas-y, ma chérie, tu vas être super ! Bonne chance.

Elle m'embrassa en me chuchotant à l'oreille :

— Quoi qu'il arrive, ferme tes lèvres quand Stew t'embrassera !

Quelques secondes plus tard, je trottais avec mes dames d'honneur en direction de l'Arche rose, une création de papier crêpe très imaginative, sous laquelle m'attendait Édouard, duc de Kent, le grand prince guerrier. En m'approchant, je notai que Stew affichait un sourire tout à fait déplaisant. Le prêtre entama un discours solennel sur l'institution du mariage, puis Édouard prêta allégeance au peuple. En tant que fils aîné d'Édouard III, il représentait un bon parti. J'avais toujours pensé que c'était bien dommage pour le Prince Noir.

Stew tint fort bien son rôle, avec son accent régional qui devait ressembler à celui du prince à l'époque. Il déclamait son texte d'une voix forte qui fit grande impression, et ceux qui étaient assis au fond sur des bancs d'écoliers devaient l'entendre sans problème. Il parla plus bas, heureusement, à la fin de la cérémonie, avec un regard polisson, lorsque ce fut son tour de dire : « Venez, Miranda, nous vous voulons. » Je veillai bien à suivre le conseil de Lissie. Je me sentais surtout rassurée par la présence de plus de cinq cents personnes dans la salle.

Le spectacle se poursuivit à un rythme haletant. À présent que ma brève apparition sous les projecteurs était achevée, je pus me détendre et, s'il n'y avait eu cette inquiétude lancinante pour James, profiter des tableaux qui se suivaient avec peu d'accrocs. Il y eut bien le moment où l'âne mordit l'abbé et où Ivor se mit à jurer de manière bien peu ecclésiastique, mais il poursuivit avec un admirable *sang-froid*\*. Il nous avoua ensuite qu'il avait eu horriblement mal...

Lorsque Charles II descendit de son navire – une proue assez convaincante fabriquée en hâte par le charpentier du village –, Presley fit pousser des vivats à la foule et William Wychford adouba un chevalier sous des clameurs nourries. Les applaudissements semblaient ne jamais vouloir cesser. Nous formâmes finalement une procession qui devait mener l'ensemble de la troupe jusqu'à l'église. Nombre de spectateurs, à la grande joie d'Aubrey, voulurent se joindre à nous. Certains s'entassèrent sur les bancs tandis que d'autres se tenaient dans les nefs latérales ou sous le porche. Une oie réussit à se mêler à l'assemblée et se mit à cacarder si fièrement que personne n'osa la chasser. Aubrey prononça une prière de remerciement pour la vie du village, pour toutes les bonnes choses qu'offrait la communauté et pour le succès du spectacle, qui avait permis de récolter une énorme somme pour la rénovation du toit. J'ajoutai ma propre prière en faveur de James. Puis nous chantâmes avec ferveur la doxologie.

Plus tard, Miss Potter exécuta avec une grande maîtrise un hymne tiré d'un oratorio de Haendel. Je fus particulièrement frappée par l'excellence de l'interprétation et par l'absence tout à fait inhabituelle de grincements et de fausses notes.

— Est-ce que Miss Potter aurait suivi des cours ? murmurai-je à Patience, qui se tenait à mes côtés dans la nef. Je ne l'ai jamais entendue jouer aussi bien.

— Miss Potter s'est blessée au doigt. Elle a appelé Aubrey ce matin pour annoncer qu'elle ne pourrait pas participer. Ce pauvre Aubrey a failli avoir une attaque mais, heureusement, je me suis souvenue que Rory McCleod avait joué dans cette église une ou deux fois. Il lui a téléphoné et Rory a très aimablement proposé de repousser son départ pour Londres afin de nous dépanner. Il joue magnifiquement, n'est-ce pas ? Dommage qu'il s'en aille, je l'aime bien.

— Il part ?

— Tu n'es pas au courant ? On lui a offert un poste à Glasgow. Exactement ce qu'il souhaitait, d'après ce que j'ai compris. Il nous a dit qu'il avait trouvé un remplaçant pour Westray et qu'il partait définitivement pour l'Écosse demain.

29

Je fus enchantée d'apercevoir Miss Horne, l'ancienne secrétaire de Jack, dans la foule qui s'amassait
hors de l'église.

— Oh, madame Stowe, je voulais juste vous dire
au revoir ! C'était si gentil à vous de m'écrire et de
m'inviter à votre charmante représentation historique.
Voilà longtemps que je ne m'étais autant distraite !

Je la regardai. Son mouchoir pressé contre ses yeux
humides démentait formellement une telle allégation.

— Je ne peux m'empêcher de pleurer en pensant à
mon dernier passage ici, ajouta-t-elle en reniflant.

J'entourai ses épaules de mon bras.

— Voulez-vous m'accompagner sur la tombe de
Jack ?

J'admirai la gerbe de lis qu'elle avait apportée. À
côté de ces fleurs si élégantes et parfumées, le petit
bouquet de boutons-d'or faisait triste mine.

— Comme il est charmant ! s'exclama-t-elle en se
baissant pour le redresser sur la pierre tombale. Les
chers enfants, sans doute.

Je compris qu'il serait impossible de lui parler de
Jenny. C'eût été en quelque sorte profaner le sanctuaire de Miss Horne.

— Je suis heureuse d'être venue, reprit-elle. Je
vous assure que je me sens beaucoup mieux. Il me
manque tant !

Elle eut un grand sourire, comme pour affronter avec courage le monde indifférent qui l'avait si peu récompensée.

— Bon ! Je ne vais pas vous parler de mon propre chagrin à *vous*, qui êtes un exemple pour nous tous. Merci, chère madame Stowe, ajouta-t-elle en me serrant la main. Maintenant, je dois me dépêcher pour attraper mon bus.

— Ne partez pas tout de suite, miss Horne. Nous allons donner une petite réception à la maison, je serais vraiment déçue de ne pas vous y voir.

— Mais… je crains que ce ne soit pas possible et…

— Oh, venez, je vous en prie. Je m'arrangerai pour vous faire conduire à la gare pour le train de dix heures.

Décontenancée, Horny se tordit les mains et releva les épaules.

— Mais je ne connais personne ! Je ne suis pas à mon aise dans les réceptions. J'ai toujours peur d'ennuyer les gens.

J'aperçus Aubrey sortant de l'église et, d'un signe de la main, lui fis signe de s'approcher.

— Très beau service, Aubrey. Laissez-moi vous présenter Miss Horne, la secrétaire de Jack. Voici M. Molebank, notre pasteur. Aubrey, aidez-moi à convaincre Miss Horne de rester avec nous pour le spectacle.

D'un seul coup d'œil, Aubrey comprit la situation. Il avait passé la plus grande partie de sa vie parmi les solitaires et les mal-aimés de sa congrégation, aussi savait-il reconnaître une âme isolée et frustrée quand il en rencontrait une. Fixant sur la pauvre Horny de grands yeux remplis d'une gentillesse irrésistible, il garda sa main dans la sienne.

— Miranda a parfaitement raison, mademoiselle. Il *faut* que vous restiez pour nous aider. Ce serait si aimable à vous. Je suis censé faire circuler les verres de vin, mais je me sens terriblement maladroit alors que vous, vous avez la main ferme, je le vois bien.

— Eh bien, si vous croyez que je peux être… *utile*…, balbutia Miss Horne.

— J'en suis certain. À présent, suivez-moi. Je désirerais vous présenter Miss Wakeham-Tutt.

Retenant toujours la main de Horny, il l'entraîna vers un petit groupe au centre duquel se trouvait Patience. Plus que jamais je pensai qu'Aubrey était un homme parfait.

Quand je pénétrai dans le hall, le téléphone sonnait.

— Entrez tous ! dis-je au groupe qui m'avait accompagnée. Monsieur l'abbé, voulez-vous commencer à déboucher les bouteilles de vin ? Ah, et toi, cher évêque, occupe-toi des lumières. Je vais répondre.

C'était James.

— Tout s'est bien passé, m'man ! J'ai pensé qu'il fallait que je t'appelle pour te dire que j'ai été un véritable idiot ce matin au téléphone. Je ne veux pas que tu te fasses du souci.

— Tu n'as aucune raison de t'excuser. On a le droit de se sentir vulnérable sans pour autant avoir l'air stupide.

— Eh bien, en fin de compte, l'examen s'est révélé différent de ce que j'avais imaginé. Il y avait une question facile en haut de la feuille et, dès que je me suis mis à y réfléchir, les idées sont venues en masse. Je crois m'en être plutôt bien sorti.

— J'en suis enchantée, mon chéri, et en premier lieu pour toi. Mais, même si cela n'avait pas été le cas, ce n'aurait pas été la fin du monde.

— Je m'étais mis dans la tête que mon cerveau n'arriverait pas à diriger ma main. Tu crois que je suis devenu fou ?

— Non. Ce que tu éprouves, c'est plutôt le genre d'idées que se fait quelqu'un qui a trop travaillé et qui est nerveusement tendu. Quand je suis fatiguée, il m'arrive, à moi aussi, d'éprouver ce genre d'angoisse irrationnelle. Les choses les plus ordinaires prennent des proportions exagérées.

— Je suis heureux de savoir que je ne suis pas tout

618

seul. Ah, il faut que j'y aille, voilà la cloche du dîner. Ne t'inquiète pas, m'man. Je me sens tout à fait bien, à présent. Je viendrai à la maison samedi, si tu veux bien.

— Tu n'as pas besoin de me le demander. Au revoir, mon chéri.

Je m'attardai un instant près du téléphone, perdue dans mes pensées et envahie par une délicieuse sensation de soulagement. Au salon, la réception était un succès, même sans moi. L'alcool augmentait encore l'euphorie provoquée par la réussite du spectacle. Maurice avait très efficacement réparti des chandelles dans toutes les pièces du rez-de-chaussée, et c'était une impression à la fois étrange et délicieuse que de voir la maison éclairée de doux clairs-obscurs et peuplée de Saxons et de Jutes, de Tudors et de Stuarts, tous joyeusement mélangés. J'étais la seule à avoir pu me changer, ce que j'avais fait avec soulagement car je me sentais ridicule dans mon costume. J'avais enfilé une robe de soie bleue, brossé mes cheveux et je m'étais maquillée à mon goût. Une manière plus reposante de jouer mon rôle d'hôtesse. En fait, j'aurais pu aller me coucher directement sans que personne s'en aperçoive.

En descendant l'escalier, je trouvai Maeve entourée d'une cour d'admirateurs. Elle s'en écarta quelques minutes pour me demander si j'avais vu Ivor.

— Il est sorti pour nourrir le poney et je ne l'ai pas revu depuis, ajouta-t-elle avec aigreur.

Elle portait encore le costume de la dame du Kent, ce qui lui donnait un air à la fois romantique et provocant. Je comprenais mieux à présent pourquoi Ivor, que j'avais croisé tout à l'heure, arborait l'expression de quelqu'un qui vient de recevoir un coup sur la tête.

— Oh, c'est vraiment gentil de sa part, dis-je. Est-ce qu'Elizabeth n'aurait pas pu y aller ?

— Ivor a dit qu'Elizabeth était en train de parler à

Rory McCleod et qu'elle avait l'air si captivée qu'il n'avait pas voulu la déranger.

Rory était donc là. Je fus ennuyée de sentir les battements de mon cœur s'accélérer. Notre subconscient nous trahira donc toujours ! Eh bien, cela me donnerait l'occasion de lui dire au revoir.

— En tout cas, cela ne m'étonne pas d'Ivor, repris-je. Toujours si plein d'attentions pour les autres. Tu ne le feras pas souffrir, j'espère ? Il est éperdument amoureux de toi.

— En fait, c'est moi qui suis amoureuse de *lui*. Tu considères toujours beaucoup trop les autres comme des créatures sans défense ayant absolument besoin de ta protection. Je me sens plutôt vexée de son attitude. C'est un très beau garçon, fantastiquement intelligent. Tu ferais mieux de lui demander de ne pas me blesser, *moi*.

— Désolée.

— De plus, c'est un merveilleux amant. Tu n'as jamais eu envie de coucher avec lui, de sorte que tu l'as considéré comme une espèce d'excentrique impuissant. Si quelqu'un l'a blessé, c'est bien toi. Il a perdu des années à se languir de toi sans espoir, se contentant d'une gentillesse par-ci par-là, j'ai l'intention de combler cette lacune.

Sur ce, elle s'éloigna.

Les mots étaient durs. Et je dus admettre qu'ils m'avaient touchée à vif, bien que je fasse la part des choses, sachant que Maeve avait un peu bu. Miss Horne m'apporta un verre de vin. Elle me raconta qu'elle n'arrêtait pas de rencontrer des gens nouveaux et merveilleux et qu'elle avait promis à Mme Higgs de l'aider à enfiler les petites saucisses sur des bâtonnets. Je me rendis dans la bibliothèque, où Presley tenait sa cour. Il me fit un signe rapide en me voyant, et, devant un auditoire fasciné, poursuivit son récit sur les indiscrétions concernant les plus célèbres personnalités d'Hollywood. Je me dirigeai vers la fenêtre en saillie pour m'y asseoir. Les rideaux étaient à demi tirés, de sorte que je me trouvais presque entièrement dissimulée à la vue des autres.

Je regardai au-delà des douves. Le soleil était couché et le crépuscule jetait des ombres bleues sur l'eau sombre qui frémissait sous un souffle de vent. Mon cher Westray ! Il était à moi et, selon toute probabilité, le resterait encore un certain temps. Je songeai à ce que Maeve m'avait dit. Était-il donc vrai que je ne pouvais voir dans les autres que leurs faiblesses sur lesquelles consolider mes propres forces ? Je vidai mon verre, déprimée par ce nouveau et très inconfortable soupçon. Après quoi, désemparée, je songeai à James.

Tout allait bien maintenant pour lui. Et cela seul comptait. Je pensais sincèrement chacun des mots que je lui avais dits lors de notre dernière conversation, quand je lui recommandais de ne pas s'en faire s'il ratait ses examens. Pour son bien, je redoutais l'érosion de la confiance en soi, la peur paralysante de l'échec. La semaine prochaine, je comptais me rendre à Nethercoat pour voir Henry dans son nouveau et brillant rôle. Quant à Elizabeth, je déplorais qu'elle ait choisi quelqu'un d'inaccessible pour reporter son affection après sa désastreuse expérience avec Johnny. Mais j'espérais qu'elle s'en remettrait lorsque Rory serait parti définitivement. Je poussai un profond soupir.

— Voilà un soupir qui semble exprimer la tristesse.

Rory se tenait à côté de moi. Je me sentis embarrassée mais, par chance, il ne faisait pas assez clair pour qu'il s'en aperçoive.

— Oh !

— Puis-je m'asseoir près de vous ? Mais vous n'avez rien à boire ! (Il versa la moitié de son vin dans mon verre.) Vous feriez bien d'absorber ce remontant, vous avez l'air d'avoir le cafard.

— Oh, non ! Je n'ai pas le cafard. Le spectacle a été un tel succès, Presley a été merveilleux, et vous avez si bien joué ! Je ne savais pas que vous étiez musicien.

— Je ne suis qu'un amateur. Il y a pas mal de choses que nous ne savons pas l'un sur l'autre.

— Et ce n'est plus maintenant que nous pourrons les apprendre. (Ma voix était sottement joyeuse.) Patience m'a dit que vous aviez obtenu le job de vos rêves.

— Oui. Je vais participer à l'installation d'un nouveau centre médical dans le quartier le plus malfamé de Glasgow. Nous avons l'intention de le gérer sur la base de principes totalement différents de ceux qui sont appliqués dans les centres conventionnels. Il y aura aussi un dispensaire sous notre dépendance, et nous proposerons pour les femmes des consultations régulières par des médecins de sexe féminin. Nous espérons qu'ainsi elles n'attendront pas le dernier moment pour demander une assistance médicale, tout simplement parce qu'elles ne veulent pas qu'un homme peu compatissant fouille dans leur intimité.

— Ce doit être très gratifiant de sentir que l'on fait quelque chose d'important qui apporte un changement réel dans la vie des gens. Ce que je vais faire, moi, est plutôt insignifiant et frivole. Mais c'est peut-être ce pour quoi je suis faite.

— Qu'est-ce que c'est ?

— Je vais écrire le script d'un film pour Presley. Sur Fanny Burney. Et l'on me paiera pour cela une somme ridiculement élevée. Cela montre bien que le monde est fou, et il n'est pas bon de vouloir lui donner un sens.

— Mais c'est magnifique ! Quelle belle occasion ! Pourquoi déprécier cela – et vous-même à la fois ? Croyez-vous qu'à mes yeux tout le monde devrait être médecin ? Qu'est-ce qui est arrivé qui vous bouleverse ainsi ?

— Rien. Je ne suis pas bouleversée, je suis très heureuse et vous avez raison, en fait. Je désire réellement écrire ce script, j'ai déjà quelques bonnes idées.

Ce sera un défi et c'est exactement ce dont j'ai besoin. Je suis juste un peu déprimée parce qu'une amie vient de jeter sur moi quelques vérités peu flatteuses. Elle avait raison et cela m'a blessée. Je pense que j'ai tendance à placer les autres dans un rapport de dépendance vis-à-vis de moi. Je suppose que j'agis ainsi par manque de confiance.

— Vous me surprenez. J'ai toujours pensé que vous étiez la personne la plus assurée et la plus indépendante qui soit. Je me souviens de notre première rencontre…

— Difficile de me juger là-dessus. J'étais malade… hors de moi. Mais changeons plutôt de sujet, si vous le voulez bien.

Fidèle à lui-même, il ne m'écouta pas.

— Vous l'étiez, en effet. Votre teint avait la couleur de l'herbe. Et vous ne croirez jamais ce que j'ai eu envie de faire.

— Quitter sur-le-champ la maison, je suppose. Vous aviez l'air de nous détester tous.

— Et vous n'avez pas eu assez de jugeote pour comprendre ce qui se passait vraiment. Quelle fille toute simple vous faites, finalement.

— Je dois l'être, en effet, dis-je d'un ton las.

— J'ai eu une pulsion tout à fait déplacée, voilà pourquoi j'étais en colère.

— J'ai toujours envie de rire quand vous êtes en colère.

— Vraiment ? Vous n'êtes qu'une misérable !

— C'est bon, mettez-vous en colère maintenant. J'ai besoin de me distraire.

— C'est vous qui le demandez. Tirons d'abord ce rideau convenablement. À présent, personne ne peut me voir quand je suis en colère contre vous. Il fait sombre, je ne vois que vous, c'est comme si nous étions seuls.

— Oui.

— Mais je ne me sens plus en colère.

— Non.

— J'ai plutôt… Oh, Miranda !

— Oui ?

— J'ai envie d'autre chose.

Nous restâmes assis en silence, les yeux dans les yeux. Je distinguais à peine son visage dans la faible lueur. Nous nous étions déjà trouvés dans une situation semblable auparavant. Pendant un instant, je crus sentir à nouveau le parfum troublant de la nuit quand nous nous tenions côte à côte sur la terrasse de Vavasour Hall. Comme alors, sa tête s'inclina lentement vers la mienne. Cette fois, il n'y eut pas d'interruption.

Après ce qui pouvait avoir été une seconde ou un an, nous nous séparâmes, mais cela parut si insupportable que nous nous embrassâmes de nouveau, puis une troisième fois.

— Oh, Miranda ! (Il me serra contre lui.) Ma chérie ! Qu'allons-nous faire ?

J'entendais les battements sourds de son cœur.

— Je ne sais pas.

Je n'avais pas envie de penser à l'avenir. J'aurais voulu pouvoir rester là, assise dans l'embrasure de la fenêtre avec ses bras autour de moi, faible, mais envahie par une extraordinaire sensation de flottement qui ressemblait à une joie intense.

— Trop de personnes sont mêlées à votre vie. Et il est évident que vous ne pourrez pas venir à Glasgow avec vos enfants.

— Oh, Rory, c'est impossible, en effet ! Il y a l'école et tant d'autres choses ! Il faut déjà faire tant d'ajustements.

— Eh bien, moi je suis seul. C'est donc à moi de modifier mes plans.

— Vous ne le ferez pas ! Vous ne le pourrez pas ! Ce ne serait pas bien.

— C'est la seule solution.

— Vous voulez dire que vous abandonneriez ce travail dont vous rêvez depuis si longtemps ?

— Pouvez-vous en douter – après ce qui vient d'arriver entre nous ? Si vous éprouviez seulement la moitié de ce que je ressens, alors vous comprendriez que c'était prévu. Je vous aime, Miranda. Je suis tombé amoureux de vous dès cette horrible réception chez les Vavasour. Mais j'avais l'impression que vous ne vous intéressiez pas du tout à moi. Nous nous sommes revus le lendemain, vous vous en souvenez ? Vous étiez plus glaciale que le cercle polaire. Encore une rencontre décevante. Le premier jour où je vous ai aperçue, quand votre mari gisait mort dans la pièce à côté, j'ai eu envie de vous arracher tous vos vêtements et de faire l'amour avec vous. Je naviguais alors sur des eaux inconnues et sans pilote. Je n'ai jamais été capable de décoder vos signaux. Vous m'apparaissiez si typiquement… anglaise, pleine des certitudes absolues de votre monde… de votre classe. Je vous ai prise pour une de ces femmes riches et gâtées qui ne connaissent rien de la réalité. Ensuite, j'ai eu l'impression que vous meniez une vie plutôt… débridée. Toujours dans les bras d'un homme ou d'un autre. J'ai éprouvé de la compassion pour votre mari, et je me disais que je comprenais pourquoi il s'était tué.

— Sachez que je n'ai eu que deux amants dans toute ma vie et l'un d'eux était Jack. À notre époque de liberté sexuelle, je vis à peu près comme une nonne.

Rory se mit à rire.

— Ma pauvre chérie ! Si vous saviez comme je désire augmenter ce score !

Nous nous embrassâmes de nouveau. J'éprouvais pour cet homme un désir insoutenable qui me terrifiait. Quelqu'un s'était mis à chanter *For he's a Jolly Good Fellow*. Sans doute pour Presley.

— Que pouvons-nous faire ? murmurai-je. Vous savez bien que vous *devez* accepter ce travail. C'est ce que vous avez toujours cherché.

Je posai ma tête contre sa poitrine et sentis ses bras se resserrer autour de moi. Oh, le confort, le bonheur de cette présence !

— Oui, dans un sens, c'est vrai. Mais je dois avouer que je ne suis plus le citadin endurci que je croyais être. Vous souvenez-vous m'avoir dit que les gens d'ici avaient besoin de soins médicaux tout autant que les habitants des villes ? Vous étiez extrêmement agacée, alors. J'avais envie de vous embrasser, tout en vous détestant. Maintenant je le peux et je le veux.

Il s'interrompit pour exécuter sa menace et je levai mon visage vers lui. Oh, qu'il ne s'arrête pas ! qu'il ne s'arrête pas ! pensai-je, ivre de sa présence, de ses baisers. Pourtant, je m'entendis dire :

— Soyez sérieux, Rory. Songez combien vous m'en voudriez de vous faire manquer une telle occasion. Je ferais preuve d'un égoïsme impardonnable si je vous laissais faire.

— Mais j'ai abandonné tous mes préjugés sur le Kent, Miranda ! Avant de venir ici, je croyais que la région n'était qu'un beau jardin peuplé d'êtres bénis des dieux. Ce matin, j'ai aidé une femme à mettre au monde des jumeaux dans une ferme où sa famille était installée depuis des générations. Ils venaient tout juste d'y faire installer l'électricité. À Glasgow, tous les immeubles ont l'électricité depuis cinquante ans. J'ai compris alors à quel point j'étais stupide et plein de préjugés. Je ne savais pas ce que je disais. La vie est dure quand on est pauvre, et cela se vérifie partout dans le monde, dans le Kent comme ailleurs. La clientèle de Philip Kenton n'a pas évolué avec le temps. Je pourrais ici améliorer beaucoup de choses. Il se trouvera bien quelque autre type imbu de sa mission qui mourra d'envie de prendre le job de Glasgow. Je m'en fiche ! J'aime vivre ici.

— Vous essayez simplement de me rassurer. Mais je sais ce qui arrivera : d'ici quelques mois, vous vous sentirez nerveux. Vous trouverez de bonnes excuses pour aller à Londres respirer l'air empesté de la ville, qui vous manquera. Puis vous rencontrerez quelque jolie jeune fille qui pourra vous donner des enfants et consacrer sa vie au développement de votre carrière. Alors vous m'expliquerez très gentiment, mais avec les yeux déjà tournés vers la porte, qu'à votre avis les choses ne marchent finalement pas aussi bien que ça entre nous. La dernière chose dont vous ayez besoin à l'heure actuelle, c'est d'une histoire avec une veuve ayant déjà trois enfants, une maison particulièrement exigeante et une carrière qui débute. Vous serez furieux contre vous-même – et contre moi – d'avoir abandonné le travail que vous aviez toujours désiré. Et je serai…

Je ne pus terminer, incapable de trouver les mots justes pour exprimer le chagrin qui m'accablerait si je devais le quitter après m'être laissée aller à l'aimer.

— Bon sang, Miranda ! Pour quelle sorte d'homme me prenez-vous ? Je ne suis pas un coureur de jupons. Je vous aime. Vous avez l'air de me considérer comme une espèce de dragueur invétéré.

Malgré la faible lumière, je pouvais voir que son visage exprimait la plus vive indignation.

— Vous auriez dû épouser Annabel Vavasour !

— Alors, c'est ça ! Vous êtes jalouse !

— Oui je le suis, si vous voulez savoir ! Elle est jeune et elle n'a personne de pendu à ses basques.

— Il se trouve que je ne suis pas amoureux d'Annabel Vavasour. Je savais déjà parfaitement bien à cette époque que c'était vous que j'aimais. Si je l'ai embrassée, c'est que je ne voulais pas la faire passer pour une idiote devant tous ces gens.

— Très attentionné de votre part.

— Eh bien, je suppose que vous n'auriez pas envie d'épouser un salaud, n'est-ce pas ? Mais après tout, qu'est-ce qui me prouve que vous ayez seulement l'envie de m'épouser ? Je commence à me rendre compte que je me suis conduit comme un idiot. Il me semblait à la manière dont vous m'avez embrassé à l'instant… Seigneur ! je ne l'ai quand même pas inventé ! Mais vous êtes toujours tellement… sur la défensive ! On dirait que vous vous dissimulez derrière des barbelés. Même maintenant, vous me repoussez.

— Mais non ! Ce n'est pas du tout ça ! C'est la dernière chose que je désire ! Cependant, je suis plus vieille que vous ! Je sais ce qui arrive quand on tombe amoureux et qu'on perd tout jugement.

— Vous n'avez que onze mois de plus que moi.

— Comment diable l'avez-vous appris ?

— Eh bien, si vous voulez le savoir, j'ai regardé dans votre carnet de santé. Vous êtes encore assez jeune pour avoir des tas d'enfants, si vous en avez envie.

— Quoi ? Oh, c'est ridicule !

— Quelqu'un a vu Miranda ? Il faut que je rentre à la maison. J'ai les chevilles enflées comme des ballons. Faites-lui mes amitiés, Presley. Et dites-lui que je l'appellerai demain matin. C'était une merveilleuse réception !

La voix de Lissie, qui nous parvenait derrière le rideau, s'éteignit bientôt.

— CQFD ! (Rory bondit sur ses pieds.) Que voulez-vous exactement, Miranda ? Vous vous imaginez peut-être que nous allons nous contenter de nous serrer la main en murmurant quelques mots polis de regret sur ce qui aurait pu être… et qui ne sera *jamais* ? Désirez-vous réellement que je prenne ce job et que je vous quitte ?

Je gardai le silence… essayant de penser à ce que je souhaitais au plus profond de moi. Que devais-je faire qui soit raisonnable, sensé ? Il approcha son visage du mien et je vis qu'il était en colère. Ses yeux luisaient dans la pâle lueur de la maison reflétée par la surface de l'eau. Je me sentis soudain affreusement malheureuse.

— Je commence à penser que votre seul but est de rendre les hommes amoureux de vous pour pouvoir ensuite les faire danser au bout d'une laisse. C'était ça que vous disait votre amie ? Une sorte d'esclavage… quelque chose qui flatte votre vanité ? Eh bien, en ce qui me concerne, désolé ! Je ne suis pas intéressé !

Je le contemplai en silence. Il me rappelait tant Jack. Comme lui, il connaissait les mots qui blessent.

— Très bien. Si vous voulez que je m'en aille, il suffit de le dire. Je ne vais pas rester dans les parages à jouer les imbéciles. Quel fou j'ai été de ne pas comprendre ce que vous cherchiez au fond...

Il eut un rire amer.

— Finalement, je suis bien comme tous ces autres hommes ! Je les méprisais de vous accabler de leurs attentions. Maintenant, je vois ce qu'ils pouvaient ressentir !

Je savais qu'il attendait de moi une réponse, qu'il espérait encore que je le supplie de rester. Mais je n'arrivais pas à croire à l'amour, quelle que soit son expression. Ceux qui ne se souviennent pas du passé sont condamnés à le répéter. Jack m'avait fait croire que si je ne l'épousais pas sa vie serait ruinée. À l'époque, il le pensait probablement, tout comme Rory aujourd'hui. Je tentai de trouver les mots me permettant d'expliquer ma conception d'un amour mesuré, fondé sur une réciprocité de besoins et sur une juste évaluation des circonstances. Mais je ne trouvais pas le moyen de briser cette carapace qui me condamnait au froid et à la solitude. Pour finir, je ne réussis qu'à murmurer :

— Je suis désolée.

Sans un mot, Rory écarta le rideau et sortit.

— Ah, te voilà ! s'exclama Patience. Je te cherchais. Qu'est-ce qui se passe avec Rory ? Vous vous êtes disputés ? (Elle m'observa avec attention.) Tu es amoureuse de lui, n'est-ce pas ?

Comme je faisais un signe négatif de la tête, incapable de parler de peur de fondre en larmes, elle reprit :

— Pardonne-moi. J'avais pourtant l'impression que c'était le cas, mais je suis si ignorante de ces choses. Enfin, je me réjouis que tu ne l'aimes pas puisqu'il s'en va.

— Oui. (J'avalai ma salive.) Quelle catastrophe si... si j'avais éprouvé quelque chose pour lui, n'est-ce pas ? (Ma voix tremblait malgré moi.) Disons que j'ai été touchée, je dois l'admettre, mais je m'en remettrai. Quelques mauvais jours à passer et ça ira.

— Pauvre Miranda ! (Elle m'entoura de son bras et je faillis hurler.) Quelle magnifique réception ! Des tas de gens ont demandé où tu étais.

— Je ferais mieux d'aller leur parler.

Je trouvai Miss Horne dans le hall, son imperméable sur le dos, occupée à nouer avec soin son écharpe.

— Comme je me suis amusée, Miranda ! s'écria-t-elle, très excitée. Tout le monde a été si gentil avec moi !

Malgré mon trouble, j'esquissai un sourire en l'entendant parler avec la fougue d'une adolescente. Très vite, une ombre mélancolique voila son visage.

— À Willesden, je suis plutôt solitaire, vous savez. La seule fois où j'ai parlé à mes plus proches voisins, c'était pour m'enquérir du ramassage des ordures après un jour férié. Mme Higgs m'a demandé pourquoi je ne venais pas m'installer dans la région, mais je reste persuadée qu'une femme seule est aussi isolée ici qu'en ville. En fait, nous embarrassons les autres... Et les gens trouvent des excuses pour s'en aller car ils n'ont pas envie de me faire la conversation.

Elle parut si désemparée que je lui pris la main et la serrai avec sympathie.

— Qui sait, miss Horne ? Il existe une terre promise pour chacun d'entre nous. Je vous enverrai des notices sur les cottages du village, vous pourrez alors venir les visiter.

Elle me regarda de ses yeux ronds et gris à travers ses épaisses lunettes.

— Est-ce que ce ne serait pas... eh bien... gênant pour vous ? Je détesterais que vous vous sentiez obligée d'être gentille avec moi en souvenir de M. Stowe.

— En aucune façon, dis-je en l'embrassant sur la joue. Croyez-moi, je serais ravie que vous veniez vivre à Westray.

— Venez, miss Horne, fit Aubrey en la prenant par le bras, sinon nous allons manquer le train.

— Oh ! oh ! On dirait que Miranda s'est trouvé une autre protégée à mettre sous son aile…, lança Maeve en passant près de moi pour aller au salon.

— Ma chérie, tu as l'air d'être passée sous un rouleau compresseur, fit observer Maurice en me dévisageant. Disons que tu sembles… à la fois blessée et incrédule. Que se passe-t-il ?

Il était magnifique dans sa tenue d'évêque.

— J'ai été assez folle pour me laisser emporter par le vin et la fatigue, c'est tout. Disons que j'ai fait… un rêve bien trop romanesque. Mais c'est déjà de l'histoire ancienne. Je sais que ce que je possède est beaucoup plus que quiconque est en droit d'espérer raisonnablement. Toi, les enfants et Westray. Et maintenant un projet réellement excitant à me mettre sous la dent.

— Le script pour Presley ? Je suis heureux que tu aies décidé de t'y mettre. Si tu avais choisi le contraire, j'aurais pensé que tu avais perdu la raison. D'ailleurs, maintenant encore, j'ai quelques doutes, dit-il en hochant la tête.

— Que veux-tu dire ?

— C'est le jeune Lochinvar, n'est-ce pas ? Tu l'as envoyé promener ? Mon enfant, j'ai bien peur que tu ne saches pas ce que tu fais.

— C'est extraordinaire ! Tout le monde se croit investi d'une immense et céleste sagesse. Sauf moi, de toute évidence.

— Chérie, tu sais très bien qu'aucun de nous n'est autorisé à se mêler des affaires de son prochain quand il s'agit d'amour. Il est facile de prédire aux autres le naufrage alors qu'il nous est impossible d'éviter les écueils dans nos propres eaux. Je parle par expérience, j'ai pris suffisamment de mauvaises décisions dans ma vie pour me considérer comme un expert sur la manière de se détruire et de se rendre malheureux.

— J'espère que tu as raison, dis-je en soupirant. Je n'arrive pas à penser correctement, je suis trop fatiguée et troublée. Je vais me coucher, nous parlerons demain.

Elizabeth était assise dans l'escalier en compagnie d'un jeune garçon. Je reconnus l'un des jeunes Scranton-Jones.

— B'soir, m'man ! lança-t-elle à mon passage après m'avoir accordé un bref regard.

Je notai en passant que son compagnon paraissait la dévorer des yeux avec une fascination éperdue. Quant à Elizabeth, elle semblait avoir déjà oublié les affres de sa passion pour Rory.

Sukie se déplaça pour me faire une place dans le lit, m'administra plusieurs grands coups de langue, ronronna quelques minutes puis reprit son sommeil. Je me couchai sur ma bonne oreille pour ne pas entendre l'écho de la réception qui se poursuivait en bas. C'était une chance de pouvoir m'isoler ainsi du reste du monde, pensai-je. Une autre bénédiction dans une vie déjà richement dotée.

Je ne m'entendais même pas sangloter.

En me regardant dans la glace le lendemain matin, je ne fus nullement surprise de découvrir un visage ravagé par les larmes. Je le baignai longtemps à l'eau froide, jusqu'à ce que mes paupières ressemblent un peu moins à des outres gonflées. J'étais assise devant ma coiffeuse en train de me brosser les cheveux quand je me rappelai soudain que nous étions samedi et que, la veille, j'avais oublié de porter des œufs à Miss Boswell.

C'était inexcusable de ma part de l'avoir négligée… Heureusement, comme il n'était que sept heures, j'avais encore le temps de me rendre à son cottage avant de préparer le petit déjeuner. J'étais à peu près certaine que les infirmités de Miss Boswell l'empêchaient de dormir dès que le jour était levé.

J'ouvris la porte de la chambre d'Elizabeth, me baissai et fis un signe à Jasper. Il se leva, totalement déconcerté par cet horaire inhabituel, et vint me flairer les doigts. Je le saisis par son collier et le tirai au dehors. Nous passâmes d'abord par le poulailler car, pour me faire pardonner, je voulais offrir à Miss Boswell les œufs les plus frais. Comme les poules sortaient avec une satisfaction évidente pour picorer leurs grains du matin, je découvris dans les pondoirs une demi-douzaine d'œufs tout chauds et bien propres et les plaçai dans le panier avec un rayon de miel que Maurice avait extrait de la ruche quelques jours plus tôt.

Le soleil déjà chaud caressa mes bras nus tandis que nous traversions le village. Je croisai le laitier, qui faisait sa ronde, ainsi que le garçon chargé de distribuer les journaux, qui conduisait sa bicyclette d'une main tandis que, de l'autre, il se grattait le nez. Un papillon d'un blanc marbré s'éleva soudain sur la route devant moi pour se chauffer à la chaleur grandissante du jour. Les haies chargées de roses sauvages et d'églantines odorantes exhalaient un parfum enivrant qui, mêlé à celui du sureau, flottait sur les champs d'avoine et les prairies de vulpins. Jasper trottait devant moi, la tête levée, lançant de temps à autre un petit aboiement pour saluer un oiseau. La nature tout entière conspirait pour célébrer une parfaite journée de plein été. Je fis un effort pour alléger mon pas, gênée par la pénible sensation de porter de lourdes bottes de pêcheur.

Miss Boswell, assise près de sa fenêtre, me fit aimablement signe de la main dès qu'elle m'aperçut sur le chemin menant à sa porte. Elle coupa court à mes excuses.

— Que Dieu vous bénisse, ma chère ! Je savais que vous n'auriez pas le temps. Miss Wakeham-Tutt est venue me chercher en voiture pour me conduire au spectacle. J'ai eu une place au premier rang. Oh, je me suis tant amusée ! Et elle m'a ramenée ensuite à la maison ! C'était si gentil de sa part. Une vraie dame. J'ai dit à M. Molebank : « Vous avez fait un choix sage et excellent ! » Et vous, ma chérie, vous étiez parfaite dans votre rôle ! Comme c'était aimable à eux de penser à moi et de me permettre d'assister à la représentation !

Je me sentis écrasée par tant de reconnaissance joyeuse. Cette pauvre Miss Boswell souffrait presque en permanence et menait une existence terriblement solitaire. Elle n'avait plus rien à attendre, si ce n'est de voir enfin ses maux disparaître dans la mort. Et voilà que, pourtant, elle me remerciait avec chaleur pour ces quelques œufs et s'exclamait devant le rayon de miel, comme si je lui avais apporté un trésor. Je restai près d'une demi-heure auprès d'elle à parler du spectacle. C'était bien le moins que je puisse faire.

En rebroussant chemin par le village, j'entendis Maeve m'appeler. Je n'avais pas tellement envie de la voir après notre conversation de la veille, mais elle prononça mon nom avec une telle détermination que je me sentis obligée de l'attendre tandis qu'elle venait me rejoindre.

— Tu es dehors bien tôt, me dit-elle, un peu essoufflée par son effort pour me rattraper.

— Je pourrais te répondre la même chose.

— Tout à fait exact. Cela fait des lustres que je ne me suis pas levée à pareille heure, mais il a fallu que j'aille à la gare expédier à Sebastian sa casquette de Gestapo. Il a attrapé la teigne en prison et ils ont dû lui raser la tête. Les autres garçons le bousculent sous prétexte qu'il est contagieux. Crois-moi, ce n'est guère l'endroit où mon fils apprendra à devenir un citoyen modèle. Bref, devine qui j'ai rencontré à la gare ?

Une appréhension me saisit.

— Je déteste ces jeux de devinettes.

— Eh bien, je vais te le dire. Rory McCleod. Il attendait le train de Londres. Entre parenthèses, il est d'accord pour me vendre sa vieille guimbarde. J'ai pensé que ça ferait plaisir à Sebastian quand il sortira dans quelques semaines. Bon, il était là sur le quai et j'ai eu avec lui une longue conversation qui s'est révélée des plus intéressantes.

— Vraiment ?

Je voulus accélérer le pas, mais, me retenant par une manche, Maeve m'obligea à lui faire face.

— Je ne sais pas à quoi tu joues, ma fille, mais je crois, moi, que tu commets une grosse erreur. Il est évident qu'il est complètement fou de toi et je ne crois pas qu'il te soit tout à fait indifférent.

— On dirait que le monde s'intéresse de bien trop près à mes affaires. Je sais ce que je fais.

— Ça m'étonnerait. Tu es amoureuse de lui, non ?

Je ne répondis pas, furieuse de cette intrusion dans ma vie privée, aussi bien intentionnée soit-elle.

— Eh bien, moi, j'en suis persuadée, enchaîna Maeve. Et permets-moi de te dire, Miranda, que tu n'es qu'une lâche. Lâche et stupide !

— Merci !

Je m'efforçai de prendre un ton dégagé, mais les joues commençaient à me brûler.

— Parce que tu es persuadée que tous les hommes ne sont que des salauds, tu t'interdis le moindre rapport un tant soit peu *réel* avec eux.

— Pas tous les hommes.

Je me mis à rire en m'efforçant de défendre mes positions. Maeve ne se laissa pas démonter.

— C'est la vérité ! Tu es terrifiée à l'idée que Rory pourrait se conduire comme Jack et avoir des aventures avec d'autres femmes ! Je lui en ai parlé, d'ailleurs, et je lui ai expliqué que tu avais fini par développer une sorte de phobie des hommes parce que tu croyais qu'ils étaient tous infidèles. Tu as toujours prétendu que la psychothérapie n'était qu'un ramassis de charlataneries inutiles mais, en fin de compte, c'est parce que tu en as une peur bleue ! Tu n'oses pas regarder en toi-même et analyser tes propres sentiments !

J'étais furieuse, à présent.

— Comment as-tu osé parler de moi à Rory ?

Maeve haussa les épaules.

— J'ai osé bien plus que cela en voyant que tu te conduisais comme une parfaite imbécile. Qu'est-ce qui t'a pris de l'envoyer promener ? Très bien, je t'accorde que Janòs n'était pas un bon choix. Trop imbu de lui-même. Il n'a jamais rendu une femme heureuse. Tu as eu raison de t'en libérer comme tu l'as fait, je m'en rends compte à présent.

Je lui fis une petite révérence ironique.

— Ravie de ton approbation. Je ne manquerai pas de te consulter chaque fois que je voudrai quitter un amant.

— Oh, je t'en prie, épargne-moi tes sarcasmes, je suis sérieuse, Miranda. Tu te trompes en ce qui concerne Rory. Ne comprends-tu pas qu'il faut bien prendre certains risques si tu veux obtenir quelque chose de la vie ? Les cadeaux ne vont pas te tomber du ciel comme ça. Tu n'as pas toujours été aussi pusillanime, d'ailleurs, et, autrefois, j'admirais ta force. Je voyais ce que Jack te faisait subir et comment tu te comportais vis-à-vis de lui. C'était stupéfiant. Jamais je n'aurais pu avoir tant de courage. J'ai raconté à Rory comment tu as su garder ton sang-froid après avoir découvert toutes les maîtresses de Jack, comment tu ne t'es pas abandonnée à de vaines querelles avec lui, comment tu ne lui as pas permis de se jouer de toi. Rory était en état de choc. Il n'avait apparemment aucune idée de ce qu'avait été ton mariage. Pourquoi ne lui en as-tu pas parlé, espèce d'idiote ? Pourquoi n'as-tu pas eu assez de bon sens et de modestie pour lui demander de t'aider ?

— Maeve, rétorquai-je très vite, loin de moi l'idée de mettre en doute tes bonnes intentions. Mais il serait tout de même temps que tu réalises que le monde ne baigne pas dans cette sorte de brume mystique faite d'amour et de bons sentiments dont tu aimes tant le parer. Toi, plus que quiconque, tu devrais avoir appris le danger de prendre des risques, du moins à tes fils si ce n'est à toi-même !

Je me tus, haletant d'indignation, puis me détournai pour m'enfuir en courant car je ne voulais pas voir plus longtemps l'expression de Maeve, que je venais de frapper en plein cœur. J'avançais à grandes enjambées, au risque de déchirer ma jupe, afin de mettre le plus de distance possible entre elle et moi. Dans mon trouble, j'oubliai Jasper et, quand j'eus atteint le sommet de la crête surplombant Westray, je fus surprise de le voir arriver essoufflé, la langue pendante. Heureux de me retrouver, il remua la queue.

— Jasper ! Bon chien ! Viens ici !

Je me penchai pour le caresser. Il me lécha le visage, essuyant une larme qui courait inexplicablement sur ma joue. Je regrettais déjà mon allusion à Sebastian. C'était terriblement mesquin de ma part et j'avais honte de moi. Dieu ! Que m'était-il donc passé par la tête ? Mais aussi, pourquoi les autres venaient-ils toujours fourrer leur nez dans mes affaires ? Qu'est-ce que cela pouvait bien leur faire si je rentrais dans mon trou faute d'attentions masculines ? Des tas de femmes, pensai-je, menaient une vie satisfaisante sans homme : Rose, Miss Horne, Miss Boswell… et toutes étaient respectables et sympathiques. Quand comprendraient-ils que je savais ce que je faisais ?

N'empêche que je m'étais mal conduite à l'égard de Maeve. Elle avait voulu m'aider, à sa manière maladroite mais sincère et généreuse. Profondément désolée, je me jurai, dès mon retour à la maison, de l'appeler pour lui présenter mes excuses. À moins que je ne retourne dès maintenant à son cottage ?

Je demeurai un moment indécise au sommet de la colline tandis que des larmes chaudes coulaient sans effort sur mes joues. Chère Maeve… Tout compte fait, c'était une véritable amie.

Et si elle avait raison, après tout ? Étais-je réellement lâche ? Je continuai d'avancer avec prudence sur le chemin qui traversait le bois. Les sabots des vaches avaient creusé dans la boue durcie de profonds cratères dans lesquels il était aisé de se casser la cheville.

Y avait-il la moindre chance que Maeve ne se soit pas trompée ? Je relevai la tête et contemplai pensivement la mer qui, au loin, barrait l'horizon d'une ligne étincelante. Maurice prétendait que, dès qu'il s'agissait des affaires de cœur, personne ne pouvait distinguer clairement son chemin. Peut-être, au fond, ne redoutais-je que d'être à nouveau blessée... Comment, sinon, en serais-je venue à me convaincre que Rory était un caractère indécis et plein de duplicité ? Je savais bien, pourtant, que certains hommes étaient capables d'aimer... imparfaitement, peut-être, mais avec assez d'honnêteté et de fidélité pour que leur affection constitue la plus précieuse bénédiction de la vie. Comme Maurice avait aimé Lucia, comme George aimait Lissie, ou Rollo, Diana, et comme Aubrey aimerait sans aucun doute Patience. Rory aussi était peut-être capable d'un tel amour. N'avais-je pas jugé moi-même qu'il avait une nature franche et sincère, sans défense ?

Et si Rory pouvait se satisfaire du travail qu'il accomplissait ici ? Quand il m'avait déclaré qu'après tout il aimait la campagne, peut-être le pensait-il vraiment. Le jour était-il venu pour que je me laisse enfin aller à être heureuse... tout à fait heureuse ? Les enfants ne seraient sans doute pas hostiles à l'idée de mon remariage. Elizabeth découvrirait bientôt que les garçons de son âge sont plus intéressants pour elle. Au fur et à mesure que cette éventualité prenait forme, ma résolution faiblissait.

Était-il possible que je sois incapable de faire le bon choix ?

Tout en réfléchissant, je trébuchais sur les arêtes de terre dure émergeant des ornières boueuses du chemin. Qu'est-ce que cela signifiait, être heureux ? Après tout, pourquoi pas ? L'avenir n'était-il pas de toute façon incertain ? Un accident pouvait se produire à n'importe quel moment de la vie, un séisme, un naufrage, une tempête. N'y avait-il pas un jour où il fallait se décider enfin à faire confiance aux autres ? Ou, Seigneur ! à se fier encore à son instinct ? Je m'arrêtai, respirant à pleins poumons l'air étonnamment doux et pur qui sentait la mer.

Maeve avait raison. Il devait y avoir un espace acceptable entre son impétuosité et ma prudence trop calculée. Mais Rory était déjà dans le train, sortant de ma vie. Sans doute s'était-il montré horrifié par ce que Maeve lui avait raconté. Qui pourrait vouloir d'une femme si ostensiblement humiliée par un autre homme ? Je n'avais pas suffi à Jack, murmurait à mon oreille la voix insidieuse qui m'avait torturée pendant tant d'années. À cet instant précis, Rory devait admirer le paysage par la fenêtre du train qui l'emportait vers le nord, remerciant son étoile de l'avoir tiré de ce mauvais pas. Mme Kenton aurait sûrement une adresse à laquelle faire suivre son courrier… Serait-il possible que je… ? Mais non… j'étais *vraiment* lâche ! Jamais je n'aurais le courage de chercher à le rattraper. Tout ce que je pouvais faire, c'était rester là, à pleurer sur ma propre faiblesse.

J'avais atteint l'endroit d'où l'on a la meilleure vue sur Westray. La demeure s'offrait à moi telle une image tirée d'un livre d'histoire médiévale. Le seul mouvement venant animer le paysage était la légère ondulation des arbres sous la brise dans les jardins qui entouraient la maison comme un diagramme bien dessiné. La roseraie formait un large carré tacheté de rose, de blanc et de vert. Là, c'était Temenos, là, les quinconces et, plus loin, le verger avec ses cerisiers. À travers la cime des arbres se découpaient, rouge et gris, les toits du pigeonnier et du cottage d'Ivor…

Une voiture était arrêtée à la grille de l'allée. Quelqu'un se tenait sur le pont, le regard fixé sur les douves. Un homme aux cheveux sombres. Je le vis se retourner d'un mouvement impatient pour s'adosser au parapet et lever son visage vers le chaud soleil matinal. C'était Rory.

M'abandonnant au destin et sans crainte de me fouler les chevilles, je me mis à courir.

*Achevé d'imprimer sur les presses de*

**BUSSIÈRE**

GROUPE CPI

*à Saint-Amand-Montrond (Cher)*
*en avril 2002*

POCKET – 12, avenue d'Italie – 75627 Paris Cedex 13
Tél. : 01-44-16-05-00

— N° d'imp. 22248. —
Dépôt légal : mai 2002.

*Imprimé en France*